99 - 0141

MARCEL PROUST

A LA RECHERCHE DU TEMPS PERDU

DU CÔTÉ
DE CHEZ SWANN

PARIS

BERNARD GRASSET, ÉDITEUR

61, RUE DES SAINTS-PÈRES, 61

MCMXIII

A LA RECHERCHE DU TEMPS PERDU

DU CÔTÉ DE CHEZ SWANN

Pour paraître en 1914 :

A LA RECHERCHE DU TEMPS PERDU:

LE COTÉ DE GUERMANTES

(Chez Mme Swann. — Noms de pays : le pays. — Premiers crayons du baron de Charlus et de Robert de Saint-Loup. — Noms de personnes ; la duchesse de Guermantes. — Le salon de Mme de Villeparisis.)

Un vol. in-18 jésus. . . . . 3 fr. 50

A LA RECHERCHE DU TEMPS PERDU:

LE TEMPS RETROUVÉ

(A l'ombre des jeunes filles en fleurs. — La princesse de Guermantes. — M. de Charlus et les Verdurin. — Mort de ma grand'mère. — Les Intermittences du cœur. — Les « Vices et les Vertus » de Padoue et de Combray. — Madame de Cambremer. — Mariage de Robert de Saint-Loup. — L'Adoration perpétuelle.)

Un vol. in-18 jésus. . . . . 3 fr. 50

MARCEL PROUST

A LA RECHERCHE DU TEMPS PERDU

DU CÔTÉ
DE CHEZ SWANN

PARIS

BERNARD GRASSET

ÉDITEUR

61, RUE DES SAINTS-PÈRES, 61

MCMXIV

Il a été tiré de cet ouvrage
cinq exemplaires sur Japon impérial
numérotés de 1 à 5
douze exemplaires sur Hollande Van Gelder
numérotés de 6 à 17

A MONSIEUR GASTON CALMETTE

*Comme un témoignage de profonde
et affectueuse reconnaissance.*

Marcel Proust.

1

DU CÔTÉ DE CHEZ SWANN

PREMIÈRE PARTIE

COMBRAY

I

Longtemps, je me suis couché de bonne heure. Parfois, à peine ma bougie éteinte, mes yeux se fermaient si vite que je n'avais pas le temps de me dire : « Je m'endors. » Et, une demi-heure après, la pensée qu'il était temps de chercher le sommeil m'éveillait ; je voulais poser le volume que je croyais avoir encore dans les mains et souffler ma lumière ; je n'avais pas cessé en dormant de faire des réflexions sur ce que je venais de lire, mais ces réflexions avaient pris un tour un peu particulier ; il me semblait que j'étais moi-même ce dont parlait l'ouvrage : une église, un quatuor, la rivalité de François Ier et de Charles Quint. Cette croyance survivait pendant quelques secondes à mon

réveil ; elle ne choquait pas ma raison mais pesait
comme des écailles sur mes yeux et les empêchait de
se rendre compte que le bougeoir n'était plus allumé.
Puis elle commençait à me devenir inintelligible,
comme après la métempsychose les pensées d'une
existence antérieure ; le sujet du livre se détachait de
moi, j'étais libre de m'y appliquer ou non ; aussitôt
je recouvrais la vue et j'étais bien étonné de trouver
autour de moi une obscurité, douce et reposante pour
mes yeux, mais peut-être plus encore pour mon esprit,
à qui elle apparaissait comme une chose sans cause,
incompréhensible, comme une chose vraiment obscure.
Je me demandais quelle heure il pouvait être ; j'entendais le sifflement des trains qui, plus ou moins
éloigné, comme le chant d'un oiseau dans une forêt,
relevant les distances, me décrivait l'étendue de la campagne déserte où le voyageur se hâte vers la station
prochaine ; et le petit chemin qu'il suit va être gravé
dans son souvenir par l'excitation qu'il doit à des lieux
nouveaux, à des actes inaccoutumés, à la causerie récente et aux adieux sous la lampe étrangère qui le
suivent encore dans le silence de la nuit, à la douceur prochaine du retour.

J'appuyais tendrement mes joues contre les belles
joues de l'oreiller qui, pleines et fraîches, sont comme
les joues de notre enfance. Je frottais une allumette
pour regarder ma montre. Bientôt minuit. C'est l'instant où le malade, qui a été obligé de partir en voyage
et a dû coucher dans un hôtel inconnu, réveillé par
une crise, se réjouit en apercevant sous la porte une
raie de jour. Quel bonheur, c'est déjà le matin ! Dans
un moment les domestiques seront levés, il pourra
sonner, on viendra lui porter secours. L'espérance
d'être soulagé lui donne du courage pour souffrir. Justement il a cru entendre des pas ; les pas se rapprochent, puis s'éloignent. Et la raie de jour qui était sous
sa porte a disparu. C'est minuit ; on vient d'éteindre le

gaz ; le dernier domestique est parti et il faudra rester toute la nuit à souffrir sans remède.

Je me rendormais, et parfois je n'avais plus que de courts réveils d'un instant, le temps d'entendre les craquements organiques des boiseries, d'ouvrir les yeux pour fixer le kaléidoscope de l'obscurité, de goûter grâce à une lueur momentanée de conscience le sommeil où étaient plongés les meubles, la chambre, le tout dont je n'étais qu'une petite partie et à l'insensibilité duquel je retournais vite m'unir. Ou bien en dormant j'avais rejoint sans effort un âge à jamais révolu de ma vie primitive, retrouvé telle de mes terreurs enfantines comme celle que mon grand-oncle me tirât par mes boucles et qu'avait dissipée le jour, — date pour moi d'une ère nouvelle, — où on les avait coupées. J'avais oublié cet événement pendant mon sommeil, j'en retrouvais le souvenir aussitôt que j'avais réussi à m'éveiller pour échapper aux mains de mon grand-oncle, mais par mesure de précaution j'entourais complètement ma tête de mon oreiller avant de retourner dans le monde des rêves.

Quelquefois, comme Eve naquit d'une côte d'Adam, une femme naissait pendant mon sommeil d'une fausse position de ma cuisse. Formée du plaisir que j'étais sur le point de goûter, je m'imaginais que c'était elle qui me l'offrait. Mon corps qui sentait dans le sien ma propre chaleur voulait s'y rejoindre, je m'éveillais. Le reste des humains m'apparaissait comme bien lointain auprès de cette femme que j'avais quittée il y avait quelques moments à peine ; ma joue était chaude encore de son baiser, mon corps courbaturé par le poids de sa taille. Si, comme il arrivait quelquefois, elle avait les traits d'une femme que j'avais connue dans la vie, j'allais me donner tout entier à ce but : la retrouver, comme ceux qui partent en voyage pour voir de leurs yeux une cité désirée et s'imaginent qu'on peut goûter dans une réalité le charme du songe. Peu à peu son souvenir s'évanouissait, j'avais oublié la fille de mon rêve.

Un homme qui dort, tient en cercle autour de lui le fil des heures, l'ordre des années et des mondes. Il les consulte d'instinct en s'éveillant et y lit en une seconde le point de la terre qu'il occupe, le temps qui s'est écoulé jusqu'à son réveil ; mais leurs rangs peuvent se mêler, se rompre. Que vers le matin après quelque insomnie, le sommeil le prenne en train de lire, dans une posture trop différente de celle où il dort habituellement, il suffit de son bras soulevé pour arrêter et faire reculer le soleil, et à la première minute de son réveil, il ne saura plus l'heure, il estimera qu'il vient à peine de se coucher. Que s'il s'assoupit dans une position encore plus déplacée et divergente, par exemple après dîner assis dans un fauteuil, alors le bouleversement sera complet dans les mondes désorbités, le fauteuil magique le fera voyager à toute vitesse dans le temps et dans l'espace, et au moment d'ouvrir les paupières, il se croira couché quelques mois plus tôt dans une autre contrée. Mais il suffisait que, dans mon lit même, mon sommeil fût profond et détendît entièrement mon esprit ; alors celui-ci lâchait le plan du lieu où je m'étais endormi, et quand je m'éveillais au milieu de la nuit, comme j'ignorais où je me trouvais, je ne savais même pas au premier instant qui j'étais ; j'avais seulement dans sa simplicité première, le sentiment de l'existence comme il peut frémir au fond d'un animal ; j'étais plus dénué que l'homme des cavernes ; mais alors le souvenir, — non encore du lieu où j'étais, mais de quelques-uns de ceux que j'avais habités et où j'aurais pu être — venait à moi comme un secours d'en haut pour me tirer du néant d'où je n'aurais pu sortir tout seul ; je passais en une seconde par-dessus des siècles de civilisation, et l'image confusément entrevue de lampes à pétrole, puis de chemises à col rabattu, recomposaient peu à peu les traits originaux de mon moi.

Peut-être l'immobilité des choses autour de nous leur est-elle imposée par notre certitude que ce sont elles et non pas d'autres, par l'immobilité de notre pensée en face d'elles. Toujours est-il que, quand je me réveillais ainsi, mon esprit s'agitant pour chercher, sans y réussir, à savoir où j'étais, tout tournait autour de moi dans l'obscurité, les choses, les pays, les années. Mon corps, trop engourdi pour remuer, cherchait, d'après la forme de sa fatigue, à repérer la position de ses membres pour en induire la direction du mur, la place des meubles, pour reconstruire et pournommer la demeure où il se trouvait. Sa mémoire, la mémoire de ses côtes, de ses genoux, de ses épaules, lui présentait successivement plusieurs des chambres où il avait dormi, tandis qu'autour de lui les murs invisibles, changeant de place selon la forme de la pièce imaginée, tourbillonnaient dans les ténèbres. Et avant même que ma pensée, qui hésitait au seuil des temps et des formes, eût identifié le logis en rapprochant les circonstances, lui, — mon corps, — se rappelait pour chacun le genre du lit, la place des portes, la prise de jour des fenêtres, l'existence d'un couloir, avec la pensée que j'avais en m'y endormant et que je retrouvais au réveil. Mon côté ankylosé, cherchant à deviner son orientation, s'imaginait, par exemple, allongé face au mur dans un grand lit à baldaquin et aussitôt je me disais : « Tiens, j'ai fini par m'endormir quoique maman ne soit pas venue me dire bonsoir », j'étais à la campagne chez mon grand-père, mort depuis bien des années ; et mon corps, le côté sur lequel je reposais, gardiens fidèles d'un passé que mon esprit n'aurait jamais dû oublier, me rappelaient la flamme de la veilleuse de verre de Bohême, en forme d'urne, suspendue au plafond par des chaînettes, la cheminée en marbre de Sienne, dans ma cham-

bre à coucher de Combray, chez mes grands-parents,
en des jours lointains qu'en ce moment je me figurais
actuels sans me les représenter exactement et que je
reverrais mieux tout à l'heure quand je serais tout à
fait éveillé.

Puis renaissait le souvenir d'une nouvelle attitude ;
le mur filait dans une autre direction : j'étais dans ma
chambre chez Mme de Saint-Loup, à la campagne ; mon
Dieu ! il est au moins dix heures, on doit avoir fini
de dîner ! J'aurai trop prolongé la sieste que je fais
tous les soirs en rentrant de ma promenade avec
Mme de Saint-Loup, avant d'endosser mon habit. Car
bien des années ont passé depuis Combray, où, dans
nos retours les plus tardifs, c'était les reflets rouges
du couchant que je voyais sur le vitrage de ma fenêtre. C'est un autre genre de vie qu'on mène à Tansonville, chez Mme de Saint-Loup, un autre genre de
plaisir que je trouve à ne sortir qu'à la nuit, à suivre
au clair de lune ces chemins où je jouais jadis au
soleil ; et la chambre où je me serai endormi au lieu
de m'habiller pour le dîner, de loin je l'aperçois,
quand nous rentrons, traversée par les feux de la
lampe, seul phare dans la nuit.

Ces évocations tournoyantes et confuses ne duraient
jamais que quelques secondes ; souvent, ma brève incertitude du lieu où je me trouvais ne distinguait pas
mieux les unes des autres les diverses suppositions
dont elle était faite, que nous n'isolons, en voyant un
cheval courir, les positions successives que nous montre le kinétoscope. Mais j'avais revu tantôt l'une, tantôt l'autre, des chambres que j'avais habitées dans ma
vie, et je finissais par me les rappeler toutes dans les
longues rêveries qui suivaient mon réveil ; chambres
d'hiver où quand on est couché, on se blottit la tête
dans un nid qu'on se tresse avec les choses les plus
disparates : un coin de l'oreiller, le haut des couvertures, un bout de châle, le bord du lit, et un numéro des

Débats roses, qu'on finit par cimenter ensemble selon
la technique des oiseaux en s'y appuyant indéfiniment ;
où, par un temps glacial le plaisir qu'on goûte est de
se sentir séparé du dehors (comme l'hirondelle de mer
qui a son nid au fond d'un souterrain dans la chaleur
de la terre), et où, le feu étant entretenu toute la nuit
dans la cheminée, on dort dans un grand manteau d'air
chaud et fumeux, traversé des lueurs des tisons qui se
rallument, sorte d'impalpable alcôve, de chaude caverne
creusée au sein de la chambre même, zone ardente et
mobile en ses contours thermiques, aérée de souffles
qui nous rafraîchissent la figure et viennent des angles,
des parties voisines de la fenêtre ou éloignées du foyer
et qui se sont refroidies ; — chambres d'été où l'on aime
être uni à la nuit tiède, où le clair de lune appuyé aux
volets entr'ouverts, jette jusqu'au pied du lit son échelle
enchantée, où on dort presque en plein air, comme la
mésange balancée par la brise à la pointe d'un rayon — ;
parfois la chambre Louis XVI, si gaie que même le
premier soir je n'y avais pas été trop malheureux et
où les colonnettes qui soutenaient légèrement le plafond s'écartaient avec tant de grâce pour montrer et
réserver la place du lit ; parfois au contraire celle,
petite et si élevée de plafond, creusée en forme de
pyramide dans la hauteur de deux étages et partiellement revêtue d'acajou, où dès la première seconde
j'avais été intoxiqué moralement par l'odeur inconnue
du vétiver, convaincu de l'hostilité des rideaux violets et de l'insolente indifférence de la pendule qui
jacassait tout haut comme si je n'eusse pas été là ; —
où une étrange et impitoyable glace à pieds qua-
drangulaires, barrant obliquement un des angles de la
pièce, se creusait à vif dans la douce plénitude de mon
champ visuel accoutumé un emplacement qui n'y était
pas prévu ; — où ma pensée, s'efforçant pendant des
heures de se disloquer, de s'étirer en hauteur pour
prendre exactement la forme de la chambre et arriver

à remplir jusqu'en haut son gigantesque entonnoir,
avait souffert bien de dures nuits, tandis que j'étais
étendu dans mon lit, les yeux levés, l'oreille anxieuse,
la narine rétive, le cœur battant : jusqu'à ce que l'habitude eut changé la couleur des rideaux, fait taire la
pendule, enseigné la pitié à la glace oblique et cruelle,
dissimulé, sinon chassé complètement, l'odeur du vétiver et notablement diminué la hauteur apparente du
plafond. L'habitude ! aménageuse habile mais bien
lente et qui commence par laisser souffrir notre esprit
pendant des semaines dans une installation provisoire;
mais que malgré tout il est bien heureux de trouver,
car sans l'habitude et réduit à ses seuls moyens il
serait impuissant à nous rendre un logis habitable.

Certes, j'étais bien éveillé maintenant, mon corps
avait viré une dernière fois et le bon ange de la certitude avait tout arrêté autour de moi, m'avait couché
sous mes couvertures, dans ma chambre, et avait mis
approximativement à leur place dans l'obscurité ma
commode, mon bureau, ma cheminée, la fenêtre sur la rue
et les deux portes. Mais j'avais beau savoir que je
n'étais pas dans les demeures dont l'ignorance du réveil
m'avait en un instant sinon présenté l'image distincte,
du moins fait croire la présence possible, le branle était
donné à ma mémoire ; généralement je ne cherchais
pas à me rendormir tout de suite ; je passais la plus
grande partie de la nuit à me rappeler notre vie d'autrefois, à Combray chez ma grand'tante, à Balbec, à
Paris, à Venise, ailleurs encore, à me rappeler les
lieux, les personnes que j'y avais connues, ce que
j'avais vu d'elles, ce qu'on m'en avait raconté.

A Combray, tous les jours dès la fin de l'après-
midi, longtemps avant le moment où il faudrait me
mettre au lit et rester, sans dormir, loin de ma mère et
de ma grand'mère, ma chambre à coucher redevenait

le point fixe et douloureux de mes préoccupations. On avait bien inventé, pour me distraire les soirs où on me trouvait l'air trop malheureux, de me donner une lanterne magique, dont, en attendant l'heure du dîner, on coiffait ma lampe ; et, à l'instar des premiers architectes et maîtres verriers de l'âge gothique, elle substituait à l'opacité des murs d'impalpables irisations, de surnaturelles apparitions multicolores, où des légendes étaient dépeintes comme dans un vitrail vacillant et momentané. Mais ma tristesse n'en était qu'accrue, parce que rien que le changement d'éclairage détruisait l'habitude que j'avais de ma chambre et grâce à quoi, sauf le supplice du coucher, elle m'était devenue supportable. Maintenant je ne la reconnaissais plus et j'y étais inquiet, comme dans une chambre d'hôtel ou de « chalet », où je fusse arrivé pour la première fois en descendant de chemin de fer.

Au pas saccadé de son cheval, Golo, plein d'un affreux dessein, sortait de la petite forêt triangulaire qui veloutait d'un vert sombre la pente d'une colline, et s'avançait en tressautant vers le château de la pauvre Geneviève de Brabant. Ce château était coupé selon une ligne courbe qui n'était autre que la limite d'un des ovales de verre ménagés dans le châssis qu'on glissait entre les coulisses de la lanterne. Ce n'était qu'un pan de château et il avait devant lui une lande où rêvait Geneviève qui portait une ceinture bleue. Le château et la lande étaient jaunes et je n'avais pas attendu de les voir pour connaître leur couleur car, avant les verres du châssis, la sonorité mordorée du nom de Brabant me l'avait montrée avec évidence. Golo s'arrêtait un instant pour écouter avec tristesse le boniment lu à haute voix par ma grand'tante et qu'il avait l'air de comprendre parfaitement, conformant son attitude avec une docilité qui n'excluait pas une certaine majesté, aux indications du texte ; puis il s'éloi-

gnait du même pas saccadé. Et rien ne pouvait arrêter sa lente chevauchée. Si on bougeait la lanterne,
je distinguais le cheval de Golo qui continuait à
s'avancer sur les rideaux de la fenêtre, se bombant
de leurs plis, descendant dans leurs fentes. Le corps
de Golo lui-même, d'une essence aussi surnaturelle que
celui de sa monture, s'arrangeait de tout obstacle matériel, de tout objet gênant qu'il rencontrait en le prenant comme ossature et en se le rendant intérieur,
fût-ce le bouton de la porte sur lequel s'adaptait aussitôt et surnageait invinciblement sa robe rouge ou sa
figure pâle toujours aussi noble et aussi mélancolique,
mais qui ne laissait paraître aucun trouble de cette
transvertébration.

Certes je leur trouvais du charme à ces brillantes
projections qui semblaient émaner d'un passé méro-
vingien et promenaient autour de moi des reflets d'histoire si anciens. Mais je ne peux dire quel malaise me
causait pourtant cette intrusion du mystère et de la
beauté dans une chambre que j'avais fini par remplir
de mon moi au point de ne pas faire plus attention à
elle qu'à lui-même. L'influence anesthésiante de l'habitude ayant cessé, je me mettais à penser, à sentir,
choses si tristes. Ce bouton de la porte de ma chambre, qui différait pour moi de tous les autres boutons
de porte du monde en ceci qu'il semblait ouvrir tout
seul, sans que j'eusse besoin de le tourner, tant le manie-
ment m'en était devenu inconscient, le voilà qui servait maintenant de corps astral à Golo. Et dès qu'on
sonnait le dîner, j'avais hâte de courir à la salle à
manger où la grosse lampe de la suspension, ignorante
de Golo et de Barbe-Bleue, et qui connaissait mes parents et le bœuf à la casserole, donnait sa lumière de
tous les soirs ; et de tomber dans les bras de maman
que les malheurs de Geneviève de Brabant me rendaient
plus chère, tandis que les crimes de Golo me faisaient
examiner ma propre conscience avec plus de scrupules.

Après le dîner hélas, j'étais bientôt obligé de quitter maman qui restait à causer avec les autres, au jardin s'il faisait beau, dans le petit salon où tout le monde se retirait s'il faisait mauvais. Tout le monde, sauf ma grand'mère qui trouvait que « c'est une pitié de rester enfermé à la campagne » et qui avait d'incessantes discussions avec mon père, les jours de trop grande pluie, parce qu'il m'envoyait lire dans ma chambre au lieu de rester dehors. « Ce n'est pas comme cela que vous le rendrez robuste et énergique, disait-elle tristement, surtout ce petit qui a tant besoin de prendre des forces et de la volonté. » Mon père haussait les épaules et il examinait le baromètre, car il aimait la météorologie, pendant que ma mère, évitant de faire du bruit pour ne pas le troubler, le regardait avec un respect attendri, mais pas trop fixement pour ne pas chercher à percer le mystère de ses supériorités. Mais ma grand'mère, elle, par tous les temps, même quand la pluie faisait rage et que Françoise avait précipitamment rentré les précieux fauteuils d'osier de peur qu'ils ne fussent mouillés, on la voyait dans le jardin vide et fouetté par l'averse, relevant ses mèches désordonnées et grises pour que son front s'imbibât mieux de la salubrité du vent et de la pluie. Elle disait : « Enfin, on respire ! » et parcourait les allées détrempées, — trop symétriquement alignées à son gré par le nouveau jardinier dépourvu du sentiment de la nature et auquel mon père avait demandé depuis le matin si le temps s'arrangerait, — de son petit pas enthousiaste et saccadé, réglé sur les mouvements divers qu'excitaient dans son âme l'ivresse de l'orage, la puissance de l'hygiène, la stupidité de mon éducation et la symétrie des jardins, plutôt que sur le désir inconnu d'elle d'éviter à sa jupe prune les taches de boue sous lesquelles elle disparaissait jusqu'à une hauteur qui était toujours pour sa femme de chambre un désespoir et un problème.

Quand ces tours de jardin de ma grand'mère avaient lieu après dîner, une chose avait le pouvoir de la faire rentrer : c'était, à un des moments où la révolution de sa promenade la ramenait périodiquement, comme un insecte, en face des lumières du petit salon où les liqueurs étaient servies sur la table à jeu, — si ma grand'tante lui criait : « Balthilde ! viens donc empêcher ton mari de boire du cognac ! » Pour la taquiner, en effet (elle avait apporté dans la famille de mon père un esprit si différent que tout le monde la plaisantait et la tourmentait), comme les liqueurs étaient défendues à mon grand-père, ma grand'tante lui en faisait boire quelques gouttes. Ma pauvre grand'mère entrait, priait ardemment son mari de ne pas goûter au cognac ; il se fâchait, buvait tout de même sa gorgée, et ma grand'mère repartait, triste, découragée, souriante pourtant, car elle était si humble de cœur et si douce que sa tendresse pour les autres et le peu de cas qu'elle faisait de sa propre personne et de ses souffrances, se conciliaient dans son regard en un sourire où, contrairement à ce qu'on voit dans le visage de beaucoup d'humains, il n'y avait d'ironie que pour elle-même, et pour nous tous comme un baiser de ses yeux qui ne pouvaient voir ceux qu'elle chérissait sans les caresser passionnément du regard. Ce supplice que lui infligeait ma grand'tante, le spectacle des vaines prières de ma grand'mère et de sa faiblesse, vaincue d'avance, essayant inutilement d'ôter à mon grand-père le verre à liqueur, c'était de ces choses à la vue desquelles on s'habitue plus tard jusqu'à les considérer en riant et à prendre le parti du persécuteur assez résolument et gaiement pour se persuader à soi-même qu'il ne s'agit pas de persécution ; elles me causaient alors une telle horreur, que j'aurais aimé battre ma grand'tante. Mais dès que j'entendais : « Bathilde, viens donc empêcher ton mari de boire du cognac ! » déjà homme par la lâcheté, je faisais ce que nous faisons tous, une fois que nous sommes grands, quand il y a devant nous des souffrances et des injustices : je ne voulais pas les voir ; je montais sangloter tout en haut de la maison à côté de la salle d'études, sous les toits, dans une petite pièce sentant l'iris, et que parfumait aussi un cassis sauvage poussé au dehors entre les pierres de la muraille et qui passait une branche de fleurs par la fenêtre entr'ouverte. Destinée à un usage plus spécial et plus vulgaire, cette pièce, d'où l'on voyait pendant le jour jusqu'au donjon de Roussainville-le-Pin, servit longtemps de refuge pour moi, sans doute parce qu'elle était la seule qu'il me fut permis de fermer à clef, à toutes celles de mes occupations qui réclamaient une inviolable solitude : la lecture, la rêverie, les larmes et la volupté. Hélas ! je ne savais pas que, bien plus tristement que les petits écarts de régime de son mari, mon manque de volonté, ma santé délicate, l'incertitude qu'ils projetaient sur mon avenir, préoccupaient ma grand'mère, au cours de ces déambulations incessantes, de l'après-midi et du soir, où on voyait passer et repasser, obliquement levé vers le ciel, son beau visage aux joues brunes et sillonnées, devenues au retour de l'âge presque mauves comme les labours à l'automne, barrées, si elle sortait, par une voilette à demi relevée, et sur lesquelles, amené là par le froid ou quelque triste pensée, était toujours en train de sécher un pleur involontaire.

Ma seule consolation, quand je montais me coucher, était que maman viendrait m'embrasser quand je serais dans mon lit. Mais ce bonsoir durait si peu de temps, elle redescendait si vite, que le moment où je l'entendais monter, puis où passait dans le couloir à double porte le bruit léger de sa robe de jardin en mousseline bleue, à laquelle pendaient de petits cordons de paille tressée, était pour moi un moment douloureux. Il annonçait celui qui allait le suivre, où elle m'aurait

quitté, où elle serait redescendue. De sorte que ce bonsoir que j'aimais tant, j'en arrivais à souhaiter qu'il
vînt le plus tard possible, à ce que se prolongeait le
temps de répit où maman n'était pas encore venue.
Quelquefois quand, après m'avoir embrassé, elle ouvrait la porte pour partir, je voulais la rappeler, lui
dire « embrasse-moi une fois encore », mais je savais
qu'aussitôt elle aurait son visage fâché, car la concession qu'elle faisait à ma tristesse et à mon agitation
en montant m'embrasser, en m'apportant ce baiser de
paix, agaçait mon père qui trouvait ces rites absurdes,
et elle eût voulu tâcher de m'en faire perdre le besoin,
l'habitude, bien loin de me laisser prendre celle de lui
demander, quand elle était déjà sur le pas de la porte,
un baiser de plus. Or la voir fâchée détruisait tout le
calme qu'elle m'avait apporté un instant avant, quand
elle avait penché vers mon lit sa figure aimante, et me
l'avait tendue comme une hostie pour une commu-
nion de paix où mes lèvres puiseraient sa présence
réelle et le pouvoir de m'endormir. Mais ces soirs-là,
où maman en somme restait si peu de temps dans ma
chambre, étaient doux encore en comparaison de ceux
où il y avait du monde à dîner et où, à cause de cela,
elle ne montait pas me dire bonsoir. Le monde se bornait habituellement à M. Swann, qui, en dehors de
quelques étrangers de passage, était à peu près la seule
personne qui vînt chez nous à Combray, quelquefois
pour dîner en voisin (plus rarement depuis qu'il avait
fait ce mauvais mariage, parce que mes parents ne
voulaient pas recevoir sa femme), quelquefois après
le dîner, à l'improviste. Les soirs où, assis devant la
maison sous le grand marronnier, autour de la table
de fer, nous entendions au bout du jardin, non pas le
grelot profus et criard qui arrosait, qui étourdissait au
passage de son bruit ferrugineux, intarissable et glacé,
toute personne de la maison qui le déclanchait en entrant « sans sonner », mais le double tintement timide,

ovale et doré de la clochette pour les étrangers, tout
le monde aussitôt se demandait : « Une visite, qui cela
peut-il être ? », mais on savait bien que cela ne pouvait être que M. Swann ; ma grand'tante parlant à
haute voix, pour prêcher d'exemple, sur un ton qu'elle
s'efforçait de rendre naturel, disait de ne pas chuchoter ainsi ; que rien n'est plus désobligeant pour une
personne qui arrive et à qui cela fait croire qu'on est
en train de dire des choses qu'elle ne doit pas entendre ; et on envoyait en éclaireur ma grand'mère, toujours heureuse d'avoir un prétexte pour faire un tour
de jardin de plus, et qui en profitait pour arracher
subrepticement au passage quelques tuteurs de rosiers
afin de rendre aux roses un peu de naturel, comme
une mère qui, pour les faire bouffer, passe la main
dans les cheveux de son fils que le coiffeur a trop
aplatis.

Nous restions tous suspendus aux nouvelles que ma
grand'mère allait nous apporter de l'ennemi, comme
si on eût pu hésiter entre un grand nombre possible
d'assaillants, et bientôt après mon grand-père disait :
« Je reconnais la voix de Swann ». On ne le reconnaissait en effet qu'à la voix, on distinguait mal son
visage au nez busqué, aux yeux verts, sous un haut
front entouré de cheveux blonds presque roux, coiffés
à la Bressant, parce que nous gardions le moins de
lumière possible au jardin pour ne pas attirer les mous-
tiques et j'allais, sans en avoir l'air, dire qu'on apporte
les sirops ; ma grand'mère attachait beaucoup d'importance, trouvant cela plus aimable, à ce qu'ils n'eussent pas l'air de figurer d'une façon exceptionnelle, et
pour les visites seulement. M. Swann, quoique beaucoup plus jeune que lui, était très lié avec mon grand-
père qui avait été un des meilleurs amis de son père,
homme excellent mais singulier, chez qui, paraît-il, un
rien suffisait parfois pour interrompre les élans du
cœur, changer le cours de la pensée. J'entendais plu-

sieurs fois par an mon grand-père raconter à table des
anecdotes toujours les mêmes sur l'attitude qu'avait
eue M. Swann le père, à la mort de sa femme qu'il
avait veillée jour et nuit. Mon grand-père qui ne l'avait
pas vu depuis longtemps était accouru auprès de lui
dans la propriété que les Swann possédaient aux environs de Combray, et avait réussi, pour qu'il n'assistât
pas à la mise en bière, à lui faire quitter un moment,
tout en pleurs, la chambre mortuaire. Ils firent quelques pas dans le parc où il y avait un peu de soleil.
Tout d'un coup, M. Swann prenant mon grand-père
par le bras, s'était écrié : « Ah ! mon vieil ami, quel
bonheur de se promener ensemble par ce beau temps.
Vous ne trouvez pas ça joli tous ces arbres, ces aubépines et mon étang dont vous ne m'avez jamais félicité ? Vous avez l'air comme un bonnet de nuit. Sentez-
vous ce petit vent ? Ah ! on a beau dire, la vie a du
bon tout de même, mon cher Amédée ! » Brusquement le souvenir de sa femme morte lui revint, et
trouvant sans doute trop compliqué de chercher comment il avait pu à un pareil moment se laisser aller à
un mouvement de joie, il se contenta, par un geste
qui lui était familier chaque fois qu'une question ardue
se présentait à son esprit, de passer la main sur son
front, d'essuyer ses yeux et les verres de son lorgnon.
Il ne put pourtant pas se consoler de la mort sa femme,
mais pendant les deux années qu'il lui survécut, il
disait à mon grand-père : « C'est drôle, je pense très
souvent à ma pauvre femme, mais je ne peux y penser beaucoup à la fois. » « Souvent, mais peu à la fois,
comme le pauvre père Swann », était devenu une
des phases favorites de mon grand-père qui la prononçait à propos des choses les plus différentes. Il m'aurait paru que ce père de Swann était un monstre, si
mon grand-père que je considérais comme meilleur
juge et dont la sentence faisant jurisprudence pour
moi, m'a souvent servi dans la suite à absoudre des

fautes que j'aurais été enclin à condamner, ne s'était récrié : « Mais comment ? c'était un cœur d'or ! »

Pendant bien des années, où pourtant, surtout avant son mariage, M. Swann, le fils, vint souvent les voir à Combray, ma grand'tante et mes grands-parents ne soupçonnèrent pas qu'il ne vivait plus du tout dans la société qu'avait fréquentée sa famille et que sous l'espèce d'incognito que lui faisait chez nous ce nom de Swann, ils hébergeaient, — avec la parfaite innocence d'honnêtes hôteliers qui ont chez eux, sans le savoir, un célèbre brigand, — un des membres les plus élégants du Jockey-Club, ami préféré du Comte de Paris et du Prince de Galles, un des hommes les plus choyés de la haute société du faubourg Saint-Germain.

L'ignorance où nous étions de cette brillante vie mondaine que menait Swann tenait évidemment en partie à la réserve et à la discrétion de son caractère, mais aussi à ce que les bourgeois d'alors se faisaient de la société une idée un peu hindoue et la considéraient comme composée de castes fermées où chacun, dès sa naissance, se trouvait placé dans le rang qu'occupaient ses parents, et d'où rien, à moins des hasards d'une carrière exceptionnelle ou d'un mariage inespéré, ne pouvait vous tirer pour vous faire pénétrer dans une caste supérieure. M. Swann, le père, était agent de change ; le « fils Swann » se trouvait faire partie pour toute sa vie d'une caste où les fortunes, comme dans une catégorie de contribuables, variaient entre tel et tel revenu. On savait quelles avaient été les fréquentations de son père, on savait donc quelles étaient les siennes, avec quelles personnes il était « en situation » de frayer. S'il en connaissait d'autres, c'étaient relations de jeune homme sur lesquelles des amis anciens de sa famille, comme étaient mes parents, fermaient d'autant plus bienveillamment les yeux, qu'il continuait depuis qu'il était orphelin, à venir très fidèlement nous

voir ; mais il y avait fort à parier que ces gens inconnus
de nous qu'il voyait, étaient de ceux qu'il n'aurait
pas osé saluer si, étant avec nous, il les avait rencon-
trés. Si l'on avait voulu à toute force appliquer à
Swann un coefficient social qui lui fut personnel, entre
les autres fils d'agents de situation égale à celle de ses
parents, ce coefficient eût été pour lui un peu inférieur
parce que, très simple de façon et ayant toujours eu
une « toquade » d'objets anciens et de peinture, il
demeurait maintenant dans un vieil hôtel où il entas-
sait ses collections et que ma grand'mère rêvait de
visiter, mais qui était situé quai d'Orléans, quartier
que ma grand'tante trouvait infamant d'habiter.
« Êtes-vous seulement connaisseur ? je vous demande
cela dans votre intérêt, parce que vous devez vous
faire repasser des croûtes par les marchands », lui
disait ma grand'tante ; elle ne lui supposait en effet
aucune compétence et n'avait pas haute idée même
au point de vue intellectuel d'un homme qui dans la
conversation évitait les sujets sérieux et montrait une
précision fort prosaïque non seulement quand il nous
donnait, en entrant dans les moindres détails, des
recettes de cuisine, mais même quand les sœurs de
ma grand'mère parlaient de sujets artistiques. Provoqué par elles à donner son avis, à exprimer son admiration pour un tableau, il gardait un silence presque
désobligeant et se rattrapait en revanche s'il pouvait
fournir sur le musée où il se trouvait, sur la date où il
avait été peint, un renseignement matériel. Mais
d'habitude il se contentait de chercher à nous amuser
en racontant chaque fois une histoire nouvelle qui
venait de lui arriver avec des gens choisis parmi ceux
que nous connaissions, avec le pharmacien de Combray, avec notre cuisinière, avec notre cocher. Certes
ces récits faisaient rire ma grand'tante, mais sans
qu'elle distinguât bien si c'était à cause du rôle ridicule que s'y donnait toujours Swann ou de l'esprit

qu'il mettait à les conter : « On peut dire que vous
êtes un vrai type, monsieur Swann ! ». Comme elle
était la seule personne un peu vulgaire de notre famille, elle avait soin de faire remarquer aux étrangers, quand on parlait de Swann, qu'il aurait pu, s'il
avait voulu, habiter boulevard Haussmann ou avenue
de l'Opéra, qu'il était le fils de M. Swann qui avait
dû lui laisser quatre ou cinq millions, mais que c'était
sa fantaisie. Fantaisie qu'elle jugeait du reste devoir
être si divertissante pour les autres, qu'à Paris, quand
M. Swann venait le 1er janvier lui apporter son sac de
marrons glacés, elle ne manquait pas, s'il y avait du
monde, de lui dire : « Eh! bien, M. Swann, vous ha-
bitez toujours près de l'Entrepôt des vins, pour être
sûr de ne pas manquer le train quand vous prenez le
chemin de Lyon ? » Et elle regardait du coin de l'œil,
par-dessus son lorgnon, les autres visiteurs.

Mais si l'on avait dit à ma grand'tante que ce Swann
qui, en tant que fils Swann était parfaitement « qua-
lifié » pour être reçu par toute la « belle bourgeoisie »
par les notaires ou les avoués les plus estimés de Paris
(privilège qu'il semblait laisser tomber un peu en quenouille) avait, comme en cachette, une vie toute différente ; qu'en sortant de chez nous, à Paris, après nous
avoir dit qu'il rentrait se coucher, il rebroussait chemin à peine la rue tournée et se rendait dans tel
salon que jamais l'œil d'aucun agent ou associé d'agent
ne contempla, cela eût paru aussi extraordinaire à ma
tante qu'aurait pu l'être pour une dame plus lettrée
la pensée d'être personnellement liée avec Aristée dont
elle aurait compris qu'il allait, après avoir causé avec
elle, plonger au sein des royaumes de Thétis, dans un
empire soustrait aux yeux des mortels et où Virgile
nous le montre reçu à bras ouverts ; ou, — pour s'en
tenir à une image qui avait plus de chance de lui venir
à l'esprit, car elle l'avait vue peinte sur nos assiettes à
petits fours de Combray —, d'avoir eu à dîner Ali-Baba,

lequel quand il se saura seul, pénétrera dans la caverne, éblouissante de trésors insoupçonnés.

Un jour qu'il était venu nous voir à Paris après dîner en s'excusant d'être en habit, Françoise ayant après son départ dit tenir du cocher qu'il avait dîné « chez une Princesse », — « oui, chez une princesse du demi-monde ! » avait répondu ma tante en haussant les épaules sans lever les yeux de sur son tricot, avec une ironie sereine.

Aussi, ma grand'tante en usait-elle cavalièrement avec lui. Comme elle croyait qu'il devait être flatté par nos invitations, elle trouvait tout naturel qu'il ne vînt pas nous voir l'été sans avoir à la main un panier de pêches ou de framboises de son jardin et que de chacun de ses voyages d'Italie il m'eût rapporté des photographies de chefs-d'œuvre.

On ne se gênait guère pour l'envoyer quérir dès qu'on avait besoin d'une recette de sauce gribiche ou de salade à l'ananas pour des grands dîners où on ne l'invitait pas, ne lui trouvant pas un prestige suffisant pour qu'on pût le servir à des étrangers qui venaient pour la première fois. Si la conversation tombait sur les Princes de la Maison de France : « des gens que nous ne connaîtrons jamais ni vous ni moi et nous nous en passons, n'est-ce pas », disait ma grand'tante à Swann qui avait peut-être dans sa poche une lettre de Twickenham ; elle lui faisait pousser le piano et tourner les pages les soirs où la sœur de ma grand'-mère chantait, ayant pour manier cet être ailleurs si recherché, la naïve brusquerie d'un enfant qui joue avec un bibelot de collection sans plus de précautions qu'avec un objet bon marché. Sans doute le Swann que connurent à la même époque tant de clubmen était bien différent de celui que créait ma grand'tante, quand le soir, dans le petit jardin de Combray, après qu'avaient retenti les deux coups hésitants de la clochette, elle injectait et vivifiait de tout ce qu'elle

savait sur la famille Swann, l'obscur et incertain personnage qui se détachait, suivi de ma grand'mère, sur
un fond de ténèbres, et qu'on reconnaissait à la voix.
Mais même au point de vue des plus insignifiantes
choses de la vie, nous ne sommes pas un tout matériellement constitué, identique pour tout le monde et
dont chacun n'a qu'à aller prendre connaissance
comme d'un cahier des charges ou d'un testament ;
notre personnalité sociale est une création de la pensée des autres. Même l'acte si simple que nous appelons
« voir une personne que nous connaissons » est en
partie un acte intellectuel. Nous remplissons l'apparence physique de l'être que nous voyons de toutes les
notions que nous avons sur lui et dans l'aspect total que
nous nous représentons, ces notions ont certainement
la plus grande part. Elles finissent par gonfler si parfaitement les joues, par suivre en une adhérence si exacte
la ligne du nez, elles se mêlent si bien de nuancer la
sonorité de la voix comme si celle-ci n'était qu'une transparente enveloppe, que chaque fois que nous voyons
ce visage et que nous entendons cette voix, ce sont
ces notions que nous retrouvons, que nous écoutons.
Sans doute, dans le Swann qu'ils s'étaient constitué,
mes parents avaient omis par ignorance de faire entrer
une foule de particularités de sa vie mondaine qui
étaient cause que d'autres personnes, quand elles
étaient en sa présence, voyaient les élégances régner
dans son visage et s'arrêter à son nez busqué comme
à leur frontière naturelle ; mais aussi ils avaient pu
entasser dans ce visage désaffecté de son prestige, vacant et spacieux, au fond de ces yeux dépréciés, le
vague et doux résidu —, mi-mémoire, mi-oubli, — des
heures oisives passées ensemble après nos dîners hebdomadaires, autour de la table de jeu ou au jardin,
durant notre vie de bon voisinage campagnard. L'enveloppe corporelle de notre ami en avait été si bien
bourrée, ainsi que de quelques souvenirs relatifs à ses

parents, que ce Swann-là était devenu un être complet et vivant, et que j'ai l'impression de quitter une personne pour aller vers une autre qui en est distincte, quand, dans ma mémoire, du Swann que j'ai connu plus tard avec exactitude je passe à ce premier Swann, — à ce premier Swann dans lequel je retrouve les erreurs charmantes de ma jeunesse, et qui d'ailleurs ressemble moins à l'autre qu'aux personnes que j'ai connues à la même époque, comme s'il en était de notre vie ainsi que d'un musée où tous les portraits d'un même temps ont un air de famille, une même tonalité — à ce premier Swann rempli de loisir, parfumé par l'odeur du grand marronnier, des paniers de framboises et d'un brin d'estragon.

Pourtant un jour que ma grand'mère était allée demander un service à une dame qu'elle avait connue au Sacré-Cœur (et avec laquelle, à cause de notre conception des castes elle n'avait pas voulu rester en relations malgré une sympathie réciproque), la marquise de Villeparisis, de la célèbre famille de Bouillon, celle-ci lui avait dit : « Je crois que vous connaissez beaucoup M. Swann qui est un grand ami de mes neveux des Laumes ». Ma grand'mère était revenue de sa visite enthousiasmée par la maison qui donnait sur des jardins et où Mᵐᵉ de Villeparisis lui conseillait de louer, et aussi par un giletier et sa fille, qui avaient leur boutique dans la cour et chez qui elle était entrée demander qu'on fît un point à sa jupe qu'elle avait déchirée dans l'escalier. Ma grand'mère avait trouvé ces gens parfaits, elle déclarait que la petite était une perle et que le giletier était l'homme le plus distingué, le mieux, qu'elle eût jamais vu. Car pour elle, la distinction était quelque chose d'absolument indépendant du rang social. Elle s'extasiait sur une réponse que le giletier lui avait faite, disant à maman : « Sévigné n'aurait pas mieux dit ! » et en revanche, d'un neveu de Mᵐᵉ de Villeparisis qu'elle avait rencontré chez elle : « Ah ! ma fille, comme il est commun ! »

Or le propos relatif à Swann avait eu pour effet non pas de relever celui-ci dans l'esprit de ma grand'tante mais d'y abaisser Mme de Villeparisis. Il semblait que la considération que, sur la foi de ma grand'mère, nous accordions à Mme de Villeparisis, lui créât un devoir de ne rien faire qui l'en rendît moins digne et auquel elle avait manqué en apprenant l'existence de Swann, en permettant à des parents à elle de le fréquenter. « Comment elle connaît Swann ? Pour une personne que tu prétendais parente du maréchal de Mac-Mahon ! » Cette opinion de mes parents sur les relations de Swann leur parut ensuite confirmée par son mariage avec une femme de la pire société, presque une cocotte que, d'ailleurs il ne chercha jamais à présenter, continuant à venir seul chez nous, quoique de moins en moins, mais d'après laquelle ils crurent pouvoir juger — supposant que c'était là qu'il l'avait prise — le milieu, inconnu d'eux, qu'il fréquentait habituellement.

Mais une fois, mon grand-père lut dans un journal que M. Swann était un des plus fidèles habitués des déjeuners du dimanche chez le duc de X..., dont le père et l'oncle avaient été les hommes d'Etat les plus en vue du règne de Louis-Philippe. Or mon grand-père était curieux de tous les petits faits qui pouvaient l'aider à entrer par la pensée dans la vie privée d'hommes comme Molé, comme le duc Pasquier, comme le duc de Broglie. Il fut enchanté d'apprendre que Swann fréquentait des gens qui les avaient connus. Ma grand'tante au contraire interpréta cette nouvelle dans un sens défavorable à Swann : quelqu'un qui choisissait ses fréquentations en dehors de la caste où il était né, en dehors de sa « classe » sociale, subissait à ses yeux un fâcheux déclassement. Il lui semblait qu'on renonçât d'un coup au fruit de toutes les belles relations avec des gens bien posés,

qu'avaient honorablement entretenues et engrangées
pour leurs enfants les familles prévoyantes ; (ma
grand'tante avait même cessé de voir le fils d'un
notaire de nos amis parce qu'il avait épousé une altesse et était par là descendu pour elle du rang respecté de fils de notaire à celui d'un de ces aventuriers,
anciens valets de chambre ou garçons d'écurie, pour
qui on raconte que les reines eurent parfois des bontés).
Elle blâma le projet qu'avait mon grand-père d'interroger Swann, le soir prochain où il devait venir dîner,
sur ces amis que nous lui découvrions. D'autre part
les deux sœurs de ma grand'mère, vieilles filles qui
avaient sa noble nature mais non son esprit, déclarè-
rent ne pas comprendre le plaisir que leur beau-frère
pouvait trouver à parler de niaiseries pareilles.
C'étaient des personnes d'aspirations élevées et qui à
cause de cela même étaient incapables de s'intéresser
à ce qu'on appelle un potin, eût-il même un intérêt historique, et d'une façon générale à tout ce qui
ne se rattachait pas directement à un objet esthétique ou vertueux. Le désintéressement de leur pensée était tel, à l'égard de tout ce qui, de près ou de
loin semblait se rattacher à la vie mondaine, que
leur sens auditif, — ayant fini par comprendre son inutilité momentanée dès qu'à dîner la conversation prenait un ton frivole ou seulement terre à terre sans que
ces deux vieilles demoiselles aient pu la ramener aux
sujets qui leur étaient chers —, mettait alors au repos
ses organes récepteurs et leur laissait subir un véritable commencement d'atrophie. Si alors mon grand-
père avait besoin d'attirer l'attention des deux sœurs,
il fallait qu'il eût recours à ces avertissements physiques dont usent les médecins aliénistes à l'égard de
certains maniaques de la distraction : coups frappés à
plusieurs reprises sur un verre avec la lame d'un couteau, coïncidant avec une brusque interpellation de la
voix et du regard, moyens violents que ces psychiâtres

transportent souvent dans les rapports courants avec
des gens bien portants, soit par habitude professionnelle, soit qu'ils croient tout le monde un peu fou.

Elles furent plus intéressées quand la veille du jour
où Swann devait venir dîner, et leur avait personnellement envoyé une caisse de vin d'Asti, ma tante, tenant un numéro du *Figaro* où à côté du nom d'un
tableau qui était à une Exposition de Corot, il y avait
ces mots : « de la collection de M. Charles Swann »,
nous dit : « Vous avez vu que Swann a « les honneurs »
du *Figaro* ? » — « Mais je vous ai toujours dit qu'il
avait beaucoup de goût », dit ma grand'mère. « Naturellement toi, du moment qu'il s'agit d'être d'un autre
avis que *nous* », répondit ma grand'tante qui sachant
que ma grand'mère n'était jamais du même avis qu'elle,
et n'étant bien sûre que ce fût à elle-même que nous
donnions toujours raison, voulait nous arracher une
condamnation en bloc des opinions de ma grand'mère
contre lesquelles elle tâchait de nous solidariser de force
avec les siennes. Mais nous restâmes silencieux. Les
sœurs de ma grand'mère ayant manifesté l'intention de
parler à Swann de ce mot du *Figaro*, ma grand'tante
le leur déconseilla. Chaque fois qu'elle voyait aux autres
un avantage si petit fût-il qu'elle n'avait pas, elle se
persuadait que c'était non un avantage mais un mal
et elle les plaignait pour ne pas avoir à les envier.
« Je crois que vous ne lui feriez pas plaisir ; moi je
sais bien que cela me serait très désagréable de voir
mon nom imprimé tout vif comme cela dans le journal,
et je ne serais pas flattée du tout qu'on m'en parle. »
Elle ne s'entêta pas d'ailleurs à persuader les sœurs
de ma grand'mère ; car celles-ci par horreur de la
vulgarité poussaient si loin l'art de dissimuler sous
des périphrases ingénieuses une allusion personnelle
qu'elle passait souvent inaperçue de celui même à qui
elle s'adressait. Quant à ma mère elle ne pensait qu'à
tâcher d'obtenir de mon père qu'il consentît à parler

à Swann non de sa femme mais de sa fille qu'il adorait et à cause de laquelle disait-on il avait fini par
faire ce mariage. « Tu pourrais ne lui dire qu'un mot,
lui demander comment elle va. Cela doit être si cruel
pour lui. » Mais mon père se fâchait : « Mais non !
tu as des idées absurdes. Ce serait ridicule ».

Mais le seul d'entre nous pour qui la venue de
Swann devint l'objet d'une préoccupation douloureuse, ce fut moi. C'est que les soirs où des étrangers,
ou seulement M. Swann, étaient là, maman ne montait pas dans ma chambre. Je ne dînais pas à table, je
venais après dîner au jardin, et à neuf heures je disais
bonsoir et allais me coucher. Je dînais avant tout le
monde et je venais ensuite m'asseoir à table, jusqu'à
huit heures où il était convenu que je devais monter ;
ce baiser précieux et fragile que maman me confiait
d'habitude dans mon lit au moment de m'endormir
il me fallait le transporter de la salle à manger dans
ma chambre et le garder pendant tout le temps que
je me déshabillais, sans que se brisât sa douceur, sans
que se répandît et s'évaporât sa vertu volatile et, justement ces soirs-là où j'aurais eu besoin de le recevoir avec plus de précaution, il fallait que je le prisse,
que je le dérobasse brusquement, publiquement, sans
même avoir le temps et la liberté d'esprit nécessaires
pour porter à ce que je faisais cette attention des
maniaques qui s'efforcent de ne pas penser à autre
chose pendant qu'ils ferment une porte, pour pouvoir,
quand l'incertitude maladive leur revient, lui opposer
victorieusement le souvenir du moment où ils l'ont fermée. Nous étions tous au jardin quand retentirent les
deux coups hésitants de la clochette. On savait que
c'était Swann ; néanmoins tout le monde se regarda
d'un air interrogateur et on envoya ma grand'mère en
reconnaissance. « Pensez à le remercier intelligiblement
de son vin, vous savez qu'il est délicieux et la caisse
est énorme, recommanda mon grand'père à ses deux

belles-sœurs. » « Ne commencez pas à chuchoter, dit ma
grand'tante. Comme c'est confortable d'arriver dans
une maison où tout le monde parle bas. » « Ah ! voilà
M. Swann. Nous allons lui demander s'il croit qu'il
fera beau demain », dit mon père. Ma mère pensait
qu'un mot d'elle effacerait toute la peine que dans
notre famille on avait pu faire à Swann depuis son
mariage. Elle trouva le moyen de l'emmener un peu
à l'écart. Mais je la suivis ; je ne pouvais me décider
à la quitter d'un pas en pensant que tout à l'heure il
faudrait que je la laisse dans la salle à manger et que
je remonte dans ma chambre sans avoir comme les
autres soirs la consolation qu'elle vînt m'embrasser.
« Voyons, monsieur Swann, lui dit-elle, parlez-moi un
peu de votre fille ; je suis sûre qu'elle a déjà le goût des
belles œuvres comme son papa. » « Mais venez donc
vous asseoir avec nous tous sous la véranda », dit mon
grand-père en s'approchant. Ma mère fut obligée de
s'interrompre, mais elle tira de cette contrainte même
une pensée délicate de plus, comme les bons poètes
que la tyrannie de la rime force à trouver leurs plus
grandes beautés : « Nous reparlerons d'elle quand nous
serons tous les deux, dit-elle à mi-voix à Swann. Il
n'y a qu'une maman qui soit digne de vous comprendre. Je suis sûre que la sienne serait de mon avis. » Nous
nous assîmes tous autour de la table de fer. J'aurais
voulu ne pas penser aux heures d'angoisse que je passerais ce soir seul dans ma chambre sans pouvoir m'endormir ; je tâchais de me persuader qu'elles n'avaient
aucune importance, puisque je les aurais oubliées
demain matin, de m'attacher à des idées d'avenir qui
auraient dû me conduire comme sur un pont au delà
de l'abîme prochain qui m'effrayait. Mais mon esprit
tendu par ma préoccupation, rendu convexe comme
le regard que je dardais sur ma mère, ne se laissait
pénétrer par aucune impression étrangère. Les pensées entraient bien en lui, mais à condition de laisser

dehors tout élément de beauté ou simplement de drôlerie qui m'eût touché ou distrait. Comme un malade,
grâce à un anesthésique, assiste avec une pleine luci-
dité à l'opération qu'on pratique sur lui, mais sans rien
sentir, je pouvais me réciter des vers que j'aimais ou
observer les efforts que mon grand-père faisait pour
parler à Swann du duc d'Audiffret-Pasquier, sans que
les premiers me fissent éprouver aucune émotion, les
seconds aucune gaîté. Ces efforts furent infructueux.
A peine mon grand-père eût-il posé à Swann une
question relative à cet orateur qu'une des sœurs de
ma grand'mère aux oreilles de qui cette question
résonna comme un silence profond mais intempestif
et qu'il était poli de rompre, interpella l'autre : « Ima-
gine-toi, Céline, que j'ai fait la connaissance d'une
jeune institutrice suédoise qui m'a donné sur les coopératives dans les pays scandinaves des détails tout
ce qu'il y a de plus intéressants. Il faudra qu'elle
vienne dîner ici un soir. » « Je crois bien ! répondit sa
sœur Flora, mais je n'ai pas perdu mon temps non
plus. J'ai rencontré chez M. Vinteuil un vieux savant
qui connaît beaucoup Maubant, et à qui Maubant a
expliqué dans le plus grand détail comment il s'y
prend pour composer un rôle. C'est tout ce qu'il y a
de plus intéressant. C'est un voisin de M. Vinteuil, je
n'en savais rien ; et il est très aimable. » « Il n'y a pas
que M. Vinteuil qui ait des voisins aimables », s'écria
ma tante Céline d'une voix que la timidité rendait
forte et la préméditation, factice, tout en jetant sur
Swann ce qu'elle appelait un regard significatif. En
même temps ma tante Flora qui avait compris que
cette phrase était le remerciement de Céline pour le vin
d'Asti, regardait également Swann avec un air mêlé
de congratulation et d'ironie, soit simplement pour
souligner le trait d'esprit de sa sœur, soit qu'elle en-
viât Swann de l'avoir inspiré, soit qu'elle ne pût s'empêcher de se moquer de lui parce qu'elle le croyait

sur la sellette. « Je crois qu'on pourra réussir à avoir ce monsieur à dîner, continua Flora ; quand on le met sur Maubant ou sur Mᵐᵉ Materna, il parle des heures sans s'arrêter. » «Ce doit être délicieux», soupira mon grand-père dans l'esprit de qui la nature avait malheureusement aussi complètement omis d'inclure la possibilité de s'intéresser passionnément aux coopératives suédoises ou à la composition des rôles de Maubant, qu'elle avait oublié de fournir celui des sœurs de ma grand'mère du petit grain de sel qu'il faut ajouter soi-même pour y trouver quelque saveur, à un récit sur la vie intime de Molé ou du comte de Paris. « Tenez, dit Swann à mon grand-père, ce que je vais vous dire a plus de rapports que cela n'en a l'air avec ce que vous me demandiez car sur certains points les choses n'ont pas énormément changé. Je relisais ce matin dans Saint-Simon quelque chose qui vous aurait amusé. C'est dans le volume sur son ambassade d'Espagne ; ce n'est pas un des meilleurs, ce n'est guère qu'un journal, mais du moins un journal merveilleusement écrit ce qui fait déjà une première différence avec les assommants journaux que nous nous croyons obligés de lire matin et soir ». « Je ne suis pas de votre avis, il y a des jours où la lecture des journaux me semble fort agréable... », interrompit ma tante Flora, pour montrer qu'elle avait lu la phrase sur le Corot de Swann dans le *Figaro*. « Quand ils parlent de choses ou de gens qui nous intéressent ! » enchérit ma tante Céline. « Je ne dis pas non, répondit Swann étonné. Ce que je reproche aux journaux c'est de nous faire faire attention tous les jours à des choses insignifiantes tandis que nous lisons trois ou quatre fois dans notre vie les livres où il y a des choses essentielles. Du moment que nous déchirons fiévreusement chaque matin la bande du journal, alors on devrait changer les choses et mettre dans le journal, moi je ne sais pas, les...Pensées de Pascal ! (il détacha

ce mot d'un ton d'emphase ironique pour ne pas avoir
l'air pédant). Et c'est dans le volume doré sur tranches
que nous n'ouvrons qu'une fois tous les dix ans, ajoute-
t-il en témoignant pour les choses mondaines ce dédain
qu'affectent certains hommes du monde, que nous
lirions que la reine de Grèce est allée à Cannes ou que
la princesse de Léon a donné un bal costumé. Comme
cela la juste proportion serait rétablie. » Mais regrettant de s'être laissé aller à parler même légèrement
de choses sérieuses : « Nous avons une bien belle conversation, dit-il ironiquement, je ne sais pas pourquoi
nous abordons ces « sommets », et se tournant vers
mon grand-père : Donc Saint-Simon raconte que Maulevrier avait eu l'audace de tendre la main à ses fils.
Vous savez, c'est ce Maulevrier dont il dit : « Jamais
je ne vis dans cette épaisse bouteille que de l'humeur,
de la grossièreté et des sottises ». « Épaisses ou non,
je connais des bouteilles où il y a tout autre chose »,
dit vivement Flora, qui tenait à avoir remercié Swann
elle aussi, car le présent de vin d'Asti s'adressait
aux deux. Céline se mit à rire. Swann interloqué
reprit : « Je ne sais si ce fut ignorance ou panneau,
écrit Saint-Simon, il voulut donner la main à mes
enfants. Je m'en aperçus assez tôt pour l'en empêcher. » Mon grand-père s'extasiait déjà sur « ignorance ou panneau », mais Mlle Céline, chez qui le
nom de Saint-Simon, — un littérateur, — avait empêché l'anesthésie complète des facultés auditives,
s'indignait déjà : « Comment ? vous admirez cela ? Eh !
bien, c'est du joli ! Mais qu'est-ce que cela peut vouloir dire ; est-ce qu'un homme n'est pas autant qu'un
autre ? Qu'est-ce que cela peut faire qu'il soit duc ou
cocher s'il a de l'intelligence et du cœur ? Il avait
une belle manière d'élever ses enfants, votre Saint-
Simon, s'il ne leur disait pas de donner la main à tous
les honnêtes gens. Mais c'est abominable, tout simplement. Et vous osez citer cela ? » Et mon grand-père

navré, sentant l'impossibilité, devant cette obstruction, de chercher à faire raconter à Swann, les histoires qui l'eussent amusé disait à voix basse à maman: « Rappelle-moi donc le vers que tu m'as appris et qui me soulage tant dans ces moments-là. Ah ! oui : « Seigneur, que de vertus vous nous faites haïr ! » Ah ! comme c'est bien ! »

Je ne quittais pas ma mère des yeux, je savais que quand on serait à table, on ne me permettrait pas de rester pendant toute la durée du dîner et que pour ne pas contrarier mon père, maman ne me laisserait pas l'embrasser à plusieurs reprises devant le monde, comme si ç'avait été dans ma chambre. Aussi je me promettais, dans la salle à manger, pendant qu'on commencerait à dîner et que je sentirais approcher l'heure, de faire d'avance de ce baiser qui serait si court et furtif, tout ce que j'en pouvais faire seul, de choisir avec mon regard la place de la joue que j'embrasserais, de préparer ma pensée pour pouvoir grâce à ce commencement mental de baiser consacrer toute la minute que m'accorderait maman à sentir sa joue contre mes lèvres, comme un peintre qui ne peut obtenir que de courtes séances de pose, prépare sa palette, et a fait d'avance de souvenir, d'après ses notes, tout ce pour quoi il pouvait à la rigueur se passer de la présence du modèle. Mais voici qu'avant que le dîner fût sonné mon grand-père eut la férocité inconsciente de dire : « Le petit a l'air fatigué, il devrait monter se coucher. On dîne tard du reste ce soir. » Et mon père, qui ne gardait pas aussi scrupuleusement que ma grand'mère et que ma mère la foi des traités, dit : « Oui, allons, va te coucher. » Je voulus embrasser maman, à cet instant on entendit la cloche du dîner. « Mais non, voyons, laisse ta mère, vous vous êtes assez dit bonsoir comme cela, ces manifestations sont ridicules. Allons monte ! » Et il me fallut partir sans viatique ; il me fallut monter chaque

3

marche de l'escalier, comme dit l'expression populaire,
à « contre-cœur », montant contre mon cœur qui voulait retourner près de ma mère parce qu'elle ne lui
avait pas, en m'embrassant, donné licence de me
suivre. Cet escalier détesté où je m'engageais toujours
si tristement, exhalait une odeur de vernis qui avait
en quelque sorte absorbé, fixé, cette sorte particulière
de chagrin que je ressentais chaque soir et la rendait
peut-être plus cruelle encore pour ma sensibilité parce
que sous cette forme olfactive mon intelligence n'en
pouvait plus prendre sa part. Quand nous dormons et
qu'une rage de dents n'est encore perçue par nous que
comme une jeune fille que nous nous efforçons deux
cents fois de suite de tirer de l'eau ou que comme un
vers de Molière que nous nous répétons sans arrêter,
c'est un grand soulagement de nous réveiller et que
notre intelligence puisse débarrasser l'idée de rage de
dents, de tout déguisement héroïque ou cadencé.
C'est l'inverse de ce soulagement que j'éprouvais
quand mon chagrin de monter dans ma chambre entrait en moi d'une façon infiniment plus rapide, presque instantanée, à la fois insidieuse et brusque, par
l'inhalation, — beaucoup plus toxique que la pénétration morale —, de l'odeur de vernis particulière à cet
escalier. Une fois dans ma chambre, il fallut boucher
toutes les issues, fermer les volets, creuser mon propre
tombeau, en défaisant mes couvertures, revêtir le
suaire de ma chemise de nuit. Mais avant de m'enseve-
lir dans le lit de fer qu'on avait ajouté dans la chambre
parce que j'avais trop chaud l'été sous les courtines de
reps du grand lit, j'eus un mouvement de révolte, je
voulus essayer d'une ruse de condamné. J'écrivis à
ma mère en la suppliant de monter pour une chose
grave que je ne pouvais lui dire dans ma lettre. Mon
effroi était que Françoise, la cuisinière de ma tante qui
était chargée de s'occuper de moi quand j'étais à
Combray, refusât de porter mon mot. Je me doutais

que pour elle, faire une commission à ma mère quand
il y avait du monde lui paraîtrait aussi impossible que
pour le portier d'un théâtre de remettre une lettre à
un acteur pendant qu'il est en scène. Elle possédait à
l'égard des choses qui peuvent ou ne peuvent pas se
faire un code impérieux, abondant, subtil et intran-
sigeant sur des distinctions insaisissables ou oiseu-
ses (ce qui lui donnait l'apparence de ces lois antiques
qui à côté de prescriptions féroces comme de massacrer les enfants à la mamelle défendent avec une délicatesse exagérée de faire bouillir le chevreau dans le
lait de sa mère, ou de manger dans un animal le nerf
de la cuisse). Ce code, si l'on en jugeait par l'entête-
ment soudain qu'elle mettait à ne pas vouloir faire
certaines commissions que nous lui donnions, semblait
avoir prévu des complexités sociales et des raffine-
ments mondains tels que rien dans l'entourage de
Françoise et dans sa vie de domestique de village
n'avait pu les lui suggérer ; et l'on était obligé de se
dire qu'il y avait en elle un passé français très ancien, noble et mal compris, comme dans ces cités
manufacturières où de vieux hôtels témoignent qu'il y
eut jadis une vie de cour, et où les ouvriers d'une
usine de produits chimiques travaillent au milieu de
délicates sculptures qui représentent le miracle de
saint Théophile ou les quatre fils Aymon. Dans le cas
particulier, l'article du code à cause duquel il était
peu probable que sauf le cas d'incendie Françoise allât
déranger maman en présence de M. Swann pour un
aussi petit personnage que moi, exprimait simplement
le respect qu'elle professait non seulement pour les
parents, — comme pour les morts, les prêtres et les
rois, — mais encore pour l'étranger à qui on donne
l'hospitalité, respect qui m'aurait peut-être touché
dans un livre mais qui m'irritait toujours dans sa
bouche, à cause du ton grave et attendri qu'elle prenait pour en parler, et davantage ce soir où le caractère

sacré qu'elle conférait au dîner avait pour effet qu'elle
refuserait d'en troubler la cérémonie. Mais pour mettre
une chance de mon côté, je n'hésitai pas à mentir et à
lui dire que ce n'était pas du tout moi qui avais voulu
écrire à maman, mais que c'était maman qui, en me
quittant, m'avait recommandé de ne pas oublier de lui
envoyer une réponse relativement à un objet qu'elle
m'avait prié de chercher ; et elle serait certainement
très fâchée si on ne lui remettait pas ce mot. Je pense
que Françoise ne me crut pas car comme les hommes
primitifs dont les sens étaient plus puissants que les
nôtres, elle discernait immédiatement à des signes
insaisissables pour nous, toute vérité que nous vou-
lions lui cacher ; elle regarda pendant cinq minutes
l'enveloppe comme si l'examen du papier et l'aspect de
l'écriture allaient la renseigner sur la nature du contenu
ou lui apprendre à quel article de son code elle devait
se référer. Puis elle sortit d'un air résigné qui semblait signifier : « C'est-il pas malheureux pour les parents d'avoir un enfant pareil ! » Elle revint au bout
d'un moment me dire qu'on n'en était encore qu'à la
glace, qu'il était impossible au maître d'hôtel de remettre la lettre en ce moment devant tout le monde,
mais que quand on serait aux rince-bouches on trouverait le moyen de la faire passer à maman. Aussitôt
mon anxiété tomba ; maintenant ce n'était plus comme
tout à l'heure pour jusqu'à demain que j'avais quitté
ma mère, puisque mon petit mot allait, la fâchant sans
doute (et doublement parce que ce manège me rendrait ridicule aux yeux de Swann) me faire du moins
entrer invisible et ravi dans la même pièce qu'elle, allait
lui parler de moi à l'oreille ; puisque cette salle à
manger interdite, hostile, où, il y avait un instant
encore, la glace elle-même — le « granité » — et les
rince-bouches me semblaient recéler des plaisirs malfaisants et mortellement tristes parce que maman les
goûtait loin de moi, s'ouvrait à moi et, comme un

fruit devenu doux qui brise son enveloppe, allait
faire jaillir, projeter jusqu'à mon cœur enivré l'attention de maman tandis qu'elle lirait mes lignes.
Maintenant je n'étais plus séparé d'elle ; les barriè-
res étaient tombées, un fil délicieux nous réunissait.
Et puis, ce n'était pas tout : maman allait sans doute
venir !

L'angoisse que je venais d'éprouver, je pensais que
Swann s'en serait bien moqué s'il avait lu ma lettre
et en avait deviné le but, or au contraire, comme je
l'ai appris plus tard, une angoisse semblable fut le
tourment de longues années de sa vie et personne
aussi bien que lui peut-être n'aurait pu me comprendre ; lui, cette angoisse qu'il y a à sentir l'être qu'on
aime dans un lieu de plaisir où l'on n'est pas, où l'on
ne peut pas le rejoindre, c'est l'amour qui la lui a fait
connaître, l'amour, auquel elle est en quelque sorte
prédestinée, par lequel elle sera accaparée, spécialisée ;
mais quand, comme pour moi, elle est entrée en nous
avant qu'il ait encore fait son apparition dans notre
vie, elle flotte en l'attendant, vague et libre, sans
affectation déterminée, au service un jour d'un sentiment, le lendemain d'un autre, tantôt de la tendresse
filiale ou de l'amitié pour un camarade. Et la joie avec
laquelle je fis mon premier apprentissage quand Françoise revint me dire que ma lettre serait remise, Swann
l'avait bien connue aussi cette joie trompeuse que
nous donne quelque ami, quelque parent de la femme
que nous aimons, quand arrivant à l'hôtel ou au théâtre où elle se trouve, pour quelque bal, redoute, ou
première où il va la retrouver, cet ami nous aperçoit
errant dehors, attendant désespérément quelque occasion de communiquer avec elle. Il nous reconnaît,
nous aborde familièrement, nous demande ce que nous
faisons là. Et comme nous inventons que nous avons
quelque chose d'urgent à dire à sa parente ou amie,
il nous assure que rien n'est plus simple, nous fait

entrer dans le vestibule et nous promet de nous l'envoyer avant cinq minutes. Que nous l'aimons — comme en ce moment j'aimais Françoise, — l'intermédiaire bien intentionné qui d'un mot vient de nous rendre supportable, humaine et presque propice la fête inconcevable, infernale, au sein de laquelle nous croyions que des tourbillons ennemis, pervers et délicieux entraînaient loin de nous, la faisant rire de nous, celle que nous aimons. Si nous en jugeons par lui, le parent qui nous a accosté et qui est lui aussi un des initiés des cruels mystères, les autres invités de la fête, ne doivent rien avoir de bien démoniaque. Ces heures inaccessibles et suppliciantes où elle allait goûter des plaisirs inconnus, voici que par une brèche inespérée nous y pénétrons ; voici qu'un des moments dont la succession les aurait composées, un moment aussi réel que les autres, même peut-être plus important pour nous, parce que notre maîtresse y est plus mêlée, nous nous le représentons, nous le possédons, nous y intervenons, nous l'avons créé presque : le moment où on va lui dire que nous sommes là, en bas. Et sans doute les autres moments de la fête ne devaient pas être d'une essence bien différente de celui-là, ne devaient rien avoir de plus délicieux et qui dût tant nous faire souffrir puisque l'ami bienveillant nous a dit : « Mais elle sera ravie de descendre ! Cela lui fera beaucoup plus de plaisir de causer avec vous que de s'ennuyer là-haut. » Hélas ! Swann en avait fait l'expérience, les bonnes intentions d'un tiers sont sans pouvoir sur une femme qui s'irrite de se sentir poursuivie jusque dans une fête par quelqu'un qu'elle n'aime pas. Souvent, l'ami redescend seul.

Ma mère ne vint pas, et sans ménagements pour mon amour-propre (engagé à ce que la fable de la recherche dont elle était censée m'avoir prié de lui dire le résultat ne fût pas démentie) me fit dire par Françoise ces mots : « Il n'y a pas de réponse » que depuis

j'ai si souvent entendu des concierges de « palaces »
ou des valets de pied de tripots, rapporter à quelque
pauvre fille qui s'étonne : « Comment, il n'a rien dit,
mais c'est impossible ! Vous avez pourtant bien remis
ma lettre. C'est bien, je vais attendre encore. » Et —
de même qu'elle assure invariablement n'avoir pas
besoin du bec supplémentaire que le concierge veut
allumer pour elle, et reste là, n'entendant plus que
les rares propos sur le temps qu'il fait échangés entre
le concierge et un chasseur qu'il envoie tout d'un
coup en s'apercevant de l'heure, faire rafraîchir dans
la glace la boisson d'un client, — ayant décliné l'offre
de Françoise de me faire de la tisane ou de rester
auprès de moi, je la laissai retourner à l'office, je me
couchai et je fermai les yeux en tâchant de ne pas
entendre la voix de mes parents qui prenaient le café
au jardin. Mais au bout de quelques secondes, je sentis qu'en écrivant ce mot à maman, en m'approchant,
au risque de la fâcher, si près d'elle que j'avais cru
toucher le moment de la revoir, je m'étais barré la
possibilité de m'endormir sans l'avoir revue, et les
battements de mon cœur, de minute en minute devenaient plus douloureux parce que j'augmentais mon
agitation en me prêchant un calme qui était l'acceptation de mon infortune. Tout à coup mon anxiété tomba,
une félicité m'envahit comme quand un médicament
puissant commence à agir et nous enlève une douleur : je venais de prendre la résolution de ne plus
essayer de m'endormir sans avoir revu maman, de
l'embrasser coûte que coûte bien que ce fût, avec
la certitude d'être ensuite fâché pour longtemps avec
elle, — quand elle remonterait se coucher. Le calme
qui résultait de mes angoisses finies me mettait dans
une allégresse extraordinaire, non moins que l'attente,
la soif et la peur du danger. J'ouvris la fenêtre sans
bruit et m'assis au pied de mon lit ; je ne faisais presque aucun mouvement afin qu'on ne m'entendît pas

d'en bas. Dehors, les choses semblaient, elles aussi,
figées en une muette attention à ne pas troubler le
clair de lune, qui doublant et reculant chaque chose
par l'extension devant elle de son reflet, plus dense
et concret qu'elle-même, avait à la fois aminci et
agrandi le paysage comme un plan replié jusque-là,
qu'on développe. Ce qui avait besoin de bouger, quelque feuillage de marronnier, bougeait. Mais son fris-
sonnement minutieux, total, exécuté jusque dans ses
moindres nuances et ses dernières délicatesses, ne
bavait pas sur le reste, ne se fondait pas avec lui,
restait circonscrit. Exposés sur ce silence qui n'en
absorbait rien, les bruits les plus éloignés, ceux qui
devaient venir de jardins situés à l'autre bout de la
ville, se percevaient détaillés avec un tel « fini » qu'ils
semblaient ne devoir cet effet de lointain qu'à leur
pianissimo, comme ces motifs en sourdine si bien exé-
cutés par l'orchestre du conservatoire que quoiqu'on
n'en perde pas une note on croit les entendre cependant loin de la salle du concert et que tous les vieux
abonnés, — les sœurs de ma grand'mère aussi quand
Swann leur avait donné ses places, — tendaient
l'oreille comme s'ils avaient écouté les progrès lointains d'une armée en marche qui n'aurait pas encore
tourné la rue de Trévise.

Je savais que le cas dans lequel je me mettais était
de tous celui qui pouvait avoir pour moi, de la part
de mes parents, les conséquences les plus graves, bien
plus graves en vérité qu'un étranger n'aurait pu le
supposer, de celles qu'il aurait cru que pouvaient produire seules des fautes vraiment honteuses. Mais dans
l'éducation qu'on me donnait, l'ordre des fautes n'était
pas le même que dans l'éducation des autres enfants
et on m'avait habitué à placer avant toutes les autres
(parce que sans doute il n'y en avait pas contre lesquelles j'eusse besoin d'être plus soigneusement gardé)
celles dont je comprends maintenant que leur carac-

tère commun est qu'on y tombe en cédant à une
impulsion nerveuse. Mais alors on ne prononçait pas
ce mot, on ne déclarait pas cette origine qui aurait
pu me faire croire que j'étais excusable d'y succomber
ou même peut-être incapable d'y résister. Mais je les
reconnaissais bien à l'angoisse qui les précédait comme
à la rigueur du châtiment qui les suivait ; et je savais
que celle que je venais de commettre était de la même
famille que d'autres pour lesquelles j'avais été sévèrement puni, quoique infiniment plus grave. Quand j'irais
me mettre sur le chemin de ma mère au moment où
elle monterait se coucher, et qu'elle verrait que j'étais
resté levé pour lui redire bonsoir dans le couloir, on
ne me laisserait plus rester à la maison, on me mettrait au collège le lendemain, c'était certain. Eh ! bien,
dussé-je me jeter par la fenêtre cinq minutes après,
j'aimais encore mieux cela. Ce que je voulais maintenant c'était maman, c'était lui dire bonsoir, j'étais allé
trop loin dans la voie qui menait à la réalisation de
ce désir pour pouvoir rebrousser chemin.

J'entendis les pas de mes parents qui accompagnaient
Swann ; et quand le grelot de la porte m'eut averti
qu'il venait de partir, j'allai à la fenêtre. Maman demandait à mon père s'il avait trouvé la langouste
bonne et si M. Swann avait repris de la glace au
café et à la pistache. « Je l'ai trouvée bien quelconque
dit ma mère ; je crois que la prochaine fois il faudra
essayer d'un autre parfum ». « Je ne peux pas dire
comme je trouve que Swann change, dit ma grand'-
tante, il est d'un vieux ! » Ma grand'tante avait tellement l'habitude de voir toujours en Swann un même
adolescent, qu'elle s'étonnait de le trouver tout à coup
moins jeune que l'âge qu'elle continuait à lui donner.
Et mes parents du reste commençaient à lui trouver
cette vieillesse anormale, excessive, honteuse et méritée des célibataires, de tous ceux pour qui il semble
que le grand jour qui n'a pas de lendemain soit plus long

que pour les autres, parce que pour eux il est vide et
que les moments s'y additionnent depuis le matin sans
se diviser ensuite entre des enfants. « Je crois qu'il a
beaucoup de soucis avec sa coquine de femme qui vit
au su de tout Combray avec un certain monsieur de
Charlus. C'est la fable de la ville. » Ma mère fit remarquer qu'il avait pourtant l'air bien moins triste
depuis quelque temps. « Il fait aussi moins souvent ce
geste qu'il a tout à fait comme son père de s'essuyer
les yeux et de se passer la main sur le front. Moi je
crois qu'au fond il n'aime plus cette femme. » « Mais
naturellement il ne l'aime plus, répondit mon grand-
père. J'ai reçu de lui il y a déjà longtemps une lettre
à ce sujet, à laquelle je me suis empressé de ne pas
me conformer, et qui ne laisse aucun doute sur ses
sentiments, au moins d'amour, pour sa femme. Hé
bien, vous voyez, vous ne l'avez pas remercié pour
l'Asti », ajouta mon grand-père en se tournant vers
ses deux belles-sœurs. « Comment, nous ne l'avons pas
remerciée ; je crois, entre nous, que je lui ai même
tourné cela assez délicatement », répondit ma tante
Flora. « Oui, tu as très bien arrangé cela, je t'ai admirée », dit ma tante Céline. « Mais toi tu as été très
bien aussi. » « Oui j'étais assez fière de ma phrase sur
les voisins aimables. » « Comment, c'est cela que vous
appelez remercier ! s'écria mon grand-père. J'ai bien
entendu cela mais du diable si j'ai cru que c'était
pour Swann. Vous pouvez être sûr qu'il n'a rien compris. » « Mais voyons, Swann n'est pas bête, je suis
certaine qu'il a apprécié. Je ne pouvais cependant pas
lui dire le nombre de bouteilles et le prix du vin ! »
Mon père et ma mère restèrent seuls, et s'assirent un
instant ; puis mon père dit : « Hé bien, si tu veux
nous allons monter nous coucher ». « Si tu veux, mon
ami, bien que je n'aie pas l'ombre de sommeil ; ce
n'est pas cette glace au café si anodine qui a pu pourtant me tenir si éveillée ; mais j'aperçois de la lumière

dans l'office et puisque la pauvre Françoise m'a atten-
due, je vais lui demander de dégrafer mon corsage
pendant que tu vas te déshabiller. » Et ma mère ouvrit
la porte treillagée du vestibule qui donnait sur l'escalier. Bientôt, je l'entendis qui montait fermer sa fenêtre. J'allai sans bruit dans le couloir ; mon cœur battait
si fort que j'avais de la peine à avancer, mais du moins
il ne battait plus d'anxiété, mais d'épouvante et de
joie. Je vis dans la cage de l'escalier la lumière proje-
tée par la bougie de maman. Puis je la vis elle-même ;
je m'élançai. À la première seconde, elle me regarda
avec étonnement, ne comprenant pas ce qui était arrivé. Puis sa figure prit une expression de colère, elle
ne me disait même pas un mot, et en effet pour bien
moins que cela on ne m'adressait plus la parole pendant plusieurs jours. Si maman m'avait dit un mot,
ç'aurait été admettre qu'on pouvait me reparler et d'ailleurs cela peut-être m'eût paru plus terrible encore,
comme un signe que devant la gravité du châtiment
qui allait se préparer, le silence, la brouille, eussent
été puérils. Une parole c'eût été le calme avec lequel on
répond à un domestique quand on vient de décider de
le renvoyer ; le baiser qu'on donne à un fils qu'on
envoie s'engager alors qu'on le lui aurait refusé si on
devait se contenter d'être fâché deux jours avec lui.
Mais elle entendit mon père qui montait du cabinet de
toilette où il était allé se déshabiller et pour éviter la
scène qu'il me ferait, elle me dit d'une voix entrecoupée
par la colère : « Sauve-toi, sauve-toi, qu'au moins ton
père ne t'ait vu ainsi attendant comme un fou ! » Mais
je lui répétais : « Viens me dire bonsoir », terrifié en
voyant que le reflet de la bougie de mon père s'élevait
déjà sur le mur, mais aussi usant de son approche
comme d'un moyen de chantage et espérant que maman, pour éviter que mon père me trouvât encore là
si elle continuait à refuser, allait me dire : « Rentre
dans ta chambre, je vais venir. » Il était trop tard,

mon père était devant nous. Sans le vouloir, je murmurai ces mots que personne n'entendit : « Je suis perdu ! »

Il n'en fut pas ainsi. Mon père me refusait constamment des permissions qui m'avaient été consenties dans les pactes plus larges octroyés par ma mère et ma grand'mère parce qu'il ne se souciait pas des « principes » et qu'il n'y avait pas avec lui de « Droit des gens ». Pour une raison toute contingente, ou même sans raison, il me supprimait au dernier moment telle promenade si habituelle, si consacrée, qu'on ne pouvait m'en priver sans parjure, ou bien, comme il avait encore fait ce soir, longtemps avant l'heure rituelle, il me disait : « Allons, monte te coucher, pas d'explication ! » Mais aussi, parce qu'il n'avait pas de principes (dans le sens de ma grand'mère) il n'avait pas, à proprement parler d'intransigeance. Il me regarda un instant d'un air étonné et fâché, puis dès que maman lui eût expliqué en quelques mots embarrassés ce qui était arrivé, il lui dit : « Mais va donc avec lui, puisque tu disais justement que tu n'as pas envie de dormir, reste un peu dans sa chambre, moi je n'ai besoin de rien. » « Mais, mon ami, répondit timidement ma mère, que j'aie envie ou non de dormir, ne change rien à la chose, on ne peut pas habituer cet enfant... » « Mais il ne s'agit pas d'habituer, dit mon père en haussant les épaules, tu vois bien que ce petit a du chagrin, il a l'air désolé, cet enfant ; voyons, nous ne sommes pas des bourreaux ! Quand tu l'auras rendu malade, tu seras bien avancée ! Puisqu'il y a deux lits dans sa chambre, dis donc à Françoise de te préparer le grand lit et couche pour cette nuit auprès de lui. Allons, bonsoir, moi qui ne suis pas si nerveux que vous, je vais me coucher. »

On ne pouvait pas remercier mon père ; on l'eût agacé par ce qu'il appelait des sensibleries. Je restai sans oser faire un mouvement ; il était encore devant

nous, grand, dans sa robe de nuit blanche sous le
cachemir de l'Inde violet et rose qu'il nouait autour de
sa tête depuis qu'il avait des névralgies, avec le geste
d'Abraham dans la gravure d'après Benozzo Gozzoli
que m'ait donnée M. Swann, disant à Sarah, qu'elle
a à se départir du côté d'Isaac. Il y a bien des années
de cela. La muraille de l'escalier, où je vis monter le
reflet de sa bougie n'existe plus depuis longtemps. En
moi aussi bien des choses ont été détruites que je
croyais devoir durer toujours et de nouvelles se sont
édifiées donnant naissance à des peines et à des joies
nouvelles que je n'aurais pu prévoir alors, de même
que les anciennes me sont devenues difficiles à comprendre. Il y a bien longtemps aussi que mon père a
cessé de pouvoir dire à maman : « Va avec le petit. »
La possibilité de telles heures ne renaîtra jamais pour
moi. Mais depuis peu de temps, je recommence à très
bien percevoir si je prête l'oreille, les sanglots que
j'eus la force de contenir devant mon père et qui
n'éclatèrent que quand je me retrouvai seul avec
maman. En réalité ils n'ont jamais cessé ; et c'est seulement parce que la vie se tait maintenant davantage
autour de moi que je les entends de nouveau, comme
ces cloches de couvents que couvrent si bien les bruits
de la ville pendant le jour qu'on les croyait arrêtées
mais qui se remettent à sonner dans le silence du
soir.

Maman passa cette nuit-là dans ma chambre ; au
moment où je venais de commettre une faute telle que
je m'attendais à être obligé de quitter la maison, mes
parents m'accordaient plus que je n'eusse jamais obtenu d'eux comme récompense d'une belle action. Même
à l'heure où elle se manifestait par cette grâce, la
conduite de mon père à mon égard gardait ce quelque
chose d'arbitraire et d'immérité qui la caractérisait et
qui tenait à ce que généralement elle résultait plutôt
de convenances fortuites que d'un plan prémédité.

Peut-être même que ce que j'appelais sa sévérité, quand il m'envoyait me coucher, méritait moins ce nom que celle de ma mère ou ma grand'mère, car sa nature, plus différente en certains points de la mienne que n'était la leur, n'avait probablement pas deviné jusqu'ici combien j'étais malheureux tous les soirs, ce que ma mère et ma grand'mère savaient bien ; mais elles m'aimaient assez pour ne pas consentir à m'épargner de la souffrance, elles voulaient m'apprendre à la dominer afin de diminuer ma sensibilité nerveuse et fortifier ma volonté. Pour mon père, dont l'effection pour moi était d'une autre sorte, je ne sais pas s'il aurait eu ce courage : pour une fois où il venait de comprendre que j'avais du chagrin, il avait dit à ma mère : « Vas donc le consoler. » Maman resta cette nuit-là dans ma chambre et, comme pour ne gâter d'aucun remords ces heures si différentes de ce que j'avais eu le droit d'espérer, quand Françoise, comprenant qu'il se passait quelque chose d'extraordinaire en voyant maman assise près de moi, qui me tenait la main et me laissait pleurer sans me gronder, lui demanda : « Mais Madame, qu'a donc Monsieur à pleurer ainsi ? » maman lui répondit : « Mais il ne sait pas lui-même, Françoise, il est énervé ; préparez-moi vite le grand lit et montez vous coucher. » Ainsi, pour la première fois, ma tristesse n'était plus considérée comme une faute punissable mais comme un mal involontaire qu'on venait de reconnaître officiellement, comme un état nerveux dont je n'étais pas responsable ; j'avais le soulagement de n'avoir plus à mêler de scrupules à l'amertume de mes larmes, je pouvais pleurer sans péché. Je n'étais pas non plus médiocrement fier vis-à-vis de Françoise de ce retour des choses humaines, qui, une heure après que maman avait refusé de monter dans ma chambre et m'avait fait dédaigneusement répondre que je devrais dormir, m'élevait à la dignité de grande personne et m'avait

fait atteindre tout d'un coup à une sorte de puberté
du chagrin, d'émancipation des larmes. J'aurais dû
être heureux : je ne l'étais pas. Il me semblait que
ma mère venait de me faire une première concession
qui devait lui être douloureuse, que c'était une première abdication de sa part devant l'idéal qu'elle avait
conçu pour moi, et que pour la première fois, elle si
courageuse, s'avouait vaincue. Il me semblait que si
je venais de remporter une victoire c'était contre elle,
que j'avais réussi comme aurait pu faire la maladie,
des chagrins, ou l'âge, à détendre sa volonté, à faire
fléchir sa raison et que cette soirée commençait une
ère, resterait comme une triste date. Si j'avais osé
maintenant, j'aurais dit à maman : « Non je ne veux
pas, ne couche pas ici. » Mais je connaissais la sagesse
pratique, réaliste comme on dirait aujourd'hui, qui
tempérait en elle la nature ardemment idéaliste de ma
grand'mère, et je savais que maintenant que le mal
était fait elle aimerait mieux m'en laisser du moins
goûter le plaisir calmant et ne pas déranger mon père.
Certes, le beau visage de ma mère brillait encore de
jeunesse ce soir-là où elle me tenait si doucement les
mains et cherchait à arrêter mes larmes ; mais justement il me semblait que cela n'aurait pas dû être,
sa colère eût été moins triste pour moi que cette douceur nouvelle que n'avait pas connue mon enfance ;
il me semblait que je venais d'une main impie et
secrète de tracer dans son âme une première ride et
d'y faire apparaître un premier cheveu blanc. Cette
pensée redoubla mes sanglots et alors je vis maman,
qui jamais ne se laissait aller à aucun attendrissement
avec moi, être tout d'un coup gagnée par le mien et
essayer de retenir une envie de pleurer. Comme elle
sentit que je m'en étais aperçu, elle me dit en riant :
« Voilà mon petit jaunet, mon petit serin, qui va rendre sa maman aussi bêtasse que lui, pour peu que
cela continue. Voyons, puisque tu n'as pas sommeil ni

ta maman non plus, ne restons pas à nous énerver, faisons quelque chose, prenons un de tes livres. » Mais
je n'en avais pas là. « Est-ce que tu aurais moins de
plaisir si je sortais déjà les livres que ta grand'mère
doit te donner pour ta fête? Pense bien : tu ne seras
pas déçu de ne rien avoir après demain? » J'étais au
contraire enchanté et maman alla chercher un paquet
de livres dont je ne pus deviner, à travers le papier
qui les enveloppait, que la taille courte et large, mais
qui sous ce premier aspect, pourtant sommaire et voilé,
éclipsaient déjà la boîte à couleurs du Jour de l'An et
les vers à soie de l'an dernier. C'était la *Mare au
Diable, François le Champi*, la *Petite Fadette* et les
Maîtres Sonneurs. Ma grand'mère, ai-je su depuis,
avait d'abord choisi les poésies de Musset, un volume
de Rousseau et *Indiana* ; car si elle jugeait les lectu-
res futiles aussi malsaines que les bonbons et les pâtis-
series, elle ne pensait pas que les grands souffles du
génie eussent sur l'esprit même d'un enfant une
influence plus dangereuse et moins vivifiante que sur
son corps le grand air et le vent du large. Mais mon
père l'ayant presque traitée de folle en apprenant les
livres qu'elle voulait me donner, elle était retournée
elle-même à Jouy-le-Vicomte chez le libraire pour que
je ne risque pas de ne pas avoir mon cadeau (c'était
un jour brûlant et elle était rentrée si souffrante que le
médecin avait averti ma mère de ne pas la laisser se
fatiguer ainsi) et elle s'était rabattue sur les quatre
romans champêtres de George Sand. « Ma fille, disait-
elle à maman, je ne pourrais me décider è donner à
cet enfant quelque chose de mal écrit. »

En réalité, elle ne se résignait jamais à acheter quelque chose dont on ne pût tirer un profit intellectuel, et
surtout celui que nous procurent les belles choses en
nous apprenant à chercher notre plaisir ailleurs que
dans les satisfactions du bien-être et de la vanité.
Même quand elle avait à faire à quelqu'un un cadeau

dit utile, quand elle avait à donner un fauteuil, des
couverts, une canne, elle les cherchait « anciens »,
comme si leur longue désuétude ayant effacé leur caractère d'utilité, ils paraissaient plutôt disposés pour
nous raconter la vie des hommes d'autrefois que pour
servir aux besoins de la nôtre. Elle eût aimé que
j'eusse dans ma chambre des photographies des monuments ou des paysages les plus beaux. Mais au moment
d'en faire l'emplette, et bien que la chose représentée
eût une valeur esthétique, elle trouvait que la vulgarité, l'utilité reprenaient trop vite leur place dans le
mode mécanique de représentation, la photographie.
Elle essayait de ruser et sinon d'éliminer entièrement
la banalité commerciale, du moins de la réduire, d'y
substituer pour la plus grande partie de l'art encore,
d'y introduire comme plusieurs « épaisseurs » d'art :
au lieu de photographies de la Cathédrale de Chartres, des Grandes Eaux de Saint-Cloud, du Vésuve, elle se renseignait auprès de Swann si quelque grand peintre ne les avait pas représentés, et
préférait me donner des photographies de la Cathédrale de Chartres par Corot, des Grandes Eaux de
Saint-Cloud par Hubert Robert, du Vésuve par Tur-
ner, ce qui faisait un degré d'art de plus. Mais si
le photographe avait été écarté de la représentation
du chef-d'œuvre ou de la nature et remplacé par un
grand artiste, il reprenait ses droits pour reproduire
cette interprétation même. Arrivée à l'échéance de la
vulgarité, ma grand'mère essayait de la reculer encore. Elle demandait à Swann si l'œuvre n'avait pas
été gravée, préférant, quand c'était possible des gravures anciennes et ayant encore un intérêt au delà
d'elles-mêmes, par exemple celles qui représentent un
chef-d'œuvre dans un état où nous ne pouvons plus le
voir aujourd'hui (comme la gravure de la Cène de
Léonard avant sa dégradation, par Morgen). Il faut
dire que les résultats de cette manière de comprendre

4

l'art de faire un cadeau ne furent pas toujours très brillants. L'idée que je pris de Venise d'après un dessin du Titien qui est censée avoir pour fond la lagune, était certainement beaucoup moins exacte que celle que n'eussent donnée de simples photographies. On ne pouvait plus faire le compte à la maison, quand ma grand'tante voulait dresser un réquisitoire contre ma grand'mère, des fauteuils offerts par elle à de jeunes fiancés ou à de vieux époux, qui, à la première tentative qu'on avait fait pour s'en servir, s'étaient immédiatement effondrés sous le poids d'un des destinaires. Mais ma grand'mère aurait cru mesquin de trop s'occuper de la solidité d'une boiserie où se distinguaient encore une fleurette, un sourire, quelquefois une belle imagination du passé. Même ce qui dans ces meubles répondait à un besoin, comme c'était d'une façon à laquelle nous ne sommes plus habitués, la charmait comme les vieilles manières de dire où nous voyons une métaphore, effacée, dans notre moderne langage, par l'usure de l'habitude. Or, justement, les romans champêtres de George Sand qu'elle me donnait pour ma fête, étaient pleins ainsi qu'un mobilier ancien, d'expressions tombées en désuétude et redevenues imagées, comme on n'en trouve plus qu'à la campagne. Et ma grand'mère les avait achetés de préférence à d'autres comme elle eût loué plus volontiers une propriété où il y aurait eu un pigeonnier gothique ou quelqu'une de ces vieilles choses qui exercent sur l'esprit une heureuse influence en lui donnant la nostalgie d'impossibles voyages dans le temps.

Maman s'assit à côté de mon lit; elle avait pris *François le Champi* à qui sa couverture rougeâtre et son titre incompréhensible, donnaient pour moi une personnalité distincte et un attrait mystérieux. Je n'avais jamais lu encore de vrais romans. J'avais entendu dire que George Sand était le type du romancier. Cela me disposait déjà à imaginer dans François le

Champi quelque chose d'indéfinissable et de délicieux.
Les procédés de narration destinés à exciter la curiosité ou l'attendrissement, certaines façons de dire qui
éveillent l'inquiétude et la mélancolie, et qu'un lecteur
un peu instruit reconnaît pour communs à beaucoup
de romans, me paraissaient, à moi qui considérais
un livre nouveau non comme une chose ayant beaucoup de semblables, mais comme une personne unique,
n'ayant de raison d'être qu'en soi, être simplement une
émanation troublante de l'essence particulière à *François le Champi*. Sous ces événements si journaliers,
ces choses si communes, ces mots si courants, je sentais comme une intonation, une accentuation étrange.
L'action s'engagea ; elle me parut d'autant plus obscure que dans ce temps-là, quand je lisais, je rêvas-
sais souvent pendant des pages entières, à tout autre
chose. Et aux lacunes que cette distraction laissait
dans le récit, s'ajoutait, quand c'était maman qui me
lisait à haute voix, qu'elle passait toutes les scènes
d'amour. Aussi tous les changements bizarres qui se
produisent dans l'attitude respective de la meunière
et de l'enfant et qui ne trouvaient leur explication
que dans les progrès d'un amour naissant me paraissaient empreints d'un profond mystère dont je me figurais volontiers que la source devait être dans ce nom
inconnu et si doux de « Champi » qui mettait sur l'enfant, qui le portait sans que je susse pourquoi, sa couleur vive, empourprée et charmante. Si ma mère était
une lectrice infidèle c'était aussi, pour les ouvrages où
elle trouvait l'accent d'un sentiment vrai, une lectrice
admirable par le respect et la simplicité de l'interprétation, par la beauté et la douceur du son. Même dans
la vie, quand c'étaient des êtres et non des œuvres
d'art qui excitaient ainsi son attendrissement ou son
admiration, c'était touchant de voir avec quelle déférence elle écartait de sa voix, de son geste, de ses propos, tel éclat de gaîté qui eût pu faire mal à cette

mère qui avait autrefois perdu un enfant, tel rappel
de fête, d'anniversaire, qui aurait pu faire penser ce
vieillard à son grand âge, tel propos de ménage qui
aurait paru fastidieux à ce jeune savant. De même,
quand elle lisait la prose de George Sand, qui respire
toujours cette bonté, cette distinction morale que
maman avait appris de ma grand'mère à tenir pour
supérieures à tout dans la vie, et que je ne devais lui
désapprendre que bien plus tard à tenir également
pour supérieures à tout dans les livres, attentive à ba-
nir de sa voix toute petitesse, toute affectation qui eût
pu empêcher le flot puissant d'y être reçu, elle four-
nissait toute la tendresse naturelle, toute l'ample douceur qu'elles réclamaient à ces phrases qui semblaient
écrites pour sa voix et qui pour ainsi dire tenaient
tout entières dans le registre de sa sensibilité. Elle
retrouvait pour les attaquer dans le ton qu'il faut,
l'accent cordial qui leur préexiste et les dicta, mais que
les mots n'indiquent pas ; grâce à lui elle amortissait
au passage toute crudité dans les temps des verbes,
donnait à l'imparfait et au passé défini la douceur
qu'il y a dans la bonté, la mélancolie qu'il y a dans la
tendresse, dirigeait la phrase qui finissait vers celle
qui allait commencer, tantôt pressant, tantôt ralentis-
sant la marche des syllabes pour les faire entrer, quoique leurs quantités fussent différentes, dans un rythme
uniforme, elle insufflait à cette prose si commune une
sorte de vie continue et sentimentale.

Mes remords étaient calmés, je me laissais aller à
la douceur de cette nuit où j'avais ma mère auprès de
moi. Je savais qu'une telle nuit ne pourrait se renouveler ; que le plus grand désir que j'eusse au monde,
garder ma mère dans ma chambre pendant ces tristes
heures nocturnes, était trop en opposition avec les nécessités de la vie et le vœu de tous, pour que l'accomplissement qu'on lui avait accordé ce soir pût être
autre chose que factice et exceptionnel. Demain mes

angoisses reprendraient et maman ne resterait pas là.
Mais quand mes angoisses étaient calmées, je ne les comprenais plus ; puis demain soir était encore lointain ;
je me disais que j'aurais le temps d'aviser, bien que
ce temps-là ne pût m'apporter aucun pouvoir de plus,
qu'il s'agissait de choses qui ne dépendaient pas de
ma volonté et que seul me faisait paraître plus évi-
tables l'intervalle qui les séparait encore de moi.

*
* *

C'est ainsi que, pendant longtemps, quand, réveillé la nuit, je me ressouvenais de Combray, je
n'en revis jamais que cette sorte de pan lumineux,
découpé au milieu d'indistinctes ténèbres, pareil à ceux
que l'embrasement d'un feu de bengale ou quelque
projection électrique éclairent et sectionnent dans un
édifice dont les autres parties restent plongées dans
la nuit : à la base assez large, le petit salon, la salle
à manger, l'amorce de l'allée obscure par où arriverait M. Swann l'auteur inconscient de mes tristesses, le vestibule où je m'acheminais vers la première
marche de l'escalier, si cruel à monter, qui constituait
à lui seul le tronc fort étroit de cette pyramide irrégulière ; et, au faîte, ma chambre à coucher avec le
petit couloir à porte vitrée pour l'entrée de maman ;
en un mot, toujours vu à la même heure, isolé de tout
ce qu'il pouvait y avoir autour, se détachant seul sur
l'obscurité, le décor strictement nécessaire (comme
celui qu'on voit indiqué en tête des vieilles pièces
pour les représentations en province), au drame de
mon déshabillage ; comme si Combray n'avait consisté
qu'en deux étages reliés par un mince escalier, et
comme s'il n'y avait jamais été plus de sept heures du
soir. A vrai dire, j'aurais pu répondre à qui m'eût

interrogé que Combray comprenait encore autre chose
et existait à d'autres heures. Mais comme ce que je
m'en serais rappelé m'eût été fourni seulement par la
mémoire volontaire, la mémoire de l'intelligence, et
comme les renseignements qu'elle donne sur le passé
ne conservent rien de lui, je n'aurais jamais eu envie
de songer à ce reste de Combray. Tout cela était en
réalité mort pour moi.

Mort à jamais ? C'était possible.

Il y a beaucoup de hasard en tout ceci, et un second
hasard, celui de notre mort, souvent ne nous permet
pas d'attendre longtemps les faveurs du premier.

Je trouve très raisonnable la croyance celtique que
les âmes de ceux que nous avons perdus sont captives
dans quelque être inférieur, dans une bête, un végétal,
une chose inanimée, perdues en effet pour nous jusqu'au jour, qui pour beaucoup ne vient jamais, où nous
nous trouvons passer près de l'arbre, entrer en possession de l'objet qui est leur prison. Alors elles tres-
saillent, nous appellent, et sitôt que nous les avons
reconnues l'enchantement est brisé. Délivrées par
nous, elles ont vaincu la mort et reviennent vivre avec
nous.

Il en est ainsi de notre passé. C'est peine perdue que
nous cherchions à l'évoquer, tous les efforts de notre
intelligence sont inutiles. Il est caché hors de son domaine et de sa portée, en quelque objet matériel (en
la sensation que nous donnerait cet objet matériel), que
nous ne soupçonnons pas. Cet objet, il dépend du
hasard que nous le rencontrions avant de mourir, ou
que nous ne le rencontrions pas.

Il y avait déjà bien des années que, de Combray,
tout ce qui n'était pas le théâtre et le drame de mon
coucher, n'existait plus pour moi, quand un jour d'hiver, comme je rentrais à la maison, ma mère voyant
que j'avais froid, me proposa de me faire prendre,
contre mon habitude, un peu de thé. Je refusai d'abord

et, je ne sais pourquoi, me ravisai. Elle envoya chercher un de ces gâteaux courts et dodus appelés Petites Madeleines qui semblent avoir été moulés dans la valve rainurée d'une coquille de Saint-Jacques. Et bientôt, machinalement, accablé par la morne journée et la perspective d'un triste lendemain, je portai à mes lèvres une cuillerée du thé où j'avais laissé s'amollir un morceau de madeleine. Mais à l'instant même où la gorgée mêlée des miettes du gâteau toucha mon palais, je tressaillis, attentif à ce qui se passait d'extraordinaire en moi. Un plaisir délicieux m'avait envahi, isolé, sans la notion de sa cause. Il m'avait aussitôt rendu les vicissitudes de la vie indifférentes, ses désastres inoffensifs, sa brièveté illusoire, de la même façon qu'opère l'amour, en me remplissant d'une essence précieuse : ou plutôt cette essence n'était pas en moi, elle était moi. J'avais cessé de me sentir médiocre, contingent, mortel. D'où avait pu me venir cette puissante joie ? Je sentais qu'elle était liée au goût du thé et du gâteau, mais qu'elle le dépassait infiniment, ne devait pas être de même nature. D'où venait-elle ? Que signifiait-elle ? Où l'appréhender ? Je bois une seconde gorgée où je ne trouve rien de plus que dans la première, une troisième qui m'apporte un peu moins que la seconde. Il est temps que je m'arrête, la vertu du breuvage semble diminuer. Il est clair que la vérité que je cherche n'est pas en lui, mais en moi. Il l'y a éveillée, mais ne la connaît pas, et ne peut que répéter indéfiniment, avec de moins en moins de force, ce même témoignage que je ne sais pas interpréter et que je veux au moins pouvoir lui redemander et retrouver intact, à ma disposition, tout à l'heure, pour un éclaircissement décisif. Je pose la tasse et me tourne vers mon esprit. C'est à lui de trouver la vérité. Mais comment ? Grave incertitude, toutes les fois que l'esprit se sent dépassé par lui-même ; quand lui, le chercheur, est tout ensemble le pays obscur où il doit cher-

cher et où tout son bagage ne lui sera de rien. Chercher?
pas seulement : créer. Il est en face de quelque chose
qui n'est pas encore et que seul il peut réaliser, puis
faire entrer dans sa lumière.

Et je recommence à me demander quel pouvait être
cet état inconnu, qui n'apportait aucune preuve logique, mais l'évidence, de sa félicité, de sa réalité devant
laquelle les autres s'évanouissaient. Je veux essayer
de le faire réapparaître. Je rétrograde par la pensée
au moment où je pris la première cuillerée de thé. Je
retrouve le même état, sans une clarté nouvelle. Je
demande à mon esprit un effort de plus, de ramener
encore une fois la sensation qui s'enfuit. Et pour que
rien ne brise l'élan dont il va tâcher de la ressaisir,
j'écarte tout obstacle, toute idée étrangère, j'abrite
mes oreilles et mon attention contre les bruits de la
chambre voisine. Mais sentant mon esprit qui se fatigue sans réussir, je le force au contraire à prendre
cette distraction que je lui refusais, à penser à autre
chose, à se refaire avant une tentative suprême. Puis
une deuxième fois, je fais le vide devant lui, je re-
mets en face de lui la saveur encore récente de cette
première gorgée et je sens tressaillir en moi quelque
chose qui se déplace, voudrait s'élever, quelque chose
qu'on aurait désancré, à une grande profondeur ; je ne
sais ce que c'est, mais cela monte lentement ; j'éprouve
la résistance et j'entends la rumeur des distances traversées.

Certes, ce qui palpite ainsi au fond de moi, ce doit
être l'image, le souvenir visuel, qui, lié à cette saveur,
tente de la suivre jusqu'à moi. Mais il se débat trop
loin, trop confusément ; à peine si je perçois le reflet
neutre où se confond l'insaisissable tourbillon des couleurs remuées ; mais je ne peux distinguer la forme,
lui demander, comme au seul interprète possible, de
me traduire le témoignage de sa contemporaine, de son
inséparable compagne, la saveur, lui demander de

m'apprendre de quelle circonstance particulière, de quelle époque du passé il s'agit.

Arrivera-t-il jusqu'à la surface de ma claire conscience, ce souvenir, l'instant ancien que l'attraction d'un instant identique est venue de si loin solliciter, émouvoir, soulever tout au fond de moi? Je ne sais. Maintenant je ne sens plus rien, il est arrêté, redescendu peut-être; qui sait s'il remontera jamais de sa nuit. Dix fois il me faut recommencer, me pencher vers lui. Et chaque fois la lâcheté qui nous détourne de toute tâche difficile, de toute œuvre importante, m'a conseillé de laisser cela, de boire mon thé en pensant simplement à mes ennuis d'aujourd'hui, à mes désirs de demain qui se laissent remâcher sans peine.

Et tout d'un coup le souvenir m'est apparu. Ce goût c'était celui du petit morceau de madeleine que le dimanche matin à Combray (parce que ce jour-là je ne sortais pas avant l'heure de la messe), quand j'allais lui dire bonjour dans sa chambre, ma tante Léonie m'offrait après l'avoir trempé dans son infusion de thé ou de tilleul. La vue de la petite madeleine ne m'avait rien rappelé avant que je n'y eusse goûté; peut-être parce que, en ayant souvent aperçu depuis, sans en manger, sur les tablettes des pâtissiers, leur image avait quitté ces jours de Combray pour se lier à d'autres plus récents; peut être parce que de ces souvenirs abandonnés si longtemps hors de la mémoire, rien ne survivait, tout s'était désagrégé; les formes, — et celle aussi du petit coquillage de pâtisserie, si grassement sensuel, sous son plissage sévère et dévot — s'étaient abolies, ou, ensommeillées, avaient perdu la force d'expansion qui leur eût permis de rejoindre la conscience. Mais, quand d'un passé ancien rien ne subsiste, après la mort des êtres, après la destruction des choses, seules, plus frêles mais plus vivaces, plus immatérielles, plus persistantes, plus fidèles, l'odeur et la saveur restent encore longtemps, comme des âmes, à se rappeler, à

attendre, à espérer, sur la ruine de tout le reste, à
porter sans fléchir, sur leur gouttelette presque impalpable, l'édifice immense du souvenir.

Et dès que j'eus reconnu le goût du morceau de
madeleine trempé dans le tilleul que me donnait ma
tante (quoique je ne susse pas encore et dusse remettre à
bien plus tard de découvrir pourquoi ce souvenir me
rendait si heureux), aussitôt la vieille maison grise sur
la rue, où était sa chambre, vint comme un décor de
théâtre s'appliquer au petit pavillon, donnant sur le
jardin, qu'on avait construit pour mes parents sur
ses derrières (ce pan tronqué que seul j'avais revu jusque-là); et avec la maison, la ville, depuis le matin
jusqu'au soir et par tous les temps, la Place où on
m'envoyait avant déjeuner, les rues où j'allais faire
des courses, les chemins qu'on prenait si le temps
était beau. Et comme dans ce jeu où les Japonais
s'amusent à tremper dans un bol de porcelaine rempli d'eau, de petits morceaux de papier jusque-là in-
distincts qui, à peine y sont-ils plongés s'étirent, se
contournent, se colorent, se différencient, deviennent
des fleurs, des maisons, des personnages consistants
et reconnaissables, de même maintenant toutes les
fleurs de notre jardin et celles du parc de M. Swann,
et les nymphéas de la Vivonne, et les bonnes gens
du village et leurs petits logis et l'église et tout
Combray et ses environs, tout cela qui prend forme
et solidité, est sorti, ville et jardins, de ma tasse de
thé.

II

Combray de loin, à dix lieues à la ronde, vu du
chemin de fer quand nous y arrivions la dernière semaine avant Pâques ce n'était qu'une église résumant

la ville, la représentant, parlant d'elle et pour elle aux
lointains, et, quand on approchait, tenant serrés autour de sa haute mante sombre, en plein champ, contre le vent, comme une pastoure ses brebis, les dos
laineux et gris des maisons rassemblées qu'un reste
de remparts du moyen âge cernait çà et là d'un trait
aussi parfaitement circulaire qu'une petite ville dans
un tableau de primitif. A l'habiter, Combray était un
peu triste, comme ses rues dont les maisons construites en pierre noirâtres du pays, précédées de degrés,
extérieurs, coiffées de pignons qui rabattaient l'ombre
devant elles, étaient assez obscures pour qu'il fallût
dès que le jour commençait à tomber relever les rideaux dans les « salles » ; des rues aux graves noms de
saints (desquels plusieurs se rattachaient à l'histoire
des premiers seigneurs de Combray) : rue Saint-Hilaire, rue Saint-Jacques où était la maison de ma tante,
rue Sainte-Hildegarde, où donnait la grille, et rue du
Saint-Esprit sur laquelle s'ouvrait la petite porte laté-
rale, de son jardin ; et ces rues de Combray existent
dans une partie de ma mémoire si reculée, peinte de
couleurs si différentes de celles qui maintenant revêtent pour moi le monde, qu'en vérité elles me paraissent toutes, et l'église qui les dominait sur la Place,
plus irréelles encore que les projections de la lanterne
magique ; et qu'à certains moments, il me semble que
pouvoir encore traverser la rue Saint-Hilaire, pouvoir
louer une chambre rue de l'Oiseau — à la vieille
hôtellerie de l'Oiseau flesché des soupiraux de laquelle
montait une odeur de cuisine qui s'élève encore par
moments en moi aussi intermittente et aussi chaude —,
serait une entrée en contact avec l'Au-delà plus merveilleusement surnaturelle que de faire la connaissance
de Golo et de causer avec Geneviève de Brabant.

La cousine de mon grand-père, — ma grand'tante —,
chez qui nous habitions, était la mère de cette tante
Léonie qui, depuis la mort de son mari, mon oncle

Octave, n'avait plus voulu quitter, d'abord Combray,
puis à Combray sa maison, puis sa chambre, puis son
lit et ne « descendait » plus, toujours couchée dans
un état incertain de chagrin, de débilité physique,
de maladie, d'idée fixe et de dévotion. Son appartement particulier donnait sur la rue Saint-Jacques qui
aboutissait beaucoup plus loin au Grand-Pré (par
opposition au Petit-Pré, verdoyant au milieu de la
ville, entre trois rues), et qui, unie, grisâtre, avec les
trois hautes marches de grès presque devant chaque
porte, semblait comme un défilé pratiqué par un tail-
leur d'images gothique à même la pierre où il eût
sculpté une crèche ou un calvaire. Ma tante n'habitait plus effectivement que deux chambres contiguës,
restant l'après-midi dans l'une pendant qu'on aérait
l'autre. C'étaient de ces chambres de province qui,
— de même qu'en certains pays des parties entières
de l'air ou de la mer sont illuminées ou parfumées
par des myriades de protozoaires que nous ne voyons
pas, — nous enchantent des mille odeurs qu'y déga-
gent les vertus, la sagesse, les habitudes, toute une
vie secrète, invisible, surabondante et morale, que
l'atmosphère y tient en suspens ; odeurs naturelles
encore certes, et couleur du temps comme celles de
la campagne voisine, mais déjà casanières, humaines
et renfermées, gelée exquise industrieuse et limpide de
tous les fruits de l'année qui ont quitté le verger pour
l'armoire ; saisonnières, mais mobilières et domestiques, corrigeant le piquant de la gelée blanche par la
douceur du pain chaud, oisives et ponctuelles comme
une horloge de village, flâneuses et rangées, insou-
cieuses et prévoyantes, lingères, matinales, dévotes,
heureuses d'une paix qui n'apporte qu'un surcroît
d'anxiété et d'un prosaïsme qui sert de grand réservoir de poésie à celui qui la traverse sans y avoir
vécu. L'air y était saturé de la fine fleur d'un silence
si nourricier, si succulent que je ne m'y avançais

qu'avec une sorte de gourmandise, surtout par ces premiers matins encore froids de la semaine de Pâques où je le goûtais mieux parce que je venais seulement d'arriver à Combray : avant que j'entre souhaiter le bonjour à ma tante on me faisait attendre un instant, dans la première pièce où le soleil, d'hiver encore, était venu se mettre au chaud devant le feu, déjà allumé entre les deux briques et qui badigeonnait toute la chambre d'une odeur de suie, en faisait comme un de ces grands « devants de four » de campagne, ou de ces manteaux de cheminée de châteaux, sous lesquels on souhaite que se déclare dehors la pluie, la neige, même quelque catastrophe diluvienne pour ajouter au confort de la réclusion la poésie de l'hivernage ; je faisais quelques pas du prie-Dieu aux fauteuils en velours frappé, toujours revêtus d'un appuie-tête au crochet ; et le feu cuisant comme une pâte les appétissantes odeurs dont l'air de la chambre était tout grumeleux et qu'avait déjà fait travailler et « lever » la fraîcheur humide et ensoleillée du matin, il les feuilletait, les dorait, les godait, les boursouflait, en faisant un invisible et palpable gâteau provincial, un immense « chausson » où, à peine goûtés les aromes plus croustillants, plus fins, plus réputés, mais plus secs aussi du placard, de la commode, du papier à ramages, je revenais toujours avec une convoitise inavouée m'engluer dans l'odeur médiane, poisseuse, fade, indigeste et fruitée du couvre-lit à fleurs.

Dans la chambre voisine, j'entendais ma tante qui causait toute seule à mi-voix. Elle ne parlait jamais qu'assez bas parce qu'elle croyait avoir dans la tête quelque chose de cassé et de flottant qu'elle eût déplacé en parlant trop fort, mais elle ne restait jamais longtemps, même seule, sans dire quelque chose, parce qu'elle croyait que c'était salutaire pour sa gorge et qu'en empêchant le sang de s'y arrêter, cela rendrait

moins fréquents les étouffements et les angoisses dont
elle souffrait ; puis, dans l'inertie absolue où elle vivait, elle prêtait à ses moindres sensations une importance extraordinaire ; elle les douait d'une motilité
qui lui rendait difficile de les garder pour elle, et à
défaut de confident à qui les communiquer, elle se les
annonçait à elle-même, en un perpétuel monologue qui
était sa seule forme d'activité. Malheureusement, ayant
pris l'habitude de penser tout haut, elle ne faisait pas
toujours attention à ce qu'il n'y eut personne dans la
chambre voisine, et je l'entendais souvent se dire à
elle-même : « Il faut que je me rappelle bien que je
n'ai pas dormi » (car ne jamais dormir était sa grande
prétention dont notre langage à tous gardait le respect
et la trace : le matin Françoise ne venait pas « l'éveiller », elle « entrait » chez elle ; quand ma tante voulait
faire un somme dans la journée, on disait qu'elle voulait « réfléchir » ou « reposer » ; et quand il lui arrivait de s'oublier en causant jusqu'à dire : « ce qui
m'a réveillée » ou « j'ai rêvé que », elle rougissait et
se reprenait au plus vite).

Au bout d'un moment, j'entrais l'embrasser ; Françoise faisait infuser son thé ; ou, si ma tante se sentait
agitée, elle demandait à la place sa tisane et c'était
moi qui étais chargé de faire tomber du sac de phar-
macie dans une assiette la quantité de tilleul qu'il fallait mettre ensuite dans l'eau bouillante. Le dessé-
chement des tiges les avait incurvées en un capricieux
treillage dans les entrelacs duquel s'ouvraient les fleurs
pâles, comme si un peintre les eût arrangées, les eût
fait poser de la façon la plus ornementale. Les feuilles, ayant perdu ou changé leur aspect, avaient l'air
des choses les plus disparates, d'une aile transparente
de mouche, de l'envers blanc d'une étiquette, d'un pé-
tale de rose, mais qui eussent été empilées, concassées
ou tressées comme dans la confection d'un nid. Mille
petits détails inutiles, — charmante prodigalité du

pharmacien, — qu'on eût supprimés dans une préparation factice, me donnaient, comme un livre où on
s'émerveille de rencontrer le nom d'une personne de
connaissance, le plaisir de comprendre que c'était bien
des tiges de vrais tilleuls, comme ceux que je voyais
Avenue de la Gare, modifiées, justement parce que
c'étaient non des doubles, mais elles-mêmes et qu'elles
avaient vieilli. Et chaque caractère nouveau n'y étant
que la métamorphose d'un caractère ancien, dans de
petites boules grises je reconnaissais les boutons verts
qui ne sont pas venus à terme ; mais surtout l'éclat
rose, lunaire et doux qui faisait se détacher les fleurs
dans la forêt fragile des tiges où elles étaient suspen-
dues comme de petites roses d'or, — signe, comme
la lueur qui révèle encore sur une muraille la place
d'une fresque effacée, de la différence entre les parties
de l'arbre qui avaient été « en couleur » et celles qui
ne l'avaient pas été — me montrait que ces pétales
étaient bien ceux qui avant de fleurir le sac de phar-
macie avaient embaumé les soirs de printemps. Cette
flamme rose de cierge, c'était leur couleur encore, mais
à demi éteinte et assoupie dans cette vie diminuée
qu'était la leur maintenant et qui est comme le crépuscule des fleurs. Bientôt ma tante pouvait tremper
dans l'infusion bouillante dont elle savourait le goût
de feuille morte ou de fleur fanée une petite madeleine
dont elle me tendait un morceau quand il était suffisamment amolli.

D'un côté de son lit était une grande commode
jaune en bois de citronnier et une table qui tenait à
la fois de l'officine et du maître-autel, où, au-dessous d'une statuette de la Vierge et d'une bouteille de
Vichy-Célestins, on trouvait des livres de messe et des
ordonnances de médicaments, tout ce qu'il fallait pour
suivre de son lit les offices et son régime, pour ne
manquer l'heure ni de la pepsine, ni des Vêpres. De
l'autre côté, son lit longeait la fenêtre, elle avait la

rue sous les yeux et y lisait du matin au soir, pour
se désennuyer, à la façon des princes persans, la chronique quotidienne mais immémoriale de Combray,
qu'elle commentait ensuite avec Françoise.

Je n'étais pas avec ma tante depuis cinq minutes,
qu'elle me renvoyait par peur que je la fatigue. Elle
tendait à mes lèvres son triste front pâle et fade sur
lequel, à cette heure matinale, elle n'avait pas encore
arrangé ses faux cheveux, et où les vertèbres trans-
paraissaient comme les pointes d'une couronne d'épines ou les grains d'un rosaire, et elle me disait :
« Allons, mon pauvre enfant, va-t'en, va te préparer
pour la messe » ; et si en bas tu rencontres Françoise, dis-lui de ne pas s'amuser trop longtemps avec
vous, qu'elle monte bientôt voir si je n'ai besoin de
rien. »

Françoise, en effet, qui était depuis des années à
son service et ne se doutait pas alors qu'elle entrerait
un jour tout à fait au nôtre délaissait un peu ma tante
pendant les mois où nous étions là. Il y avait eu dans
mon enfance, avant que nous allions à Combray, quand
ma tante Léonie passait encore l'hiver à Paris chez sa
mère, un temps où je connaissais si peu Françoise, que
le 1er janvier, avant d'entrer chez ma grand'tante, ma
mère me mettait dans la main une pièce de cinq francs
et me disait : « Surtout ne te trompe pas de personne.
Attends pour donner que tu m'entendes dire : « Bonjour Françoise » en même temps je te toucherai légèrement le bras. » A peine arrivions-nous dans l'obscure
antichambre de ma tante que nous apercevions dans
l'ombre, sous les tuyaux d'un bonnet éblouissant, raide
et fragile comme s'il avait été de sucre filé, les remous
concentriques d'un sourire de reconnaissance anticipé.
C'était Françoise, immobile et debout dans l'encadre-
ment de la petite porte du corridor comme une statue
de sainte dans sa niche. Quand on était un peu habitué
à ces ténèbres de chapelle on distinguait sur son visage,

l'amour désintéressé de l'humanité, le respect attendri pour les hautes classes qu'exaltait dans les meilleures régions de son cœur l'espoir des étrennes. Maman me pinçait le bras avec violence et disait d'une voix forte : « Bonjour Françoise. » A ce signal mes doigts s'ouvraient et je lâchais la pièce qui trouvait pour la recevoir une main confuse mais tendue. Mais depuis que nous allions à Combray, je ne connaissais personne mieux que Françoise ; nous étions ses préférés, elle avait pour nous, au moins pendant les premières années, avec autant de considération que pour ma tante, un goût plus vif, parce que nous ajoutions, au prestige de faire partie de la famille (elle avait pour les liens invisibles que noue entre les membres d'une famille la circulation d'un même sang, autant de respect qu'un Tragique grec), le charme de n'être pas ses maîtres habituels. Aussi, avec quelle joie elle nous recevait, nous plaignant de n'avoir pas encore plus beau temps, le jour de notre arrivée, la veille de Pâques, où souvent il faisait un vent glacial, quand maman lui demandait des nouvelles de sa fille et de ses neveux, si son petit-fils était gentil, ce qu'on comptait faire de lui, s'il ressemblerait à sa grand'mère.

Et quand il n'y avait plus de monde là, maman qui savait que Françoise pleurait encore ses parents morts depuis des années, lui parlait d'eux avec douceur, lui demandait mille détails sur ce qu'avait été leur vie.

Elle avait deviné que Françoise n'aimait pas son gendre et qu'il lui gâtait le plaisir qu'elle avait à être avec sa fille, avec qui elle ne causait pas aussi librement quand il était là. Aussi, quand Françoise allait les voir, à quelques lieues de Combray, maman lui disait en souriant : « N'est-ce pas Françoise, si Julien a été obligé de s'absenter et si vous avez Marguerite à vous toute seule pour toute la journée, vous serez désolée, mais vous vous ferez une raison ? » Et Françoise disait en riant : « Madame sait tout ; madame est pire que les rayons X (elle disait x avec une difficulté affectée et un sourire pour se railler elle-même, ignorante, d'employer ce terme savant), qu'on a fait venir pour Mme Octave et qui voient ce que vous avez dans le cœur », et disparaissait, confuse qu'on s'occupât d'elle, peut-être pour qu'on ne la vît pas pleurer ; maman était la première personne qui lui donnât cette douce émotion de sentir que sa vie, ses bonheurs, ses chagrins de paysanne pouvaient présenter de l'intérêt, être un motif de joie ou de tristesse pour une autre qu'elle-même. Ma tante se résignait à se priver un peu d'elle pendant notre séjour, sachant combien ma mère appréciait le service de cette bonne si intelligente et active, qui était aussi belle dès cinq heures du matin dans sa cuisine, sous son bonnet dont le tuyautage éclatant et fixe avait l'air d'être en biscuit, que pour aller à la grand'messe; qui faisait tout bien, travaillant comme un cheval, qu'elle fût bien portante ou non, mais sans bruit, sans avoir l'air de rien faire, la seule des bonnes de ma tante qui, quand maman demandait de l'eau chaude ou du café noir, les apportaient vraiment bouillants ; elle était un de ces serviteurs qui, dans une maison, sont à la fois ceux qui déplaisent le plus au premier abord à un étranger, peut-être parce qu'ils ne prennent pas la peine de faire sa conquête et n'ont pas pour lui de prévenance, sachant très bien qu'ils n'ont aucun besoin de de lui, qu'on cesserait de le recevoir plutôt que de les renvoyer ; et qui sont en revanche ceux à qui tiennent le plus les maîtres qui ont éprouvé leurs capacités réelles, et ne se soucient pas de cet agrément superficiel, de ce bavardage servile qui fait favorablement impression à un visiteur, mais qui recouvre souvent une inéducable nullité.

Quand Françoise, après avoir veillé à ce que mes parents eussent tout ce qu'il leur fallait, remontait une première fois chez ma tante pour lui donner sa pepsine et lui demander ce qu'elle prendrait pour déjeuner, il était bien rare qu'il ne lui fallût pas donner déjà son avis ou fournir des explications sur quelque événement d'importance :

— « Françoise, imaginez-vous que Mme Goupil est passée plus d'un quart d'heure en retard pour aller chercher sa sœur ; pour peu qu'elle s'attarde sur son chemin cela ne me surprendrait point qu'elle arrive après l'élévation. »

— « Hé ! il n'y aurait rien d'étonnant », répondait Françoise.

— « Françoise, vous seriez venue cinq minutes plus tôt vous auriez vu passer Mme Imbert qui tenait des asperges deux fois grosses comme celles de la mère Callot ; tâchez donc de savoir par sa bonne où elle les a eues. Vous qui, cette année, nous mettez des asperges à toutes les sauces, vous auriez pu en prendre de pareilles pour nos voyageurs. »

— « Il n'y aurait rien d'étonnant qu'elles viennent de chez M. le Curé », disait Françoise.

— « Ah ! je vous crois bien, ma pauvre Françoise, répondait ma tante en haussant les épaules, chez M. le Curé ! Vous savez bien qu'il ne fait pousser que de méchantes petites asperges de rien. Je vous dis que celles-là étaient grosses comme le bras. Pas comme le vôtre, bien sûr, mais comme mon pauvre bras qui a encore tant maigri cette année. »

— « Françoise, vous n'avez pas entendu ce carillon qui m'a cassé la tête ? »

— « Non, madame Octave. »

— « Ah ! ma pauvre fille, il faut que vous l'ayez solide votre tête, vous pouvez remercier le Bon Dieu. C'était la Maguelone qui était venue chercher le docteur Piperaud. Il est ressorti tout de suite avec elle et ils ont tourné par la rue de l'Oiseau. Il faut qu'il y ait quelque enfant de malade. »

— « Eh ! là, mon Dieu », soupirait Françoise, qui ne

pouvait pas entendre parler d'un malheur arrivé à un
inconnu même dans une partie du monde éloignée sans
commencer à gémir.

— « Françoise, mais pour qui donc a-t-on sonné la
cloche des morts ? Ah ! mon Dieu, ce sera pour
Mme Rousseau. Voilà-t-il pas que j'avais oublié qu'elle
a passé l'autre nuit. Ah ! il est temps que le Bon Dieu
me rappelle, je ne sais plus ce que j'ai fait de ma tête
depuis la mort de mon pauvre Octave. Mais je vous
fais perdre votre temps, ma fille. »

— « Mais non, madame Octave, mon temps n'est pas
si cher ; celui qui l'a fait ne nous l'a pas vendu. Je vas
seulement voir si mon feu ne s'éteint pas. »

Ainsi Françoise et ma tante appréciaient-elles ensemble au cours de cette séance matinale, les premiers événements du jour. Mais quelquefois ces événements revêtaient un caractère si mystérieux et si
grave que ma tante sentait qu'elle ne pourrait pas
attendre le moment où Françoise monterait, et quatre
coups de sonnette formidables retentissaient dans la
maison.

— « Mais, madame Octave, ce n'est pas encore l'heure
de la pepsine, disait Françoise. Est-ce que vous vous
êtes senti une faiblesse ? »

— « Mais non, Françoise, disait ma tante, c'est-à-dire
si, vous savez bien que maintenant les moments où je
n'ai pas de faiblesse sont bien rares ; un jour je pas-
serai comme Mme Rousseau sans avoir eu le temps de
me reconnaître ; mais ce n'est pas pour cela que je
sonne. Croyez-vous pas que je viens de voir comme
je vous vois Mme Goupil avec une fillette que je ne
connais point. Allez donc chercher deux sous de sel
chez Camus. C'est bien rare si Théodore ne peut pas
vous dire qui c'est. »

— « Mais ça sera la fille à M. Pupin », disait Françoise
qui préférait s'en tenir à une explication immédiate,
ayant été déjà deux fois depuis le matin chez Camus.

— « La fille à M. Pupin ! Oh ! je vous crois bien, ma pauvre Françoise ! Avec cela que je ne l'aurais pas reconnue ? »

— « Mais je ne veux pas dire la grande, madame Octave, je veux dire la gamine, celle qui est en pension à Jouy. Il me ressemble de l'avoir déjà vue ce matin. »

— « Ah ! à moins de ça, disait ma tante. Il faudrait qu'elle soit venue pour les fêtes. C'est cela ! Il n'y a pas besoin de chercher, elle sera venue pour les fêtes. Mais alors nous pourrions bien voir tout à l'heure Mme Sazerat venir sonner chez sa sœur pour le déjeuner. Ce sera ça ! J'ai vu le petit de chez Galopin qui passait avec une tarte ! Vous verrez que la tarte allait chez Mme Goupil. »

— « Dès l'instant que Mme Goupil a de la visite, madame Octave, vous n'allez pas tarder à voir tout son monde rentrer pour le déjeuner, car il commence à ne plus être de bonne heure », disait Françoise qui, pressée de redescendre s'occuper du déjeuner, n'était pas fâchée de laisser à ma tante cette distraction en perspective.

— « Oh ! pas avant midi, répondait ma tante d'un ton résigné, tout en jetant sur la pendule un coup d'œil inquiet, mais furtif pour ne pas laisser voir qu'elle, qui avait renoncé à tout, trouvait pourtant, à apprendre qui Mme Goupil avait à déjeuner, un plaisir aussi vif, et qui se ferait malheureusement attendre encore un peu plus d'une heure. Et encore cela tombera pendant mon déjeuner ! » ajouta-t-elle à mi-voix pour elle-même. Son déjeuner lui était une distraction suffisante pour qu'elle n'en souhaitât pas une autre en même temps. « Vous n'oublierez pas au moins de me donner mes œufs à la crème dans une assiette plate ? » C'étaient les seules qui fussent ornées de sujets, et ma tante s'amusait à chaque repas à lire la légende de celle qu'on lui servait ce jour-là. Elle mettait ses lunettes, déchiffrait : Alibaba et les quarante voleurs,

Aladin ou la Lampe merveilleuse et disait en souriant:
Très bien, très bien.

— « Je serais bien allée chez Camus... » disait Françoise en voyant que ma tante ne l'y enverrait plus.

— « Mais non, ce n'est plus la peine, c'est sûrement
M\ue Pupin. Ma pauvre Françoise, je regrette de vous
avoir fait monter pour rien. »

Mais ma tante savait bien que ce n'était pas pour
rien qu'elle avait sonné Françoise, car, à Combray,
une personne « qu'on ne connaissait point » était un
être aussi peu croyable qu'un dieu de la mythologie,
et de fait on ne se souvenait pas que chaque fois que
s'était produite, dans la rue du Saint-Esprit ou sur la
place, une de ces apparitions stupéfiantes, des recher-
ches bien conduites n'eussent pas fini par réduire le
personnage fabuleux aux proportions d'une « personne
qu'on connaissait », soit personnellement, soit abstrai-
tement, dans son état civil, en tant qu'ayant tel degré
de parenté avec des gens de Combray. C'était le fils
de Mme Sauton qui rentrait du service, la nièce de
l'abbé Perdreau qui sortait du couvent, le frère du
curé, percepteur à Châteaudun qui venait de prendre
sa retraite ou qui était venu passer les fêtes. On avait
eu en les apercevant l'émotion de croire qu'il y avait
à Combray des gens qu'on ne connaissait point simplement parce qu'on ne les avait pas reconnus ou iden-
tifiés tout de suite. Et pourtant, longtemps à l'avance
Mme Sauton et le curé avaient prévenu qu'ils attendaient leurs « voyageurs ». Quand le soir, je montais,
en rentrant, raconter notre promenade à ma tante, si
j'avais l'imprudence de lui dire que nous avions rencontré près du Pont-Vieux, un homme que mon grand-
père ne connaissait pas : « Un homme que grand-père
ne connaissait point, s'écriait-elle. Ah ! je te crois
bien ! » Néanmoins, un peu émue de cette nouvelle,
elle voulait en avoir le cœur net, mon grand-père
était mandé. « Qui donc est-ce que vous avez rencontré

près du Pont-Vieux, mon oncle ? un homme que vous ne connaissiez point ? » — « Mais si, répondait mon grand-père, c'était Prosper, le frère du jardinier de Mme Bouillebœuf.» — « Ah ! bien », disait ma tante, tranquillisée et un peu rouge ; haussant les épaules avec un sourire ironique, elle ajoutait : « Aussi il me disait que vous aviez rencontré un homme que vous ne connaissiez point ! » Et on me recommandait d'être plus circonspect une autre fois et de ne plus agiter ainsi ma tante par des paroles irréfléchies. On connaissait tellement bien tout le monde, à Combray, bêtes et gens, que si ma tante avait vu par hasard passer un chien « qu'elle ne connaissait point », elle ne cessait d'y penser et de consacrer à ce fait incompréhensible ses talents d'induction et ses heures de liberté.

— « Ce sera le chien de Me Sazerat », disait Françoise, sans grande conviction, mais dans un but d'apaisement et pour qu^e ma tante ne se « fende pas la tête ».

— « Comme si je ne connaissais pas le chien de Mme Sazerat ! » répondait ma tante dont l'esprit critique n'admettait pas si facilement un fait.

— « Ah ! ce sera le nouveau chien que M. Galopin a rapporté de Lisieux. »

— « Ah ! à moins de ça. »

— « Il paraît que c'est une bête bien affable, ajoutait Françoise qui tenait le renseignement de Théodore, spirituelle comme une personne, toujours de bonne humeur, toujours aimable, toujours quelque chose de gracieux. C'est rare qu'une bête qui n'a que cet âge-là soit déjà si galante. Madame Octave, il va falloir que je vous quitte, je n'ai pas le temps de m'amuser, voilà bientôt dix heures, mon fourneau n'est seulement pas éclairé, et j'ai encore à plumer mes asperges.

— Comment, Françoise, encore des asperges ! mais c'est une vraie maladie d'asperges que vous avez cette année, vous allez en fatiguer nos parisiens ! »

— « Mais non, madame Octave, ils aiment bien ça.

Ils rentreront de l'église avec de l'appétit et vous verrez qu'ils ne les mangeront pas avec le dos de la cuiller. »

— « Mais à l'église, ils doivent y être déjà ; vous ferez bien de ne pas perdre de temps. Allez surveiller votre déjeuner. »

Pendant que ma tante devisait ainsi avec Françoise, j'accompagnais mes parents à la messe. Que je l'aimais, que je la revois bien, notre Eglise ! Son vieux porche par lequel nous entrions, noir, grêlé comme une écumoire, était dévié et profondément creusé aux angles (de même que le bénitier où il nous conduisait) comme si le doux effleurement des mantes des paysannes entrant à l'église et de leurs doigts timides prenant de l'eau bénite, pouvait, répété pendant des siècles, acquérir une force destructive, infléchir la pierre et l'entailler de sillons comme en trace la roue des carrioles dans la borne contre laquelle elle bute tous les jours. Ses pierres tombales, sous lesquelles la noble poussière des abbés de Combray, enterrés là, faisait au chœur comme un pavage spirituel, n'étaient plus elles-mêmes de la matière inerte et dure, car le temps les avait rendues douces et fait couler comme du miel hors des limites de leur propre équarrissure qu'ici elles avaient dépassé d'un flot blond, entraînant à la dérive une majuscule gothique en fleurs, noyant les violettes blanches du marbre ; et en deçà desquelles, ailleurs, elles s'étaient résorbées, contractant encore l'elliptique inscription latine, introduisant un caprice de plus dans la disposition de ces caractères abrégés, rapprochant deux lettres d'un mot dont les autres avaient été démesurément distendues. Ses vitraux ne chatoyaient jamais tant que les jours où le soleil se montrait peu, de sorte que fit-il gris dehors, on était sûr qu'il ferait beau dans l'église ; l'un était rempli dans toute sa grandeur par un seul personnage pareil à un Roi de jeu de cartes, qui vivait là-haut, sous un dais architectural, entre ciel et terre ; (et dans le reflet oblique et bleu duquel, parfois les jours de semaine, à midi, quand il n'y a pas d'office, — à l'un de ces rares moments où l'église aérée, vacante, plus humaine, luxueuse, avec du soleil sur son riche mobilier, avait l'air presque habitable comme le hall, de pierre sculptée et de verre peint, d'un hôtel de style moyen âge, — on voyait s'agenouiller un instant Mme Sazerat, posant sur le prie-Dieu voisin un paquet tout ficelé de petits fours qu'elle venait de prendre chez le pâtissier d'en face et qu'elle allait rapporter pour le déjeuner); dans un autre une montagne de neige rose, au pied de laquelle se livrait un combat, semblait avoir givré à même la verrière qu'elle boursouflait de son trouble grésil comme une vitre à laquelle il serait resté des flocons, mais des flocons éclairés par quelque aurore (par la même sans doute qui empourprait le rétable de l'autel de tons si frais qu'ils semblaient plutôt posés là momentanément par une lueur du dehors prête à s'évanouir que par des couleurs attachées à jamais à la pierre) ; et tous étaient si anciens qu'on voyait çà et là leur vieillesse argentée étinceler de la poussière des siècles et montrer brillante et usée jusqu'à la corde la trame de leur douce tapisserie de verre. Il y en avait un qui était un haut compartiment divisé en une centaine de petits vitraux rectangulaires où dominait le bleu, comme un grand jeu de cartes pareil à ceux qui devaient distraire le roi Charles VI ; mais soit qu'un rayon eût brillé, soit que mon regard en bougeant eût promené à travers la verrière, tour à tour éteinte et rallumée, un mouvant et précieux incendie, l'instant d'après elle avait pris l'éclat changeant d'une traîne de paon, puis elle tremblait et ondulait en une pluie flamboyante et fantastique qui dégouttait du haut de la voûte sombre et rocheuse, le long des parois humides, comme si c'était dans la nef de quelque grotte irisée de sinueux stalactites que je suivais mes parents, qui portaient leur

paroissien ; un instant après les petits vitraux en lo-
sange avaient pris la transparence profonde, l'infrangible dureté de saphirs qui eussent été juxtaposés sur
quelque immense pectoral, mais derrière lesquels on
sentait, plus aimé que toutes ces richesses, un sourire
momentané de soleil ; il était aussi reconnaissable
dans le flot bleu et doux dont il baignait les pierre-
ries que sur le pavé de la place ou la paille du marché ; et, même à nos premiers dimanches quand nous
étions arrivés avant Pâques, il me consolait que la
terre fût encore nue et noire, en faisant épanouir,
comme en un printemps historique et qui datait des
successeurs de Saint-Louis, ce tapis éblouissant et doré
de myosotis en verre.

Deux tapisseries de haute lice représentaient le couronnement d'Esther (la tradition voulait qu'on eût donné
à Assuérus les traits d'un roi de France et à Esther
ceux d'une dame de Guermantes dont il était amoureux)
auxquelles leurs couleurs, en fondant, avaient ajouté
une expression, un relief, un éclairage : un peu de rose
flottait aux lèvres d'Esther au delà du dessin de leur
contour, le jaune de sa robe s'étalait si onctueusement,
si grassement, qu'elle en prenait une sorte de consistance et s'enlevait vivement sur l'atmosphère refoulée ;
et la verdure des arbres restée vive dans les parties
basses du panneau de soie et de laine, mais ayant
« passé » dans le haut, faisait se détacher en plus pâle,
au-dessus des troncs foncés, les hautes branches jau-
nissantes, dorées et comme à demi effacées par la brusque et oblique illumination d'un soleil invisible. Tout
cela et plus encore les objets précieux venus à l'église
de personnages qui étaient pour moi presque des personnages de légende (la croix d'or travaillée disait-on
par saint Eloi et donnée par Dagobert, le tombeau des
fils de Louis le Germanique, en porphyre et en cuivre émaillé) à cause de quoi je m'avançais dans l'église,
quand nous gagnions nos chaises, comme dans une

vallée visitée des fées, où le paysan s'émerveille de voir dans un rocher, dans un arbre, dans une mare, la trace palpable de leur passage surnaturel, tout cela faisait d'elle pour moi quelque chose d'entièrement différent du reste de la ville : un édifice occupant, si l'on peut dire, un espace à quatre dimensions, — la quatrième étant celle du Temps, — déployant à travers les siècles son vaisseau qui, de travée en travée, de chapelle en chapelle, semblait vaincre et franchir non pas seulement quelques mètres, mais des époques successives d'où il sortait victorieux ; dérobant le rude et farouche xi⁰ siècle dans l'épaisseur de ses murs, d'où il n'apparaissait avec ses lourds cintres bouchés et aveuglés de grossiers moellons que par la profonde entaille que creusait près du porche l'escalier du clocher, et, même là, dissimulé par les gracieuses arcades gothiques qui se pressaient coquettement devant lui comme de plus grandes sœurs, pour le cacher aux étrangers, se placent en souriant devant un jeune frère rustre, grognon et mal vêtu ; élevant dans le ciel au-dessus de la Place, sa tour qui avait contemplé saint Louis et semblait le voir encore ; et s'enfonçant avec sa crypte dans une nuit mérovingienne où, nous guidant à tâtons sous la voûte obscure et puissamment nervurée comme la membrane d'une immense chauve-souris de pierre, Théodore et sa sœur, nous éclairaient d'une bougie le tombeau de la petite fille de Sigebert, sur lequel une profonde valve, — comme la trace d'un fossile, — avait été creusée, disait-on, « par une lampe de cristal qui, le soir du meurtre de la princesse franque, s'était détachée d'elle-même des chaînes d'or où elle était suspendue à la place de l'actuelle abside, et, sans que le cristal se brisât, sans que la flamme s'éteignît, s'était enfoncée dans la pierre et l'avait fait mollement céder sous elle. »

L'abside de l'église de Combray, peut-on vraiment en parler ? Elle était si grossière, si dénuée de beauté

artistique et même d'élan religieux. Du dehors, comme
le croisement des rues sur lequel elle donnait était
en contre-bas, sa grossière muraille s'exhaussait d'un
soubassement en moellons nullement polis, hérissés
de cailloux, et qui n'avait rien de particulièrement
ecclésiastique, les verrières semblaient percées à une
hauteur excessive, et le tout avait plus l'air d'un mur
de prison que d'église. Et certes, plus tard, quand je
me rappelais toutes les glorieuses absides que j'ai
vues, il ne me serait jamais venu à la pensée de rapprocher d'elles l'abside de Combray. Seulement, un
jour, au détour d'une petite rue provinciale, j'aperçus,
en face du croisement de trois ruelles, une muraille
fruste et surélevée, avec des verrières percées en haut
et offrant le même aspect asymétrique que l'abside de
Combray. Alors je ne me suis pas demandé comme à
Chartres ou à Reims avec quelle puissance y était exprimé le sentiment religieux, mais je me suis involontairement écrié : « L'Eglise ! »

L'église ! Familière ; mitoyenne, rue Saint-Hilaire,
où était sa porte nord, de ses deux voisines, la phar-
macie de M. Rapin et la maison de Mme Loiseau,
qu'elle touchait sans aucune séparation ; simple ci-
toyenne de Combray qui aurait pu avoir son numéro
dans la rue si les rues de Combray avaient eu des
numéros, et où il semble que le facteur aurait dû s'arrêter le matin quand il faisait sa distribution, avant
d'entrer chez Mme Loiseau et en sortant de chez
M. Rapin, il y avait pourtant entre elle et tout ce
qui n'était pas elle une démarcation que mon esprit
n'a jamais pu arriver à franchir. Mme Loiseau avait
beau avoir à sa fenêtre des fuchsias, qui prenaient
la mauvaise habitude de laisser leurs branches courir
toujours partout tête baissée, et dont les fleurs n'avaient
rien de plus pressé, quand elles étaient assez grandes
que d'aller rafraîchir leurs joues violettes et conges-
tionnées contre la sombre façade de l'église, les

fuchsias ne devenaient pas sacrés pour cela pour
moi ; entre les fleurs et la pierre noircie sur laquelle
elles s'appuyaient, si mes yeux ne percevaient pas
d'intervalle, mon esprit réservait un abîme.

On reconnaissait le clocher de Saint-Hilaire de bien
loin, inscrivant sa figure inoubliable à l'horizon où
Combray n'apparaissait pas encore ; quand du train
qui, la semaine de Pâques, nous amenait de Paris,
mon père, l'apercevait qui filait tour à tour sur tous
les sillons du ciel, faisant courir en tous sens son
petit coq de fer, il nous disait : « Allons, prenez les
couvertures, on est arrivé. » Et dans une des plus
grandes promenades que nous faisions de Combray,
il y avait un endroit où la route resserrée débouchait
tout à coup sur un immense plateau fermé à l'horizon
par des forêts déchiquetées que dépassait seule la fine
pointe du clocher de Saint-Hilaire mais si mince, si
rose, qu'elle semblait seulement rayée sur le ciel par
un ongle qui aurait voulu donner à ce paysage, à ce
tableau rien que de nature, cette petite marque d'art,
cette unique indication humaine. Quand on se rapprochait et qu'on pouvait apercevoir le reste de la tour
carrée et à demi détruite qui, moins haute, subsistait
à côté de lui, on était frappé surtout du ton rougeâtre
et sombre des pierres ; et, par un matin brumeux
d'automne, on aurait dit, s'élevant au-dessus du violet
orageux des vignobles, une ruine de pourpre presque
de la couleur de la vigne vierge.

Souvent sur la place, quand nous rentrions, ma
grand'mère me faisait arrêter pour le regarder. Des
fenêtres de sa tour, placées deux par deux les unes
au-dessus des autres, avec cette juste et originale proportion dans les distances qui ne donne pas de la
beauté et de la dignité qu'aux visages humains, il
lâchait, laissait tomber à intervalles réguliers des vo-
lées de corbeaux qui, pendant un moment, tour-
noyaient en criant, comme si les vieilles pierres qui

les laissaient s'ébattre sans paraître les voir, devenues tout d'un coup inhabitables et dégageant un
principe d'agitation infinie, les avait frappés et repous-
sés. Puis, après avoir rayé en tous sens le velours
violet de l'air du soir, brusquement calmés ils revenaient s'absorber dans la tour, de néfaste redevenue propice, quelques uns posés çà et là, ne semblant
pas bouger, mais happant peut-être quelque insecte,
sur la pointe d'un clocheton, comme une mouette arrêtée avec l'immobilité d'un pêcheur à la crête d'une
vague. Sans trop savoir pourquoi, ma grand'mère
trouvait au clocher de Saint-Hilaire cette absence de
vulgarité, de prétention, de mesquinerie, qui lui faisait
aimer et croire riches d'une influence bienfaisante, la
nature, quand la main de l'homme ne l'avait pas
comme faisait le jardinier de ma grand'tante, rape-
tissée, et les œuvres de génie. Et sans doute, toute
partie de l'église qu'on apercevait la distinguait de
tout autre édifice par une sorte de pensée qui lui était
infuse, mais c'était dans son clocher qu'elle semblait
prendre conscience d'elle-même, affirmer une existence individuelle et responsable. C'était lui qui parlait pour elle. Je crois surtout que, confusément, ma
grand'mère trouvait au clocher de Combray ce qui
pour elle avait le plus de prix au monde, l'air naturel
et l'air distingué. Ignorante en architecture, elle disait: « Mes enfants, moquez-vous de moi si vous voulez, il n'est peut-être pas beau dans les règles, mais
sa vieille figure bizarre me plaît. Je suis sûre que s'il
jouait du piano, il ne jouerait pas *sec*. » Et en le regardant, en suivant des yeux la douce tension, l'inclinaison
fervente de ses pentes de pierre qui se rapprochaient
en s'élevant comme des mains jointes qui prient, elle
s'unissait si bien à l'effusion de la flèche, que son regard semblait s'élancer avec elle; et en même temps
elle souriait amicalement aux vieilles pierres usées
dont le couchant n'éclairait plus que le faîte et qui, à

partir du moment où elles entraient dans cette zone ensoleillée, adoucies par la lumière, paraissaient tout d'un coup montées bien plus haut, lointaines, comme un chant repris « en voix de tête » une octave au-dessus.

C'était le clocher de Saint-Hilaire qui donnait à toutes les occupations, à toutes les heures, à tous les points de vue de la ville, leur figure, leur couronnement, leur consécration. De ma chambre, je ne pouvais apercevoir que sa base qui avait été recouverte d'ardoises ; mais quand le dimanche, je les voyais, par une chaude matinée d'été, flamboyer comme un soleil noir, je me disais : « Mon Dieu ! neuf heures ! il faut se préparer pour aller à la grand'messe si je veux avoir le temps d'aller embrasser tante Léonie avant », et je savais exactement la couleur qu'avait le soleil sur la place, la chaleur et la poussière du marché, l'ombre que faisait le store du magasin où maman entrerait peut-être avant la messe dans une odeur de toile écrue, faire emplette de quelque mouchoir que lui ferait montrer, en cambrant la taille, le patron qui, tout en se préparant à fermer, venait d'aller dans l'arrière-boutique passer sa veste du dimanche et se savonner les mains qu'il avait l'habitude, toute les cinq minutes, même dans les circonstances les plus mélancoliques, de frotter l'une contre l'autre d'un air d'entreprise, de partie-fine et de réussite.

Quand après la messe, on entrait dire à Théodore d'apporter une brioche plus grosse que d'habitude parce que nos cousins avaient profité du beau temps pour venir de Thiberzy déjeuner avec nous, on avait devant soi le clocher qui, doré et cuit lui-même comme une plus grande brioche bénie, avec des écailles et des égouttements gommeux de soleil, piquait sa pointe aiguë dans le ciel bleu. Et le soir, quand je rentrais de promenade et pensais au moment où il faudrait tout à l'heure dire bonsoir à ma mère et ne plus la voir, il était au contraire si doux, dans la journée finissante, qu'il avait

l'air d'être posé et enfoncé comme un coussin de
velours brun sur le ciel pâli qui avait cédé sous sa
pression, s'était creusé légèrement pour lui faire sa
place et refluait sur ses bords ; et les cris des oiseaux
qui tournaient autour de lui semblaient accroître son
silence, élancer encore sa flèche et lui donner quelque
chose d'ineffable.

Même dans les courses qu'on avait à faire derrière
l'église, là où on ne la voyait pas, tout semblait ordonné
par rapport au clocher surgi ici ou là entre les maisons, peut-être plus émouvant encore quand il apparaissait ainsi sans l'église. Et certes, il y en a bien
d'autres qui sont plus beaux vus de cette façon, et j'ai
dans mon souvenir des vignettes de clochers dépassant les toits, qui ont un autre caractère d'art que
celles que composaient les tristes rues de Combray.
Je n'oublierai jamais, dans une curieuse ville de Normandie voisine de Balbec, deux charmants hôtels du
xviii° siècle, qui me sont à beaucoup d'égards chers et
vénérables et entre lesquels, quand on la regarde du
beau jardin qui descend des perrons vers la rivière, la
flèche gothique d'une église qu'ils cachent s'élance,
ayant l'air de terminer, de surmonter leurs façades,
mais d'une matière si différente, si précieuse, si anne-
lée, si rose, si vernie, qu'on voit bien qu'elle n'en fait
pas plus partie que de deux beaux galets unis, entre
lesquels elle est prise sur la plage, la flèche purpurine
et crénelée de quelque coquillage fuselé en tourelle et
glacé d'émail. Même à Paris, dans un des quartiers les
plus laids de la ville, je sais une fenêtre où on voit
après un premier, un second et même un troisième plan
fait des toits amoncelés de plusieurs rues, une cloche
violette, parfois rougeâtre, parfois aussi, dans les plus
nobles « épreuves » qu'en tire l'atmosphère, d'un noir
décanté de cendres, laquelle n'est autre que le dôme
Saint-Augustin et qui donne à cette vue de Paris le
caractère de certaines vues de Rome par Piranesi. Mais

comme dans aucune de ces petites gravures, avec quelque goût que ma mémoire ait pu les exécuter elle ne put mettre ce que j'avais perdu depuis longtemps, le sentiment qui nous fait non pas considérer une chose comme un spectacle, mais y croire comme en un être sans équivalent, aucune d'elles ne tient sous sa dépendance toute une partie profonde de ma vie, comme fait le souvenir de ces aspects du clocher de Combray dans les rues qui sont derrière l'église. Qu'on le vît à cinq heures, quand on allait chercher les lettres à la poste, à quelques maisons de soi, à gauche, surélevant brusquement d'une cime isolée la ligne de faîte des toits ; que si au contraire on voulait entrer demander des nouvelles de Mme Sazerat on suivît des yeux cette ligne redevenue basse après la descente de son autre versant en sachant qu'il faudrait tourner à la deuxième rue après le clocher ; soit qu'encore, poussant plus loin, si on allait à la gare, on le vît obliquement, montrant de profil des arêtes et des surfaces nouvelles comme un solide surpris à un moment inconnu de sa révolution ; ou que, des bords de la Vivonne, l'abside musculeusement ramassée et remontée par la perspective semblât jaillir de l'effort que le clocher faisait pour lancer sa flèche au cœur du ciel : c'était toujours à lui qu'il fallait revenir, toujours lui qui dominait tout, sommant les maisons d'un pinacle inattendu, levé devant moi comme le doigt de Dieu dont le corps eût été caché dans la foule des humains sans que je le confondisse pour cela avec elle. Et aujourd'hui encore si dans une grande ville de province ou dans un quartier de Paris que je connais mal, un passant qui m'a « mis dans mon chemin » me montre au loin comme un point de repère, tel beffroi d'hôpital, tel clocher de couvent levant la pointe de son bonnet ecclésiastique au coin d'une rue que je dois prendre, pour peu que ma mémoire puisse obscurément lui trouver quelque trait de ressemblance avec la figure chère et disparue, le passant, s'il se retourne pour s'assurer je ne m'égare pas, peut à son étonnement m'apercevoir qui, oublieux de la promenade entreprise ou de la course obligée, reste là, devant le clocher, pendant des heures, immobile, essayant de me souvenir, sentant au fond de moi des terres reconquises sur l'oubli qui s'assèchent et se rebâtissent; et sans doute alors, et plus anxieusement que tout à l'heure quand je lui demandais de me renseigner, je cherche encore mon chemin, je tourne une rue... mais... c'est dans mon cœur...

En rentrant de la messe, nous rencontrions souvent M. Legrandin qui retenu à Paris par sa profession d'ingénieur, ne pouvait, en dehors des grandes vacances, venir à sa propriété de Combray que du samedi soir au lundi matin. C'était un de ces hommes qui en dehors d'une carrière scientifique où ils ont d'ailleurs brillamment réussi, possèdent une culture toute différente, littéraire, artistique, que leur spécialisation professionnelle n'utilise pas et dont profite leur conversation. Plus lettrés que bien des littérateurs (nous ne savions pas à cette époque que M. Legrandin eût une certaine réputation comme écrivain et nous fûmes très étonnés de voir qu'un musicien célèbre avait composé une mélodie sur des vers de lui), doués de plus de « facilité » que bien des peintres, ils s'imaginent que la vie qu'ils mènent n'est pas celle qui leur aurait convenu et apportent à leurs occupations positives soit une insouciance mêlée de fantaisie, soit une application soutenue et hautaine, méprisante, amère et consciencieuse. Grand, avec une belle tournure, un visage pensif et fin aux longues moustaches blondes, au regard bleu et désenchanté, d'une politesse raffinée, causeur comme nous n'en avions jamais entendu, il était aux yeux de ma famille qui le citait toujours en exemple, le type de l'homme d'élite, prenant la vie de la façon la plus noble et la plus délicate. Ma grand'-

mère lui reprochait seulement de parler un peu trop bien, un peu trop comme un livre, de ne pas avoir dans son langage le naturel qu'il y avait dans ses cravates lavallière toujours flottantes, dans son veston droit presque d'écolier. Elle s'étonnait aussi des tirades enflammées qu'il entamait souvent contre l'aristocratie, la vie mondaine, le snobisme, « certainement le péché auquel pense saint Paul quand il parle du péché pour lequel il n'y a pas de rémission ».

L'ambition mondaine était un sentiment que ma grand'mère était si incapable de ressentir et presque de comprendre qu'il lui paraissait bien inutile de mettre tant d'ardeur à la flétrir. De plus elle ne trouvait pas de très bon goût que M. Legrandin dont la sœur était mariée près de Balbec avec un gentilhomme bas-normand se livrât à des attaques aussi violentes contre les nobles, allant jusqu'à reprocher à la Révolution de ne les avoir pas tous guillotinés.

— Salut, amis ! nous disait-il en venant à notre rencontre. Vous êtes heureux d'habiter beaucoup ici ; demain il faudra que je rentre à Paris, dans ma niche.

— « Oh ! ajoutait-il, avec ce sourire doucement ironique et déçu, un peu distrait, qui lui était particulier, certes il y a dans ma maison toutes les choses inutiles. Il n'y manque que le nécessaire, un grand morceau de ciel comme ici. Tâchez de garder toujours un morceau de ciel au-dessus de votre vie, petit garçon, ajoutait-il en se tournant vers moi. Vous avez une jolie âme, d'une qualité rare, une nature d'artiste, ne la laissez pas manquer de ce qu'il lui faut. »

Quand à notre retour ma tante nous faisait demander si Mᵐᵉ Goupil était arrivée en retard à la messe, nous étions incapables de la renseigner. En revanche nous ajoutions à son trouble en lui disant qu'un peintre travaillait dans l'église à copier le vitrail de Gilbert le Mauvais. Françoise, envoyée aussitôt chez l'épi-

cier, était revenue bredouille par la faute de l'absence
de Théodore à qui sa double profession de chantre
ayant une part de l'entretien de l'église, et de garçon épicier donnait, avec des relations dans tous les
mondes, un savoir universel.

— « Ah ! soupirait ma tante, je voudrais que ce soit
déjà l'heure d'Eulalie. Il n'y a vraiment qu'elle qui
pourra me dire cela. »

Eulalie était une fille boiteuse, active et sourde qui
s'était « retirée » après la mort de Mme de la Breton-
nerie où elle avait été en place depuis son enfance et
qui avait pris à côté de l'église une chambre, d'où elle
descendait tout le temps soit aux offices, soit, en dehors
des offices, dire une petite prière ou donner un coup
de main à Théodore ; le reste du temps elle allait voir
des personnes malades comme ma tante Léonie à qui
elle racontait ce qui s'était passé à la messe ou aux
vêpres. Elle ne dédaignait pas d'ajouter quelque casuel
à la petite rente que lui servait la famille de ses anciens maîtres en allant de temps en temps visiter le
linge du curé ou de quelque autre personnalité mar-
quante du monde clérical de Combray. Elle portait
au-dessus d'une mante de drap noir un petit béguin
blanc, presque de religieuse, et une maladie de peau
donnait à une partie de ses joues et à son nez recourbé,
les tons rose vif de la balsamine. Ses visites étaient la
grande distraction de ma tante Léonie qui ne recevait
plus guère personne d'autre, en dehors de M. le Curé.
Ma tante avait peu à peu évincé tous les autres visiteurs parce qu'ils avaient le tort à ses yeux de rentrer tous dans l'une ou l'autre des deux catégories
de gens qu'elle détestait. Les uns, les pires et dont
elle s'était débarrassée les premiers, étaient ceux qui
lui conseillaient de ne pas « s'écouter » et profes-
saient, fût-ce négativement et en ne la manifestant
que par certains silences de désapprobation ou par
certains sourires de doute, la doctrine subversive

qu'une petite promenade au soleil et un bon bifteck saignant (quand elle gardait quatorze heures sur l'estomac deux méchantes gorgées d'eau de Vichy !) lui feraient plus de bien que son lit et ses médecines. L'autre catégorie se composait des personnes qui avaient l'air de croire qu'elle était plus gravement malade qu'elle ne pensait, qu'elle était aussi gravement malade qu'elle le disait. Aussi, ceux qu'elle avait laissé monter après quelques hésitations et sur les officieuses instances de Françoise et qui, au cours de leur visite, avaient montré combien ils étaient indignes de la faveur qu'on leur faisait en risquant timidement un : « Ne croyez-vous pas que si vous vous secouiez un peu par un beau temps », ou qui, au contraire, quand elle leur avait dit : « Je suis bien bas, bien bas, c'est la fin, mes pauvres amis », lui avaient répondu : « Ah ! quand on n'a pas la santé ! Mais vous pouvez durer encore comme ça », ceux-là, les uns comme les autres, étaient sûrs de ne plus jamais être reçus. Et si Françoise s'amusait de l'air épouvanté de ma tante quand de son lit elle avait aperçu dans la rue du Saint-Esprit une de ces personnes qui avait l'air de venir chez elle ou quand elle avait entendu un coup de sonnette, elle riait encore bien plus, et comme d'un bon tour, des ruses toujours victorieuses de ma tante pour arriver à les faire congédier et de leur mine déconfite en s'en retournant sans l'avoir vue, et, au fond, admirait sa maîtresse qu'elle jugeait supérieure à tous ces gens puisqu'elle ne voulait pas les recevoir. En somme, ma tante exigeait à la fois qu'on l'approuvât dans son régime, qu'on la plaignît pour ses souffrances et qu'on la rassurât sur son avenir.

C'est à quoi Eulalie excellait. Ma tante pouvait lui dire vingt fois en une minute : « C'est la fin, ma pauvre Eulalie », vingt fois Eulalie répondait : « Connaissant votre maladie comme vous la connaissez, madame Octave, vous irez à cent ans, comme me disait hier

encore Mme Sazerin. » (Une des plus fermes croyances
d'Eulalie et que le nombre imposant des démentis
apportés par l'expérience n'avait pas suffi à entamer,
était que Mme Sazerat s'appelait Mme Sazerin.)

— Je ne demande pas à aller à cent ans, répondait
ma tante qui préférait ne pas voir assigner à ses jours
un terme précis.

Et comme Eulalie savait avec cela comme personne
distraire ma tante sans la fatiguer, ses visites qui
avaient lieu régulièrement tous les dimanches, sauf
empêchement inopiné, étaient pour ma tante un plaisir
dont la perspective l'entretenait ces jours-là dans un
état agréable d'abord, mais bien vite douloureux
comme une faim excessive, pour peu qu'Eulalie fût en
retard. Trop prolongée, cette volupté d'attendre Eulalie tournait en supplice, ma tante ne cessait de regarder l'heure, bâillait, se sentait des faiblesses. Le coup
de sonnette d'Eulalie, s'il arrivait tout à la fin de la
journée, quand elle ne l'espérait plus, la faisait presque se trouver mal. En réalité, le dimanche, elle ne pensait qu'à cette visite et sitôt le déjeuner fini, Françoise avait hâte que nous quittions la salle à manger pour qu'elle pût monter « occuper » ma tante.
Mais (surtout à partir du moment où les beaux jours
s'installaient à Combray), il y avait bien longtemps
que l'heure altière de midi, descendue de la tour de
Saint-Hilaire qu'elle armoriait, des douze fleurons
momentanés de sa couronne sonore avait retenti autour de notre table, auprès du pain bénit venu lui
aussi familièrement en sortant de l'église, quand nous
étions encore assis devant les assiettes des Mille et
une nuits, appesantis par la chaleur et surtout par
le repas. Car, au fond permanent d'œufs, de côtelet-
tes, de pommes de terre, de confitures, de biscuits,
qu'elle ne nous annonçait même plus, Françoise
ajoutait — selon les travaux des champs et des ver-
gers, le fruit de la marée, les hasards du commerce,

les politesses des voisins et son propre génie, et si
bien que notre menu, comme ces quatrefeuilles qu'on
sculptait au xiii° siècle au portail des cathédrales, reflétait un peu le rythme des saisons et les épisodes de la
vie — : une barbue parce que la marchande lui en
avait garanti la fraîcheur, une dinde parce qu'elle
en avait vu une belle au marché de Roussainville-le-
Pin, des cardons à la moelle parce qu'elle ne nous en
avait pas encore faits de cette manière-là, un gigot rôti
parce que le grand air creuse et qu'il avait bien le
temps de descendre d'ici sept heures, des épinards
pour changer, des abricots parce que c'était encore une
rareté, des groseilles parce que dans quinze jours il n'y
en aurait plus, des framboises que M. Swann avait apportées exprès, des cerises, les premières qui vinssent
du cerisier du jardin après deux ans qu'il n'en donnait
plus, du fromage à la crème que j'aimais bien autrefois, un gâteau aux amandes parce qu'elle l'avait com-
mandé la veille, une brioche parce que c'était notre
tour de l'offrir. Quand tout cela était fini, composée
expressément pour nous, mais dédiée plus spécialement à mon père qui était amateur, une crème au chocolat, inspiration, attention personnelle de Françoise,
nous était offerte, fugitive et légère comme une œuvre
de circonstance où elle avait mis tout son talent. Celui
qui eût refusé d'en goûter en disant : « J'ai fini, je n'ai
plus faim », se serait immédiatement ravalé au rang
de ces goujats qui, même dans le présent qu'un artiste
leur fait d'une de ses œuvres, regardent au poids et
à la matière alors que n'y valent que l'intention et la
signature. Même en laisser une seule goutte dans le
plat eût témoigné de la même impolitesse que se lever
avant la fin du morceau au nez du compositeur.

Enfin ma mère me disait : « Voyons, ne reste pas
ici indéfiniment, monte dans ta chambre si tu as trop
chaud dehors, mais va d'abord prendre l'air un instant pour ne pas lire en sortant de table. » J'allais

m'asseoir près de la pompe et de son auge, souvent
ornée, comme un font gothique, d'une salamandre, qui
sculptait sur la pierre fruste le relief mobile de son
corps allégorique et fuselé, sur le banc sans dossier
ombragé d'un lilas, dans ce petit coin du jardin qui
s'ouvrait par une porte de service sur la rue du Saint-
Esprit et de la terre peu soignée de laquelle s'élevait
par deux degrés, en saillie de la maison, et comme
une construction indépendante, l'arrière-cuisine. On
apercevait son dallage rouge et luisant comme du porphyre. Elle avait moins l'air de l'antre de Françoise
que d'un petit temple à Vénus. Elle regorgeait des
offrandes du crémier, du fruitier, de la marchande de
légumes, venus parfois de hameaux assez lointains
pour lui dédier les prémisses de leurs champs. Et son
faîte était toujours couronné du roucoulement d'une
colombe.

Autrefois, je ne m'attardais pas dans le bois consacré qui l'entourait, car, avant de monter lire, j'entrais
dans le petit cabinet de repos que mon oncle Adolphe, un frère de mon grand-père, ancien militaire qui
avait pris sa retraite comme commandant, occupait
au rez-de-chaussée, et qui, même quand les fenêtres
ouvertes laissaient entrer la chaleur, sinon les rayons
du soleil qui atteignaient rarement jusque-là, déga-
geait inépuisablement cette odeur obscure et fraîche,
à la fois forestière et ancien régime, qui fait rêver
longuement les narines, quand on pénètre dans certains pavillons de chasse abandonnés. Mais depuis
nombre d'années je n'entrais plus dans le cabinet de
mon oncle Adolphe, ce dernier ne venant plus à Combray à cause d'une brouille qui était survenue entre
lui et ma famille, par ma faute, dans les circonstances
suivantes :

Une ou deux fois par mois, à Paris, on m'envoyait
lui faire une visite, comme il finissait de déjeuner, en
simple vareuse, servi par son domestique en veste de

travail de coutil rayé violet et blanc. Il se plaignait
en ronchonnant que je n'étais pas venu depuis longtemps, qu'on l'abandonnait ; il m'offrait un massepain
ou une mandarine, nous traversions un salon dans
lequel on ne s'arrêtait jamais, où on ne faisait jamais
de feu, dont les murs étaient ornés de moulures dorées, les plafonds peints d'un bleu qui prétendait imiter le ciel et les meubles capitonnés en satin comme
chez mes grands-parents, mais jaune ; puis nous passions
dans ce qu'il appelait son cabinet de « travail » aux
murs duquel étaient accrochées de ces gravures représentant sur fond noir une déesse charnue et rose conduisant un char, montée sur un globe, ou une étoile
au front, qu'on aimait sous le second Empire parce
qu'on leur trouvait un air pompéien, puis qu'on détesta,
et qu'on recommence à aimer pour une seule et même
raison, malgré les autres qu'on donne et qui est qu'elles ont l'air second Empire. Et je restais avec mon
oncle jusqu'à ce que son valet de chambre vînt lui
demander, de la part du cocher, pour quelle heure
celui-ci devait atteler. Mon oncle se plongeait alors
dans une méditation qu'aurait craint de troubler d'un
seul mouvement son valet de chambre émerveillé, et
dont il attendait avec curiosité le résultat, toujours
identique. Enfin, après une hésitation suprême, mon
oncle prononçait infailliblement ces mots : « Deux
heures et quart », que le valet de chambre répétait
avec étonnement, mais sans discuter : « Deux heures
et quart ? bien... je vais le dire... »

 A cette époque j'avais l'amour du théâtre, amour
platonique, car mes parents ne m'avaient encore jamais
permis d'y aller, et je me représentais d'une façon si
peu exacte les plaisirs qu'on y goûtait que je n'étais
pas éloigné de croire que chaque spectateur regardait
comme dans un stéréoscope un décor qui n'était que
pour lui, quoique semblable au millier d'autres que
regardait, chacun pour soi, le reste des spectateurs.

Tous les matins je courais jusqu'à la colonne Moriss
pour voir les spectacles qu'elle annonçait. Rien n'était
plus désintéressé et plus heureux que les rêves offerts
à mon imagination par chaque pièce annoncée et qui
étaient conditionnés à la fois par les images inséparables des mots qui en composaient le titre et aussi
de la couleur des affiches encore humides et boursou-
flées de colle sur lesquelles il se détachait. Si ce n'est
une de ces œuvres étranges comme *le Testament de
César Giraudeau* et *OEdipe-Roi* lesquelles s'inscri-
vaient, non sur l'affiche verte de l'Opéra-Comique,
mais sur l'affiche lie-de-vin de la Comédie-Fran-
çaise, rien ne me paraissait plus différent de l'aigrette
étincelante et blanche des *Diamants de la Couronne*
que le satin lisse et mystérieux du *Domino Noir*, et,
mes parents m'ayant dit que quand j'irais pour la
première fois au théâtre j'aurais à choisir entre ces
deux pièces, cherchant à approfondir successivement
le titre de l'une et le titre de l'autre, puisque c'était
tout ce que je connaissais d'elles, pour tâcher de
saisir en chacun le plaisir qu'il me promettait et de
le comparer à celui que recélait l'autre, j'arrivais à
me représenter avec tant de force, d'une part une
pièce éblouissante et fière, de l'autre une pièce douce
et veloutée, que j'étais aussi incapable de décider laquelle aurait ma préférence, que si, pour le dessert,
on m'avait donné à opter entre du riz à l'Impératrice
et de la crème au chocolat.

Toutes mes conversations avec mes camarades portaient sur ces acteurs dont l'art, bien qu'il me fût
encore inconnu, était la première forme, entre toutes
celles qu'il revêt, sous laquelle se laissait pressentir
par moi, l'Art. Entre la manière que l'un ou l'autre
avait de débiter, de nuancer une tirade, les différences
les plus minimes me semblaient avoir une importance
incalculable. Et, d'après ce que l'on m'avait dit d'eux,
je les classais par ordre de talent, dans des listes que

je me récitais toute la journée : et qui avaient fini par durcir dans mon cerveau et par le gêner de leur inamovibilité.

Plus tard, quand je fus au collège, chaque fois que pendant les classes, je correspondais, aussitôt que le professeur avait la tête tournée, avec un nouvel ami, ma première question était toujours pour lui demander s'il était déjà allé au théâtre et s'il trouvait que le plus grand acteur était bien Got, le second Delaunay, etc. Et si, à son avis, Febvre ne venait qu'après Thiron, ou Delaunay qu'après Coquelin, la soudaine motilité que Coquelin, perdant la rigidité de la pierre, contractait dans mon esprit pour y passer au deuxième rang, et l'agilité miraculeuse, la féconde animation dont se voyait doué Delaunay pour reculer au quatrième, rendait la sensation du fleurissement et de la vie à mon cerveau assoupli et fertilisé.

Mais si les acteurs me préoccupaient ainsi, si la vue de Maubant sortant un après-midi du Théâtre Français m'avait causé le saisissement et les souffrances de l'amour, combien le nom d'une étoile flamboyant à la porte d'un théâtre, combien, à la glace d'un coupé qui passait dans la rue avec ses chevaux fleuris de roses au frontail, la vue du visage d'une femme que je pensais être peut-être une actrice, laissait en moi un trouble plus prolongé, un effort impuissant et douloureux pour me représenter sa vie. Je classais par ordre de talent les plus illustres, Sarah Bernhardt, la Berma, Bartet, Madeleine Brohan, Jeanne Samary, mais toutes m'intéressaient. Or mon oncle en connaissait beaucoup et aussi des cocottes que je ne distinguais pas nettement des actrices. Il les recevait chez lui. Et si nous n'allions le voir qu'à certains jours c'est que les autres jours venaient des femmes avec lesquelles sa famille n'aurait pas pu se rencontrer, du moins à son avis à elle, car, pour mon oncle, au contraire, sa trop grande facilité à faire à de jolies veuves qui n'avaient

peut-être jamais été mariées, à des comtesses de nom
ronflant, qui n'était sans doute qu'un nom de guerre,
la politesse de les présenter à ma grand'mère ou même
à leur donner des bijoux de famille, l'avait déjà brouillé
plus d'une fois avec mon grand-père. Souvent, à un
nom d'actrice qui venait dans la conversation, j'entendais mon père dire à ma mère, en souriant : « Une
amie de ton oncle » ; et je pensais que le stage que
peut-être pendant des années des hommes importants
faisaient inutilement à la porte de telle femme qui ne
répondait pas à leurs lettres et les faisait chasser par
le concierge de son hôtel, mon oncle aurait pu en dis-
penser un gamin comme moi en le présentant chez
lui à l'actrice, inapprochable à tant d'autres, qui était
pour lui une intime amie.

Aussi, — sous le prétexte qu'une leçon qui avait été
déplacée tombait maintenant si mal qu'elle m'avait
empêché plusieurs fois et m'empêcherait encore de
voir mon oncle —, un jour, autre que celui qui était
réservé aux visites que nous lui faisions, profitant de
ce que mes parents avaient déjeuné de bonne heure,
je sortis et au lieu d'aller regarder la colonne d'affiches, pour quoi on me laissait aller seul, je courus
jusqu'à lui. Je remarquai devant sa porte une voiture attelée de deux chevaux qui avaient aux œillères
un œillet rouge comme avait le cocher à sa boutonnière. De l'escalier j'entendis un rire et une voix de
femme, et dès que j'eus sonné, un silence, puis le bruit
de portes qu'on fermait. Le valet de chambre vint
ouvrir, et en me voyant parut embarrassé, me dit que
mon oncle était très occupé, ne pourrait sans doute
pas me recevoir et tandis qu'il allait pourtant le prévenir, la même voix que j'avais entendue disait : « Oh,
si ! laisse-le entrer ; rien qu'une minute, cela m'amu-
serait tant. Sur la photographie qui est sur ton bureau,
il ressemble tant à sa maman, ta nièce, dont la photo-

graphie est à côté de la sienne, n'est-ce pas ? Je voudrais le voir rien qu'un instant, ce gosse ».

J'entendis mon oncle grommeler, se fâcher, finalement le valet de chambre me fit entrer.

Sur la table, il y avait la même assiette de massepains que d'habitude ; mon oncle avait sa vareuse de tous les jours, mais en face de lui, en robe de soie rose avec un grand collier de perles au cou, était assise une jeune femme qui achevait de manger une mandarine. L'incertitude où j'étais s'il fallait lui dire madame ou mademoiselle me fit rougir et n'osant pas trop tourner les yeux de son côté de peur d'avoir à lui parler, j'allai embrasser mon oncle. Elle me regardait en souriant, mon oncle lui dit : « Mon neveu », sans lui dire mon nom, ni me dire le sien, sans doute parce que depuis les difficultés qu'il avait eues avec mon grand-père, il tâchait autant que possible d'éviter tout trait d'union entre sa famille et ce genre de relations.

— Comme il ressemble à sa mère, dit-elle.

— « Mais vous n'avez jamais vu ma nièce qu'en photographie, dit vivement mon oncle d'un ton bourru. »

— Je vous demande pardon, mon cher ami, je l'ai croisée dans l'escalier l'année dernière quand vous avez été si malade. Il est vrai que je ne l'ai vue que le temps d'un éclair et que votre escalier est bien noir, mais cela m'a suffi pour l'admirer. Ce petit jeune homme a ses beaux yeux et aussi *ça*, dit-elle, en traçant avec son doigt une ligne sur le bas de son front. Est-ce que madame votre nièce porte le même nom que vous, ami ? demanda-t-elle à mon oncle.

— « Il ressemble surtout à son père, grogna mon oncle qui ne se souciait pas plus de faire des présentations à distance en disant le nom de maman que d'en faire de près. C'est tout à fait son père et aussi ma pauvre mère. »

— « Je ne connais pas son père, dit la dame en rose avec une légère inclinaison de la tête, et je n'ai jamais

connu votre pauvre mère, mon ami. Vous vous sou-
venez, c'est peu après votre grand chagrin que nous
nous sommes connus. »

J'éprouvais une petite déception, car cette jeune
dame ne différait pas des autres jolies femmes que
j'avais vues quelquefois dans ma famille, notamment
de la fille d'un de nos cousins chez lequel j'allais tous
les ans le premier janvier. Mieux habillée seulement,
l'amie de mon oncle avait le même regard vif et bon,
elle avait l'air aussi franc et aimant. Je ne lui trouvais
rien de l'aspect théâtral que j'admirais dans les photographies d'actrices, ni de l'expression diabolique qui
eût été en rapport avec la vie qu'elle devait mener.
J'avais peine à croire que ce fût une cocotte et surtout
je n'aurais pas cru que ce fût une cocotte chic si je
n'avais pas vu la voiture à deux chevaux, la robe rose,
le collier de perles, si je n'avais pas su que mon oncle
n'en connaissait que de la plus haute volée. Mais je me
demandais comment le millionnaire qui lui donnait sa
voiture et son hôtel et ses bijoux pouvait avoir du
plaisir à manger sa fortune pour une personne qui
avait l'air si simple et comme il faut. Et pourtant en
pensant à ce que devait être sa vie, l'immoralité
m'en troublait peut-être plus que si elle avait été con-
crétisée devant moi en une apparence spéciale, — d'être
ainsi invisible comme le secret de quelque roman,
de quelque scandale qui avait fait sortir de chez ses
parents bourgeois et voué à tout le monde, qui avait
fait épanouir en beauté et haussé jusqu'au demi-monde
et à la notoriété celle que ses jeux de physionomie,
ses intonations de voix, pareils à tant d'autres que je
connaissais déjà, me faisaient malgré moi considérer
comme une jeune fille de bonne famille, qui n'était
plus d'aucune famille.

On était passé dans le « cabinet de travail », et mon
oncle, d'un air un peu gêné par ma présence, lui offrit
des cigarettes.

— « Non, dit-elle, cher, vous savez que je suis habituée à celles que le Grand-duc m'envoie. Je lui ai dit
que vous en étiez jaloux. » Et elle tira d'un étui des
cigarettes couvertes d'inscriptions étrangères et dorées. « Mais si, reprit-elle tout d'un coup, je dois avoir
rencontré chez vous le père de ce jeune homme. N'est-
ce pas votre neveu ? Comment ai-je pu l'oublier ? Il a
été tellement bon, tellement exquis pour moi, dit-elle
d'un air modeste et sensible. » Mais en pensant à ce
qu'avait pu être l'accueil rude, qu'elle disait avoir
trouvé exquis, de mon père, moi qui connaissais sa
réserve et sa froideur, j'étais gêné, comme par une
indélicatesse qu'il aurait commise, de cette inégalité
entre la reconnaissance excessive qui lui était accordée
et son amabilité insuffisante. Il m'a semblé plus tard
que c'était un des côtés touchants du rôle de ces femmes oisives et studieuses qu'elles consacrent leur générosité, leur talent, un rêve disponible de beauté
sentimentale, — car, comme les artistes, elles ne le
réalisent pas, ne le font pas entrer dans les cadres de
l'existence commune, — et un or qui leur coûte peu,
à enrichir d'un sertissage précieux et fin la vie fruste
et mal dégrossie des hommes. Comme celle-ci, dans
le fumoir où mon oncle était en vareuse pour la recevoir, répandait son corps si doux, sa robe de soie rose,
ses perles, l'élégance qui émane de l'amitié d'un grand-
duc, de même elle avait pris quelque propos insignifiant de mon père, elle l'avait travaillé avec délicatesse, lui avait donné un tour, une appellation précieuse
et y enchâssant un de ses regards d'une si belle eau,
nuancé d'humilité et de gratitude, elle le rendait
changé en un bijou artiste, en quelque chose de « tout
à fait exquis ».

— Allons, voyons, il est l'heure que tu t'en ailles,
me dit mon oncle.

Je me levai, j'avais une envie irrésistible de baiser la main de la dame en rose, mais il me semblait

que c'eût été quelque chose d'audacieux comme un
enlèvement. Mon cœur battait tandis que je me disais :
« Faut-il le faire, faut-il ne pas le faire », puis je
cessai de me demander ce qu'il fallait faire pour pouvoir faire quelque chose. Et d'un geste aveugle et insensé, dépouillé de toutes les raisons que je trouvais
il y avait un moment en sa faveur, je portai à mes
lèvres la main qu'elle me tendait.

— Comme il est gentil ! il est déjà galant, il a un
petit œil pour les femmes : il tient de son oncle. Ce
sera un parfait gentleman, ajoute-t-elle en serrant les
dents pour donner à la phrase un accent légèrement
britannique. Est-ce qu'il ne pourrait pas venir une
fois prendre *a cup of tea*, comme disent nos voisins
les Anglais ; il n'aurait qu'à m'envoyer un « bleu »
le matin.

Je ne savais pas ce que c'était qu'un « bleu ». Je
ne comprenais pas la moitié des mots que disait la
dame, mais la crainte que n'y fût cachée quelque question à laquelle il eût été impoli de ne pas répondre,
m'empêchait de cesser de les écouter avec attention,
et j'en éprouvais une grande fatigue.

— « Mais non, c'est impossible, dit mon oncle, en
haussant les épaules, il est très tenu, il travaille beaucoup. Il a tous les prix à son cours, ajouta-t-il, à
voix basse pour que je n'entende pas ce mensonge et
que je n'y contredise pas. Qui sait, ce sera peut-être
un petit Victor Hugo, une espèce de Vaulabelle, vous
savez. »

— « J'adore les artistes, répondit la dame en rose, il
n'y a qu'eux qui comprennent les femmes... Qu'eux
et les êtres d'élite comme vous. Excusez mon ignorance, ami. Qui est Vaulabelle ? Est-ce les volumes
dorés qu'il y a dans la petite bibliothèque vitrée de
votre boudoir ? Vous savez que vous m'avez promis
de me les prêter, j'en aurai grand soin. »

Mon oncle qui détestait prêter ses livres ne répon-

dit rien et me conduisit jusqu'à l'antichambre. Eperdu
d'amour pour la dame en rose, je couvris de baisers
fous les joues pleines de tabac de mon vieil oncle, et
tandis qu'avec assez d'embarras il me laissait entendre sans oser me le dire ouvertement qu'il aimerait
autant que je ne parle pas de cette visite à mes
parents, je lui disais, les larmes aux yeux, que le souvenir de sa bonté était en moi si fort que je trouverais bien un jour le moyen de lui témoigner ma reconnaissance. Il était si fort en effet que deux heures
plus tard, après quelques phrases mystérieuses et
qui ne me parurent pas donner à mes parents une
idée assez nette de la nouvelle importance dont j'étais
doué, je trouvai plus explicite de leur raconter dans
les moindres détails la visite que je venais de faire.
Je ne croyais pas ainsi causer d'ennuis à mon oncle.
Comment l'aurais-je cru, puisque je ne le désirais pas.
Et je ne pouvais supposer que mes parents trouve-
raient du mal dans une visite où je n'en trouvais pas.
N'arrive-t-il pas tous les jours qu'un ami nous demande
de ne pas manquer de l'excuser auprès d'une femme à
qui il a été empêché d'écrire, et que nous négligions
de le faire jugeant que cette personne ne peut pas attacher d'importance à un silence qui n'en a pas pour
nous. Je m'imaginais, comme tout le monde, que le
cerveau des autres était un réceptacle inerte et docile,
sans pouvoir de réaction spécifique sur ce qu'on y
introduisait ; et je ne doutais pas qu'en déposant dans
celui de mes parents la nouvelle de la connaissance
que mon oncle m'avait fait faire, je ne leur transmisse
en même temps comme je le souhaitais, le jugement
bienveillant que je portais sur cette présentation.
Mes parents malheureusement s'en remirent à des
principes entièrement différents de ceux que je leur
suggérais d'adopter, quand ils voulurent apprécier
l'action de mon oncle. Mon père et mon grand-père
eurent avec lui des explications violentes ; j'en fus

7

indirectement informé. Quelques jours après, croisant dehors mon oncle qui passait en voiture découverte, je ressentis la douleur, la reconnaissance, le remords que j'aurais voulu lui exprimer. A côté de leur immensité, je trouvai qu'un coup de chapeau serait mesquin et pourrait faire supposer à mon oncle que je ne me croyais pas tenu envers lui à plus qu'à une banale politesse. Je résolus de m'abstenir de ce geste insuffisant et je détournai la tête. Mon oncle pensa que je suivais en cela les ordres de mes parents, il ne le leur pardonna pas, et il est mort bien des années après sans qu'aucun de nous l'ait jamais revu.

Aussi je n'entrais plus dans le cabinet de repos, maintenant fermé, de mon oncle Adolphe et après m'être attardé aux abords de l'arrière-cuisine, quand Françoise, apparaissant sur le parvis, me disait : « Je vais laisser ma fille de cuisine servir le café et monter l'eau chaude, il faut que je me sauve chez Mme Octave », je me décidais à rentrer et montais directement lire chez moi. La fille de cuisine était une personne morale, une institution permanente à qui des attributions invariables assuraient une sorte de continuité et d'identité, à travers la succession des formes passagères en lesquelles elle s'incarnait : car nous n'eûmes jamais la même deux ans de suite. L'année où nous mangeâmes tant d'asperges, la fille de cuisine habituellement chargée de les « plumer » était une pauvre créature maladive, dans un état de grossesse déjà assez avancé quand nous arrivâmes à Pâques, et on s'étonnait même que Françoise lui laissât faire tant de courses et de besogne, car elle commençait à porter difficilement devant elle la mystérieuse corbeille, chaque jour plus remplie, dont on devinait sous ses amples sarraus la forme magnifique. Ceux-ci rappelaient les houppelandes qui revêtent certaines des figures symboliques de Giotto dont M. Swann m'avait donné des photographies. C'est lui-même qui nous l'avait fait remarquer et quand il nous demandait des nouvelles de la fille de cuisine il nous disait : « Comment va la Charité de Giotto ? » D'ailleurs elle-même la pauvre fille, engraissée par sa grossesse, jusqu'à la figure, jusqu'aux joues qui tombaient droites et carrées, ressemblait en effet assez à ces vierges, fortes et homasses, matrones plutôt, dans lesquelles les vertus sont personnifiées à l'Arena. Et je me rends compte maintenant que ces Vertus et ces Vices de Padoue lui ressemblaient encore d'une autre manière. De même que l'image de cette fille était accrue par le symbole ajouté qu'elle portait devant son ventre, sans avoir l'air d'en comprendre le sens, sans que rien dans son visage en traduisît la beauté et l'esprit, comme un simple et pesant fardeau, de même c'est sans paraître s'en douter que la puissante ménagère qui est représentée à l'Arena au-dessous du nom « Caritas » et dont la reproduction était accrochée au mur de ma salle d'études, à Combray, incarne cette vertu, c'est sans qu'aucune pensée de charité semble avoir jamais pu être exprimée par son visage énergique et vulgaire. Par une belle invention du peintre elle foule aux pieds les trésors de la terre, mais absolument comme si elle piétinait des raisins pour en extraire le jus ou plutôt comme elle aurait monté sur des sacs pour se hausser ; et elle tend à Dieu son cœur enflammé, disons mieux, elle le lui « passe », comme une cuisinière passe un tire-bouchon par le soupirail de son sous-sol à quelqu'un qui le lui demande à la fenêtre du rez-de-chaussée. L'Envie, elle, aurait eu davantage une certaine expression d'envie. Mais dans cette fresque-là encore, le symbole tient tant de place et est représenté comme si réel, le serpent qui siffle aux lèvres de l'Envie est si gros, il lui remplit si complètement sa bouche grande ouverte, que les muscles de sa figure sont distendus pour pouvoir le contenir, comme ceux d'un enfant qui

gonfle un ballon avec son souffle, et que l'attention de
l'Envie, — et la nôtre du même coup, — tout entière
concentrée sur l'action de ses lèvres, n'a guère de
temps à donner à d'envieuses pensées.

Malgré toute l'admiration que M. Swann professait
pour ces figures de Giotto, je n'eus longtemps aucun
plaisir à considérer dans notre salle d'études, où on
avait accroché les copies qu'il m'en avait rapportées,
cette Charité sans charité, cette Envie qui avait l'air
d'une planche illustrant seulement dans un livre de
médecine la compression de la glotte ou de la luette
par une tumeur de la langue ou par l'introduction de
l'instrument de l'opérateur, une Justice, dont le visage
grisâtre et mesquinement régulier était celui-là même
qui, à Combray, caractérisait certaines jolies bourgeoises pieuses et sèches que je voyais à la messe et
dont plusieurs étaient enrôlées d'avance dans les mili-
ces de réserve de l'Injustice. Mais plus tard j'ai compris que l'étrangeté saisissante, la beauté spéciale de
ces fresques tenait à la grande place que le symbole
y occupait, et que le fait qu'il fut représenté non comme
un symbole puisque la pensée symbolisée n'était pas
exprimée, mais comme réel, comme effectivement
subi ou matériellement manié, donnait à la signification de l'œuvre quelque chose de plus littéral et de
plus précis, à son enseignement quelque chose de
plus concret et de plus frappant. Chez la pauvre fille
de cuisine, elle aussi, l'attention n'était-elle pas sans
cesse ramenée à son ventre par le poids qui le tirait ;
et de même encore, bien souvent la pensée des ago-
nisants est tournée vers le côté effectif, douloureux,
obscur, viscéral, vers cet envers, de la mort qui est
précisément le côté qu'elle leur présente, qu'elle leur
fait rudement sentir et qui ressemble beaucoup plus
à un fardeau qui les écrase, à une difficulté de respirer, à un besoin de boire, qu'à ce que nous appelons
l'idée de la mort.

Il fallait que ces Vertus et ces Vices de Padoue eussent en eux bien de la réalité puisqu'ils m'apparaissaient comme aussi vivants que la servante enceinte,
et qu'elle-même ne me semblait pas beaucoup moins
allégorique. Et peut-être cette non participation (du
moins apparente) de l'âme d'un être à la vertu qui
agit par lui, a aussi en dehors de sa valeur esthétique
une réalité sinon psychologique, au moins, comme on
dit, physiognomonique. Quand plus tard j'ai eu l'occasion de rencontrer au cours de ma vie, dans des
couvents par exemple, des incarnations vraiment sain-
tes de la charité active, elles avaient généralement un
air allègre, positif, indifférent et brusque de chirurgien pressé, ce visage où ne se lit aucune commisération, aucun attendrissement devant la souffrance
humaine, aucune crainte de la heurter, et qui est le
visage sans douceur, le visage antipathique et sublime
de la vraie bonté.

Pendant que la fille de cuisine, — faisant briller involontairement la supériorité de Françoise comme l'Erreur, par le contraste, rend plus éclatant le triomphe
de la Vérité —, servait du café qui, selon maman n'était
que de l'eau chaude, et montait ensuite dans nos chambres de l'eau chaude qui était à peine tiède, je m'étais
étendu sur mon lit, un livre à la main, dans ma chambre qui protégeait en tremblant sa fraîcheur transparente et fragile contre le soleil de l'après-midi derrière ses volets presque clos où un reflet de jour avait
pourtant trouvé moyen de faire passer ses ailes jaunes, et restait immobile entre le bois et le vitrage,
dans un coin, comme un papillon posé. Il faisait à
peine assez clair pour lire, et la sensation de la splendeur de la lumière ne m'était donnée que par les coups
frappés dans la rue de la Cure par Camus (averti
par Françoise que ma tante ne « reposait pas » et
qu'on pouvait faire du bruit) contre des caisses pous-
siéreuses, mais qui, retentissant dans l'atmosphère so-

nore, spéciale aux temps chauds, semblaient faire voler au loin des astres écarlates ; et aussi par les mouches
qui exécutaient devant moi, dans leur petit concert,
comme la musique de chambre de l'été ; elle ne l'é-
voque pas à la façon d'un air de musique humaine,
qui, entendu par hasard à la belle saison, vous la rappelle ensuite ; elle est unie à l'été par un lien plus
nécessaire : née des beaux jours, ne renaissant qu'a-
vec eux, contenant un peu de leur essence, elle n'en
réveille pas seulement l'image dans notre mémoire,
elle en certifie le retour, la présence effective, am-
biante, immédiatement accessible.

Cette obscure fraîcheur de ma chambre était au
plein soleil de la rue, ce que l'ombre est au rayon,
c'est-à-dire aussi lumineuse que lui, et offrait à mon
imagination le spectacle total de l'été dont mes sens,
si j'avais été en promenade, n'auraient pu jouir que
par morceaux ; et ainsi elle s'accordait bien à mon
repos qui (grâce aux aventures racontées par mes
livres et qui venaient l'émouvoir), supportait pareil
au repos d'une main immobile au milieu d'une eau
courante, le choc et l'animation d'un torrent d'activité.

Mais ma grand'mère, même si le temps trop chaud
s'était gâté, si un orage ou seulement un grain était
survenu, venait me supplier de sortir. Et ne voulant
pas renoncer à ma lecture, j'allais du moins la continuer au jardin, sous le marronnier, dans une petite
guérite en sparterie et en toile au fond de laquelle j'étais
assis et me croyais caché aux yeux des personnes qui
pourraient venir faire visite à mes parents.

Et ma pensée n'était-elle pas aussi comme une autre crèche au fond de laquelle je sentais que je restais enfoncé, même pour regarder ce qui se passait au
dehors ? Quand je voyais un objet extérieur, la conscience que je le voyais restait entre moi et lui, le bor-
dait d'un mince liséré spirituel qui m'empêchait de

jamais toucher directement sa matière ; elle se vola-
tilisait en quelque sorte avant que je prisse contact
avec elle, comme un corps incandescent qu'on approche d'un objet mouillé ne touche pas son humidité
parce qu'il se fait toujours précéder d'une zone
d'évaporation. Dans l'espèce d'écran diapré d'é-
tats différents que, tandis que je lisais, déployait
simultanément ma conscience, et qui allaient des
aspirations les plus profondément cachées en moi-
même jusqu'à la vision tout extérieure de l'horizon
que j'avais, au bout du jardin, sous les yeux, ce qu'il
y avait d'abord en moi, de plus intime, la poignée
sans cesse en mouvement qui gouvernait le reste,
c'était ma croyance en la richesse philosophique, en
la beauté du livre que je lisais, et mon désir de me les
approprier, quel que fût ce livre. Car, même si je l'a-
vais acheté à Combray, en l'apercevant devant l'épi-
cerie Borange, trop distante de la maison pour que
Françoise pût s'y fournir comme chez Camus, mais
mieux acchalandée comme papeterie et librairie, retenu par des ficelles dans la mosaïque des brochures
et des livraisons qui revêtaient les deux vantaux de
sa porte plus mystérieuse, plus semée de pensées
qu'une porte de cathédrale, c'est que je l'avais reconnu,
pour m'avoir été cité comme un ouvrage remarquable par le professeur ou le camarade qui me paraissait à cette époque détenir le secret de la vérité et
de la beauté à demi pressenties, à demi incompréhen-
sibles, dont la connaissance était le but vague mais
permanent de ma pensée.

Après cette croyance centrale qui, pendant ma lecture, exécutait d'incessants mouvements du dedans au
dehors, vers la découverte de la vérité, venaient les
émotions que me donnait l'action à laquelle je prenais
part, car ces après-midi-là étaient plus remplis d'é-
vénements dramatiques que ne l'est souvent toute
une vie. C'était les événements qui survenaient dans

le livre que je lisais; il est vrai que les personnages
qu'ils affectaient n'étaient pas « réels », comme disait
Françoise. Mais tous les sentiments que nous font
éprouver la joie ou l'infortune d'un personnage réel
ne se produisent en nous que par l'intermédiaire d'une
image de cette joie ou de cette infortune; l'ingéniosité du premier romancier consista à comprendre que
dans l'appareil de nos émotions, l'image étant le seul
élément essentiel, la simplification qui consisterait à
supprimer purement et simplement les personnages
réels serait un perfectionnement décisif. Un être réel,
si profondément que nous sympathisions avec lui,
pour une grande part est perçu par nos sens, c'est-à-
dire nous reste opaque, offre un poids mort que notre sensibilité ne peut soulever. Qu'un malheur le
frappe, ce n'est qu'en une petite partie de la notion
totale que nous avons de lui, que nous pourrons en être
émus, bien plus, ce n'est qu'en une partie de la notion
totale qu'il a de soi, qu'il pourra l'être lui-même.
La trouvaille du romancier a été d'avoir l'idée de
remplacer ces parties impénétrables à l'âme par une
quantité égale de parties immatérielles, c'est-à-dire
que notre âme peut s'assimiler. Qu'importe dès lors
que les actions, les émotions de ces êtres d'un nouveau genre nous apparaissent comme vraies, puisque
nous les avons faites nôtres, puisque c'est en nous
qu'elles se produisent, qu'elles tiennent sous leur
dépendance, tandis que nous tournons fiévreusement
les pages du livre, la rapidité de notre respiration
et l'intensité de notre regard. Et une fois que le
romancier nous a mis dans cet état, où comme dans
tous les états purement intérieurs, toute émotion est
décuplée, où son livre va nous troubler à la façon d'un
rêve mais d'un rêve plus clair que ceux que nous avons
en dormant et dont le souvenir durera davantage,
alors, voici qu'il déchaîne en nous pendant une heure
tous les bonheurs et tous les malheurs possibles dont

nous mettrions dans la vie des années à connaître quelques-uns, et dont les plus intenses ne nous seraient jamais révélés parce que la lenteur avec laquelle ils se produisent nous en ôte la perception ; (ainsi notre cœur change, dans la vie, et c'est la pire douleur ; mais nous ne la connaissons que dans la lecture, en imagination : dans la réalité il change, comme certains phénomènes de la nature se produisent, assez lentement pour que, si nous pouvons constater successivement chacun de ses états différents, en revanche la sensation même du changement nous est épargnée).

Déjà moins intérieur à mon corps que cette vie des personnages, venait ensuite, à demi projeté devant moi, le paysage où se déroulait l'action et qui exerçait sur ma pensée une bien plus grande influence que l'autre, que celui que j'avais sous les yeux quand je les levais du livre. C'est ainsi que pendant deux étés, dans la chaleur du jardin de Combray, j'ai eu, à cause du livre que je lisais alors, la nostalgie d'un pays montueux et fluviatile, où je verrais beaucoup de scieries et où, au fond de l'eau claire, des morceaux de bois pourrissaient sous des touffes de cresson ; non loin montaient le long de murs bas, des grappes de fleurs violettes et rougeâtres. Et comme le rêve d'une femme qui m'aurait aimé était toujours présent à ma pensée, ces étés-là ce rêve fut imprégné de la fraîcheur des eaux courantes ; et quelle que fut la femme que j'évoquais, des grappes de fleurs violettes et rougeâtres s'élevaient aussitôt de chaque côté d'elle comme des couleurs complémentaires.

Ce n'était pas seulement parce qu'une image dont nous rêvons reste toujours marquée, s'embellit et bénéficie du reflet des couleurs étrangères qui par hasard l'entourent dans notre rêverie ; car ces paysages des livres que je lisais n'étaient pas pour moi que des paysages plus vivement représentés à mon imagination que ceux que Combray mettait sous mes yeux, mais

qui eussent été analogues. Par le choix qu'en avait
fait l'auteur, par la foi avec laquelle ma pensée allait
au devant de sa parole comme d'une révélation, ils
me semblaient être — impression que ne me donnait
guère le pays où je me trouvais, et surtout notre jardin, produit sans prestige de la correcte fantaisie du
jardinier que méprisait ma grand'mère — une part
véritable, de la Nature elle-même, digne d'être étu-
diée et approfondie.

Si mes parents m'avaient permis, quand je lisais un
livre, d'aller visiter la région qu'il décrivait, j'aurais
cru faire un pas inestimable dans la conquête de la
vérité. Car si on a la sensation d'être toujours entouré
de son âme, ce n'est pas comme d'une prison immobile; plutôt on est comme emporté avec elle dans un
perpétuel élan pour la dépasser, pour atteindre à l'extérieur, avec une sorte de découragement, en entendant toujours autour de soi cette sonorité identique qui
n'est pas écho du dehors mais retentissement d'une
vibration interne. On cherche à retrouver dans les
choses, devenues par là précieuses, le reflet que notre âme a projeté sur elles, on est déçu en constа-
tant qu'elles semblent dépourvues dans la nature
du charme qu'elles devaient, dans notre pensée, au
voisinage de certaines idées; parfois on convertit toutes les forces de cette âme en habileté, en splendeur
pour agir sur des êtres dont nous sentons bien qu'ils
sont situés en dehors de nous et que nous ne les
atteindrons jamais. Aussi, si j'imaginais toujours
autour de la femme que j'aimais, les lieux que je
désirais le plus alors, si j'eusse voulu que ce fût elle
qui me les fît visiter, qui m'ouvrît l'accès d'un monde
inconnu, ce n'était pas par le hasard d'une simple
association de pensée; non, c'est que mes rêves de
voyage et d'amour n'étaient que des moments — que
je sépare artificiellement aujourd'hui comme si je pra-
tiquais des sections à des hauteurs différentes d'un

jet d'eau irisé et en apparence immobile — dans un
même et infléchissable jaillissement de toutes les forces de ma vie.

Enfin en continuant à suivre du dedans au dehors les
états simultanément juxtaposés dans ma conscience, et
avant d'arriver jusqu'à l'horizon réel qui les enveloppait,
je trouve des plaisirs d'un autre genre, celui d'être bien
assis, de sentir la bonne odeur de l'air, de ne pas être
dérangé par une visite ; et, quand une heure sonnait au
clocher de Saint-Hilaire, de voir tomber morceau par
morceau ce qui de l'après-midi était déjà consommé,
jusqu'à ce que j'entendisse le dernier coup qui me permettait de faire le total et après lequel le long silence
qui le suivait semblait faire commencer dans le ciel bleu
toute la partie qui m'était encore concédée pour lire jusqu'au bon dîner qu'apprêtait Françoise et qui me ré-
conforterait des fatigues prises, pendant la lecture du
livre, à la suite de son héros. Et à chaque heure il me
semblait que c'étaient quelques instants seulement auparavant que la précédente avait sonné ; la plus récente
venait s'inscrire tout près de l'autre dans le ciel et je
ne pouvais croire que soixante minutes eussent tenu
dans ce petit arc bleu qui était compris entre leurs
deux marques d'or. Quelquefois même cette heure
prématurée sonnait deux coups de plus que la dernière ; il y en avait donc une que je n'avais pas entendue, quelque chose qui avait eu lieu n'avait pas eu
lieu pour moi ; l'intérêt de la lecture, magique comme
un profond sommeil, avait donné le change à mes
oreilles hallucinées et effacé la cloche d'or sur la surface
azurée du silence. Beaux après-midi du dimanche sous
le marronnier du jardin de Combray, soigneusement
vidés par moi des incidents médiocres de mon existence personnelle que j'y avais remplacés par une vie
d'aventures et d'aspirations étranges au sein d'un pays
arrosé d'eaux vives, vous m'évoquez encore cette vie
quand je pense à vous et vous la contenez en effet

pour l'avoir peu à peu contournée et enclose — tandis que je progressais dans ma lecture et que tombait la chaleur du jour — dans le cristal successif, lentement changeant et traversé de feuillages, de vos heures silencieuses, sonores, odorantes et limpides.

Quelquefois j'étais tiré de ma lecture, dès le milieu de l'après-midi par la fille du jardinier, qui courait comme une folle, renversant sur son passage un oranger, se coupant un doigt, se cassant une dent et criant : « Les voilà, les voilà ! » pour que Françoise et moi nous accourions et ne manquions rien du spectacle. C'était les jours où, pour des manœuvres de garnison, la troupe traversait Combray, prenant généralement la rue Sainte-Hildegarde. Tandis que nos domestiques, assis en rang sur des chaises en dehors de la grille, regardaient les promeneurs dominicaux de Combray et se faisaient voir d'eux, la fille du jardinier par la fente que laissaient entre elles deux maisons lointaines de l'avenue de la gare, avait aperçu l'éclat des casques. Les domestiques avaient rentré précipitamment leurs chaises, car quand les cuirassiers défilaient rue Sainte-Hildegarde, ils en remplissaient toute la largeur, et le galop des chevaux rasait les maisons couvrant les trottoirs submergés comme des berges qui offrent un lit trop étroit à un torrent déchaîné.

— « Pauvres enfants, disait Françoise à peine arrivée à la grille et déjà en larmes ; pauvre jeunesse qui sera fauchée comme un pré ; rien que d'y penser j'en suis choquée », ajoutait-elle en mettant la main sur son cœur, là où elle avait reçu ce *choc*.

— « C'est beau, n'est-ce pas, madame Françoise, de voir des jeunes gens qui ne tiennent pas à la vie ? disait le jardinier pour la faire « monter ».

Il n'avait pas parlé en vain :

— De ne pas tenir à la vie ? Mais à quoi donc qu'il faut tenir, si ce n'est pas à la vie, le seul cadeau que le bon Dieu ne fasse jamais deux fois. Hélas, mon Dieu, c'est pourtant vrai qu'ils n'y tiennent pas ! Je les ai vus en 70 ; ils n'ont plus peur de la mort, dans ces misérables guerres ; c'est ni plus ni moins des fous ; et puis ils ne valent plus la corde pour les pendre, ce n'est pas des hommes, c'est des lions. (Pour Françoise la comparaison d'un homme à un lion, qu'elle prononçait li-on, n'avait rien de flatteur.)

La rue Sainte-Hildegarde tournait trop court pour qu'on pût voir venir de loin, et c'était par cette fente entre les deux maisons de l'avenue de la gare qu'on apercevait toujours de nouveaux casques courant et brillant au soleil. Le jardinier aurait voulu savoir s'il y en avait encore beaucoup à passer, et il avait soif car le soleil tapait. Alors tout d'un coup, sa fille s'élançant comme d'une place assiégée, faisait une sortie, atteignait l'angle de la rue, et après avoir bravé cent fois la mort, venait nous rapporter, avec une carafe de coco, la nouvelle qu'ils étaient bien un mille qui venaient sans arrêter, du côté de Thiberzy et de Méséglise. Françoise et le jardinier, reconciliés, discutaient sur la conduite à tenir en cas de guerre :

— « Voyez-vous, Françoise, disait le jardinier, la révolution vaudrait mieux, parce que quand on la déclare il n'y a que ceux qui veulent partir qui y vont. »

— « Ah oui, au moins je comprends cela, c'est plus franc. »

Le jardinier croyait qu'à la déclaration de guerre on arrêtait tous les chemins de fer.

— « Pardi, pour pas qu'on se sauve », disait Françoise.

Et le jardinier : « Ah, ils sont malins », car il n'admettait pas que la guerre ne fût pas une espèce de mauvais tour que l'État essayait de jouer au peuple et que, si on avait eu le moyen de le faire, il n'est pas une seule personne qui n'eût filé.

Mais Françoise se hâtait de rejoindre ma tante, je retournais à mon livre, les domestiques se réinstallaient devant la porte à regarder tomber la poussière et l'émotion qu'avaient soulevées les soldats. Longtemps après que l'accalmie était venue, un flot inaccoutumé de promeneurs noircissait encore les rues de Combray. Et devant chaque maison, même celles où ce n'était pas l'habitude, les domestiques ou même les maîtres, assis et regardant, festonnaient le seuil d'un liséré capricieux et sombre comme celui des algues et des coquilles dont une forte marée laisse le crêpe et la broderie au rivage, après qu'elle s'est éloignée.

Sauf ces jours-là, je pouvais d'habitude, au contraire lire tranquille. Mais l'interruption et le commentaire qui furent apportés une fois par une visite de Swann à la lecture que j'étais entrain de faire du livre d'un auteur tout nouveau pour moi, Bergotte, eut cette conséquence que, pour longtemps, ce ne fut plus sur un mur décoré de violettes en quenouille, mais sur un fond tout autre, devant le portail d'une cathédrale gothique, que se détacha désormais l'image d'une des femmes dont je rêvais.

J'avais entendu parler de Bergotte pour la première fois par un de mes camarades plus âgé que moi et pour qui j'avais une grande admiration, Bloch. En m'entendant lui avouer mon admiration pour la *Nuit d'Octobre* il avait fait éclater un rire bruyant comme une trompette et m'avait dit : « Défie-toi de ta dilection assez basse pour le sieur de Musset. C'est un coco des plus malfaisants et une assez sinistre brute. Je dois confesser, d'ailleurs, que lui et même le nommé Racine, ont fait chacun dans leur vie un vers assez bien rythmé, et qui a pour lui, ce qui est selon moi le mérite suprême, de ne signifier absolument rien. C'est : « La blanche Oloossone et la blanche Camire » et « La fille de Minos et de Pasiphae ». Ils m'ont été signalés à la décharge de ces deux malandrins par un article de mon très cher maître le Père Lecomte agréable aux Dieux Immortels. A propos voici un livre que je n'ai pas le temps de lire en ce moment qui est recommandé, paraît-il, par cet immense bonhomme. Il tient m'a-t-on dit l'auteur, le sieur Bergotte, pour un coco des plus subtils ; et bien qu'il fasse preuve, des fois, de mansuétudes assez mal explicables, sa parole est pour moi oracle delphique. Lis donc ces proses lyriques, et si le gigantesque assembleur de rythmes qui a écrit *Baghavat* et le *Levrier de Magnus* a dit vrai, par Apollôn, tu goûteras, cher maître, les joies nectaréennes de l'Olympos. » C'est sur un ton sarcastique qu'il m'avait demandé de l'appeler « cher maître » et qu'il m'appelait lui-même ainsi. Mais en réalité nous prenions un certain plaisir à ce jeu, étant encore rapprochés de l'âge où on croit qu'on crée ce qu'on nomme.

Malheureusement, je ne pus pas apaiser en causant avec Bloch et en lui demandant des explications, le trouble où il m'avait jeté quand il m'avait dit que les beaux vers (à moi qui n'attendais d'eux rien moins que la révélation de la vérité), étaient d'autant plus beaux qu'ils ne signifiaient rien du tout. Bloch en effet ne fut pas réinvité à la maison. Il y avait d'abord été bien accueilli. Mon grand-père, il est vrai, prétendait que chaque fois que je me liais avec un de mes camarades plus qu'avec les autres et que je l'amenais chez nous, c'était toujours un juif, ce qui ne lui eût pas déplu en principe, — même son ami Swann était d'origine juive — s'il n'avait trouvé que ce n'était pas d'habitude parmi les meilleurs que je le choisissais. Aussi quand j'amenais un nouvel ami il était bien rare qu'il ne fredonnât pas : « *O Dieu de nos Pères* » de la Juive ou bien « *Israël romps ta chaîne* », ne chantant que l'air naturellement (Ti la lam ta lam, talim), mais j'avais peur que mon camarade le connût et ne rétablît les paroles.

Avant de les avoir vus, rien qu'en entendant leur

nom qui, bien souvent, n'avait rien de particulièrement israélite, il devinait non seulement l'origine juive
de ceux de mes amis qui l'étaient en effet, mais même
ce qu'il y avait quelquefois de fâcheux dans leur
famille.

— « Et comment s'appelle-t-il ton ami qui vient ce
soir ? »

— Dumont, grand-père.

— « Dumont ! Oh ! je me méfie. »

Et il chantait :

> « Archers, faites bonne garde !
> Veillez sans trêve et sans bruit » ;

Et après nous avoir posé adroitement quelques questions plus précises, il s'écriait : « A la garde ! A la
garde ! » ; ou, si c'était le patient lui-même déjà arrivé
qu'il avait forcé à son insu, par un interrogatoire dissimulé, à confesser ses origines, alors pour nous montrer qu'il n'avait plus aucun doute, il se contentait de
nous regarder en fredonnant imperceptiblement :

> « De ce timide Israélite
> Quoi ! vous guidez ici le pas ! »

ou :

> « Champs paternels, Hebron, douce veillée. »

ou encore :

> « Oui je suis de la race élue. »

Ces petites manies de mon grand-père n'impliquaient
aucun sentiment malveillant à l'endroit de mes camarades. Mais Bloch avait déplu à mes parents pour
d'autres raisons. Il avait commencé par agacer mon
père qui, le voyant mouillé, lui avait dit avec intérêt :

— « Mais, monsieur Bloch, quel temps fait-il donc,

est-ce qu'il a plu? Je n'y comprends rien, le baromètre
était excellent. »

Il n'en avait tiré que cette réponse :

— « Monsieur, je ne puis absolument vous dire s'il a
plu. Je vis si résolument en dehors des contingences
physiques que mes sens ne prennent pas la peine de
me les notifier. »

— Mais, mon pauvre fils, il est idiot ton ami, m'avait
dit mon père quand Bloch fut parti. Comment! il ne
peut même pas me dire le temps qu'il fait! Mais il n'y
a rien de plus intéressant! C'est un imbécile.

Puis Bloch avait déplu à ma grand'mère parce que,
après le déjeuner comme elle disait qu'elle était un
peu souffrante, il avait étouffé un sanglot et essuyé des
larmes.

— « Comment veux-tu que ça soit sincère, me dit-
elle, puisqu'il ne me connaît pas; ou bien alors il est fou. »

Et enfin il avait mécontenté tout le monde parce que
étant venu déjeuner une heure et demie en retard et
couvert de boue, au lieu de s'excuser il avait dit :

— Je ne me laisse jamais influencer par les pertur-
bations de l'atmosphère ni par les divisions conven-
tionnelles du temps. Je réhabiliterais volontiers l'usage
de la pipe d'opium et du kriss malais, mais j'ignore
celui de ces instruments infiniment plus pernicieux et
d'ailleurs platement bourgeois, la montre et le parapluie.

Il serait malgré tout revenu à Combray. Il n'était pas
pourtant l'ami que mes parents eussent souhaité pour
moi; ils avaient fini par penser que les larmes que
lui avait fait verser l'indisposition de ma grand'mère
n'étaient pas feintes; mais ils savaient d'instinct ou par
expérience que les élans de notre sensibilité ont peu
d'empire sur la suite de nos actes et la conduite de
notre vie, et que le respect des obligations morales, la
fidélité aux amis, l'exécution d'une œuvre, l'observance
d'un régime, ont un fondement plus sûr dans des habi-

8

tudes aveugles que dans ces transports momentanés,
ardents et stériles. Ils auraient préféré pour moi à Bloch
des compagnons qui ne me donneraient pas plus qu'il
n'est convenu d'accorder à ses amis, selon les règles de
la morale bourgeoise ; qui ne m'enverraient pas inopinément une corbeille de fruits parce qu'ils auraient ce
jour-là pensé à moi avec tendresse, mais qui, n'étant
pas capables de faire pencher en ma faveur la juste
balance des devoirs et des exigences de l'amitié sur un
simple mouvement de leur imagination et de leur
sensibilité, ne la fausseraient pas davantage à mon pré-
judice. Nos torts même font difficilement départir de
ce qu'elles nous doivent ces natures dont ma grand'-
tante était le modèle, elle qui brouillée depuis des
années avec une nièce à qui elle ne parlait jamais, ne
modifia pas pour cela le testament où elle lui laissait
toute sa fortune, parce que c'était sa plus proche
parente et que cela « se devait ».

Mais j'aimais Bloch, mes parents voulaient me faire
plaisir, les problèmes insolubles que je me posais à
propos de la beauté dénuée de signification de la fille
de Minos et de Pasiphée me fatiguaient davantage et
me rendaient plus souffrant que n'aurait fait de nouvelles conversations avec lui, bien que ma mère les
jugeât pernicieuses. Et on l'aurait encore reçu à Combray, si, après ce dîner, comme il venait de m'apprendre — nouvelle qui plus tard eut beaucoup d'influence sur ma vie, et la rendit plus heureuse, puis
plus malheureuse — que toutes les femmes ne pensaient qu'à l'amour et qu'il n'y en a pas dont on ne
pût vaincre les résistances, il ne m'avait assuré avoir
entendu dire de la façon la plus certaine que ma
grand'tante avait eu une jeunesse orageuse et avait
été publiquement en retenue. Je ne pus me tenir de
répéter ces propos à mes parents; on le mit à la porte
quand il revint, et quand je l'abordai ensuite dans
la rue, il fut extrêmement froid pour moi.

Mais au sujet de Bergotte il avait dit vrai.

Les premiers jours, comme un air de musique dont on raffolera, mais qu'on ne distingue pas encore, ce que je devais tant aimer dans son style ne m'apparut pas. Je ne pouvais pas quitter le roman que je lisais de lui, mais me croyais seulement intéressé par le sujet, comme dans ces premiers moments de l'amour où on va tous les jours retrouver une femme à quelque réunion, à quelque divertissement par les agréments desquels on se croit attiré. Puis je remarquai les expressions rares, presque archaïques qu'il aimait employer à certains moments où un flot caché d'harmonie, un prélude intérieur, soulevait son style ; et c'était aussi à ces moments-là qu'il se mettait à parler du « vain songe de la vie », de « l'inépuisable torrent des belles apparences », du « tourment stérile et délicieux de comprendre et d'aimer », des « émouvantes effigies qui anoblissent à jamais la façade vénérable et charmante des cathédrales », qu'il exprimait toute une philosophie nouvelle pour moi par de merveilleuses images dont on aurait dit que c'était elles qui avaient éveillé ce chant de harpes qui s'élevait alors et à l'accompagnement duquel elles donnaient quelque chose de sublime. Un de ces passages de Bergotte, le troisième ou le quatrième que j'eusse isolé du reste, me donna une joie incomparable à celle que j'avais trouvée au premier, une joie que je me sentis éprouver en une région plus profonde de moi-même, plus unie, plus vaste, d'où les obstacles et les séparations semblaient avoir été enlevés. C'est que, reconnaissant alors ce même goût pour les expressions rares, cette même effusion musicale, cette même philosophie idéaliste qui avait déjà été les autres fois, sans que je m'en rendisse compte, la cause de mon plaisir, je n'eus plus l'impression d'être en présence d'un morceau particulier d'un certain livre de Bergotte, traçant à la surface de ma pensée une figure purement linéaire, mais

plutôt du « morceau idéal » de Bergotte, commun à
tous ses livres et auquel tous les passages analogues
qui venaient se confondre avec lui, auraient donné une
sorte d'épaisseur, de volume, dont mon esprit semblait agrandi.

Je n'étais pas tout à fait le seul admirateur de Bergotte ; il était aussi l'écrivain préféré d'une amie de
ma mère qui était très lettrée ; enfin, pour lire son
dernier livre paru, le Dr du Boulbon faisait attendre
ses malades ; et ce fut de son cabinet de consultation,
et d'un parc voisin de Combray, que s'envolèrent quelques-unes des premières graines de cette prédilection
pour Bergotte, espèce si rare alors, aujourd'hui univer-
sellement répandue, et dont on trouve partout en Europe, en Amérique, jusque dans le moindre village, la
fleur idéale et commune. Ce que l'amie de ma mère,
et paraît-il le Dr du Boulbon, aimaient surtout dans les
livres de Bergotte c'était comme moi, ce même flux
mélodique, ces expressions anciennes, quelques autres
très simples et connues, mais pour lesquelles la place
où il les mettait en lumière semblaient révéler de sa
part un goût particulier ; enfin, dans les passages tristes, une certaine brusquerie, un accent presque rauque.
Et sans doute lui-même devait sentir que là étaient
ses plus grands charmes. Car dans les livres qui suivirent, s'il avait rencontré quelque grande vérité, ou
le nom d'une célèbre cathédrale, il interrompait son
récit et dans une invocation, une apostrophe, une longue prière, il donnait un libre cours à ces effluves qui
dans ses premiers ouvrages restaient intérieures à sa
prose, décélés seulement alors par les ondulations de la
surface, plus douces peut-être encore, plus harmo-
nieuses quand elles étaient ainsi voilées et qu'on n'aurait pu indiquer d'une manière précise où naissait, où
expirait leur murmure. Ces morceaux auxquels il se
complaisait étaient nos morceaux préférés. Pour moi,
je les savais par cœur. J'étais déçu quand il reprenait

le fil de son récit. Chaque fois qu'il parlait de quelque
chose dont la beauté m'était restée jusque-là cachée,
des forêts de pins, de la grêle, de Notre-Dame de
Paris, d'Athalie ou de Phèdre, il faisait dans une
image exploser cette beauté jusqu'à moi. Aussi sentant combien il y avait de parties de l'univers que ma
perception infirme ne distinguerait pas s'il ne les rapprochait de moi, j'aurais voulu posséder une opinion
de lui, une métaphore de lui, sur toutes choses, surtout sur celles que j'aurais l'occasion de voir moi-
même, et entre celles-là, particulièrement sur d'anciens
monuments français et certains paysages maritimes,
parce que l'insistance avec laquelle il les citait dans
ses livres prouvait qu'il les tenait pour riches de signification et de beauté. Malheureusement sur presque
toutes choses j'ignorais son opinion. Je ne doutais pas
qu'elle ne fût entièrement différente des miennes, puisqu'elle descendait d'un monde inconnu vers lequel je
cherchais à m'élever ; persuadé que mes pensées eussent paru pure ineptie à cet esprit parfait, j'avais
tellement fait table rase de toutes, que quand par
hasard il m'arriva d'en rencontrer, dans tel de ses
livres, une que j'avais déjà eue moi-même, mon cœur
se gonflait comme si un Dieu dans sa bonté me l'avait
rendue, l'avait déclarée légitime et belle. Il arrivait
parfois qu'une page de lui disait les mêmes choses
que j'écrivais souvent la nuit à ma grand'mère et à
ma mère quand je ne pouvais pas dormir, si bien que
cette page de Bergotte avait l'air d'un recueil d'épi-
graphes pour être placées en tête de mes lettres.
Même plus tard quand je commençai de composer un
livre, certaines phrases dont la qualité ne suffit pas
pour me décider à le continuer j'en retrouvai l'équivalent dans Bergotte. Mais ce n'était qu'alors, quand
je les lisais dans son œuvre, que je pouvais en jouir ;
quand c'était moi qui les composais, préoccupé qu'elles
reflétassent exactement ce que j'apercevais dans ma

pensée craignant de ne pas « faire ressemblant »,
j'avais bien le temps de me demander si ce que j'écrivais était agréable ! Mais en réalité il n'y avait que
ce genre de phrases, ce genre d'idées que j'aimais
vraiment. Mes efforts inquiets et mécontents étaient
eux-mêmes une marque d'amour, d'amour sans plaisir mais profond. Aussi quand tout d'un coup je
trouvais de telles phrases dans l'œuvre d'un autre,
c'est-à-dire sans plus avoir de scrupules, de sévérité,
sans avoir à me tourmenter, je me laissais enfin aller
avec délices au goût que j'avais pour elles, comme un
cuisinier qui pour une fois où il n'a pas à faire la
cuisine trouve enfin le temps d'être gourmand. Un
jour ayant rencontré dans un livre de Bergotte, à propos d'une vieille servante, une plaisanterie que le
magnifique et solennel langage de l'écrivain rendait
encore plus ironique mais qui était la même que j'avais
souvent faite à ma grand'mère en parlant de Françoise, une autre fois où je vis qu'il ne jugeait pas
indigne de figurer dans un de ces miroirs de la vérité
qu'étaient ses ouvrages, une remarque analogue à
celle que j'avais eu l'occasion de faire sur notre ami
M. Legrandin, remarques sur Françoise et M. Legrandin qui étaient certes de celles que j'eusse le plus délibérément sacrifiées à Bergotte, persuadé qu'il les trouverait sans intérêt, il me sembla soudain que mon humble
vie et les royaumes du vrai n'étaient pas aussi séparés
que j'avais cru, qu'ils coïncidaient même sur certains
points, et de confiance et de joie je pleurai sur les pages
de l'écrivain comme dans les bras d'un père retrouvé.

D'après ses livres j'imaginais Bergotte comme un
vieillard faible et déçu qui avait perdu des enfants et
ne s'était jamais consolé. Aussi je lisais, je chantais
intérieurement sa prose, plus « dolce », plus « lento »
peut-être qu'elle n'était écrite, et la phrase la plus
simple s'adressait à moi avec une intonation attendrie.
Plus que tout j'aimais sa philosophie, je m'étais donné

à elle pour toujours. Elle me rendait impatient d'arriver à l'âge où j'entrerais au collège, dans la classe appelée Philosophie. Mais je ne voulais pas qu'on y fît autre chose que vivre uniquement par la pensée de Bergotte, et si l'on m'avait dit que les métaphysiciens auxquels je m'attacherais alors ne lui ressembleraient en rien, j'aurais ressenti le désespoir d'un amoureux qui veut aimer pour la vie et à qui on parle des autres maîtresses qu'il aura plus tard.

Un dimanche, pendant ma lecture au jardin, je fus dérangé par Swann qui venait voir mes parents.

— « Qu'est-ce que vous lisez, on peut regarder ? Tiens du Bergotte ? Qui donc vous a indiqué ses ouvrages ? » Je lui dis que c'était Bloch.

— « Ah ! oui, ce garçon que j'ai vu une fois ici, qui ressemble tellement au portrait de Mahomet II par Bellini. Oh ! c'est frappant, il a les mêmes sourcils circonflexes, le même nez recourbé, les mêmes pommettes saillantes. Quand il aura une barbiche ce sera la même personne. En tous cas il a du goût, car Bergotte est un charmant esprit. » Et voyant combien j'avais l'air d'admirer Bergotte, Swann qui ne parlait jamais des gens qu'il connaissait fit, par bonté, une exception et me dit :

— « Je le connais beaucoup, si cela pouvait vous faire plaisir qu'il écrive un mot en tête de votre volume, je pourrais le lui demander. » Je n'osai pas accepter mais posai à Swann des questions sur Bergotte. « Est-ce que vous pourriez me dire quel est l'acteur qu'il préfère ? »

— « L'acteur, je ne sais pas. Mais je sais qu'il n'égale aucun artiste homme à la Berma qu'il met au-dessus de tout. L'avez-vous entendue ? »

— « Non monsieur, mes parents ne me permettent pas d'aller au théâtre. »

— C'est malheureux. Vous devriez leur demander. La Berma dans *Phèdre*, dans *Le Cid*, ce n'est qu'une actrice si vous voulez, mais vous savez je ne crois pas

beaucoup à la « *hiérarchie* » ! des arts ; (et je remarquai
comme cela m'avait souvent frappé dans ses conversations avec les sœurs de ma grand'mère que quand il
parlait de choses sérieuses, quand il employait une
expression qui semblait impliquer une opinion sur un
sujet important il avait soin de l'isoler dans une intonation spéciale, machinale et ironique, comme s'il
l'avait mise entre guillemets, semblant ne pas vouloir
la prendre à son compte, et dire : « la *hiérarchie*, vous
savez, comme disent les gens ridicules » ? Mais alors,
si c'était ridicule, pourquoi disait-il la hiérarchie ?). Un
instant après il ajouta : « Cela vous donnera une vision
aussi noble que n'importe quel chef-d'œuvre, je ne
sais pas moi... que » — et il se mit à rire « les Reines
de Chartres ! » Jusque-là cette horreur d'exprimer
sérieusement son opinion m'avait paru quelque chose
qui devait être élégant et parisien et qui s'opposait au
dogmatisme provincial des sœurs de ma grand'mère ;
et je soupçonnais aussi que c'était une des formes de
l'esprit dans la coterie où vivait Swann et où par réaction sur le lyrisme des générations antérieures on
réhabilitait à l'excès les petits faits précis, réputés
vulgaires autrefois, et on proscrivait les « phrases ».
Mais maintenant je trouvais quelque chose de cho-
quant dans cette attitude de Swann en face des choses. Il avait l'air de ne pas oser avoir une opinion et
de n'être tranquille que quand il pouvait donner mé-
ticuleusement des renseignements précis. Mais il ne
se rendait donc pas compte que c'était professer l'opinion, postuler, que l'exactitude de ces détails avait
de l'importance. Je repensai alors à ce dîner où j'étais
si triste parce que maman ne devait pas monter dans
ma chambre et où il avait dit que les bals chez
la princesse de Léon n'avaient aucune importance.
Mais c'était pourtant à ce genre de plaisirs qu'il employait sa vie. Je trouvais tout cela contradictoire.
Pour quelle autre vie réservait-il de dire enfin sérieu-

sement ce qu'il pensait des choses, de formuler des
jugements qu'il pût ne pas mettre entre guillemets,
et de ne plus se livrer avec une politesse pointil-
leuse à des occupations dont il professait en même
temps qu'elles sont ridicules. Je remarquai aussi dans
la façon dont Swann me parla de Bergotte quelque
chose qui en revanche ne lui était pas particulier mais
au contraire était dans ce temps-là commun à tous
les admirateurs de l'écrivain, à l'amie de ma mère,
au docteur de Boulbon. Comme Swann, ils disaient de
Bergotte : « C'est un charmant esprit, si particulier, il
a une façon à lui de dire les choses un peu cherchée,
mais si agréable. On n'a pas besoin de voir la signature, on reconnaît tout de suite que c'est de lui. »
Mais aucun n'aurait été jusqu'à dire : « C'est un grand
écrivain, il a un grand talent. » Ils ne disaient même
pas qu'il avait du talent. Ils ne le disaient pas parce
qu'ils ne le savaient pas. Nous sommes très longs à
reconnaître dans la physionomie particulière d'un nouvel écrivain le modèle qui porte le nom de « grand
talent » dans notre musée des idées générales. Justement parce que cette physionomie est nouvelle nous
ne la trouvons pas tout à fait ressemblante à ce que
nous appelons talent. Nous disons plutôt originalité,
charme, délicatesse, force ; et puis un jour nous nous
rendons compte que c'est justement tout cela le talent.

— Est-ce qu'il y a des ouvrages de Bergotte où il
ait parlé le Berma, demandai-je à M. Swann.

— Je crois dans sa petite plaquette sur Racine,
mais elle doit être épuisée. Il y a peut-être eu cependant une réimpression. Je m'informerai. Je peux d'ailleurs demander à Bergotte tout ce que vous voulez,
il n'y a pas de semaine dans l'année où il ne dîne à
la maison. C'est le grand ami de ma fille. Ils vont ensemble visiter les vieilles villes, les cathédrales, les
châteaux.

Comme je n'avais aucune notion sur la hiérarchie

sociale, depuis longtemps l'impossibilité que mon père
trouvait à ce que nous fréquentions Mme et Mlle Swann
avait eu plutôt pour effet, en me faisant imaginer entre
elles et nous de grandes distances, de leur donner à
mes yeux du prestige. Je regrettais que ma mère ne
se teignît pas les cheveux et ne se mît pas de rouge
aux lèvres comme j'avais entendu dire par notre voi-
sine Mme Sazerat que Mme Swann le faisait pour plaire,
non à son mari, mais à M. de Charlus, et je pensais
que nous devions être pour elle un objet de mépris,
ce qui me peinait surtout à cause de Mlle Swann qu'on
m'avait dit être une si jolie petite fille et à laquelle
je rêvais souvent en lui prêtant chaque fois un même
visage arbitraire et charmant. Mais quand j'eus appris
ce jour-là que Mlle Swann était un être d'une condition si rare, baignant comme dans son élément naturel au milieu de tant de privilèges, que quand elle
demandait à ses parents s'il y avait quelqu'un à dîner,
on lui répondait par ces syllabes remplies de lumière,
par le nom de ce convive d'or qui n'était pour elle
qu'un vieil ami de sa famille : Bergotte ; que, pour
elle, la causerie intime à table, ce qui correspondait à
ce qu'était pour moi la conversation de ma grand'-
tante, c'était des paroles de Bergotte sur tous ces sujets
qu'il n'avait pu aborder dans ses livres, et sur lesquels j'aurais voulu l'écouter rendre ses oracles ; et
qu'enfin, quand elle allait visiter des villes, il chemi-
nait à côté d'elle, inconnu et glorieux, comme les
Dieux qui descendaient au milieu des mortels ; alors
je sentis en même temps que le prix d'un être comme
Mlle Swann, combien je lui paraîtrais grossier et ignorant, et j'éprouvai si vivement la douceur et l'impossibilité qu'il y aurait pour moi à être son ami, que je
fus rempli à la fois de désir et de désespoir. Le plus
souvent maintenant quand je pensais à elle, je la
voyais devant le porche d'une cathédrale, m'expliquant la signification des statues, et, avec un sourire

qui disait du bien de moi, me présentant comme son
ami, à Bergotte. Et toujours le charme de toutes les
idées que faisaient naître en moi les cathédrales, le
charme des coteaux de l'Ile de France et des plaines
de la Normandie, faisait refluer ses reflets sur l'image
que je me formais de Mlle Swann : c'était être tout
prêt à l'aimer. Que nous croyions qu'un être participe
à une vie inconnue où son amour nous ferait pénétrer,
c'est, de tout ce qu'exige l'amour pour naître, ce à quoi
il tient le plus, et qui lui fait faire bon marché du
reste. Même les femmes qui prétendent ne juger un
homme que sur son physique, voient en ce physique
l'émanation d'une vie spéciale. C'est pourquoi elles
aiment les militaires, les pompiers ; l'uniforme les
rend moins difficiles pour le visage ; elles croient
baiser sous la cuirasse un cœur différent, aventureux
et doux ; et un jeune souverain, un prince héritier,
pour faire les plus flatteuses conquêtes, dans les pays
étrangers qu'il visite, n'a pas besoin du profil régulier qui serait peut-être indispensable à un coulissier.

Tandis que je lisais au jardin, ce que ma grand'tante
n'aurait pas compris que je fisse en dehors du dimanche, jour où il est défendu de s'occuper à rien de
sérieux et où elle ne cousait pas, (un jour de semaine,
elle m'aurait dit « comment tu t'*amuses* encore à lire,
ce n'est pourtant pas dimanche » en donnant au mot
amusement le sens d'enfantillage et de perte de temps),
ma tante Léonie devisait avec Françoise en attendant
l'heure d'Eulalie. Elle lui annonçait qu'elle venait de
voir passer Mme Goupil « sans parapluie, avec la robe
de soie qu'elle s'est fait faire à Châteaudun. Si elle
a loin à aller avant vêpres elle pourrait bien la faire
saucer ».
— « Peut-être, peut-être (ce qui signifiait peut-être
non) », disait Françoise pour ne pas écarter définitive-

ment la possibilité d'une alternative plus favorable.

— « Tiens, disait ma tante en se frappant le front, cela me fait penser que je n'ai point su si elle était arrivée à l'église après l'élévation. Il faudra que je pense à le demander à Eulalie... Françoise, regardez-moi ce nuage noir derrière le clocher et ce mauvais soleil sur les ardoises, bien sûr que la journée ne se passera pas sans pluie. Ce n'était pas possible que ça reste comme ça, il faisait trop chaud. Et le plus tôt sera le mieux, car tant que l'orage n'aura pas éclaté, mon eau de Vichy ne descendra pas, ajoutait ma tante dans l'esprit de qui le désir de hâter la descente de l'eau de Vichy l'emportait infiniment sur la crainte de voir Mme Goupil gâter sa robe. »

— « Peut-être, peut-être. »

— Et c'est que quand il pleut sur la place, il n'y a pas grand abri.

— « Comment, trois heures ? s'écriait tout à coup ma tante en pâlissant, mais alors les vêpres sont commencées, j'ai oublié ma pepsine ! Je comprends maintenant pourquoi mon eau de Vichy me restait sur l'estomac. »

Et se précipitant sur un livre de messe relié en velours violet, monté d'or, et d'où, dans sa hâte, elle laissait s'échapper de ces images, bordées d'un bandeau de dentelle de papier jaunissante, qui marquent les pages des fêtes, ma tante, tout en avalant ses gouttes commençait à lire au plus vite les textes sacrés dont l'intelligence lui était légèrement obscurcie par l'incertitude de savoir si prise aussi longtemps après l'eau de Vichy, la pepsine serait encore capable de la rattraper et de la faire descendre. « Trois heures, c'est incroyable ce que le temps passe ! »

Un petit coup au carreau, comme si quelque chose l'avait heurté, suivi d'une ample chute légère comme de grains de sable qu'on eût laissé tomber d'une fenêtre au-dessus, puis la chute s'étendant, se réglant, adoptant un rythme, devenant fluide, sonore, musicale, innombrable, universelle : c'était la pluie.

— « Eh bien ! Françoise, qu'est-ce que je disais ? Ce que cela tombe ! Mais je crois que j'ai entendu le grelot de la porte du jardin, allez donc voir qui est-ce qui peut être dehors par un temps pareil. »

Françoise revenait :

— « C'est Mme Amédée (ma grand'mère) qui a dit qu'elle allait faire un tour. Ça pleut pourtant fort. »

— Cela ne me surprend point, disait ma tante en levant les yeux au ciel. J'ai toujours dit qu'elle n'avait point l'esprit fait comme tout le monde. J'aime mieux que ce soit elle que moi qui soit dehors en ce moment.

— Mme Amédée, c'est toujours tout l'extrême des autres, disait Françoise avec douceur, réservant pour le moment où elle serait seule avec les autres domestiques, de dire qu'elle croyait ma grand'mère un peu « piquée ».

« Voilà le salut passé ! Eulalie ne viendra plus, soupirait ma tante, ce sera le temps qui lui aura fait peur. »

— « Mais il n'est pas cinq heures, madame Octave, il n'est que quatre heures et demie. »

— Que quatre heures et demie ? et j'ai été obligée de relever les petits rideaux pour avoir un méchant rayon de jour. A quatre heures et demie ! Huit jours avant les Rogations ! Ah ! ma pauvre Françoise, il faut que le bon Dieu soit bien en colère après nous. Aussi, le monde d'aujourd'hui en fait trop ! Comme disait mon pauvre Octave, on a trop oublié le bon Dieu et il se venge.

Une vive rougeur animait les joues de ma tante, c'était Eulalie. Malheureusement, à peine venait-elle d'être introduite que Françoise rentrait et avec un sourire qui avait pour but de se mettre elle-même à l'unisson de la joie qu'elle ne doutait pas que ses paroles allaient causer à ma tante, articulant les syllabes

pour montrer que malgré l'emploi du style indirect,
elle rapportait, en bonne domestique, les paroles mêmes
dont avait daigné se servir le visiteur :

— « M. le Curé serait enchanté, ravi, si Madame Octave ne repose pas et pouvait le recevoir. M. le Curé
ne veut pas déranger. M. le Curé est en bas, j'y ai
dit d'entrer dans la salle. »

En réalité, les visites du curé ne faisaient pas à ma
tante un aussi grand plaisir que le supposait Françoise et l'air de jubilation dont celle-ci croyait devoir
pavoiser son visage chaque fois qu'elle avait à l'an-
noncer ne répondait pas entièrement au sentiment de
la malade. Le curé (excellent homme avec qui je regrette de ne pas avoir causé davantage car s'il n'entendait rien aux arts, il connaissait beaucoup d'éty-
mologies), habitué à donner aux visiteurs de marque
des renseignements sur l'église, (il avait même l'intention d'écrire un livre sur la paroisse de Combray), la
fatiguait par des explications infinies et d'ailleurs toujours les mêmes. Mais quand elle arrivait ainsi juste
en même temps que celle d'Eulalie, sa visite devenait
franchement désagréable à ma tante. Elle eût mieux
aimé bien profiter d'Eulalie et ne pas avoir tout le
monde à la fois. Mais elle n'osait pas ne pas recevoir
le curé et faisait seulement signe à Eulalie de ne pas
s'en aller en même temps que lui, qu'elle la garderait
un peu seule quand il serait parti.

— M. le Curé, qu'est-ce que l'on me disait, qu'il
y a un artiste qui a installé son chevalet dans votre
église pour copier un vitrail. Je peux dire que je suis
arrivée à mon âge sans avoir jamais entendu parler
d'une chose pareille ! Qu'est-ce que le monde aujour-
d'hui va donc chercher ! Et ce qu'il y a de plus vilain
dans l'église !

— Je n'irai pas jusqu'à dire que c'est ce qu'il y a
de plus vilain, car s'il y a à Saint-Hilaire des parties
qui méritent d'être visitées, il y en a d'autres qu

sont bien vieilles, dans ma pauvre basilique, la seule
de tout le diocèse qu'on n'ait même pas restaurée !
Mon Dieu, le porche est sale et antique mais enfin
d'un caractère majestueux ; passe même pour les tapisseries d'Esther dont personnellement je ne donnerais
pas deux sous mais qui sont placées par les connaisseurs tout de suite après celles de Sens. Je reconnais
d'ailleurs, qu'à côté de certains détails un peu réalistes, elles en présentent d'autres qui témoignent d'un
véritable esprit d'observation. Mais qu'on ne vienne
pas me parler des vitraux. Cela a-t-il du bon sens de
laisser des fenêtres qui ne donnent pas de jour et
trompent même la vue par ces reflets d'une couleur
que je ne saurais définir, dans une église où il n'y a
pas deux dalles qui soient au même niveau et qu'on
se refuse à me remplacer sous prétexte que ce sont
les tombes des abbés de Combray et des seigneurs de
Guermantes, les anciens comtes de Brabant. Les an-
cêtres directs du Duc de Guermantes d'aujourd'hui
et aussi de la Duchesse puisqu'elle est une demoiselle
de Guermantes qui a épousé son cousin. » (Ma grand'-
mère qui à force de se désintéresser des personnes
finissait par confondre tous les noms, chaque fois
qu'on prononçait celui de la Duchesse de Guermantes
prétendait que ce devait être une parente de M° de
Villeparisis. Tout le monde éclatait de rire ; elle tâchait
de se défendre en alléguant une certaine lettre de faire
part : « Il me semblait me rappeler qu'il y avait du
Guermantes là-dedans. » Et pour une fois j'étais avec
les autres contre elle, ne pouvant admettre qu'il y
eût un lien entre son amie de pension et la descendante
de Geneviève de Brabant.) — « Voyez Roussainville,
ce n'est plus aujourd'hui qu'une paroisse de fermiers,
quoique dans l'antiquité cette localité ait dû un grand
essor au commerce de chapeaux de feutre et des pendules. (Je ne suis pas certaine de l'étymologie de
Roussainville. Je croirais volontiers que le nom pri-

mitif était Rouville (*Radulfi villa*) comme Château-
roux (*Castrum Radulfi*) mais je vous parlerai de cela
une autre fois. Hé bien ! l'église a des vitraux super-
bes, presque tous modernes, et cette imposante Entrée
de Louis-Philippe à Combray qui serait mieux à sa
place à Combray même, et qui vaut, dit-on, la fameuse
verrière de Chartres. Je voyais même hier le frère du
docteur Percepied qui est amateur et qui la regarde
comme d'un plus beau travail.

Mais, comme je le lui disais à cet artiste qui semble du reste très poli, qui est paraît-il un véritable
virtuose du pinceau, que lui trouvez-vous donc d'extraordinaire à ce vitrail, qui est encore un peu plus
sombre que les autres ?

— Je suis sûre que si vous le demandiez à Monseigneur, disait mollement ma tante qui commençait à
penser qu'elle allait être fatiguée, il ne vous refuserait
pas un vitrail neuf.

— Comptez-y, madame Octave, répondait le curé.
Mais c'est justement Monseigneur qui a attaché le
grelot à cette malheureuse verrière en prouvant qu'elle
représente Gilbert le Mauvais, sire de Guermantes,
le descendant direct de Geneviève de Brabant qui était
une demoiselle de Guermantes, recevant l'absolution
de saint Hilaire.

— Mais je ne vois pas où est Saint-Hilaire ?

— Mais si, dans le coin du vitrail vous n'avez jamais
remarqué une dame en robe jaune ? Hé bien c'est
Saint-Hilaire qu'on appelle aussi vous le savez dans
certaines provinces Saint-Illiers, Saint-Hélier, et même,
dans le Jura, Saint-Ylie. Ces diverses corruptions de
Sanctus Hilarius ne sont pas du reste les plus curieuses de celles qui se sont produites dans les noms des
bienheureux. Ainsi votre patronne, ma bonne Eulalia, Sancta Eulalia, savez-vous ce qu'elle est devenue
en Bourgogne ? *Saint-Eloi* tout simplement ; elle est
devenue un saint. Voyez-vous, Eulalie, qu'après votre

mort on fasse de vous un homme ? » — « Monsieur le
curé a toujours le mot pour rigoler. » — « Le frère
de Gilbert, Charles le Bègue, prince pieux mais qui,
ayant perdu de bonne heure son père, Pépin l'insensé,
mort des suites de sa maladie mentale, exerçait le
pouvoir suprême avec toute la présomption d'une
jeunesse à qui la discipline a manqué, dès que la figure
d'un particulier ne lui revenait pas dans une ville, y
faisait massacrer jusqu'au dernier habitant. Gilbert
voulant se venger de Charles fit brûler l'église de
Combray, la primitive église alors, celle que Theode-
bert, en quittant avec sa cour la maison de campagne
qu'il avait près d'ici, à Thiberzy, (*Theodeberciacus*),
pour aller combattre les Burgondes, avait promis de
bâtir au-dessus du tombeau de saint Hilaire si le
Bienheureux lui procurait la victoire. Il n'en reste que
la crypte où Théodore a dû vous faire descendre,
puisque Gilbert brûla le reste. Ensuite il défit l'infor-
tuné Charles avec l'aide de Guillaume le Conquérant
(le curé prononçait Guilôme) ce qui fait que beaucoup
d'Anglais viennent pour visiter. Mais il ne semble pas
avoir su se concilier la sympathie des habitants de
Combray car ceux-ci se ruèrent sur lui à la sortie de
la messe et lui tranchèrent la tête. Du reste Théodore
prête un petit livre qui donne les explications.

Mais ce qui est incontestablement le plus curieux
dans notre église, c'est le point de vue qu'on a du
clocher et qui est grandiose. Certainement, pour vous
qui n'êtes pas très forte, je ne vous conseillerais pas
de monter nos quatre-vingt-dix-sept marches, juste
la moitié du célèbre dôme de Milan. Il y a de quoi
fatiguer une personne bien portante, d'autant plus
qu'on monte plié en deux si on ne veut pas se casser
la tête, et on ramasse avec ses effets toutes les toiles
d'araignée de l'escalier. En tous cas il faudrait bien
vous couvrir, ajoutait-il (sans apercevoir l'indignation
que causait à ma tante l'idée qu'elle fût capable de

monter dans le clocher), car il fait un de ces courants d'air une fois arrivé là haut ! Certaines personnes affirment y avoir ressenti le froid de la mort. N'importe, le dimanche il y a toujours des sociétés qui viennent même de très loin pour admirer la beauté du panorama et qui s'en retournent enchantées. Tenez, dimanche prochain, si le temps se maintient, vous trouveriez certainement du monde, comme ce sont les Rogations. Il faut avouer du reste qu'on jouit de là d'un coup d'œil féerique, avec des sortes d'échappées sur la plaine qui ont un cachet tout particulier. Quand le temps est clair on peut distinguer jusqu'à Verneuil. Surtout on embrasse à la fois des choses qu'on ne peut voir habituellement que l'une sans l'autre, comme le cours de la Vivonne et les fossés de Saint-Assise-lès-Combray, dont elle est séparée par un rideau de grands arbres, ou encore comme les différents canaux de Jouy le Vicomte (*Gaudiacus vice-comitis* comme vous savez). Chaque fois que je suis allé à Jouy le Vicomte, j'ai bien vu un bout du canal, puis quand j'avais tourné une rue j'en voyais un autre, mais alors je ne voyais plus le précédent. J'avais beau les mettre ensemble par la pensée, cela ne me faisait pas grand effet. Du clocher de Saint-Hilaire c'est autre chose, c'est tout un réseau où la localité est prise. Seulement on ne distingue pas d'eau, on dirait de grandes fentes qui coupent si bien la ville en quartiers, qu'elle est comme une brioche dont les morceaux tiennent ensemble mais sont déjà découpés. Il faudrait pour bien faire être à la fois dans le clocher de Saint-Hilaire et à Jouy le Vicomte.

Le curé avait tellement fatigué ma tante qu'à peine était-il parti, elle était obligée de renvoyer Eulalie.

— « Tenez, ma pauvre Eulalie, disait-elle d'une voix faible, en tirant une pièce d'une petite bourse qu'elle avait à portée de sa main, voilà pour que vous ne m'oubliiez pas dans vos prières. »

— « Ah ! mais, Madame Octave, je ne sais pas si je
dois, vous savez bien que ce n'est pas pour cela que je
viens ! » disait Eulalie avec la même hésitation et le
même embarras, chaque fois, que si c'était la première,
et avec une apparence de mécontentement qui égayait
ma tante mais ne lui déplaisait pas, car si un jour
Eulalie, en prenant la pièce, avait un air un peu moins
contrarié que de coutume, ma tante disait :

— « Je ne sais pas ce qu'avait Eulalie ; je lui ai pourtant donné la même chose que d'habitude, elle n'avait
pas l'air contente. »

— Je crois qu'elle n'a pourtant pas à se plaindre,
soupirait Françoise, qui avait une tendance à considérer comme de la menue monnaie tout ce que lui donnait ma tante pour elle ou pour ses enfants, et comme
des trésors follement gaspillés pour une ingrate les
piécettes mises chaque dimanche dans la main d'Eulalie, mais si discrètement que Françoise n'arrivait jamais
à les voir. Ce n'est pas que l'argent que ma tante
donnait à Eulalie, Françoise l'eût voulu pour elle. Elle
jouissait suffisamment de ce que ma tante possédait,
sachant que les richesses de la maîtresse du même
coup élèvent et embellissent aux yeux de tous sa servante ; et qu'elle, Françoise, était insigne et glorifiée
dans Combray, Jouy le Vicomte et autres lieux, pour
les nombreuses fermes de ma tante, les visites fréquentes et prolongées du curé, le nombre singulier
des bouteilles d'eau de Vichy consommées. Elle n'était
avare que pour ma tante ; si elle avait géré sa fortune,
ce qui eût été son rêve, elle l'aurait préservée des entreprises d'autrui avec une férocité maternelle. Elle n'aurait pourtant pas trouvé grand mal à ce que ma tante,
qu'elle savait incurablement généreuse, se fût laissée
aller à donner, si au moins ç'avait été à des riches.
Peut-être pensait-elle que ceux-là, n'ayant pas besoin
des cadeaux de ma tante, ne pouvaient être soupçonnés de l'aimer à cause d'eux. D'ailleurs offerts à des

personnes d'une grande position de fortune, à Mme Sazerat, à M. Swann, à M. Legrandin, à Mme Goupil, à des personnes « de même rang » que ma tante et qui « allaient bien ensemble », ils lui apparaissaient comme faisant partie des usages de cette vie étrange et brillante des gens riches qui chassent, se donnent des bals, se font des visites et qu'elle admirait en souriant. Mais il n'en allait plus de même si les bénéficiaires de la générosité de ma tante étaient de ceux que Françoise appelait « des gens comme moi, des gens qui ne sont pas plus que moi » et qui étaient ceux qu'elle méprisait le plus à moins qu'ils ne l'appelassent « Madame Françoise » et ne se considérassent comme étant « moins qu'elle ». Et quand elle vit que malgré ses conseils ma tante n'en faisait qu'à sa tête et jetait l'argent — Françoise le croyait du moins, — pour des créatures indignes, elle commença à trouver bien petits les dons que ma tante lui faisait en comparaison des sommes imaginaires prodiguées à Eulalie. Il n'y avait pas dans les environs de Combray de ferme si conséquente que Françoise ne supposât qu'Eulalie eût pu facilement l'acheter, avec tout ce que lui rapporteraient ses visites. Il est vrai qu'Eulalie faisait la même estimation des richesses immenses et cachées de Françoise. Habituellement, quand Eulalie était partie, Françoise prophétisait sans bienveillance sur son compte. Elle la haïssait, mais elle la craignait et se croyait tenue, quand elle était là, à lui faire « bon visage ». Elle se rattrapait après son départ, sans la nommer jamais à vrai dire, mais en proférant en oracles sybillins, ou sentences d'un caractère général telles que celles de l'Ecclésiaste, mais dont l'application ne pouvait échapper à ma tante. Après avoir regardé par le coin du rideau si Eulalie avait refermé la porte : « Les personnes flatteuses savent se faire bien venir et ramasser les pépettes ; mais patience, le bon Dieu les punit tout par un beau jour », disait-elle avec

le regard latéral et l'insinuation de Joas pensant exclusivement à Athalie quand il dit :

Le bonheur des méchants comme un torrent s'écoule.

Mais quand le curé était venu aussi et que sa visite
interminable avait épuisé les forces de ma tante, Françoise sortait de la chambre derrière Eulalie et disait :
— « Madame Octave, je vous laisse reposer, vous
avez l'air beaucoup fatiguée. »
Et ma tante ne répondait même pas, exhalant un
soupir qui semblait devoir être le dernier, les yeux
clos, comme morte. Mais à peine Françoise était-
elle descendue que quatre coups donnés avec la plus
grande violence, retentissaient dans la maison et ma
tante, dressée sur son lit criait :
— « Est-ce qu'Eulalie est déjà partie ? Croyez-vous
que j'ai oublié de lui demander si Mme Goupil était
arrivée à la messe avant l'élévation ! Courez vite
après elle ! »
Mais Françoise revenait n'ayant pu rattraper Eulalie.
— « C'est contrariant, disait ma tante en hochant la
tête. La seule chose importante que j'avais à lui demander ! »
Ainsi passait la vie pour ma tante Léonie, toujours
identique, dans la douce uniformité de ce qu'elle appelait avec un dédain affecté et une tendresse profonde,
son « petit train-train ». Préservé par tout le monde,
non seulement à la maison, où chacun ayant éprouvé
l'inutilité de lui conseiller une meilleure hygiène, s'était
peu à peu résigné à le respecter, mais même dans le
village où, à trois rues de nous, l'emballeur, avant de
clouer ses caisses, faisait demander à Françoise si ma
tante ne « reposait pas », ce train-train fut pourtant
troublé une fois cette année-là. Comme un fruit caché
qui serait parvenu à maturité sans qu'on s'en aperçût

et se détacherait spontanément, survint une nuit la délivrance de la fille de cuisine. Mais ses douleurs étaient intolérables, et comme il n'y avait pas de sage-femme à Combray, Françoise dut partir avant le jour en chercher une à Thiberzy. Ma tante, à cause des cris de la fille de cuisine, ne put reposer, et Françoise, malgré la courte distance, n'étant revenue que très tard, lui manqua beaucoup. Aussi, ma mère me dit-elle dans la matinée : « Monte donc voir si ta tante n'a besoin de rien. » J'entrai dans la première pièce et, par la porte ouverte, vis ma tante, couchée sur le côté, qui dormait ; je l'entendis ronfler légèrement. J'allais m'en aller doucement mais sans doute le bruit que j'avais fait était intervenu dans son sommeil et en avait « changé la vitesse », comme on dit pour les automobiles, car la musique du ronflement s'interrompit une seconde et reprit un ton plus bas, puis elle s'éveilla et tourna à demi son visage que je pus voir alors ; il exprimait une sorte de terreur ; elle venait évidemment d'avoir un rêve affreux ; elle ne pouvait me voir de la façon dont elle était placée, et je restais là ne sachant si je devais m'avancer ou me retirer ; mais déjà elle semblait revenue au sentiment de la réalité et avait reconnu le mensonge des visions qui l'avaient effrayée ; un sourire de joie, de pieuse reconnaissance envers Dieu qui permet que la vie soit moins cruelle que les rêves, éclaira faiblement son visage, et avec cette habitude qu'elle avait prise de se parler à mi-voix à elle-même quand elle se croyait seule, elle murmura : « Dieu soit loué ! nous n'avons comme tracas que la fille de cuisine qui accouche. Voilà-t-il pas que je rêvais que mon pauvre Octave était ressuscité et qu'il voulait me faire faire une promenade tous les jours ! » Sa main se tendit vers son chapelet qui était sur la petite table mais le sommeil recommençant ne lui laissa pas la force de l'atteindre : elle se rendormit, tranquillisée, et je sortis à pas de loup de la chambre sans qu'elle ni personne ait jamais appris ce que j'avais entendu.

Quand je dis qu'en dehors d'événements très rares, comme cet accouchement, le train-train de ma tante ne subissait jamais aucune variation, je ne parle pas de celles qui, se répétant toujours identiques à des intervalles réguliers, n'introduisaient au sein de l'uniformité qu'une sorte d'uniformité secondaire. C'est ainsi que tous les samedis, comme Françoise allait dans l'après-midi au marché de Roussainville-le-Pin, le déjeuner était pour tout le monde, une heure plus tôt. Et ma tante avait si bien pris l'habitude de cette dérogation hebdomadaire à ses habitudes, qu'elle tenait à cette habitude-là autant qu'aux autres. Elle y était si bien « routinée », comme disait Françoise, que s'il lui avait fallu un samedi, attendre pour déjeuner l'heure habituelle, cela l'eût autant « dérangée » que si elle avait dû, un autre jour, avancer son déjeuner à l'heure du samedi. Cette avance du déjeuner donnait d'ailleurs au samedi, pour nous tous, une figure particulière, indulgente, et assez sympathique. Au moment où d'habitude on a encore une heure à vivre avant la détente du repas, on savait que dans quelques secondes on allait voir arriver des endives précoces, une omelette de faveur, un bifteck immérité. Le retour de ce samedi asymétrique était un de ces petits événements intérieurs, locaux, presque civiques qui, dans les vies tranquilles et les sociétés fermées, créent une sorte de lien national et deviennent le thème favori des conversations, des plaisanteries, des récits exagérés à plaisir ; il eût été le noyau tout prêt pour un cycle légendaire si l'un de nous avait eu la tête épique. Dès le matin, avant d'être habillés, sans raison, pour le plaisir d'éprouver la force de la solidarité, on se disait les uns aux autres avec bonne humeur, avec cordialité, avec patriotisme : « Il n'y a pas de temps à perdre, n'oublions pas que c'est

samedi ! » cependant que ma tante, conférant avec
Françoise et songeant que la journée serait plus longue que d'habitude, disait : « Si vous leur faisiez un
beau morceau de veau, comme c'est samedi. » Si à
dix heures et demie un distrait tirait sa montre en
disant : « Allons, encore une heure et demie avant le
déjeuner », chacun était enchanté d'avoir à lui dire :
« Mais voyons, à quoi pensez-vous, vous oubliez que
c'est samedi ! » ; on en riait encore un quart d'heure
après et on se promettait de monter raconter cet oubli
à ma tante pour l'amuser. Le visage du ciel même
semblait changé. Après le déjeuner, le soleil, conscient
que c'était samedi, flânait une heure de plus au haut
du ciel, et quand quelqu'un, pensant qu'on était en
retard pour la promenade, disait : « Comment, seulement deux heures? » en voyant passer les deux coups
du clocher de Saint-Hilaire (qui ont l'habitude de ne
rencontrer encore personne dans les chemins désertés à cause du repas de midi ou de la sieste, le long
de la rivière vive et blanche que le pêcheur même a
abandonnée, et passent solitaires dans le ciel vacant
où ne restent que quelques nuages paresseux), tout
le monde en chœur lui répondait : « Mais ce qui
vous trompe, c'est qu'on a déjeuné une heure plus
tôt, vous savez bien que c'est samedi ! » La surprise
d'un barbare (nous appelions ainsi tous les gens qui
ne savaient pas ce qu'avait de particulier le samedi)
qui, étant venu à onze heures pour parler à mon
père, nous avait trouvés à table, était une des choses qui, dans sa vie, avaient le plus égayé Françoise.
Mais si elle trouvait amusant que le visiteur interloqué ne sût pas que nous déjeunions plus tôt le
samedi, elle trouvait plus comique encore, (tout en
sympathisant du fond du cœur avec ce chauvinisme
étroit) que mon père, lui, n'eût pas eu l'idée que ce
barbare pouvait l'ignorer et eût répondu sans autre
explication à son étonnement de nous voir déjà dans

la salle manger : « Mais voyons, c'est samedi ! » Parvenue à ce point de son récit, elle essuyait des larmes d'hilarité et pour accroître le plaisir qu'elle éprouvait, elle prolongeait le dialogue, inventait ce qu'avait répondu le visiteur à qui ce « samedi » n'expliquait rien. Et bien loin de nous plaindre de ses additions, elles ne nous suffisaient pas encore et nous disions : « Mais il me semblait qu'il avait dit aussi autre chose. C'était plus long la première fois quand vous l'avez raconté. » Ma grand'tante elle-même laissait son ouvrage, levait la tête et regardait par-dessus son lorgnon.

Le samedi avait encore ceci de particulier que ce jour-là, pendant le mois de mai, nous sortions après le dîner pour aller au « mois de Marie ».

Comme nous y rencontrions parfois M. Vinteuil, très sévère pour « le genre déplorable des jeunes gens négligés, dans les idées de l'époque actuelle », ma mère prenait garde que rien ne clochât dans ma tenue, puis on partait pour l'église. C'est au mois de Marie que je me souviens d'avoir commencé à aimer les aubépines. N'étant pas seulement dans l'église, si sainte, mais où nous avions le droit d'entrer, posées sur l'autel même, inséparables des mystères à la célébration desquels elles prenaient part, elles faisaient courir au milieu des flambeaux et des vases sacrés leurs branches attachées horizontalement les unes aux autres en un apprêt de fête, et qu'enjolivaient encore les festons de leur feuillage sur lequel étaient semés à profusion, comme sur une traîne de mariée, de petits bouquets de boutons d'une blancheur éclatante. Mais, sans oser les regarder qu'à la dérobée, je sentais que ces apprêts pompeux étaient vivants et que c'était la nature elle-même qui, en creusant ces découpures dans les feuilles, en ajoutant l'ornement suprême de ces blancs boutons, avait rendu cette décoration digne de ce qui était à la fois une réjouissance populaire et une solennité

mystique. Plus haut s'ouvraient leurs corolles çà et là
avec une grâce insouciante, retenant si négligemment
comme un dernier et vaporeux atour le bouquet d'étamines, fines comme des fils de la Vierge, qui les embru-
mait tout entières, qu'en suivant, qu'en essayant de
mimer au fond de moi le geste de leur efflorescence,
je l'imaginais comme si ç'avait été le mouvement de
tête étourdi et rapide, au regard coquet, aux pupilles
diminuées, d'une blanche jeune fille, distraite et vive.
M. Vinteuil était venu avec sa fille se placer à côté de
nous. D'une bonne famille, il avait été le professeur de
piano des sœurs de ma grand'mère et quand après la
mort de sa femme et un héritage qu'il avait fait il s'était
retiré auprès de Combray, on le recevait souvent à la
maison. Mais d'une pudibonderie excessive il cessa de
venir pour ne pas rencontrer Swann qui avait fait ce
qu'il appelait « un mariage déplacé, dans le goût du
jour ». Ma mère, ayant appris qu'il composait, lui
avait dit par amabilité que quand elle irait le voir il
faudrait qu'il lui fît entendre quelque chose de lui.
M. Vinteuil en aurait eu beaucoup de joie, mais il
poussait la politesse et la bonté jusqu'à de tels scrupules que, se mettant toujours à la place des autres,
il craignait de les ennuyer et de leur paraître égoïste
s'il suivait ou seulement laissait deviner son désir. Le
jour où mes parents étaient allés chez lui en visite, je les
avais accompagnés, mais ils m'avaient permis de rester dehors, et comme la maison de M. Vinteuil, Montjouvain, était en contre-bas d'un monticule buissonneux, où je m'étais caché, je m'étais trouvé de plein
pied avec le salon du second étage, à cinquante centimètres de la fenêtre. Quand on était venu lui annon-
cer mes parents, j'avais vu M. Vinteuil se hâter de
mettre en évidence sur le piano un morceau de musique. Mais une fois mes parents entrés, il l'avait retiré
et mis dans un coin. Sans doute avait-il craint de leur
laisser supposer qu'il n'était heureux de les voir que

pour leur jouer de ses compositions. Et chaque fois que ma mère était revenue à la charge au cours de la visite, il avait répété plusieurs fois : « Mais je ne sais qui a mis cela sur le piano, ce n'est pas sa place », et avait détourné la conversation sur d'autres sujets, justement parce que ceux-là l'intéressaient moins. Sa seule passion était pour sa fille et celle-ci qui avait l'air d'un garçon paraissait si robuste qu'on ne pouvait s'empêcher de sourire en voyant les précautions que son père prenait pour elle, ayant toujours des châles supplémentaires à lui jeter sur les épaules. Ma grand'-mère faisait remarquer quelle expression douce, délicate, presque timide passait souvent dans les regards de cette enfant si rude, dont le visage était semé de taches de son. Quand elle venait de prononcer une parole elle l'entendait avec l'esprit de ceux à qui elle l'avait dite, s'alarmait des malentendus possibles et on voyait s'éclairer, se découper comme par transparence sous la figure homasse du « bon diable » les traits plus fins d'une jeune fille éplorée.

Quand au moment de quitter l'église, je m'agenouillai devant l'autel, je sentis tout d'un coup en me relevant s'échapper des aubépines une odeur amère et douce d'amandes, et je remarquai alors sur les fleurs de petites places plus blondes, sous lesquelles je me figurai que devait être cachée cette odeur comme sous les parties gratinées le goût d'une frangipane ou sous leurs taches de rousseur celui des joues de M¹¹ᵉ Vinteuil. Malgré la silencieuse immobilité des aubépines, cette intermittente odeur était comme le murmure de leur vie intense dont l'autel vibrait ainsi qu'une haie agreste visitée par de vivantes antennes, auxquelles on pensait en voyant certaines étamines presque rousses qui semblaient avoir gardé la virulence printanière, le pouvoir irritant, d'insectes aujourd'hui métamorphosés en fleurs.

Nous causions un moment avec M. Vinteuil devant

le porche en sortant de l'église. Il intervenait entre
les gamins qui se chamaillaient sur la place, prenait
la défense des petits, faisait des sermons aux grands.
Si sa fille nous disait de sa grosse voix combien elle
avait été contente de nous voir, aussitôt il semblait
qu'en elle-même une sœur plus sensible rougissait de
ce propos de bon garçon étourdi qui avait pu nous faire
croire qu'elle sollicitait d'être invitée chez nous. Son
père lui jetait un manteau sur les épaules, ils montaient
dans un petit buggy qu'elle conduisait elle-même et
tous deux retournaient à Montjouvain. Quant à nous,
comme c'était le lendemain dimanche et qu'on ne se
lèverait que pour la grand'messe, s'il faisait clair de
lune et que l'air fût chaud, au lieu de nous faire rentrer directement, mon père, par amour de la gloire,
nous faisait faire par le calvaire une longue promenade, que le peu d'aptitude de ma mère à s'orienter et à
se reconnaître dans son chemin, lui faisait considérer
comme la prouesse d'un génie stratégique. Parfois nous
allions jusqu'au viaduc, dont les enjambées de pierre
commençaient à la gare et me représentaient l'exil et
la détresse hors du monde civilisé parce que chaque
année en venant de Paris, on nous recommandait de
faire bien attention, quand ce serait Combray, de ne
pas laisser passer la station, d'être prêts d'avance car
le train repartait au bout de deux minutes et s'engageait sur le viaduc au delà des pays chrétiens dont
Combray marquait pour moi l'extrême limite. Nous revenions par le boulevard de la gare, où étaient les plus
agréables villas de la commune. Dans chaque jardin le
clair de lune, comme Hubert Robert, semait ses degrés
rompus de marbre blanc, ses jets d'eau, ses grilles entr'ouvertes. Sa lumière avait détruit le bureau du Télégraphe. Il n'en subsistait plus qu'une colonne à demi
brisée, mais qui gardait la beauté d'une ruine immor-
telle. Je traînais la jambe, je tombais de sommeil, l'odeur
des tilleuls qui embaumait m'apparaissait comme une

récompense qu'on ne pouvait obtenir qu'au prix des plus grandes fatigues et qui n'en valait pas la peine. De grilles fort éloignées les unes des autres, des chiens réveillés par nos pas solitaires faisaient alterner des aboiements comme il m'arrive encore quelquefois d'en entendre le soir, et entre lesquels dut venir (quand sur son emplacement on créa le jardin public de Combray) se réfugier le boulevard de la gare, car, où que je me trouve, dès qu'ils commencent à retentir et à se répondre, je l'aperçois, avec ses tilleuls et son trottoir éclairé par la lune.

Tout d'un coup mon père nous arrêtait et demandait à ma mère : « Où sommes-nous ? » Épuisée par la marche, mais fière de lui, elle lui avouait tendrement qu'elle n'en savait absolument rien. Il haussait les épaules et riait. Alors comme s'il l'avait sortie de la poche de son veston avec sa clef, il nous montrait debout devant nous la petite porte de derrière de notre jardin qui était venue avec le coin de la rue du Saint-Esprit nous attendre au bout de ces chemins inconnus. Ma mère lui disait avec admiration : « Tu es extraordinaire ! ». Et à partir de cet instant, je n'avais plus un seul pas à faire, le sol marchait pour moi dans ce jardin où depuis si longtemps mes actes avaient cessé d'être accompagnés d'attention volontaire : l'Habitude venait de me prendre dans ses bras et me portait jusqu'à mon lit comme un petit enfant.

Si la journée du samedi, qui commençait une heure plus tôt, et où elle était privée de Françoise, passait plus lentement qu'une autre pour ma tante, elle en attendait pourtant le retour avec impatience depuis le commencement de la semaine, comme contenant toute la nouveauté et la distraction que fût encore capable de supporter son corps affaibli et maniaque. Et ce n'est pas cependant qu'elle n'aspirât parfois à quelque plus grand changement, qu'elle n'eût

de ces heures d'exception où l'on a soif de quelque
chose d'autre que ce qui est, et où ceux que le manque d'énergie ou d'imagination empêche de tirer
d'eux-mêmes un principe de rénovation, demandent
à la minute qui vient, au facteur qui sonne, de leur
apporter du nouveau, fût-ce du pire, une émotion, une
douleur; où la sensibilité, que le bonheur a fait taire
comme une harpe oisive, veut résonner sous une main,
même brutale, et dût-elle en être brisée; où la volonté,
qui a si difficilement conquis le droit d'être livrée sans
obstacle à ses désirs, à ses peines, voudrait jeter les
rênes entre les mains d'événements impérieux, fussent-
ils cruels. Sans doute, comme les forces de ma tante,
taries à la moindre fatigue, ne lui revenaient que
goutte à goutte au sein de son repos, le réservoir était
très long à remplir, et il se passait des mois avant
qu'elle eût ce léger trop-plein que d'autres dérivent
dans l'activité et dont elle était incapable de savoir
et de décider comment user. Je ne doute pas qu'alors,
— comme le désir de la remplacer par des pommes
de terre béchamel finissait au bout de quelque temps
par naître du plaisir même que lui causait le retour
quotidien de la purée dont elle ne se « fatiguait » pas,
— elle ne tirât de l'accumulation de ces jours monotones auxquels elle tenait tant, l'attente d'un cata-
clysme domestique limité à la durée d'un moment mais
qui la forcerait d'accomplir une fois pour toutes un de
ces changements dont elle reconnaissait qu'ils lui seraient salutaires et auxquels elle ne pouvait d'elle-
même se décider. Elle nous aimait véritablement,
elle aurait eu plaisir à nous pleurer; survenant à un
moment où elle se sentait bien et n'était pas en sueur,
la nouvelle que la maison était la proie d'un incendie
où nous avions déjà tous péri et qui n'allait plus bientôt laisser subsister une seule pierre des murs, mais
auquel elle aurait eu tout le temps d'échapper sans se
presser, à condition de se lever tout de suite, a dû sou-

vent hanter ses espérances comme unissant aux avantages secondaires de lui faire savourer dans un long regret toute sa tendresse pour nous, et d'être la stupéfaction du village en conduisant notre deuil, courageuse et accablée, moribonde debout, celui bien plus précieux de la forcer au bon moment, sans temps à perdre, sans possibilité d'hésitation énervante, à aller passer l'été dans sa jolie ferme de Mirougrain, où il y avait une chute d'eau. Comme n'était jamais survenu aucun événement de ce genre, dont elle méditait certainement la réussite quand elle était seule absorbée dans ses innombrables jeux de patience (et qui l'eût désespérée au premier commencement de réalisation, au premier de ces petits faits imprévus, de cette parole annonçant une mauvaise nouvelle et dont on ne peut plus jamais oublier l'accent, de tout ce qui porte l'empreinte de la mort réelle, bien différente de sa possibilité logique et abstraite), elle se rabattait pour rendre de temps en temps sa vie plus intéressante, à y introduire des péripéties imaginaires qu'elle suivait avec passion. Elle se plaisait à supposer tout d'un coup que Françoise la volait, qu'elle recourait à la ruse pour s'en assurer, la prenait sur le fait ; habituée, quand elle faisait seule des parties de cartes, à jouer à la fois son jeu et le jeu de son adversaire, elle se prononçait à elle-même les excuses embarrassées de Françoise et y répondait avec tant de feu et d'indignation que l'un de nous, entrant à ces moments-là, la trouvait en nage, les yeux étincelants, ses faux cheveux déplacés laissant voir son front chauve. Françoise entendit peut-être parfois de la chambre voisine de mordants sarcasmes qui s'adressaient à elle et dont l'invention n'eût pas soulagé suffisamment ma tante s'ils étaient restés à l'état purement immatériel, et si en les murmurant à mi-voix elle ne leur eût donné plus de réalité. Quelquefois, ce « spectacle dans un lit » ne suffisait même pas à ma tante, elle voulait faire jouer ses

pièces. Alors un dimanche, toutes portes mystérieuse-
ment fermées, elle confiait à Eulalie ses doutes sur
la probité de Françoise, son intention de se défaire
d'elle, et une autre fois à Françoise ses soupçons de l'infidélité d'Eulalie à qui la porte serait bientôt fermée ;
quelques jours après elle était dégoûtée de sa confidente de la veille et racoquinée avec le traître, lesquels
d'ailleurs, pour la prochaine représentation, échange-
raient leurs emplois. Mais les soupçons que pouvait
parfois lui inspirer Eulalie, n'étaient qu'un feu de
paille et tombaient vite, faute d'aliment, Eulalie n'habitant pas la maison. Il n'en était pas de même de
ceux qui concernaient Françoise, que ma tante sentait perpétuellement sous le même toit qu'elle, sans
que, par crainte de prendre froid si elle sortait de son
lit, elle osât descendre à la cuisine, se rendre compte
s'ils étaient fondés. Peu à peu son esprit n'eut plus
d'autre occupation que de chercher à deviner ce qu'à
chaque moment pouvait faire, et chercher à lui cacher,
Françoise. Elle remarquait les plus furtifs mouvements
de physionomie de celle-ci, une contradiction dans ses
paroles, un désir qu'elle semblait dissimuler. Et elle
lui montrait qu'elle l'avait démasquée, d'un seul mot
qui faisait pâlir Françoise et que ma tante semblait trouver, à enfoncer au cœur de la malheureuse, un divertissement cruel. Et le dimanche suivant, une révélation
d'Eulalie, — comme ces découvertes qui ouvrent tout
d'un coup un champ insoupçonné à une science nais-
sante et qui se traînait dans l'ornière, — prouvait à ma
tante qu'elle était dans ses suppositions bien au-dessous
de la vérité. « Mais Françoise doit le savoir maintenant que vous y avez donné une voiture. » — « Que je
lui ai donné une voiture ! » s'écriait ma tante. — « Ah !
mais je ne sais pas, moi, je croyais, je l'avais vue qui
passait maintenant en calèche fière comme Artaban
pour aller au marché de Roussainville. J'avais cru
que c'était Mme Octave qui lui avait donné. » Peu à

peu Françoise et ma tante, comme la bête et le chasseur, ne cessaient plus de tâcher de prévenir les ruses
l'une de l'autre. Ma mère craignait qu'il ne se développât
chez Françoise une véritable haine pour ma tante qui
l'offensait le plus durement qu'elle le pouvait. En tous
cas Françoise attachait de plus en plus aux moindres
paroles, aux moindres gestes de ma tante une attention extraordinaire. Quand elle avait quelque chose à
lui demander, elle hésitait longtemps sur la manière
dont elle devait s'y prendre. Et quand elle avait proféré sa requête, elle observait ma tante à la dérobée,
tâchant de deviner dans l'aspect de sa figure ce que
celle-ci avait pensé et déciderait. Et ainsi — tandis
que quelque artiste lisant les Mémoires du XVIIe siècle, et désirant de se rapprocher du grand Roi, croit
marcher dans cette voie en se fabriquant une généa-
logie qui le fait descendre d'une famille historique ou
en entretenant une correspondance avec un des sou-
verains actuels de l'Europe, tourne précisément le dos
à ce qu'il a le tort de chercher sous des formes identiques et par conséquent mortes —, une vieille dame
de province qui ne faisait qu'obéir sincèrement à d'irrésistibles manies et à une méchanceté née de l'oisiveté, voyait sans avoir jamais pensé à Louis XIV, les
occupations les plus insignifiantes de sa journée, con-
cernant son lever, son déjeuner, son repos, prendre
par leur singularité despotique un peu de l'intérêt de
ce que Saint-Simon appelait la « mécanique » de la
vie à Versailles, et pouvait croire aussi que ses silences, une nuance de bonne humeur ou de hauteur dans
sa physionomie, étaient de la part de Françoise l'objet
d'un commentaire aussi passionné, aussi craintif que
l'étaient le silence, la bonne humeur, la hauteur du
Roi quand un courtisan, ou même les plus grands seigneurs, lui avaient remis une supplique, au détour
d'une allée, à Versailles.

Un dimanche, où ma tante avait eu la visite simultanée du curé et d'Eulalie, et s'était ensuite reposée, nous étions tous montés lui dire bonsoir et maman lui adressait ses condoléances sur la mauvaise chance qui amenait toujours ses visiteurs à la même heure :

— « Je sais que les choses se sont encore mal arrangées tantôt, Léonie, lui dit-elle avec douceur, vous avez eu tout votre monde à la fois. »

Ce que ma grand'tante interrompit par : « Abondance de biens... » car depuis que sa fille était malade elle croyait devoir la remonter en lui présentant toujours tout par le bon côté. Mais mon père prenant la parole :

— « Je veux profiter, dit-il, de ce que toute la famille est réunie pour vous faire un récit sans avoir besoin de le recommencer à chacun. J'ai peur que nous soyions fâchés avec Legrandin : il m'a à peine dit bonjour ce matin. »

Je ne restai pas pour entendre le récit de mon père, car j'étais justement avec lui après la messe quand nous avions rencontré M. Legrandin, et je descendis à la cuisine demander le menu du dîner qui tous les jours me distrayait comme les nouvelles qu'on lit dans un journal et m'excitait à la façon d'un programme de fête. Comme M. Legrandin avait passé près de nous en sortant de l'église, marchant à côté d'une châtelaine du voisinage que nous ne connaissions que de vue, mon père avait fait un salut à la fois amical et réservé, sans que nous nous arrêtions ; M. Legrandin avait à peine répondu, d'un air étonné, comme s'il ne nous reconnaissait pas, et avec cette perspective du regard particulière aux personnes qui ne veulent pas être aimables et qui, du fond subitement prolongé de leurs yeux, ont l'air de vous apercevoir comme au bout d'une route interminable et à une si grande distance qu'elles se contentent de vous adresser un signe de tête minuscule pour le proportionner à vos dimensions de marionnette.

Or, la dame qu'accompagnait Legrandin était une personne vertueuse et considérée ; il ne pouvait être question qu'il fût en bonne fortune et gêné d'être surpris, et mon père se demandait comment il avait pu mécontenter Legrandin. « Je regretterais d'autant plus de le savoir fâché, dit mon père, qu'au milieu de tous ces gens endimanchés il a avec son petit veston droit, sa cravate molle, quelque chose de si peu apprêté, de si vraiment simple. et un air presque ingénu qui est tout à fait sympathique. » Mais le conseil de famille fut unanimement d'avis que mon père s'était fait une idée, ou que Legrandin, à ce moment-là, était absorbé par quelque pensée. D'ailleurs la crainte de mon père fut dissipée dès le lendemain soir. Comme nous revenions d'une grande promenade, nous aperçûmes près du Pont-Vieux Legrandin qui, à cause des fêtes, restait plusieurs jours à Combray. Il vint à nous la main tendue : « Connaissez-vous, monsieur le liseur, me demanda-t-il, ce vers de Paul Desjardins : « Les bois sont déjà noirs, le ciel est encor bleu » ? N'est-ce pas la fine notation de cette heure-ci ? Vous n'avez peut-être jamais lu Paul Desjardins. Lisez-le, mon enfant ; aujourd'hui il se mue, me dit-on, en frère pêcheur, mais ce fut longtemps un aquarelliste limpide... « Les bois sont déjà noirs, le ciel est encor bleu »... Que le ciel reste toujours bleu pour vous, mon jeune ami ; et même à l'heure, qui vient pour moi maintenant, où les bois sont déjà noirs, où la nuit tombe vite, vous vous consolerez comme je fais en regardant du côté du ciel. » Il sortit de sa poche une cigarette, resta longtemps les yeux à l'horizon. « Adieu, les camarades », nous dit-il tout à coup, et il nous quitta.

A cette heure où je descendais apprendre le menu, le dîner était déjà commencé, et Françoise, commandant aux forces de la nature devenues ses aides, comme dans les féeries où les géants se font enga-

ger comme cuisiniers, frappait la houille, donnait à
la vapeur des pommes de terre à étuver et faisait
finir à point par le feu les chefs-d'œuvre culinaires
d'abord préparés dans des récipients de céramiste
qui allaient des grandes cuves, marmites, chaudrons
et poissonnières, aux terrines pour le gibier, moulés à
pâtisserie, et petits pots de crème en passant par une
collection complète de casseroles de toutes dimensions. Je m'arrêtais à voir sur la table, où la fille de
cuisine venait de les écosser, les petits pois alignés et
nombrés comme des billes vertes dans un jeu ; mais
mon ravissement était devant les asperges, trempées
d'outremer et de rose et dont l'épi, finement pignoché
de mauve et d'azur, se dégrade insensiblement jusqu'au
pied, — encore souillé pourtant du sol de leur plant,
— par des irisations qui ne sont pas de la terre. Il me
semblait que ces nuances célestes trahissaient les délicieuses créatures qui s'étaient amusées à se méta-
morphoser en légumes et qui à travers le déguisement
de leur chair comestible et ferme laissaient apercevoir
en ces couleurs naissantes d'aurore, en ces ébauches
d'arc-en-ciel, en cette extinction de soirs bleus, cette
essence précieuse que je reconnaissais encore quand,
toute la nuit qui suivait un dîner où j'en avais mangé,
elles jouaient, dans leurs farces poétiques et grossières
comme une féerie de Shakespeare, à changer mon pot
de chambre en un vase de parfum.

La pauvre Charité de Giotto, comme l'appelait
Swann, chargée par Françoise de les « plumer », les
avait près d'elle dans une corbeille, son air était douloureux, comme si elle ressentait tous les malheurs de
la terre ; et les légères couronnes d'azur qui cei-
gnaient les asperges au-dessus de leurs tuniques de
rose étaient finement dessinées, étoile par étoile,
comme le sont dans la fresque les fleurs bandées
autour du front ou piquées dans la corbeille de la
Vertu de Padoue. Et cependant, Françoise tournait

à la broche un de ces poulets, comme elle seule savait en rôtir, qui avaient porté loin dans Combray l'odeur de ses mérites, et qui, pendant qu'elle nous les servait à table, faisaient prédominer la douceur dans ma conception spéciale de son caractère, l'arome de cette chair qu'elle savait rendre si onctueuse et si tendre n'étant pour moi que le propre parfum d'une de ses vertus.

Mais le jour où, pendant que mon père consultait le conseil de famille sur la rencontre de Legrandin, je descendis à la cuisine, était un de ceux où la Charité de Giotto, très malade de son accouchement récent, ne pouvait se lever ; Françoise, n'étant plus aidée, était en retard. Quand je fus en bas, elle était en train, dans l'arrière-cuisine qui donnait sur la basse-cour, de tuer un poulet qui, par sa résistance désespérée et bien naturelle, mais accompagnée par Françoise hors d'elle, tandis qu'elle cherchait à lui fendre le cou sous l'oreille, des cris de « sale bête ! sale bête ! », mettait la sainte douceur et l'onction de notre servante un peu moins en lumière qu'il n'eût fait, au dîner du lendemain, par sa peau brodée d'or comme une chasuble et son jus précieux égoutté d'un ciboire. Quand il fut mort, Françoise recueillit le sang qui coulait sans noyer sa rancune, eut encore un sursaut de colère, et regardant le cadavre de son ennemi, dit une dernière fois : « Sale bête ! » Je remontai tout tremblant ; j'aurais voulu qu'on mît Françoise tout de suite à la porte. Mais qui m'eût fait des boules aussi chaudes, du café aussi parfumé, et même... ces poulets ?... Et en réalité, ce lâche calcul, tout le monde avait eu à le faire comme moi. Car ma tante Léonie savait, — ce que j'ignorais encore, — que Françoise qui, pour sa fille, pour ses neveux, aurait donné sa vie sans une plainte, était pour d'autres êtres d'une dureté singulière. Malgré cela ma tante l'avait gardée, car si elle connaissait sa cruauté, elle appréciait son service. Je m'aperçus

peu à peu que la douceur, la componction, les vertus de Françoise cachaient des tragédies d'arrière-
cuisine, comme l'histoire découvre que le règne des
Rois et des Reines, qui sont représentés les mains
jointes dans les vitraux des églises, furent marqués
d'incidents sanglants. Je me rendis compte que, en
dehors de ceux de sa parenté, les humains excitaient
d'autant plus sa pitié par leurs malheurs, qu'ils vivaient plus éloignés d'elle. Les torrents de larmes
qu'elle versait en lisant le journal sur les infortu-
nes des inconnus se tarissaient vite si elle pouvait
se représenter la personne qui en était l'objet d'une
façon un peu précise. Une de ces nuits qui suivirent
l'accouchement de la fille de cuisine, celle-ci fut prise
d'atroces coliques ; maman l'entendit se plaindre, se
leva et réveilla Françoise qui, insensible, déclara que
tous ces cris étaient une comédie, qu'elle voulait
« faire la maîtresse ». Le médecin, qui craignait ces
crises, avait mis un signet dans un livre de médecine que nous avions à la page où elles sont décrites
et où il nous avait dit de nous reporter pour trouver
l'indication des premiers soins à donner. Ma mère envoya Françoise chercher le livre en lui recommandant
de ne pas laisser tomber le signet. Au bout d'une
heure Françoise n'était pas revenue ; ma mère indi-
gnée crut qu'elle s'était recouchée et me dit d'aller
voir moi-même dans la bibliothèque. J'y trouvai Françoise qui, ayant voulu regarder ce que le signet marquait, lisait la description clinique de la crise et poussait des sanglots maintenant qu'il s'agissait d'une
malade-type qu'elle ne connaissait pas. A chaque symp-
tôme douloureux mentionné par l'auteur du traité,
elle s'écriait : « He là, Sainte Vierge, est-il possible
que le bon Dieu veuille faire souffrir ainsi une malheureuse créature humaine. Hé la pauvre ! »

Mais dès que je l'eus appelée et qu'elle fut revenue
près du lit de la Charité de Giotto, ses larmes cessè-

rent aussitôt de couler, elle ne put reconnaître ni cette
agréable sensation de pitié et d'attendrissement qu'elle
connaissait bien et que la lecture des journaux lui avait
souvent donnée, ni aucun plaisir de même famille, dans
l'ennui et dans l'irritation de s'être levée au milieu
de la nuit pour la fille de cuisine, et à la vue des mêmes souffrances dont la description l'avait fait pleurer, elle n'eut plus que des ronchonnements de mauvaise humeur, même d'affreux sarcasmes, disant, quand
elle crut que nous étions partis et ne pouvions plus
l'entendre : « Elle n'avait qu'à ne pas faire ce qu'il faut
pour ça ! ça lui a fait plaisir ! qu'elle ne fasse pas de
manières maintenant. Faut-il tout de même qu'un
garçon ait été abandonné du bon Dieu pour aller avec
ça. Ah ! c'est bien comme on disait dans le patois de
ma pauvre mère :

> « Qui du cul d'un chien s'amourose
> « Il lui paraît une rose. »

Si, quand son petit-fils était un peu enrhumé du
cerveau, elle partait la nuit, même malade, au lieu de
se coucher pour voir s'il n'avait besoin de rien, faisant
quatre lieues à pied avant le jour afin d'être rentrée
pour son travail, en revanche ce même amour des
siens et son désir d'assurer la grandeur future de sa
maison se traduisait dans sa politique à l'égard des autres domestiques par une maxime constante qui fut
de n'en jamais laisser un seul s'implanter chez ma
tante, qu'elle mettait d'ailleurs une sorte d'orgueil à
ne laisser approcher par personne, préférant quand elle-
même était malade se relever pour lui donner son eau
de Vichy plutôt que de permettre l'accès de la chambre de sa maîtresse à la fille de cuisine. Et comme cet
hyménoptère observé par Fabre, la guêpe fouisseuse,
qui pour que ses petits après sa mort aient de la viande
fraîche à manger, appelle l'anatomie au secours de sa
cruauté et ayant capturé des charançons et des arai-

gnées, leur perce avec un savoir et une adresse merveilleuses le centre nerveux d'où dépend le mouvement des pattes mais non les autres fonctions de la
vie, de façon que l'insecte paralysé près duquel elle
dépose ses œufs, fournisse aux larves quand elles
écloront un gibier docile, inoffensif, incapable de fuite
ou de résistance, mais nullement faisandé, Françoise
trouvait pour servir sa volonté permanente de rendre
la maison intenable à tout domestique, des ruses si
savantes et si impitoyables que bien des années plus
tard nous apprîmes que si cet été-là nous avions
mangé presque tous les jours des asperges, c'était
parce que leur odeur donnait à la pauvre fille de cuisine chargée de les éplucher des crises d'asthme d'une
telle violence qu'elle fut obligée de finir par s'en aller.

Hélas, nous devions définitivement changer d'opinion sur Legrandin. Un des dimanches qui suivit la
rencontre sur le Pont Vieux après laquelle mon père
avait dû confesser son erreur, comme la messe finissait et qu'avec le soleil et le bruit du dehors quelque
chose de si peu sacré entrait dans l'église que Mᵐᵉ Goupil, Mᵐᵉ Percepied (toutes les personnes qui tout à
l'heure, à mon arrivée un peu en retard, étaient restées
les yeux absorbés dans leur prière et que j'aurais
même pu croire ne m'avoir pas vu entrer si en même
temps leurs pieds n'avaient repoussé légèrement le
petit banc qui m'empêchait de gagner ma chaise),
commençaient à s'entretenir avec nous à haute voix
de sujets tout temporels comme si nous étions déjà
sur la place, nous vîmes sur le seuil brûlant du porche, dominant le tumulte bariolé du marché, Legrandin, que le mari de cette dame avec qui nous l'avions
dernièrement rencontré, était entrain de présenter à
la femme d'un autre gros propriétaire terrien des environs. La figure de Legrandin exprimait une animation, un zèle extraordinaire ; il fit un profond salut
avec un renversement secondaire en arrière, qui ra-

mena brusquement son dos au delà de la position de
départ et qu'avait dû lui apprendre le fils de sa sœur,
Mᵐᵉ de Cambremer. Ce redressement rapide fit refluer
en une sorte d'onde fougueuse et musclée la croupe
de Legrandin que je ne supposais pas si charnue ; et
je ne sais pourquoi cette ondulation de pure matière,
ce flot tout charnel, sans expression de spiritualité et
qu'un empressement plein de bassesse fouettait en
tempête, éveillèrent tout d'un coup dans mon esprit
la possibilité d'un Legrandin tout différent de celui
que nous connaissions. Cette dame le pria de dire
quelque chose à son cocher, et tandis qu'il allait jusqu'à la voiture, l'empreinte de joie timide et dévouée
que la présentation avait marquée sur son visage y
persistait encore. Ravi dans une sorte de rêve, il souriait, puis il revint vers la dame en se hâtant, et
comme il marchait plus vite qu'il n'en avait l'habitude, ses deux épaules oscillaient de droite et de gauche ridiculement, et il avait l'air tant il s'y abandonnait entièrement en n'ayant plus souci du reste,
d'être le jouet inerte et mécanique du bonheur. Cependant, nous sortions du porche, nous allions passer à
côté de lui, il était trop bien élevé pour détourner la
tête, mais il fixa de son regard soudain chargé d'une
rêverie profonde un point si éloigné de l'horizon qu'il
ne put nous voir et n'eut pas à nous saluer. Son visage restait ingénu au-dessus d'un veston souple et
droit qui avait l'air de se sentir fourvoyé malgré lui
au milieu d'un luxe détesté. Et une lavallière à pois
qu'agitait le vent de la Place continuait à flotter sur
Legrandin comme l'étendard de son fier isolement et de
sa noble indépendance. Au moment où nous arrivions
à la maison, maman s'aperçut qu'on avait oublié le
Saint-Honoré et demanda à mon père de retourner avec
moi sur nos pas dire qu'on l'apporte tout de suite. Nous
croisâmes près de l'église Legrandin qui venait en sens
inverse conduisant la même dame à sa voiture. Il passa

contre nous, ne s'interrompit pas de parler à sa voisine
et nous fit du coin de son œil bleu un petit signe en quelque sorte intérieur aux paupières et qui, n'intéressant
pas les muscles de son visage, put passer parfaitement
inaperçu de son interlocutrice ; mais, cherchant à compenser par l'intensité du sentiment le champ un peu
étroit où il en circonscrivait l'expression, dans ce coin
d'azur qui nous était affecté il fit pétiller tout l'entrain
de la bonne grâce qui dépassa l'enjouement, frisa la
malice ; il subtilisa les finesses de l'amabilité jusqu'aux
clignements de la connivence, aux demi-mots, aux
sous-entendus, aux mystères de la complicité ; et finalement exalta les assurances d'amitié pour nous jusqu'aux protestations de tendresse, jusqu'à la déclaration d'amour, illuminant alors pour nous seuls d'une
langueur secrète et invisible à la châtelaine, une prunelle énamourée dans un visage de glace.

Il avait précisément demandé la veille à mes parents
de m'envoyer dîner ce soir-là avec lui : « Venez tenir
compagnie à votre vieil ami, m'avait-il dit. Comme le
bouquet qu'un voyageur nous envoie d'un pays où
nous ne retournerons plus, faites-moi respirer du lointain de votre adolescence ces fleurs des printemps que
j'ai traversés moi aussi il y a bien des années. Venez
avec la primevère, la barbe de chanoine, le bassin d'or,
venez avec le sédum dont est fait le bouquet de dilection de la flore balzacienne, avec la fleur du jour de
la Résurrection, la pâquerette et la boule de neige
des jardins qui commence à embaumer dans les allées
de votre grand'tante quand ne sont pas encore fondues
les dernières boules de neige des giboulées de Pâques.
Venez avec la glorieuse vêture de soie du lys digne
de Salomon, et l'émail polychrome des pensées, mais
venez surtout avec la brise fraîche encore des dernières gelées et qui va entr'ouvrir, pour les deux papil-
lons qui depuis ce matin attendent à la porte, la première rose de Jérusalem. »

On se demandait à la maison si on devait m'envoyer
tout de même dîner avec M. Legrandin. Mais ma grand'-
mère refusa de croire qu'il eût été impoli. « Vous reconnaissez vous-même qu'il vient là avec sa tenue
toute simple qui n'est guère celle d'un mondain. »
Elle déclarait qu'en tout cas, et à tout mettre au pis.
s'il l'avait été, mieux valait ne pas avoir l'air de s'en
être aperçu. A vrai dire mon père lui-même qui était
pourtant le plus irrité contre l'attitude qu'avait eue
Legrandin, gardait peut-être un dernier doute sur le
sens qu'elle comportait. Elle était comme toute attitude ou action où se révèle le caractère profond et
caché de quelqu'un : elle ne relie pas à ses paroles
antérieures, nous ne pouvons pas la faire confirmer
par le témoignage du coupable qui n'avouera pas ;
nous en sommes réduits à celui de nos sens dont nous
nous demandons devant ce souvenir isolé et incohé-
rent s'ils n'ont pas été le jouet d'une illusion ; de sorte
que de telles attitudes, les seules qui aient de l'importance, nous laissent souvent quelques doutes.

Je dînai avec Legrandin sur sa terrasse ; il faisait
clair de lune : « Il y a une jolie qualité de silence,
n'est-ce pas, me dit-il ; aux cœurs blessés comme l'est
le mien, un romancier que vous lirez plus tard prétend
que conviennent seulement l'ombre et le silence. Et
voyez-vous, mon enfant, il vient dans la vie une heure
dont vous êtes bien loin encore où les yeux las ne
tolèrent plus qu'une lumière, celle qu'une belle nuit
comme celle-ci prépare et distille avec l'obscurité, où
les oreilles ne peuvent plus écouter de musique que
celle que joue le clair de lune sur la flûte du silence. »
J'écoutais les paroles de M. Legrandin qui me paraissaient toujours si agréables ; mais troublé par le
souvenir d'une femme que j'avais aperçue dernièrement pour la première fois, et pensant, maintenant
que je savais que Legrandin était lié avec plusieurs
personnalités aristocratiques des environs, que peut-

être il connaissait celle-ci, prenant mon courage, je lui
dis : « Est-ce que vous connaissez, monsieur, la... les
châtelaines de Guermantes », heureux aussi en pro-
nonçant ce nom de prendre sur lui une sorte de pouvoir, par le seul fait de le tirer de mon rêve et de lui
donner une existence objective et sonore.

Mais à ce nom de Guermantes, je vis au milieu des
yeux bleus de notre ami se ficher une petite encoche
brune comme s'ils venaient d'être percés par une pointe
invisible, tandis que le reste de la prunelle réagissait
en secrétant des flots d'azur. Le cerne de sa paupière
noircit, s'abaissa. Et sa bouche marquée d'un pli amer
se ressaisissant plus vite sourit, tandis que le regard
restait douloureux, comme celui d'un beau martyr dont
le corps est hérissé de flèches : « Non, je ne les connais pas », dit-il, mais au lieu de donner à un renseignement aussi simple, à une réponse aussi peu sur-
prenante le ton naturel et courant qui convenait, il le
débita en appuyant sur les mots, en s'inclinant, en
saluant de la tête, à la fois avec l'insistance qu'on apporte pour être cru à une affirmation invraisemblable,
— comme si ce fait qu'il ne connût pas les Guermantes ne pouvait être l'effet que d'un hasard singulier
— et aussi avec l'emphase de quelqu'un qui, ne pouvant pas taire une situation qui lui est pénible, préfère la proclamer pour donner aux autres l'idée que
l'aveu qu'il fait ne lui cause aucun embarras, est facile,
agréable, spontané, que la situation elle-même —
l'absence de relations avec les Guermantes, — pourrait bien avoir été non pas subie, mais voulue par
lui, résulter de quelque tradition de famille, principe
de morale ou vœu mystique lui interdisant nommé-
ment la fréquentation des Guermantes. « Non, reprit-
il, expliquant par ses paroles sa propre intonation,
non, je ne les connais pas, je n'ai jamais voulu, j'ai
toujours tenu à sauvegarder ma pleine indépendance ;
au fond je suis une tête jacobine, vous le savez. Beau-

coup de gens sont venus à la rescousse, on me disait
que j'avais tort de ne pas aller à Guermantes, que je
me donnais l'air d'un malotru, d'un vieil ours. Mais
voilà une réputation qui n'est pas pour m'effrayer,
elle est si vraie ! Au fond, je n'aime plus au monde que
quelques églises, deux ou trois livres, à peine davantage de tableaux, et le clair de lune quand la brise de
votre jeunesse apporte jusqu'à moi l'odeur des parterres que mes vieilles prunelles ne distinguent plus. »
Je ne comprenais pas bien que pour ne pas aller
chez des gens qu'on ne connaît pas, il fût nécessaire
de tenir à son indépendance, et en quoi cela pouvait
vous donner l'air d'un sauvage ou d'un ours. Mais ce
que je comprenais c'est que Legrandin n'était pas
tout à fait véridique quand il disait n'aimer que les
églises, le clair de lune et la jeunesse ; il aimait beaucoup les gens des châteaux et se trouvait pris devant
eux d'une si grande peur de leur déplaire qu'il
n'osait pas leur laisser voir qu'il avait pour amis des
bourgeois, des fils de notaires ou d'agents de change,
préférant, si la vérité devait se découvrir, que ce fût
en son absence, loin de lui et « par défaut » ; il était
snob. Sans doute il ne disait jamais rien de tout cela
dans le langage que mes parents et moi-même nous
aimions tant. Et si je demandais : « Connaissez-vous
les Guermantes », Legrandin le causeur répondait :
« Non je n'ai jamais voulu les connaître. » Malheureusement il ne le répondait qu'en second, car un autre
Legrandin qu'il cachait soigneusement au fond de
lui, qu'il ne montrait pas parce que ce Legrandin-là
savait sur le nôtre, sur son snobisme, des histoires
compromettantes, un autre Legrandin avait déjà répondu par la blessure du regard, par le rictus de la
bouche, par la gravité excessive du ton de la réponse,
par les mille flèches dont notre Legrandin s'était trouvé
en un instant lardé et alangui comme un saint Sébas-
tien du snobisme : « Hélas, que vous me faites mal,

non je ne connais pas les Guermantes, ne réveillez
pas la grande douleur de ma vie. » Et comme ce Legrandin enfant terrible, ce Legrandin maître-chan-
teur, s'il n'avait pas le joli langage de l'autre avait le
verbe infiniment plus prompt, composé de ce qu'on
appelle « réflexes », quand Legrandin le causeur voulait
lui imposer silence, l'autre avait déjà parlé et notre
ami avait beau se désoler de la mauvaise impression
que les révélations de son alter ego avait dû produire,
il ne pouvait qu'entreprendre de la pallier.

Et certes cela ne veut pas dire que M. Legrandin
ne fût pas sincère quand il tonnait contre les snobs.
Il ne pouvait pas savoir, au moins par lui-même, qu'il
le fût, puisque nous ne connaissons jamais que les
passions des autres, et que ce que nous arrivons à
savoir des nôtres, ce n'est que d'eux que nous avons
pu l'apprendre. Sur nous, elles n'agissent que d'une
façon seconde, par l'imagination qui substitue aux
premiers mobiles, des mobiles de relai qui sont plus
décents. Jamais le snobisme de Legrandin ne lui
conseillait d'aller voir souvent une duchesse. Il chargeait l'imagination de Legrandin de lui faire apparaître cette duchesse comme parée de toutes les grâces.
Legrandin se rapprochait de la duchesse, s'estimant
de céder à cet attrait de l'esprit et de la vertu qu'i-
gnorent les infâmes snobs. Seuls les autres savaient
qu'il en était un ; car grâce à l'incapacité où ils étaient
de comprendre le travail intermédiaire de son imagination, ils voyaient en face l'une de l'autre l'activité
mondaine de Legrandin et sa cause première.

Maintenant, à la maison, on n'avait plus aucune
illusion sur M. Legrandin et nos relations avec lui
s'étaient fort espacées. Maman s'amusait infiniment
chaque fois qu'elle prenait Legrandin en flagrant délit
du péché qu'il n'avouait pas, qu'il continuait à appeler le péché sans rémission, le snobisme. Mon père,
lui, avait de la peine à prendre les dédains de Legran-

din avec tant de détachement et de gaîté ; et quand
on pensa une année à m'envoyer passer les grandes
vacances à Balbec avec ma grand'mère, il dit : « Il
faut absolument que j'annonce à Legrandin que vous
irez à Balbec pour voir s'il vous offrira de vous mettre
en rapport avec sa sœur. Il ne doit pas se souvenir
nous avoir dit qu'elle demeurait à deux kilomètres de
là. » Ma grand'mère qui trouvait qu'aux bains de
mer il faut être du matin au soir sur la plage à humer
le sel et qu'on n'y doit connaître personne parce que
les visites, les promenades sont autant de pris sur l'air
marin, demandait au contraire qu'on ne parlât pas de
nos projets à Legrandin, voyant déjà sa sœur, Mᵐᵉ de
Cambremer, débarquant à l'hôtel au moment où nous
serions sur le point d'aller à la pêche et nous forçant
à rester enfermés pour la recevoir. Mais maman riait
de ses craintes, pensant à part elle que le danger
n'était pas si menaçant, que Legrandin ne serait pas
si pressé de nous mettre en relations avec sa sœur.
Or, sans qu'on eût besoin de lui parler de Balbec, ce
fut lui-même, Legrandin, qui, ne se doutant pas que
nous eussions jamais l'intention d'aller de ce côté,
vint se mettre dans le piège un soir où nous le ren-
contrâmes au bord de la Vivonne.

— « Il y a dans les nuages ce soir des violets et des
bleus bien beaux, n'est-ce pas, mon compagnon, dit-il
à mon père, un bleu surtout plus floral qu'aérien,
un bleu de cinéraire, qui surprend dans le ciel. Et ce
petit nuage rose n'a-t-il pas aussi un teint de fleur,
d'œillet ou d'hydrangea. Il n'y a guère que dans la
Manche, entre Normandie et Bretagne, que j'ai pu faire
de plus riches observations sur cette sorte du règne
végétal de l'atmosphère. Là-bas près de Balbec, près
de ces lieux si sauvages, il y a une petite baie d'une
douceur charmante où le coucher de soleil du pays
d'Auge, le coucher de soleil rouge et or que je suis
loin de dédaigner, d'ailleurs, est sans caractère, insi-

gnifiant ; mais dans cette atmosphère humide et douce
s'épanouissent le soir en quelques instants de ces bouquets célestes, bleus et roses, qui sont incomparables
et qui mettent souvent des heures à se faner. D'autres, s'effeuillent tout de suite et c'est alors plus beau
encore de voir le ciel entier que jonche la dispersion
d'innombrables pétales soufrés ou roses. Dans cette
baie, dite d'opale, les plages d'or semblent plus douces encore pour être attachées comme de blondes An-
dromèdes à ces terribles rochers des côtes voisines, à
ce rivage funèbre, fameux par tant de naufrages, où
tous les hivers tant de barques trépassent au péril de
la mer. Balbec ! la plus antique ossature géologique
de notre sol, vraiment Ar-mor, la Mer, la fin de la
terre, la région maudite qu'Anatole France, — un
enchanteur que devrait lire notre petit ami — a si bien
peinte, sous ses brouillards éternels, comme le véritable pays des Cimmériens, dans l'Odyssée. De Balbec surtout, où déjà des hôtels se construisent, super-
posés au sol antique et charmant qu'ils n'altèrent pas,
quel délice d'excursionner à deux pas dans ces régions
primitives et si belles. »

  — « Ah ! est-ce que vous connaissez quelqu'un à Balbec, dit mon père. Justement ce petit-là doit y aller
passer deux mois avec sa grand'mère et peut-être avec
ma femme. »

  Legrandin pris au dépourvu par cette question à
un moment où ses yeux étaient fixés sur mon père,
ne put les détourner, mais les attachant de seconde en
seconde avec plus d'intensité — et tout en souriant
tristement — sur les yeux de son interlocuteur, avec
un air d'amitié et de franchise et de ne pas craindre
de le regarder en face, il sembla lui avoir traversé
la figure comme si elle fût devenue transparente, et
voir en ce moment bien au delà derrière elle un nuage
vivement coloré qui lui créait un alibi mental et qui
lui permettrait d'établir qu'au moment où on lui avait

demandé s'il connaissait quelqu'un à Balbec, il pensait à autre chose et n'avait pas entendu la question. Habituellement de tels regards font dire à l'interlocuteur : « A quoi pensez-vous donc ? » Mais mon père curieux, irrité et cruel, reprit :

— « Est-ce que vous avez des amis de ce côté-là, que vous connaissez si bien Balbec ? »

Dans un dernier effort désespéré, le regard souriant de Legrandin atteignit son maximum de tendresse, de vague, de sincérité et de distraction, mais pensant sans doute qu'il n'y avait plus qu'à répondre, il nous dit :

— « J'ai des amis partout où il y a des troupes d'arbres blessés, mais non vaincus, qui se sont rapprochés pour implorer ensemble avec une obstination pathétique un ciel inclément qui n'a pas pitié d'eux. »

— « Ce n'est pas cela que je voulais dire, interrompit mon père, aussi obstiné que les arbres et aussi impitoyable que le ciel. Je demandais pour le cas où il arriverait n'importe quoi à ma belle-mère et où elle aurait besoin de ne pas se sentir là-bas en pays perdu, si vous y connaissez du monde ? »

— « Là comme partout, je connais tout le monde et je ne connais personne, répondit Legrandin qui ne se rendait pas si vite ; beaucoup les choses et fort peu les personnes. Mais les choses elles-mêmes y semblent des personnes, des personnes rares, d'une essence délicate et que la vie aurait déçues. Parfois c'est un castel que vous rencontrez sur la falaise, au bord du chemin où il s'est arrêté pour confronter son chagrin au soir encore rose où monte la lune d'or et dont les barques qui rentrent en striant l'eau diaprée hissent à leurs mâts la flamme et portent les couleurs ; parfois c'est une simple maison solitaire, plutôt laide, l'air timide mais romanesque, qui cache à tous les yeux quelque secret impérissable de bonheur et de désenchantement. Ce pays sans vérité, ajouta-t-il avec

11

une délicatesse machiavélique, ce pays de pure fiction est d'une mauvaise lecture pour un enfant, et ce n'est certes pas lui que je choisirais et recommanderais pour mon petit ami déjà si enclin à la tristesse, pour son cœur prédisposé. Les climats de confidence amoureuse et de regret inutile peuvent convenir au vieux désabusé que je suis, ils sont toujours malsains pour un tempérament qui n'est pas formé. Croyez-moi, reprit-il avec insistance, les eaux de cette baie, déjà à moitié bretonne, peuvent exercer une action sédative, d'ailleurs discutable, sur un cœur qui n'est plus intact comme le mien, sur un cœur dont la lésion n'est plus compensée. Elles sont contre-indiquées à votre âge, petit garçon. Bonne nuit voisins, ajouta-t-il en nous quittant avec cette brusquerie évasive dont il avait l'habitude et, se retournant vers nous avec un doigt levé de docteur, il résuma sa consultation : Pas de Balbec avant cinquante ans et encore cela dépend de l'état du cœur », nous cria-t-il.

Mon père lui en reparla dans nos rencontres ultérieures, le tortura de questions, ce fut peine inutile : comme cet escroc érudit qui employait à fabriquer de faux palimpsestes un labeur et une science dont la centième partie eût suffi à lui assurer une situation plus lucrative, mais honorable, M. Legrandin, si nous avions insisté encore, aurait fini par édifier toute une éthique de paysage et une géographie céleste de la basse Normandie, plutôt que de nous avouer qu'à deux kilomètres de Balbec habitait sa propre sœur, et d'être obligé à nous offrir une lettre d'introduction qui n'eût pas été pour lui un tel sujet d'effroi s'il avait été absolument certain, — comme il aurait dû l'être en effet avec l'expérience qu'il avait du caractère de ma grand'mère — que nous n'en aurions pas profité.

*
* *

Nous rentrions toujours de bonne heure de nos promenades pour pouvoir faire une visite à ma tante Léonie avant le dîner. Au commencement de la saison où le jour finit tôt, quand nous arrivions rue du Saint-Esprit il y avait encore un reflet du couchant sur les vitres de la maison et un bandeau de pourpre au fond des bois du Calvaire qui se reflétait plus loin dans l'étang, rougeur qui, accompagnée souvent d'un froid assez vif, s'associait, dans mon esprit, à la rougeur du feu au-dessus duquel rôtissait le poulet qui ferait succéder pour moi au plaisir poétique donné par la promenade, le plaisir de la gourmandise, de la chaleur et du repos. Dans l'été au contraire quand nous rentrions le soleil ne se couchait pas encore ; et pendant la visite que nous faisions chez ma tante Léonie, sa lumière qui s'abaissait et touchait la fenêtre était arrêtée entre les grands rideaux et les embrasses, divisée, ramifiée, filtrée, et incrustant de petits morceaux d'or le bois de citronnier de la commode, illuminait obliquement la chambre avec la délicatesse qu'elle prend dans les sous-bois. Mais certains jours fort rares, quand nous rentrions, il y avait bien longtemps que la commode avait perdu ses incrustations momentanées, il n'y avait plus quand nous arrivions rue du Saint Esprit nul reflet de couchant étendu sur les vitres et l'étang au pied du calvaire avait perdu sa rougeur, quelquefois il était déjà couleur d'opale et un long rayon de lune qui allait en s'élargissant et se fendillait de toutes les rides de l'eau le traversait tout entier. Alors en arrivant près de la maison nous apercevions une forme sur le pas de la porte et maman me disait :

— Mon Dieu ! voilà Françoise qui nous guette, ta tante est inquiète ; aussi nous rentrons trop tard.

Et sans avoir pris le temps d'enlever nos affaires nous montions vite chez ma tante Léonie pour la rassurer et lui montrer que contrairement à ce qu'elle imaginait déjà il ne nous était rien arrivé, mais que nous étions allés « du côté de Guermantes » et dame quand on faisait cette promenade-là, ma tante savait pourtant bien qu'on ne pouvait jamais être sûr de l'heure à laquelle on serait rentré.

— « Là, Françoise, disait ma tante, quand je vous le disais, qu'ils seraient allés du côté de Guermantes ! Mon Dieu ils doivent avoir une faim ! et votre gigot qui doit être tout desséché après ce qu'il a attendu. Aussi est-ce une heure pour rentrer ! comment vous êtes allés du côté de Guermantes ! »

— « Mais je croyais que vous le saviez Léonie, disait maman. Je pensais que Françoise nous avait vus sortir par la petite porte du potager. »

Car il y avait autour de Combray deux « côtés » pour les promenades, et si opposés qu'on ne sortait pas en effet de chez nous par la même porte, quand on voulait aller d'un côté ou de l'autre : le côté de Méséglise-la-Vineuse, qu'on appelait aussi le côté de chez Swann parce qu'on passait devant la propriété de M. Swann pour aller par là, et le côté de Guermantes. De Méséglise-la-Vineuse, à vrai dire, je n'ai jamais connu que le « côté » et des gens étrangers qui venaient le dimanche se promener à Combray, des gens que cette fois ma tante elle-même et nous tous ne « connaissions point » et qu'à ce signe on tenait pour « des gens qui seront venus de Méséglise ». Quant à Guermantes je devais un jour en connaître davantage mais bien plus tard seulement ; et pendant toute mon adolescence, si Méséglise était pour moi quelque chose d'inaccessible comme l'horizon, dérobé à la vue, si loin qu'on allât, par les plis d'un terrain qui ne ressemblait déjà plus à celui de Combray, Guermantes lui ne m'est apparu que comme le terme plutôt idéal que réel de son propre « côté », une sorte d'expression géographique abstraite comme la ligne de l'équateur, comme le pôle, comme l'orient. Alors, « prendre par Guermantes » pour aller à Méséglise, ou le con-

traire, m'eût semblé une expression aussi dénuée de
sens que prendre par l'est pour aller à l'ouest. Comme
mon père parlait toujours du côté de Méséglise comme
de la plus belle vue de plaine qu'il connût et du côté
de Guermantes comme du type de paysage de rivière,
je leur donnais, en les concevant ainsi comme deux
entités, cette cohésion, cette unité qui n'appartiennent
qu'aux créations de notre esprit ; la moindre parcelle
de chacun d'eux me semblait précieuse et manifester
leur excellence particulière, tandis qu'à côté d'eux,
avant qu'on fût arrivé sur le sol sacré de l'un ou de
l'autre, les chemins purement matériels au milieu desquels ils étaient posés comme l'idéal de la vue de
plaine et l'idéal du paysage de rivière, ne valaient pas
plus la peine d'être regardés que par le spectateur
épris d'art dramatique les petites rues qui avoisinent
un théâtre. Mais surtout je mettais entre eux, bien
plus que leurs distances kilométriques la distance qu'il
y avait entre les deux parties de mon cerveau où je
pensais à eux, une de ces distances dans l'esprit qui
ne font pas qu'éloigner, qui séparent et mettent dans
un autre plan. Et cette démarcation était rendue plus
absolue encore parce que cette habitude que nous
avions de n'aller jamais vers les deux côtés un même
jour, dans une seule promenade, mais une fois du côté
de Méséglise, une fois du côté de Guermantes, les
enfermait pour ainsi dire loin l'un de l'autre, incon-
naissables l'un à l'autre, dans les vases clos et sans
communications entre eux, d'après-midi différents.

Quand on voulait aller du côté de Méséglise on sortait (pas trop tôt et même si le ciel était couvert parce
que la promenade n'était pas bien longue et n'entraînait pas trop) comme pour aller n'importe où, par la
grande porte de la maison de ma tante sur la rue du
Saint-Esprit. On était salué par l'armurier, on jetait
ses lettres à la boîte, on disait en passant à Théodore
de la part de Françoise qu'elle n'avait plus d'huile ou

de café, et l'on sortait de la ville par le chemin qui passait le long de la barrière blanche du parc de M. Swann. Avant d'y arriver, nous rencontrions, venue au devant des étrangers, l'odeur de ses lilas. Eux-mêmes, d'entre les petits cœurs verts et frais de leurs feuilles, levaient curieusement au-dessus de la barrière du parc, leurs panaches de plumes mauves ou blanches que lustrait même à l'ombre le soleil où elles avaient baigné. Quelques-uns, à demi cachés par la petite maison en tuiles appelée maison des Archers, où logeait le gardien, dépassaient son pignon gothique de leur rose minaret. Les Nymphes du printemps eussent semblé vulgaires, auprès de ces jeunes houris qui gardaient dans ce jardin français les tons vifs et purs des miniatures de la Perse. Malgré mon désir d'enlacer leur taille souple et d'attirer à moi les boucles étoilées de leur tête odorante, nous passions sans nous arrêter, mes parents n'allant plus à Tansonville depuis le mariage de Swann, et pour ne pas avoir l'air de regarder dans le parc, au lieu de prendre le chemin qui longe sa clôture et qui monte directement aux champs, nous en prenions un autre qui y conduit aussi, mais obliquement, et nous faisait déboucher trop loin. Un jour mon grand-père dit à mon père :

— « Vous rappelez-vous que Swann a dit hier que, comme sa femme et sa fille partaient pour Chartres, il en profiterait pour aller passer vingt-quatre heures à Paris. Nous pourrions longer le parc, puisque ces dames ne sont pas là, cela nous abrégerait d'autant. »

Nous nous arrêtâmes un moment devant la barrière. Le temps des lilas approchait de sa fin ; quelques-uns effusaient encore en hauts lustres mauves les bulles délicates de leurs fleurs, mais dans bien des parties du feuillage où déferlait, il y avait seulement une semaine leur mousse embaumée, se flétrissait, diminuée et noircie, une écume creuse, sèche et sans parfum. Mon grand-père montrait à mon père en quoi l'aspect des lieux était resté le même, et en quoi il avait changé, depuis la promenade qu'il avait faite avec M. Swann le jour de la mort de sa femme, et il saisit cette occasion pour raconter cette promenade une fois de plus.

Devant nous, une allée bordée de capucines montait en plein soleil vers le château. A droite, au contraire, le parc s'étendait en terrain plat. Obscurcie par l'ombre des grands arbres qui l'entouraient, une pièce d'eau avait été creusée par les parents de Swann; mais dans ses créations les plus factices, c'est sur la nature que l'homme travaille; certains lieux font toujours régner autour d'eux leur empire particulier, arborent leurs insignes immémoriaux au milieu d'un parc comme ils auraient fait loin de toute intervention humaine, dans une solitude qui revient partout les entourer, surgie des nécessités de leur exposition et superposée à l'œuvre humaine. C'est ainsi qu'au pied de l'allée qui dominait l'étang artificiel, s'était composée sur deux rangs, tressés de fleurs de myosotis et de pervenches, la couronne naturelle délicate et bleue qui ceint le front clair-obscur des eaux, et que le glaïeul, laissant fléchir ses glaives avec un abandon royal, étendait sur l'eupatoire et la grenouillette au pied mouillé, les fleurs de lys en lambeaux, violettes et jaunes, de son sceptre lacustre.

Le départ de Mlle Swann qui, — en m'ôtant la chance terrible de la voir apparaître dans une allée, d'être connu et méprisé par la petite fille privilégiée qui avait Bergotte pour ami et allait avec lui visiter des cathédrales —, me rendait la contemplation de Tansonville indifférente la première fois où elle m'était permise, semblait au contraire ajouter à cette propriété, aux yeux de mon grand-père et de mon père, des commodités, un agrément passager, et, comme fait pour une excursion en pays de montagnes l'absence de tout nuage, rendre cette journée exceptionnellement propice à une promenade de ce côté; j'aurais voulu que leurs

calculs fussent déjoués, qu'un miracle fît apparaître
Mlle Swann avec son père, si près de nous, que nous
n'aurions pas le temps de l'éviter et serions obligés de
faire sa connaissance. Aussi, quand tout d'un coup,
j'aperçus sur l'herbe, comme un signe de sa présence
possible, un koufin oublié à côté d'une ligne dont le
bouchon flottait sur l'eau, je m'empressai de détourner
d'un autre côté, les regards de mon père et de mon
grand-père. D'ailleurs Swann nous ayant dit que
c'était mal à lui de s'absenter, car il avait pour le
moment de la famille à demeure, la ligne pouvait
appartenir à quelque invité. On n'entendait aucun
bruit de pas dans les allées. Divisant la hauteur d'un
arbre incertain, un invisible oiseau s'ingéniant à faire
trouver la journée courte, explorait d'une note prolongée la solitude environnante, mais il recevait d'elle
une réplique si unanime, un choc en retour si redou-
blé de silence et d'immobilité qu'on aurait dit qu'il
venait d'arrêter pour toujours l'instant qu'il avait cherché à faire passer plus vite. La lumière tombait si implacable du ciel devenu fixe que l'on aurait voulu se
soustraire à son attention, et l'eau dormante elle-
même, dont des insectes irritaient perpétuellement le
sommeil, rêvant sans doute de quelque Malestroom
imaginaire, augmentait le trouble où m'avait jeté la
vue du flotteur de liège en semblant l'entraîner à
toute vitesse sur les étendues silencieuses du ciel
reflété; presque vertical il paraissait prêt à plonger et
déjà je me demandais, si, sans tenir compte du désir
et de la crainte que j'avais de la connaître, je n'avais
pas le devoir de faire prévenir Mlle Swann que le poisson mordait, — quand il me fallut rejoindre en courant mon père et mon grand-père qui m'appelaient,
étonnés que je ne les eusse pas suivis dans le petit
chemin qui monte vers les champs et où ils s'étaient engagés. Je le trouvai tout bourdonnant de l'odeur des
aubépines. La haie formait comme une suite de cha-

pelles qui disparaissaient sous la jonchée de leurs fleurs amoncelées en reposoir ; au-dessous d'elles, le soleil posait à terre un quadrillage de clarté, comme s'il venait de traverser une verrière ; leur parfum s'étendait aussi onctueux, aussi délimité en sa forme que si j'eusse été devant l'autel de la Vierge, et les fleurs, aussi parées, tenaient chacune d'un air distrait son étincelant bouquet d'étamines, fines et rayonnantes nervures de style flamboyant comme celles qui à l'église ajouraient la rampe du jubé ou les meneaux du vitrail et qui s'épanouissaient en blanche chair de fleur de fraisier. Combien naïves et paysannes en comparaison sembleraient les églantines qui dans quelques semaines monteraient elles aussi en plein soleil le même chemin rustique, en la soie unie de leur corsage rougissant qu'un souffle défait.

Mais j'avais beau rester devant les aubépines à respirer, à porter devant ma pensée qui ne savait ce qu'elle devait en faire, à perdre, à retrouver leur invisible et fixe odeur, à m'unir au rythme qui jetait leurs fleurs, ici et là, avec une allégresse juvénile et à des intervalles inattendus comme certains intervalles musicaux, elles m'offraient indéfiniment le même charme avec une profusion inépuisable, mais sans me le laisser approfondir davantage, comme ces mélodies qu'on rejoue cent fois de suite sans descendre plus avant dans leur secret. Je me détournais d'elles un moment, pour les aborder ensuite avec des forces plus fraîches. Je poursuivais jusque sur le talus qui, derrière la haie, montait en pente raide vers les champs, quelque coquelicot perdu, quelques bluets restés paresseusement en arrière, qui le décoraient çà et là de leurs fleurs comme la bordure d'une tapisserie où apparaît clairsemé le motif agreste qui triomphera sur le panneau ; rares encore, espacés comme les maisons isolées qui annoncent déjà l'approche d'un village, ils m'annonçaient l'immense étendue où déferlent les blés, où mouton-

nent les nuages, et la vue d'un seul coquelicot hissant
au bout de son cordage et faisant cingler au vent sa
flamme rouge, au-dessus de sa bouée graisseuse et
noire, me faisait battre le cœur, comme au voyageur
qui aperçoit sur une terre basse une première barque
échouée que répare un calfat, et s'écrie, avant de l'a-
voir encore vue : « La Mer ! »

Puis je revenais devant les aubépines comme devant ces chefs-d'œuvre dont on croit qu'on saura
mieux les voir quand on a cessé un moment de les
regarder, mais j'avais beau me faire un écran de mes
mains pour n'avoir qu'elles sous les yeux le sentiment
qu'elles éveillaient en moi restait obscur et vague,
cherchant en vain à se dégager, à venir adhérer à leurs
fleurs. Elles ne m'aidaient pas à l'éclaircir, et je ne
pouvais demander à d'autres fleurs de le satisfaire. Alors
me donnant cette joie que nous éprouvons quand nous
voyons de notre peintre préféré une œuvre qui diffère
de celles que nous connaissions, ou bien si l'on nous
mène devant un tableau dont nous n'avions vu jusque-
là qu'une esquisse au crayon, si un morceau entendu
seulement au piano nous apparaît ensuite revêtu des
couleurs de l'orchestre, mon grand-père m'appelant et
me désignant la haie de Tansonville, me dit: « Toi
qui aimes les aubépines, regarde un peu cette épine
rose ; est-elle jolie! » En effet c'était une épine, mais rose,
plus belle encore que les blanches. Elle aussi avait une
parure de fête, — de ces seules vraies fêtes que sont
les fêtes religieuses, puisqu'un caprice contingent ne
les applique pas comme les fêtes mondaines à un jour
quelconque qui ne leur est pas spécialement destiné,
qui n'a rien d'essentiellement férié —, mais une parure
plus riche encore, car les fleurs attachées sur la branche, les unes au-dessus des autres, de manière à ne
laisser aucune place qui ne fût décorée, comme des
pompons qui enguirlandent une houlette rococo, étaient
« en couleur », par conséquent d'une qualité supérieure

selon l'esthétique de Combray, si l'on en jugeait par
l'échelle des prix dans le « magasin » de la Place, ou
chez Camus où étaient plus chers ceux des biscuits qui
étaient roses. Moi-même j'appréciais plus le fromage à
la crème rose, celui où l'on m'avait permis d'écraser
des fraises. Et justement ces fleurs avaient choisi une
de ces teintes de chose mangeable, ou de tendre em-
bellissement à une toilette pour une grande fête, qui,
parce qu'elles leur présentent la raison de leur supériorité, sont celles qui semblent belles avec le plus d'évidence aux yeux des enfants, et à cause de cela, gardent
toujours pour eux quelque chose de plus vif et de plus
naturel que les autres teintes, même lorsqu'ils ont
compris qu'elles ne promettaient rien à leur gourmandise et n'avaient pas été choisies par la couturière. Et
certes, je l'avais tout de suite senti, comme devant les
épines blanches mais avec plus d'émerveillement, que
ce n'était pas facticement, par un artifice de fabrica-
tion humaine, qu'était traduite l'intention de festivité
dans les fleurs, mais que c'était la nature qui, spontanément, l'avait exprimée avec la naïveté d'une com-
merçante de village travaillant pour un reposoir, en
surchargeant l'arbuste de ces rosettes d'un ton trop tendre et d'un pompadour provincial. Au haut des branches, comme autant de ces petits rosiers aux pots cachés dans des papiers en dentelles, dont aux grandes
fêtes on faisait rayonner sur l'autel les minces fusées,
pullulaient mille petits boutons d'une teinte plus pâle
qui, en s'entr'ouvrant, laissaient voir, comme au fond
d'une coupe de marbre rose, de rouges sanguines et
trahissaient plus encore que les fleurs, l'essence particulière, irrésistible, de l'épine, qui, partout où elle
bourgeonnait, où elle allait fleurir, ne le pouvait qu'en
rose. Intercalée dans la haie, mais aussi différent d'elle
qu'une jeune fille en robe de fête au milieu de personnes en négligé qui resteront à la maison, tout prêt
pour le mois de Marie, dont il semblait faire partie

déjà, tel brillait en souriant dans sa fraîche toilette rose, l'arbuste catholique et délicieux.

La haie laissait voir à l'intérieur du parc une allée bordée de jasmins, de pensées et de verveines entre lesquelles des giroflées ouvraient leur bourse fraîche, du rose odorant et passé d'un cuir ancien de Cordoue, tandis que sur le gravier un long tuyau d'arrosage peint en vert, déroulant ses circuits, dressait aux points où il était percé au-dessus des fleurs dont il imbibait les parfums l'éventail vertical et prismatique de ses gouttelettes multicolores. Tout à coup, je m'arrêtai, je ne pus plus bouger, comme il arrive quand une vision ne s'adresse pas seulement à nos regards, mais requiert des perceptions plus profondes et dispose de notre être tout entier. Une fillette d'un blond roux qui avait l'air de rentrer de promenade et tenait à la main une bêche de jardinage, nous regardait, levant son visage semé de taches roses. Ses yeux noirs brillaient et comme je ne savais pas alors, ni ne l'ai appris depuis, réduire en ses éléments objectifs une impression forte, comme je n'avais pas, ainsi qu'on dit, assez « d'esprit d'observation » pour dégager la notion de leur couleur, pendant longtemps, chaque fois que je repensai à elle, le souvenir de leur éclat se présentait aussitôt à moi comme celui d'un vif azur, puisqu'elle était blonde : de sorte que, peut-être si elle n'avait pas eu des yeux aussi noirs, — ce qui frappait tant la première fois qu'on la voyait —, je n'aurais pas été, comme je le fus, plus particulièrement amoureux, en elle, de ses yeux bleus.

Je la regardais, d'abord de ce regard qui n'est pas que le porte-parole des yeux, mais à la fenêtre duquel se penchent tous les sens, anxieux et pétrifiés, le regard qui voudrait toucher, capturer, emmener le corps qu'il regarde et l'âme avec lui ; puis tant j'avais peur que d'une seconde à l'autre mon grand-père et mon père, apercevant cette jeune fille, me fissent éloigner en me disant de courir un peu devant eux, d'un second regard, inconsciemment supplicateur, qui tâchait de la forcer à faire attention à moi, à me connaître ! Elle jeta en avant et de côté ses pupilles pour prendre connaissance de mon grand-père et de mon père, et sans doute l'idée qu'elle en rapporta fut celle que nous étions ridicules, car elle se détourna et d'un air indifférent et dédaigneux, se plaça de côté pour épargner à son visage d'être dans leur champ visuel ; et tandis que continuant à marcher et ne l'ayant pas aperçue, ils m'avaient dépassé, elle laissa ses regards filer de toute leur longueur dans ma direction, sans expression particulière, sans avoir l'air de me voir, mais avec une fixité et un sourire dissimulé, que je ne pouvais interpréter d'après les notions que l'on m'avait données sur la bonne éducation, que comme une preuve d'outrageant mépris ; et sa main esquissait en même temps un geste indécent, auquel quand il était adressé en public à une personne qu'on ne connaissait pas, le petit dictionnaire de civilité que je portais en moi ne donnait qu'un seul sens, celui d'une intention insolente.

— Allons, Gilberte, viens ; qu'est-ce que tu fais, cria d'une voix perçante et autoritaire une dame en blanc que je n'avais pas vue, et à quelque distance de laquelle un Monsieur habillé de coutil et que je ne connaissais pas, fixait sur moi des yeux qui lui sortaient de la tête ; et cessant brusquement de sourire, la jeune fille prit sa bêche et s'éloigna sans se retourner de mon côté, d'un air docile, impénétrable et sournois.

Ainsi passa près de moi ce nom de Gilberte, donné comme un talisman qui me permettrait peut-être de retrouver un jour celle dont il venait de faire une personne et qui, l'instant d'avant, n'était qu'une image incertaine. Ainsi passa-t-il, proféré au-dessus des jasmins et des giroflées, aigre et frais comme les gouttes de l'arrosoir vert ; imprégnant, irisant la zone d'air pur qu'il avait traversée — et qu'il isolait, — du mystère de la vie de celle qu'il désignait pour les

êtres heureux qui vivaient, qui voyageaient avec elle;
déployant sous l'épinier rose, à hauteur de mon épaule,
la quintessence de leur familiarité, pour moi si douloureuse, avec elle, avec l'inconnu de sa vie où je
n'entrerais pas.

Un instant (tandis que nous nous éloignions et que
mon grand-père murmurait : « Ce pauvre Swann, quel
rôle ils lui font jouer, on le fait partir pour qu'elle
reste seule avec son Charlus, car c'est lui, je l'ai reconnu ! Et cette petite, mêlée à toute cette infamie ! »)
l'impression laissée en moi par le ton despotique avec
lequel la mère de Gilberte lui avait parlé sans qu'elle
répliquât, en me la montrant comme forcée d'obéir à
quelqu'un, comme n'étant pas supérieure à tout, calma
un peu ma souffrance, me rendit quelque espoir et
diminua mon amour. Mais bien vite cet amour s'éleva
de nouveau en moi comme une réaction par quoi mon
cœur humilié voulait se mettre de niveau avec Gilberte ou l'abaisser jusqu'à lui. Je l'aimais, je regrettais de ne pas avoir eu le temps et l'inspiration de
l'offenser, de lui faire mal, et de la forcer à se souvenir de moi. Je la trouvais si belle que j'aurais voulu
pouvoir revenir sur mes pas, pour lui crier en haussant les épaules : « Comme je vous trouve laide, grotesque, comme vous me répugnez ! » Cependant je m'éloi-
gnais, emportant pour toujours, comme premier type
d'un bonheur inaccessible aux enfants de mon espèce
de par des lois naturelles impossibles à transgresser,
l'image d'une petite fille rousse, à la peau semée de
taches roses, qui tenait une bêche et qui riait en laissant filer sur moi de longs regards sournois et inex-
pressifs. Et déjà le charme dont son nom avait encensé
cette place sous les épines roses où il avait été entendu
ensemble par elle et par moi, allait gagner, enduire,
embaumer, tout ce qui l'approchait, ses grands-parents
que les miens avaient eu l'ineffable bonheur de connaître, la sublime profession d'agent de change, le dou-

loureux quartier des Champs-Elysées qu'elle habitait à Paris.

« Léonie, dit mon grand-père en rentrant, j'aurais voulu t'avoir avec nous tantôt. Tu ne reconnaîtrais pas Tansonville. Si j'avais osé je t'aurais coupé une branche de ces épines roses que tu aimais tant. » Mon grand-père racontait ainsi notre promenade à ma tante Léonie, soit pour la distraire, soit qu'on n'eût pas perdu tout espoir d'arriver à la faire sortir. Or elle aimait beaucoup autrefois cette propriété, et d'ailleurs les visites de Swann avaient été les dernières qu'elle avait reçues, alors qu'elle fermait déjà sa porte à tout le monde. Et de même que quand il venait maintenant prendre de ses nouvelles, (elle était la seule personne de chez nous qu'il demandât maintenant à voir), elle lui faisait répondre qu'elle était fatiguée, mais qu'elle le laisserait entrer la prochaine fois, de même elle dit ce soir-là : « Oui, un jour qu'il fera beau, j'irai en voiture jusqu'à la porte du parc. » C'est sincèrement qu'elle le disait. Elle eût aimé revoir Swann et Tansonville; mais le désir qu'elle en avait suffisait à ce qui lui restait de forces; sa réalisation les eût excédées. Quelquefois le beau temps lui rendait un peu de vigueur, elle se levait, s'habillait; la fatigue commençait avant qu'elle fût passée dans l'autre chambre et elle réclamait son lit. Ce qui avait commencé pour elle — plus tôt seulement que cela n'arrive d'habitude, — c'est ce grand renoncement de la vieillesse qui se prépare à la mort, s'enveloppe dans sa chrysalide, et qu'on peut observer, à la fin des vies qui se prolongent tard, même entre les anciens amants qui se sont le plus aimés, entre les amis unis par les liens les plus spirituels et qui à partir d'une certaine année cessent de faire le voyage ou la sortie nécessaire pour se voir, cessent de s'écrire et savent qu'ils ne communiqueront plus en ce monde. Ma tante devait parfaitement savoir qu'elle ne reverrait pas Swann, qu'elle

ne quitterait plus jamais la maison, mais cette réclusion définitive devait lui être rendue assez aisée pour
la raison même qui selon nous aurait dû la lui rendre
plus douloureuse : c'est que cette réclusion lui était
imposée par la diminution qu'elle pouvait constater
chaque jour dans ses forces, et qui, en faisant de chaque action, de chaque mouvement, une fatigue, sinon
une souffrance, donnait pour elle à l'inaction, à l'isolement, au silence, la douceur réparatrice et bénie du repos.

　Ma tante n'alla pas voir la haie d'épines roses, mais
à tous moments je demandais à mes parents si elle
n'irait pas, si autrefois elle allait souvent à Tansonville, tâchant de les faire parler des parents et grands-
parents de Mlle Swann qui me semblaient grands
comme des Dieux. Ce nom, devenu pour moi presque
mythologique, de Swann, quand je causais avec mes
parents, je languissais du besoin de le leur entendre
dire, je n'osais pas le prononcer moi-même, mais je
les entraînais sur des sujets qui avoisinaient Gilberte
et sa famille, qui la concernaient, où je ne me sentais
pas exilé trop loin d'elle ; et je contraignais tout d'un
coup mon père, en feignant de croire par exemple que
la charge de mon grand-père avait été déjà avant lui
dans notre famille, ou que la haie d'épines roses que
voulait voir ma tante Léonie se trouvait en terrain
communal, à rectifier mon assertion, à me dire, comme
malgré moi, comme de lui-même : « Mais non, cette
charge là était au père de *Swann*, cette haie fait partie du parc de *Swann*. » Alors j'étais obligé de reprendre ma respiration, tant, en se posant sur la place où
il était toujours écrit en moi, pesait à m'étouffer ce
nom qui, au moment où je l'entendais, me paraissait
plus plein que tout autre, parce qu'il était lourd de
toutes les fois où, d'avance, je l'avais mentalement
proféré. Il me causait un plaisir que j'étais confus
d'avoir osé réclamer à mes parents, car ce plaisir
était si grand qu'il avait dû exiger d'eux pour qu'ils

me le procurassent beaucoup de peine, et sans compensation, puisqu'il n'était pas un plaisir pour eux. Aussi je détournais la conversation par discrétion. Par scrupule aussi. Toutes les séductions singulières que je mettais dans ce nom de Swann, je les retrouvais en lui dès qu'ils le prononçaient. Il me semblait alors tout d'un coup que mes parents ne pouvaient pas ne pas les ressentir, qu'ils se trouvaient placés à mon point de vue, qu'ils apercevaient à leur tour, absolvaient, épousaient mes rêves, et j'étais malheureux comme si je les avais vaincus et dépravés.

Cette année-là, quand, un peu plus tôt que d'habitude, mes parents eurent fixé le jour de rentrer à Paris, le matin du départ, comme on m'avait fait friser pour être photographié, coiffer avec précaution un chapeau que je n'avais encore jamais mis et revêtir une douillette de velours, après m'avoir cherché partout ma mère me trouva en larmes dans le petit raidillon, contigu à Tansonville, en train de dire adieu aux aubépines, entourant de mes bras les branches piquantes, et, comme une princesse de tragédie à qui pèseraient ces vains ornements, ingrat envers l'importune main qui en formant tous ces nœuds avait pris soin sur mon front d'assembler mes cheveux, foulant aux pieds mes papillotes arrachées et mon chapeau neuf. Ma mère ne fut pas touchée par mes larmes, mais elle ne put retenir un cri à la vue de la coiffe défoncée et de la douillette perdue. Je ne l'entendis pas: « Oh mes pauvres petites aubépines, disais-je en pleurant, ce n'est pas vous qui voudriez me faire du chagrin, me forcer à partir. Vous, vous ne m'avez jamais fait de peine ! Aussi je vous aimerai toujours. » Et, essuyant mes larmes, je leur promettais quand je serais grand de ne pas imiter la vie insensée des autres hommes et, même à Paris, les jours de printemps, au lieu d'aller faire des visites et écouter des niaiseries, de partir dans la campagne voir les premières aubépines.

12

Une fois dans les champs, on ne les quittait plus pendant tout le reste de la promenade qu'on faisait du côté de Méséglise. Ils étaient perpétuellement parcourus, comme par un chemineau invisible, par le vent qui était pour moi le génie particulier de Combray. Chaque année, le jour de notre arrivée, pour sentir que j'étais bien à Combray, je montais le retrouver qui courait dans les sayons et me faisait courir à sa suite. On avait toujours le vent à côté de soi du côté de Méséglise, sur cette plaine bombée où il ne rencontre aucun accident de terrain depuis Chartres. Je savais que Mlle Swann allait souvent y passer quelques jours et, bien que ce fût à plusieurs lieues, la distance se trouvant compensée par l'absence de tout obstacle, quand, par les chauds après-midi, je voyais un même souffle, venu de l'extrême horizon abaisser les blés les plus éloignés, se propager comme un flot sur toute l'immense étendue et venir se coucher, murmurant et tiède, parmi les sainfoins et les trèfles, à mes pieds, cette plaine qui nous était commune à tous deux semblait nous rapprocher, nous unir, je pensais que ce souffle avait passé auprès d'elle, que c'était quelque message d'elle qu'il me chuchotait sans que je pusse le comprendre, et je l'embrassais au passage. A gauche était un village qui s'appelait Champieu (*Campus Pagani*, selon le curé). Sur la droite, on apercevait par delà les blés, les deux clochers ciselés et rustiques de Saint-André-des-Champs, eux-mêmes effilés, écailleux, imbriqués d'alvéoles, guillochés, jaunissants et grumeleux, comme deux épis.

A intervalles symétriques, au milieu de l'inimitable ornementation de leurs feuilles qu'on ne peut confondre avec la feuille d'aucun autre arbre fruitier, les pommiers ouvraient leurs larges pétales de satin blanc ou suspendaient les timides bouquets de leurs rougissants boutons. C'est du côté de Méséglise que j'ai remarqué pour la première fois l'ombre ronde que

les pommiers font sur la terre ensoleillée, et aussi ces
soies d'or impalpable que le couchant tisse obliquement sous les feuilles, et que je voyais mon père interrompre de sa canne sans les faire jamais dévier.

Parfois dans le ciel de l'après-midi passait la lune
blanche comme une nuée, furtive, sans éclat, comme
une actrice dont ce n'est pas l'heure de jouer et qui,
de la salle, en toilette de ville, regarde un moment
ses camarades, s'effaçant, ne voulant pas qu'on fasse
attention à elle. J'aimais à retrouver son image dans
des tableaux et dans des livres, mais ces œuvres d'art
étaient bien différentes — du moins pendant les premières années, avant que Bloch eût accoutumé mes
yeux et ma pensée à des harmonies plus subtiles, —
de celles où la lune me paraîtrait belle aujourd'hui et
où je ne l'eusse pas reconnue alors. C'étaient par
exemple quelque roman de Saintine, un paysage de
Gleyre où elle découpe nettement sur le ciel une faucille
d'argent, de ces œuvres naïvement incomplètes comme
étaient mes propres impressions et que les sœurs
de ma grand'mère s'indignaient de me voir aimer.
Elle pensaient qu'on doit mettre devant les enfants, et
qu'ils font preuve de goût en aimant d'abord, les œuvres que, parvenu à la maturité, on admire définitivement. C'est sans doute qu'elles se figuraient les mérites esthétiques comme des objets matériels qu'un œil
ouvert ne peut faire autrement que de percevoir, sans
avoir eu besoin d'en mûrir lentement des équivalents
dans son propre cœur.

C'est du côté de Méséglise, à Montjouvain, maison
située au bord d'une grande mare et adossée à un talus
buissonneux que demeurait M. Vinteuil. Ainsi croi-
sait-on souvent sur la route sa fille, conduisant un
buggy à toute allure. A partir d'une certaine année on
ne la rencontra plus seule, mais avec une amie plus
âgée, qui avait mauvaise réputation dans le pays et qui
un jour s'installa définitivement à Montjouvain. On

disait : « Faut-il que ce pauvre M. Vinteuil soit aveuglé par la tendresse pour ne pas s'apercevoir de ce qu'on raconte, et permettre à sa fille, lui qui se scandalise d'une parole *déplacée*, de faire vivre sous son toit une femme pareille. Il dit que c'est une femme supérieure, un grand cœur et qu'elle aurait eu des dispositions extraordinaires pour la musique si elle les avait cultivées. Il peut être sûr que ce n'est pas de musique qu'elle s'occupe avec sa fille. » M. Vinteuil le disait; et il est en effet remarquable combien une personne excite toujours d'admiration pour ses qualités morales chez les parents de toute autre personne avec qui elle a des relations charnelles. L''amour physique, si injustement décrié force tellement tout être à manifester jusqu'aux moindres parcelles qu'il possède de bonté, d'abandon de soi, qu'elles resplendissent jusqu'aux yeux de l'entourage immédiat. Le docteur Percepied à qui sa grosse voix et ses gros sourcils permettaient de tenir tant qu'il voulait le rôle de perfide dont il n'avait pas le physique, sans compromettre en rien sa réputation inébranlable et imméritée de bourru bienfaisant, savait faire rire aux larmes le curé et tout le monde en disant d'un ton rude : « Hé bien! il paraît qu'elle fait de la musique avec son amie, Mlle Vinteuil. Ça a l'air de vous étonner. Moi je sais pas. C'est le père Vinteuil qui m'a encore dit ça hier. Après tout, elle a bien le droit d'aimer la musique, c'te fille. Moi je ne suis pas pour contrarier les vocations artistiques des enfants, Vinteuil non plus à ce qu'il paraît. Et puis lui aussi il fait de la musique avec l'amie de sa fille. Ah! sapristi on en fait une musique dans c'te boîte-là. Mais qu'est-ce que vous avez à rire; mais ils font trop de musique ces gens. L'autre jour j'ai rencontré le père Vinteuil près du cimetière. Il ne tenait pas sur ses jambes. »

Pour ceux qui comme nous virent à cette époque M. Vinteuil éviter les personnes qu'il connaissait, se

détourner quand il les apercevait, vieillir en quelques
mois, s'absorber dans son chagrin, devenir incapable
de tout effort qui n'avait pas directement le bonheur
de sa fille pour but, passer des journées entières devant
la tombe de sa femme, — il eût été difficile de ne
pas comprendre qu'il était en train de mourir de chagrin, et de supposer qu'il ne se rendait pas compte
des propos qui couraient. Il les connaissait, peut-être
même y ajoutait-il foi. Il n'est peut-être pas une personne, si grande que soit sa vertu, que la complexité
des circonstances ne puisse amener à vivre un jour
dans la familiarité du vice qu'elle condamne le plus
formellement, — sans qu'elle le reconnaisse d'ailleurs
tout à fait sous le déguisement de faits particuliers
qu'il revêt pour entrer en contact avec elle et la faire
souffrir : paroles bizarres, attitude inexplicable, un certain soir, de tel être qu'elle a par ailleurs tant de raisons pour aimer. Mais pour un homme comme M. Vinteuil il devait entrer bien plus de souffrance que pour
un autre dans la résignation à une de ces situations
qu'on croit à tort être l'apanage exclusif du monde de
la bohème : elles se produisent chaque fois qu'a besoin de se réserver la place et la sécurité qui lui sont
nécessaires, un vice que la nature elle-même fait épanouir chez un enfant, parfois rien qu'en mêlant les
vertus de son père et de sa mère, comme la couleur
de ses yeux. Mais de ce que M. Vinteuil connaissait
peut-être la conduite de sa fille, il ne s'ensuit pas que
son culte pour elle en eût été diminué. Les faits ne
pénètrent pas dans le monde où vivent nos croyances,
ils n'ont pas fait naître celles-ci, ils ne les détruisent
pas ; ils peuvent leur infliger les plus constants démentis sans les affaiblir, et une avalanche de malheurs
ou de maladies se succédant sans interruption dans une
famille, ne la fera pas douter de la bonté de son Dieu
ou du talent de son médecin. Mais quand M. Vinteuil
songeait à sa fille et à lui-même du point de vue du

monde, du point de vue de leur réputation, quand il
cherchait à se situer avec elle au rang qu'ils occupaient dans l'estime générale, alors ce jugement d'ordre
social, il le portait exactement comme l'eût fait l'habitant de Combray qui lui eût été le plus hostile, il se
voyait avec sa fille dans le dernier bas-fond, et ses
manières en avaient reçu depuis peu cette humilité,
ce respect pour ceux qui se trouvaient au-dessus de
lui et qu'il voyait d'en bas (eussent-ils été fort au-dessous de lui jusque-là), cette tendance à chercher à
remonter jusqu'à eux, qui est une résultante presque
mécanique de toutes les déchéances. Un jour que nous
marchions avec Swann dans une rue de Combray,
M. Vinteuil qui débouchait d'une autre, s'était trouvé
trop brusquement en face de nous pour avoir le temps
de nous éviter ; et Swann, avec cette orgueilleuse charité de l'homme du monde qui, au milieu de la dissolution de tous ses préjugés moraux, ne trouve dans
l'infamie d'autrui qu'une raison d'exercer envers lui une
bienveillance dont les témoignages chatouillent d'autant plus l'amour-propre de celui qui les donne, qu'il
les sent plus précieux à celui qui les reçoit, avait longuement causé avec M. Vinteuil, à qui jusque-là il
n'adressait pas la parole, et lui avait demandé avant
de nous quitter s'il n'enverrait pas un jour sa fille jouer
à Tansonville. C'était une invitation qui, il y a deux
ans, eût indigné M. Vinteuil, mais qui, maintenant, le
remplissait de sentiments si reconnaissants qu'il se
croyait obligé par eux, à ne pas avoir l'indiscrétion de
l'accepter. L'amabilité de Swann envers sa fille lui
semblait être en soi-même un appui si honorable et si
délicieux qu'il pensait qu'il valait peut-être mieux ne
pas s'en servir, pour avoir la douceur toute platonique
de le conserver.

— « Quel homme exquis, nous dit-il, quand Swann
nous eut quittés, avec la même enthousiaste vénération qui tient de spirituelles et jolies bourgeoises en

respect et sous le charme d'une duchesse, fût-elle laide et sotte. Quel homme exquis ! Quel malheur qu'il ait fait un mariage tout à fait déplacé. »

Et alors, tant les gens les plus sincères sont mêlés d'hypocrisie et dépouillent en causant avec une personne l'opinion qu'ils ont d'elle et expriment dès qu'elle n'est plus là, mes parents déplorèrent avec M. Vinteuil le mariage de Swann au nom de principes et de convenances auxquels (par cela même qu'ils les invoquaient en commun avec lui, en braves gens de même acabit) ils avaient l'air de sous-entendre qu'il n'était pas contrevenu à Montjouvain. M. Vinteuil n'envoya pas sa fille chez Swann. Et celui-ci fut le premier à le regretter. Car chaque fois qu'il venait de quitter M. Vinteuil, il se rappelait qu'il avait depuis quelque temps un renseignement à lui demander sur quelqu'un qui portait le même nom que lui, un de ses parents croyait-il. Et cette fois-là il s'était bien promis de ne pas oublier ce qu'il avait à lui dire, quand M. Vinteuil enverrait sa fille à Tansonville.

Comme la promenade du côté de Méséglise était la moins longue des deux que nous faisions autour de Combray et qu'à cause de cela on la réservait pour les temps incertains, le climat du côté de Méséglise était assez pluvieux et nous ne perdions jamais de vue la lisière des bois de Roussainville dans l'épaisseur desquels nous pourrions nous mettre à couvert.

Souvent le soleil se cachait derrière une nuée qui déformait son ovale et dont il jaunissait la bordure. L'éclat, mais non la clarté, était enlevé à la campagne où toute vie semblait suspendue, tandis que le petit village de Roussainville sculptait sur le ciel le relief de ses arêtes blanches avec une précision et un fini accablants. Un peu de vent faisait envoler un corbeau qui retombait dans le lointain, et, contre le ciel blanchissant, le lointain des bois paraissait plus bleu, comme

peint dans ces camaïeux qui décorent les trumeaux
des anciennes demeures.

Mais d'autres fois se mettait à tomber la pluie dont
nous avait menacés le capucin que l'opticien avait à
sa devanture ; les gouttes d'eau comme des oiseaux
migrateurs qui prennent leur vol tous ensemble, descendaient à rangs pressés du ciel. Elles ne se séparent
point, elles ne vont pas à l'aventure pendant la rapide
traversée mais chacune tenant sa place, attire à elle
celle qui la suit et le ciel en est plus obscurci qu'au
départ des hirondelles. Nous nous réfugiions dans le
bois. Quand leur voyage semblait fini, quelques-unes,
plus débiles, plus lentes, arrivaient encore. Mais nous
ressortions de notre abri car les gouttes se plaisent
aux feuillages, et la terre était déjà presque séchée que
plus d'une s'attardait à jouer sur les nervures d'une
feuille, et suspendue à la pointe, reposée, brillant au
soleil, tout d'un coup se laissait glisser de toute la
hauteur de la branche et nous tombait sur le nez.

Souvent aussi nous allions nous abriter, pêle-mêle
avec les Saints et les Patriarches de pierre sous le
porche de Saint-André-des-Champs. Que cette église
était française ! Au-dessus de la porte, les Saints, les
rois-chevaliers une fleur de lys à la main, des scènes
de noces et de funérailles, étaient représentés comme
ils pouvaient l'être dans l'âme de Françoise. Le sculpteur avait aussi narré certaines anecdotes relatives à
Aristote et à Virgile de la même façon que Françoise
à la cuisine parlait volontiers de saint Louis comme
si elle l'avait personnellement connu, et généralement
pour faire honte par la comparaison à mes grands-
parents moins « justes ». On sentait que les notions
que l'artiste médiéval et la paysanne médiévale (sur-
vivant au XIXᵉ siècle) avaient de l'histoire ancienne ou
chrétienne, et qui se distinguaient par autant d'inexac-
titude que de bonhomie, ils les tenaient non des livres,
mais d'une tradition à la fois antique et directe, inin-

terrompue, orale, déformée, méconnaissable et vivante.
Une autre personnalité de Combray que je reconnaissais aussi, virtuelle et prophétisée, dans la sculpture
gothique de Saint-André-des-Champs c'était le jeune
Théodore, le garçon de chez Camus. Françoise sentait
d'ailleurs si bien en lui un pays et un contemporain
que quand ma tante Léonie était trop malade pour
que Françoise pût suffire à la retourner dans son lit,
à la porter dans son fauteuil, plutôt que de laisser la
fille de cuisine monter se faire « bien voir » de ma
tante, elle appelait Théodore. Or, ce garçon qui passait
et avec raison pour si mauvais sujet, était tellement
rempli de l'âme qui avait décoré Saint-André-des-
Champs et notamment des sentiments de respect que
Françoise trouvait dus aux « pauvres malades », à
« sa pauvre maîtresse », qu'il avait pour soulever la
tête de ma tante sur son oreiller la mine naïve et zélée
des petits anges des bas-reliefs, s'empressant un cierge
à la main autour de la Vierge défaillante, comme si
les visages de pierre sculptée, grisâtres et nus, ainsi
que sont les bois en hiver, n'étaient qu'un ensom-
meillement, qu'une réserve, prête à refleurir dans la
vie en innombrables visages populaires, revérends et
futés comme celui de Théodore, enluminés de la rougeur d'une pomme mûre. Non plus appliquée à la
pierre comme ces petits anges, mais détachée du porche, d'une stature plus qu'humaine, debout sur un
socle comme sur un tabouret qui lui évitât de poser
ses pieds sur le sol humide, une sainte avait les joues
pleines, le sein ferme et qui gonflait la draperie comme
une grappe mûre dans un sac de crin, le front étroit,
le nez court et mutin, les prunelles enfoncées, l'air
valide, insensible et courageux des paysannes de la
contrée. Cette ressemblance qui insinuait dans la statue une douceur que je n'y avais pas cherchée, était
souvent certifiée par quelque fille des champs, venue
comme nous se mettre à couvert et dont la présence,

pareille à celle de ces feuillages pariétaires qui ont
poussé à côté des feuillages sculptés, semblait destinée à permettre, par une confrontation avec la nature,
de juger de la vérité de l'œuvre d'art. Devant nous,
dans le lointain, terre promise ou maudite, Roussainville, dans les murs duquel je n'ai jamais pénétré,
Roussainville, tantôt, quand la pluie avait déjà cessé
pour nous, continuait à être châtié comme un village
de la Bible par toutes les lances de l'orage qui flagel-
laient obliquement les demeures de ses habitants, ou
bien était déjà pardonné par Dieu le Père qui faisait
descendre vers lui, inégalement longues, comme les
rayons d'un ostensoir d'autel, les tiges d'or effrangées
de son soleil reparu.

Quelquefois le temps était tout à fait gâté, il fallait
rentrer et rester enfermé dans la maison. Çà et là au
loin dans la campagne que l'obscurité et l'humidité
faisaient ressembler à la mer, des maisons isolées,
accrochées au flanc d'une colline plongée dans la nuit
et dans l'eau, brillaient comme des petits bateaux qui
ont replié leurs voiles et sont immobiles au large pour
toute la nuit. Mais qu'importait la pluie, qu'importait l'orage ! L'été, le mauvais temps n'est qu'une humeur passagère, superficielle, du beau temps sous-
jacent et fixe, bien différent du beau temps instable et
fluide de l'hiver et qui, au contraire, installé sur la
terre où il s'est solidifié en denses feuillages sur lesquels la pluie peut s'égoutter sans compromettre la
résistance de leur permanente joie, a hissé pour toute
la saison, jusque dans les rues du village, aux murs
des maisons et des jardins, ses pavillons de soie violette ou blanche. Assis dans le petit salon, où j'attendais l'heure du dîner en lisant, j'entendais l'eau dé-
goutter de nos marronniers, mais je savais que l'averse
ne faisait que vernir leurs feuilles et qu'ils promettaient
de demeurer là, comme des gages de l'été, toute la
nuit pluvieuse, à assurer la continuité du beau temps;

qu'il avait beau pleuvoir, demain, au-dessus de la barrière blanche de Tansonville, onduleraient, aussi nombreuses, de petites feuilles en forme de cœur; et c'est sans tristesse que j'apercevais le peuplier de la rue des Perchamps adresser à l'orage des supplications et des salutations désespérées; c'est sans tristesse que j'entendais au fond du jardin les derniers roulements du tonnerre roucouler dans les lilas.

Si le temps était mauvais dès le matin, mes parents renonçaient à la promenade et je ne sortais pas. Mais je pris ensuite l'habitude d'aller, ces jours-là, marcher seul du côté de Méséglise la Vineuse, dans l'automne où nous dûmes venir à Combray pour la succession de ma tante Léonie, car elle était enfin morte, faisant triompher à la fois ceux qui prétendaient que son régime affaiblissant finirait par la tuer, et non moins les autres qui avaient toujours soutenu qu'elle souffrait d'une maladie non pas imaginaire mais organique, à l'évidence de laquelle les sceptiques seraient bien obligés de se rendre quand elle y aurait succombé; et ne causant par sa mort de grande douleur qu'à un seul être, mais à celui-là, sauvage. Pendant les quinze jours que dura la dernière maladie de ma tante, Françoise ne la quitta pas un instant, ne se déshabilla pas, ne laissa personne lui donner aucun soin, et ne quitta son corps que quand il fut enterré. Alors nous comprîmes que cette sorte de crainte où Françoise avait vécu des mauvaises paroles, des soupçons, des colères de ma tante avait développé chez elle un sentiment que nous avions pris pour de la haine et qui était de la vénération et de l'amour. Sa véritable maîtresse, aux décisions impossibles à prévoir, aux ruses difficiles à déjouer, au bon cœur facile à fléchir, sa souveraine, son mystérieux et tout puissant monarque n'était plus. A côté d'elle nous comptions pour bien peu de chose. Il était loin le temps où quand nous avions commencé à venir passer nos vacances à Combray, nous possédions autant de

prestige que ma tante aux yeux de Françoise. Cet
automne-là tout occupés des formalités à remplir, des
entretiens avec les notaires et avec les fermiers, mes
parents n'ayant guère de loisir pour faire des sorties
que le temps d'ailleurs contrariait, prirent l'habitude
de me laisser aller me promener sans eux du côté de
Méséglise, enveloppé dans un grand plaid qui me protégeait contre la pluie et que je jetais d'autant plus
volontiers sur mes épaules que je sentais que ses
rayures écossaises scandalisaient Françoise, dans l'esprit de qui on n'aurait pu faire entrer l'idée que la
couleur des vêtements n'a rien à faire avec le deuil et
à qui d'ailleurs le chagrin que nous avions de la mort
de ma tante plaisait peu, parce que nous n'avions pas
donné de grand repas funèbre, que nous ne prenions
pas un son de voix spécial pour parler d'elle, que même
parfois je chantonnais. Je suis sûr que dans un livre
— et en cela j'étais bien moi-même comme Françoise
— cette conception du deuil d'après la Chanson de
Roland et le portail de Saint-André-des-Champs m'eût
été sympathique. Mais dès que Françoise était auprès
de moi, un démon me poussait à souhaiter qu'elle fût
en colère, je saisissais le moindre prétexte pour lui
dire que je regrettais ma tante parce que c'était une
bonne femme, malgré ses ridicules, mais nullement
parce que c'était ma tante, qu'elle eût pu être ma
tante et me sembler odieuse, et sa mort ne me faire
aucune peine, propos qui m'eussent semblé ineptes
dans un livre.

Si alors Françoise remplie comme un poète d'un
flot de pensées confuses sur le chagrin, sur les souvenirs de famille, s'excusait de ne pas savoir répondre
à mes théories et disait : « Je ne sais pas m'esprimer »,
je triomphais de cet aveu avec un bon sens ironique et
brutal digne du docteur Percepied ; et si elle ajoutait :
« Elle était tout de même de la parentèse, il reste toujours le respect qu'on doit à la parentèse », je haus-

sais les épaules et je me disais : « Je suis bien bon de
discuter avec une illettrée qui fait des cuirs pareils »,
adoptant ainsi pour juger Françoise le point de vue
mesquin d'hommes dont ceux qui les méprisent le plus
dans l'impartialité de la méditation, sont forts capables de tenir le rôle quand ils jouent une des scènes
vulgaires de la vie.

Mes promenades de cet automne-là furent d'autant
plus agréables que je les faisais après de longues
heures passées sur un livre. Quand j'étais fatigué
d'avoir lu toute la matinée dans la salle, jetant mon
plaid sur mes épaules, je sortais : mon corps obligé
depuis longtemps de garder l'immobilité, mais qui
s'était chargé sur place d'animation et de vitesse accu-
mulées, avait besoin ensuite, comme une toupie qu'on
lâche, de les dépenser dans toutes les directions. Les
murs des maisons, la haie de Tansonville, les arbres du
bois de Roussainville, les buissons auxquels s'adosse
Montjouvain, recevaient des coups de parapluie ou de
canne, entendaient des cris joyeux, qui n'étaient, les
uns et les autres, que des idées confuses qui m'exal-
taient et qui n'ont pas atteint le repos dans la lumière,
pour avoir préféré à un lent et difficile éclaircissement,
le plaisir d'une dérivation plus aisée vers une issue
immédiate. La plupart des prétendues traductions de
ce que nous avons ressenti ne font ainsi que nous en
débarrasser en le faisant sortir de nous sous une forme
indistincte qui ne nous apprend pas à le connaître.
Quand j'essaye de faire le compte de ce que je dois au
côté de Méséglise, des humbles découvertes dont il
fut le cadre fortuit ou le nécessaire inspirateur, je me
rappelle que c'est, cet automne-là, dans une de ces
promenades, près du talus broussailleux qui protège
Montjouvain, que je fus frappé pour la première fois
de ce désaccord entre nos impressions et leur expression habituelle. Après une heure de pluie et de vent
contre lesquels j'avais lutté avec allégresse, comme

j'arrivais au bord de la mare de Montjouvain, devant une petite cahute recouverte en tuiles où le jardinier de M. Vinteuil serrait ses instruments de jardinage, le soleil venait de reparaître, et ses dorures lavées par l'averse reluisaient à neuf dans le ciel, sur les arbres, sur le mur de la cahute, sur son toit de tuile encore mouillé, à la crête duquel se promenait une poule. Le vent qui soufflait tirait horizontalement les herbes folles qui avaient poussé dans la paroi du mur, et les plumes de duvet de la poule, qui, les unes et les autres se laissaient filer au gré de son souffle jusqu'à l'extrémité de leur longueur, avec l'abandon de choses inertes et légères. Le toit de tuile faisait dans la mare, que le soleil rendait de nouveau réfléchissante, une marbrure rose, à laquelle je n'avais encore jamais fait attention. Et voyant sur l'eau et à la face du mur un pâle sourire répondre au sourire du ciel, je m'écriai dans mon enthousiasme en brandissant mon parapluie refermé : « Zut, zut, zut, zut. » Mais en même temps je sentis que mon devoir eût été de ne pas m'en tenir à ces mots opaques et de tâcher de voir plus clair dans mon ravissement.

Et c'est à ce moment-là encore, — grâce à un paysan qui passait, l'air déjà d'être d'assez mauvaise humeur, qui le fut davantage quand il faillit recevoir mon parapluie dans la figure, et qui répondit sans chaleur à mes, « beau temps, n'est-ce pas, il fait bon marcher », — que j'appris que les mêmes émotions ne se produisent pas simultanément, dans un ordre préétabli, chez tous les hommes. Plus tard chaque fois qu'une lecture un peu longue m'avait mis en humeur de causer, le camarade à qui je brûlais d'adresser la parole venait justement de se livrer au plaisir de la conversation et désirait maintenant qu'on le laissât lire tranquille. Si je venais de penser à mes parents avec tendresse et de prendre les décisions les plus sages et les plus propres à leur faire plaisir, ils

avaient employé le même temps à apprendre une pec-
cadille que j'avais oubliée et qu'ils me reprochaient
sévèrement au moment où je m'élançais vers eux pour
les embrasser.

Parfois à l'exaltation que me donnait la solitude,
s'en ajoutait une autre que je ne savais pas en dépar-
tager nettement, causée par le désir de voir surgir
devant moi une paysanne, que je pourrais serrer dans
mes bras. Né brusquement, et sans que j'eusse eu le
temps de le rapporter exactement à sa cause, au milieu
de pensées très différentes, le plaisir dont il était
accompagné ne me semblait qu'un degré supérieur de
celui qu'elles me donnaient. Je faisais un mérite de plus
à tout ce qui était à ce moment-là dans mon esprit,
au reflet rose du toit de tuile, aux herbes folles, au
village de Roussainville où je désirais depuis longtemps
aller, aux arbres de son bois, au clocher de son église,
de cet émoi nouveau qui me les faisait seulement paraître plus désirables parce que je croyais que c'était
eux qui le provoquaient, et qui semblait ne vouloir
que me porter vers eux plus rapidement quand il en-
flait ma voile d'une brise puissante, inconnue et propice. Mais si ce désir qu'une femme apparût ajoutait
pour moi aux charmes de la nature quelque chose de
plus exaltant, les charmes de la nature en retour, élar-
gissaient ce que celui de la femme aurait eu de trop
restreint. Il me semblait que la beauté des arbres c'é-
tait encore la sienne et que l'âme de ces horizons, du
village de Roussainville, des livres que je lisais cette
année-là, son baiser me la livrerait ; et mon imagination reprenant des forces au contact de ma sensualité, ma sensualité se répandant dans tous les
domaines de mon imagination, mon désir n'avait plus
de limites. C'est qu'aussi, — comme il arrive dans ces
moments de rêverie au milieu de la nature où l'action
de l'habitude étant suspendue, nos notions abstraites des choses mises de côté, nous croyons d'une foi

profonde, à l'originalité, à la vie individuelle du lieu
où nous nous trouvons — la passante qu'appelait
mon désir me semblait être non un exemplaire quelconque de ce type général : la femme, mais un produit nécessaire et naturel de ce sol. Car en ce temps-
là tout ce qui n'était pas moi, la terre et les êtres,
me paraissait plus précieux, plus important, doué d'une
existence plus réelle que cela ne paraît aux hommes
faits. Et la terre et les êtres je ne les séparais pas.
J'avais le désir d'une paysanne de Méséglise ou de
Roussainville, d'une pêcheuse de Balbec, comme
j'avais le désir de Méséglise et de Balbec. Le plaisir qu'elles pouvaient me donner m'aurait paru moins
vrai, je n'aurais plus cru en lui, si j'en avais modifié
à ma guise les conditions. Connaître à Paris une pêcheuse de Balbec ou une paysanne de Méséglise
c'eût été recevoir des coquillages que je n'aurais pas
vus sur la plage, une fougère que je n'aurais pas trouvée dans les bois, c'eût été retrancher au plaisir que
la femme me donnerait tous ceux au milieu desquels
l'avait enveloppée mon imagination. Mais errer ainsi
dans les bois de Roussainville sans une paysanne à
embrasser, c'était ne pas connaître de ces bois le
trésor caché, la beauté profonde. Cette fille que je ne
voyais que criblée de feuillages, elle était elle-même
pour moi comme une plante locale d'une espèce plus
élevée seulement que les autres et dont la structure
permet d'approcher de plus près qu'en elles, la saveur
profonde du pays. Je pouvais d'autant plus facilement
le croire (et que les caresses par lesquelles elle m'y
ferait parvenir, seraient aussi d'une sorte particulière
et dont je n'aurais pas pu connaître le plaisir par une
autre qu'elle), que j'étais pour longtemps encore à l'âge
où on ne l'a pas encore abstrait ce plaisir de la possession des femmes différentes avec lesquelles on l'a
goûté, où on ne l'a pas réduit à une notion générale
qui les fait considérer dès lors comme les instruments

interchangeables d'un plaisir toujours identique. Il n'existe même pas, isolé, séparé et formulé dans l'esprit, comme le but qu'on poursuit en s'approchant d'une femme, comme la cause du trouble préalable qu'on ressent. A peine y songe-t-on comme à un plaisir qu'on aura ; plutôt, on l'appelle son charme à elle ; car on ne pense pas à soi, on ne pense qu'à sortir de soi. Obscurément attendu, immanent et caché, il porte seulement à un tel paroxysme au moment où il s'accomplit, les autres plaisirs que nous causent les doux regards, les baisers de celle qui est auprès de nous, qu'il nous apparaît surtout à nous-même comme une sorte de transport de notre reconnaissance pour la bonté de cœur de notre compagne et pour sa touchante prédilection à notre égard que nous mesurons aux bienfaits, au bonheur dont elle nous comble.

Hélas, c'était en vain que j'implorais le donjon de Roussainville que je lui demandais de faire venir auprès de moi quelque enfant de son village, comme au seul confident que j'avais eu de mes premiers désirs, quand au haut de notre maison de Combray, dans le petit cabinet sentant l'iris, je ne voyais que sa tour au milieu du carreau de la fenêtre entr'ouverte, pendant qu'avec les hésitations héroïques du voyageur qui entreprend une exploration ou du désespéré qui se suicide, défaillant, je me frayais en moi-même une route inconnue et que je croyais mortelle, jusqu'au moment où, une trace naturelle comme celle d'un colimaçon s'ajoutait aux feuilles du cassis sauvage qui se penchaient jusqu'à moi. En vain je le suppliais maintenant. En vain, tenant l'étendue dans le champ de ma vision, je la drainais de mes regards qui eussent voulu en ramener une femme. Je pouvais aller jusqu'au porche de Saint-André-des-Champs ; jamais ne s'y trouvait la paysanne que je n'eusse pas manqué d'y rencontrer si j'avais été avec mon grand-père et dans l'impossibilité de lier conversation avec

elle. Je fixais indéfiniment le tronc d'un arbre lointain, de derrière lequel elle allait surgir et venir à
moi ; l'horizon scruté restait désert, la nuit tombait,
c'était sans espoir que mon attention s'attachait,
comme pour aspirer les créatures qu'ils pouvaient
recéler, à ce sol stérile, à cette terre épuisée ; et ce
n'était plus d'allégresse, c'était de rage que je frap-
pais les arbres du bois de Roussainville d'entre lesquels ne sortait pas plus d'êtres vivants que s'ils eussent été des arbres peints sur la toile d'un panorama,
quand, ne pouvant me résigner à rentrer à la maison
avant d'avoir serré dans mes bras la femme que j'avais
tant désirée, j'étais pourtant obligé de reprendre le
chemin de Combray en m'avouant à moi-même qu'était
de moins en moins probable le hasard qui l'eût mise
sur mon chemin. Et s'y fût-elle trouvée, d'ailleurs, au-
rai-je osé lui parler ? Il me semblait qu'elle m'aurait considéré comme un fou ; je cessais de croire partagés par
d'autres êtres, de croire vrais en dehors de moi les désirs
que je formais pendant ces promenades et qui ne se
réalisaient pas. Ils ne m'apparaissaient plus que comme
les créations purement subjectives, impuissantes, illu-
soires, de mon tempérament. Il n'avaient plus de lien
avec la nature, avec la réalité qui dès lors perdait
tout charme et toute signification et n'était plus à ma
vie qu'un cadre conventionnel comme l'est à la fiction
d'un roman le wagon sur la banquette duquel le voyageur le lit pour tuer le temps.

C'est peut-être d'une impression ressentie aussi
auprès de Montjouvain, quelques années plus tard, impression restée obscure alors, qu'est sortie, bien après,
l'idée que je me suis faite du sadisme. On verra plus
tard que, pour de tout autres raisons, le souvenir de
cette impression devait jouer un rôle important dans
ma vie. C'était par un temps très chaud ; mes parents qui avaient dû s'absenter pour toute la journée,
m'avaient dit de rentrer aussi tard que je voudrais ;

et étant allé jusqu'à la mare de Montjouvain où j'aimais revoir les reflets du toit de tuile, je m'étais étendu à l'ombre et endormi dans les buissons du talus qui domine la maison, là ou j'avais attendu mon père autrefois un jour qu'il était allé voir M. Vinteuil. Il faisait presque nuit quand je m'éveillai, je voulus me lever, mais je vis M¹¹ᵉ Vinteuil (autant que je pus la reconnaître, car je ne l'avais pas vue souvent à Combray, et seulement quand elle était encore une enfant, tandis qu'elle commençait d'être une jeune fille) qui probablement venait de rentrer, en face de moi, à quelques centimètres de moi, dans cette chambre où son père avait reçu le mien et dont elle avait fait son petit salon à elle. La fenêtre était entr'ouverte, la lampe était allumée, je voyais tous ses mouvements sans qu'elle me vît, mais en m'en allant j'aurais fait craquer les buissons, elle m'aurait entendu et elle aurait pu croire que je m'étais caché là pour l'épier.

Elle était en grand deuil, car son père était mort depuis peu. Nous n'étions pas allés la voir, ma mère ne l'avait pas voulu à cause d'une vertu qui chez elle limitait seule les effets de la bonté : la pudeur ; mais elle la plaignait profondément. Ma mère se rappelant la triste fin de vie de M. Vinteuil, tout absorbée d'abord par les soins de mère et de bonne d'enfant qu'il donnait à sa fille, puis par les souffrances que celle-ci lui avait causées ; elle revoyait le visage torturé qu'avait eu le vieillard tous les derniers temps ; elle savait qu'il avait renoncé à jamais à achever de transcrire au net toute son œuvre des dernières années, pauvres morceaux d'un vieux professeur de piano, d'un ancien organiste de village dont nous imaginions bien qu'ils n'avaient guère de valeur en eux-mêmes, mais que nous ne méprisions pas parce qu'ils en avaient tant pour lui dont ils avaient été la raison de vivre avant qu'il les sacrifiât à sa fille, et qui pour la plupart pas même notés, conservés seulement dans sa mémoire, quelques-uns inscrits sur des feuillets épars, illisibles, resteraient inconnus ; ma mère pensait à cet autre renoncement plus cruel encore auquel M. Vinteuil avait été contraint, le renoncement à un avenir de bonheur honnête et respecté pour sa fille ; quand elle évoquait tôute cette détresse suprême de l'ancien maître de piano de mes tantes, elle éprouvait un véritable chagrin et songeait avec effroi à celui autrement amer que devait éprouver M{}^{lle} Vinteuil, tout mêlé du remords d'avoir à peu près tué son père. « Pauvre M. Vinteuil disait ma mère, il a vécu et il est mort pour sa fille, sans avoir reçu son salaire. Le recevra-t-il après sa mort et sous quelle forme? Il ne pourrait lui venir que d'elle. »

Au fond du salon de M{}^{lle} Vinteuil, sur la cheminée était posé un petit portrait de son père que vivement elle alla chercher au moment où retentit le roulement d'une voiture qui venait de la route, puis elle se jeta sur un canapé, et tira près d'elle une petite table et sur laquelle elle plaça le portrait, comme M. Vinteuil autrefois avait mis à côté de lui le morceau qu'il avait le désir de jouer à mes parents. Bientôt son amie entra. M{}^{lle} Vinteuil l'accueillit sans se lever, ses deux mains derrière la tête et se recula sur le bord opposé du sofa comme pour lui faire une place. Mais aussitôt elle sentit qu'elle semblait ainsi lui imposer une attitude qui lui était peut-être importune. Elle pensa que son amie aimerait peut-être mieux être loin d'elle sur une chaise, elle se trouva indiscrète, la délicatesse de son cœur s'en alarma ; reprenant toute la place sur le sofa elle ferma les yeux et se mit à bâiller pour indiquer que l'envie de dormir était la seule raison pour laquelle elle s'était ainsi étendue. Malgré la familiarité rude et dominatrice qu'elle avait avec sa camarade, je reconnaissais les gestes obséquieux et réticents, les brusques scrupules de son père. Bientôt elle se leva, feignit de vouloir fermer les volets et de n'y pas réussir.

— Laisse donc tout ouvert, j'ai chaud, dit son amie.

— Mais c'est assommant, on nous verra, répondit Mᴵᴵᵉ Vinteuil.

Mais elle devina sans doute que son amie penserait qu'elle n'avait dit ces mots que pour la provoquer à lui répondre par certains autres qu'elle avait en effet le désir d'entendre, mais que par discrétion elle voulait lui laisser l'initiative de prononcer. Aussi son regard que je ne pouvais distinguer, dut-il prendre l'expression qui plaisait tant à ma grand'mère quand elle ajouta vivement :

— « Quand je dis nous voir, je veux dire nous voir lire, c'est assommant, quelque chose insignifiante qu'on fasse, de penser que des yeux vous voient. »

Par une générosité instinctive et une politesse involontaire elle taisait les mots prémédités qu'elle avait jugés indispensables à la pleine réalisation de son désir. Et à tous moments au fond d'elle-même une vierge timide et suppliante implorait et faisait reculer un soudard fruste et vainqueur.

— « Oui, c'est probable qu'on nous regarde à cette heure-ci, dans cette campagne fréquentée, dit ironiquement son amie. Et puis quoi ? ajouta-t-elle en croyant devoir accompagner d'un clignement d'yeux malicieux et tendre, ces mots qu'elle récita par bonté, comme un texte qu'elle savait être agréable à Mᴵᴵᵉ Vinteuil, d'un ton qu'elle s'efforçait de rendre cynique, quand même on nous verrait ce n'en est que meilleur. »

Mᴵᴵᵉ Vinteuil frémit et se leva. Son cœur scrupuleux et sensible ignorait quelles paroles devaient spontanément venir s'adapter à la scène que ses sens réclamaient. Elle cherchait le plus loin qu'elle pouvait de sa vraie nature morale, à trouver le langage propre à la fille vicieuse qu'elle désirait d'être, mais les mots

qu'elle pensait que celle-ci eût prononcés sincèrement
lui paraissaient faux dans sa bouche. Et le peu qu'elle
s'en permettait était dit sur un ton guindé où ses habitudes de timidité paralysaient ses velléités d'audace,
et s'entremêlait de : « tu n'as pas froid, tu n'as pas
trop chaud, tu n'as pas envie d'être seule et de lire ? »

— « Mademoiselle me semble avoir des pensées bien
lubriques, ce soir », finit-elle pas dire, répétant sans
doute une phrase qu'elle avait entendue autrefois dans
la bouche de son amie.

Dans l'échancrure de son corsage de crêpe M¹¹ᵉ Vinteuil sentit que son amie piquait un baiser, elle poussa
un petit cri, s'échappa, et elles se poursuivirent en
sautant, faisant voleter leurs larges manches comme
des ailes et gloussant et piaillant comme des oiseaux
amoureux. Puis M¹¹ᵉ Vinteuil finit par tomber sur le
canapé, recouverte par le corps de son amie. Mais
celle-ci tournait le dos à la petite table sur laquelle
était placé le portrait de l'ancien professeur de piano.
M¹¹ᵉ Vinteuil comprit que son amie ne le verrait pas si
elle n'attirait pas sur lui son attention, et elle lui
dit, comme si elle venait seulement de le remarquer :

— « Oh ! ce portrait de mon père qui nous regarde,
je ne sais pas qui a pu le mettre là, j'ai pourtant dit
vingt fois que ce n'était pas sa place. »

Je me souvins que c'étaient les mots que M. Vinteuil
avait dits à mon père à propos du morceau de musique.
Ce portrait leur servait sans doute habituellement pour
des profanations rituelles, car son amie lui répondit
par ces paroles qui devaient faire partie de ses réponses liturgiques :

— « Mais laisse-le donc où il est, il n'est plus là pour
nous embêter. Crois-tu qu'il pleurnicherait, qu'il voudrait te mettre ton manteau, s'il te voyait là, la fenêtre ouverte, le vilain singe. »

M¹¹ᵉ Vinteuil répondit par des paroles de doux reproche : « Voyons, voyons », qui prouvaient la bonté de

sa nature, non qu'elles fussent dictées par l'indignation
que cette façon de parler de son père eût pu lui causer (évidemment c'était là un sentiment qu'elle s'était
habituée, à l'aide de quels sophismes ? à faire taire en
elle dans ces minutes-là), mais parce qu'elles étaient
comme un frein que pour ne pas se montrer égoïste
elle mettait elle-même au plaisir que son amie cherchait à lui procurer. Et puis cette modération souriante
en répondant à ces blasphèmes, ce reproche hypo-
crite et tendre, paraissaient peut-être à sa nature
franche et bonne, une forme particulièrement infâme,
une forme doucereuse de cette scélératesse qu'elle cherchait à s'assimiler. Mais elle ne put résister à l'attrait
du plaisir qu'elle éprouverait à être traitée avec douceur par une personne si implacable envers un mort
sans défense ; elle sauta sur les genoux de son amie,
et lui tendit chastement son front à baiser comme elle
aurait pu faire si elle avait été sa fille, sentant avec
délices qu'elles allaient ainsi toutes deux au bout de
la cruauté en ravissant à M. Vinteuil, jusque dans le
tombeau, sa paternité. Son amie lui prit la tête entre
ses mains et lui déposa un baiser sur le front avec cette
docilité que lui rendait facile la grande affection qu'elle
avait pour Mlle Vinteuil et le désir de mettre quelque
distraction dans la vie si triste maintenant de l'or-
pheline.

— « Sais-tu ce que j'ai envie de lui faire à cette vieille
horreur ? » dit-elle en prenant le portrait.

Et elle murmure à l'oreille de Mlle Vinteuil quelque
chose que je ne pus entendre.

— « Oh ! tu n'oserais pas. »

— « Je n'oserais pas cracher dessus ? sur *ça ?* » dit
l'amie avec une brutalité voulue.

Je n'en entendis pas davantage, car Mlle Vinteuil,
d'un air las, gauche, affairé, honnête et triste vint
fermer les volets et la fenêtre, mais je savais maintenant, pour toutes les souffrances que pendant sa vie

M. Vinteuil avait supportées à cause de sa fille, ce qu'après la mort il avait reçu d'elle en salaire.

Et pourtant j'ai pensé depuis que si M. Vinteuil avait pu assister à cette scène, il n'eût peut-être pas encore perdu sa foi dans le bon cœur de sa fille, et peut-être même n'eût-il pas eu, en cela tout à fait tort. Certes, dans les habitudes de Mlle Vinteuil l'apparence du mal était si entière qu'on aurait eu de la peine à la rencontrer réalisée à ce degré de perfection ailleurs que chez une sadique; c'est à la lumière de la rampe des théâtres du boulevard plutôt que sous la lampe d'une maison de campagne véritable qu'on peut voir une fille faire cracher une amie sur le portrait d'un père qui n'a vécu que pour elle; et il n'y a guère que le sadisme qui donne un fondement dans la vie à l'esthétique du mélodrame. Dans la réalité, en dehors des cas de sadisme, une fille aurait peut-être des manquements aussi cruels que ceux de Mlle Vinteuil envers la mémoire et les volontés de son père mort, mais elle ne les résumerait pas expressément en un acte d'un symbolisme aussi rudimentaire et aussi naïf; ce que sa conduite aurait de criminel serait plus voilé aux yeux des autres et même à ses yeux à elle qui ferait le mal sans se l'avouer. Mais, au delà de l'apparence, dans le cœur de Mlle Vinteuil, le mal, au début du moins, ne fut sans doute pas sans mélange. Une sadique comme elle est l'artiste du mal, ce qu'une créature entièrement mauvaise ne pourrait être car le mal ne lui serait pas extérieur, il lui semblerait tout naturel, ne se distinguerait même pas d'elle; et la vertu, la mémoire des morts, la tendresse filiale, comme elle n'en aurait pas le culte, elle ne trouverait pas un plaisir sacrilège à les profaner. Les sadiques de l'espèce de Mlle Vinteuil sont des êtres si purement sentimentaux, si naturellement vertueux que même le plaisir sensuel leur paraît quelque chose de mauvais, le privilège des méchants. Et quand ils se concèdent à eux-mêmes de s'y livrer un moment, c'est dans la peau des méchants qu'ils tâchent d'entrer et de faire entrer leur complice, de façon à avoir eu un moment l'illusion de s'être évadé de leur âme scrupuleuse et tendre, dans le monde inhumain du plaisir. Et je comprenais combien elle l'eût désiré en voyant combien il lui était impossible d'y réussir. Au moment où elle se voulait si différente de son père, ce qu'elle me rappelait c'était les façons de penser, de dire, du vieux professeur de piano. Bien plus que sa photographie, ce qu'elle profanait, ce qu'elle faisait servir à ses plaisirs mais qui restait entre eux et elle et l'empêchait de les goûter directement, c'était la ressemblance de son visage, les yeux bleus de sa mère à lui qu'il lui avait transmis comme un bijou de famille, ces gestes d'amabilité qui interposaient entre le vice de M¹¹ᵉ Vinteuil et elle une phraséologie, une mentalité qui n'était pas faite pour lui et l'empêchait de le connaître comme quelque chose de très différent des nombreux devoirs de politesse auxquels elle se consacrait d'habitude. Ce n'est pas le mal qui lui donnait l'idée du plaisir, qui lui semblait agréable; c'est le plaisir qui lui semblait malin. Et comme chaque fois qu'elle s'y adonnait il s'accompagnait pour elle de ces pensées mauvaises qui le reste du temps étaient absentes de son âme vertueuse, elle finissait par trouver au plaisir quelque chose de diabolique, par l'identifier au Mal. Peut-être M¹¹ᵉ Vinteuil sentait-elle que son amie n'était pas foncièrement mauvaise, et qu'elle n'était pas sincère au moment où elle lui tenait ces propos blasphématoires. Du moins avait-elle le plaisir d'embrasser sur son visage, des sourires, des regards, feints peut-être, mais analogues dans leur expression vicieuse et basse à ceux qu'auraient eus non un être de bonté et de souffrance, mais un être de cruauté et de plaisir. Elle pouvait s'imaginer un instant

qu'elle jouait vraiment les jeux qu'eût joués avec une
complice aussi dénaturée, une fille qui aurait ressenti
en effet ces sentiments barbares à l'égard de la mémoire
de son père. Peut-être n'eût-elle pas pensé que le
mal fût un état si rare, si extraordinaire, si dépay-
sant, où il était si reposant d'émigrer, si elle avait su
discerner en elle comme en tout le monde, cette indifférence aux souffrances qu'on cause et qui quelques
autres noms qu'on lui donne est la forme terrible et
permanente de la cruauté.

S'il était assez simple d'aller du côté de Méséglise,
c'était une autre affaire d'aller du côté de Guermantes, car la promenade était longue et l'on voulait être
sûr du temps qu'il ferait. Quand on semblait entrer
dans une série de beaux jours ; quand Françoise désespérée qu'il ne tombât pas une goutte d'eau pour les
« pauvres récoltes », et ne voyant que de rares nuages blancs nageant à la surface calme et bleue du ciel
s'écriait en gémissant : « Ne dirait-on pas qu'on voit
ni plus ni moins des chiens de mer qui jouent en
montrant là-haut leurs museaux. Ah ils pensent bien
à faire pleuvoir pour les pauvres laboureurs ! Et puis
quand les blés seront poussés, alors la pluie se mettra
à tomber tout à petit patapon, sans discontinuer,
sans plus savoir sur quoi elle tombe que si c'était
sur la mer » ; quand mon père avait reçu invariablement les mêmes réponses favorables du jardinier et
du baromètre, alors on disait au dîner : « Demain s'il
fait le même temps, nous irons du côté de Guermantes. » On partait tout de suite après déjeuner par la
petite porte du jardin et on tombait dans la rue des Perchamps, étroite et formant un angle aigu, remplie de
graminées au milieu desquelles deux ou trois guêpes
passaient la journée à herboriser, aussi bizarre que
son nom d'où me semblaient dériver ses particularités

curieuses et sa personnalité revêche, et qu'on cher-
cherait en vain dans le Combray d'aujourd'hui où sur
son tracé ancien s'élève l'école. Mais ma rêverie, (semblable à ces architectes élèves de Violet le Duc, qui,
croyant retrouver sous un jubé renaissance et un
autel du XVIIᵉ siècle les traces d'un chœur roman,
remettent tout l'édifice dans l'état où il devait être au
XIIᵉ siècle), ne laisse pas une pierre du bâtiment nouveau, reperce et « restitue » la rue des Perchamps.
Elle a d'ailleurs pour ces reconstitutions, des données
plus précises que n'en ont généralement les restaura-
teurs : quelques images conservées par ma mémoire,
les dernières peut-être qui existent encore actuellement, et destinées à être bientôt anéanties, de ce
qu'était le Combray du temps de mon enfance ; et
parce que c'est lui-même qui les a tracées en moi avant
de disparaître, émouvantes, — si on peut comparer
un obscur portrait à ces effigies glorieuses dont ma
grand'mère aimait à me donner des reproductions—,
comme ces gravures anciennes de la Cène ou ce tableau de Gentile Bellini dans lesquels l'on voit en un
état qui n'existe plus aujourd'hui le chef-d'œuvre de
Vinci et le portail de Saint-Marc.

On passait, rue de l'Oiseau, devant la vieille hôtellerie de l'Oiseau flesché dans la grande cour de laquelle entrèrent quelquefois au XVIIᵉ siècle les car-
rosses des duchesses de Montpensier, de Guermantes
et de Montmorency quand elles avaient à venir à
Combray pour quelque contestation avec leurs fermiers, pour une question d'hommage. On gagnait le
mail entre les arbres duquel apparaissait le clocher
de Saint-Hilaire. Et j'aurais voulu pouvoir m'asseoir
là et rester toute la journée à lire en écoutant les
cloches ; car il faisait si beau et si tranquille que
quand sonnait l'heure on aurait dit non qu'elle rom-
pait le calme du jour mais qu'elle le débarrassait de
ce qu'il contenait et que le clocher avec l'exactitude

indolente et soigneuse d'une personne qui n'a rien
d'autre à faire, venait seulement — pour exprimer et
laisser tomber les quelques gouttes d'or que la chaleur y avait lentement et naturellement amassées —,
de presser, au moment voulu, la plénitude du silence.

Le plus grand charme du côté de Guermantes, c'est
qu'on y avait presque tout le temps à côté de soi le
cours de la Vivonne. On la traversait une première
fois, dix minutes après avoir quitté la maison, sur une
passerelle dite le Pont-vieux. Dès le lendemain de
notre arrivée, le jour de Pâques, après le sermon s'il
faisait beau temps, je courais jusque-là, voir dans ce
désordre d'un matin de grande fête où quelques préparatifs somptueux font paraître plus sordides les
ustensiles de ménage qui traînent encore, la rivière
qui se promenait déjà en bleu-ciel entre les terres
encore noires et nues, accompagnée seulement d'une
bande de coucous arrivés trop tôt et de primevères
en avance, cependant que çà et là une violette au bec
bleu laissait fléchir sa tige sous le poids de la goutte
d'odeur qu'elle tenait dans son cornet. Le Pont-vieux
débouchait dans un sentier de halage qui à cet endroit
se tapissait l'été du feuillage bleu d'un noisetier sous
lequel un pêcheur en chapeau de paille avait pris racine. A Combray où je savais quelle individualité de maréchal ferrant ou de garçon épicier était dissimulée sous
l'uniforme du suisse ou le surplis de l'enfant de chœur,
ce pêcheur est la seule personne dont je n'aie jamais
découvert l'identité. Il devait connaître mes parents,
car il soulevait son chapeau quand nous passions ; je
voulais alors demander son nom, mais on me faisait
signe de me taire pour ne pas effrayer le poisson. Nous
nous engagions dans le sentier de halage qui dominait
le courant d'un talus de plusieurs pieds ; de l'autre côté
la rive était basse, étendue en vastes prés jusqu'au village et jusqu'à la gare qui en était distante. Ils étaient
semés des restes, à demi enfouis dans l'herbe, du châ-

teau des anciens comtes de Combray qui au moyen âge avait de ce côté le cours de la Vivonne comme défense contre les attaques des sires de Guermantes et des Abbés de Martinville. Ce n'étaient plus que quelques fragments de tours bossuant la prairie, à peine apparents, quelques créneaux d'où jadis l'arbalétrier lançait des pierres, d'où le guetteur surveillait Novepont, Clairefontaine, Martinville-le-Sec, Bailleaul'Exempt, toutes terres vassales de Guermantes entre lesquelles Combray était enclavé; aujourd'hui au ras de l'herbe, dominés par les enfants de l'école des frères qui venaient là apprendre leurs leçons ou jouer aux récréations, — passé presque descendu dans la terre, couché au bord de l'eau comme un promeneur qui prend le frais, mais me donnant fort à songer, me faisant ajouter dans le nom de Combray à la petite ville d'aujourd'hui une cité très différente, retenant mes pensées par son visage incompréhensible et d'autrefois qu'il cachait à demi sous les boutons d'or. Ils étaient fort nombreux à cet endroit qu'ils avaient choisi pour leur jeux sur l'herbe, isolés, par couples, par troupes, jaunes comme un jaune d'œuf, brillants d'autant plus, me semblait-il, que ne pouvant dériver vers aucune velléité de dégustation le plaisir que leur vue me causait, je l'accumulais dans leur surface dorée, jusqu'à ce qu'il devînt assez puissant pour produire de l'inutile beauté; et cela dès ma plus petite enfance, quand du sentier de halage je tendais les bras vers eux sans pouvoir épeler complètement leur joli nom de Princes de contes de fées français, venus peut-être il y a bien des siècles d'Asie mais apatriés pour toujours au village, contents du modeste horizon, aimant le soleil et le bord de l'eau, fidèles à la petite vue de la gare, gardant encore pourtant comme certaines de nos vieilles toiles peintes, dans leur simplicité populaire, un poétique éclat d'orient.

Je m'amusais à regarder les carafes que les gamins

mettaient dans la Vivonne pour prendre les petits poissons, et qui, remplies par la rivière, où elles sont à leur tour encloses, à la fois « contenant » aux flancs transparents comme une eau durcie, et « contenu » plongé dans un plus grand contenant de cristal liquide et courant, évoquaient l'image de la fraîcheur d'une façon plus délicieuse et plus irritante qu'elles n'eussent fait sur une table servie, en ne la montrant qu'en fuite dans cette allitération perpétuelle entre l'eau sans consistance où les mains ne pouvaient la capter et le verre sans fluidité où le palais ne pourrait en jouir. Je me promettais de venir là plus tard avec des lignes; j'obtenais qu'on tirât un peu de pain des provisions du goûter, j'en jetais dans la Vivonne des boulettes qui semblaient suffire pour y provoquer un phénomène de sursaturation, car l'eau se solidifiait aussitôt autour d'elles en grappes ovoïdes de têtards inanitiés qu'elle tenait sans doute jusque-là en dissolution, invisibles, tout près d'être en voie de cristallisation.

Bientôt le cours de la Vivonne s'obstrue de plantes d'eau. Il y en a d'abord d'isolées comme tel nénufar à qui le courant au travers duquel il était placé d'une façon malheureuse laissait si peu de repos que comme un bac actionné mécaniquement il n'abordait une rive que pour retourner à celle d'où il était venu, refaisant éternellement la double traversée. Poussé vers la rive, son pédoncule se dépliait, s'allongeait, filait, atteignait l'extrême limite de sa tension jusqu'au bord où le courant le reprenait, le vert cordage se repliait sur lui-même et ramenait la pauvre plante à ce qu'on peut d'autant mieux appeler son point de départ qu'elle n'y restait pas une seconde sans en repartir par une répétition de la même manœuvre. Je la retrouvais de promenade en promenade, toujours dans la même situation, faisant penser à certains neurasthéniques au nombre desquels mon grand-père comptait ma tante Léonie, qui nous offrent sans chan-

gement au cours des années le spectacle des habitudes
bizarres qu'ils se croient chaque fois à la veille de
secouer et qu'ils gardent toujours ; pris dans l'engre-
nage de leurs malaises et de leurs manies, les efforts
dans lesquels ils se débattent inutilement pour en sortir ne font qu'assurer le fonctionnement et faire jouer
le déclic de leur diététique étrange, inéluctable et fu-
neste. Tel était ce nénufar, pareil aussi à quelqu'un
de ces malheureux dont le tourment singulier, qui se
répète indéfiniment durant l'éternité, excitait la curiosité de Dante et dont il se serait fait raconter plus
longuement les particularités et la cause par le sup-
plicié lui-même, si Virgile, s'éloignant à grands pas,
ne l'avait forcé à le rattraper au plus vite, comme
moi mes parents.

Mais plus loin le courant se ralentit, il traverse une
propriété dont l'accès était ouvert au public par celui
à qui elle appartenait et qui s'y était complu à des
travaux d'horticulture aquatique, faisant fleurir, dans
les petits étangs que forme la Vivonne, de véritables
jardins de nympheas. Comme les rives étaient à cet
endroit très boisées, les grandes ombres des arbres
donnaient à l'eau un fond qui était habituellement d'un
vert sombre mais que parfois, quand nous rentrions
par certains soirs rassérénés d'après-midi orageux,
j'ai vu d'un bleu clair et cru, tirant sur le violet,
d'apparence cloisonée et de goût japonais. Çà et là, à
la surface, rougissait comme une fraise une fleur de
nymphea au cœur écarlate, blanc sur les bords. Plus
loin, les fleurs plus nombreuses étaient plus pâles,
moins lisses, plus grenues, plus plissées, et disposées
par le hasard en enroulements si gracieux qu'on croyait
voir flotter à la dérive, comme après l'effeuillement
mélancolique d'une fête galante, des roses mousseu-
ses en guirlandes dénouées. Ailleurs un coin semblait
réservé aux espèces communes qui montraient le blanc
et le rose proprets de la julienne, lavés comme de la

porcelaine avec un soin domestique, tandis qu'un peu
plus loin, pressées les unes contre les autres en une
véritable plate-bande flottante, on eût dit des pensées
des jardins qui étaient venues poser comme des pa-
pillons leurs ailes bleuâtres et glacées, sur l'obliquité
transparente de ce parterre d'eau ; de ce parterre céleste aussi : car il donnait aux fleurs un sol d'une
couleur plus précieuse, plus émouvante que la couleur des fleurs elles-mêmes ; et, soit que pendant
l'après-midi il fît étinceler sous les nympheas le kaléidoscope d'un bonheur attentif, silencieux et mobile,
ou qu'il s'emplît vers le soir, comme quelque port
lointain, du rose et de la rêverie du couchant, changeant sans cesse pour rester toujours en accord,
autour des corolles de teintes plus fixes, avec ce qu'il
y a de plus profond, de plus fugitif, de plus mystérieux, — avec ce qu'il y a d'infini, — dans l'heure, il
semblait les avoir fait fleurir en plein ciel.

Au sortir de ce parc, la Vivonne redevient courante.
Que de fois j'ai vu, j'ai désiré imiter quand je serais
libre de vivre à ma guise, un rameur, qui, ayant lâché
l'aviron s'était couché à plat sur le dos, la tête en bas,
au fond de sa barque, et la laissant flotter à la dérive,
ne pouvant voir que le ciel qui filait lentement au-dessus de lui, portait sur son visage l'avant-goût du
bonheur et de la paix.

Nous nous asseyions entre les iris au bord de l'eau.
Dans le ciel férié flânait longuement un nuage oisif.
Par moments, oppressée par l'ennui, une carpe se
dressait hors de l'eau dans une aspiration anxieuse.
C'était l'heure du goûter. Avant de repartir nous restions longtemps à manger des fruits, du pain et du
chocolat, sur l'herbe où parvenaient jusqu'à nous,
horizontaux, affaiblis, mais denses et métalliques encore, des sons de la cloche de Saint-Hilaire qui ne
s'étaient pas mélangés à l'air qu'ils traversaient depuis
si longtemps, et côtelés par la palpitation successive

de toutes leurs lignes sonores, vibraient en rasant les fleurs, à nos pieds.

Parfois, au bord de l'eau entourée de bois, nous rencontrions une maison dite de plaisance, isolée, perdue, qui ne voyait rien, du monde, que la rivière qui baignait ses pieds. Une jeune femme dont le visage pensif et les voiles élégants n'étaient pas de ce pays et qui sans doute était venue, selon l'expression populaire « s'enterrer » là, goûter le plaisir amer de sentir que son nom, le nom surtout de celui dont elle n'avait pu garder le cœur, y était inconnu, s'encadrait dans la fenêtre qui ne lui laissait pas regarder plus loin que la barque amarrée près de la porte. Elle levait distraitement les yeux en entendant derrière les arbres de la rive la voix des passants dont avant qu'elle eût aperçu leur visage, elle pouvait être certaine que jamais ils n'avaient connu, ni ne connaîtraient l'infidèle, que rien dans leur passé ne gardait sa marque, que rien dans leur avenir n'aurait l'occasion de la recevoir. On sentait que dans son renoncement, elle avait volontairement quitté des lieux où elle aurait pu du moins apercevoir celui qu'elle aimait, pour ceux-ci qui ne l'avaient jamais vu. Et je la regardais revenant de quelque promenade sur un chemin où elle savait qu'il ne passerait pas, ôter de ses mains résignées de longs gants d'une grâce inutile.

Jamais dans la promenade du côté de Guermantes nous ne pûmes remonter jusqu'aux sources de la Vivonne, auxquelles j'avais souvent pensé et qui avaient pour moi une existence si abstraite, si idéale, que j'avais été aussi surpris quand on m'avait dit qu'elles se trouvaient dans le département, à une certaine distance kilométrique de Combray, que le jour où j'avais appris qu'il y avait un autre point précis de la terre où s'ouvrait, dans l'antiquité, l'entrée des Enfers. Jamais non plus nous ne pûmes pousser jusqu'au terme que j'eusse tant souhaité d'atteindre, jusqu'à Guer-

mantes. Je savais que là résidaient des châtelains, le
duc et la duchesse de Guermantes, je savais qu'ils
étaient des personnages réels et actuellement exis-
tants, mais chaque fois que je pensais à eux, je me
les représentais tantôt en tapisserie, comme était la
comtesse de Guermantes, dans le « Couronnement
d'Esther » de notre église, tantôt de nuances changeantes comme était Gilbert le Mauvais dans le vitrail
où il passait du vert chou au bleu prune selon que
j'étais encore à prendre de l'eau bénite ou que j'arrivais à nos chaises, tantôt tout à fait impalpables comme
l'image de Geneviève de Brabant, ancêtre de la famille
de Guermantes, que la lanterne magique promenait
sur les rideaux de ma chambre ou faisait monter au
plafond, — enfin toujours enveloppés du mystère des
temps mérovingiens et baignant comme dans un coucher de soleil dans la lumière orangée qui émane de
cette syllabe : « antes ». Mais si malgré cela ils étaient
pour moi, en tant que duc et duchesse, des êtres réels,
bien qu'étranges, en revanche leur personne ducale
se distendait démesurément, s'immatérialisait, pour
pouvoir contenir en elle ce Guermantes dont ils
étaient duc et duchesse, tout ce « côté de Guermantes » ensoleillé, le cours de la Vivonne, ses nymphéas
et ses grands arbres, et tant de beaux après-midis. Et
je savais qu'ils ne portaient pas seulement le titre de
duc et de duchesse de Guermantes, mais que depuis le
xiv° siècle où, après avoir inutilement essayé de vaincre ses anciens seigneurs ils s'étaient alliés à eux par
des mariages, ils étaient comtes de Combray, les premiers des citoyens de Combray par conséquent et
pourtant les seuls qui n'y habitassent pas. Comtes de
Combray, possédant Combray au milieu de leur nom,
de leur personne, et sans doute ayant effectivement en
eux cette étrange et pieuse tristesse qui était spéciale
à Combray ; propriétaires de la ville, mais non d'une
maison particulière, demeurant sans doute dehors,

dans la rue, entre ciel et terre, comme ce Gilbert de Guermantes, dont je ne voyais aux vitraux de l'abside de Saint-Hilaire que l'envers de laque noire, si je levais la tête, quand j'allais chercher du sel chez Camus.

Puis il arriva que sur le côté de Guermantes je passai parfois devant de petits enclos humides où montaient des grappes de fleurs sombres. Je m'arrêtais, croyant acquérir une notion précieuse, car il me semblait avoir sous les yeux un fragment de cette région fluviatile, que je désirais tant connaître depuis que je l'avais vue décrite par un de mes écrivains préférés. Et ce fut avec elle, avec son sol imaginaire traversé de cours d'eau bouillonnants, que Guermantes, changeant d'aspect dans mon imagination, s'identifia, quand j'eus entendu le Dr Percepied nous parler des fleurs et des belles eaux vives qu'il y avait dans le parc du château. Je rêvais que de Mme de Guermantes m'y faisait venir, éprise pour moi d'un soudain caprice ; tout le jour elle y pêchait la truite avec moi. Et le soir me tenant par la main, en passant devant les petits jardins de ses vassaux, elle me montrait le long des murs bas, les fleurs qui y appuient leurs quenouilles violettes et rouges et m'apprenait leurs noms. Elle me faisait lui dire le sujet des poèmes que j'avais l'intention de composer. Et ces rêves m'avertissaient que puisque je voulais un jour être un écrivain, il était temps de savoir ce que je comptais écrire. Mais dès que je me le demandais, tâchant de trouver un sujet où je pusse faire tenir une signification philosophique infinie, mon esprit s'arrêtait aussitôt de fonctionner, je ne voyais plus que le vide en face de mon attention, je sentais que je n'avais pas de génie ou peut-être une maladie cérébrale l'empêchait de naître. Parfois je comptais sur mon père pour arranger cela. Il était si puissant, si en faveur auprès des gens en place qu'il arrivait à nous faire transgresser les lois que Françoise m'avait appris à considérer comme plus inéluctables que celles de la vie

et de la mort, à faire retarder d'un an pour notre maison, seule de tout le quartier, les travaux de « ravale-
ment », à obtenir du ministre pour le fils de Mme Sazerat
qui voulait aller aux eaux, l'autorisation qu'il passât
le baccalauréat deux mois d'avance, dans la série des
candidats dont le nom commençait par un A au lieu
d'attendre le tour des S. Si j'étais tombé gravement
malade, si j'avais été capturé par des brigands, persuadé que mon père avait trop d'intelligences avec les
puissances suprêmes, de trop irrésistibles lettres de
recommandation auprès du bon Dieu, pour que ma
maladie ou ma captivité puissent être autre chose que
de vains simulacres sans danger pour moi, j'aurais
attendu sans inquiétude l'heure inévitable du retour
à la bonne réalité, l'heure de la délivrance ou de la
guérison ; peut-être cette absence de génie, ce trou noir
qui se creusait dans mon esprit quand je cherchais le
sujet de mes écrits futurs, n'était-il aussi qu'une illusion sans consistance, et cesserait-elle par l'intervention de mon père qui avait dû convenir avec le gouver-
nement et avec la Providence que je serais le premier
écrivain de l'époque. Mais d'autres fois tandis que mes
parents s'impatientaient de me voir rester en arrière
et ne pas les suivre, ma vie actuelle au lieu de me sembler une création artificielle de mon père et qu'il pouvait modifier à son gré, m'apparaissait au contraire
comme confuse dans une réalité qui n'était pas faite
pour moi, contre laquelle il n'y avait pas de recours, au
cœur de laquelle je n'avais pas d'allié, qui ne cachait rien
au delà d'elle-même. Il me semblait alors que j'existais
de la même façon que les autres hommes, que je vieil-
lirais, que je mourrais comme eux, et que parmi eux
j'étais seulement du nombre de ceux qui n'ont pas de
dispositions pour écrire. Aussi, découragé, je renon-
çais à jamais à la littérature, malgré les encourage-
ments que m'avait donnés Bloch. Ce sentiment intime,
immédiat, que j'avais du néant de ma pensée, préva-

lait contre toutes les paroles flatteuses qu'on pouvait
me prodiguer, comme chez un méchant dont chacun
vante les bonnes actions, les remords de sa conscience.

Un jour ma mère me dit : « Puisque tu parles toujours de Mme de Guermantes, comme le docteur Percepied l'a très bien soignée il y a quatre ans, elle doit
venir à Combray pour assister au mariage de sa fille.
Tu pourras l'apercevoir à la cérémonie. » C'était du
reste par le docteur Percepied que j'avais le plus entendu parlé de Mme de Guermantes, et il nous avait
même montré le numéro d'une revue illustrée où elle
était représentée dans le costume qu'elle portait à un
bal travesti chez la princesse de Léon.

Tout d'un coup pendant la messe de mariage, un
mouvement que fit le suisse en se déplaçant me permit de voir assise dans une chapelle une dame blonde
avec un grand nez, des yeux bleus et perçants, une
cravate bouffante en soie mauve, lisse, neuve et brillante, et un petit bouton au coin du nez. Et parce que
dans la surface de son visage rouge, comme si elle eût
eu très chaud, je distinguais, diluées et à peine percep-
tibles, des parcelles d'analogie avec le portrait qu'on
m'avait montré, parce que surtout les traits particuliers que je relevais en elle, si j'essayais de les énoncer, se formulaient précisément dans les mêmes termes : un grand nez, des yeux bleus, dont s'était servi
le docteur Percepied quand il avait décrit devant moi
la duchesse de Guermantes, je me dis : cette dame
ressemble à Mme de Guermantes ; or la chapelle où
elle suivait sa messe était celle de Gilbert le Mauvais, sous les plates tombes de laquelle, dorées et
distendues comme des alvéoles de miel, reposaient les
anciens comtes de Brabant, et que je me rappelais
être à ce qu'on m'avait dit réservées à la famille de
Guermantes quand de ses membres venaient pour
une cérémonie à Combray ; il ne pouvait vraisembla-
blement y avoir qu'une seule femme ressemblant au

portrait de Mme de Guermantes, qui fût ce jour-là, jour où elle devait justement venir, dans cette chapelle : c'était elle ! Ma déception était grande. Elle venait de ce que je n'avais jamais pris garde quand je pensais à Mme de Guermantes, que je me la représentais avec les couleurs d'une tapisserie ou d'un vitrail, dans un autre siècle, d'une autre matière que le reste des personnes vivantes. Jamais je ne m'étais avisé qu'elle pouvait avoir une figure rouge, une cravate mauve comme Mme Sazerat, et l'ovale de ses joues me fit tellement souvenir de personnes que j'avais vues à la maison que le soupçon m'effleura, pour se dissiper d'ailleurs aussitôt, que cette dame en son principe générateur, en toutes ses molécules, n'était peut-être pas substantiellement la duchesse de Guermantes, mais que son corps, ignorant du nom qu'on lui appliquait, appartenait à un certain type féminin, qui comprenait aussi des femmes de médecins et de commerçants. « C'est cela, ce n'est que cela, Mme de Guermantes ! », disait la mine attentive et étonnée avec laquelle je contemplais cette image qui naturellement n'avait aucun rapport avec celles qui sous le même nom de Mme de Guermantes étaient apparues tant de fois dans mes songes, puisque elle, elle n'avait pas été comme les autres arbitrairement formée par moi, mais qu'elle m'avait sauté aux yeux pour la première fois il y a un moment seulement, dans l'église ; qui n'était pas de la même nature, n'était pas colorable à volonté comme elles qui se laissaient imbiber de la teinte orangée d'une syllabe, mais était si réelle que tout, jusqu'à ce petit bouton qui s'enflammait au coin du nez, certifiait son assujettissement aux lois de la vie, comme dans une apothéose de théâtre, un plissement de la robe de la fée, un tremblement de son petit doigt, dénoncent la présence matérielle d'une actrice vivante, là où nous étions incertains si nous n'avions pas devant les yeux une projection lumineuse.

Mais en même temps, sur cette image que le nez
proéminent, les yeux perçants, épinglaient dans ma
vision (peut-être parce que c'était eux qui l'avaient
d'abord atteinte, qui y avaient fait la première encoche, au moment où je n'avais pas encore le temps de
songer que la femme qui apparaissait devant moi pouvait être Mme de Guermantes), sur cette image toute
récente, inchangeable, j'essayais d'appliquer l'idée :
« C'est Mme de Guermantes » sans parvenir qu'à la
faire manœuvrer en face de l'image, comme deux dis-
ques séparés par un intervalle. Mais cette Mme de
Guermantes à laquelle j'avais si souvent rêvé, maintenant que je voyais qu'elle existait effectivement en
dehors de moi, en prit plus de puissance encore sur
mon imagination qui, un moment paralysée au contact d'une réalité si différente de ce qu'elle attendait,
se mit à réagir et à me dire : « Glorieux dès avant
Charlemagne, les Guermantes avaient le droit de vie
et de mort sur leurs vassaux ; la duchesse de Guermantes descend de Geneviève de Brabant. Elle ne
connaît, ni ne consentirait à connaître aucune des personnes qui sont ici. »

Et — ô merveilleuse indépendance des regards humains, retenus au visage par une corde si lâche, si
longue, si extensible qu'ils peuvent se promener seuls
loin de lui — pendant que Mme de Guermantes était
assise dans la chapelle au-dessus des tombes de ses
morts, ses regards flânaient çà et là, montaient le
long des piliers, s'arrêtaient même sur moi, comme
un rayon de soleil errant dans la nef, mais un rayon
de soleil qui, au moment où je reçus sa caresse, me
sembla conscient. Quant à Mme de Guermantes elle-
même, comme elle restait immobile, assise comme une
mère qui semble ne pas voir les audaces espiègles et
les entreprises indiscrètes de ses enfants qui jouent
et interpellent des personnes qu'elle ne connaît pas,
il me fut impossible de savoir si elle approuvait ou

blâmait dans le désœuvrement de son âme, le vaga-
bondage de ses regards.

Je trouvais important qu'elle ne partît pas avant
que j'eusse pu la regarder suffisamment car je me
rappelais que depuis des années je considérais sa vue
comme éminemment désirable, et je ne détachais pas
mes yeux d'elle, comme si chacun de mes regards eût
pu matériellement emporter et mettre en réserve en
moi le souvenir du nez proéminent, des joues rouges,
de toutes ces particularités qui me semblaient autant
de renseignements précieux, authentiques et singuliers
sur son visage. Maintenant que me le faisaient trouver
beau toutes les pensées que j'y rapportais — et peut-être
surtout, forme de l'instinct de conservation des meilleures parties de nous-mêmes, ce désir qu'on a toujours
de ne pas avoir été déçu, — la replaçant, (puisque
c'était une seule personne qu'elle et cette duchesse
de Guermantes que j'avais évoquée jusque-là), hors du
reste de l'humanité dans laquelle la vue pure et simple de son corps me l'avait fait un instant confondre,
je m'irritais en entendant dire autour de moi : « Elle
est mieux que Mᵐᵉ Sazerat, que Mˡˡᵉ Vinteuil », comme
si elle leur eût été comparable. Et mes regards s'arrêtant à ses cheveux blonds, à ses yeux bleus, à l'attache
de son cou et omettant les traits qui eussent pu me
rappeler d'autres visages, je m'écriais devant ce croquis
volontairement incomplet : « Quelle est belle ! Quelle
noblesse ! Comme c'est bien une fière Guermantes, la
descendante de Geneviève de Brabant, que j'ai devant
moi ! » Et l'attention avec laquelle j'éclairais son visage l'isolait tellement, qu'aujourd'hui si je repense à
cette cérémonie, il m'est impossible de revoir une seule
des personnes qui y assistaient sauf elle et le suisse
qui répondit affirmativement quand je lui demandai
si cette dame était bien Mᵐᵉ de Guermantes. Mais elle,
je la revois, surtout au moment du défilé dans la
sacristie qu'éclairait le soleil intermittent et chaud

d'un jour de vent et d'orage, et où Mme de Guermantes se trouvait au milieu de tous ces gens de Combray dont elle ne savait même pas les noms, mais
dont l'infériorité proclamait trop sa suprématie pour
qu'elle ne ressentît pas pour eux une sincère bienveillance et auxquels du reste elle espérait imposer davantage encore à force de bonne grâce et de simplicité.
Aussi, ne pouvant émettre ces regards volontaires,
chargés d'une signification précise, qu'on adresse à
quelqu'un qu'on connaît, mais seulement laisser ses
pensées distraites s'échapper incessamment devant
elle en un flot de lumière bleue qu'elle ne pouvait
contenir, elle ne voulait pas qu'il pût gêner, paraître dédaigner ces petites gens qu'il rencontrait au
passage, qu'il atteignait à tous moments. Je revois
encore, au-dessus de sa cravate mauve, soyeuse et
gonflée, le doux étonnement de ses yeux auxquels
elle avait ajouté sans oser le destiner à personne mais
pour que tous pussent en prendre leur part un sourire un peu timide de suzeraine qui a l'air de s'excuser auprès de ses vassaux et de les aimer. Ce sourire
tomba sur moi qui ne la quittais pas des yeux. Alors
me rappelant ce regard qu'elle avait laissé s'arrêter
sur moi, pendant la messe, bleu comme un rayon de
soleil qui aurait traversé le vitrail de Gilbert le Mauvais, je me dis : « Mais sans doute elle fait attention
à moi. » Je crus que je lui plaisais, qu'elle penserait
encore à moi quand elle aurait quitté l'église, qu'à
cause de moi elle serait peut-être triste le soir à Guermantes. Et aussitôt je l'aimai, car s'il peut quelquefois suffire pour que nous aimions une femme qu'elle
nous regarde avec mépris comme j'avais cru qu'avait
fait Mlle Swann et que nous pensions qu'elle ne pourra
jamais nous appartenir, quelquefois aussi il peut suffire qu'elle nous regarde avec bonté comme faisait
Mme de Guermantes et que nous pensions qu'elle
pourra nous appartenir. Ses yeux bleuissaient comme

une pervenche impossible à cueillir et que pourtant
elle m'eût dédiée ; et le soleil menacé par un nuage,
mais dardant encore de toute sa force sur la place et
dans la sacristie, donnait une carnation de géranium
aux tapis rouges qu'on y avait étendus par terre pour
la solennité et sur lesquels s'avançait en souriant
Mᵐᵉ de Guermantes, et ajoutait à leur lainage un
velouté rose, un épiderme de lumière, cette sorte de
tendresse, de sérieuse douceur dans la pompe et dans
la joie qui caractérisent certaines pages de Lohen-
grin, certaines peintures de Carpaccio, et qui font
comprendre que Baudelaire ait pu appliquer au son
de la trompette l'épithète de délicieux.

Combien depuis ce jour, dans mes promenades du
côté de Guermantes, il me parut plus affligeant encore
qu'auparavant de n'avoir pas de dispositions pour les
lettres, et de devoir renoncer à être jamais un écrivain célèbre. Les regrets que j'en éprouvais, tandis
que je restais seul à rêver un peu à l'écart, me faisant tant souffrir, que pour ne plus les ressentir, de
lui-même, par une sorte d'inhibition devant la douleur, mon esprit s'arrêtait entièrement de penser aux
vers, aux romans, à un avenir poétique sur lequel
mon manque de talent m'interdisait de compter.
Alors, bien en dehors de toutes ces préoccupations
littéraires et ne s'y rattachant en rien, tout d'un coup
un toit, un reflet de soleil sur une pierre, l'odeur d'un
chemin me faisaient arrêter par un plaisir particulier
qu'ils me donnaient, et aussi parce qu'ils avaient l'air
de cacher au delà de ce que je voyais, quelque chose
qu'ils invitaient à venir prendre et que malgré mes
efforts je n'arrivais pas à découvrir. Comme je sentais
que cela se trouvait en eux, je restais là, immobile, à
regarder, à respirer, à tâcher d'aller avec ma pensée
au delà de l'image ou de l'odeur. Et s'il me fallait
rattraper mon grand-père, poursuivre ma route, je
cherchais à les retrouver, en fermant les yeux ; je

m'attachais à me rappeler exactement la ligne du toit,
la nuance de la pierre qui, sans que je pusse comprendre pourquoi, m'avaient semblé pleines, prêtes
à s'entr'ouvrir, à me livrer ce dont elles n'étaient qu'un
couvercle. Certes ce n'était pas des impressions de
ce genre qui pouvaient me rendre l'espérance que
j'avais perdue de pouvoir être un jour écrivain et
poète, car elles étaient toujours liées à un objet particulier dépourvu de valeur intellectuelle et ne se rapportant à aucune vérité abstraite. Mais du moins
elles me donnaient un plaisir irraisonné, l'illusion
d'une sorte de fécondité et par là me distrayaient de
l'ennui, du sentiment de mon impuissance que j'avais
éprouvés chaque fois que j'avais cherché un sujet
philosophique pour une grande œuvre littéraire. Mais
le devoir de conscience était si ardu que m'impo-
saient ces impressions de forme, de parfum ou de
couleur — de tâcher d'apercevoir ce qui se cachait
derrière elles, que je ne tardais pas à me chercher à
moi-même des excuses qui me permissent de me dérober à ces efforts et de m'épargner cette fatigue. Par
bonheur mes parents m'appelaient, je sentais que je
n'avais pas présentement la tranquillité nécessaire
pour poursuivre utilement ma recherche, et qu'il
valait mieux n'y plus penser jusqu'à ce que je fusse
rentré, et ne pas me fatiguer d'avance sans résultat.
Alors je ne m'occupais plus de cette chose inconnue
qui s'enveloppait d'une forme ou d'un parfum, bien
tranquille puisque je la ramenais à la maison, pro-
tégée par le revêtement d'images sous lesquelles je la
trouverais vivante, comme les poissons que les jours
où on m'avait laissé aller à la pêche, je rapportais dans
mon panier couverts par une couche d'herbe qui pré-
servait leur fraîcheur. Une fois à la maison je songeais
à autre chose et ainsi s'entassaient dans mon esprit
(comme dans ma chambre les fleurs que j'avais cueil-
lies dans mes promenades ou les objets qu'on m'avait

donnés), une pierre où jouait un reflet, un toit, un
son de cloche, une odeur de feuilles, bien des images différentes sous lesquelles il y a longtemps qu'est
morte la réalité pressentie que je n'ai pas eu assez de
volonté pour arriver à découvrir. Une fois pourtant,
— où notre promenade s'étant prolongée fort au delà
de sa durée habituelle, nous avions été bien heureux
de rencontrer à mi-chemin du retour, comme l'après-
midi finissait, le docteur Percepied qui passait en voiture à bride abattue, nous avait reconnus et fait monter avec lui —, j'eus une impression de ce genre et
ne l'abandonnai pas sans un peu l'approfondir. On
m'avait fait monter près du cocher, nous allions comme
le vent parce que le docteur avait encore avant de
rentrer à Combray à s'arrêter à Martinville-le-Sec
chez un malade à la porte duquel il avait été convenu
que nous l'attendrions. Au tournant d'un chemin
j'éprouvai tout à coup ce plaisir spécial qui ne ressemblait à aucun autre, à apercevoir les deux clochers de Martinville, sur lesquels donnait le soleil
couchant et que le mouvement de notre voiture et
les lacets du chemin avaient l'air de faire changer de
place, puis celui de Vieuxvicq qui, séparé d'eux par une
colline et une vallée, et situé sur un plateau plus élevé
dans le lointain semblait pourtant tout voisin d'eux.

En constatant, en notant la forme de leur flèche, le
déplacement de leurs lignes, l'ensoleillement de leur
surface, je sentais que je n'allais pas au bout de mon
impression, que quelque chose était derrière ce mouvement, derrière cette clarté, quelque chose qu'ils
semblaient contenir et dérober à la fois.

Les clochers paraissaient si éloignés et nous avions
l'air de si peu nous rapprocher d'eux, que je fus étonné
quand, quelques instants après, nous nous arrêtâmes
devant l'église de Martinville. Je ne savais pas la raison du plaisir que j'avais eu à les apercevoir à l'horizon
et l'obligation de chercher à découvrir cette raison me

semblait bien pénible ; j'avais envie de garder en réserve dans ma tête ces lignes remuantes au soleil et de n'y plus penser maintenant. Et il est probable que si je l'avais fait, les deux clochers seraient allés à jamais rejoindre tant d'arbres, de toits, de parfums, de sons, que j'avais distingués des autres à cause de ce plaisir obscur qu'ils m'avaient procuré et que je n'ai jamais approfondi. Je descendis causer avec mes parents en attendant le docteur. Puis nous repartîmes, je repris ma place sur le siège, je tournai la tête pour voir encore les clochers qu'un peu plus tard, j'aperçus une dernière fois au tournant d'un chemin. Le cocher, qui ne semblait pas disposé à causer, ayant à peine répondu à mes propos, force me fut, faute d'autre compagnie, de me rabattre sur celle de moi-même et d'essayer de me rappeler mes clochers. Bientôt leurs lignes et leurs surfaces ensoleillées, comme si elles avaient été une sorte d'écorce, se déchirèrent, un peu de ce qui m'était caché en elle m'apparut, j'eus une pensée qui n'existait pas pour moi l'instant avant, qui se formula en mots dans ma tête, et le plaisir que m'avait fait tout à l'heure éprouver leur vue s'en trouva tellement accru que, pris d'une sorte d'ivresse, je ne pus plus penser à autre chose. A ce moment et comme nous étions déjà loin de Martinville en tournant la tête je les aperçus de nouveau, tout noirs cette fois, car le soleil était déjà couché. Par moments les tournants du chemin me les dérobaient, puis ils se montrèrent une dernière fois et enfin je ne les vis plus.

Sans me dire que, ce qui était caché derrière les clochers de Martinville devait être quelque chose d'analogue à une jolie phrase, puisque c'était sous la forme de mots qui me faisaient plaisir, que cela m'était apparu, demandant un crayon et du papier au docteur, je composai malgré les cahots de la voiture, pour soulager ma conscience et obéir à mon enthousiasme, le petit morceau suivant que j'ai retrouvé depuis et auquel je n'ai eu à faire subir que peu de changements :

« Seuls, s'élevant du niveau de la plaine et comme perdus en campagne, montaient vers le ciel les deux clochers de Martinville. Bientôt nous en vîmes trois : venant se placer en face d'eux par une volte hardie, un clocher retardataire, celui de Vieuxvicq, les avait rejoints. Les minutes passaient, nous allions vite et pourtant les trois clochers étaient toujours au loin devant nous comme trois oiseaux posés sur la plaine, immobiles et qu'on distingue au soleil. Puis le clocher de Vieuxvicq s'écarta, prit ses distances, et les clochers de Martinville restèrent seuls, éclairés par la lumière du couchant que même à cette distance, sur leurs pentes, je voyais jouer et sourire. Nous avions été si longs à nous rapprocher d'eux, que je pensais au temps qu'il faudrait encore pour les atteindre quand, tout d'un coup, la voiture ayant tourné, elle nous déposa à leurs pieds et ils s'étaient jetés si rudement au-devant d'elle, qu'on n'eut que le temps d'arrêter pour ne pas se heurter au porche. Nous poursuivîmes notre route ; nous avions déjà quitté Martinville depuis un peu de temps et le village après nous avoir accompagnés quelques secondes avait disparu, que restés seuls à l'horizon à nous regarder fuir, ses clochers et celui de Vieuxvicq agitaient encore en signe d'adieu leurs cimes ensoleillées. Parfois l'un s'effaçait pour que les deux autres pussent nous apercevoir un instant encore ; mais la route changea de direction, ils virèrent dans la lumière comme trois pivots d'or et disparurent à mes yeux. Mais, un peu plus tard, comme nous étions déjà près de Combray, le soleil étant maintenant couché, je les aperçus une dernière fois de très loin qui n'étaient plus que comme trois fleurs peintes sur le ciel au-dessus de la ligne basse des champs. Ils me faisaient penser aussi aux trois jeunes filles d'une légende, abandonnées dans une solitude où tombait déjà l'obscurité ; et tandis que nous nous éloignions au galop, je les vis timidement chercher leur chemin et après quelques gauches trébuchements de leurs nobles silhouettes, se serrer les uns contre les autres, glisser l'un derrière l'autre, ne plus faire sur le ciel encore rose qu'une seule forme noire, charmante et résignée, et s'effacer dans la nuit. » Je ne repensai jamais à cette page, mais à ce moment-là, quand, au coin du siège où le cocher du docteur plaçait habituellement dans un panier les volailles qu'il avait achetées au marché de Martinville, j'eus fini de l'écrire, je me trouvai si heureux, je sentais qu'elle m'avait si parfaitement débarrassé de ces clochers et de ce qu'ils cachaient derrière eux, que, comme si j'avais été moi-même une poule et si je venais de pondre un œuf, je me mis à chanter à tue-tête.

Pendant toute la journée, dans ces promenades, j'avais pu rêver au plaisir que ce serait d'être l'ami de la duchesse de Guermantes, de pêcher la truite, de me promener en barque sur la Vivonne, et, avide de bonheur, ne demander en ces moments-là rien d'autre à la vie que de se composer toujours d'une suite d'heureux après-midi. Mais quand sur le chemin du retour j'avais aperçu sur la gauche une ferme, assez distante de deux autres qui étaient au contraire très rapprochées, et à partir de laquelle pour entrer dans Combray il n'y avait plus qu'à prendre une allée de chênes bordée d'un côté de prés appartenant chacun à un petit clos et plantés à intervalles égaux de pommiers qui y portaient, quand ils étaient éclairés par le soleil couchant, le dessin japonais de leurs ombres, brusquement mon cœur se mettait à battre, je savais qu'avant une demi-heure nous serions rentrés, et que, comme c'était de règle les jours où nous étions allés du côté de Guermantes et où le dîner était servi plus tard on m'enverrait me coucher sitôt ma soupe prise, de sorte que ma mère, retenue à table comme s'il y

avait du monde à dîner, ne monterait pas me dire bonsoir dans mon lit. La zone de tristesse où je venais
d'entrer était aussi distincte de la zone où je m'élançais avec joie il y avait un moment encore, que dans
certains ciels une bande rose est séparée comme par
une ligne d'une bande verte ou d'une bande noire. On
voit un oiseau voler dans le rose, il va en atteindre la
fin, il touche presque au noir, puis il y est entré. Les
désirs qui tout à l'heure m'entouraient, d'aller à Guermantes, de voyager, d'être heureux, j'étais maintenant
tellement en dehors d'eux que leur accomplissement
ne m'eût fait aucun plaisir. Comme j'aurais donné tout
cela pour pouvoir pleurer toute la nuit dans les bras de
maman ! Je frissonnais, je ne détachais pas mes yeux
angoissés du visage de ma mère, qui n'apparaîtrait pas
ce soir dans la chambre où je me voyais déjà par la
pensée, j'aurais voulu mourir. Et cet état durerait
jusqu'au lendemain, quand les rayons du matin, appuyant, comme le jardinier, leurs barreaux au mur
revêtu de capucines qui grimpaient jusqu'à ma fenêtre,
je sauterais à bas du lit pour descendre vite au jardin,
sans plus me rappeler que le soir ramènerait jamais
l'heure de quitter ma mère. Et de la sorte c'est du
côté de Guermantes que j'ai appris à distinguer ces
états qui se succèdent en moi, pendant certaines pé-
riodes, et vont jusqu'à se partager chaque journée,
l'un revenant chasser l'autre, avec la ponctualité de
la fièvre ; contigus, mais si extérieurs l'un à l'autre,
si dépourvus de moyens de communication entre eux,
que je ne puis plus comprendre, plus même me représenter dans l'un, ce que j'ai désiré, ou redouté, ou
accompli dans l'autre.

C'est ainsi que le côté de Méséglise et le côté de
Guermantes restent liés pour moi à bien des petits
événements de celle de toutes les diverses vies que
nous menons parallèlement, qui est la plus pleine de
péripéties, la plus riche en épisodes, je veux dire la

vie intellectuelle. Sans doute elle progresse en nous
insensiblement et les vérités qui en ont changé pour
nous le sens et l'aspect, qui nous ont ouvert de nouveaux chemins, nous en préparions depuis longtemps
la découverte ; mais c'était sans le savoir ; et elles ne
datent pour nous que du jour, de la minute où elles
nous sont devenues visibles. Les fleurs qui jouaient alors
sur l'herbe, l'eau qui passait au soleil, tout le paysage
qui environna leur apparition continue à accompagner leur souvenir de son visage inconscient ou distrait ; et certes quand ils étaient longuement contem-
plés par cet humble passant, par cet enfant qui rêvait,
— comme l'est un roi, par un mémorialiste perdu
dans la foule, — ce coin de nature, ce bout de jardin
n'eussent pu penser que ce serait grâce à lui qu'ils
seraient appelés à survivre en leurs particularités les
plus éphémères ; et pourtant ce parfum d'aubépine qui
butine le long de la haie où les églantiers le rempla-
ceront bientôt, un bruit de pas sans écho sur les
gravier d'une allée, une bulle formée contre une plante
aquatique par l'eau de la rivière et qui crève aussitôt,
mon exaltation les a portés et a réussi à leur faire traverser tant d'années successives, tandis qu'alentour
les chemins se sont effacés et que sont morts ceux
qui les foulèrent et le souvenir de ceux qui les foulèrent. Parfois ce morceau de paysage amené ainsi jusqu'à aujourd'hui se détache si isolé de tout, qu'il flotte
incertain dans ma pensée comme une Délos fleurie, sans
que je puisse dire de quel pays, de quel temps — peut-
être tout simplement de quel rêve —, il vient. Mais
c'est surtout comme à des gisements profonds de mon
sol mental, comme aux terrains résistants sur lesquels
je m'appuie encore, que je dois penser au côté de Méséglise et au côté de Guermantes. C'est parce que je
croyais aux choses, aux êtres, tandis que je les par-
courais, que les choses, les êtres qu'ils m'ont fait connaître, sont les seuls que je prenne encore au sérieux

15

et qui me donnent encore de la joie. Soit que la foi
qui crée soit tarie en moi, soit que la réalité ne se
forme que dans la mémoire, les fleurs qu'on me montre
aujourd'hui pour la première fois ne me semblent pas
de vraies fleurs. Le côté de Méséglise avec ses lilas,
ses aubépines, ses bluets, ses coquelicots, ses pommiers, le côté de Guermantes avec sa rivière à têtards,
ses nymphéas et ses boutons d'or, ont constitué à
tout jamais pour moi la figure des pays où j'aimerais
vivre, où j'exige avant tout qu'on puisse aller à la pêche, se promener en canot, voir des ruines de fortifica-
tions gothiques et trouver au milieu des blés, ainsi
qu'était Saint-André-des-Champs, une église monumen-
tale, rustique et dorée comme une meule ; et les bleuets,
les aubépines, les pommiers qu'il m'arrive quand je
voyage de rencontrer encore dans les champs, parce
qu'ils sont situés à la même profondeur, au niveau de
mon passé, sont immédiatement en communication
avec mon cœur. Et pourtant, parce qu'il y a quelque
chose d'individuel dans les lieux, quand me saisit le
désir de revoir le côté de Guermantes, on ne le satis-
ferait pas en me menant au bord d'une rivière où il
y aurait d'aussi beaux, de plus beaux nymphéas que
dans la Vivonne, pas plus que le soir en rentrant, —
à l'heure où s'éveillait en moi cette angoisse qui plus
tard émigre dans l'amour, et peut devenir à jamais
inséparable de lui —, je n'aurais souhaité que vint me
dire bonsoir une mère plus belle et plus intelligente
que la mienne. Non ; de même que ce qu'il me fallait pour
que je pusse m'endormir heureux, avec cette paix sans
trouble qu'aucune maîtresse n'a pu me donner depuis
puisqu'on doute d'elles encore au moment où on croit
en elles, et qu'on ne possède jamais leur cœur comme
je recevais dans un baiser celui de ma mère, tout entier, sans la réserve d'une arrière-pensée, sans le reli-
quat d'une intention qui ne fut pas pour moi, — c'est
que ce fût elle, c'est qu'elle inclinât vers moi ce visage

où il y avait au-dessous de l'œil quelque chose qui était, paraît-il, un défaut, et que j'aimais à l'égal du reste, de même ce que je veux revoir c'est le côté de Guermantes que j'ai connu, avec la ferme qui est peu éloignée des deux suivantes serrées l'une contre l'autre, à l'entrée de l'allée des chênes ; ce sont ces prairies où, quand le soleil les rend réfléchissantes comme une mare, se dessinent les feuilles des pommiers, c'est ce paysage dont parfois, la nuit dans mes rêves, l'individualité m'étreint avec une puissance presque fantastique et que je ne peux plus retrouver au réveil. Sans doute pour avoir à jamais indissolublement uni en moi des impressions différentes rien que parce qu'ils me les avaient fait éprouver en même temps, le côté de Méséglise ou le côté de Guermantes m'ont exposé, pour l'avenir, à bien des déceptions et même à bien des fautes. Car souvent j'ai voulu revoir une personne sans discerner que c'était simplement parce qu'elle me rappelait une haie d'aubépines, et j'ai été induit à croire, à faire croire à un regain d'affection, par un simple désir de voyage. Mais par là même aussi, et en restant présents en celles de mes impressions d'aujourd'hui, auxquelles ils peuvent se relier, ils leur donnent des assises, de la profondeur, une dimension de plus qu'aux autres. Ils leur ajoutent aussi un charme, une signification qui n'est que pour moi. Quand par les soirs d'été le ciel harmonieux gronde comme une bête fauve et que chacun boude l'orage, c'est au côté de Méséglise que je dois de rester seul en extase à respirer, à travers le bruit de la pluie qui tombe, l'odeur d'invisibles et persistants lilas.

*
* *

C'est ainsi que je restais souvent jusqu'au matin à songer au temps de Combray, à mes tristes soirées

sans sommeil, à tant de jours aussi dont l'image
m'avait été plus récemment rendue par la saveur —
ce qu'on aurait appelé à Combray le « parfum » —
d'une tasse de thé, et par association de souvenirs à
ce que, bien des années après avoir quitté cette petite
ville, j'avais appris, au sujet d'un amour que Swann
avait eu avant ma naissance, avec cette précision dans
les détails plus facile à obtenir quelquefois pour la
vie de personnes mortes il y a des siècles que pour
celle de nos meilleurs amis, et qui semble impossible
comme semblait impossible de causer d'une ville à
une autre — tant qu'on ignore le biais par lequel cette
impossibilité a été tournée. Tous ces souvenirs ajoutés les uns aux autres ne formaient plus qu'une masse,
mais non sans qu'on ne pût distinguer entre eux, —
entre les plus anciens, et ceux plus récents, nés d'un
parfum, puis ceux qui n'étaient que les souvenirs
d'une autre personne de qui je les avais appris —
sinon des fissures, des failles véritables, du moins ces
veinures, ces bigarrures de coloration, qui dans certaines roches, dans certains marbres, révèlent des
différences d'origine, d'âge, de « formation ».

Certes quand approchait le matin, il y avait bien
longtemps qu'était dissipée la brève incertitude de mon
réveil. Je savais dans quelle chambre je me trouvais
effectivement, je l'avais reconstruite autour de moi dans
l'obscurité, et, — soit en m'orientant par la seule mémoire, soit en m'aidant, comme indication, d'une faible
lueur aperçue, au pied de laquelle je plaçais les rideaux
de la croisée —, je l'avais reconstruite tout entière et
meublée comme un architecte et un tapissier qui gardent leur ouverture primitive aux fenêtres et aux portes, j'avais reposé les glaces et remis la commode à sa
place habituelle. Mais à peine le jour — et non plus le
reflet d'une dernière braise sur une tringle de cuivre
que j'avais pris pour lui — traçait-il dans l'obscurité, et
comme à la craie, sa première raie blanche et rectifica-

tive, que la fenêtre avec ses rideaux, quittait le cadre de la porte où je l'avais située par erreur, tandis que pour lui faire place, le bureau que ma mémoire avait maladroitement installé là se sauvait à toute vitesse, poussant devant lui la cheminée et écartant le mur mitoyen du couloir ; une courette régnait là où il y a un instant encore s'étendait le cabinet de toilette, et la demeure que j'avais rebâtie dans les ténèbres était allée rejoindre les demeures entrevues dans le tourbillon du réveil, mise en fuite par ce pâle signe qu'avait tracé au-dessus des rideaux le doigt levé du jour.

DEUXIÈME PARTIE

UN AMOUR DE SWANN

Pour faire partie du « petit noyau », du « petit groupe », du « petit clan » des Verdurin, une condition était suffisante mais elle était nécessaire : il fallait adhérer tacitement à un Credo dont un des articles était que le jeune pianiste, protégé par Mme Verdurin cette année-là et dont elle disait : « Ça ne devrait pas être permis de savoir jouer Wagner comme ça ! », « enfonçait » à la fois Planté et Rubinstein et que le docteur Cottard avait plus de diagnostic que Potain. Toute « nouvelle recrue » à qui les Verdurin ne pouvaient pas persuader que les soirées des gens qui n'allaient pas chez eux étaient ennuyeuses comme la pluie, se voyait immédiatement exclue. Les femmes étant à cet égard plus rebelles que les hommes à déposer toute curiosité mondaine et l'envie de se renseigner par soi-même sur l'agrément des autres salons, et les Verdurin sentant d'autre part que cet esprit d'examen et ce démon de frivolité pouvaient par contagion devenir fatal à l'orthodoxie de la petite église, ils avaient été amenés à rejeter successivement tous les « fidèles » du sexe féminin.

En dehors de la jeune femme du docteur, ils étaient

réduits presque uniquement cette année-là (bien que
Mme Verdurin fût elle-même vertueuse et d'une res-
pectable famille bourgeoise excessivement riche et
entièrement obscure avec laquelle elle avait peu à peu
cessé volontairement toute relation) à une personne
presque du demi-monde, Mme de Crécy, que Mme Verdurin appelait par son petit nom, Odette, et déclarait être
« un amour » et à la tante du pianiste, laquelle devait
avoir tiré le cordon ; personnes ignorantes du monde
et à la naïveté de qui il avait été si facile de faire ac-
croire que la princesse de Sagan et la duchesse de
Guermantes étaient obligées de payer des malheureux
pour avoir du monde à leurs dîners, que si on leur
avait offert de les faire inviter chez ces deux grandes
dames, l'ancienne concierge et la cocotte eussent dédaigneusement refusé.

Les Verdurin n'invitaient pas à dîner : on avait
chez eux « son couvert mis ». Pour la soirée, il n'y
avait pas de programme. Le jeune pianiste jouait,
mais seulement si « ça lui chantait » car on ne forçait personne et comme disait M. Verdurin : « Tout
pour les amis, vive les camarades ! » Si le pianiste
voulait jouer la chevauchée de la Walkyrie ou le prélude de Tristan, Mme Verdurin protestait, non que
cette musique lui déplût, mais au contraire parce
qu'elle lui causait trop d'impression. « Alors vous tenez
à ce que j'aie ma migraine ? Vous savez bien que c'est
la même chose chaque fois qu'il joue ça. Je sais ce qui
m'attend ! Demain quand je voudrai me lever, bonsoir, plus personne ! » S'il ne jouait pas, on causait,
et l'un des amis, le plus souvent leur peintre favori
d'alors, « lâchait », comme disait M. Verdurin, « une
grosse faribole qui faisait esclaffer tout le monde »,
Mme Verdurin surtout, à qui, — tant elle avait l'habitude de prendre au propre les expressions figurées des
émotions qu'elle éprouvait, — le docteur Cottard (un
jeune débutant à cette époque) dut un jour remettre

sa mâchoire qu'elle avait décrochée pour avoir trop ri.

L'habit noir était défendu parce qu'on était entre « copains » et pour ne pas ressembler aux « ennuyeux » dont on se garait comme de la peste et qu'on n'invitait qu'aux grandes soirées, données le plus rarement possible et seulement si cela pouvait amuser le peintre ou faire connaître le musicien. Le reste du temps on se contentait de jouer des charades, de souper en costumes, mais entre soi, en ne mêlant aucun étranger au petit « noyau ».

Mais au fur et à mesure que les « camarades » avaient pris plus de place dans la vie de Mme Verdurin, les ennuyeux, les réprouvés, ce fut tout ce qui retenait les amis loin d'elle, ce qui les empêchait quelquefois d'être libres, ce fut la mère de l'un, la profession de l'autre, la maison de campagne ou la mauvaise santé d'un troisième. Si le docteur Cottard croyait devoir partir en sortant de table pour retourner auprès d'un malade en danger : « Qui sait, lui disait Mme Verdurin, cela lui fera peut-être beaucoup plus de bien que vous n'alliez pas le déranger ce soir ; il passera une bonne nuit sans vous ; demain matin vous irez de bonne heure et vous le trouverez guéri. » Dès le commencement de décembre elle était malade à la pensée que les fidèles « lâcheraient » pour le jour de Noël et le 1er janvier. La tante du pianiste exigeait qu'il vînt dîner ce jour-là en famille chez sa mère à elle :

— Vous croyez qu'elle en mourrait, votre mère, s'écria durement Mme Verdurin, si vous ne dîniez pas avec elle le jour de l'an, comme en *province !*

Ses inquiétudes renaissaient à la semaine sainte :

— Vous, docteur, un savant, un esprit fort, vous venez naturellement le vendredi saint comme un autre jour ? dit-elle à Cottard la première année, d'un ton assuré comme si elle ne pouvait douter de la réponse. Mais elle tremblait en attendant qu'il l'eût prononcée, car s'il n'était pas venu, elle risquait de se trouver seule.

— « Je viendrai le vendredi saint... vous faire mes adieux car nous allons passer les fêtes de Pâques en Auvergne. »

— « En Auvergne ? pour vous faire manger par les puces et la vermine, grand bien vous fasse ! »

Et après un silence :

— « Si vous nous l'aviez dit au moins, nous aurions tâché d'organiser cela et de faire le voyage ensemble dans des conditions confortables. »

De même si un « fidèle » avait un ami, ou une « habituée » un flirt qui serait capable de faire « lâcher » quelquefois, les Verdurin qui ne s'effrayaient pas qu'une femme eût un amant pourvu qu'elle l'eût chez eux, l'aimât en eux, et ne le leur préférât pas, disaient : « Eh bien, amenez-le votre ami. » Et on l'engageait à l'essai, pour voir s'il était capable de ne pas avoir de secrets pour Mᵐᵉ Verdurin, s'il était susceptible d'être agrégé au « petit clan ». S'il ne l'était on prenait à part le fidèle qui l'avait présenté et on lui rendait le service de le brouiller avec son ami ou avec sa maîtresse. Dans le cas contraire le « nouveau » devenait à son tour un fidèle. Aussi quand cette année-là la demi-mondaine raconta à M. Verdurin qu'elle avait fait la connaissance d'un homme charmant, M. Swann, et insinua qu'il serait très heureux d'être reçu chez eux, M. Verdurin transmit-il séance tenante la requête à sa femme. (Il n'avait jamais d'avis qu'après sa femme, dont son rôle particulier était de mettre à exécution les désirs, ainsi que les désirs des fidèles, avec de grandes ressources d'ingéniosité.)

— Voici Mᵐᵉ de Crécy qui a quelque chose à te demander. Elle désirerait te présenter un de ses amis, M. Swann. Qu'en dis-tu ?

— « Mais voyons, est-ce qu'on peut refuser quelque chose à une petite perfection comme ça. Taisez-vous, on ne vous demande pas votre avis, je vous dis que vous êtes une perfection. »

— « Puisque vous le voulez, répondit Odette sur un ton de marivaudage, et elle ajouta : vous savez que je ne suis pas « fishing for compliments ».

— « Eh bien, amenez-le votre ami, s'il est agréable. »

Certes le « petit noyau » n'avait aucun rapport avec la société où fréquentait Swann, et de purs mondains auraient trouvé que ce n'était pas la peine d'y occuper comme lui une situation exceptionnelle pour se faire présenter chez les Verdurin. Mais Swann aimait tellement les femmes, qu'à partir du jour où il avait connu à peu près toutes celles de l'aristocratie et où elles n'avaient plus rien eu à lui apprendre, il n'avait plus tenu à ces lettres de naturalisation, presque des titres de noblesse, que lui avait octroyés le faubourg Saint-Germain, que comme à une sorte de valeur d'échange, de lettre de crédit dénuée de prix en elle-même, mais lui permettant de s'improviser une situation dans tel petit trou de province ou tel milieu obscur de Paris, où la fille du hobereau ou du greffier lui avait semblé jolie. Car le désir ou l'amour lui rendait alors un sentiment de vanité dont il était maintenant exempt dans l'habitude de la vie (bien que ce fût lui sans doute qui autrefois l'avait dirigé vers cette carrière mondaine où il avait gaspillé dans les plaisirs frivoles les dons de son esprit et fait servir son érudition en matière d'art, à conseiller les dames de la société dans leurs achats de tableaux et pour l'ameublement de leurs hôtels), et qui lui faisait désirer de briller aux yeux d'une inconnue dont il s'é'ait pris d'une élégance que le nom de Swann à lui tout seul n'impliquait pas. Il le désirait surtout si l'inconnue était d'humble condition. De même que ce n'est pas à un autre homme intelligent qu'un homme intelligent aura peur de paraître bête, ce n'est pas par un grand seigneur,

c'est par un rustre qu'un homme élégant craindra de
voir son élégance méconnue. Les trois quarts des frais
d'esprit et des mensonges de vanité qui ont été prodi-
gués depuis que le monde existe par des gens qu'ils
ne faisaient que diminuer, l'ont été pour des inférieurs.
Et Swann qui était simple et négligent avec une duchesse, tremblait d'être méprisé, posait, quand il était
devant une femme de chambre.

Il n'était pas comme tant de gens qui par paresse,
ou sentiment résigné de l'obligation que crée la grandeur sociale de rester attaché à un certain rivage,
s'abstiennent des plaisirs que la réalité leur présente
en dehors de la position mondaine où ils vivent can-
tonnés jusqu'à leur mort, se contentant de finir par
appeler plaisirs, faute de mieux, une fois qu'ils sont
parvenus à s'y habituer, les divertissements médiocres
ou les supportables ennuis qu'elle renferme. Swann,
lui, ne cherchait pas à trouver jolies les femmes avec
qui il passait son temps, mais à passer son temps avec
les femmes qu'il avait d'abord trouvé jolies. Et c'étaient
souvent des femmes de beauté assez vulgaire, car les
qualités physiques qu'il recherchait sans s'en rendre
compte étaient en complète opposition avec celles qui
lui rendaient admirables les femmes sculptées ou
peintes par les maîtres qu'il préférait. La profondeur,
la mélancolie de l'expression, glaçaient ses sens que suffisait au contraire à éveiller une chair saine, plantu-
reuse et rose.

Si en voyage il rencontrait une famille qu'il eût été
plus élégant de ne pas chercher à connaître, mais dans
laquelle une femme se présentait à ses yeux parée d'un
charme qu'il n'avait pas encore connu, rester dans
son « quant à soi » et tromper le désir qu'elle avait
fait naître, substituer un plaisir différent au plaisir
qu'il eût pu connaître avec elle, en écrivant à une ancienne maîtresse de venir le rejoindre, lui eût semblé
une aussi lâche abdication devant la vie, un aussi stu-

pide renoncement à un bonheur nouveau, que si au
lieu de visiter le pays, il s'était confiné dans sa chambre
en regardant des vues de Paris. Il ne s'enfermait pas
dans l'édifice de ses relations, mais en avait fait, pour
pouvoir le reconstruire à pied d'œuvre sur de nouveaux
frais partout où une femme lui avait plu, une de ces
tentes démontables comme les explorateurs en em-
portent avec eux. Pour ce qui n'en était pas trans-
portable ou échangeable contre un plaisir nouveau, il
l'eût donné pour rien, si enviable que cela parût à
d'autres. Que de fois son crédit auprès d'une duchesse,
fait du désir accumulé depuis des années que celle-ci
avait eu de lui être agréable sans en avoir trouvé l'occasion, il s'en était défait d'un seul coup en réclamant
d'elle par une indiscrète dépêche une recommandation
télégraphique qui le mît en relation, sur l'heure, avec
un de ses intendants dont il avait remarqué la fille à la
campagne, comme ferait un affamé qui troquerait un
diamant contre un morceau de pain. Même, après coup,
il s'en amusait, car il y avait en lui, rachetée par de
rares délicatesses, une certaine muflerie. Puis, il appartenait à cette catégorie d'hommes intelligents qui
ont vécu dans l'oisiveté et qui cherchent une consolation et peut-être une excuse dans l'idée que cette
oisiveté offre à leur intelligence des objets aussi dignes
d'intérêt que pourrait faire l'art ou l'étude, que la
« Vie » contient des situations plus intéressantes, plus
romanesques que tous les romans. Il l'assurait du
moins et le persuadait aisément aux plus affinés de ses
amis du monde, notamment au baron de Charlus qu'il
s'amusait à égayer par le récit des aventures piquantes
qui lui arrivaient, soit qu'ayant rencontré en chemin
de fer une femme qu'il avait ensuite ramené chez lui
il eût découvert qu'elle était la sœur d'un souverain
qui tenait en ce moment dans ses mains tous les fils
de la politique européenne, au courant de laquelle il
se trouvait ainsi tenu d'une façon très agréable, soit

que par le jeu complexe des circonstances, il dépen-
dait du choix qu'allait faire le conclave, s'il pourrait
ou non devenir l'amant d'une cuisinière.

Ce n'était pas seulement d'ailleurs la brillante pha-
lange de vertueuses douairières, de généraux, d'aca-
démiciens, avec lesquels il était particulièrement lié,
que Swann forçait avec tant de cynisme à lui servir
d'entremetteurs. Tous ses amis avaient l'habitude de
recevoir de temps en temps des lettres de lui où un
mot de recommandation ou d'introduction leur était
demandé avec une habileté diplomatique qui, persis-
tant à travers les amours successives et les prétextes
différents, accusait plus que n'eussent fait des mala-
dresses un caractère permanent et des buts identiques. Je me suis souvent fait raconter bien des années
plus tard, quand je commençai à m'intéresser à son
caractère à cause des ressemblances qu'en de tout
autres parties il offrait avec le mien, que quand il
écrivait à mon grand-père (qui ne l était pas encore,
car c'est vers l'époque de ma naissance que commença
la grande liaison de Swann et elle interrompit longtemps ces pratiques), celui-ci, en reconnaissant sur
l'enveloppe l'écriture de son ami, s'écriait : « Voilà
Swann qui va demander quelque chose : à la garde! »
Et soit méfiance, soit par le sentiment inconsciemment
diabolique qui nous pousse à n'offrir une chose qu'aux
gens qui n'en ont pas envie, mes grands-parents oppo-
saient une fin de non recevoir absolue aux prières les
plus faciles à satisfaire qu'il leur adressait, comme de
le présenter à une jeune fille qui dînait tous les dimanches à la maison, et qu'ils étaient obligés, chaque
fois que Swann leur en reparlait, de faire semblant de
ne plus voir, alors que pendant toute la semaine on
se demandait qui on pourrait bien inviter avec elle,
finissant souvent par ne trouver personne, faute de
faire signe à celui qui en eût été si heureux.

Quelquefois tel couple ami de mes grands-parents

et qui jusque-là s'était plaint de ne jamais voir Swann,
leur annonçait, avec satisfaction et peut-être un peu
le désir d'exciter l'envie, qu'il était devenu tout ce qu'il
y a de plus charmant pour eux, qu'il ne les quittait
plus. Mon grand-père ne voulait pas troubler leur
plaisir mais regardait ma grand'mère en fredonnant :

> « Quel est donc ce mystère
> Je n'y puis rien comprendre. »

ou :

> « Vision fugitive... »

ou :

> « Dans ces affaires
> Le mieux est de ne rien voir. »

Quelques mois après, si mon grand-père demandait
au nouvel ami de Swann : « Et Swann, le voyez-vous
toujours beaucoup ? » la figure de l'interlocuteur s'allongeait : « Ne prononcez jamais son nom devant
moi ! » — « Mais je croyais que vous étiez si liés... » Il
avait été ainsi pendant quelques mois le familier de
cousins de ma grand'mère, dînant presque chaque jour
chez eux. Brusquement il cessa de venir, sans avoir
prévenu. On le crut malade, et la cousine de ma grand'-
mère allait envoyer demander de ses nouvelles quand
à l'office elle trouva une lettre de lui qui traînait par
mégarde dans le livre de comptes de la cuisinière. Il
y annonçait à cette femme qu'il allait quitter Paris,
qu'il ne pourrait plus venir. Elle était sa maîtresse,
et au moment de rompre, c'était elle seule qu'il avait
jugé utile d'avertir.

Quand sa maîtresse du moment était au contraire
une personne mondaine ou du moins une personne
qu'une extraction trop humble ou une situation trop
irrégulière n'empêchait pas qu'il fît recevoir dans le

monde, alors pour elle il y retournait, mais seulement
dans l'orbite particulier où elle se mouvait ou bien où
il l'avait entraînée. « Inutile de compter sur Swann ce
soir, disait-on, vous savez bien que c'est le jour d'Opéra
de son américaine. » Il la faisait inviter dans les salons particulièrement fermés où il avait ses habitudes,
ses dîners hebdomadaires, son poker ; chaque soir,
après qu'un léger crêpelage ajouté à la brosse de ses
cheveux roux avait tempéré de quelque douceur la
vivacité de ses yeux verts, il choisissait une fleur pour
sa boutonnière et partait pour retrouver sa maîtresse
à dîner chez l'une ou l'autre des femmes de sa coterie;
et alors, pensant à l'admiration et à l'amitié que les
gens à la mode pour qui il faisait la pluie et le beau temps
et qu'il allait retrouver là, lui prodigueraient devant la
femme qu'il aimait, il retrouvait du charme à cette vie
mondaine sur laquelle il s'était blasé, mais dont la
matière, pénétrée et colorée chaudement d'une flamme
insinuée qui s'y jouait, lui semblait précieuse et belle
depuis qu'il y avait incorporé un nouvel amour.

Mais tandis que chacune de ces liaisons, ou chacun
de ces flirts, avait été la réalisation plus ou moins
complète d'un rêve né de la vue d'un visage ou d'un
corps que Swann avait, spontanément, sans s'y efforcer, trouvé charmants, en revanche quand un jour au
théâtre il fut présenté à Odette de Crécy par un de
ses amis d'autrefois, qui lui avait parlé d'elle comme
d'une femme ravissante avec qui il pourrait peut-être
arriver à quelque chose, mais en la lui donnant pour
plus difficile qu'elle n'était en réalité afin de paraître
lui-même avoir fait quelque chose de plus aimable en
la lui faisant connaître, elle était apparue à Swann non
pas certes sans beauté, mais d'un genre de beauté qui
lui était indifférent, qui ne lui inspirait aucun désir,
lui causait même une sorte de répulsion physique, de
ces femmes comme tout le monde a les siennes, différentes pour chacun, et qui sont l'opposé du type que

nos sens réclament. Pour lui plaire elle avait un profil trop accusé, la peau trop fragile, les pommettes trop
saillantes, les traits trop tirés. Ses yeux étaient beaux
mais si grands qu'ils fléchissaient sous leur propre
masse, fatiguaient le reste de son visage et lui donnaient toujours l'air d'avoir mauvaise mine ou d'être
de mauvaise humeur. Quelque temps après cette présentation au théâtre, elle lui avait écrit pour lui demander à voir ses collections qui l'intéresseraient tant,
« elle, ignorante qui avait le goût des jolies choses »,
disant qu'il lui semblait qu'elle le connaîtrait mieux,
quand elle l'aurait vu dans « son home » où elle l'imaginait « si confortable avec son thé et ses livres »,
quoiqu'elle ne lui eût pas caché sa surprise qu'il habitait ce quartier qui devait être si triste et « qui était
si peu *smart* pour lui qui l'était tant ». Et après qu'il
l'eût laissée venir, en le quittant elle lui avait dit son
regret d'être resté si peu dans cette demeure où elle
avait été heureuse de pénétrer, parlant de lui comme
s'il avait été pour elle quelque chose de plus que les
autres êtres qu'elle connaissait et semblant établir
entre leurs deux personnes une sorte de trait d'union
romanesque qui l'avait fait sourire. Mais à l'âge déjà
un peu désabusé dont approchait Swann et où l'on sait
se contenter d'être amoureux pour le plaisir de l'être
sans trop exiger de réciprocité, ce rapprochement des
cœurs s'il n'est plus comme dans la première jeunesse
le but vers lequel tend nécessairement l'amour, lui
reste uni en revanche par une association d'idées si
forte, qu'il peut en devenir la cause, s'il se présente
avant lui. Autrefois on rêvait de posséder le cœur de
la femme dont on était amoureux ; plus tard sentir
qu'on possède le cœur d'une femme peut suffire à
vous en rendre amoureux. Ainsi, à l'âge où il semblerait, comme on cherche surtout dans l'amour un plaisir
subjectif, que la part du goût pour la beauté d'une
femme devait y être la plus grande, l'amour peut naî-

tre, — l'amour le plus physique, — sans qu'il y ait
eu, à sa base, un désir préalable. A cette époque de
la vie, on a déjà été atteint plusieurs fois par l'amour;
il n'évolue plus seul suivant ses propres lois inconnues et fatales, devant notre cœur étonné et passif.
Nous venons à son aide, nous le faussons par la mémoire, par la suggestion. En reconnaissant un de ses
symptômes, nous nous rappelons, nous faisons renaître
les autres. Comme nous possédons sa chanson, gravée
en nous tout entière, nous n'avons pas besoin qu'une
femme nous en dise le début, — rempli par l'admiration qu'inspire la beauté —, pour en trouver la suite.
Et si elle commence au milieu, — là où les cœurs se
rapprochent, où l'on parle de n'exister plus que l'un
pour l'autre —, nous avons assez l'habitude de cette
musique pour rejoindre tout de suite notre partenaire
au passage où elle nous attend.

Odette de Crécy retourna voir Swann, puis rappro-
cha ses visites ; et sans doute chacune d'elles renouvelait pour lui la déception qu'il éprouvait à se retrouver devant ce visage dont il avait un peu oublié
les particularités dans l'intervalle, et qu'il ne s'était
pas rappelé ni si expressif ni, malgré sa jeunesse, si
fané, il regrettait, pendant qu'elle causait avec lui, que
la grande beauté qu'elle avait, ne fût pas du genre de
celles qu'il aurait spontanément préférées. Il faut d'ailleurs dire que le visage d'Odette paraissait plus maigre
et plus proéminent parce que le front et le haut des
joues, cette surface unie et plus plane était recouverte
par la masse de cheveux qu'on portait, alors, prolon-
gés en « devants », soulevés en « crêpés », répandus
en mèches folles le long des oreilles ; et quant à son
corps qui était admirablement fait, il était difficile d'en
apercevoir la continuité (à cause des modes de l'époque et quoiqu'elle fût une des femmes de Paris qui
s'habillaient le mieux), tant le corsage, s'avançant en
saillie comme sur un ventre imaginaire et finissant

brusquement en pointe pendant que par en-dessous
commençait à s'enfler le ballon des doubles jupes, donnait à la femme l'air d'être composée de pièces différentes mal emmanchées les unes dans les autres; tant
les ruchés, les volants, le gilet suivaient en toute indépendance, selon la fantaisie de leur dessin ou la consistance de leur étoffe, la ligne qui les conduisait aux
nœuds, aux bouillons de dentelle, aux effilés de jais
perpendiculaires, ou qui les dirigeait le long du busc,
mais ne s'attachaient nullement à l'être vivant, qui
selon que l'architecture de ces fanfreluches se rapprochait ou s'écartait trop de la sienne, s'y trouvait en-
goncé ou perdu.

Mais, quand Odette était partie, Swann souriait en
pensant qu'elle lui avait dit combien le temps lui durerait jusqu'à ce qu'il lui permît de revenir; il se rappelait
l'air inquiet, timide avec lequel elle l'avait une fois prié
que ce ne fût pas dans trop longtemps, et les regards
qu'elle avait eus à ce moment-là, fixés sur lui en une
imploration craintive, et qui la faisaient touchante sous
le bouquet de fleurs de pensées artificielles fixé devant
son chapeau rond de paille blanche, à brides de velours
noir. « Et vous, avait-elle dit, vous ne viendriez pas une
fois chez moi prendre le thé ? » Il avait allégué des travaux en train, une étude — en réalité abandonné depuis des années — sur Ver Meer de Delft. « Je comprends que je ne peux rien faire, moi chétive à côté
de grands savants comme vous autres, lui avait-elle
répondu. Je serais comme la grenouille devant l'aréo-
page. Et pourtant j'aimerais tant m'instruire, savoir,
être initiée. Comme cela doit être amusant de bouqui-
ner, de fourrer son nez dans de vieux papiers, avait-elle
ajouté avec l'air de contentement de soi-même que
prend une femme élégante pour affirmer que sa joie
est de se livrer sans crainte de se salir à une besogne
malpropre, comme de faire la cuisine en « mettant
elle-même les mains à la pâte. ». « Vous allez vous

moquer de moi, ce peintre qui vous empêche de me
voir, (elle voulait parler de Ver Meer) je n'avais
jamais entendu parler de lui ; vit-il encore ? Est-ce
qu'on peut voir de ses œuvres à Paris, pour que je
puisse me représenter ce que vous aimez, deviner un
peu ce qu'il y a sous ce grand front qui travaille
tant, dans cette tête qu'on sent toujours en train de
réfléchir, me dire voilà : c'est à cela qu'il est en train
de penser. Quel rêve ce serait d'être mêlée à vos travaux ! » Il s'était excusé sur sa peur des amitiés nouvelles, ce qu'il avait appelé, par galanterie, sa peur
d'être malheureux. « Vous avez peur d'une affection ?
comme c'est drôle, moi qui ne cherche que cela, qui
donnerais ma vie pour en trouver une, avait-elle dit
d'une voix si naturelle, si convaincue, qu'il en avait
été remué. Vous avez dû souffrir par une femme. Et
vous croyez que les autres sont comme elle. Elle n'a
pas su vous comprendre ; vous êtes un être si à part.
C'est cela que j'ai aimé d'abord en vous, j'ai bien senti
que vous n'étiez pas comme tout le monde. » — « Et
puis d'ailleurs vous aussi, lui avait-il dit, je sais bien
ce que c'est que les femmes, vous devez avoir des tas
d'occupations, être peu libre. » — « Moi, je n'ai jamais
rien à faire ! je suis toujours libre, je le serai toujours
pour vous. A n'importe quelle heure du jour ou de la
nuit où il pourrait vous être commode de me voir,
faites-moi chercher, et je serai trop heureuse d'accourir. Le ferez-vous ? Savez-vous ce qui serait gentil,
ce serait de vous faire présenter à Mme Verdurin chez
qui je vais tous les soirs. Croyez-vous ! si on s'y retrouvait et si je pensais que c'est un peu pour moi
que vous y êtes ! »

Et sans doute, en se rappelant ainsi leurs entretiens,
en pensant ainsi à elle quand il était seul, il faisait
seulement jouer son image entre beaucoup d'autres
images de femmes dans des rêveries romanesques;
mais si grâce à une circonstance quelconque (ou même

peut-être sans que ce fût grâce à elle, la circonstance
qui se présente au moment où un état latent jusque-
là se déclare, pouvant n'avoir influé en rien sur lui)
l'image d'Odette de Crécy venait à absorber toutes ces
rêveries, si celles-ci n'étaient plus séparables de son
souvenir, alors l'imperfection de son corps ne garderait plus aucune importance, ni qu'il eût été, plus ou
moins qu'un autre corps, selon le goût de Swann, puisque devenu le corps de celle qu'il aimait, il serait désormais le seul qui fût capable de lui causer des joies
et des tourments.

Mon grand-père avait précisément connu, ce qu'on
n'aurait pu dire d'aucun de leurs amis actuels, la famille de ces Verdurin. Mais il avait perdu toute relation avec celui qu'il appelait le « jeune Verdurin » et
qu'il considérait, un peu en gros, comme tombé —
tout en gardant de nombreux millions — dans la
bohème et la racaille. Un jour il reçut une lettre de
Swann lui demandant s'il ne pourrait pas le mettre
en rapport avec les Verdurin: « A la garde! à la garde!
s'était écrié mon grand-père, ça ne m'étonne pas du
tout, c'est bien par là que devait finir Swann. Joli
milieu ! D'abord je ne peux pas faire ce qu'il me
demande parce que je ne connais plus ce monsieur.
Et puis ça doit cacher une histoire de femme, je ne
me mêle pas de ces affaires-là. Ah! bien, nous allons
avoir de l'agrément si Swann s'affuble des petits Verdurin. »

Et sur la réponse négative de son grand-père, c'est
Odette qui avait amené elle-même Swann chez les Verdurin.

Les Verdurin avaient eu à dîner, le jour où Swann
y fit ses débuts, le docteur et M⁰ᵉ Cottard, le jeune
pianiste et sa tante, et le peintre qui avait alors leur
faveur, auxquels s'étaient joints dans la soirée quelques autres fidèles.

Le docteur Cottard ne savait jamais d'une façon

certaine de quel ton il devait répondre à quelqu'un, si
son interlocuteur voulait rire ou était sérieux. Et à
tout hasard il ajoutait à toutes ses expressions de physionomie l'offre d'un sourire conditionnel et provisoire dont la finesse expectante le disculperait du
reproche de naïveté, si le propos qu'on lui avait tenu
se trouvait avoir été facétieux. Mais comme pour faire
face à l'hypothèse opposée il n'osait pas laisser ce
sourire s'affirmer nettement sur son visage, on y
voyait flotter perpétuellement une incertitude où se
lisait la question qu'il n'osait pas poser : « Dites-vous
cela pour de bon ? » Il n'était pas plus assuré de la
façon dont il devait se comporter dans la rue, et même
en général dans la vie, que dans un salon, et on le voyait
opposer aux passants, aux voitures, aux événements
un malicieux sourire qui ôtait d'avance à son attitude
toute impropriété puisqu'il prouvait, si elle n'était pas
de mise, qu'il le savait bien et que s'il avait adopté
celle-là, c'était par plaisanterie.

Sur tous les points cependant où une franche question lui semblait permise, le docteur ne se faisait pas
faute de s'efforcer de restreindre le champ de ses doutes et de compléter son instruction.

C'est ainsi que, sur les conseils qu'une mère pré-
voyante lui avait donné quand il avait quitté sa province, il ne laissait jamais passer soit une locution ou
un nom propre qui lui étaient inconnus, sans tâcher de
se faire documenter sur eux.

Pour les locutions, il était insatiable de renseignements, car, leur supposant parfois un sens plus précis
qu'elles n'ont, il eût désiré savoir ce qu'on voulait dire
exactement par celles qu'il entendait le plus souvent employer : la beauté du diable, du sang bleu, une
vie de bâtons de chaise, le quart d'heure de Rabe-
lais, être le prince des élégances, donner carte blanche, être réduit à quia, etc., et dans quels cas déter-
minés il pouvait à son tour les faire figurer dans ses

propos. A leur défaut il plaçait des jeux de mots qu'il avait appris. Quant aux noms de personnes nouveaux qu'on prononçait devant lui il se contentait seulement de les répéter sur un ton interrogatif qu'il pensait suffisant pour lui valoir des explications qu'il n'aurait pas l'air de demander.

Comme le sens critique qu'il croyait exercer sur tout lui faisait complètement défaut, le raffinement de politesse qui consiste à affirmer, à quelqu'un qu'on oblige, sans souhaiter d'en être cru, que c'est à lui qu'on a obligation, était peine perdue avec lui, il prenait tout au pied de la lettre. Quel que fût l'aveuglement de Mme Verdurin à son égard, elle avait fini, tout en continuant à le trouver très fin, par être agacée de voir que quand elle l'invitait dans une avant-scène à entendre Sarah Bernhardt, lui disant, pour plus de grâce : « Vous êtes trop aimable d'être venu, doc-teur, d'autant plus que je suis sûre que vous avez déjà souvent entendu Sarah Bernhardt, et puis nous sommes peut-être trop près de la scène », le docteur Cottard qui était entré dans la loge avec un sourire qui attendait pour se préciser ou pour disparaître que quelqu'un d'autorisé le renseignât sur la valeur du spectacle, lui répondait : « En effet on est beaucoup trop près et on commence à être fatigué de Sarah Bernhardt. Mais vous m'avez exprimé le désir que je vienne. Pour moi vos désirs sont des ordres. Je suis trop heureux de vous rendre ce petit service. Que ne ferait-on pas pour vous être agréable, vous êtes si bonne. » Et il ajoutait : « Sarah Bernhardt c'est bien la Voix d'Or, n'est-ce pas ? On écrit souvent aussi qu'elle brûle les planches. C'est une expression bizarre n'est-ce pas ? » dans l'espoir de commentaires qui ne venaient point.

« Tu sais, avait dit Mme Verdurin à son mari, je crois que nous faisons fausse route quand par modes-tie nous déprécions ce que nous offrons au docteur.

C'est un savant qui vit en dehors de l'existence pratique, il ne connaît pas par lui-même la valeur des
choses et il s'en rapporte à ce que nous lui en disons. »
— « Je n'avais pas osé te le dire, mais je l'avais remarqué », répondit M. Verdurin. Et au jour de l'an
suivant, au lieu d'envoyer au docteur Cottard un
rubis de trois mille francs en lui disant que c'était
bien peu de chose, M. Verdurin acheta pour trois
cents francs une pierre reconstituée en laissant entendre qu'on pouvait difficilement en voir d'aussi belle.

Quand Mme Verdurin avait annoncé qu'on aurait,
dans la soirée, M. Swann : « Swann ? » s'était écrié le
docteur d'un accent rendu brutal par la surprise, car
la moindre nouvelle prenait toujours plus au dépourvu
que quiconque cet homme qui se croyait perpétuellement préparé à tout. Et voyant qu'on ne lui répondait pas : « Swann ? Qui ça, Swann ! » hurla-t-il au
comble d'un anxiété qui se détendit soudain quand
Mme Verdurin eut dit : « Mais l'ami dont Odette nous
avait parlé. » — « Ah ! bon ; bon ; ça va bien », répondit le docteur apaisé. Quant au peintre il se réjouissait de l'introduction de Swann chez Mme Verdurin,
parce qu'il le supposait amoureux d'Odette et qu'il
aimait à favoriser les liaisons. « Rien ne m'amuse
comme de faire des mariages, confia-t-il, dans l'oreille,
au docteur Cottard, j'en ai déjà réussi beaucoup, même
entre femmes ! »

En disant aux Verdurin que Swann était très
« smart », Odette leur avait fait craindre un
« ennuyeux ». Il leur fit au contraire une excellente
impression dont à leur insu sa fréquentation dans
la société élégante était une des causes indirectes.
Il avait en effet sur les hommes même intelligents
qui ne sont jamais allés dans le monde, une des supériorités de ceux qui y ont un peu vécu, qui est de ne
plus le transfigurer par le désir ou par l'horreur qu'il
inspire à l'imagination, de le considérer comme sans au-

cune importance. Leur amabilité, séparée de tout snobisme et de la peur de paraître trop aimable, devenue
indépendante, a cette aisance, cette grâce des mouvements de ceux dont les membres assouplis exécutent
exactement ce qu'ils veulent, sans participation indiscrète et maladroite du reste du corps. La simple gymnastique élémentaire de l'homme du monde tendant
la main avec bonne grâce au jeune homme inconnu
qu'on lui présente et s'inclinant avec réserve devant
l'ambassadeur à qui on le présente, avait fini par passer sans qu'il en fût conscient dans toute l'attitude
sociale de Swann, qui vis-à-vis de gens d'un milieu
inférieur au sien comme étaient les Verdurin et leurs
amis, fit instinctivement montre d'un empressement,
se livra à des avances, dont, selon eux, un ennuyeux
se fût abstenu. Il n'eut un moment de froideur qu'avec
le docteur Cottard : en le voyant lui cligner de l'œil
et lui sourire d'un air ambigu avant qu'ils se fussent
encore parlé (mimique que Cottard appelait « laisser
venir »), Swann crut que le docteur le connaissait sans
doute pour s'être trouvé avec lui en quelque lieu de
plaisir, bien que lui-même y allât pourtant fort peu,
n'ayant jamais vécu dans le monde de la noce. Trouvant l'allusion de mauvais goût, surtout en présence
d'Odette qui pourrait en prendre une mauvaise idée
de lui, il affecta un air glacial. Mais quand il apprit
qu'une dame qui se trouvait près de lui était Mme Cottard, il pensa qu'un mari aussi jeune n'aurait pas
cherché à faire allusion devant sa femme à des divertissements de ce genre ; et il cessa de donner à l'air
entendu du docteur la signification qu'il redoutait. Le
peintre invita tout de suite Swann à venir avec Odette
à son atelier, Swann le trouva gentil. « Peut-être
qu'on vous favorisera plus que moi, dit Mme Verdurin, sur un ton qui feignait d'être piqué, et qu'on
vous montrera le portrait de Cottard (elle l'avait com-
mandé au peintre). Pensez bien « monsieur » Biche,

rappela-t-elle au peintre, à qui c'était une plaisanterie consacrée de dire monsieur, à rendre le joli regard, le petit côté fin, amusant, de l'œil. Vous savez
que ce que je veux surtout avoir, c'est son sourire,
ce que je vous ai demandé c'est le portrait de son
sourire. » Et comme cette expression lui sembla remarquable elle la répéta très haut pour être sûre que
plusieurs invités l'eussent entendue, et même, sous un
prétexte vague, en fit d'abord rapprocher quelques-
uns. Swann demanda à faire la connaissance de tout
le monde, même d'un vieil ami des Verdurin, Saniette,
à qui sa timidité, sa simplicité et son bon cœur
avaient fait perdre partout la considération que lui
avaient value sa science d'archiviste, sa grosse fortune,
et la famille distinguée dont il sortait. Il avait dans la
bouche, en parlant, une bouillie qui était adorable parce
qu'on sentait qu'elle trahissait moins un défaut de la
langue qu'une qualité de l'âme, comme un reste de
l'innocence du premier âge qu'il n'avait jamais perdue.
Toutes les consonnes qu'il ne pouvait prononcer figuraient comme autant de duretés dont il était incapable.
En demandant à être présenté à M. Saniette, Swann
fit à Mme Verdurin l'effet de renverser les rôles (au
point qu'en réponse, elle dit en insistant sur la différence : « Monsieur Swann, voudriez-vous avoir la bonté
de me permettre de vous présenter notre ami Saniette »), mais excita chez Saniette une sympathie ardente que d'ailleurs les Verdurin ne révélèrent jamais
à Swann, car Saniette les agaçait un peu et ils ne
tenaient pas à lui faire des amis. Mais en revanche
Swann les toucha infiniment en croyant devoir demander tout de suite à faire la connaissance de la tante du
pianiste. En robe noire comme toujours, parce qu'elle
croyait qu'en noir on est toujours bien et que c'est ce
qu'il y a de plus distingué, elle avait le visage excessivement rouge comme chaque fois qu'elle venait de
manger. Elle s'inclina devant Swann avec respect,

mais se redressa avec majesté. Comme elle n'avait
aucune instruction et avait peur de faire des fautes de
français, elle prononçait exprès d'une manière confuse, pensant que si elle lâchait un cuir il serait es-
tompé d'un tel vague qu'on ne pourrait le distinguer
avec certitude, de sorte que sa conversation n'était
qu'un graillonnement indistinct duquel émergeaient
de temps à autre les rares vocables dont elle se sentait sûre. Swann crut pouvoir se moquer légèrement
d'elle en parlant à M. Verdurin lequel au contraire fut
piqué.

— « C'est une si excellente femme, répondit-il. Je
vous accorde qu'elle n'est pas étourdissante ; mais je
vous assure qu'elle est agréable quand on cause seul
avec elle. « Je n'en doute pas, s'empressa de concéder
Swann. Je voulais dire qu'elle ne me semblait pas
« éminente » ajouta-t-il en détachant cet adjectif,
et en somme c'est plutôt un compliment ! » « Tenez,
dit M. Verdurin, je vais vous étonner, elle écrit d'une
manière charmante. Vous n'avez jamais entendu son
neveu ? c'est admirable, n'est-ce pas, docteur ? Voulez-vous que je lui demande de jouer quelque chose,
M. Swann ? »

— « Mais ce sera un bonheur..., commençait à répondre Swann, quand le docteur l'interrompit d'un air
moqueur. En effet ayant retenu que dans la conversation l'emphase, l'emploi de formes solennelles, était
suranné, dès qu'il entendait un mot grave dit sérieusement comme venait de l'être le mot « bonheur », il
croyait que celui qui l'avait prononcé venait de se
montrer prudhommesque. Et si, de plus, ce mot se
trouvait figurer par hasard dans ce qu'il appelait un
vieux cliché, si courant que ce mot fût d'ailleurs, le
docteur supposait que la phrase commencée était
ridicule et la terminait ironiquement par le lieu commun qu'il semblait accuser son interlocuteur d'avoir
voulu placer, alors que celui-ci n'y avait jamais pensé.

— « Un bonheur pour la France ! s'écria-t-il mali-
cieusement en levant les bras avec emphase. »

M. Verdurin ne put s'empêcher de rire.

— « Qu'est-ce qu'ils ont à rire toutes ces bonnes gens-
là, on a l'air de ne pas engendrer la mélancolie dans
votre petit coin là-bas, s'écria Mme Verdurin. Si vous
croyez que je m'amuse, moi, à rester toute seule en
pénitence », ajouta-t-elle sur un ton dépité, en faisant
l'enfant.

Mme Verdurin était assise sur un haut siège suédois
en sapin ciré, qu'un violoniste de ce pays lui avait
donné et qu'elle conservait quoiqu'il rappelât la forme
d'un escabeau et jurât avec les beaux meubles anciens
qu'elle avait, mais elle tenait à garder en évidence les
cadeaux que les fidèles avaient l'habitude de lui faire
de temps en temps, afin que les donateurs eussent le
plaisir de les reconnaître quand ils venaient. Aussi
tâchait-elle de persuader qu'on s'en tînt aux fleurs et
aux bonbons, qui du moins se détruisent ; mais elle
n'y réussissait pas et c'était chez elle une collection de
chauffe-pieds, de coussins, de pendules, de paravents,
de baromètres, de potiches, dans une accumulation,
des redites et un disparate d'étrennes.

De ce poste élevé elle participait avec entrain à la
conversation des fidèles et s'égayait de leurs « fumis-
teries », mais depuis l'accident qui était arrivé à sa
mâchoire, elle avait renoncé à prendre la peine de
pouffer effectivement et se livrait à la place à une
mimique conventionnelle qui signifiait sans fatigue
ni risques pour elle, qu'elle riait aux larmes. Au
moindre mot que lâchait un habitué contre un ennuyeux ou contre un ancien habitué rejeté au camp
des ennuyeux, — et, pour le plus grand désespoir de
M. Verdurin qui avait eu longtemps la prétention
d'être aussi aimable que sa femme, mais qui riant
pour de bon s'essoufflait vite et avait été distancé
et vaincu par cette ruse d'une incessante et fictive

hilarité —, elle poussait un petit cri, fermait entièrement ses yeux d'oiseau qu'une taie commençait à voi-
ler, et brusquement, comme si elle n'eût eu que le temps
de cacher un spectacle indécent ou de parer à un accès
mortel, plongeant sa figure dans ses mains qui la recou-
vraient et n'en laissaient plus rien voir, elle avait l'air de
s'efforcer de réprimer, d'anéantir un rire qui, si elle s'y
fût abandonnée, l'eût conduite à l'évanouissement.
Telle, étourdie par la gaîté des fidèles, ivre de cama-
raderie, de médisance, et d'assentiment, Mme Verdurin,
juchée sur son perchoir, pareille à un oiseau dont on
eût trempé le colifichet dans du vin chaud, sanglotait
d'amabilité.

Cependant, M. Verdurin, après avoir demandé à
Swann la permission d'allumer sa pipe (« ici on ne se
gêne pas, on est entre camarades »), priait le jeune
artiste de se mettre au piano.

— « Allons, voyons, ne l'ennuie pas, il n'est pas ici
pour être tourmenté, s'écria Mme Verdurin, je ne veux
pas qu'on le tourmente, moi ! »

— « Mais pourquoi veux-tu que ça l'ennuie, dit
M. Verdurin, M. Swann ne connaît peut-être pas la
sonate en fa dièze que nous avons découverte, il va
nous jouer l'arrangement pour piano. »

— « Ah ! non, non, pas ma Sonate ! cria Mme Verdurin, je n'ai pas envie à force de pleurer de me fiche
un rhume de cerveau avec névralgies faciales, comme
la dernière fois ; merci du cadeau, je ne tiens pas à
recommencer ; vous êtes bons vous autres, on voit bien
que ce n'est pas vous qui garderez le lit huit jours ! »

Cette petite scène qui se renouvelait chaque fois que
le pianiste allait jouer enchantait les amis aussi bien
que si elle avait été nouvelle, comme une preuve de la
séduisante originalité de la « Patronne » et de sa
sensibilité musicale. Ceux qui étaient près d'elle faisaient signe à ceux qui plus loin fumaient ou jouaient
aux cartes, de se rapprocher, qu'il se passait quelque

chose, leur disant, comme on fait au Reichstag dans
les moments intéressants : « Ecoutez, écoutez ». Et
le lendemain on donnait des regrets à ceux qui
n'avaient pas pu venir en leur disant que la scène
avait été encore plus amusante que d'habitude.

— Eh bien, voyons, c'est entendu, dit M. Verdurin, il ne jouera que l'andante.

— « Que l'andante, comme tu y vas ! s'écria Mᵐᵉ Verdurin. C'est justement l'andante qui me casse bras et
jambes. Il est vraiment superbe, le Patron ! C'est
comme si dans la « Neuvième » il disait : nous n'entendrons que le finale, ou dans « les Maîtres » que l'ouverture. »

Le docteur cependant, poussait Mᵐᵉ Verdurin à
laisser jouer le pianiste, non pas qu'il crût feints les
troubles que la musique lui donnait — il y reconnais-
nait certains états neurasthéniques — mais par cette
habitude qu'ont beaucoup de médecins, de faire fléchir immédiatement la sévérité de leurs prescriptions
dès qu'est en jeu, chose qui leur semble beaucoup
plus importante, quelque réunion mondaine dont ils
font partie et dont la personne à qui ils conseillent
d'oublier pour une fois sa dyspepsie, ou sa grippe,
est un des facteurs essentiels.

— Vous ne serez pas malade cette fois-ci, vous
verrez, lui dit-il en cherchant à la suggestionner du
regard. Et si vous êtes malade nous vous soignerons.

— Bien vrai ? répondit Mᵐᵉ Verdurin, comme si
devant l'espérance d'une telle faveur il n'y avait plus
qu'à capituler. Peut-être aussi à force de dire qu'elle
serait malade, y avait-il des moments où elle ne se
rappelait plus que c'était un mensonge et prenait une
âme de malade. Or ceux-ci, fatigués d'être toujours
obligés de faire dépendre de leur sagesse la rareté
de leurs accès, aiment se laisser aller à croire qu'ils
pourront faire impunément tout ce qui leur plaît et
leur fait mal d'habitude, à condition de se remettre

en les mains d'un être puissant, qui, sans qu'ils aient aucune peine à prendre, d'un mot ou d'une pilule, les remettra sur pied.

Odette était allée s'asseoir sur un canapé de tapisserie qui était près du piano :

— Vous savez, j'ai ma petite place, dit-elle à M^{m•} Verdurin.

Celle-ci, voyant Swann sur une chaise, le fit lever :

— « Vous n'êtes pas bien là, allez donc vous mettre à côté d'Odette, n'est-ce pas Odette, vous ferez bien une place à M. Swann ? »

— « Quel joli Beauvais, dit avant de s'asseoir Swann qui cherchait à être aimable. »

— Ah ! je suis contente que vous appréciez mon canapé, répondit Mme Verdurin. Et je vous préviens que si vous voulez en voir d'aussi beau, vous pouvez y renoncer tout de suite. Jamais ils n'ont rien fait de pareil. Les petites chaises aussi sont des merveilles. Tout à l'heure vous regarderez cela. Chaque bronze correspond comme attribut au petit sujet du siège ; vous savez, vous avez de quoi vous amuser si vous voulez regarder cela, je vous promets un bon moment. Rien que les petites frises des bordures, tenez là, la petite vigne sur fond rouge de l'Ours et les Raisins. Est-ce dessiné ? Qu'est-ce que vous en dites, je crois qu'ils le savaient plutôt, dessiner ! Est-elle assez appétissante cette vigne ? Mon mari prétend que je n'aime pas les fruits parce que j'en mange moins que lui. Mais non, je suis plus gourmande que vous tous, mais je n'ai pas besoin de me les mettre dans la bouche puisque je jouis par les yeux. Qu'est-ce que vous avez tous à rire ? demandez au docteur, il vous dira que ces raisins-là me purgent. D'autres font des cures de Fontainebleau, moi je fais ma petite cure de Beauvais. Mais, M. Swann, vous ne partirez pas sans avoir touché les petits bronzes des dossiers. Est-ce assez

doux comme patine ? Mais non à pleines mains, tou-
chez-les bien.

— Ah ! si madame Verdurin commence à peloter les
bronzes, nous n'entendrons pas de musique ce soir, dit
le peintre.

— « Taisez-vous, vous êtes un vilain. Au fond, dit-elle
en se tournant vers Swann, on nous défend à nous
autres femmes des choses moins voluptueuses que cela.
Mais il n'y a pas une chair comparable à cela ! Quand
M. Verdurin me faisait l'honneur d'être jaloux de moi
— allons, sois poli au moins, ne dis pas que tu ne l'as
jamais été... — »

— « Mais je ne dis absolument rien. Voyons docteur
je vous prends à témoin : Est-ce que j'ai dit quelque
chose ? »

Swann palpait les bronzes par politesse et n'osait
pas cesser tout de suite.

— Allons, vous les caresserez plus tard ; maintenant
c'est vous qu'on va caresser, qu'on va caresser dans
l'oreille ; vous aimez cela je pense ; voilà un petit
jeune homme qui va s'en charger.

Or quand le pianiste eut joué, Swann fut plus aimable encore avec lui qu'avec les autres personnes qui
se trouvaient là. Voici pourquoi :

L'année précédente, dans une soirée, il avait entendu une œuvre musicale exécutée au piano et au
violon. D'abord, il n'avait goûté que la qualité matérielle des sons sécrétés par les instruments. Et ç'avait
déjà été un grand plaisir quand au-dessous de la petite ligne du violon mince, résistante, dense et direc-
trice, il avait vu tout d'un coup chercher à s'élever
en un clapotement liquide, la masse de la partie de
piano, multiforme, indivise, plane et entrechoquée
comme la mauve agitation des flots que charme et
bémolise le clair de lune. Mais à un moment donné,
sans pouvoir nettement distinguer un contour, donner un nom à ce qui lui plaisait, charmé tout d'un

coup il avait cherché à recueillir la phrase ou l'harmonie — il ne savait lui-même — qui passait et qui
lui avait ouvert plus largement l'âme, comme certaines odeurs de roses circulant dans l'air humide du
soir ont la propriété de dilater nos narines. Peut-
être est-ce parce qu'il ne savait pas la musique qu'il
avait pu éprouver une impression aussi confuse, une
de ces impressions qui sont peut-être pourtant les
seules purement musicales, inétendues, entièrement
originales, irréductibles à tout autre ordre d'impressions. Une impression de ce genre pendant un instant,
est pour ainsi dire *sine materia*. Sans doute les notes
que nous entendons alors, tendent déjà, selon leur
hauteur et leur quantité, à couvrir devant nos yeux
des surfaces de dimensions variées, à tracer des ara-
besques, à nous donner des sensations de largeur,
de ténuité, de stabilité, de caprice. Mais les notes sont
évanouies avant que ces sensations soient assez for-
mées en nous pour ne pas être submergées par celles
qu'éveillent déjà les notes suivantes ou même simulta-
nées. Et cette imprécision continuerait à envelopper de
sa liquidité et de son « fondu » les motifs qui par instants en émergent, à peine discernables, pour plonger
aussitôt et disparaître, connus seulement par le plaisir
particulier qu'ils donnent, impossibles à décrire, à se
rappeler, à nommer, ineffables, — si la mémoire, comme
un ouvrier qui travaille à établir des fondations dura-
bles au milieu des flots, en fabriquant pour nous des
fac-similés de ces phrases fugitives, ne nous permettait de les comparer à celles qui leur succèdent et de
les différencier. Ainsi à peine la sensation délicieuse
que Swann avait ressentie était-elle expirée, que sa
mémoire lui en avait fourni séance tenante une trans-
cription sommaire et provisoire, mais sur laquelle il
avait jeté les yeux tandis que le morceau continuait, si
bien que quand la même impression était tout d'un
coup revenue, elle n'était déjà plus insaisissable. Il

17

s'en représentait l'étendue, les groupements symétriques, la graphie, la valeur expressive; il avait devant
lui cette chose qui n'est plus de la musique pure,
qui est du dessin, de l'architecture, de la pensée, et
qui permet de se rappeler la musique. Cette fois il
avait distingué nettement une phrase s'élevant pendant quelques instants au-dessus des ondes sonores.
Elle lui avait proposé aussitôt des voluptés particulières, dont il n'avait jamais eu l'idée avant de l'entendre, dont il sentait que rien autre qu'elle ne
pourrait les lui faire connaître, et il avait éprouvé
pour elle comme un amour inconnu.

D'un rythme lent elle le dirigeait ici d'abord, puis
là, puis ailleurs, vers un bonheur noble, inintelligible et précis. Et tout d'un coup au point où elle était
arrivée et d'où il se préparait à la suivre, après une
pause d'un instant, brusquement elle changeait de
direction et d'un mouvement nouveau, plus rapide,
menu, mélancolique, incessant et doux, elle l'entraînait
avec elle vers des perspectives inconnues. Puis elle
disparut. Il souhaita passionnément la revoir une troisième fois. Et elle reparut en effet mais sans lui parler plus clairement, en lui causant même une volupté
moins profonde. Mais rentré chez lui il eut besoin d'elle,
il était comme un homme dans la vie de qui une passante qu'il a aperçue un moment vient de faire entrer
l'image d'une beauté nouvelle qui donne à sa propre
sensibilité une valeur plus grande, sans qu'il sache
seulement s'il pourra revoir jamais celle qu'il aime
déjà et dont il ignore jusqu'au nom.

Même cet amour pour une phrase musicale sembla
un instant devoir amorcer chez Swann la possibilité
d'une sorte de rajeunissement. Depuis si longtemps
il avait renoncé à appliquer sa vie à un but idéal et
la bornait à la poursuite de satisfactions quotidiennes, qu'il croyait, sans jamais se le dire formellement,
que cela ne changerait plus jusqu'à sa mort; bien

plus, ne se sentant plus d'idées élevées dans l'esprit, il avait cessé de croire à leur réalité, sans pouvoir non plus la nier tout à fait. Aussi avait-il pris l'habitude de se réfugier dans des pensées sans importance qui lui permettaient de laisser de côté le fond des choses. De même qu'il ne se demandait pas s'il n'eût pas mieux fait de ne pas aller dans le monde, mais en revanche savait avec certitude que s'il avait accepté une invitation il devait s'y rendre et que s'il ne faisait pas de visite après il lui fallait laisser des cartes, de même dans sa conversation il s'efforçait de ne jamais exprimer avec cœur une opinion intime sur les choses, mais de donner des détails matériels qui valaient en quelque sorte par eux-mêmes et lui permettaient de ne pas donner sa mesure. Il était extrêmement précis pour une recette de cuisine, pour la date de la naissance ou de la mort d'un peintre, pour la nomenclature de ses œuvres. Parfois malgré tout il se laissait aller à donner un jugement sur une œuvre, sur une manière de comprendre la vie, mais il donnait alors à ses paroles un ton ironique comme s'il n'adhérait pas tout entier à ce qu'il disait. Or, comme certains valétudinaires chez qui tout d'un coup un pays où ils sont arrivés, un régime différent, quelquefois une évolution organique, spontanée et mystérieuse, semble amener une telle régression de leur mal qu'ils commencent à envisager la possibilité inespérée de commencer sur le tard une vie toute différente, Swann trouvait en lui, dans le souvenir de la phrase qu'il avait entendue, dans certaines sonates qu'il s'était fait jouer, pour voir s'il ne l'y découvrirait pas, la présence d'une de ces réalités invisibles auxquelles il avait cessé de croire et auxquelles, comme si la musique avait eu sur la sécheresse morale dont il souffrait une sorte d'influence élective, il se sentait de nouveau le désir et presque la force de consacrer sa vie. Mais n'étant pas

arrivé à savoir de qui était l'œuvre qu'il avait entendue, il n'avait pu se la procurer et avait fini par
l'oublier. Il avait bien rencontré dans la semaine quelques personnes qui se trouvaient comme lui à cette
soirée et les avait interrogées ; mais plusieurs étaient
arrivées après la musique ou parties avant ; certaines
pourtant étaient là pendant qu'on l'exécutait mais
avaient été causer dans un autre salon, et d'autres restées à écouter n'avaient pas entendu plus que les premières. Quant aux maîtres de maison ils savaient que
c'était une œuvre nouvelle que les artistes qu'ils avaient
engagés avaient demandé à jouer ; ceux-ci étant partis
en tournée, Swann ne put pas en savoir davantage.
Il avait bien des amis musiciens, mais tout en se rappelant le plaisir spécial et intraduisible que lui avait
fait la phrase, en voyant devant ses yeux les formes
qu'elle dessinait, il était pourtant incapable de la leur
chanter. Puis il cessa d'y penser.

　Or, quelques minutes à peine après que le petit pianiste avait commencé de jouer chez Mme Verdurin,
tout d'un coup après une note haute longuement tenue
pendant deux mesures, il vit approcher, s'échappant
de sous cette sonorité prolongée et tendue comme un
rideau sonore pour cacher le mystère de son incuba-
tion, il reconnut, secrète, bruissante et divisée, la
phrase aérienne et odorante qu'il aimait. Et elle était
si particulière, elle avait un charme si individuel et
qu'aucun autre n'aurait pu remplacer, que ce fut pour
Swann comme s'il eût rencontré dans un salon ami
une personne qu'il avait admirée dans la rue et dé-
sespérait de jamais retrouver. A la fin, elle s'éloigna,
indicatrice, diligente, parmi les ramifications de son
parfum, laissant sur le visage de Swann le reflet de
son sourire. Mais maintenant il pouvait demander le
nom de son inconnue (on lui dit que c'était l'andante
de la sonate pour piano et violon de Vinteuil), il la
tenait, il pourrait l'avoir chez lui aussi souvent qu'il

voudrait, essayer d'apprendre son langage et son secret.

Aussi quand le pianiste eut fini, Swann s'approcha-t-il de lui pour lui exprimer une reconnaissance dont la vivacité plut beaucoup à Mme Verdurin.

— Quel charmeur, n'est-ce pas, dit-elle à Swann ; la comprend-il assez, sa sonate, le petit misérable ? Vous ne saviez pas que le piano pouvait atteindre à ça. C'est tout excepté du piano, ma parole ! Chaque fois j'y suis reprise, je crois entendre un orchestre. C'est même plus beau que l'orchestre, plus complet.

Le jeune pianiste s'inclina, et, souriant, soulignant les mots comme s'il avait fait un trait d'esprit :

— « Vous êtes très indulgente pour moi », dit-il.

Et tandis que Mme Verdurin disait à son mari : « Allons, donne-lui de l'orangeade, il l'a bien méritée », Swann racontait à Odette comment il avait été amoureux de cette petite phrase. Quand Mme Verdurin ayant dit d'un peu loin : « Eh bien, il me semble qu'on est en train de vous dire de belles choses, Odette », elle répondit : « Oui, de très belles », et Swann trouva délicieuse sa simplicité. Cependant il demandait des renseignements sur Vinteuil, sur son œuvre, sur l'époque de sa vie où il avait composé cette sonate, sur ce qu'avait pu signifier pour lui la petite phrase, c'est cela surtout qu'il aurait voulu savoir.

Mais tous ces gens qui faisaient profession d'admirer ce musicien (quand Swann avait dit que sa sonate était vraiment belle, Mme Verdurin s'était écrié : Je vous crois un peu qu'elle est belle ! Mais on n'avoue pas qu'on ne connaît pas la sonate de Vinteuil, on n'a pas le droit de ne pas la connaître », et le peintre avait ajouté : « Ah ! c'est tout à fait une très grande machine, n'est-ce pas. Ce n'est pas si vous voulez la chose « cher » et « public » n'est-ce pas, mais c'est la très grosse impression pour les artistes »), ces gens

semblaient ne s'être jamais posé ces questions car ils
furent incapables d'y répondre.

Même à une ou deux remarques particulières que fit
Swann sur sa phrase préférée :

— « Tiens, c'est amusant, je n'avais jamais fait attention; je vous dirai que je n'aime pas beaucoup chercher
la petite bête et m'égarer dans des pointes d'aiguille;
on ne perd pas son temps à couper les cheveux en
quatre ici, ce n'est pas le genre de la maison, répondit Mᵐᵉ Verdurin, que le docteur Cottard regardait avec
une admiration béate et un zèle studieux se jouer au
milieu de ce flot d'expressions toutes faites. D'ailleurs
lui et Mᵐᵉ Cottard avec une sorte de bon sens comme
en ont aussi certaines gens du peuple se gardaient
bien de donner une opinion ou de feindre l'admiration
pour une musique qu'ils s'avouaient l'un à l'autre, une
fois rentrés chez eux, ne pas plus comprendre que la
peinture de « M. Biche ». Comme le public ne connaît
du charme, de la grâce, des formes de la nature que
ce qu'il en a puisé dans les poncifs d'un art lentement assimilé, et qu'un artiste original commence par
rejeter ces poncifs, M. et Mᵐᵉ Cottard, image en cela
du public, ne trouvaient ni dans la sonate de Vinteuil, ni dans les portraits du peintre, ce qui faisait pour eux l'harmonie de la musique et la beauté
de la peinture. Il leur semblait quand le pianiste jouait
la sonate qu'il accrochait au hasard sur le piano des
notes que ne reliaient pas en effet les formes auxquelles ils étaient habitués, et que le peintre jetait au
hasard des couleurs sur ses toiles. Quand, dans celles-
ci, ils pouvaient reconnaître une forme, ils la trouvaient alourdie et vulgarisée (c'est-à-dire dépourvue de
l'élégance de l'école de peinture à travers laquelle ils
voyaient dans la rue même, les êtres vivants), et sans
vérité comme si M. Biche n'eût pas sû comment était
construite une épaule et que les femmes n'ont les
cheveux mauves.

Pourtant les fidèles s'étant dispersés, le docteur sentit qu'il y avait là une occasion propice et pendant que Mme Verdurin disait un dernier mot sur la sonate de Vinteuil, comme un nageur débutant qui se jette à l'eau pour apprendre mais choisit un moment où il n'y a pas trop de monde pour le voir :

— « Alors c'est ce qu'on appelle un musicien *di primo cartello*! s'écria-t-il avec une brusque résolution.

Swann apprit seulement que l'apparition récente de la sonate de Vinteuil avait produit une grande impression dans une école de tendances très avancées mais était entièrement inconnue du grand public.

— Je connais bien quelqu'un qui s'appelle Vinteuil dit Swann en pensant au professeur de piano des sœurs de ma grand'mère.

— C'est peut-être lui, s'écria Mme Verdurin.

— Oh! non, répondit Swann en riant. Si vous l'aviez vu deux minutes, vous ne vous poseriez pas la question ».

— Alors poser la question c'est la résoudre? dit le docteur.

— « Mais ce pourrait être un parent, reprit Swann, cela serait assez triste, mais enfin un homme de génie peut être le cousin d'une vieille bête. Si cela était j'avoue qu'il n'y a pas de supplice que je ne m'imposerais pour que la vieille bête me présentât à l'auteur de la sonate. D'abord le supplice de fréquenter la vieille bête, et qui doit être affreux.

Le peintre savait que Vinteuil était à ce moment très malade et que le docteur Potain craignait de ne pouvoir le sauver.

— Comment, s'écria Mme Verdurin, il y a encore des gens qui se font soigner par Potain !

— « Ah! madame Verdurin, dit Cottard, sur un ton de marivaudage, vous oubliez que vous parlez d'un de mes confrères, je devrais dire un de mes maîtres.

Le peintre avait entendu dire que Vinteuil était

menacé d'aliénation mentale. Et il assurait qu'on pouvait s'en apercevoir à certains passages de sa sonate. Swann ne trouva pas cette remarque absurde mais elle le troubla ; car une œuvre de musique pure ne contenant aucun des rapports logiques dont l'altération dans le langage dénonce la folie, la folie reconnue dans une sonate lui paraissait quelque chose d'aussi mystérieux que la folie d'une chienne, la folie d'un cheval, qui pourtant s'observent en effet.

— Laissez-moi donc tranquille avec vos maîtres, vous en savez dix fois autant que lui, répondit Mme Verdurin au docteur Cottard, du ton d'une personne qui a le courage de ses opinions et tient bravement tête à ceux qui ne sont pas du même avis qu'elle. Vous ne tuez pas, vos malades, vous, au moins ! »

— « Mais, madame, il est de l'Académie, répliqua le docteur d'un air ironique. Si un malade préfère mourir de la main d'un des princes de la science... C'est beaucoup plus chic de pouvoir dire : C'est Potain qui me soigne. »

— « Ah ! c'est plus chic ? dit Mme Verdurin. Alors il y a du chic dans les maladies, maintenant ? je ne savais pas ça... Ce que vous m'amusez, s'écria-t-elle tout à coup en plongeant sa figure dans ses mains. Et moi, bonne bête qui discutais sérieusement sans m'apercevoir que vous me faisiez monter à l'arbre. »

Quant à M. Verdurin, trouvant que c'était un peu fatigant de se mettre à rire pour si peu, il se contenta de tirer une bouffée de sa pipe en songeant avec tristesse qu'il ne pouvait plus rattraper sa femme sur le terrain de l'amabilité.

— Vous savez que votre ami nous plaît beaucoup, dit Verdurin à Odette au moment où celle-ci lui souhaitait le bonsoir. Il est simple, charmant ; si vous n'avez jamais à nous présenter que des amis comme cela, vous pouvez les amener.

M. Verdurin fit remarquer que pourtant Swann n'avait pas apprécié la tante du pianiste.

— Il s'est senti un peu dépaysé, cet homme, répondit Mᵐᵉ Verdurin, tu ne voudrais pourtant pas que la première fois il ait déjà le ton de la maison comme Cottard qui fait partie de notre petit clan depuis plusieurs années. La première fois ne compte pas, c'était utile pour prendre langue. Odette, il est convenu qu'il viendra nous retrouver demain au Châtelet. Si vous alliez le prendre ? »

— « Mais non, il ne veut pas. »

— « Ah ! enfin, comme vous voudrez. Pourvu qu'il n'aille pas lâcher au dernier moment ! »

A la grande surprise de Mᵐᵉ Verdurin, il ne lâcha jamais. Il allait les rejoindre n'importe où, quelquefois dans les restaurants de banlieue où on allait peu encore car ce n'était pas la saison, plus souvent au théâtre, que Mᵐᵉ Verdurin aimait beaucoup ; et comme un jour, chez elle, elle dit devant lui que pour les soirs de premières, de galas, un coupe-file leur eût été fort utile, que cela les avait beaucoup gênés de ne pas en avoir le jour de l'enterrement de Gambetta, Swann qui ne parlait jamais de ses relations brillantes, mais seulement de celles mal cotées qu'il eût jugé peu délicat de cacher, et au nombre desquelles il avait pris dans le faubourg Saint-Germain l'habitude de ranger les relations avec le monde officiel, répondit :

— Je vous promets de m'en occuper, vous l'aurez à temps pour la reprise des Danicheff, je déjeune justement demain avec le Préfet de police à l'Elysée.

— Comment ça, à l'Elysée ? cria le docteur Cottard d'une voix tonnante.

— « Oui, chez M. Grévy », répondit Swann, un peu gêné de l'effet que sa phrase avait produit.

Et le peintre dit au docteur en manière de plaisanterie :

— « Ça vous prend souvent ? »

Généralement une fois l'explication donnée, Cottard disait : « Ah ! bon, bon, ça va bien » et ne montrait plus trace d'émotion.

Mais cette fois-ci, les derniers mots de Swann, au lieu de lui procurer l'apaisement habituel, portèrent au comble son étonnement qu'un homme avec qui il dînait, qui n'avait ni fonctions officielles, ni illustration d'aucune sorte, frayât avec le Chef de l'Etat.

— Comment ça, M. Grévy ? vous connaissez M. Grévy ? dit-il à Swann de l'air stupide et incrédule d'un municipal à qui un inconnu demande à voir le Président de la République, et qui, comprenant par ces mots « à qui il a affaire », comme disent les journaux, assure au pauvre dément qu'il va être reçu à l'instant et le dirige sur l'infirmerie spéciale du dépôt.

— Je le connais un peu, nous avons des amis communs (il n'osa pas dire que c'était le prince de Galles), du reste il invite très facilement et je vous assure que ces déjeuners n'ont rien d'amusant, ils sont d'ailleurs très simples, on n'est jamais plus de huit à table, répondit Swann qui tâchait d'effacer ce que semblaient avoir de trop éclatant aux yeux de son interlocuteur, des relations avec le Président de la République.

Aussitôt Cottard, s'en rapportant aux paroles de Swann, adopta cette opinion, au sujet de la valeur d'une invitation chez M. Grévy, que c'était chose fort peu recherchée et qui courait les rues. Dès lors il ne s'étonna plus que Swann, aussi bien qu'un autre, fréquentât l'Elysée, et même il le plaignait un peu d'aller à des déjeuners que l'invité avouait lui-même être ennuyeux.

— Ah ! bien, bien, ça va bien, dit-il sur le ton d'un douanier, méfiant tout à l'heure, mais qui, après vos explications, vous donne son visa et vous laisse passer sans ouvrir vos malles.

— « Ah ! je vous crois qu'ils ne doivent pas être amusants ces déjeuners, vous avez de la vertu d'y aller, dit Mme Verdurin, à qui le Président de la République apparaissait comme un ennuyeux particulièrement redoutable parce qu'il disposait de moyens de séduction et de contrainte qui, employés à l'égard des fidèles, eussent été capables de les faire lâcher. Il paraît qu'il est sourd comme un pot et qu'il mange avec ses doigts. »

— « En effet, alors, cela ne doit pas beaucoup vous amuser d'y aller », dit le docteur avec une nuance de commisération ; et, se rappelant le chiffre de huit convives : « Sont-ce des déjeuners intimes ? » demanda-t-il vivement avec un zèle de linguiste plus encore qu'une curiosité de badaud.

Mais le prestige qu'avait à ses yeux le Président de la République finit pourtant par triompher et de l'humilité de Swann et de la malveillance de Mme Verdurin, et à chaque dîner Cottard demandait avec intérêt : « Verrons-nous ce soir M. Swann ? Il a des relations personnelles avec M. Grévy. C'est bien ce qu'on appelle un gentleman ? » Il alla même jusqu'à lui offrir une carte d'invitation pour l'exposition dentaire.

— « Vous serez admis avec les personnes qui seront avec vous, mais on ne laisse pas entrer les chiens. Vous comprenez je vous dis cela parce que j'ai eu des amis qui ne le savaient pas et qui s'en sont mordu les doigts. »

Quant à M. Verdurin il remarqua le mauvais effet qu'avait produit sur sa femme cette découverte que Swann avait des amitiés puissantes dont il n'avait jamais parlé.

Si l'on n'avait pas arrangé une partie au dehors c'est chez les Verdurin que Swann retrouvait le petit noyau, mais il ne venait que le soir et n'acceptait presque jamais à dîner malgré les instances d'Odette.

— « Je pourrais même dîner seule avec vous, si vous aimiez mieux cela », lui disait-elle.

— « Et Mme Verdurin? »

— « Oh ! ce serait bien simple. Je n'aurais qu'à dire que ma robe n'a pas été prête, que mon cab est venu en retard. Il y a toujours moyen de s'arranger. »

— « Vous êtes gentille. »

Mais Swann se disait que s'il montrait à Odette, (en consentant seulement à la retrouver après dîner), qu'il y avait des plaisirs qu'il préférait à celui d'être avec elle, le goût qu'elle ressentait pour lui ne connaîtrait pas de longtemps la satiété. Et, d'autre part, préférant infiniment à celle d'Odette, la beauté d'une petite ouvrière fraîche et bouffie comme une rose et dont il était épris, il aimait mieux passer le commencement de la soirée avec elle, étant sûr de voir Odette ensuite. C'est pour les mêmes raisons qu'il n'acceptait jamais qu'Odette vînt le chercher pour aller chez les Verdurin. La petite ouvrière l'attendait près de chez lui à un coin de rue que son cocher Rémi connaissait, elle montait à côté de Swann et restait dans ses bras jusqu'au moment où la voiture l'arrêtait devant chez les Verdurin. A son entrée, tandis que Mme Verdurin montrant des roses qu'il avait envoyées le matin lui disait : « Je vous gronde » et lui indiquait une place à côté d'Odette, le pianiste jouait pour eux deux, la petite phrase de Vinteuil qui était comme l'air national de leur amour. Il commençait par la tenue des trémolos de violon que pendant quelques mesures on entend seuls, occupant tout le premier plan, puis tout d'un coup ils semblaient s'écarter et comme dans ces tableaux de Pieter de Hooch, qu'approfondit le cadre étroit d'une porte entr'ouverte, tout au loin, d'une couleur autre, dans le velouté d'une lumière interposée, la petite phrase apparaissait, dansante, pastorale, intercalée, épisodique, appartenant à un autre monde. Elle passait à plis simples et immortels, distribuant çà et là les dons de sa grâce, avec le même ineffable sourire; mais Swann y croyait dis-

tinguer maintenant du désenchantement. Elle semblait
connaître la vanité de ce bonheur dont elle montrait
la voie. Dans sa grâce légère, elle avait quelque chose
d'accompli, comme le détachement qui succède au
regret. Mais peu lui importait, il la considérait moins
en elle-même, — en ce qu'elle pouvait exprimer pour
un musicien qui ignorait l'existence et de lui et d'Odette
quand il l'avait composée, et pour tous ceux qui l'en-
tendraient dans des siècles —, que comme un gage,
un souvenir de son amour qui, même pour les Verdurin que pour le petit pianiste, faisait penser à Odette
en même temps qu'à lui, les unissait; c'était au point
que, comme Odette, par caprice, l'en avait prié, il
avait renoncé à son projet de se faire jouer par un artiste la sonate entière, dont il continua à ne connaî-
naître que ce passage. « Qu'avez-vous besoin du reste,
lui avait-elle dit. C'est ça *notre* morceau. » Et même,
souffrant de songer, au moment où elle passait si proche et pourtant à l'infini, que tandis qu'elle s'adressait à eux, elle ne les connaissait pas, il regrettait
presque qu'elle eût une signification, une beauté intrinsèque et fixe, étrangère à eux, comme en des bijoux donnés, ou même en des lettres écrites par une
femme aimée, nous en voulons à l'eau de la gemme,
et aux mots du langage, de ne pas être faits uniquement de l'essence d'une liaison passagère et d'un être
particulier.

Souvent il se trouvait qu'il s'était tant attardé avec
la jeune ouvrière avant d'aller chez les Verdurin, qu'une
fois la petite phrase jouée par le pianiste, Swann s'apercevait qu'il était bientôt l'heure qu'Odette rentrât. Il
la reconduisait jusqu'à la porte de son petit hôtel, rue
Lapérouse, derrière l'Arc de Triomphe. Et c'était peut-
être à cause de cela, pour ne pas lui demander toutes
les faveurs, qu'il sacrifiait le plaisir moins nécessaire
pour lui de la voir plus tôt, d'arriver chez les Verdurin avec elle, à l'exercice de ce droit qu'elle lui recon-

naissait de partir ensemble et auquel il attachait plus
de prix, parce que grâce à cela, il avait l'impression
que personne ne la voyait, ne se mettait entre eux, ne
l'empêchait d'être encore avec lui, après qu'il l'avait
quittée.

Ainsi revenait-elle dans la voiture de Swann; un
soir comme elle venait d'en descendre et qu'il lui disait
à demain, elle cueillit précipitamment dans le petit
jardin qui précédait la maison un dernier chrysanthème et le lui donna avant qu'il fût reparti. Il le tint
serré contre sa bouche pendant le retour, et quand au
bout de quelques jours la fleur fut fanée, il l'enferma
précieusement dans son secrétaire.

Mais il n'entrait jamais chez elle. Deux fois seulement, dans l'après-midi, il était allé participer à cette
opération capitale pour elle: « prendre le thé ». L'isolement et le vide de ces courtes rues (faites presque toutes de petits hôtels contigus, dont tout à coup venait
rompre la monotomie quelque sinistre échoppe, témoignage historique et reste sordide du temps où ces
quartiers étaient encore mal famés), la neige qui était
restée dans le jardin et aux arbres, le négligé de la
saison, le voisinage de la nature, donnaient quelque
chose de plus mystérieux à la chaleur, aux fleurs qu'il
avait trouvé en entrant.

Laissant à gauche, au rez-de-chaussée surélevé, la
chambre à coucher d'Odette qui donnait derrière sur
une petite rue parallèle, un escalier droit entre des murs
peints de couleur sombre et d'où tombaient des étoffes
orientales, des fils de chapelets turcs et une grande
lanterne japonaise suspendue à une cordelette de soie
(mais qui, pour ne pas priver les visiteurs des derniers
conforts de la civilisation occidentale s'éclairait au gaz),
montait au salon et au petit salon. Ils étaient précédés
d'un étroit vestibule dont le mur quadrillé d'un treillage de jardin, mais doré, était bordé dans toute sa longueur d'une caisse rectangulaire où fleurissaient comme

dans une serre une rangée de ces gros chrysanthèmes
encore rares à cette époque, mais bien éloignés cependant de ceux que les horticulteurs réussirent plus tard
à obtenir. Swann était agacé par la mode qui depuis
l'année dernière se portait sur eux, mais il avait eu
plaisir, cette fois, à voir la pénombre de la pièce zébrée
de rose, d'oranger et de blanc par les rayons odorants
de ces astres éphémères qui s'allument dans les jours
gris. Odette l'avait reçu en robe de chambre de soie
rose, le cou et les bras nus. Elle l'avait fait asseoir
près d'elle dans un des nombreux retraits mystérieux
qui étaient ménagés dans les enfoncements du salon,
protégés par d'immenses palmiers contenus dans des
cachepots de Chine, ou par des paravents auxquels
étaient fixés des photographies, des nœuds de rubans
et des éventails. Elle lui avait dit : « Vous n'êtes pas
confortable comme cela, attendez, moi je vais bien vous
arranger », et avec le petit rire vaniteux qu'elle aurait
eu pour quelque invention particulière à elle, avait installé derrière la tête de Swann, sous ses pieds, des coussins de soie japonaise qu'elle pétrissait comme si elle
avait été prodigue de ces richesses et insoucieuse de
leur valeur. Mais quand le valet de chambre était venu
apporter successivement les nombreuses lampes qui,
presque toutes enfermées dans de postiches chinoises
brûlaient isolées ou par couples, toutes sur des meubles différents comme sur des autels et qui dans le
crépuscule déjà presque nocturne de cette fin d'après-
midi d'hiver avaient fait reparaître un coucher de soleil
plus durable, plus rose et plus humain, — faisant peut-
être rêver dans la rue quelque amoureux arrêté devant
le mystère de la présence que décelaient et cachaient
à la fois les vitres rallumées —, elle avait surveillé sévèrement du coin de l'œil le domestique pour voir s'il les
posait bien à leur place consacrée. Elle pensait qu'en
en mettant une seule là où il ne fallait pas, l'effet
d'ensemble de son salon eût été détruit, et son por-

trait, placé sur un chevalet oblique drapé de peluche,
mal éclairé. Aussi suivait-elle avec fièvre les mouvements de cet homme grossier et le réprimanda-t-elle
vivement parce qu'il avait passé trop près de deux
jardinières qu'elle se réservait de nettoyer elle-même
dans sa peur qu'on ne les abîmât et qu'elle alla regarder de près pour voir s'il ne les avait pas écornées.
Elle trouvait à tous ses bibelots chinois des formes
« amusantes », et aussi aux orchidées, aux catleyas
surtout, qui étaient, avec les chrysanthèmes, ses fleurs
préférées, parce qu'ils avaient le grand mérite de ne
pas ressembler à des fleurs, mais d'être en soie, en
satin. « Celle-là a l'air d'être découpée dans la dou-
blure de mon manteau », dit-elle à Swann en lui montrant une orchidée, avec une nuance d'estime pour
cette fleur si « chic », pour cette sœur élégante et
imprévue que la nature lui donnait, si loin d'elle dans
l'échelle des êtres et pourtant raffinée, plus digne que
bien des femmes qu'elle lui fît une place dans son
salon. En lui montrant tour à tour des chimères à
langues de feu décorant une potiche ou brodées sur
un écran, les corolles d'un bouquet d'orchidées, un
dromadaire d'argent niellé aux yeux incrustés de rubis qui voisinait sur la cheminée avec un crapaud de
jade, elle affectait tour à tour d'avoir peur de la méchanceté, ou de rire de la cocasserie des monstres, de
rougir de l'indécence des fleurs et d'éprouver un irrésistible désir d'aller embrasser le dromadaire et le crapaud qu'elle appelait : « Chéris ». Et ces affectations
contrastaient avec la sincérité de certaines de ses
dévotions, notamment à Notre-Dame du Laghet qui
l'avait jadis, quand elle habitait Nice, guérie d'une
maladie mortelle et dont elle portait toujours sur elle
une médaille d'or à laquelle elle attribuait un pouvoir
sans limites. Odette fit à Swann « son » thé, lui demanda : « citron ou crème ? » et comme il répondit
« crème », lui dit en riant : « un nuage ! » Et comme

il le trouvait bon : « Vous voyez que je sais ce que
vous aimez ». Ce thé en effet avait paru à Swann quelque chose de précieux comme à elle-même et l'amour
a tellement besoin de se trouver une justification, une
garantie de durée, dans des plaisirs qui au contraire
sans lui n'en seraient pas et finissent avec lui, que
quand il l'avait quittée à sept heures pour rentrer
chez lui s'habiller, pendant tout le trajet qu'il fit dans
son coupé, ne pouvant contenir la joie que cet après-
midi lui avait causée, il se répétait : « Ce serait bien
agréable d'avoir ainsi une petite personne chez qui on
pourrait trouver cette chose si rare, du bon thé. »
Une heure après, il reçut un mot d'Odette, et récon-
nut tout de suite cette grande écriture dans laquelle
une affectation de raideur britannique imposait une
apparence de discipline à des caractères informes qui
eussent signifié peut-être pour des yeux moins pré-
venus le désordre de la pensée, l'insuffisance de
l'éducation, le manque de franchise et de volonté.
Swann avait oublié son étui à cigarettes chez Odette.
« Que n'y avez-vous oublié aussi votre cœur, je ne
vous aurais pas laissé le reprendre. »
Une seconde visite qu'il lui fit eut plus d'importance peut-être. En se rendant chez elle ce jour-là,
comme chaque fois qu'il devait la voir, d'avance il se
la représentait ; et la nécessité où il était pour trouver
jolie sa figure de limiter aux seules pommettes roses
et fraîches, les joues qu'elle avait si souvent jaunes,
languissantes, parfois piquées de petits points rouges,
l'affligeait comme une preuve que l'idéal est inaccessible et le bonheur médiocre. Il lui apportait une gravure qu'elle désirait voir. Elle était un peu souffrante ;
elle le reçut en peignoir de crêpe de Chine mauve,
ramenant sur sa poitrine, comme un manteau, une
étoffe richement brodée. Debout à côté de lui, laissant
couler le long de ses joues ses cheveux qu'elle avait
dénoués, fléchissant une jambe dans une attitude légè-

18

rement dansante pour pouvoir se pencher sans fatigue
vers la gravure qu'elle regardait, en inclinant la tête,
de ses grands yeux, si fatigués et maussades quand
elle ne s'animait pas, elle frappa Swann par sa ressemblance avec cette figure de Zephora, la fille de
Jethro, qu'on voit dans une fresque de la Chapelle
Sixtine. Swann avait toujours eu ce goût particulier
d'aimer à retrouver dans la peinture des maîtres non
pas seulement les caractères généraux de la réalité
qui nous entoure, mais ce qui semble au contraire le
moins susceptible de généralité, les traits individuels
des visages que nous connaissons : ainsi, dans la
matière d'un buste du doge Loredan par Antoine
Rizzo, la saillie des pommettes, l'obliquité des sourcils, enfin la ressemblance criante de son cocher Remi;
sous les couleurs d'un Ghirlandajo, le nez de M. de
Palancy ; dans un portrait de Tintoret, l'envahissement
du gras de la joue par l'implantation des premiers
poils des favoris, la cassure du nez, la pénétration du
regard, la congestion des paupières du docteur du
Boulbon. Peut-être ayant toujours gardé un remords
d'avoir borné sa vie aux relations mondaines, à la conversation, croyait-il trouver une sorte d'indulgent pardon à lui accordé par les grands artistes dans ce fait
qu'ils avaient eux aussi considéré avec plaisir, fait entrer dans leur œuvre, de tels visages qui donnent à celle-
ci un singulier certificat de réalité et de vie, une saveur
moderne ; peut-être aussi s'était-il tellement laissé gagner par la frivolité des gens du monde qu'il éprouvait
le besoin de trouver dans une œuvre ancienne ces allusions anticipées et rajeunissantes à des noms propres
d'aujourd'hui. Peut-être au contraire avait-il gardé suffisamment une nature d'artiste pour que ces caractéristiques individuelles lui causassent du plaisir en
prenant une signification plus générale, dès qu'il les
apercevait déracinées, délivrées, dans la ressemblance
d'un portrait plus ancien avec un original qu'il ne

représentait pas. Quoi qu'il en soit et peut-être parce
que la plénitude d'impressions qu'il avait depuis quelque temps et bien qu'elle lui fût venue plutôt avec
l'amour de la musique, avait enrichi même son goût
pour la peinture, le plaisir fut plus profond et devait
exercer sur Swann une influence durable, qu'il trouva
à ce moment-là dans la ressemblance d'Odette avec
la Zéphora de ce Sandro di Mariano auquel on ne donne
plus volontiers son surnom populaire de Botticelli
depuis que celui-ci évoque au lieu de l'œuvre véritable
du peintre l'idée banale et fausse qui s'en est vulgarisée. Il n'estima plus le visage d'Odette selon la plus
ou moins bonne qualité de ses joues et d'après la douceur purement carnée qu'il supposait devoir leur trouver en les touchant avec ses lèvres si jamais il osait
l'embrasser, mais comme un écheveau de lignes subtiles et belles que ses regards dévidèrent, poursuivant
la courbe de leur enroulement, rejoignant la cadence
de la nuque à l'effusion des cheveux et à la flexion
des paupières, comme en un portrait d'elle en lequel
son type devenait intelligible et clair.

Il la regardait ; un fragment de la fresque apparaissait dans son visage et dans son corps, que dès lors
il chercha toujours à y retrouver soit qu'il fût auprès
d'Odette, soit qu'il pensât seulement à elle, et bien
qu'il ne tînt sans doute au chef-d'œuvre florentin que
parce qu'il le retrouvait en elle, pourtant cette ressemblance lui conférait à elle aussi une beauté, la rendait plus précieuse. Swann se reprocha d'avoir méconnu le prix d'un être qui eût paru adorable au grand
Sandro, et il se félicita que le plaisir qu'il avait à voir
Odette trouvât une justification dans sa propre culture esthétique. Il se dit qu'en associant la pensée
d'Odette à ses rêves de bonheur il ne s'était pas résigné à un pis-aller aussi imparfait qu'il l'avait cru jusqu'ici, puisqu'elle contentait en lui ses goûts d'art les
plus raffinés. Il oubliait qu'Odette n'était pas plus pour

cela une femme selon son désir, puisque précisément
son désir avait toujours été orienté dans un sens opposé à ses goûts esthétiques. Le mot d'« œuvre floren-
tine » rendit un grand service à Swann. Il lui permit,
comme un titre, de faire pénétrer l'image d'Odette dans
un monde de rêves, où elle n'avait pas eu accès jusqu'ici
et où elle s'imprégna de noblesse. Et tandis que la vue
purement charnelle qu'il avait eue de cette femme, en
renouvelant perpétuellement ses doutes sur la qualité
de son visage, de son corps, de toute sa beauté, affai-
blissaient son amour, ces doutes furent détruits, cet
amour assuré quand il eut à la place pour base les
données d'une esthétique certaine; sans compter que
le baiser et la possession qui semblaient naturels et
médiocres s'ils lui étaient accordés par une chair abî-
mée, venant couronner l'adoration d'une pièce de musée,
lui parurent devoir être surnaturels et délicieux.

Et quand il était tenté de regretter que depuis des
mois il ne fît plus que voir Odette, il se disait qu'il
était raisonnable de donner beaucoup de son temps à
un chef-d'œuvre inestimable, coulé pour une fois dans
une matière différente et particulièrement savoureuse,
en un exemplaire rarissime qu'il contemplait tantôt
avec l'humilité, la spiritualité et le désintéressement
d'un artiste, tantôt avec l'orgueil, l'égoïsme et la sensualité d'un collectionneur.

Il plaça sur sa table de travail, comme une photographie d'Odette, une reproduction de la fille de Jethro.
Il admirait les grands yeux, le délicat visage qui laissait deviner la peau imparfaite, les boucles merveilleuses des cheveux le long des joues fatiguées, et
adaptant ce qu'il trouvait beau jusque-là d'une façon
esthétique à l'idée d'une femme vivante, il le tranfor-
mait en mérites physiques qu'il se félicitait de trouver
réunis dans un être qu'il pourrait posséder. Cette vague
sympathie qui nous porte vers un chef-d'œuvre que
nous regardons, maintenant qu'il connaissait l'origi-

nal charnel de la fille de Jethro, elle devenait un désir
qui suppléa désormais à celui que le corps d'Odette
ne lui avait pas d'abord inspiré. Quand il avait regardé longtemps ce Botticelli, il pensait à son Botticelli à lui qu'il trouvait plus beau encore et approchant
de lui la photographie de Zephora, il croyait serrer
Odette contre son cœur.

Et cependant ce n'était pas seulement la lassitude
d'Odette qu'il s'ingéniait à prévenir, c'était quelquefois
aussi la sienne propre ; sentant que depuis qu'Odette
avait toutes facilités pour le voir, elle semblait n'avoir
pas grand'chose à lui dire, il craignait que les façons
un peu insignifiantes, monotones, et comme définitivement fixées, qui étaient maintenant les siennes quand
ils étaient ensemble, ne finissent pas tuer en lui cet
espoir romanesque d'un jour où elle voudrait déclarer
sa passion, qui seul l'avait rendu et gardé amoureux.
Et pour renouveler un peu l'aspect moral, trop figé,
d'Odette, et dont il avait peur de se fatiguer, il lui écrivait tout d'un coup une lettre pleine de déceptions feintes et de colères simulées qu'il lui faisait porter avant le
dîner. Il savait qu'elle allait être effrayée, lui répondre
et il espérait que dans la contraction que la peur de
le perdre ferait subir à son âme, jailliraient des mots
qu'elle ne lui avait encore jamais dits ; — et en effet
c'est de cette façon qu'il avait obtenu les lettres les
plus tendres qu'elle lui eût encore écrites dont l'une,
qu'elle lui avait fait porter à midi de la « Maison
Dorée », (c'était le jour de la fête de Paris-Murcie
donnée pour les inondés de Murcie) commençait par
ces mots : « Mon ami, ma main tremble si fort que
je peux à peine écrire », et qu'il avait gardée dans le
même tiroir que la fleur séchée du chrysanthème. Ou
bien si elle n'avait pas eu le temps de lui écrire,
quand il arriverait chez les Verdurin, elle irait vivement à lui et lui dirait : « J'ai à vous parler », et il
contemplerait avec curiosité sur son visage et dans

ses paroles ce qu'elle lui avait caché jusque-là de
son cœur.

Rien qu'en approchant de chez les Verdurin quand
il apercevait, éclairées par des lampes, les grandes fenêtres dont on ne fermait jamais les volets, il s'attendrissait en pensant à l'être charmant qu'il allait voir
épanoui dans leur lumière d'or. Parfois les ombres des
invités se détachaient minces et noires, en écran, devant les lampes, comme ces petites gravures qu'on
intercale de place en place dans un abat-jour translucide dont les autres feuillets ne sont que clarté. Il
cherchait à distinguer la silhouette d'Odette. Puis, dès
qu'il était arrivé, sans qu'il s'en rendît compte, ses
yeux brillaient d'une telle joie que M. Verdurin disait
au peintre : « Je crois que ça chauffe. » Et la présence
d'Odette ajoutait en effet pour Swann à cette maison
ce dont n'était pourvu aucune de celles où il était
reçu : une sorte d'appareil sensitif, de réseau nerveux
qui se ramifiait dans toutes les pièces et apportait des
excitations constantes à son cœur.

Ainsi le simple fonctionnement de cet organisme
social qu'était le petit « clan », prenait automatique-
ment pour Swann des rendez-vous quotidiens avec
Odette et lui permettait de feindre une indifférence à
la voir, ou même un désir de ne plus la voir, qui ne
lui faisait pas courir de grands risques, puisque quoi
qu'il lui eût écrit dans la journée, il la verrait forcément le soir et la ramènerait chez elle.

Mais une fois qu'ayant songé avec maussaderie à
cet inévitable retour ensemble, il avait emmené jusqu'au bois sa jeune ouvrière pour retarder le moment
d'aller chez les Verdurin, il arriva chez eux si tard
qu'Odette, croyant qu'il ne viendrait plus, était partie.
En voyant qu'elle n'était plus dans le salon, Swann
ressentit une souffrance au cœur, il tremblait d'être
privé d'un plaisir qu'il mesurait pour la première fois,
ayant eu jusque-là cette certitude de le trouver quand

il le voulait qui pour tous les plaisirs nous diminue ou
même nous empêche d'apercevoir aucunement leur
grandeur.

— « As-tu vu la tête qu'il a fait quand il s'est aperçu
qu'elle n'était pas là, dit M. Verdurin à sa femme, je
crois qu'on peut dire qu'il est pincé ! »

— « La tête qu'il a fait ? » demanda avec violence
le docteur Cottard qui étant allé un instant voir un
malade revenait chercher sa femme et ne savait pas
de qui on parlait.

— « Comment vous n'avez pas rencontré devant la
porte le plus beau des Swann » ?

— « Non. M. Swann est venu » ?

— Oh ! un instant seulement. Nous avons eu un
Swann très agité, très nerveux. Vous comprenez, Odette
était partie.

— « Vous voulez dire qu'elle est du dernier bien
avec lui, qu'elle lui a fait voir l'heure du berger », dit
le docteur, expérimentant avec prudence le sens de
ces expressions.

— Mais non, il n'y a absolument rien, et entre nous,
je trouve qu'elle a bien tort et qu'elle se conduit comme
une fameuse cruche, qu'elle est du reste.

— « Ta, ta, ta, dit M. Verdurin, qu'est-ce que tu en
sais qu'il n'y a rien, nous n'avons pas été y voir,
n'est-ce pas. »

— « A moi, elle me l'aurait dit, répliqua fièrement
Mme Verdurin. Je vous dis qu'elle me raconte toutes
ses petites affaires ! Comme elle n'a plus personne en
ce moment, je lui ai dit qu'elle devrait coucher avec
lui. Elle prétend qu'elle ne peut pas, qu'elle a bien eu
un fort béguin pour lui mais qu'il est timide avec elle,
que cela l'intimide à son tour, et puis qu'elle ne l'aime
pas de cette manière-là, que c'est un être idéal, qu'elle
a peur de déflorer le sentiment qu'elle a pour lui, est-
ce que je sais, moi. Ce serait pourtant absolument ce
qu'il lui faut. »

— « Tu me permettras de ne pas être de ton avis, dit M. Verdurin, il ne me revient qu'à demi ce Monsieur ; je le trouve poseur. »

Mme Verdurin s'immobilisa, prit une expression inerte comme si elle était devenue une statue, fiction qui lui permit d'être censée ne pas avoir entendu ce mot insupportable de poseur qui avaient l'air d'impliquer qu'on pouvait « poser » avec eux, donc qu'on « était plus qu'eux. »

— « Enfin, s'il n'y a rien, je ne pense pas que ce soit que ce Monsieur la croit *vertueuse*, dit ironiquement M. Verdurin. Et après tout, on ne peut rien dire, puisqu'il a l'air de la croire intelligente. Je ne sais si tu as entendu ce qu'il lui débitait l'autre soir sur la sonate de Vinteuil ; j'aime Odette de tout mon cœur, mais pour lui faire des théories d'esthétiques, il faut tout de même être un fameux jobard ! »

— « Voyons, ne dites pas du mal d'Odette, dit Mme Verdurin en faisant l'enfant. Elle est charmante. »

— « Mais cela ne l'empêche pas d'être charmante ; nous ne disons pas du mal d'elle, nous disons que ce n'est pas une vertu ni une intelligence. Au fond, dit-il au peintre, tenez-vous tant que ça à ce qu'elle soit vertueuse. Elle serait peut-être beaucoup moins charmante, qui sait ? »

Sur le palier, Swann avait été rejoint par le maître d'hôtel qui ne se trouvait pas là au moment où il était arrivé et avait été chargé par Odette de lui dire, — mais il y avait bien une heure déjà, — au cas où il viendrait encore, qu'elle irait probablement prendre du chocolat chez Prévost avant de rentrer. Swann partit chez Prévost, mais à chaque pas sa voiture était arrêtée par d'autres ou par des gens qui traversaient, odieux obstacles qu'il eût été heureux de renverser si le procès-verbal de l'agent ne l'eût retardé plus encore que le passage du piéton. Il comptait le temps qu'il mettait, ajoutait quelques secondes à toutes les minu-

tes pour être sûr de ne pas les avoir fait trop courtes,
ce qui lui eût laissé croire plus grande qu'elle n'était
en réalité sa chance d'arriver assez tôt et de trouver
encore Odette. Et à un moment comme un fiévreux
qui vient de dormir et qui prend conscience de l'ab-
surdité des rêvasseries qu'il ruminait sans se distinguer nettement d'elles, Swann tout d'un coup aperçut
en lui l'étrangeté des pensées qu'il roulait depuis le
moment où on lui avait dit chez les Verdurin qu'Odette
était déjà partie, la nouveauté de la douleur au
cœur dont il souffrait, mais qu'il constata seulement
comme s'il venait de s'éveiller. Quoi? toute cette
agitation parce qu'il ne verrait Odette que demain, ce
que précisément il avait souhaité il y a une heure en
se rendant chez Mᵐᵉ Verdurin. Il fut bien obligé de
constater que dans cette même voiture qui l'emmenait
chez Prévost, il n'était plus le même, et qu'il n'était
plus seul, qu'un être nouveau était là avec lui, adhé-
rent, amalgamé à lui, duquel il ne pourrait peut-être
pas se débarrasser, avec qui il allait être obligé d'user
de ménagements comme avec un maître ou avec une
maladie. Et pourtant depuis un moment qu'il sentait
qu'une nouvelle personne s'était ainsi ajoutée à lui,
sa vie lui paraissait plus intéressante. C'est à peine
s'il se disait que cette rencontre possible chez Prévost de laquelle l'attente saccageait, dénudait à ce
point les moments qui la précédaient qu'il ne trouvait plus une seule idée, un seul souvenir derrière
lequel il pût faire reposer son esprit, il était probable
pourtant, si elle avait lieu, qu'elle serait comme les
autres, fort peu de chose. Comme chaque soir, dès
qu'il serait avec Odette, jetant furtivement sur son
changeant visage un regard aussitôt détourné de peur
qu'elle y vît l'avance d'un désir et ne crût plus à son
désintéressement, il cesserait de pouvoir penser à elle,
trop occupé à trouver des prétextes qui lui permissent
de ne pas la quitter tout de suite et de s'assurer, sans

avoir l'air d'y tenir, qu'il la retrouverait le lendemain chez les Verdurin : c'est-à-dire de prolonger pour l'instant et de renouveler un jour de plus la déception et la torture que lui apportait la vaine présence de cette femme qu'il approchait sans oser l'étreindre.

Elle n'était pas chez Prévost; il voulut chercher dans tous les restaurants des boulevards. Pour gagner du temps, pendant qu'il visitait les uns, il envoya dans les autres son cocher Rémi (le doge Lorédan de Rizzo) qu'il alla attendre ensuite — n'ayant rien trouvé lui-même —, à l'endroit qu'il lui avait désigné. La voiture ne revenait pas et Swann se représentait le moment qui approchait, à la fois comme celui où Rémi lui dirait : « cette dame est là », et comme celui où Rémi lui dirait, « cette dame n'était dans aucun des cafés ». Et ainsi il voyait la fin de sa soirée devant lui, une et pourtant alternative, précédée soit par la rencontre d'Odette qui abolirait son angoisse, soit, par le renoncement forcé à la trouver ce soir, par l'acceptation de rentrer chez lui sans l'avoir vue.

Le cocher revint, mais au moment où il s'arrêta devant Swann, celui-ci ne lui dit pas : « Avez-vous trouvé cette dame? » mais : « Faites-moi donc penser demain à commander du bois, je crois que la provision doit commencer à s'épuiser. » Peut-être se disait-il que si Rémi avait trouvé Odette dans un café où elle l'attendait, la fin de la soirée néfaste était déjà anéantie par la réalisation commencée de la fin de soirée bienheureuse et qu'il n'avait pas besoin de se presser d'atteindre un bonheur capturé et en lieu sûr, qui ne s'échapperait plus. Mais aussi c'était par force d'inertie; il avait dans l'âme le manque de souplesse que certains êtres ont dans le corps, ceux-là qui au moment d'éviter un choc, d'éloigner une flamme de leur habit, d'accomplir un mouvement urgent, prennent leur temps, commencent pas rester une seconde dans la situation où ils étaient auparavant comme pour y trou-

ver leur point d'appui, leur élan. Et sans doute si le
cocher l'avait interrompu en lui disant : « Cette dame
est là », il eût répondu : « Ah ! oui, c'est vrai, la
course que je vous avais donnée, tiens, je n'aurais
pas cru », et aurait continué à lui parler provision de
bois pour lui cacher l'émotion qu'il avait eue et se
laisser à lui-même le temps de rompre avec l'inquiétude et de se donner au bonheur.

Mais le cocher revint lui dire qu'il ne l'avait trouvée nulle part, et ajouta son avis, en vieux serviteur :

— Je crois que Monsieur n'a plus qu'à rentrer.

Mais l'indifférence que Swann jouait facilement
quand Rémi ne pouvait plus rien changer à la réponse qu'il apportait tomba, quand il le vit essayer
de le faire renoncer à son espoir et à sa recherche :

— « Mais pas du tout, s'écria-t-il, il faut que nous
trouvions cette dame ; c'est de la plus haute importance. Elle serait extrêmement ennuyée, pour une
affaire, et froissée, si elle ne m'avait pas vu. »

— « Je ne vois pas comment cette dame pourrait
être froissée, répondit Rémi, puisque c'est elle qui
est partie sans attendre Monsieur, qu'elle a dit qu'elle
allait chez Prévost et qu'elle n'y était pas. »

D'ailleurs on commençait à éteindre partout. Sous
les arbres des boulevards, dans une obscurité mystérieuse, les passants plus rares erraient, à peine reconnaissables. Parfois l'ombre d'une femme qui s'approchait de lui, lui murmurant un mot à l'oreille, lui
demandant de la ramener, fit tressaillir Swann. Il frôlait anxieusement tous ces corps obscurs comme si
parmi les fantômes des morts, dans le royaume sombre, il eût cherché Eurydice.

De tous les modes de production de l'amour, de
tous les agents de dissémination du mal sacré, il est
bien l'un des plus efficaces, ce grand souffle d'agitation qui parfois passe sur nous. Alors l'être avec qui
nous nous plaisons à ce moment-là, le sort en est

jeté, c'est lui que nous aimerons. Il n'est même pas
besoin qu'il nous plût jusque-là plus ou même autant
que d'autres. Ce qu'il fallait c'est que notre goût
pour lui devînt exclusif. Et cette condition-là est réalisée quand, — à ce moment où il nous a fait défaut —,
à la recherche des plaisirs que son agrément nous
donnait, s'est brusquement substitué en nous un
besoin anxieux, qui a pour objet cet être même, un
besoin absurde, que les lois de ce monde rendent
impossible à satisfaire et difficile à guérir — le
besoin insensé et douloureux de le posséder.

Swann se fit conduire dans les derniers restaurants,
c'est la seule hypothèse du bonheur qu'il avait envi-
sagée avec calme, il ne cachait plus maintenant son
agitation, le prix qu'il attachait à cette rencontre et
il promit en cas de succès une récompense à son cocher, comme si en lui inspirant le désir de réussir
qui viendrait s'ajouter à celui qu'il en avait lui-même,
il pouvait faire qu'Odette, au cas où elle fût déjà rentrée se coucher, se trouvât pourtant dans un restaurant du boulevard. Il poussa jusqu'à la maison Dorée,
entra deux fois chez Tortoni et, sans l'avoir vue davantage, venait de ressortir du Café anglais, marchant à
grands pas, l'air hagard, pour rejoindre sa voiture
qui l'attendait au coin du boulevard des Italiens,
quand il heurta une personne qui venait en sens
contraire : c'était Odette ; elle lui expliqua plus tard
que n'ayant pas trouvé de place chez Prévost, elle
était allée souper à la maison Dorée dans un enfonce-
ment où il ne l'avait pas découverte, et elle regagnait
sa voiture.

Elle s'attendait si peu à le voir qu'elle eut un mouvement d'effroi. Quant à lui il avait couru Paris non
parce qu'il croyait possible de la rejoindre, mais
parce qu'il lui était trop cruel d'y renoncer. Mais cette
joie que sa raison n'avait cessé d'estimer, pour ce soir,
irréalisable, ne lui en paraissait maintenant que plus

réelle ; car, il n'y avait pas collaboré par la prévision
des vraisemblances, elle lui restait extérieure ; il n'avait
pas besoin de tirer de son esprit pour la lui fournir,
— c'est d'elle-même qu'émanait, c'est elle-même qui
projetait vers lui — cette vérité qui rayonnait au
point de dissiper comme un songe l'isolement qu'il
avait redouté, et sur laquelle il appuyait, il reposait,
sans penser, sa rêverie heureuse. Ainsi un voyageur arrivé par un beau temps au bord de la Méditer-
ranée, incertain de l'existence des pays qu'il vient de
quitter, laisse éblouir sa vue, plutôt qu'il ne leur jette
des regards, par les rayons qu'émet vers lui l'azur
lumineux et résistant des eaux.

Il monta avec elle dans la voiture qu'elle avait et
dit à la sienne de suivre.

Elle tenait à la main un bouquet de catleyas et Swann
vit sous sa fanchon de dentelle, qu'elle avait dans les
cheveux des fleurs de cette même orchidée attachées à
une aigrette en plumes de cygnes. Elle était habillée
sous sa mantille, d'un flot de velours noir qui, par un
rattrapé oblique découvrait en un large triangle le
bas d'une jupe de faille blanche, et laissait voir un
empiècement, également de faille blanche, à l'ouverture
du corsage décolleté, où était enfoncées d'autres fleurs
de catleyas. Elle était à peine remise de la frayeur
que Swann lui avait causée quand un obstacle fit faire
un écart au cheval. Ils furent vivement déplacés, elle
avait jeté un cri et restait toute palpitante, sans respiration.

— « Ce n'est rien, lui dit-il, n'ayez pas peur. »

Et il la tenait par l'épaule, l'appuyant contre lui
pour la maintenir ; puis il lui dit :

— Surtout ne me parlez pas, ne me répondez que
par signe pour ne pas vous essouffler encore davantage. Cela ne vous gêne pas que je remette droites les
fleurs de votre corsage qui ont été déplacées par le choc.

J'ai peur que vous ne les perdiez, je voudrais les enfoncer un peu.

Elle qui n'avait pas été habituée à voir les hommes faire tant de façons avec elle, dit en souriant :

— « Non, pas du tout, ça ne me gêne pas. »

Mais lui, intimidé par sa réponse, peut-être aussi pour avoir l'air d'avoir été sincère quand il avait pris ce prétexte, ou même commençant déjà à croire qu'il l'avait été, s'écria :

— « Oh ! non surtout ne parlez pas, vous allez encore vous essouffler, vous pouvez bien me répondre par gestes, je vous comprendrai bien. Sincèrement je ne vous gêne pas ? Voyez, il y a un peu... je pense que c'est du pollen qui s'est répandu sur vous, vous permettez que je l'essuie avec ma main ? Je ne vais pas trop fort, je ne suis pas trop brutal ? Je vous chatouille peut-être un peu ? mais c'est que je ne voudrais pas toucher le velours de la robe pour ne pas le friper. Mais voyez-vous il était vraiment nécessaire de les fixer, ils seraient tombés ; et comme cela en les enfonçant un peu moi même... Sérieusement, je ne suis pas désagréable ? Et en les respirant pour voir s'ils n'ont vraiment pas d'odeur, non plus ? Je n'en ai jamais senti, je peux ? dites la vérité »?

Souriant, elle haussa légèrement les épaules, comme pour dire « vous êtes fou, vous voyez bien que ça me plaît ».

Il élevait son autre main le long de la joue d'Odette ; elle le regarda fixement, de l'air languissant et grave qu'ont les femmes du maître florentin avec lesquelles il lui avait trouvé de la ressemblance ; amenés au bord des paupières, ses yeux brillants, larges et minces, comme les leurs, semblaient prêts à se détacher ainsi que deux larmes. Elle fléchissait le cou comme on leur voit faire à toutes, dans les scènes païennes comme dans les tableaux religïeux. Et en une attitude qui sans doute lui était habituelle, qu'elle savait convenable à ces moments-là, et qu'elle faisait attention à ne pas oublier de prendre, elle semblait avoir besoin de toute sa force pour retenir son visage, comme si une force invisible l'eût attiré vers Swann. Et ce fut lui, qui avant qu'elle le laissât tomber, comme malgré elle, sur ses lèvres, le retint un instant, à quelque distance, entre ses deux mains. Il avait voulu laisser à sa pensée le temps d'accourir, de reconnaître le rêve qu'elle avait si longtemps caressé et d'assister à sa réalisation, comme une parente qu'on appelle pour prendre sa part du succès d'un enfant qu'elle a beaucoup aimé. Peut-être aussi Swann attachait-il sur ce visage d'Odette non encore possédée, ni-même encore embrassée par lui, qu'il voyait pour la dernière fois, ce regard avec lequel, un jour de départ, on voudrait emporter un paysage qu'on va quitter pour toujours.

Mais il était si timide avec elle, qu'ayant fini par la posséder ce soir-là, en commençant par arranger ses catleyas, soit crainte de la froisser, soit peur de paraître rétrospectivement avoir menti, soit manque d'audace pour formuler une exigence plus grande que celle-là qu'il pouvait renouveler puisqu'elle n'avait pas fâché Odette la première fois, les jours suivants il usa du même prétexte. Si elle avait des catleyas à son corsage, il disait : « C'est malheureux ce soir, les catleyas n'ont pas besoin d'être arrangés, ils n'ont pas été déplacés comme l'autre soir ; il me semble pourtant que celui-ci n'est pas très droit. Je peux voir s'ils ne sentent pas plus que les autres ? » Ou bien, si elle n'en avait pas : « Oh ! pas de catleyas ce soir, pas moyen de me livrer à mes petits arrangements. » De sorte que pendant quelque temps ne fut pas changé l'ordre qu'il avait suivi le premier soir, en débutant par des attouchements de doigts et de lèvres sur la gorge d'Odette, et que ce fut par eux encore que commençaient chaque fois ses caresses ; et bien plus tard, quand l'arrangement (ou le simulacre rituel d'arrangement)

des catleyas, fut depuis longtemps tombé en désuétude,
la métaphore « faire catleya », devenue un simple vo-
cable qu'ils employaient sans y penser quand ils voulaient signifier l'acte de la possession physique — où
d'ailleurs l'on ne possède rien, — survécut, dans
leur langage où elle le commémorait, à cet usage oublié.
Et peut-être cette manière particulière de dire « faire
l'amour » ne signifiait-elle pas exactement la même
chose que ses synonymes. On a beau être blasé sur
les femmes, considérer la possession des plus différentes comme toujours la même et connue d'avance,
elle devient au contraire un plaisir nouveau s'il s'agit
de femmes assez difficiles — ou crues telles par nous
— pour que nous soyions obligés de la faire naître
de quelque épisode imprévu de nos relations avec
elles, comme avait été la première fois pour Swann
l'arrangement des catleyas. Il espérait en tremblant, ce
soir là, (mais Odette, se disait-il, si elle était dupe de
sa ruse, ne pouvait le deviner) que c'était la possession de cette femme qui allait sortir d'entre leurs larges pétales mauves ; et le plaisir qu'il éprouvait déjà
et qu'Odette ne tolérait peut-être, pensait-il, que
parce qu'elle ne l'avait pas reconnu, lui semblait à
cause de cela, — comme il put paraître au premier
homme qui le goûta parmi les fleurs du paradis ter-
restre —, un plaisir qui n'avait pas existé jusque-là,
qu'il cherchait à créer, un plaisir — ainsi que le nom
spécial qu'il lui donna en garda la trace —, entièrement particulier et nouveau.

Maintenant, tous les soirs, quand il l'avait ramenée
chez elle, il fallait qu'il entrât et souvent elle ressor-
tait en robe de chambre et le conduisait jusqu'à sa
voiture, l'embrassait aux yeux du cocher, disant :
« Qu'est-ce que cela peut me faire, que me font les
autres ? » Les soirs où il n'allait pas chez les Verdurin
(ce qui arrivait parfois depuis qu'il pouvait la voir autrement), les soirs de plus en plus rares où il allait dans

le monde, elle lui demandait de venir chez elle avant
de rentrer, quelque heure qu'il fût. C'était le printemps,
un printemps pur et glacé. En sortant de soirée, il
montait dans sa victoria, étendait une couverture sur
ses jambes, répondait aux amis qui s'en allaient en
même temps que lui et lui demandaient de revenir
avec eux, qu'il ne pouvait pas, qu'il n'allait pas du
même côté, et le cocher partait au grand trot sachant
où on allait. Eux s'étonnaient, et de fait, Swann
n'était plus le même. On ne recevait plus jamais de
lettre de lui où il demandât à connaître une femme.
Il ne faisait plus attention à aucune, s'abstenait d'aller dans les endroits où on en rencontre. Dans un restaurant, à la campagne, il avait l'attitude inversée de
celle à quoi, hier encore, on l'eût reconnu et qui
avait semblé devoir toujours être la sienne. Tant une
passion est en nous comme un caractère momentané
et différent qui se substitue à l'autre et abolit les
signes jusque-là invariables par lesquels il s'exprimait ! En revanche ce qui était invariable maintenant, c'était que, où que Swann se trouvât, il ne
manquât pas d'aller rejoindre Odette. Le trajet qui
le séparait d'elle était celui qu'il parcourait inévitablement et comme la pente même, irrésistible et rapide, de
sa vie. A vrai dire, souvent resté tard dans le monde,
il aurait mieux aimé rentrer directement chez lui sans
faire cette longue course et ne la voir que le lendemain ; mais le fait même de se déranger à une heure
anormale pour aller chez elle, de deviner que les amis
qui le quittaient se disaient : « Il est très tenu, il y a
certainement une femme qui le force à aller chez elle
à n'importe quelle heure », lui faisait sentir qu'il menait la vie des hommes qui ont une affaire amoureuse
dans leur existence, et en qui le sacrifice qu'ils font de
leur repos et de leurs intérêts, à une rêverie voluptueuse fait naître un charme intérieur. Puis, sans
qu'il s'en rendît compte, cette certitude qu'elle l'at-

19

tendait, qu'elle n'était pas ailleurs avec d'autres,
qu'il ne reviendrait pas sans l'avoir vue, neutralisait
cette angoisse oubliée mais toujours prête à renaître
qu'il avait éprouvée le soir où Odette n'était plus
chez les Verdurin et dont l'apaisement actuel était si
doux que cela pouvait s'appeler du bonheur. Peut-
être était-ce à cette angoisse qu'il était redevable de
l'importance qu'Odette avait prise pour lui. Les êtres
nous sont d'habitude si indifférents que quand nous
avons mis dans l'un d'eux de telles possibilités de
souffrance et de joie pour nous, il nous semble appartenir à un autre univers, il s'entoure de poésie, il
fait de notre vie comme une étendue émouvante où
il sera plus ou moins rapproché de nous. Swann ne
pouvait se demander sans trouble ce qu'Odette
deviendrait pour lui dans les années qui allaient
venir. Parfois, en voyant, de sa victoria, dans ces
belles nuits froides, la lune brillante qui répandait sa
clarté entre ses yeux et les rues désertes, il pensait à
cette autre figure claire et légèrement rosée comme
celle de la lune, qui, un jour, avait surgi devant sa
pensée et depuis, projetait sur le monde la lumière
mystérieuse dans laquelle il le voyait. S'il arrivait
après l'heure où Odette envoyait ses domestiques se
coucher, avant de sonner à la porte du petit jardin, il
allait d'abord dans la rue, où donnait au rez-de-chaus-
ssée, entre les fenêtres toutes pareilles, mais obscures,
des hôtels contigus, la fenêtre, seule éclairée, de sa
chambre. Il frappait au carreau, et elle, avertie, répondait et allait l'attendre de l'autre côté, à la porte d'entrée. Il trouvait ouverts sur son piano quelques-uns
des morceaux qu'elle préférait : la *Valse des Roses* ou
Pauvre fou de Tagliafico (qu'on devait, selon sa
volonté écrite, faire exécuter à son enterrement) il lui
demandait de jouer à la place la petite phrase de la
sonate de Vinteuil, bien qu'Odette jouât fort mal, mais
la vision la plus belle qui nous reste d'une œuvre

est souvent celle qui s'éleva au-dessus des sons faux
tirés par des doigts malhabiles, d'un piano désac-
cordé. La petite phrase continuait à s'associer pour
Swann à l'amour qu'il avait pour Odette. Il sentait
bien que cet amour, c'était quelque chose qui ne
correspondait à rien d'extérieur, de constatable par
d'autres que lui ; il se rendait compte que les qualités
d'Odette ne justifiaient pas qu'il attachât tant de
prix aux moments passés auprès d'elle. Et souvent
quand c'était l'intelligence positive qui régnait seule
en Swann, il voulait cesser de sacrifier tant d'intérêts intellectuels et sociaux à ce plaisir imaginaire.
Mais la petite phrase dès qu'il l'entendait savait rendre libre en lui l'espace qui pour elle était nécessaire,
les proportions de l'âme de Swann s'en trouvaient
changées ; une marge y était réservée à une jouis-
sance qui elle non plus ne correspondait à aucun objet
extérieur et qui pourtant au lieu d'être purement
individuelle comme celle de l'amour, s'imposait à
Swann comme une réalité supérieure aux choses con-
crètes. Cette soif d'un charme inconnu, la petite
phrase l'éveillait en lui, mais ne lui apportait rien de
précis pour l'assouvir. De sorte que ces parties de
l'âme de Swann où la petite phrase avait effacé le
souci des intérêts matériels, les considérations humaines et valables pour tous, elle les avait laissées
vacantes et en blanc, et il était libre d'y inscrire le
nom d'Odette. Puis à ce que l'affection d'Odette pouvait avoir d'un peu court et décevant la petite phrase
venait ajouter, amalgamer son essence mystérieuse.
A voir le visage de Swann pendant qu'il écoutait la
phrase, on aurait dit qu'il était entrain d'absorber un
anesthésique qui donnait plus d'amplitude à sa respiration. Et le plaisir que lui donnait la musique et qui
allait bientôt créer chez lui un véritable besoin, ressemblait en effet, à ces moments-là, au plaisir qu'il
aurait eu à expérimenter des parfums, à entrer en

contact avec un monde pour lequel nous ne sommes
pas faits, qui nous semble sans forme parce que nos
yeux ne le perçoivent pas, sans signification parce
qu'il échappe à notre intelligence, que nous n'attei-
gnons que par un seul sens. Grand repos, mystérieuse rénovation pour Swann, — pour lui dont les yeux
quoique délicats amateurs de peinture, dont l'esprit
quoique fin observateur des mœurs, portaient à jamais
la trace indélébile de la sécheresse de sa vie, — de se
sentir transformé en une créature étrangère à l'humanité, aveugle, dépourvue de facultés logiques, presque une fantastique licorne, une créature chimérique
ne percevant le monde que par l'ouïe. Et comme dans
la petite phrase il cherchait cependant un sens où
son intelligence ne pouvait descendre, quelle étrange
ivresse il avait à dépouiller son âme la plus intérieure
de tous les secours du raisonnement et à la faire passer seule dans le couloir, dans le filtre obscur du son.
Il commençait à se rendre compte de tout ce qu'il y
avait de douloureux, peut-être même de secrètement
inapaisé au fond de la douceur de cette phrase, mais il
ne pouvait pas en souffrir. Qu'importait qu'elle lui
dît que l'amour est fragile, le sien était si fort ! Il
jouait avec la tristesse qu'elle répandait, il la sentait
passer sur lui mais comme une caresse qui rendait
plus profond et plus doux le sentiment qu'il avait de
son bonheur. Il la faisait rejouer dix fois, vingt fois à
Odette, exigeant qu'en même temps elle ne cessât pas
de l'embrasser. Chaque baiser appelle un autre baiser. Ah ! dans ces premiers temps où l'on aime, les
baisers naissent si naturellement ! Ils foisonnent si
pressés les uns contre les autres ; et l'on aurait autant
de peine à compter les baisers qu'on s'est donnés
pendant une heure que les fleurs d'un champ au mois
de mai. Alors elle faisait mine de s'arrêter, disant :
« Comment veux-tu que je joue comme cela si tu me
tiens, je ne peux tout faire à la fois, sache au moins

ce que tu veux, est-ce que je dois jouer la phrase ou
faire des petites caresses », lui se fâchait et elle éclatait d'un rire qui se changeait et retombait sur lui,
en une pluie de baisers. Ou bien elle le regardait d'un
air maussade, il revoyait un visage digne de figurer
dans la Vie de Moïse de Botticelli, il l'y situait, il donnait au cou d'Odette l'inclinaison nécessaire ; et quand il
l'avait bien peinte à la détrempe, au XVᵉ siècle, sur la
muraille de la Sixtine, l'idée qu'elle était cependant
restée là, près du piano, dans le moment actuel, prête
à être embrassée et possédée, l'idée de sa matérialité
et de sa vie venait l'enivrer avec une telle force que
l'œil égaré, les mâchoires tendues comme pour dévo-
rer, il se précipitait sur cette vierge de Botticelli et
se mettait à lui pincer les joues. Puis, une fois qu'il
l'avait quittée, non sans être rentré pour l'embrasser
encore parce qu'il avait oublié d'emporter dans son
souvenir quelque particularité de son odeur ou de ses
traits, tandis qu'il revenait dans sa victoria, bénissant
Odette de lui permettre ces visites quotidiennes, dont
il sentait qu'elles ne devaient pas lui causer à elle
une bien grande joie, mais qui en le préservant de
devenir jaloux, — en lui ôtant l'occasion de souffrir
de nouveau du mal qui s'était déclaré en lui le soir
où il ne l'avait pas trouvée chez les Verdurin — l'ai-
derait à arriver, sans avoir plus d'autres de ces
crises dont la première avait été si douloureuse et resterait la seule, au bout de ces heures singulières de sa
vie, heures presque enchantées, à la façon de celles
où il traversait Paris au clair de lune. Et, remarquant,
pendant ce retour, que l'astre était maintenant déplacé
par rapport à lui, et presque au bout de l'horizon, sentant que son amour obéissait, lui aussi, à des lois im-
muables et naturelles, il se demandait si cette période
où il était entré durerait encore longtemps, si bientôt sa pensée ne verrait plus le cher visage qu'occupant une position lointaine et diminuée, et près

de cesser de répandre du charme. Car Swann en trouvait aux choses, depuis qu'il était amoureux, comme au temps où, adolescent, il se croyait artiste ; mais ce n'était plus le même charme, celui-ci c'est Odette seule qui le leur conférait. Il sentait renaître en lui les inspirations de sa jeunesse qu'une vie frivole avait dissipées, mais elles portaient toutes le reflet, la marque d'un être particulier ; et, dans les longues heures qu'il prenait maintenant un plaisir délicat à passer chez lui, seul avec son âme en convalescence, il redevenait peu à peu lui-même, mais à une autre.

Il n'allait chez elle que le soir, et il ne savait rien de l'emploi de son temps pendant le jour, pas plus que de son passé, au point qu'il lui manquait même ce petit renseignement initial qui, en nous permettant de nous imaginer ce que nous ne savons pas, nous donne envie de le connaître. Aussi ne se demandait-il pas ce qu'elle pouvait faire, ni quelle avait été sa vie. Il souriait seulement quelquefois en pensant qu'il y a quelques années, quand il ne la connaissait pas, on lui avait parlé d'une femme, qui, s'il se rappelait bien, devait certainement être elle, comme d'une fille, d'une femme entretenue, une de ces femmes auxquelles il attribuait encore, comme il avait peu vécu dans leur société, le caractère entier, foncièrement pervers, dont les dota longtemps l'imagination de certains romanciers. Il se disait qu'il n'y a souvent qu'à prendre le contre-pied des réputations que fait le monde pour juger exactement une personne, quand à un tel caractère, il opposait celui d'Odette, bonne, naïve, éprise d'idéal, presque si incapable de ne pas dire la vérité, que, l'ayant un jour priée, pour pouvoir dîner seul avec elle, d'écrire aux Verdurin qu'elle était souffrante, le lendemain, il l'avait vue, devant Mme Verdurin qui lui demandait si elle allait mieux, rougir, balbutier et refléter malgré elle, sur son visage, le chagrin, le supplice que cela lui était de mentir, et, tandis qu'elle multipliait dans sa réponse les détails inventés sur sa prétendue indisposition de la veille, avoir l'air de faire demander pardon par ses regards suppliants et sa voix désolée de la fausseté de ses paroles.

Certains jours pourtant, mais rares, elle venait chez lui dans l'après-midi, interrompre sa rêverie ou cette étude sur Ver Meer à laquelle il s'était remis dernièrement. On venait lui dire que Mme de Crécy était dans son petit salon. Il allait l'y retrouver, et quand il ouvrait la porte, au visage rosé d'Odette, dès qu'elle avait aperçu Swann, venait —, changeant la forme de sa bouche, le regard de ses yeux, le modelé de ses joues — se mélanger un sourire. Une fois seul, il revoyait ce sourire, celui qu'elle avait eu la veille, un autre dont elle l'avait accueilli telle ou telle fois, celui qui avait été sa réponse, en voiture, quand il lui avait demandé s'il lui était désagréable en redressant les catleyas; et la vie d'Odette pendant le reste du temps, comme il n'en connaissait rien, lui apparaissait avec son fond neutre et sans couleur, semblable à ces feuilles d'études de Watteau, où on voit çà et là, à toutes les places, dans tous les sens, dessinés aux trois crayons sur le papier chamois, d'innombrables sourires. Mais, parfois, dans un coin de cette vie que Swann voyait toute vide si même son esprit lui disait qu'elle ne l'était pas, parce qu'il ne pouvait pas l'imaginer, quelque ami, qui, se doutant qu'ils s'aimaient, ne se fût pas risqué à lui rien dire d'elle que d'insignifiant, lui décrivait la silhouette d'Odette, qu'il avait aperçue, le matin même, montant à pied la rue Abatucci dans une « visite » garnie de skungs, sous un chapeau « à la Rembrandt » et un bouquet de violettes à son corsage. Ce simple croquis bouleversait Swann parce qu'il lui faisait tout d'un coup apercevoir qu'Odette avait une vie qui n'était pas tout entière à lui ; il voulait savoir à qui elle avait cherché à plaire par cette toilette qu'il ne lui connaissait pas ; il se promettait de lui deman-

der où elle allait, à ce moment-là, comme si dans
toute la vie incolore, — presque inexistante, parce
qu'elle lui était invisible —, de sa maîtresse, il n'y
avait qu'une seule chose en dehors de tous ces sourires adressés à lui : sa démarche sous un chapeau à la
Rembrandt, avec un bouquet de violettes au corsage.

Sauf en lui demandant la petite phrase de Vinteuil
au lieu de la Valse des Roses, Swann ne cherchait pas
à lui faire jouer plutôt des choses qu'il aimât, et pas
plus en musique qu'en littérature, à corriger son mauvais goût. Il se rendait bien compte qu'elle n'était pas
intelligente. En lui disant qu'elle aimerait tant qu'il lui
parlât des grands poètes, elle s'était imaginée qu'elle
allait connaître tout de suite des couplets héroïques et
romanesques dans le genre de ceux du vicomte de Bo-
relli, en plus émouvant encore. Pour Ver Meer de Delft,
elle lui demanda s'il avait souffert par une femme, si
c'était une femme qui l'avait inspiré, et Swann lui ayant
avoué qu'on n'en savait rien, elle s'était désintéressé
de ce peintre. Elle disait souvent : « Je crois bien, la
poésie, naturellement, il n'y aurait rien de plus beau
si c'était vrai, si les poètes pensaient tout ce qu'ils
disent. Mais bien souvent, il n'y a pas plus intéressé
que ces gens-là. J'en sais quelque chose, j'avais une
amie qui a aimé une espèce de poète. Dans ses vers il
ne parlait que de l'amour, du ciel, des étoiles. Ah !
ce qu'elle a été refaite ! Il lui a croqué plus de trois
cent mille francs. » Si alors Swann cherchait à lui
apprendre en quoi consistait la beauté artistique, comment il fallait admirer les vers ou les tableaux, au
bout d'un instant, elle cessait d'écouter, disant :
« Oui... ; je ne me figurais pas que c'était comme cela. »
Et il sentait qu'elle éprouvait une telle déception qu'il
préférait mentir en lui disant que tout cela n'était
rien, que ce n'était encore que des bagatelles, qu'il
n'avait pas le temps d'aborder le fond, qu'il y avait
autre chose. Mais elle lui disait vivement : « Autre

chose ? quoi ?... Dis-le alors », mais il ne le disait
pas, sachant combien cela lui paraîtrait mince et différent de ce qu'elle espérait, moins sensationnel et moins
touchant, et craignant que, désillusionnée de l'art, elle
ne le fût en même temps de l'amour.

Et en effet elle trouvait Swann, intellectuellement,
inférieur à ce qu'elle aurait cru. « Tu gardes toujours
ton sang froid, je ne peux te définir. » Elle s'émerveillait davantage de son indifférence à l'argent, de sa
gentillesse pour chacun, de sa délicatesse. Et il arrive en
effet souvent pour de plus grands que n'était Swann,
pour un savant, pour un artiste, quand il n'est pas
méconnu par ceux qui l'entourent, que celui de leurs
sentiments qui prouve que la supériorité de son intelligence s'est imposée à eux, ce n'est pas leur admiration pour ses idées car elles leur échappent, mais leur
respect pour sa bonté. C'est aussi du respect qu'inspirait à Odette la situation qu'avait Swann dans le
monde, mais elle ne désirait pas à ce qu'il cherchât à
l'y faire recevoir. Peut-être sentait-elle qu'il ne pourrait pas y réussir, et même craignait-elle, que rien
qu'en parlant d'elle, il provoquât des révélations qu'elle
redoutait. Toujours est-il qu'elle lui avait fait promet-
tre de ne jamais prononcer son nom. La raison pour
laquelle elle ne voulait pas aller dans le monde, lui
avait-elle dit, était une brouille qu'elle avait eue autrefois avec une amie qui, pour se venger, avait ensuite
dit du mal d'elle. Swann objectait : « Mais tout le
monde n'a pas connu ton amie. » — « Mais si, ça fait
la tache d'huile, le monde est si méchant. » D'une
part Swann ne comprit pas cette histoire, mais d'autre part il savait que ces propositions : « Le monde
est si méchant », « un propos calomnieux fait la
tache d'huile », sont généralement tenues pour vraies ;
il devait y avoir des cas auxquels elles s'appli-
quaient. Celui d'Odette était-il l'un de ceux-là ? Il
se le demandait, mais pas longtemps, car il était su-

jet, lui aussi, à cette lourdeur d'esprit qui s'appesan-
tissait sur son père, quand il se posait un problème
difficile. D'ailleurs, ce monde qui faisait si peur à
Odette, ne lui inspirait peut-être pas de grands désirs,
car pour qu'elle se le représentât bien nettement, il
était trop éloigné de celui qu'elle connaissait. Pourtant,
tout en étant restée à certains égards vraiment simple, (elle avait par exemple gardé pour amie une petite couturière retirée dont elle grimpait presque chaque jour l'escalier raide, obscur et fétide), elle avait soif
de chic, mais ne s'en faisait pas la même idée que les
gens du monde. Pour eux, le chic est une émanation
de quelques personnes peu nombreuses qui le projet-
tent jusqu'à un degré assez éloigné — et plus ou moins
affaibli dans la mesure où l'on est distant du centre
de leur intimité —, dans le cercle de leurs amis ou des
amis de leurs amis dont les noms forment une sorte
de répertoire. Les gens du monde le possèdent dans
leur mémoire, ils ont sur ces matières une érudition
d'où ils ont extrait une sorte de goût, de tact, si
bien que Swann par exemple, sans avoir besoin de
faire appel à son savoir mondain, s'il lisait dans un
journal les noms des personnes qui se trouvaient à
un dîner pouvait dire immédiatement la nuance du
chic de ce dîner, comme un lettré, à la simple lecture d'une phrase, apprécie exactement la qualité littéraire de son auteur. Mais Odette faisait partie des personnes, extrêmement nombreuses quoi qu'en pensent
les gens du monde, et comme il y en a dans toutes
les classes de la société, qui ne possèdent pas ces
notions, imaginent un chic tout autre, qui revêt divers
aspects selon le milieu auquel elles appartiennent,
mais a pour caractère particulier, — que ce soit celui
dont rêvait Odette, ou celui devant lequel s'inclinait
Mme Cottard, — d'être directement accessible à tous.
L'autre, celui des gens du monde, l'est à vrai dire

aussi, mais il y faut quelque délai. Odette disait de
quelqu'un :

— « Il ne va jamais que dans les endroits chics. »

Et si Swann lui demandait ce qu'elle entendait par
là, elle lui répondait avec un peu de mépris :

— « Mais les endroits chics parbleu ! Si à ton âge
il faut t'apprendre ce que c'est que les endroits chics,
que veux-tu que je te dise moi, par exemple le dimanche matin l'avenue de l'Impératrice, à cinq heures
le tour du Lac, le jeudi l'Eden Théâtre, le vendredi
l'Hippodrome, les bals... »

— Mais quels bals ?

— « Mais les bals qu'on donne à Paris, les bals chics
je veux dire. Tiens, Herbinger, tu sais celui qui est chez
un coulissier ? mais si, tu dois savoir, c'est un des hommes les plus lancés de Paris, ce grand jeune homme
blond qui est tellement snob, il a toujours une fleur à
la boutonnière, une raie dans le dos, des paletots clairs ;
il est avec ce vieux tableau qu'il promène à toutes les
premières. Eh ! bien il a donné un bal l'autre soir, il
y avait tout ce qu'il y a de chic à Paris. Ce que j'aurais aimé y aller ! mais il fallait présenter sa carte d'invitation à la porte et je n'avais pas pu en avoir. Au
fond, j'aime autant ne pas y être allé, c'était une tue-
rie, je n'aurais rien vu. C'est plutôt pour pouvoir dire
qu'on était chez Herbinger. Et tu sais, moi, la gloriole !
Du reste tu peux bien te dire que sur cent qui racon-
tent qu'elles y étaient, il y a bien la moitié dont ça
n'est pas vrai... Mais ça m'étonne que toi, un homme
si « pschutt », tu n'y étais pas. »

Mais Swann ne cherchait nullement à lui faire modifier cette conception du chic ; pensant que la sienne
n'était pas plus vraie, était aussi sotte, dénuée d'importance, il ne trouvait aucun intérêt à en instruire sa
maîtresse, si bien qu'après des mois elle ne s'intéres-
sait aux personnes chez qui il allait que pour les cartes de pesage, de concours hippique, les billets de

première qu'il pouvait avoir par elles. Elle souhaitait qu'il cultivât des relations si utiles, mais elle était par ailleurs portée à les croire peu chic depuis qu'elle avait vu passer dans la rue la marquise de Villeparisis en robe de laine noire avec un bonnet à brides.

— Mais elle a l'air d'une ouvreuse, d'une vieille concierge, darling ! Ça une marquise ! Je ne suis pas marquise, mais il faudrait me payer bien cher pour me faire sortir nippée comme ça !

Elle ne comprenait pas que Swann habitât l'hôtel du quai d'Orléans que, sans oser le lui avouer, elle trouvait indigne de lui.

Certes, elle avait la prétention d'aimer les « antiquités » et prenait un air ravi et fin pour dire qu'elle adorait passer toute une journée à « bibeloter », à chercher « du bric-à-brac », des choses « du temps ». Bien qu'elle s'entêtât dans une sorte de point d'honneur (et semblât pratiquer quelque précepte familial) en ne répondant jamais aux questions et en ne « rendant pas de comptes » sur l'emploi de ses journées, elle parla une fois à Swann d'une amie qui l'avait invitée et chez qui tout était « de l'époque ». Mais Swann ne put arriver à lui faire dire quelle était cette époque. Pourtant, après avoir réfléchi, elle répondit que c'était « moyenâgeux ». Elle entendait par là qu'il y avait des boiseries. Quelque temps après, elle lui reparla de son amie et ajouta sur le ton hésitant et de l'air entendu dont on cite quelqu'un avec qui on a dîné la veille et dont on n'avait jamais entendu le nom mais que vos amphitryons avaient l'air de considérer comme quelqu'un de si célèbre qu'on espère que l'interlocuteur saura bien de qui vous voulez parler : « Elle a une salle à manger... du... dix-huitième ! » Elle trouvait du reste cela affreux, nu, comme si la maison n'était pas finie, les femmes y paraissaient affreuses et la mode n'en prendrait jamais. Enfin une troisième fois elle en reparla et montra à Swann l'adresse de l'homme qui

avait fait cette salle-à-manger et qu'elle avait envie
de faire venir, quand elle aurait de l'argent, pour voir
s'il ne pourrait pas lui en faire, non pas certes une
pareille, mais celle qu'elle rêvait et que malheureusement les dimensions de son petit hôtel ne compor-
taient pas, avec de hauts dressoirs, des meubles Renaissance et des cheminées comme au château de Blois.
Ce jour-là elle laissa échapper devant Swann ce qu'elle
pensait de son habitation du quai d'Orléans ; comme
il avait critiqué que l'amie d'Odette donnât non pas
dans le Louis XVI, car, disait-il, bien que cela ne se
fasse pas, cela peut être charmant, mais dans le faux
ancien : « Tu ne voudrais pas qu'elle vécût comme
toi au milieu de meubles cassés et de tapis usés », lui
dit-elle, le respect humain de la bourgeoise l'emportant encore chez elle sur le dilettantisme de la cocotte.

De ceux qui aimaient à bibeloter, qui aimaient les
vers, méprisaient les bas calculs, rêvaient d'honneur
et d'amour, elle faisait une élite supérieure au reste
de l'humanité. Il n'y avait pas besoin qu'on eût réellement ces goûts pourvu qu'on les proclamât ; d'un
homme qui lui avait avoué à dîner qu'il aimait à flâner,
à se salir les doigts dans les vieilles boutiques, qu'il ne
serait jamais apprécié par ce siècle commercial car il ne
se souciait pas de ses intérêts et qu'il était pour cela
d'un autre temps, elle revenait en disant : « Mais c'est
une âme adorable, un sensible, je ne m'en étais jamais
douté ! » ; et elle se sentait pour lui une immense et
soudaine amitié. Mais en revanche ceux qui comme
Swann avaient ces goûts, mais n'en parlaient pas, la
laissaient froide. Sans doute elle était obligée d'avouer
que Swann ne tenait pas à l'argent, mais elle ajoutait
d'un air boudeur : « Mais lui, ça n'est pas la même
chose » ; et en effet ce qui parlait à son imagination,
ce n'était pas la pratique du désintéressement, c'en
était le vocabulaire.

Sentant que souvent il ne pouvait pas réaliser ce

qu'elle rêvait, il cherchait du moins à ce qu'elle se plût
avec lui, à ne pas contrecarrer ces idées vulgaires, ce
mauvais goût qu'elle avait en toutes choses, et qu'il
aimait d'ailleurs comme tout ce qui venait d'elle, qui
l'enchantaient même, car c'était autant de traits particuliers grâce auxquels l'essence de cette femme lui
apparaissait, devenait visible. Aussi, quand elle avait
l'air heureux parce qu'elle devait aller à la *Reine
Topaze* ou que son regard devenait sérieux, inquiet et volontaire, si elle avait peur de manquer la
fête des fleurs ou simplement l'heure du thé, avec
muffins et toasts, au « Thé de la Rue Royale » où elle
croyait que l'assiduité était indispensable pour consacrer la réputation d'élégance d'une femme, Swann,
transporté comme nous le sommes par le naturel d'un
enfant ou par la vérité d'un portrait qui semble sur
le point de parler, sentait si bien l'âme de sa maîtresse affleurer à son visage qu'il ne pouvait résister à
venir l'y toucher avec ses lèvres. « Ah ! elle veut
qu'on la mène à la fête des fleurs, la petite Odette,
elle veut se faire admirer, eh bien, on l'y mènera,
nous n'avons qu'à nous incliner. » Comme la vue de
Swann était un peu basse, il dut se résigner à se servir de lunettes pour travailler chez lui, et à adopter,
pour aller dans le monde, le monocle qui le défigurait
moins. La première fois qu'elle lui en vit un dans
l'œil, elle ne put contenir sa joie. « Je trouve que pour
un homme, il n'y a pas à dire, ça a beaucoup de chic !
Comme tu es bien ainsi ! tu as l'air d'un vrai gentleman. Il ne te manque qu'un titre ! » ajouta t-elle,
avec une nuance de regret. Il aimait qu'Odette fût
ainsi, de même que s'il avait été épris d'une Bretonne,
il aurait été heureux de la voir en coiffe et de lui
entendre dire qu'elle croyait aux revenants. Jusque-
là comme beaucoup d'hommes chez qui leur goût
pour les arts se développe indépendamment de la sensualité, un disparate bizarre avait existé entre les sa-

tisfactions qu'il accordait à l'un et à l'autre, jouissant, dans la compagnie de femmes de plus en plus grossières, des séductions d'œuvres de plus en plus raffinées, emmenant une petite bonne dans une baignoire grillée à la représentation d'une pièce décadente qu'il avait envie d'entendre ou à une exposition de peinture impressionniste, et persuadé d'ailleurs qu'une femme du monde cultivée n'y eut pas compris davantage mais n'aurait pas su se taire aussi gentiment. Mais au contraire depuis qu'il aimait Odette, sympathiser avec elle, tâcher de n'avoir qu'une âme à eux deux lui était si doux, qu'il cherchait à se plaire aux choses qu'elle aimait, et il trouvait un plaisir d'autant plus profond non seulement à imiter ses habitudes, mais à adopter ses opinions, que, comme elles n'avaient aucune racine dans sa propre intelligence, elles lui rappelaient seulement son amour, à cause duquel il les avait préférées. S'il retournait à Serge Panine, s'il recherchait les occasions d'aller voir conduire Olivier Métra, c'était pour la douceur d'être initié dans toutes les conceptions d'Odette, de se sentir de moitié dans tous ses goûts. Ce charme de le rapprocher d'elle, qu'avaient les ouvrages, ou les lieux qu'elle aimait lui semblait plus mystérieux que celui qui est intrinsèque à de plus beaux, mais qui ne la lui rappelaient pas. D'ailleurs, ayant laissé s'affaiblir les croyances intellectuelles de sa jeunesse, et son scepticisme d'homme du monde ayant à son insu pénétré jusqu'à elles, il pensait (ou du moins il avait si longtemps pensé cela qu'il le disait encore) que les objets de nos goûts n'ont pas en eux une valeur absolue, mais que tout est affaire d'époque, de classe, consiste en modes, dont les plus vulgaires valent celles qui passent pour les plus distinguées. Et, comme il jugeait que l'importance attachée par Odette à avoir des cartes pour le vernissage n'était pas en soi quelque chose de plus ridicule que le plaisir qu'il avait autrefois à déjeuner

chez le prince de Galles, de même, il ne pensait pas
que l'admiration qu'elle professait pour Monte-Carlo
ou pour le Righi fût plus déraisonnable que le goût
qu'il avait, lui, pour la Hollande qu'elle se figurait laide
et pour Versailles qu'elle trouvait triste. Aussi se pri-
vait-il d'y aller, ayant plaisir à se dire que c'était
pour elle, qu'il voulait ne sentir, n'aimer qu'avec elle.

Comme tout ce qui environnait Odette et n'était en
quelque sorte que le mode selon lequel il pouvait la
voir, causer avec elle, il aimait la société des Verdurin. Là, comme au fond de tous les divertissements,
repas, musique, jeux, soupers costumés, parties de
campagne, parties de théâtre, même les rares « grandes soirées » données pour les « ennuyeux » il y avait
la présence d'Odette, la vue d'Odette, la conversation
avec Odette, dont les Verdurin faisaient à Swann, en
l'invitant, le don inestimable, il se plaisait mieux que
partout ailleurs dans le « petit noyau », et cherchait à lui
attribuer des mérites réels, car il s'imaginait ainsi que,
par goût, il le fréquenterait toute sa vie. Or, n'osant
pas se dire, par peur de ne pas le croire, qu'il aimerait toujours Odette, du moins en cherchant, en supposant qu'il fréquenterait toujours les Verdurin (proposition qui, à priori, soulevait moins d'objections de
principe de la part de son intelligence), il se voyait
dans l'avenir continuant à rencontrer chaque soir
Odette ; cela ne revenait peut-être pas tout à fait au
même que l'aimer toujours, mais pour le moment
pendant qu'il l'aimait, croire qu'il ne cesserait pas un
jour de la voir, c'est tout ce qu'il demandait. « Quel
charmant milieu, se disait-il. Comme c'est au fond la
vraie vie qu'on mène là ! Comme on y est plus intelligent, plus artiste que dans le monde. Comme Mᵐᵉ Verdurin, malgré de petites exagérations un peu risibles,
a un amour sincère de la peinture, de la musique ! quelle
passion pour les œuvres, quel désir de faire plaisir aux
artistes ! Elle se fait une idée inexacte des gens du

monde ; mais avec cela que le monde n'en a pas une plus
fausse encore des milieux artistes ! Peut-être n'ai-je
pas de grands besoins intellectuels à assouvir dans la
conservation, mais je me plais parfaitement bien avec
Cottard, quoiqu'il fasse des calembours ineptes. Et
quant au peintre, si sa prétention est déplaisante quand
il cherche à étonner, en revanche c'est une des plus
belles intelligences que j'aie connues. Et puis, surtout
là, on se sent libre, on fait ce qu'on veut sans contrainte, sans cérémonie. Quelle dépense de bonne humeur il se fait par jour dans ce salon-là ! Décidément,
sauf quelques rares exceptions, je n'irai plus jamais
que dans ce milieu. C'est là que j'aurai de plus en
plus mes habitudes et ma vie. »

Et comme les qualités qu'il croyait intrinsèques
aux Verdurin n'étaient que le reflet sur eux de plaisirs qu'avait goûtés chez eux son amour pour Odette,
ces qualités devenaient plus sérieuses, plus profondes, plus vitales, quand ces plaisirs l'étaient aussi.
Comme Mᵐᵉ Verdurin donnait parfois à Swann ce qui
seul pouvait constituer pour lui le bonheur ; comme,
tel soir où il se sentait anxieux parce qu'Odette
avait causé avec un invité plus qu'avec un autre, et
où irrité contre elle, il ne voulait pas prendre l'initiative de lui demander si elle reviendrait avec lui, Mᵐᵉ Verdurin lui apportait la paix et la joie en disant spontanément : « Odette, vous allez ramener M. Swann,
n'est-ce pas ? » — comme cet été qui venait et où il
s'était d'abord demandé avec inquiétude si Odette ne
s'absenterait pas sans lui, s'il pourrait continuer à la
voir tous les jours, Mᵐᵉ Verdurin allait les inviter à le
passer tous deux chez elle à la campagne, Swann
laissant à son insu la reconnaissance et l'intérêt s'in-
filtrer dans son intelligence et influer sur ses idées,
allait jusqu'à proclamer que Mᵐᵉ Verdurin était une
grande âme. De quelques gens exquis ou éminents
que tel de ses anciens camarades de l'école du Louvre

20

lui parlât : « Je préfère cent fois les Verdurin, lui répondait-il. » Et, avec une solennité qui était nouvelle
chez lui : « Ce sont des êtres magnanimes, et la magnanimité est au fond la seule chose qui importe et
qui distingue ici-bas. Vois-tu, il n'y a que deux classes d'êtres, les magnanimes et les autres ; et je suis
arrivé à un âge où il faut prendre parti, décider une
fois pour toutes qui on veut aimer, et qui on veut dédaigner, se tenir à ceux qu'on aime et pour réparer le
temps qu'on a gâché avec les autres, ne plus les quitter jusqu'à sa mort. Eh bien, ajoutait-il avec cette
légère émotion qu'on éprouve quand, même sans bien
s'en rendre compte, on dit une chose non parce qu'elle
est vraie, mais parce qu'on a plaisir à la dire et qu'on
l'écoute dans sa propre voix comme si elle venait
d'ailleurs que de nous-mêmes, le sort en est jeté, j'ai
choisi d'aimer les seuls cœurs magnanimes et de ne
plus vivre que dans la magnanimité. Tu me demandes
si Mme Verdurin est véritablement intelligente. Je t'assure qu'elle m'a donné les preuves d'une noblesse de
cœur, d'une hauteur d'âme où, que veux-tu, on n'atteint pas sans une hauteur égale de pensée. Certes
elle a la profonde intelligence des arts. Mais ce n'est
peut-être pas là qu'elle est le plus admirable ; et telle
petite action ingénieusement, exquisement bonne
qu'elle a accomplie pour moi, telle géniale attention,
tel geste familièrement sublime, révèlent une compré-
hension plus profonde de l'existence que tous les traités de philosophie. »

Il aurait pourtant pu se dire qu'il y avait des anciens amis de ses parents aussi simples que les Verdurin, des camarades de sa jeunesse aussi épris d'art,
qu'il connaissait d'autres êtres d'un grand cœur, et
que pourtant, depuis qu'il avait opté pour la simplicité, les arts et la magnanimité, il ne les voyait plus
jamais. Mais ceux-là ne connaissaient pas Odette, et

s'ils l'avaient connue, ne se seraient pas souciés de la rapprocher de lui.

Ainsi il n'y avait sans doute pas dans tout le milieu Verdurin un seul fidèle qui les aimât ou crût les aimer autant que Swann. Et pourtant quand M. Verdurin avait dit que Swann ne lui revenait pas, non seulement il avait exprimé sa propre pensée, mais il avait deviné celle de sa femme. Sans doute Swann avait pour Odette une affection trop particulière et dont il avait négligé de faire de Mme Verdurin la confidente quotidienne ; sans doute la discrétion même avec laquelle il usait de l'hospitalité des Verdurin, s'abstenant souvent de venir dîner pour une raison qu'ils ne soupçonnaient pas et à la place de laquelle ils voyaient le désir de ne pas manquer une invitation chez des « ennuyeux », sans doute aussi, et malgré toutes les précautions qu'il avait prises pour la leur cacher, la découverte progressive qu'ils faisaient de sa brillante situation mondaine, tout cela contribuait à leur irritation contre lui. Mais la raison profonde en était autre. C'est qu'ils avaient très vite senti en lui un espace réservé, impénétrable, où il continuait à professer silencieusement pour lui-même que la princesse de Sagan n'était pas grotesque et que les plaisanteries de Cottard n'étaient pas drôles, enfin, et bien que jamais il ne se départît de son amabilité et ne se révoltât contre leurs dogmes, une impossibilité de les lui imposer, de l'y convertir entièrement, comme ils n'en avaient jamais rencontré une pareille chez personne. Ils lui auraient pardonné de fréquenter des ennuyeux (auxquels d'ailleurs, dans le fond de son cœur, il préférait mille fois les Verdurin et tout le petit noyau) s'il avait consenti, pour le bon exemple, à les renier en présence des fidèles. Mais c'est une abjuration qu'ils comprirent qu'on ne pourrait pas lui arracher.

Quelle différence avec un « nouveau » qu'Odette leur avait demandé d'inviter quoique elle ne l'eût ren-

contré que peu de fois, et sur lequel ils fondaient beaucoup d'espoir, le comte de Forcheville ! (Il se trouva
qu'il était justement le beau-frère de Saniette, ce qui
remplit d'étonnement les fidèles : le vieil archiviste avait
des manières si humbles qu'ils l'avaient toujours cru
d'un rang social inférieur au leur et ne s'attendaient
pas à apprendre qu'il appartenait à un monde riche
et relativement aristocratique.) Sans doute Forcheville était grossièrement snob, alors que Swann ne
l'était pas ; sans doute il était bien loin de placer,
comme lui, le milieu des Verdurin au-dessus de tous
les autres. Mais il n'avait pas cette délicatesse de nature qui empêchait Swann de s'associer aux critiques
trop manifestement fausses que dirigeait Mᵐᵉ Verdurin contre des gens qu'il connaissait. Quant aux
tirades prétentieuses et vulgaires que le peintre lançait à certains jours, aux plaisanteries de commis-
voyageur que risquait Cottard et auxquelles Swann
qui les aimait, l'un et l'autre, trouvait facilement des
excuses mais n'avait pas le courage et l'hypocrisie d'ap-
plaudir, Forcheville était au contraire d'un niveau intellectuel qui lui permettait d'être abasourdi, émerveillé par les unes, sans d'ailleurs les comprendre, et
de se délecter aux autres. Et justement le premier
dîner chez les Verdurin auquel assista Forcheville, mit
en lumière toutes ces différences, fit ressortir ses qualités et précipita la disgrâce de Swann.

Il y avait à ce dîner en dehors des habitués, un
professeur de la Sorbonne, Brichot, qui avait rencontré M. et Mᵐᵉ Verdurin aux eaux et, si ses fonctions
universitaires et ses travaux d'érudition n'avaient pas
rendu très rares ses moments de liberté, serait volontiers venu souvent chez eux. Car il avait cette curiosité, cette superstition de la vie, qui unie à un certain
scepticisme relatif à l'objet de leurs études, donne,
dans n'importe quelle profession, à certains hommes
intelligents, médecins qui ne croient pas à la médecine,

professeurs de lycée qui ne croient pas au thème latin, la réputation d'esprits larges, brillants, et même supérieurs. Il affectait chez Mme Verdurin de chercher ses comparaisons dans ce qu'il y avait de plus actuel quand il parlait de philosophie et d'histoire, d'abord parce qu'il croyait qu'elles ne sont qu'une préparation à la vie et qu'il s'imaginait trouver en action dans le petit clan ce qu'il n'avait connu jusqu'ici que dans les livres, puis peut-être aussi parce que s'étant vu inculquer autrefois, et ayant gardé à son insu, le respect de certains sujets, il croyait dépouiller l'universitaire en prenant avec eux des hardiesses qui au contraire ne lui paraissaient telles, que parce qu'il l'était resté.

Dès le commencement du repas, comme M. de Forcheville, placé à la droite de Mme Verdurin qui avait fait pour le « nouveau » de grands frais de toilette, lui disait : « C'est original, cette robe blanche », le docteur qui n'avait cessé de l'observer, tant il était curieux de savoir comment était fait ce qu'il appelait un « de », et qui cherchait une occasion d'attirer son attention et d'entrer plus en contact avec lui, saisit au vol le mot « blanche » et sans lever le nez de son assiette, dit : « blanche ? Blanche de Castille » ; puis sans bouger la tête lança furtivement de droite et de gauche des regards incertains et souriants. Tandis que Swann par l'effort douloureux et vain qu'il fit pour sourire témoigna qu'il jugeait ce calembour stupide, Forcheville avait montré à la fois qu'il en goûtait la finesse et qu'il savait vivre, en contenant dans de justes limites une gaieté dont la franchise avait charmé Mme Verdurin.

— Qu'est-ce que vous dites d'un savant comme cela ? avait-elle demandé à Forcheville. Il n'y a pas moyen de causer sérieusement deux minutes avec lui. Est-ce que vous leur en dites comme cela à votre hôpital ? avait-elle ajouté en se tournant vers le docteur, ça ne doit pas être ennuyeux tous les jours, alors. Je

vois qu'il va falloir que je demande à m'y faire admettre.

— Je crois avoir entendu que le docteur parlait de
cette vieille chipie de Blanche de Castille, si j'ose
m'exprimer ainsi. N'est-il pas vrai, madame, demanda
Brichot à Mᵐᵉ Verdurin qui, pâmant, les yeux fermés, précipita sa figure dans ses mains d'où s'échap-
pèrent des cris étouffés.

— Mon Dieu, madame, je ne voudrais pas alarmer
les âmes respectueuses s'il y en a autour de cette
table, sub rosa... Je reconnais d'ailleurs que notre ineffable république athénienne — ô combien ! — pourrait honorer en cette capétienne obscurantiste le premier des préfets de police à poigne. Si fait mon cher
hôte, si fait, si fait, reprit-il de sa voix bien timbrée
qui détachait chaque syllabe, en réponse à une objec-
tion de M. Verdurin. La chronique de Saint Denis
dont nous ne pouvons contester la sûreté d'informa-
tion ne laisse aucun doute à cet égard. Nulle ne pourrait être mieux choisie comme patronne par un pro-
létariat laïcisateur que cette mère d'un saint à qui elle
en fit d'ailleurs voir de saumâtres, comme dit Suger
et autres saint Bernard; car avec elle chacun en prenait pour son grade.

— Quel est ce Monsieur ? demande Forcheville à
Mᵐᵉ Verdurin, il a l'air d'être de première force.

— Comment, vous ne connaissez pas le fameux Brichot, il est célèbre dans toute l'Europe.

— Ah ! c'est Bréchot s'écria Forcheville qui n'avait
pas bien entendu, vous m'en direz tant, ajoute-t-il tout
en attachant sur l'homme célèbre des yeux écarquil-
lés. C'est toujours intéressant de dîner avec un homme
en vue. Mais dites-moi, vous nous invitez-la avec des
convives de choix. On ne s'ennuie pas chez vous.

— Oh! vous savez ce qu'il y a surtout, dit modes-
tement Mᵐᵉ Verdurin, c'est qu'ils se sentent en confiance. Ils parlent de ce qu'ils veulent, et la con-

versation rejaillit en fusées. Ainsi Brichot ce soir, ce
n'est rien, je l'ai vu, vous savez, chez moi, éblouissant,
à se mettre à genoux devant; eh bien, chez les autres,
ce n'est plus le même homme, il n'a plus d'esprit, il
faut lui arracher les mots, il est même ennuyeux. »

— C'est curieux! dit Forcheville étonné.

Un genre d'esprit comme celui de Brichot aurait
été tenu pour stupidité pure dans la coterie où Swann
avait passé sa jeunesse, bien qu'il soit compatible avec
une intelligence réelle. Et celle du professeur, vigou-
reuse et bien nourrie, aurait probablement pu être
enviée par bien des gens du monde que Swann trouvait spirituels. Mais ceux-ci avaient fini par lui inculquer si bien leurs goûts et leurs répugnances au moins
en tout ce qui touche à la vie mondaine et même en
celle de ses parties annexes qui devrait plutôt relever du
domaine de l'intelligence : la conversation, que Swann
ne put trouver les plaisanteries de Brichot que pédan-
tesques, vulgaires et grasses à écœurer. Puis il était
choqué dans l'habitude qu'il avait des bonnes manières, par le ton rude et militaire qu'affectait en s'adressant à chacun l'universitaire cocardier. Enfin, peut-
être avait-il surtout perdu ce soir-là de son indulgence
en voyant l'amabilité que Mme Verdurin déployait pour
ce Forcheville qu'Odette avait eu la singulière idée
d'amener. Un peu gênée vis-à-vis de Swann, elle lui
avait demandé en arrivant :

— Comment trouvez-vous mon invité ?

Et lui, s'apercevant pour la première fois que Forcheville qu'il connaissait depuis longtemps pouvait
plaire à une femme et était assez bel homme, avait répondu : « Immonde! » Certes il n'avait pas l'idée d'être
jaloux d'Odette, mais il ne se sentait pas aussi heureux
que d'habitude et quand Brichot ayant commencé à
raconter l'histoire de la mère de Blanche de Castille
qui « avait été avec Henri Plantagenet des années
avant de l'épouser » voulut s'en faire demander la suite

par Swann en lui disant : « n'est-ce pas M. Swann? »
sur le ton martial qu'on prend pour se mettre à la
portée d'un paysan ou pour donner du cœur à un
troupier, Swann coupa l'effet de Brichot à la grande
fureur de la maîtresse de la maison, en répondant qu'on
voulut bien l'excuser de s'intéresser si peu à Blanche
de Castille, mais qu'il avait quelque chose à demander
au peintre. Celui-ci en effet était allé dans l'après-
midi visiter l'exposition d'un artiste, ami de M⁰ Verdurin qui était mort récemment, et Swann aurait
voulu savoir par lui (car il appréciait son goût) si vraiment il y avait dans ces dernières œuvres, plus que
la virtuosité qui stupéfiait déjà dans les précédentes.

— A ce point de vue-là c'était extraordinaire, mais
cela ne me semblait pas d'un art, comme on dit, très
« élevé », dit Swan en souriant.

— Elevé... à la hauteur d'une institution, interrompit Cottard en levant les bras avec une gravité si-
mulée.

Toute la table éclata de rire.

— Quand je vous disais qu'on ne peut pas garder
son sérieux avec lui, dit M⁰ᵉ Verdurin à Forcheville.
Au moment où on s'y attend le moins il vous sort une
calembredaine. »

Mais elle remarqua que seul Swann ne s'était pas
déridé. Du reste il n'était pas très content que Cottard
fît rire de lui devant Forcheville. Mais le peintre, au
lieu de répondre d'une façon intéressante à Swann, ce
qu'il eût probablement fait s'il eût été seul avec lui,
préféra se faire admirer des convives en plaçant un
morceau sur l'habileté du maître disparu.

— Je me suis approché, dit-il, pour voir comment
c'était fait, j'ai mis le nez dessus. Ah! bien, ouiche!
on ne pourrait pas dire si c'est fait avec de la colle,
avec du rubis, avec du savon, avec du bronze, avec du
soleil, avec du caca !

— Et un font douze, s'écria trop tard le docteur dont personne ne comprit l'interruption.

— « Ça a l'air fait avec rien, reprit le peintre, pas plus moyen de découvrir le truc que dans « la Ronde » ou « les Régentes » et c'est encore plus fort comme patte que Rembrandt et que Hals. Tout y est, mais non, je vous jure. »

Et comme les chanteurs parvenus à la note la plus haute qu'ils puissent donner continuent en voix de tête, piano, il se contenta de murmurer, et en riant, comme si en effet cette peinture eût été dérisoire à force de beauté :

— « Ça sent bon, ça vous prend à la tête, ça vous coupe la respiration, ça vous fait des chatouilles, et pas mèche de savoir avec quoi c'est fait, c'en est sorcier, c'est de la rouerie, c'est du miracle (éclatant tout à fait de rire) : c'en est malhonnête ! » Et s'arrêtant, redressant gravement la tête, prenant une note de basse profonde qu'il tâcha de rendre harmonieuse, il ajouta : « et c'est si loyal ! »

Sauf au moment où il avait dit : « plus fort que la Ronde », blasphème qui avait provoqué une protestation de M⁽ᵐᵉ⁾ Verdurin qui tenait « la Ronde » pour le plus grand chef-d'œuvre de l'univers avec « la Neuvième » et « la Samothrace », et à : « fait avec du caca » qui avait fait jeter à Forcheville un coup d'œil circulaire sur la table pour voir si le mot passait et avait ensuite amené sur sa bouche un sourire prude et conciliant, tous les convives, excepté Swann, avaient attaché sur le peintre des regards fascinés par l'admiration.

— « Ce qu'il m'amuse quand il s'emballe comme ça, s'écria, quand il eut terminé, M⁽ᵐᵉ⁾ Verdurin, ravie que la table fût justement si intéressante le jour où M. de Forcheville venait pour la première fois. Et toi, qu'est-ce que tu as à rester comme cela bouche bée comme une grande bête, dit-elle à son mari. Tu sais pourtant qu'il parle bien; on dirait que c'est la première fois qu'il vous entend. Si vous l'aviez vu pendant que vous parliez, il vous buvait. Et demain il nous récitera tout ce que vous avez dit sans manger un mot. »

— Mais non, c'est pas de la blague, dit le peintre, enchanté de son succès, vous avez l'air de croire que je fais le boniment, que c'est du chiqué ; je vous y mènerai voir, vous direz si j'ai exagéré, je vous fiche mon billet que vous revenez plus emballée que moi !

— Mais nous ne croyons pas que vous exagérez, nous voulons seulement que vous mangiez, et que mon mari mange aussi ; redonnez de la sole normande à Monsieur, vous voyez bien que la sienne est froide. Nous ne sommes pas si pressés, vous servez comme s'il y avait le feu, attendez donc un peu pour donner la salade.

Mme Cottard qui était modeste et parlait peu, savait pourtant trouver de l'assurance quand une heureuse inspiration lui avait fait trouver un mot juste. Elle sentait qu'il aurait du succès, cela la mettait en confiance, et ce qu'elle en faisait était moins pour briller que pour être utile à la carrière de son mari. Aussi ne laissa-t-elle pas échapper le mot de salade que venait de prononcer Mme Verdurin.

— Ce n'est pas de la salade japonaise ? dit-elle à mi-voix en se tournant vers Odette.

Et ravie et confuse de l'à-propos et de la hardiesse qu'il y avait à faire ainsi une allusion discrète mais claire à la nouvelle et retentissante pièce de Dumas, elle éclata d'un rire charmant d'ingénue, peu bruyant mais si irrésistible qu'elle resta quelques instants sans pouvoir le maîtriser. « Qui est cette dame, elle a de l'esprit dit Forcheville ».

— « Non, mais nous vous en ferons si vous venez tous dîner vendredi. »

— Je vais vous paraître bien provinciale, Monsieur, dit Mme Cottard à Swann, mais je n'ai pas encore vu cette fameuse *Francillon* dont tout le monde parle. Le docteur y est déjà allé (je me rappelle même qu'il m'a dit avoir eu le très grand plaisir de passer la soirée avec vous) et j'avoue que je n'ai pas trouvé raisonnable qu'il louât des places pour y retourner avec moi. Evidemment au Théâtre Français on ne regrette jamais sa soirée, c'est toujours si bien joué, mais comme nous avons des amis très aimables (Mme Cottard prononçait rarement un nom propre et se contentait de dire « des amis à nous », « une de mes amies », par « distinction », sur un ton factice, et avec l'air d'importance d'une personne qui ne nomme que qui elle veut) qui ont souvent des loges et ont la bonne idée de nous emmener à toutes les nouveautés qui en valent la peine, je suis toujours sûre de voir Francillon un peu plus tôt ou un peu plus tard, et de pouvoir me former une opinion. Je dois pourtant confesser que je me trouve assez sotte, car, dans tous les salons où je vais en visite, on ne parle naturellement que de cette malheureuse salade japonaise. On commence même à en être un peu fatigué, ajouta-t-elle en voyant que Swann n'avait pas l'air aussi intéressé qu'elle aurait cru par une si brûlante actualité. Il faut avouer pourtant que cela donne quelquefois prétexte à des idées assez amusantes. Ainsi j'ai une de mes amies qui est très originale quoique très jolie femme, très entourée, très lancée, et qui prétend qu'elle a fait faire chez elle cette salade japonaise, mais en faisant mettre tout ce qu'Alexandre Dumas fils dit dans la pièce. Elle avait invité quelques amies à venir en manger. Malheureusement je n'étais pas des élues. Mais elle nous l'a raconté tantôt à son jour ; il paraît que c'était détestable, elle nous a fait rire aux larmes. Mais vous savez, tout est dans la manière de raconter, dit-elle en voyant que Swann gardait un air grave.

Et supposant que c'était peut-être parce qu'il n'aimait pas Francillon :

— Du reste, je crois que j'aurai une déception. Je ne crois pas que cela vaille Serge Panine, l'idole de M⁽ᵉ⁾ de Crécy. Voilà au moins des sujets qui ont du fond, qui font réfléchir ; mais donner une recette de salade sur la scène du Théâtre Français ! Tandis que Serge Panine ! Du reste, c'est comme tout ce qui vient de la plume de Georges Ohnet, c'est toujours si bien écrit. Je ne sais pas si vous connaissez le Maître de Forges que je préférerais encore à Serge Panine.

— « Pardonnez-moi, lui dit Swann d'un air ironique, mais j'avoue que mon manque d'admiration est à peu près égal pour ces deux chefs-d'œuvre. »

— « Vraiment, qu'est-ce que vous leur reprochez. Est-ce un parti pris ? Trouvez-vous peut-être que c'est un peu triste ? D'ailleurs, comme je dis toujours, il ne faut jamais discuter sur les romans ni sur les pièces de théâtre. Chacun a sa manière de voir et vous pouvez trouver détestable ce que j'aime le mieux. »

Elle fut interrompue par Forcheville qui interpellait Swann. En effet tandis que M⁽ᵐᵉ⁾ Cottard parlait de Francillon, Forcheville avait exprimé à M⁽ᵐᵉ⁾ Verdurin son admiration pour ce qu'il avait appelé le petit « speach » du peintre.

— Monsieur a une facilité de paroles, une mémoire ! avait-il dit à M⁽ᵐᵉ⁾ Verdurin quand le peintre eut terminé, comme j'en ai rarement rencontrées. Bigre ! je voudrais bien en avoir autant. Il ferait un excellent prédicateur. On peut dire qu'avec M. Bréchot, vous avez là deux numéros qui se valent, je ne sais même pas si comme platine, celui-ci ne damerait pas encore le pion au professeur. Ça vient plus naturellement, c'est moins recherché. Quoiqu'il ait chemin faisant quelques mots un peu réalistes, mais c'est le goût du jour, je n'ai pas souvent vu tenir le crachoir avec une pareille dextérité, comme nous disions au régiment,

où pourtant j'avais un camarade que justement monsieur me rappelait un peu. A propos de n'importe
quoi, je ne sais que vous dire, sur ce verre, par exemple, il pouvait dégoiser pendant des heures, non, pas
à propos de ce verre, ce que je dis est stupide ; mais
à propos de la bataille de Waterloo, de tout ce que
vous voudrez et il nous envoyait chemin faisant des
choses auxquelles vous n'auriez jamais pensé. Du
reste Swann était dans le même régiment, il a dû le
connaître ».

— Vous voyez souvent M. Swann, demanda Mme Verdurin.

— « Mais non, répondit M. de Forcheville et comme
pour se rapprocher plus aisément d'Odette il désirait
être agréable à Swann, voulant saisir cette occasion,
pour le flatter, de parler de ses belles relations, mais
d'en parler en homme du monde, sur un ton de critique cordiale et n'avoir pas l'air de l'en féliciter comme
d'un succès inespéré : N'est-ce pas Swann ? je ne
vous vois jamais. D'ailleurs, comment faire pour le
voir ? Cet animal-là est tout le temps fourré chez les
la Trémoille, chez les Laumes, chez tout ça !.. » Im-
putation d'autant plus fausse d'ailleurs que depuis un
an Swann n'allait plus guère que chez les Verdurin.
Mais le seul nom de personnes qu'ils ne connaissaient pas était accueilli chez eux par un silence répro-
bateur, M. Verdurin, craignant la pénible impression
que ces noms d' « ennuyeux », surtout lancés ainsi
sans tact à la face de tous les fidèles, avaient dû produire sur sa femme, jeta sur elle à la dérobée un
regard plein d'inquiète sollicitude. Il vit alors que dans
sa résolution de ne pas prendre acte, de ne pas avoir
été touchée par la nouvelle qui venait de lui être no-
tifiée, de ne pas seulement rester muette mais d'avoir
été sourde comme nous l'affectons, quand un ami fau-
tif essaye de glisser dans la conversation une excuse
que ce serait avoir l'air d'admettre que de l'avoir écou-

tée sans protester, ou quand on prononce devant nous
le nom défendu d'un ingrat, Mme Verdurin, pour que
son silence n'ait pas l'air d'un consentement, mais du
silence ignorant des choses inanimées, avait soudain
dépouillé son visage de toute vie, de toute motilité ;
son front bombé n'était plus qu'une belle étude de
ronde bosse où le nom de ces la Trémoille chez qui était
toujours fourré Swann, n'avait pu pénétrer ; son nez
légèrement froncé laissait voir une échancrure qui
semblait calquée sur la vie. On eût dit que sa bouche
entr'ouverte allait parler. Ce n'était plus qu'une cire
perdue, qu'un masque de plâtre, qu'une maquette pour
un monument, qu'un buste pour le Palais de l'Industrie devant lequel le public s'arrêterait certainement
pour admirer comment le sculpteur, en exprimant
l'imprescriptible dignité des Verdurin opposée à celle
des la Trémoille et des Laumes qu'ils valent certes
ainsi que tous les ennuyeux de la terre, était arrivé
à donner une majesté presque papale à la blancheur
et à la rigidité de la pierre. Mais le marbre finit par
s'animer et fit entendre qu'il fallait ne pas être dégoûté
pour aller chez ces gens-là car la femme était toujours
ivre et le mari si ignorant qu'il disait collidor pour
corridor.

— « On me paierait bien cher que je ne laisserais pas
entrer ça chez moi », conclut Mme Verdurin, en regardant Swann d'un air impérieux.

Sans doute elle n'espérait pas qu'il se soumettrait
jusqu'à imiter la sainte simplicité de la tante du pianiste qui venait de s'écrier :

— Voyez-vous ça ? Ce qui m'étonne c'est qu'ils trouvent encore des personnes qui consentent à leur causer ; il me semble que j'aurais peur : un mauvais coup
est si vite reçu ! Comment y-a-t-il encore du peuple
assez brute pour leur courir après.

Mais que me répondait-il du moins comme Forcheville : « Dame, c'est une duchesse ; il y a des gens

que ça impressionne encore », ce qui avait permis au moins à Mme Verdurin de répliquer : « Grand bien leur fasse ! » Mais au lieu de cela, Swann se contenta de rire d'un air qui signifiait qu'il ne pouvait même pas prendre au sérieux une pareille extravagance. M. Verdurin, continuant à jeter sur sa femme des regards furtifs, voyait avec tristesse et comprenait trop bien qu'elle éprouvait la colère d'un grand inquisiteur qui ne parvient pas à extirper l'hérésie ; et pour tâcher d'amener Swann à une rétractation, comme le courage de ses opinions paraît toujours un calcul et une lâcheté aux yeux de ceux à l'encontre de qui il s'exerce, M. Verdurin l'interpella :

— Mais, dites-donc franchement votre pensée, nous n'irons pas le leur répéter.

A quoi Swann dit :

— Mais ce n'est pas du tout par peur de la duchesse, (si c'est des la Trémoille que vous parlez). Je vous assure que tout le monde aime aller chez elle. Je ne vous dis pas qu'elle soit « profonde » (il prononça profonde, comme si ç'avait été un mot ridicule, car son langage gardait la trace d'habitudes d'esprit qu'une certaine rénovation, marquée par l'amour de la musique, lui avait momentanément fait perdre, il exprimait parfois ses opinions avec chaleur), mais très sincèrement elle est intelligente et son mari est un véritable lettré. Ce sont des gens charmants.

Si bien que Mme Verdurin sentant que par ce seul infidèle elle serait empêchée de réaliser l'unité morale du petit noyau, ne put pas s'empêcher dans sa rage contre cet obstiné qui ne voyait pas combien ses paroles la faisaient souffrir, de lui crier du fond du cœur :

— « Trouvez-le si vous voulez, mais du moins ne nous le dites pas. »

— Tout dépend de ce que vous appelez intelligence, dit Forcheville qui voulait briller à son tour. Voyons Swann, qu'entendez-vous par intelligence ?

— Voilà ! s'écria Odette, voilà les grandes choses dont je lui demande de me parler, mais il ne veut jamais.

— Mais si... protesta Swann.

— Cette blague ! dit Odette.

— Blague à tabac ? demanda le docteur.

— Pour vous, reprit Forcheville, l'intelligence, est-ce le bagout du monde, les personnes qui savent s'insinuer ?

— Finissez votre entremets qu'on puisse enlever votre assiette dit Mme Verdurin d'un ton aigre en s'adressant à Saniette, lequel absorbé dans des réflexions, avait cessé de manger. Et peut-être un peu honteuse du ton qu'elle avait pris : Cela ne fait rien, vous avez votre temps, mais si je vous le dis c'est pour les autres parce que cela empêche de servir.

— Il y a, dit Brichot en martelant les syllabes, une définition bien curieuse de l'intelligence dans ce doux anarchiste de Fénelon...

— Écoutez ! dit à Forcheville et au docteur Mme Verdurin, il va nous dire la définition de l'intelligence par Fénelon, c'est intéressant, on n'a pas toujours l'occasion d'apprendre cela.

Mais Brichot attendait que Swann eût donné la sienne. Celui-ci ne répondit pas et en se dérobant fit manquer la brillante joute que Mme Verdurin se réjouissait d'offrir à Forcheville.

— Naturellement, c'est comme avec moi, dit Odette d'un ton boudeur, je ne suis pas fâchée de voir que je ne suis pas la seule qu'il ne trouve pas à la hauteur.

— Ces de la Trémouaille que Mme Verdurin nous a montré comme si peu recommandables, demande Brichot, en articulant avec force, descendent-ils de ceux que cette bonne snob de Mme de Sévigné avouait être heureuse de connaître parce que cela faisait bien pour ses paysans ? Il est vrai que la marquise avait une

autre raison, et qui pour elle devait primer celle-là,
car gendelettre dans l'âme, elle faisait passer la copie
avant tout. Or dans le journal qu'elle envoyait régulièrement à sa fille, c'est M⁽ᵐᵉ⁾ de la Trémouaille, bien
documentée par ses grandes alliances, qui faisait la
politique étrangère. »

— Mais non, je ne crois pas que ce soit la même
famille, dit à tout hasard M⁽ᵐᵉ⁾ Verdurin.

Saniette qui depuis qu'il avait rendu précipitamment au maître d'hôtel son assiette encore pleine,
s'était replongé dans un silence méditatif, en sortit enfin pour raconter en riant l'histoire d'un dîner
qu'il avait fait avec le duc de la Trémoille et d'où il
résultait que celui-ci ne savait pas que George Sand
était le pseudonyme d'une femme. Swann qui avait
de la sympathie pour Saniette crut devoir lui donner
sur la culture du duc des détails montrant qu'une
telle ignorance de la part de celui-ci était matériellement impossible ; mais tout d'un coup il s'arrêta, il
venait de comprendre que Saniette n'avait pas besoin
de ces preuves et savait que l'histoire était fausse pour
la raison qu'il venait de l'inventer il y avait un moment.
Cet excellent homme souffrait d'être trouvé si ennuyeux par les Verdurin ; et ayant conscience d'avoir
été plus terne encore à ce dîner que d'habitude il
n'avait voulu le laisser finir sans avoir réussi à amuser. Il capitula si vite, eut l'air si malheureux de voir
manqué l'effet sur lequel il avait compté et répondit
d'un ton si lâche à Swann pour que celui-ci ne
s'acharnât pas à une réfutation désormais inutile :
« C'est bon, c'est bon ; en tous cas même si je me
trompe, ce n'est pas un crime, je pense » que Swann
aurait voulu pouvoir dire que l'histoire était vraie
et délicieuse. Le docteur qui les avait écoutés eut
l'idée que c'était le cas de dire : « Se non e vero »
mais il n'était pas assez sûr des mots et craignit de
s'embrouiller.

Après le dîner, Forcheville alla de lui-même vers le docteur.

— « Elle n'a pas dû être mal, Mme Verdurin, et puis c'est une femme avec qui on peut causer, pour moi tout est là. Evidemment elle commence à avoir un peu de bouteille. Mais Mme de Crécy voilà une petite femme qui a l'air intelligente, ah ! saperlipopette, on voit tout de suite qu'elle a l'œil américain, celle-là ! Nous parlons de Mme de Crécy, dit-il à M. Verdurin qui s'approchait, la pipe à la bouche. Je me figure que comme corps de femme... »

— « J'aimerais mieux l'avoir dans mon lit que le tonnerre », dit précipitamment Cottard qui depuis quelques instants attendait en vain que Forcheville reprît haleine pour placer cette vieille plaisanterie dont il craignait que ne revînt pas l'à-propos si la conversation changeait de cours, et qu'il débita avec cet excès de spontanéité et d'assurance qui cherche à masquer la froideur et l'émoi inséparables d'une récitation. Forcheville la connaissait, il la comprit et s'en amusa. Quant à M. Verdurin, il ne marchanda pas sa gaieté car il avait trouvé depuis peu pour la signifier un symbole autre que celui dont usait sa femme, mais aussi simple et aussi clair. A peine avait-il commencé à faire le mouvement de tête et d'épaules de quelqu'un qui s'esclaffe qu'aussitôt il se mettait à tousser comme si en riant trop fort il avait avalé la fumée de sa pipe. Et la gardant toujours au coin de sa bouche il prolongeait indéfiniment le simulacre de suffocation et d'hilarité. Ainsi lui et Mme Verdurin, qui en face, écoutant le peintre qui lui racontait une histoire, fermait les yeux avant de précipiter son visage dans ses mains, avaient l'air de deux masques de théâtre qui figuraient différemment la gaieté.

M. Verdurin avait d'ailleurs fait sagement en ne retirant pas sa pipe de sa bouche, car Cottard qui avait besoin de s'éloigner un instant, fit à mi-voix une plai-

santerie qu'il avait apprise depuis peu et qu'il renouvelait chaque fois qu'il avait à aller au même endroit :
« Il faut que j'aille entretenir un instant le duc d'Au-
male », de sorte que la quinte de M. Verdurin recommença.

— Voyons, enlève-donc ta pipe de ta bouche, tu vois
bien que tu vas t'étouffer à te retenir de rire comme
ça, lui dit Mme Verdurin, qui venait offrir des liqueurs.

— « Quel homme charmant que votre mari, il a de
l'esprit comme quatre, déclara Forcheville à Mme Cottard. Merci Madame. Un vieux troupier comme moi,
ça ne refuse jamais la goutte ».

— « M. de Forcheville trouve Odette charmante »,
dit M. Verdurin à sa femme.

— Mais justement elle voudrait déjeuner une fois
avec vous. Nous allons combiner ça, mais il ne faut
pas que Swann le sache. Vous savez, il met un peu
de froid. Ça ne vous empêchera pas de venir dîner,
naturellement, nous espérons vous avoir très souvent.
Avec la belle saison qui vient, nous allons souvent
dîner en plein air. Cela ne vous ennuie pas les petits
dîners au Bois ? bien, bien, ce sera très gentil. Est-ce
que vous n'allez pas travailler de votre métier, vous !
cria-t-elle au petit pianiste, afin de faire montre, devant
un nouveau de l'importance de Forcheville, à la fois
de son esprit et de son pouvoir tyrannique sur les
fidèles.

— M. de Forcheville était en train de me dire du mal
de toi, dit Mme Cottard à son mari quand il rentra au
salon.

Et lui, poursuivant l'idée de la noblesse de Forcheville qui l'occupait depuis le commencement du dîner,
lui dit :

— « Je soigne en ce moment, une baronne. La baronne Putbus, les Putbus étaient aux croisades, n'est-
ce pas ? Ils ont en Poméranie, un lac qui est grand
comme dix fois la place de la Concorde. Je la soigne

pour de l'arthrite sèche, c'est une femme charmante.
Elle connaît du reste Mme Verdurin, je crois.

Ce qui permit à Forcheville, quand il se retrouva un
moment après seul avec Mme Cottard, de compléter le
jugement favorable qu'il avait porté sur son mari :

— Et puis il est intéressant, on voit qu'il connaît
du monde. Dame, ça sait tant de choses, les médecins.

— Je vais jouer la phrase de la Sonate pour
M. Swann, dit le pianiste.

— Ah ! bigre ! ce n'est pas au moins le « Serpent
à Sonates », demanda M. de Forcheville pour faire
de l'effet.

Mais le docteur Cottard qui n'avait jamais entendu
ce calembour, ne le comprit pas et crut à une erreur
de M. de Forcheville. Il s'approcha vivement pour la
rectifier :

— « Mais non, ce n'est pas serpent à sonates qu'on
dit, c'est serpent à sonnettes », dit-il d'un ton zélé,
impatient et triomphal.

Forcheville lui expliqua le calembour. Le docteur
rougit.

— Avouez qu'il est drôle, docteur ?

— Oh ! je le connais depuis si longtemps, répondit
Cottard.

Mais ils se turent ; sous l'agitation des trémolos de
violon qui la protégeaient de leur tenue frémissante
à deux octaves de là — et comme dans un pays de
montagne derrière l'immobilité apparente et vertigineuse d'une cascade on aperçoit deux cents pieds plus
bas la forme minuscule d'une promeneuse — la petite
phrase venait d'apparaître, lointaine, gracieuse, pro-
tégée par le long déferlement du rideau transparent,
incessant et sonore. Et Swann en son cœur s'adressa
à elle comme à une confidente de son amour, comme
à une amie d'Odette qui devrait bien lui dire de ne
pas faire attention à ce Forcheville.

— Ah vous arrivez tard, dit Mme Verdurin à un fidèle

qu'elle n'avait invité qu'en « cure-dents », nous avons
eu « un » Brichot incomparable, d'une éloquence !
Mais il est parti. N'est-ce pas, monsieur Swann ? Je
crois que c'est la première fois que vous vous rencon-
triez avec lui, dit-elle pour lui faire remarquer que
c'était à elle qu'il devait de le connaître. N'est-ce pas il
a été délicieux notre Brichot ? »

Swann s'inclina poliment.

— Non ? il ne vous a pas intéressé ? lui demanda
sèchement Mme Verdurin.

— « Mais si, madame, beaucoup, j'ai été ravi. Il est
peut-être un peu péremptoire et un peu jovial pour
mon goût. Je lui voudrais parfois un peu d'hésitations
et de douceur, mais on sent qu'il sait tant de choses et
il a l'air d'un bien brave homme ».

Tout le monde se retira fort tard. Les premiers
mots de Cottard à sa femme furent :

— « J'ai rarement vu Mme Verdurin aussi en verve
que ce soir.

— Qu'est-ce que c'est exactement que cette Mme Verdurin, un demi-castor ? dit Forcheville au peintre à
qui il proposa de revenir avec lui.

Odette le vit s'éloigner avec regret, elle n'osa pas
ne pas revenir avec Swann, mais fut de mauvaise
humeur en voiture, et quand il lui demanda s'il devait
entrer chez elle, elle lui dit « Bien entendu » en haussant les épaules avec impatience. Quand tous les invités furent partis, Mme Verdurin dit à son mari :

— As-tu remarqué comme Swann a ri d'un rire
niais quand nous avons parlé de Mme la Trémoïlle ?

Elle avait remarqué que devant ce nom Swann et
Forcheville avaient plusieurs fois supprimé la parti-
cule. Ne doutant pas que ce fût pour montrer qu'ils
n'étaient pas intimidés par les titres, elle souhaitait
d'imiter leur fierté, mais n'avait pas bien saisi par quelle
forme grammaticale elle se traduisait. Aussi sa vicieuse
façon de parler l'emportant sur son intransigeance répu-

blicaine, elle disait encore les de la Trémoïlle ou plutôt par une abréviation en usage dans les paroles des
chansons de café-concert et les légendes des caricatu-
ristes et qui dissimulait le de, les d'La Trémoïlle, mais
elle se rattrapait en disant : « Madame La Trémoïlle. »
« La *Duchesse*, comme dit Swann », ajouta-t-elle ironiquement avec un sourire qui prouvait qu'elle ne faisait que citer et ne prenait pas à son compte une
dénomination aussi naïve et ridicule.

— Je te dirai que je l'ai trouvé extrêmement bête.
Et M. Verdurin lui répondit :

— « Il n'est pas franc, c'est un monsieur cauteleux,
toujours entre le zist et le zest. Il veut toujours ména-
ger la chèvre et le chou. Quelle différence avec Forcheville. Voilà au moins un homme qui vous dit carrément sa façon de penser. Ça vous plaît ou ça ne vous
plaît pas. Ce n'est pas comme l'autre qui n'est jamais
ni figue ni raisin. Du reste Odette a l'air de préférer
joliment le Forcheville, et je lui donne raison. Et puis
enfin puisque Swann veut nous la faire à l'homme du
monde, au champion des duchesses, au moins l'autre
a son titre ; il est toujours comte de Forcheville,
ajouta-t-il d'un air délicat, comme si, au courant de
l'histoire de ce comté, il en soupesait minutieusement
la valeur particulière.

— Je te dirai, dit Mme Verdurin, qu'il a cru devoir
lancer contre Brichot quelques insinuations venimeuses
et assez ridicules. Naturellement comme il a vu que
Brichot était aimé dans la maison, c'était une manière
de nous atteindre, de bêcher notre dîner. On sent le
bon petit camarade qui vous débinera en sortant. »

— Mais je te l'ai dit, répondit M. Verdurin, c'est le
raté, le petit individu envieux de tout ce qui est un
peu grand.

En réalité il n'y avait pas un fidèle qui ne fût plus
malveillant que Swann ; mais tous ils avaient la précaution d'assaisonner leurs médisances de plaisanteries

connues, d'une petite pointe d'émotion et de cordialité ; tandis que la moindre réserve que se permettait
Swann, dépouillée des formules de convention telles
que : « Ce n'est pas du mal que nous disons » et
auxquelles il dédaignait de s'abaisser, paraissent une
perfidie. Il y a des auteurs originaux dont la moindre
hardiesse révolte parce qu'ils n'ont pas d'abord flatté
les goûts du public et ne lui ont pas servi les lieux
communs auxquels il est habitué ; c'est de la même
manière que Swann indignait M. Verdurin. Pour Swann
comme pour eux, c'était la nouveauté de son langage
qui faisait croire à la noirceur de ses intentions.

Swann ignorait encore la disgrâce dont il était menacé chez les Verdurin et continuait à voir leurs ridicules en beau, au travers de son amour.

Il n'avait de rendez-vous avec Odette, au moins le
plus souvent, que le soir ; mais le jour, ayant peur
de la fatiguer de lui en allant chez elle, il aurait aimé
du moins ne pas cesser d'occuper sa pensée, et à tous
moments il cherchait à trouver une occasion d'y in-
tervenir, mais d'une façon agréable pour elle. Si à la
devanture d'un fleuriste ou d'un joaillier la vue d'un
arbuste ou d'un bijou le charmait, aussitôt il pensait
à les envoyer à Odette, imaginant le plaisir qu'ils lui
avaient procuré ressenti par elle, venant accroître la
tendresse qu'elle avait pour lui, et les faisait porter
immédiatement rue Lapérouse, pour ne pas retarder
l'instant où, comme elle recevrait quelque chose de
lui, il se sentirait en quelque sorte près d'elle. Il voulait surtout qu'elle les reçût avant de sortir pour que la
reconnaissance qu'elle éprouverait lui valût un accueil
plus tendre quand elle le verrait chez les Verdurin,
ou même, qui sait, si le fournisseur faisait assez dili-
gence, peut-être une lettre qu'elle lui enverrait avant
le dîner ou sa venue à elle en personne chez lui, en
une visite supplémentaire, pour le remercier. Comme
jadis quand il expérimentait sur la nature d'Odette

les réactions du dépit, il cherchait par celles de la gratitude à tirer d'elle des parcelles intimes de sentiment qu'elle ne lui avait pas révélées encore.

Souvent elle avait des embarras d'argent et, pressée par une dette, le priait de lui venir en aide. Il en était heureux comme de tout ce qui pouvait donner à Odette une grande idée de l'amour qu'il avait pour elle, ou simplement une grande idée de son influence, de l'utilité dont il pouvait lui être. Sans doute si on lui avait dit au début : « c'est ta situation qui lui plaît », et maintenant : « c'est pour ta fortune qu'elle t'aime », il ne l'aurait pas cru, et n'aurait pas été d'ailleurs très mécontent qu'on se la figurât tenant à lui, — qu'on les sentît unis l'un à l'autre — par quelque chose d'aussi fort que le snobisme ou l'argent. Mais, même s'il avait pensé, que c'était vrai peut-être n'eût-il pas souffert de découvrir à l'amour d'Odette pour lui cet étai plus durable que l'agrément ou les qualités qu'elle pouvait lui trouver : l'intérêt, l'intérêt qui empêcherait de venir jamais le jour où elle aurait pu être tentée de cesser de le voir. Pour l'instant, en la comblant de présents, en lui rendant des services, il pouvait se reposer sur des avantages extérieurs à sa personne, à son intelligence, du soin épuisant de lui plaire par lui-même. Et cette volupté d'être amoureux, de ne vivre que d'amour, de la réalité de laquelle il doutait parfois, le prix dont en somme il la payait, en dilettante de sensations immatérielles, lui en augmentait la valeur, — comme on voit des gens incertains si le spectacle de la mer et le bruit de ses vagues sont délicieux, s'en convaincre ainsi que de la rare qualité de leurs goûts désintéressés, en louant cent francs par jour la chambre d'hôtel qui leur permet de les goûter.

Un jour que des réflexions de ce genre le ramenaient encore au souvenir du temps où on lui avait parlé d'Odette comme d'une femme entretenue, et où une fois de plus il s'amusait à opposer cette personnification étrange : la femme entretenue, — chatoyant amalgame d'éléments inconnus et diaboliques, serti, comme une apparition de Gustave Moreau, de fleurs vénéneuses entrelacées à des joyaux précieux, — et cette Odette sur le visage de qui il avait vu passer les mêmes sentiments de pitié pour un malheureux, de révolte contre une injustice, de gratitude pour un bienfait, qu'il avait vu éprouver autrefois par sa propre mère, par ses amis, cette Odette dont les propos avaient si souvent trait aux choses qu'il connaissait le mieux lui-même, à ses collections, à sa chambre, à son vieux domestique, au banquier chez qui il avait ses titres, il se trouva que cette dernière image du banquier lui rappela qu'il aurait à y prendre de l'argent. En effet, si ce mois-ci il venait moins largement à l'aide d'Odette dans ses difficultés matérielles qu'il n'avait fait le mois dernier où il lui avait donné cinq mille francs, et s'il ne lui offrait pas une rivière de diamants qu'elle désirait, il ne renouvellerait pas en elle cette admiration qu'elle avait pour sa générosité, cette reconnaissance, qui le rendaient si heureux, et même il risquerait de lui faire croire, que son amour pour elle, comme elle en verrait les manifestations devenir moins grandes, avait diminué. Alors, tout d'un coup, il se demanda si cela, ce n'était pas précisément l' « entretenir » (comme si, en effet, cette notion d'entretenir pouvait être extraite d'éléments non pas mystérieux ni pervers, mais appartenant au fond quotidien et privé de sa vie, tels que ce billet de mille francs, domestique et familier, déchiré et recollé, que son valet de chambre, après lui avoir payé les comptes du mois et le terme, avait serré dans le tiroir du vieux bureau où Swann l'avait repris pour l'envoyer avec quatre autres à Odette) et si on ne pouvait pas appliquer à Odette, depuis qu'il la connaissait, (car il ne soupçonna pas un instant qu'elle eût

jamais pu recevoir d'argent de personne avant lui),
ce mot qu'il avait cru si inconciliable avec elle, de
« femme entretenue ». Il ne put approfondir cette idée,
car un accès d'une paresse d'esprit, qui était chez lui
congénitale, intermittente et providentielle, vint à ce
moment éteindre toute lumière dans son intelligence,
aussi brusquement que plus tard quand on eut installé partout l'éclairage électrique on put couper
l'électricité dans une maison. Sa pensée tâtonna un
instant dans l'obscurité, il retira ses lunettes, en
essuya les verres, se passa la main sur les yeux, et
ne revit la lumière que quand il se retrouva en présence d'une idée toute différente, à savoir qu'il faudrait tâcher d'envoyer le mois prochain six ou sept
mille francs à Odette au lieu de cinq, à cause de la
surprise et de la joie que cela lui causerait.

Le soir, quand il ne restait pas chez lui à attendre
l'heure de retrouver Odette chez les Verdurin ou plutôt dans un des restaurants d'été qu'ils affectionnaient
au Bois et surtout à Saint-Cloud, il allait dîner dans
quelqu'une de ces maisons élégantes dont il était jadis
le convive habituel. Il ne voulait pas perdre contact
avec des gens qui — savait-on ? — pourraient peut-
être un jour être utiles à Odette, et grâce auxquels en
attendant il réussissait souvent à lui être agréable.
Puis l'habitude qu'il avait eue longtemps du monde,
du luxe, lui en avait donné en même temps que le
dédain, le besoin, de sorte qu'à partir du moment où
les réduits les plus modestes lui étaient apparus exactement sur le même pied que les plus princières demeures, ses sens étaient tellement accoutumés aux secondes qu'il eût éprouvé quelque malaise à se trouver
dans les premiers. Il avait la même considération — à
un degré d'identité qu'ils n'auraient pu croire — pour
des petits bourgeois qui faisaient danser au cinquième
étage d'un escalier D, palier à gauche, que pour la
Princesse de Parme qui donnait les plus belles fêtes

de Paris ; mais il n'avait pas la sensation d'être au
bal en se tenant avec les pères dans la chambre à coucher de la maîtresse de la maison et la vue des lava-
bos recouverts de serviettes, des lits, transformés en
vestiaires, sur le couvre-pied desquels s'entassaient les
pardessus et les chapeaux lui donnaient la même sensation d'étouffement que peut causer aujourd'hui à des
gens habitués à vingt ans d'électricité l'odeur d'une
lampe qui charbonne ou d'une veilleuse qui file. Le
jour où il dînait en ville, il faisait atteler pour sept
heures et demie ; il s'habillait tout en songeant à
Odette et ainsi il ne se trouvait pas seul, car la pensée constante d'Odette donnait aux moments où il
était loin d'elle, le même charme particulier qu'à ceux
où elle était là. Il montait en voiture, mais il sentait
que cette pensée y avait sauté en même temps et s'ins-
tallait sur ses genoux comme une bête aimée qu'on
emmène partout et qu'il garderait avec lui à table, à
l'insu des convives. Il la caressait, se réchauffait à
elle, et éprouvant une sorte de langueur, se laissait
aller à un léger frémissement qui crispait son cou et
son nez, et était nouveau chez lui, tout en fixant à sa
boutonnière le bouquet d'ancolies. Se sentant souffrant
et triste depuis quelque temps, surtout depuis qu'Odette
avait présenté Forcheville aux Verdurin, Swann aurait
aimé aller se reposer un peu à la campagne. Mais il
n'aurait pas eu le courage de quitter Paris un seul jour
pendant qu'Odette y était. L'air était chaud ; c'étaient
les plus beaux jours du printemps. Et il avait beau
traverser une ville de pierre pour se rendre en quelque hôtel clos, ce qui était sans cesse devant ses
yeux, c'était un parc qu'il possédait près de Combray,
où dès quatre heures avant d'arriver au plant d'asperges, grâce au vent qui vient des champs de Méséglise
on pouvait goûter sous une charmille autant de fraîcheur qu'au bord de l'étang cerné de myosotis et de
glaïeuls, et où, quand il dînait, enlacées par son jardi-

nier, couraient autour de la table les groseilles et les
roses.

Après dîner, si le rendez-vous au bois ou à Saint-
Cloud était de bonne heure, il partait si vite en sortant de table, — surtout si la pluie menaçait de tomber
et de faire rentrer plus tôt les « fidèles », — qu'une
fois la princesse des Laumes (chez qui on avait dîné
tard et que Swann avait quittée avant qu'on servît
le café pour rejoindre les Verdurin dans l'île du Bois),
dit :

— « Vraiment, si Swann avait trente ans de plus et
une maladie de la vessie, on l'excuserait de filer ainsi.
Mais tout de même il se moque du monde. »

Il se disait que le charme du printemps qu'il ne
pouvait pas aller goûter à Combray il le trouverait du
moins dans l'île des Cygnes ou à Saint-Cloud. Mais
comme il ne pouvait penser qu'à Odette, il ne savait
même pas s'il avait senti l'odeur des feuilles, s'il y
avait eu du clair de lune. Il était accueilli par la petite
phrase de la Sonate jouée dans le jardin sur le piano
du restaurant. S'il n'y en avait pas là, les Verdurin
prenaient une grande peine pour en faire descendre
un d'une chambre ou d'une salle à manger : ce n'est
pas que Swann fût rentré en faveur auprès d'eux, au
contraire. Mais l'idée d'organiser un plaisir ingénieux
pour quelqu'un, même pour quelqu'un qu'ils n'aimaient pas, développait chez eux, pendant les moments
nécessaires à ces préparatifs, des sentiments éphémères et occasionnels de sympathie et de cordialité.
Parfois il se disait que c'était un nouveau soir de printemps de plus qui passait, il se contraignait à faire
attention aux arbres, au ciel. Mais l'agitation où le
mettait la présence d'Odette, et aussi un léger malaise
fébrile qui ne le quittait guère depuis quelque temps,
le privait du calme et du bien-être qui sont le fond indispensable aux impressions que peut donner la nature.

Un soir où Swann avait accepté de dîner avec les

Verdurin, comme pendant le dîner il venait de dire que le lendemain il avait un banquet d'anciens camarades, Odette lui avait répondu en pleine table, devant Forcheville, qui était maintenant un des fidèles, devant le peintre, devant Cottard :

— « Oui, je sais que vous avez votre banquet, je ne vous verrai donc que chez moi, mais ne venez pas trop tard. »

Bien que Swann n'eût encore jamais pris bien sérieusement ombrage de l'amitié d'Odette pour tel ou tel fidèle, il éprouvait une douceur profonde à l'entendre avouer ainsi devant tous, avec cette tranquille impudeur, leurs rendez-vous quotidiens du soir, la situation privilégiée qu'il avait chez elle et la préférence pour lui qui y était impliquée. Certes Swann avait souvent pensé qu'Odette n'était à aucun degré une femme remarquable ; et la suprématie qu'il exerçait sur un être qui lui était si inférieur n'avait rien qui dût lui paraître si flatteur pour lui à voir proclamer à la face des « fidèles », mais depuis qu'il s'était aperçu qu'à beaucoup d'hommes Odette semblait une femme ravissante et désirable, le charme qu'avait pour eux son corps avait éveillé en lui un besoin douloureux de la maîtriser entièrement dans les moindres parties de son cœur. Et il avait commencé d'attacher un prix inestimable à ces moments passés chez elle le soir, où il l'asseyait sur ses genoux, lui faisait dire ce qu'elle pensait d'une chose, d'une autre, où il recensait les seuls biens à la possession desquels il tînt maintenant sur terre. Aussi, après ce dîner, la prenant à part, il ne manqua pas de la remercier avec effusion, cherchant à lui enseigner selon les degrés de la reconnaissance qu'il lui témoignait, l'échelle des plaisirs qu'elle pouvait lui causer, et dont le suprême était de le garantir, pendant le temps que son amour durerait et l'y rendrait vulnérable des atteintes de la jalousie.

Quand il sortit le lendemain du banquet, il pleuvait averse, il n'avait à sa disposition que sa victoria ; un ami lui proposa de le reconduire chez lui en coupé, et comme Odette, par le fait qu'elle lui avait demandé de venir, lui avait donné la certitude qu'elle n'attendait personne, c'est l'esprit tranquille et le cœur content que, plutôt que de partir ainsi dans la pluie, il serait rentré chez lui se coucher. Mais peut-être, si elle voyait qu'il n'avait pas l'air de tenir à passer toujours avec elle, sans aucune exception, la fin de la soirée, négligerait-elle de la lui réserver, justement une fois où il l'aurait particulièrement désiré.

Il arriva chez elle après onze heures, et, comme il s'excusait de n'avoir pu venir plus tôt, elle se plaignit que ce fût en effet bien tard, l'orage l'avait rendu souffrante, elle se sentait mal à la tête et le prévint qu'elle ne le garderait pas plus d'une demi-heure, qu'à minuit, elle le renverrait ; et, peu après, elle se sentit fatiguée et désira s'endormir.

— Alors pas de catleyas ce soir ? lui dit-il, moi qui espérais un bon petit catleya.

Et d'un air un peu boudeur et nerveux elle lui répondit :

— « Mais non, mon petit, pas de catleyas ce soir, tu vois bien que suis souffrante ! »

— « Cela t'aurait peut être fait du bien, mais enfin je n'insiste pas. »

Elle le pria d'éteindre la lumière avant de s'en aller, il referma lui-même les rideaux du lit et partit. Mais, quand il fut rentré chez lui, l'idée lui vint brusquement que peut-être Odette attendait quelqu'un ce soir, qu'elle avait seulement simulé la fatigue et qu'elle ne lui avait demandé d'éteindre que pour qu'il crût qu'elle allait s'endormir, qu'aussitôt qu'il avait été parti, elle l'avait rallumée, et fait entrer celui qui devait passer la nuit auprès d'elle. Il regarda l'heure. Il y avait à peu près une heure et demie qu'il l'avait

quittée, il ressortit, prit un fiacre et se fit arrêter tout
près de chez elle, dans une petite rue perpendiculaire
à celle sur laquelle donnait derrière son hôtel et où
il allait quelquefois frapper à la fenêtre de sa chambre à coucher pour qu'elle vînt lui ouvrir ; il descen-
dit de voiture, tout était désert et noir dans ce quartier, il n'eut que quelques pas à faire à pied et déboucha
presque devant chez elle. Parmi l'obscurité de toutes
les fenêtres éteintes depuis longtemps dans la rue, il
en vit une seule d'où débordait, — entre les volets qui
en pressaient la pulpe mystérieuse et dorée, — la lumière
qui remplissait la chambre et qui, tant d'autres soirs,
du plus loin qu'il l'apercevait, en arrivant dans la rue le
réjouissait et lui annonçait : « elle est là qui t'attend »
et qui maintenant, le torturait en lui disant : « elle
est là avec celui qu'elle attendait ». Il voulait savoir
qui ; il se glissa le long du mur jusqu'à la fenêtre, mais
entre les lames obliques des volets il ne pouvait rien
voir ; il entendait seulement dans le silence de la nuit
le murmure d'une conversation. Certes, il souffrait de
voir cette lumière dans l'atmosphère d'or de laquelle
se mouvait derrière le châssis le couple invisible et
détesté, d'entendre ce murmure qui révélait la présence de celui qui était venu après son départ, la fausseté d'Odette, le bonheur qu'elle était en train de
goûter avec lui.

Et pourtant il était content d'être venu : le tourment qui l'avait forcé de sortir de chez lui avait perdu
de son acuité en perdant de son vague, maintenant
que l'autre vie d'Odette, dont il avait eu, à ce moment-là, le brusque et impuissant soupçon, il la tenait
là, éclairée en plein par la lampe, prisonnière sans le
savoir dans cette chambre où, quand il le voudrait, il
entrerait la surprendre et la capturer ; ou plutôt il
allait frapper aux volets comme il faisait souvent
quand il venait très tard ; ainsi du moins, Odette
apprendrait qu'il avait su, qu'il avait vu la lumière et

entendu la causerie et lui, qui, tout à l'heure, se la
représentait comme se riant avec l'autre, de ses illu-
sions, maintenant, c'était eux qu'il voyait, confiants
dans leur erreur, trompés en somme par lui qu'ils
croyaient bien loin d'ici et qui, lui, savait déjà qu'il
allait frapper aux volets. Et peut être, ce qu'il ressentait en ce moment de presque agréable, c'était autre
chose aussi que l'apaisement d'un doute et d'une douleur: un plaisir de l'intelligence. Si, depuis qu'il était
amoureux, les choses avaient repris pour lui un peu
de l'intérêt délicieux qu'il leur trouvait autrefois,
mais seulement là où elles étaient éclairées par le
souvenir d'Odette, maintenant, c'était une autre faculté de sa studieuse jeunesse que sa jalousie rani-
mait, la passion de la vérité, mais d'une vérité, elle
aussi, interposée entre lui et sa maîtresse, ne recevant
sa lumière que d'elle, vérité toute individuelle qui avait
pour objet unique, d'un prix infini et presque d'une
beauté désintéressée, les actions d'Odette, ses relations, ses projets, son passé. A toute autre époque de
sa vie, les petits faits et gestes quotidiens d'une personne avaient toujours paru sans valeur à Swann; si
on lui en faisait le commérage, il le trouvait insignifiant, et, tandis qu'il l'écoutait, ce n'était que sa plus
vulgaire attention qui y était intéressée; c'était pour
lui un des moments où il se sentait le plus médiocre.
Mais dans cette étrange période de l'amour, l'individuel prend quelque chose de si profond, que cette
curiosité qu'il sentait s'éveiller en lui à l'égard des
moindres occupations d'une femme, c'était celle qu'il
avait eu autrefois pour l'Histoire. Et tout ce dont il
aurait eu honte jusqu'ici, espionner devant une fenêtre, qui sait, demain, peut-être faire parler habilement
les indifférents, soudoyer les domestiques, écouter
aux portes, ne lui semblait plus, aussi bien que le
déchiffrement des textes, la comparaison des témoignages et l'interprétation des monuments, que des

méthodes d'investigation scientifique d'une véritable
valeur intellectuelle et appropriées à la recherche de
la vérité.

Sur le point de frapper contre les volets, il eut un
moment de honte en pensant qu'Odette allait savoir
qu'il avait eu des soupçons, qu'il était revenu, qu'il
s'était posté dans la rue. Elle lui avait dit souvent
l'horreur qu'elle avait des jaloux, des amants qui
espionnent. Ce qu'il allait faire était bien maladroit,
et elle allait le détester désormais, tandis qu'en ce moment encore, tant qu'il n'avait pas frappé, peut-être,
même en le trompant, l'aimait-elle. Que de bonheurs
possibles dont on sacrifie ainsi la réalisation à l'impatience d'un plaisir immédiat. Mais le désir de connaître la vérité était plus fort et lui sembla plus noble.
Il savait que la réalité de circonstances qu'il eût donné
sa vie pour restituer exactement, était lisible derrière
cette fenêtre striée de lumière comme sous la couverture enluminée d'or d'un de ces manuscrits précieux
à la richesse artistique elle-même desquels le savant
qui les consulte ne peut rester indifférent. Il éprouvait
une volupté à connaître la vérité qui le passionnait
dans cet exemplaire unique, éphémère et précieux,
d'une matière translucide, si chaude et si belle. Et
puis l'avantage qu'il se sentait, — qu'il avait tant
besoin de se sentir, — sur eux, était peut-être moins
de savoir, que de pouvoir leur montrer qu'il savait.
Il se haussa sur la pointe des pieds. Il frappa. On
n'avait pas entendu, il refrappa plus fort, la conversation s'arrêta. Une voix d'homme dont il chercha à
distinguer auquel de ceux des amis d'Odette qu'il connaissait elle pouvait appartenir, demanda :

— « Qui est là » ?

Il n'était pas sûr de la reconnaître. Il frappa encore
une fois. On ouvrit la fenêtre, puis les volets. Maintenant, il n'y avait plus moyen de reculer, et, puisqu'elle
allait tout savoir, pour ne pas avoir l'air trop malheu-

reux, trop jaloux et curieux, il se contenta de crier d'un air négligent et gai :

— « Ne vous dérangez pas, je passais par là, j'ai vu de la lumière, j'ai voulu savoir si vous n'étiez plus souffrante. »

Il regarda. Devant lui, deux vieux messieurs étaient à la fenêtre, l'un tenant une lampe, et alors, il vit la chambre, une chambre inconnue. Ayant l'habitude, quand il venait chez Odette très tard, de reconnaître sa fenêtre à ce que c'était la seule éclairée entre les fenêtres toutes pareilles, il s'était trompé et avait frappé à la fenêtre suivante qui appartenait à la maison voisine. Il s'éloigna en s'excusant et rentra chez lui, heureux que la satisfaction de sa curiosité eût laissé leur amour intact et qu'après avoir simulé depuis si longtemps vis-à-vis d Odette une sorte d'indifférence, il ne lui eût pas donné, par sa jalousie, cette preuve qu'il l'aimait trop, qui, entre deux amants, dispense, à tout jamais, d'aimer assez celui qui la reçoit. Il ne lui parla pas de cette mésaventure, lui-même n'y songeait plus. Mais, par moments, un mouvement de sa pensée venait en rencontrer le souvenir qu'elle n'avait pas aperçu, le heurtait, l'enfonçait plus avant et Swann avait ressenti une douleur brusque et profonde. Comme si ç'avait été une douleur physique, les pensées de Swann ne pouvaient pas l'amoindrir ; mais du moins la douleur physique, parce qu'elle est indépendante de la pensée, la pensée, peut s'arrêter sur elle, constater qu'elle a diminué, qu'elle a momentanément cessé ! Mais cette douleur-là, la pensée, rien qu'en se la rappelant, la recréait. Vouloir n'y pas penser, c'était y penser encore, en souffrir encore. Et quand, causant avec des amis, il oubliait son mal, tout d'un coup un mot qu'on lui disait le faisait changer de visage, comme un blessé dont un maladroit vient de toucher sans précaution le membre douloureux. Quand il quittait Odette, il était heureux, il se

sentait calme, il se rappelait les sourires qu'elle avait
eus, railleurs, en parlant de tel ou tel autre, et tendres pour lui, la lourdeur de sa tête qu'elle avait détaché de son axe pour l'incliner, la laisser tomber, presque malgré elle, sur ses lèvres, comme elle avait fait
la première fois en voiture, les regards mourants
qu'elle lui avait jetés pendant qu'elle était dans ses
bras, tout en contractant frileusement contre l'épaule
sa tête inclinée.

Mais aussitôt sa jalousie, comme si elle était l'ombre
de son amour, se complétait du double de ce nouveau
sourire qu'elle lui avait adressé le soir même — et qui,
inverse maintenant, raillait Swann et se chargeait
d'amour pour un autre —, de cette inclinaison de sa tête
mais renversée vers d'autres lèvres, et, données à un
autre, de toutes les marques de tendresse qu'elle avait
eues pour lui. Et tous les souvenirs voluptueux qu'il
emportait de chez elle, étaient comme autant d'es-
quisses, de « projets » pareils à ceux que vous soumet un décorateur, et qui permettaient à Swann de
se faire une idée des attitudes ardentes ou pâmées
qu'elle pouvait avoir avec d'autres. De sorte qu'il en
arrivait à regretter chaque plaisir qu'il goûtait près
d'elle, chaque caresse inventée et dont il avait eu l'imprudence de lui signaler la douceur, chaque grâce
qu'il lui découvrait, car il savait qu'un instant après,
elles allaient enrichir d'instruments nouveaux son supplice.

Celui-ci était rendu plus cruel encore quand revenait à Swann le souvenir d'un bref regard qu'il avait
surpris, il y avait quelques jours, et pour la première
fois, dans les yeux d'Odette. C'était après dîner, chez
les Verdurin. Soit que Forcheville sentant que Saniette, son beau-frère, n'était pas en faveur chez eux,
eût voulu le prendre comme tête de turc et briller
devant eux à ses dépens, soit qu'il eût été irrité par un
mot maladroit que celui-ci venait de lui dire, et qui,

d'ailleurs, passa inaperçu pour les assistants qui ne savaient pas quelle allusion désobligeante il pouvait renfermer, bien contre le gré de celui qui le prononçait sans malice aucune, soit enfin qu'il cherchât depuis quelque temps une occasion de faire sortir de la maison quelqu'un qui le connaissait trop bien et qu'il savait trop délicat pour qu'il ne se sentît pas gêné à certains moments rien que de sa présence, Forcheville répondit à ce propos maladroit de Saniette avec une telle grossièreté, se mettant à l'insulter, s'enhardissant, au fur et à mesure qu'il vociférait, de l'effroi, de la douleur, des supplications de l'autre, que le malheureux, après avoir demandé à Mme Verdurin s'il devait rester, et n'ayant pas reçu de réponse, s'était retiré en balbutiant, les larmes aux yeux. Odette avait assisté impassible à cette scène, mais quand la porte se fut refermée sur Saniette, faisant descendre en quelque sorte de plusieurs crans l'expression habituelle de son visage, pour pouvoir se trouver, dans la bassesse, de plain-pied avec Forcheville, elle avait brillanté ses prunelles d'un sourire sournois de félicitations pour l'audace qu'il avait eue, d'ironie pour celui qui en avait été victime ; elle lui avait jeté un regard de complicité dans le mal, qui voulait si bien dire : « Voilà une exécution, ou je ne m'y connais pas. Avez-vous vu son air penaud, il en pleurait », que Forcheville, quand ses yeux rencontrèrent ce regard, dégrisé soudain de la colère ou de la simulation de colère dont il était encore chaud, sourit, et répondit :

— Il n'avait qu'à être aimable, il serait encore ici, une bonne correction peut être utile à tout âge.

Un jour que Swann était sorti au milieu de l'après-midi pour faire une visite, n'ayant pas trouvé la personne qu'il voulait rencontrer, il eut l'idée d'entrer chez Odette à cette heure où il n'allait jamais chez elle, mais où il savait qu'elle était toujours à la maison à faire sa sieste ou à écrire des lettres avant

l'heure du thé, et où il aurait plaisir à la voir un peu
sans la déranger. Le concierge lui dit qu'il croyait
qu'elle était là; il sonna, crut entendre du bruit, entendre marcher, mais on n'ouvrit pas. Anxieux, irrité,
il alla dans la petite rue où donnait l'autre face de
l'hôtel, se mit devant la fenêtre de la chambre d'Odette;
les rideaux l'empêchaiet de rien voir, il frappa avec
force aux carreaux, appella; personne n'ouvrit. Il vit
que des voisins le regardaient. Il partit, pensant
qu'après tout, il s'était peut-être trompé en croyant
entendre des pas; mais il en resta si préoccupé qu'il
ne pouvait penser à autre chose. Une heure après, il
revint. Il la trouva; elle lui dit qu'elle était chez elle
tantôt quand il avait sonné, mais dormait; la sonnette
l'avait éveillée, elle avait deviné que c'était Swann,
elle avait couru après lui, mais il était déjà parti. Elle
avait bien entendu frapper aux carreaux. Swann reconnut tout de suite dans ce dire un de ces fragments d'un
fait exact que les menteurs pris de court se conso-
lent de faire entrer dans la composition du fait faux
qu'ils inventent, croyant y faire sa part et y dérober
sa ressemblance à la Vérité. Certes quand Odette
venait de faire quelque chose qu'elle ne voulait pas
révéler, elle le cachait bien au fond d'elle-même. Mais
dès qu'elle se trouvait en présence de celui à qui elle
voulait mentir, un trouble la prenait, toutes ses idées
s'effondraient, ses facultés d'invention et de raisonnement étaient paralysées, elle ne trouvait plus dans sa
tête que le vide, il fallait pourtant dire quelque chose,
et elle rencontrait à sa portée précisément la chose
qu'elle avait voulu dissimuler et qui étant vraie, était
seule restée là. Elle en détachait un petit morceau,
sans importance par lui-même, se disant qu'après tout
c'était mieux ainsi puisque c'était un détail vérifiable
qui n'offrait pas les mêmes dangers qu'un détail faux.
« Ça du moins, c'est vrai, se disait-elle, c'est toujours
autant de gagné, il peut s'informer, il reconnaîtra que

c'est vrai, ce n'est toujours pas ça qui me trahira. »
Elle se trompait, c'était cela qui la trahissait, elle ne
se rendait pas compte que ce détail vrai avait des
angles qui ne pouvaient s'emboîter que dans les détails contigus du fait vrai dont elle l'avait arbitrairement détaché et qui, quels que fussent les détails
inventés entre lesquels elle le placerait, révéleraient
toujours par la matière excédente et les vides non remplis, que ce n'était pas d'entre ceux-là qu'il venait.
« Elle avoue qu'elle m'avait entendu sonner, puis
frapper, et qu'elle avait cru que c'était moi, qu'elle
avait envie de me voir, se disait Swann. Mais cela
ne s'arrange pas avec le fait qu'elle n'ait pas fait
ouvrir. »

Mais il ne lui fit pas remarquer cette contradiction,
car il pensait que, livrée à elle-même, Odette produi-
rait peut-être quelque mensonge qui serait un faible
indice de la vérité ; elle parlait ; il ne l'interrompait pas,
il recueillait avec une piété avide et douloureuse ces
mots qu'elle lui disait et qu'il sentait, justement, parce
qu'elle la cachait derrière eux tout en lui parlant, garder vaguement, comme le voile sacré, l'empreinte, dessiner l'incertain modelé de cette réalité infiniment
précieuse et hélas introuvable : — ce qu'elle faisait
tantôt à trois heures, quand il était venu, — de laquelle il ne possèderait jamais que ces mensonges, illisibles et divins vestiges, et qui n'existait plus que
dans le souvenir recéleur de cet être qui la contemplait sans savoir l'apprécier, mais ne la lui livrerait
pas. Certes il se doutait bien par moments qu'en elles-
mêmes les actions quotidiennes d'Odette n'étaient pas
passionnément intéressantes, et que les relations qu'elle
pouvait avoir avec d'autres hommes n'exhalaient pas
naturellement d'une façon universelle et pour tout
être pensant, une tristesse morbide, capable de donner
la fièvre du suicide. Il se rendait compte alors que
cet intérêt, cette tristesse n'existaient qu'en lui comme

une maladie, et que quand celle-ci serait guérie, les
actes d'Odette, les baisers qu'elle aurait pu donner
redeviendraient inoffensifs comme ceux de tant d'autres
femmes. Mais que la curiosité douloureuse que Swann
y portait maintenant n'eût sa cause qu'en lui, n'était
pas pour lui faire trouver déraisonnable de considérer
cette curiosité comme importante et de mettre tout
en œuvre pour lui donner satisfaction. C'est que Swann
arrivait à un âge dont la philosophie — favorisée par
celle de l'époque, par celle aussi du milieu où Swann
avait beaucoup vécu, de cette coterie de la princesse
des Laumes où il était convenu qu'on est intelligent
dans la mesure où on doute de tout et où on ne trouvait
de réel et d'incontestable que les goûts de chacun —
n'est déjà plus celle de la jeunesse, mais une philosophie positive, presque médicale, d'hommes qui au lieu
d'extérioriser les objets de leurs aspirations, essayent
de dégager de leurs années déjà écoulées un résidu
fixe d'habitudes, de passions qu'ils puissent considérer en eux comme caractéristiques et permanentes et
auxquelles, délibérément, ils veilleront d'abord que
le genre d'existence qu'ils adoptent puisse donner
satisfaction. Swann trouvait sage de faire dans sa vie
la part de la souffrance qu'il éprouvait à ignorer ce
qu'avait fait Odette, aussi bien que la part de la re-
crudescence qu'un climat humide causait à son eczéma;
de prévoir dans son budget une disponibilité importante
pour obtenir sur l'emploi des journées d'Odette des
renseignements sans lesquels il se sentirait malheureux, aussi bien qu'il en réservait pour d'autres goûts
dont il savait qu'il pouvait attendre du plaisir, au
moins avant qu'il fût amoureux, comme celui des collections et de la bonne cuisine.

Quand il voulut dire adieu à Odette pour rentrer,
elle lui demanda de rester encore et le retint même
vivement, en lui prenant le bras, au moment où il allait ouvrir la porte pour sortir. Mais il n'y prit pas

garde, car, dans la multitude des gestes, des propos,
des petits incidents qui remplissent une conversation,
il est inévitable que nous passions sans y rien remarquer qui éveille notre attention près de ceux qui
cachent une vérité que nos soupçons cherchent au hasard, et que nous nous arrêtions au contraire à ceux
sous lesquels il n'y a rien. Elle lui redisait tout le
temps : « Quel malheur que toi, qui ne viens jamais
l'après-midi, pour une fois que cela t'arrive, je ne t'aie
pas vu. » Il savait bien qu'elle n'était pas assez amoureuse de lui pour avoir un regret si vif d'avoir manqué sa visite, mais comme elle était bonne, désireuse
de lui faire plaisir, et souvent triste quand elle l'avait
contrarié, il trouva tout naturel qu'elle le fût cette
fois de l'avoir privé de ce plaisir de passer une heure
ensemble qui était très grand, non pour elle, mais
pour lui. C'était pourtant une chose assez peu importante pour que l'air douloureux qu'elle continuait
d'avoir finît par l'étonner. Elle rappelait ainsi plus
encore qu'il ne le trouvait d'habitude, les figures de
femmes du peintre de la Primavera. Elle avait en ce
moment leur visage abattu et navré qui semble succomber sous le poids d'une douleur trop lourde pour
elles, simplement quand elles laissent l'enfant Jésus
jouer avec une grenade ou regardent Moïse verser de
l'eau dans une auge. Il lui avait déjà vu une fois une
telle tristesse, mais ne savait plus quand. Et tout d'un
coup, il se rappela : c'était quand Odette avait menti
en parlant à Mme Verdurin le lendemain de ce dîner
où elle n'était pas venue sous prétexte qu'elle était
malade et en réalité pour rester avec Swann. Certes,
eut-elle été la plus scrupuleuse des femmes qu'elle n'aurait pu avoir de remords d'un mensonge aussi innocent. Mais ceux que faisait couramment Odette l'étaient
moins et servaient à empêcher des découvertes qui
auraient pu lui créer avec les uns ou avec les autres,
de terribles difficultés. Aussi quand elle mentait, prise

de peur, se sentant peu armée pour se défendre, incertaine du succès, elle avait envie de pleurer, par fatigue, comme certains enfants qui n'ont pas dormi. Puis elle savait que son mensonge lésait d'ordinaire gravement l'homme à qui elle le faisait, et à la merci duquel elle allait peut-être tomber si elle mentait mal. Alors elle se sentait à la fois humble et coupable devant lui. Et quand elle avait à faire un mensonge insignifiant et mondain, par association de sensations et de souvenirs, elle éprouvait le malaise d'un surmenage et le regret d'une méchanceté.

Quel mensonge déprimant était-elle en train de faire à Swann pour qu'elle eût ce regard douloureux, cette voix plaintive qui semblaient fléchir sous l'effort qu'elle s'imposait, et demander grâce. Il eut l'idée que ce n'était pas seulement la vérité sur l'incident de l'après-midi qu'elle s'efforçait de lui cacher, mais quelque chose de plus actuel, peut-être de non encore survenu et de tout prochain, et qui pourrait l'éclairer sur cette vérité. A ce moment, il entendit un coup de sonnette. Odette ne cessa plus de parler, mais ses paroles n'étaient qu'un gémissement : son regret de ne pas avoir vu Swann dans l'après-midi, de ne pas lui avoir ouvert, était devenu un véritable désespoir.

On entendit la porte d'entrée se refermer et le bruit d'une voiture, comme si repartait une personne — celle probablement que Swann ne devait pas rencontrer — à qui on avait dit qu'Odette était sortie. Alors en songeant que rien qu'en venant à une heure où il n'en avait pas l'habitude, il s'était trouvé déranger tant de choses qu'elle ne voulait pas qu'il sût, il éprouva un sentiment de découragement, presque de détresse. Mais comme il aimait Odette, comme il avait l'habitude de tourner vers elle toutes ses pensées, la pitié qu'il eût pu s'inspirer à lui-même ce fut pour elle qu'il la ressentit, et il murmura : « Pauvre chérie ! » Quand il la quitta, elle prit plusieurs lettres qu'elle

avait sur sa table et lui demanda s'il ne pourrait pas
les mettre à la poste. Il les emporta et une fois rentré, s'aperçut qu'il avait gardé les lettres sur lui. Il
retourna jusqu'à la poste, les tira de sa poche et
avant de les jeter dans la boîte regarda les adresses.
Elles étaient toutes pour des fournisseurs, sauf une
pour Forcheville. Il la tenait dans sa main. Il se disait :
« Si je voyais ce qu'il y a dedans, je saurais comment
elle l'appelle, comment elle lui parle, s'il y a quelque
chose entre eux. Peut-être même qu'en ne la regardant pas, je commets une indélicatesse à l'égard
d'Odette, car c'est la seule manière de me délivrer d'un
soupçon peut être calomnieux pour elle, destiné en
tous cas à la faire souffrir et que rien ne pourrait plus
détruire, une fois la lettre partie. »

Il rentra chez lui en quittant la poste, mais il avait
gardé sur lui cette dernière lettre. Il alluma une bougie et en approcha l'enveloppe qu'il n'avait pas osé
ouvrir. D'abord il ne put rien lire, mais l'enveloppe
était mince, et en la faisant adhérer à la carte dure
qui y était incluse, il put à travers sa transparence,
lire les derniers mots. C'était une formule finale très
froide. Si, au lieu que ce fût lui qui regardât une lettre adressée à Forcheville, c'eût été Forcheville qui
eût lut une lettre adressée à Swann, il aurait pu voir
des mots autrement tendres ! Il maintint immobile la
carte qui dansait dans l'enveloppe plus grande qu'elle,
puis, la faisant glisser avec le pouce, en amena successivement les différentes lignes sous la partie de
l'enveloppe qui n'était pas doublée, la seule à travers
laquelle on pouvait lire.

Malgré cela il ne distinguait pas bien. D'ailleurs cela
ne faisait rien car il en avait assez vu pour se rendre
compte qu'il s'agissait d'un petit événement sans
importance et qui ne touchait nullement à des relations
amoureuses, c'était quelque chose qui se rapportait à
un oncle d'Odette. Swann avait bien lu au commen-

cement de la ligne : « J'ai eu raison », mais ne comprenait pas ce qu'Odette avait eu raison de faire, quand
soudain, un mot qu'il n'avait pas pu déchiffrer d'abord,
apparut et éclaira le sens de la phrase tout entière :
« J'ai eu raison d'ouvrir, c'était mon oncle. » D'ouvrir ! alors Forcheville était là tantôt quand Swann
avait sonné et elle l'avait fait partir, d'où le bruit
qu'il avait entendu.

Alors il lut toute la lettre, à la fin elle s'excusait
d'avoir agi aussi sans façon avec lui et lui disait qu'il
avait oublié ses cigarettes chez elle, la même phrase
qu'elle avait écrite à Swann une des premières fois
qu'il était venu. Mais pour Swann elle avait ajouté :
puissiez-vous y avoir laissé votre cœur, je ne vous
aurais pas laissé le reprendre. Pour Forcheville rien de
tel ; aucune allusion qui pût faire supposer une intrigue
entre eux. A vrai dire d'ailleurs, Forcheville était en
tout ceci plus trompé que lui puisque Odette lui écrivait pour lui faire croire que le visiteur était son
oncle. En somme c'était lui, Swann, l'homme à qui
elle attachait de l'importance et pour qui elle avait
congédié l'autre. Et pourtant, s'il n'y avait rien entre
Odette et Forcheville, pourquoi n'avoir pas ouvert tout
de suite, pourquoi avoir dit : « J'ai bien fait d'ouvrir,
c'était mon oncle » ; si elle ne faisait rien de mal à ce
moment-là, comment Forcheville pourrait-il même
s'expliquer qu'elle eût pu ne pas ouvrir. Swann restait là, désolé, confus et pourtant heureux, devant
cette enveloppe qu'Odette lui avait remise sans crainte,
tant était absolue la confiance qu'elle avait en sa délicatesse, mais à travers le vitrage transparent de laquelle se dévoilait à lui, avec le secret d'un incident
qu'il n'aurait jamais cru possible de connaître, un peu
de la vie d'Odette, comme dans une étroite section
lumineuse pratiquée à même l'inconnu. Puis sa jalousie s'en réjouissait, comme si cette jalousie eût eu une
vitalité indépendante, égoïste, vorace de tout ce qui la

nourrirait fût-ce aux dépens de lui-même. Maintenant
elle avait un aliment et Swann allait pouvoir commencer à s'inquiéter chaque jour des visites qu'Odette
avait reçues vers cinq heures, à chercher à apprendre
où se trouvait Forcheville à cette heure-là. Car la tendresse de Swann continuait à garder le même caractère que lui avait imprimé dès le début à la fois l'ignorance où il était de l'emploi des journées d'Odette et
la paresse cérébrale qui l'empêchait de suppléer à
l'ignorance par l'imagination. Il ne fut pas jaloux
d'abord de toute la vie d'Odette, mais des seuls moments où une circonstance, peut-être mal interprétée,
l'avait amené à supposer qu'Odette avait pu le tromper. Sa jalousie, comme une pieuvre qui jette une
première, puis une seconde, puis une troisième amarre,
s'attacha solidement à ce moment de cinq heures du
soir, puis à un autre, puis à un autre encore. Mais
Swan ne savait pas inventer ses souffrances. Elles
n'étaient que le souvenir, la perpétuation d'une souffrance qui lui était venue du dehors.

Mais là tout lui en apportait. Il voulut éloigner
Odette de Forcheville, l'emmener quelques jours dans
le midi. Mais il croyait qu'elle était désirée par tous
les hommes qui se trouvaient dans l'hôtel et qu'elle-
même les désirait. Aussi lui qui jadis en voyage recherchait les gens nouveaux, les assemblées nombreuses, on le voyait sauvage, fuyant la société des hommes
comme si elle l'eût cruellement blessé. Et comment
n'aurait-il pas été misanthrope quand dans tout homme
il voyait un amant possible pour Odette? Et ainsi sa
jalousie plus encore que n'avait fait le goût voluptueux et riant qu'il avait eu d'abord pour Odette, altérait le caractère de Swann et changeait du tout au
tout, aux yeux des autres, l'aspect même des signes
extérieurs par lesquels ce caractère se manifestait.

Un mois après le jour où il avait lu la lettre adressée par Odette à Forcheville, Swann alla à un dîner que

les Verdurin donnaient au Bois. Au moment où on se préparait à partir il remarqua des conciliabules entre Mme Verdurin et plusieurs des invités et crut comprendre qu'on rappelait au pianiste de venir le lendemain à une partie à Chatou ; or, lui, Swann, n'y était pas invité.

Les Verdurin n'avaient parlé qu'à demi-voix et en termes vagues, mais le peintre, distrait sans doute, s'écria :

— « Il ne faudra aucune lumière et qu'il joue la sonate Clair de lune dans l'obscurité pour mieux voir s'éclairer les choses. »

Mme Verdurin, voyant que Swann était à deux pas, prit cette expression où le désir de faire taire celui qui parle et de garder un air innocent aux yeux de celui qui entend, se neutralise en une nullité intense du regard, où l'immobile signe d'intelligence du complice se dissimule sous les sourires de l'ingénu et qui enfin, commune à tous ceux qui s'aperçoivent d'une gaffe, la révèle instantanément sinon à ceux qui la font, du moins à celui qui en est l'objet. Odette eut soudain l'air d'une désespérée qui renonce à lutter contre les difficultés écrasantes de la vie, et Swann comptait anxieusement les minutes qui le séparaient du moment où, après avoir quitté ce restaurant, pendant le retour avec elle, il allait pouvoir lui demander des explications, obtenir qu'elle n'aille pas le lendemain à Chatou ou qu'elle l'y fît inviter et apaiser dans ses bras l'angoisse qu'il ressentait. Enfin on demanda les voitures. Mme Verdurin dit à Swann :

— « Alors, adieu, à bientôt, n'est-ce pas ? tâchant par l'amabilité du regard et la contrainte du sourire de l'empêcher de penser qu'elle ne lui disait pas, comme elle eût toujours fait jusqu'ici » :

— A demain à Chatou, à après-demain chez moi.

M. et Mme Verdurin firent monter avec eux Forcheville, la voiture de Swann s'était rangée derrière la

leur dont il attendait le départ pour faire monter
Odette dans la sienne.

— « Odette, nous vous ramenons, dit Mme Verdurin,
nous avons une petite place pour vous à côté de M. de
Forcheville. »

— « Oui, madame », répondit Odette.

— « Comment, mais je croyais que je vous reconduisais », s'écria Swann, disant sans dissimulation les
mots nécessaires, car la portière était ouverte, les secondes étaient comptées, et il ne pouvait rentrer sans
elle dans l'état où il était.

— « Mais Mme Verdurin m'a demandé...

— « Voyons, vous pouvez bien revenir seul, nous
vous l'avons laissée assez de fois, dit Mme Verdurin.

— Mais c'est que j'avais une chose importante à
dire à Madame.

— Eh bien, vous la lui écrirez.

— Adieu, lui dit Odette en lui tendant la main.
Il essaya de sourire mais il avait l'air atterré.

— As-tu vu les façons que Swann se permet maintenant avec nous, dit Mme Verdurin à son mari quand
ils furent rentrés. J'ai cru qu'il allait me manger,
parce que nous ramenions Odette. C'est d'une inconvenance, vraiment ! Alors, qu'il dise tout de suite que
nous tenons une maison de rendez-vous ! Je ne comprends pas qu'Odette supporte des manières pareilles.
Il a absolument l'air de dire : vous m'appartenez. Je
dirai ma manière de penser à Odette, j'espère qu'elle
comprendra.

Et elle ajouta encore, un instant après, avec colère :

— Non, mais voyez-vous, cette sale bête ! employant
sans s'en rendre compte, et peut-être en obéissant au
même besoin obscur de se justifier, — comme Françoise à Combray quand le poulet ne voulait pas mourir — les mots qu'arrachent les derniers sursauts d'un
animal inoffensif qui agonise, au paysan qui est en
train de l'écraser.

Et quand la voiture de Mme Verdurin fut partie et que celle de Swann s'avança, son cocher le regardant lui demanda s'il n'était pas malade ou s'il n'était pas arrivé de malheur.

Swann le renvoya, il voulait marcher et ce fut à pied, par le Bois, qu'il rentra. Il parlait seul, à haute voix, et sur le même ton un peu factice qu'il avait pris jusqu'ici quand il détaillait les charmes du petit noyau et exaltait la magnanimité des Verdurin. Mais de même que les propos, les sourires, les baisers d'Odette lui devenaient aussi odieux qu'il les avait trouvés doux, s'ils étaient adressés à d'autre que lui, de même, le salon des Verdurin, qui tout à l'heure encore lui semblait amusant, respirant un goût vrai pour l'art et même une sorte de noblesse morale, maintenant que c'était un autre que lui qu'Odette allait y rencontrer, y aimer librement, lui exhibait ses ridicules, sa sottise, son ignominie.

Il se représentait avec dégoût la soirée du lendemain à Chatou. « D'abord cette idée d'aller à Chatou ! Comme des merciers qui viennent de fermer leur boutique ! vraiment ces gens sont sublimes de bourgeoisisme, ils ne doivent pas exister réellement, ils doivent sortir du théâtre de Labiche ! »

Il y aurait là les Cottard, peut-être Brichot. « Est-ce assez grotesque cette vie de petites gens qui vivent les uns sur les autres, qui se croiraient perdus, ma parole, s'ils ne se retrouvaient pas tous demain à Chatou ! » Hélas, il y aurait aussi le peintre, le peintre qui aimait à « faire des mariages », qui inviterait Forcheville à venir avec Odette à son atelier. Il voyait Odette avec une toilette trop habillée pour cette partie de campagne, « car elle est si vulgaire et surtout, la pauvre petite, elle est tellement bête !!! ».

Il entendait les plaisanteries que ferait Mme Verdurin après dîner, les plaisanteries qui, quel que fût l'ennuyeux qu'elles eussent pour cible, l'avaient tou-

jours amusé parce qu'il voyait Odette en rire, en rire
avec lui, presque en lui. Maintenant il sentait que
c'était peut-être de lui qu'on allait faire rire Odette.
« Quelle gaieté fétide ! disait-il en donnant à sa bouche une expression de dégoût si forte qu'il avait lui-
même la sensation musculaire de sa grimace jusque
dans son cou révulsé contre le col de sa chemise. Et
comment une créature dont le visage est fait à l'image
de Dieu peut-elle trouver matière à rire dans ces
plaisanteries nauséabondes? Toute narine un peu délicate se détournerait avec horreur pour ne pas se laisser offusquer par de tels relents. C'est vraiment incroyable de penser qu'un être humain peut ne pas
comprendre qu'en se permettant un sourire à l'égard
d'un semblable qui lui a tendu loyalement la main, il
se dégrade jusqu'à une fange d'où il ne sera plus possible à la meilleure volonté du monde de jamais le
relever. J'habite à trop de milliers de mètres d'alti-
tude au-dessus des bas-fonds où clapotent et clabau-
dent de tels sales papotages, pour que je puisse être
éclaboussé par les plaisanteries d'une Verdurin, s'écria-
t-il, en relevant la tête, en redressant fièrement son
corps en arrière. Dieu m'est témoin que j'ai sincèrement voulu tirer Odette de là, et l'élever dans une atmosphère plus noble et plus pure. Mais la patience
humaine a des bornes, et la mienne est à bout, se
dit-il, comme si cette mission d'arracher Odette à une
atmosphère de sarcasmes datait de plus longtemps
que de quelques minutes, et comme s'il ne se l'était
pas donnée seulement depuis qu'il pensait que ces sarcasmes l'avaient peut-être lui même pour objet et
tentaient de détacher Odette de lui.

Il voyait le pianiste prêt à jouer la sonate Clair de
lune et les mines de M*ᵐᵉ* Verdurin s'effrayant du
mal que la musique de Beethoven allait faire à ses
nerfs: « Idiote, menteuse ! s'écria-t-il, et ça croit aimer *l'Art !* ». Elle dirait à Odette, après lui avoir

insinué adroitement quelques mots louangeurs pour
Forcheville, comme elle avait fait si souvent pour lui :
« Vous allez faire une petite place à côté de vous
à M. de Forcheville. » « Dans l'obscurité ! maque-
relle, entremetteuse ! ». « Entremetteuse », c'était le
nom qu'il donnait aussi à la musique qui les convie-
rait à se taire, à rêver ensemble, à se regarder, à se
prendre la main. Il trouvait du bon à la sévérité contre les arts, de Platon, de Bossuet, et de la vieille éducation française.

En somme la vie qu'on menait chez les Verdurin et
qu'il avait appelé si souvent « la vraie vie », lui semblait la pire de toutes, et leur petit noyau le dernier
des milieux. « C'est vraiment, disait-il, ce qu'il y a de
plus bas dans l'échelle sociale, le dernier cercle de
Dante. Nul doute que le texte auguste ne se réfère
aux Verdurin ! Au fond, comme les gens du monde
dont on peut médire, mais qui tout de même sont autre
chose que ces bandes de voyous, montrent leur profonde sagesse en refusant de les connaître, d'y salir
même le bout de leurs doigts. Quelle divination dans
ce « Noli me tangere » du faubourg Saint-Germain. »
Il avait quitté depuis bien longtemps les allées du
Bois, il était presque arrivé chez lui, que pas encore
dégrisé de sa douleur et de la verve d'insincérité dont
les intonations menteuses, la sonorité artificielle de
sa propre voix lui versaient d'instant en instant plus
abondamment l'ivresse, il continuait encore à pérorer
tout haut dans le silence de la nuit : « Les gens du
monde ont leurs défauts que personne ne reconnaît
mieux que moi, mais enfin ce sont tout de même des
gens avec qui certaines choses sont impossibles. Telle
femme élégante que j'ai connue était loin d'être parfaite, mais enfin il y avait tout de même chez elle un
fond de délicatesse, une loyauté dans les procédés
qui l'auraient rendue, quoi qu'il arrivât, incapable d'une
félonie et qui suffit à mettre des abîmes entre elle et

23

une mégère comme la Verdurin. Verdurin ! quel nom !
Ah ! on peut dire qu'ils sont complets, qu'ils sont
beaux dans leur genre, Dieu merci, il n'était que
temps de ne plus condescendre à la promiscuité avec
cette infamie, avec ces ordures. »

Mais, comme les vertus qu'il attribuait tantôt encore
aux Verdurin, n'auraient pas suffi, même s'ils les
avaient vraiment possédées, mais s'ils n'avaient pas
favorisé et protégé son amour, à provoquer chez Swann
cette ivresse où il s'attendrissait sur leur magnanimité et qui, même propagée à travers d'autres personnes, ne pouvait lui venir que d'Odette, — de
même, l'immoralité, eût-elle été réelle, qu'il trouvait
aujourd'hui aux Verdurin aurait été impuissante, s'ils
n'avaient pas invité Odette avec Forcheville et sans
lui, à déchaîner son indignation et à lui faire flétrir
« leur infamie ». Et sans doute la voix de Swann
était plus clairvoyante que lui-même, quand elle se
refusait à prononcer ces mots pleins de dégoût pour
le milieu Verdurin et de la joie d'en avoir fini avec
lui, autrement que sur un ton factice et comme s'ils
étaient choisis plutôt pour assouvir sa colère que pour
exprimer sa pensée. Celle-ci, en effet, pendant qu'il se
livrait à ces invectives, était probablement, sans qu'il
s'en aperçût, occupée d'un objet tout à fait différent,
car une fois arrivé chez lui, à peine eût-il refermé
la porte cochère, que brusquement il se frappa le
front, et, la faisant rouvrir, ressortit en s'écriant d'une
voix naturelle cette fois : « Je crois que j'ai trouvé le
moyen de me faire inviter demain au dîner de Chatou ! » Mais le moyen devait être mauvais car Swann
ne fut pas invité : le docteur Cottard qui, appelé en
province pour un cas grave, n'avait pas vu les Verdurin depuis plusieurs jours et n'avait pu aller à Chatou, dit le lendemain de ce dîner, en se mettant à
table chez eux :

— « Mais, est-ce que nous ne verrons pas M. Swann,

ce soir ? Il est bien ce qu'on appelle un ami personnel du... »

— « Mais j'espère bien que non ! s'écria Mme Verdurin, Dieu nous en préserve, il est assommant, bête
et mal élevé. »

Cottard à ces mots manifesta en même temps son
étonnement et sa soumission, comme devant une vérité contraire à tout ce qu'il avait cru jusque-là, mais
d'une évidence irrésistible ; et, baissant d'un air ému
et peureux son nez dans son assiette, il se contenta
de répondre : « Ah !-ah !-ah !-ah !-ah ! » en traversant
à reculons, dans sa retraite repliée, en bon ordre jusqu'au fond de lui-même, le long d'une gamme descendante, tout le registre de sa voix. Et il ne fut plus
question de Swann chez les Verdurin.

Alors ce salon qui avait réuni Swann et Odette
devint un obstacle à leurs rendez-vous. Elle ne lui
disait plus comme au premier temps de leur amour :
« Nous nous verrons en tous cas demain soir, il y a
un souper chez les Verdurin. » Mais : « Nous ne pourrons pas nous voir demain soir, il y a un souper chez
les Verdurin. » Ou bien les Verdurin devaient l'emmener à l'Opéra-Comique voir « Une Nuit de Cléopâtre »
et Swann lisait dans les yeux d'Odette cet effroi qu'il
lui demandât de n'y pas aller, que naguère il n'aurait
pu se retenir de baiser au passage sur le visage de sa
maîtresse, et qui maintenant l'exaspérait. « Ce n'est
pas de la colère, pourtant, se disait-il à lui-même,
que j'éprouve en voyant l'envie qu'elle a d'aller picorer dans cette musique stercoraire. C'est du chagrin,
non pas certes pour moi, mais pour elle ; du chagrin
de voir qu'après avoir vécu plus de six mois en contact quotidien avec moi, elle n'a pas su devenir assez
une autre pour éliminer spontanément Victor Massé !
Surtout pour ne pas être arrivée à comprendre qu'il
y a des soirs où un être d'une essence un peu déli-

cate doit savoir renoncer à un plaisir, quand on le
lui demande. Elle devrait savoir dire « je n'irai pas »,
ne fût-ce que par intelligence, puisque c'est sur sa
réponse qu'on classera une fois pour toute sa qualité
d'âme. » Et s'étant persuadé à lui-même que c'était
seulement en effet pour pouvoir porter un jugement
plus favorable sur la valeur spirituelle d'Odette
qu'il désirait que ce soir-là elle restât avec lui au lieu
d'aller à l'Opéra-Comique, il lui tenait le même raisonnement, au même degré d'insincérité qu'à soi-
même, et même à un degré de plus, car alors il obéissait aussi au désir de la prendre par l'amour-propre.

— Je te jure, lui disait-il, quelques instants avant
qu'elle partît pour le théâtre, qu'en te demandant de
ne pas sortir, tous mes souhaits, si j'étais égoïste, seraient pour que tu me refuses, car j'ai mille choses à
faire ce soir et je me trouverai moi-même pris au
piège et bien ennuyé si contre toute attente tu me
réponds que tu n'iras pas. Mais mes occupations, mes
plaisirs, ne sont pas tout, je dois penser à toi. Il peut
venir un jour où me voyant à jamais détaché de toi tu
auras le droit de me reprocher de ne pas t'avoir avertie
dans les minutes décisives où je sentais que j'allais
porter sur toi un de ces jugements sévères auxquels
l'amour ne résiste pas longtemps. Vois-tu, « Une
Nuit de Cléopâtre » (quel titre !) n'est rien dans la
circonstance. Ce qu'il faut savoir c'est si vraiment
tu es cet être qui est au dernier rang de l'esprit, et
même du charme, l'être méprisable qui n'est pas
capable de renoncer à un plaisir. Alors, si tu es
cela, comment pourrait-on t'aimer, car tu n'es même
pas une personne, une créature définie, imparfaite,
mais du moins perfectible. Tu es une eau informe
qui coule selon la pente qu'on lui offre, un poisson
sans mémoire et sans réflexion qui tant qu'il vivra
dans son aquarium se heurtera cent fois par jour
contre le vitrage qu'il continuera à prendre pour de

l'eau. Comprends-tu que ta réponse, je ne dis pas aura pour effet que je cesserai de t'aimer immédiatement, bien entendu, mais te rendra moins séduisante à mes yeux quand je comprendrai que tu n'es pas une personne, que tu es au-dessous de toutes les choses et ne sais te placer au-dessus d'aucune. Evidemment j'aurais mieux aimé te demander comme une chose sans importance, de renoncer à « Une Nuit de Cléopâtre » (puisque tu m'obliges à me souiller les lèvres de ce nom abject) dans l'espoir que tu irais cependant. Mais, décidé à tenir un tel compte, à tirer de telles conséquences de ta réponse, j'ai trouvé plus loyal de t'en prévenir. »

Odette depuis un moment donnait des signes d'émotion et d'incertitude. A défaut du sens de ce discours, elle comprenait qu'il pouvait rentrer dans le genre commun des « laïus », et scènes de reproches ou de supplications et dont l'habitude qu'elle avait des hommes lui permettait sans s'attacher aux détails des mots, de conclure qu'ils ne les prononceraient pas s'ils n'étaient pas amoureux, que du moment qu'ils étaient amoureux, il était inutile de leur obéir, qu'ils ne le seraient que plus après. Aussi aurait-elle écouté Swann avec le plus grand calme si elle n'avait vu que l'heure passait et que pour peu qu'il parlât encore quelque temps, elle allait, comme elle le lui dit avec un sourire tendre, obstiné et confus, « finir par manquer l'Ouverture ! ».

D'autres fois il lui disait que ce qui plus que tout ferait qu'il cesserait de l'aimer c'est qu'elle ne voulût pas renoncer à mentir. « Même au simple point de vue de la coquetterie lui disait-il ne comprends-tu donc pas combien tu perds de ta séduction en t'abaissant à mentir. Par un aveu combien de fautes tu pourrais racheter ! Vraiment tu es bien moins intelligente que je ne croyais ! » Mais c'est en vain que Swann lui exposait ainsi toutes les raisons qu'elle avait de ne pas mentir ; elles auraient pu ruiner chez Odette, un système général du mensonge ; mais Odette n'en possédait pas ; elle se contentait seulement, dans chaque cas où elle voulait que Swann ignorât quelque chose qu'elle avait fait, de ne pas le lui dire. Ainsi le mensonge était pour elle un expédient d'ordre particulier ; et ce qui seul pouvait décider si elle devait s'en servir ou avouer la vérité, c'était une raison d'ordre particulier aussi, la chance plus ou moins grande qu'il y avait pour que Swann pût découvrir qu'elle n'avait pas dit la vérité.

Physiquement, elle traversait une mauvaise phase ; elle épaisissait ; et le charme expressif et dolent, les regards étonnés et rêveurs qu'elle avait autrefois semblaient avoir disparu avec sa première jeunesse. De sorte qu'elle était devenue si chère à Swann au moment pour ainsi dire où il la trouvait précisément bien moins jolie. Il la regardait longuement pour tâcher de ressaisir le charme qu'il lui avait connu, et ne le retrouvait pas. Mais savoir que sous cette chrysalide nouvelle, c'était toujours Odette qui vivait, toujours la même volonté fugace, insaisissable et sournoise, suffisait à Swann pour qu'il continuât de mettre la même passion à chercher à la capter. Puis il regardait des photographies d'il y avait deux ans, il se rappelait comme elle avait été délicieuse. Et cela le consolait un peu de se donner tant de mal pour elle.

Quand les Verdurin l'emmenaient à Saint-Germain, à Chatou, à Meulan, souvent, si c'était dans la belle saison, ils proposaient, sur place, de rester à coucher et de ne revenir que le lendemain. Mme Verdurin cherchait à apaiser les scrupules du pianiste dont la tante était restée à Paris.

— Elle sera enchantée d'être débarrassée de vous pour un jour. Et comment s'inquiéterait-elle, elle vous sait avec nous ; d'ailleurs je prends tout sous mon bonnet.

Mais si elle n'y réussissait pas, M. Verdurin partait en campagne, trouvait un bureau de télégraphe ou un messager et s'informait de ceux des fidèles qui avaient quelqu'un à faire prévenir. Mais Odette le remerciait et disait qu'elle n'avait de dépêche à faire pour personne, car elle avait dit à Swann une fois pour toutes qu'en lui en envoyant une aux yeux de tous, elle se compromettrait. Parfois c'était pour plusieurs jours qu'elle s'absentait, les Verdurin l'emmenaient voir les tombeaux de Dreux, ou à Compiègne admirer, sur le conseil du peintre, des couchers de soleil en forêt et on poussait jusqu'au château de Pierrefonds.

— « Penser qu'elle pourrait visiter de vrais monuments avec moi qui ai étudié l'architecture pendant dix ans et qui suis tout le temps supplié de mener à Beauvais ou à Saint-Loup-de-Naud des gens de la plus haute valeur et ne le ferais que pour elle, et qu'à la place elle va avec les dernières des brutes s'extasier successivement devant les déjections de Louis-Philippe et devant celles de Violet-le-Duc! Il me semble qu'il n'y a pas besoin d'être artiste pour cela et que, même sans flair particulièrement fin, on ne choisit pas d'aller villégiaturer dans des latrines pour être plus à portée de respirer des excréments. »

Mais quand elle était partie pour Dreux ou pour Pierrefonds, — hélas sans lui permettre d'y aller, comme par hasard, de son côté, car « cela ferait un effet déplorable », disait-elle, — il se plongeait dans le plus enivrant des romans d'amour, l'indicateur des chemins de fer, qui lui apprenait les moyens de la rejoindre, l'après-midi, le soir, ce matin même ! Le moyen ? presque davantage : l'autorisation. Car enfin l'indicateur et les trains eux-mêmes n'étaient pas faits pour des chiens. Si on faisait savoir au public, par voie d'imprimés, qu'à huit heures du matin partait un train qui arrivait à Pierrefonds à dix heures, c'est donc qu'aller à Pierrefonds était un acte licite, pour lequel la permission d'Odette était superflue ; et c'était aussi un acte qui pouvait avoir un tout autre motif que le désir de rencontrer Odette, puisque des gens qui ne la connaissaient pas l'accomplissaient chaque jour, en assez grand nombre pour que cela valût la peine de faire chauffer des locomotives.

En somme elle ne pouvait tout de même pas l'empêcher d'aller à Pierrefonds s'il en avait envie ! Or justement, il sentait qu'il en avait envie, et que s'il n'avait pas connu Odette, certainement il y serait allé. Il y avait longtemps qu'il voulait se faire une idée plus précise des travaux de restauration de Violet-le-Duc. Et par le temps qu'il faisait, il éprouvait l'impérieux désir d'une promenade dans la forêt de Compiègne.

Ce n'était vraiment pas de chance qu'elle lui défendît le seul endroit qui le tentait aujourd'hui. Aujourd'hui ! S'il y allait malgré son interdiction, il pourrait la voir *aujourd'hui* même ! Mais, alors que, si elle eût retrouvé à Pierrefonds quelque indifférent, elle lui eût dit joyeusement : « Tiens, vous ici ! », et lui aurait demandé d'aller la voir à l'hôtel où elle était descendue avec les Verdurin, au contraire si elle l'y rencontrait, lui, Swann, elle serait froissée, elle se dirait qu'elle était suivie, elle l'aimerait moins, peut-être se détournerait-elle avec colère en l'apercevant. « Alors, je n'ai plus le droit de voyager ! », lui dirait-elle au retour, tandis qu'en somme c'était lui qui n'avait plus le droit de voyager !

Il avait eu un moment l'idée, pour pouvoir aller à Compiègne et à Pierrefonds sans avoir l'air que ce fût pour rencontrer Odette, de s'y faire emmener par un de ses amis, le marquis de Forestelle, qui avait un château dans le voisinage. Celui-ci, à qui il avait fait part de son projet sans lui en dire le motif, ne se sentait pas de joie et s'émerveillait que Swann, pour la première fois depuis quinze ans, consentît enfin à venir voir sa propriété, et puisqu'il ne voulait pas s'y arrêter, lui avait-il dit, lui promit du moins de faire ensemble des promenades et des excursions pendant plusieurs jours. Swann s'imaginait déjà là-bas avec M. de Forestelle. Même avant d'y voir Odette, même s'il ne réussissait pas à l'y voir, quel bonheur il aurait à mettre le pied sur cette terre où ne sachant pas l'endroit exact, à tel moment, de sa présence, il sentirait palpiter partout la possibilité de sa brusque apparition : dans la cour du château, devenu beau pour lui parce que c'était à cause d'elle qu'il était allé le voir ; dans toutes les rues de la ville, qui lui semblait romanesque ; sur chaque route de la forêt, rosée par un couchant profond et tendre ; — asiles innombrables et alternatifs, où venait simultanément se réfugier, dans l'incertaine ubiquité de ses espérances, son cœur heureux, vagabond et multiplié. « Surtout, dirait-il à M. de Forestelle, prenons garde de ne pas tomber sur Odette et les Verdurin ; je viens d'apprendre qu'ils sont justement aujourd'hui à Pierrefonds. On a assez le temps de se voir à Paris, ce ne serait pas la peine de le quitter pour ne pas pouvoir faire un pas les uns sans les autres. » Et son ami ne comprendrait pas pourquoi une fois là-bas il changeait vingt fois de projets, inspectait les salles à manger de tous les hôtels de Compiègne sans se décider à s'asseoir dans aucune de celles où pourtant on n'avait pas vu trace de Verdurin, ayant l'air de rechercher ce qu'il disait vouloir fuir et du reste le fuyant dès qu'il l'avait trouvé, car s'il avait rencontré le petit groupe, il s'en serait écarté avec affectation, content d'avoir vu Odette et qu'elle l'eût vu, surtout qu'elle l'eût vu ne se souciant pas d'elle. Mais non, elle devinerait bien que c'était pour elle qu'il était là. Et quand M. de Forestelle venait le chercher pour partir, il lui disait : « Hélas, non, je ne peux pas aller aujourd'hui à Pierrefonds, Odette y est justement. » Et Swann était heureux malgré tout de sentir que si seul de tous les mor-

tels il n'avait pas le droit en ce jour d'aller à Pierrefonds, c'était parce qu'il était en effet pour Odette
quelqu'un de différent des autres, son amant, et que
cette restriction apportée pour lui au droit universel de
libre circulation, n'était qu'une des formes de cet escla-
vage, de cet amour qui lui était si cher. Décidément
il valait mieux ne pas risquer de se brouiller avec
elle, patienter, attendre son retour. Il passait ses journées penché sur une carte de la forêt de Compiègne
comme si ç'avait été la carte du Tendre, s'entourait
de photographies du château de Pierrefonds. Dès que
venait le jour où il était possible qu'elle revînt, il rou-
vrait l'indicateur, calculait quel train elle avait dû
prendre, et si elle s'était attardée, ceux qui lui restaient encore. Il ne sortait pas de peur de manquer
une dépêche, ne se couchait pas, pour le cas où, revenue par le dernier train, elle aurait voulu lui faire la
surprise de venir le voir au milieu de la nuit. Justement il entendait sonner à la porte cochère, il lui
semblait qu'on tardait à ouvrir, il voulait éveiller le
concierge, se mettait à la fenêtre pour appeler Odette
si c'était elle, car malgré les recommandations qu'il
était descendu faire plus de dix fois lui-même, on était
capable de lui dire qu'il n'était pas là. C'était un domestique qui rentrait. Il remarquait le vol incessant
des voitures qui passaient, auquel il n'avait jamais
fait attention autrefois. Il écoutait chacune venir au
loin, s'approcher, dépasser sa porte sans s'être arrêtée et porter plus loin un message qui n'était pas
pour lui. Il attendait toute la nuit, bien inutilement,
car les Verdurin ayant avancé leur retour, Odette
était à Paris depuis midi ; elle n'avait pas eu l'idée
de l'en prévenir ; ne sachant que faire elle avait été
passer sa soirée seule au théâtre et il y avait longtemps qu'elle était rentrée se coucher et dormait.

C'est qu'elle n'avait même pas pensé à lui. Et de
tels moments où elle oubliait jusqu'à l'existence de

Swann étaient plus utiles à Odette, servaient mieux à lui attacher Swann, que toute sa coquetterie. Car ainsi Swann vivait dans cette agitation douloureuse qui avait déjà été assez puissante pour faire éclore son amour le soir où il n'avait pas trouvé Odette chez les Verdurin et l'avait cherchée toute la soirée. Et il n'avait pas, comme j'eus à Combray dans mon enfance, des journées heureuses pendant lesquelles s'oublient les souffrances qui renaîtront le soir. Les journées Swann les passait sans Odette ; et par moments il se disait que laisser une aussi jolie femme sortir ainsi seule dans Paris était aussi imprudent que de poser un écrin plein de bijoux au milieu de la rue. Alors il s'indignait contre tous les passants comme contre autant de voleurs. Mais leur visage collectif et informe échappant à son imagination ne nourrissait pas sa jalousie. Il fatiguait la pensée de Swann, lequel, se passant la main sur les yeux, s'écriait : « A la grâce de Dieu » comme ceux qui après s'être acharnés à étreindre le problème de la réalité du monde extérieur ou de l'immortalité de l'âme accordent la détente d'un acte de foi à leur cerveau lassé. Mais toujours la pensée de l'absente était indissolublement mêlée aux actes les plus simples de la vie de Swann, — déjeuner, recevoir son courrier, sortir, se coucher, — par la tristesse même qu'il avait à les accomplir sans elle, comme ces initiales de Philibert le Beau que dans l'église de Brou, à cause du regret qu'elle avait de lui, Marguerite d'Autriche entrelaça partout aux siennes. Certains jours au lieu de rester chez lui, il allait prendre son déjeuner dans un restaurant assez voisin dont il avait apprécié autrefois la bonne cuisine et où maintenant il n'allait plus que pour une de ces raisons, à la fois mystiques et saugrenues, qu'on appelle romanesques ; c'est que ce restaurant (lequel existe encore) portait le même nom que la rue habitée par Odette : *Lapérouse*. Quelquefois, quand elle avait fait

un court déplacement ce n'est qu'après plusieurs jours
qu'elle songeait à lui faire savoir qu'elle était revenue
à Paris. Et elle lui disait tout simplement, sans plus
prendre comme autrefois la précaution de se couvrir à
tout hasard d'un petit morceau emprunté à la vérité,
qu'elle venait d'y rentrer à l'instant même par le train
du matin. Ces paroles étaient mensongères; du moins
pour Odette elles étaient mensongères, inconsistantes,
n'ayant pas comme si elles avaient été vraies, un point
d'appui dans le souvenir de son arrivée à la gare;
même elle était empêchée de se les représenter au
moment où elle les prononçait, par l'image contradictoire de ce qu'elle avait fait de tout différent au
moment où elle prétendait être descendue du train.
Mais dans l'esprit de Swann au contraire ces paroles
qui ne rencontraient aucun obstacle venaient s'incrus-
ter et prendre l'inamovibilité d'une vérité si indubi-
table que si un ami lui disait être venu par ce train et
ne pas avoir vu Odette il était persuadé que c'était
l'ami qui se trompait de jour où d'heure puisque son
dire ne se conciliait pas avec les paroles d'Odette.
Celles-ci ne lui eussent paru mensongères que s'il
s'était d'abord défié qu'elles le fussent. Pour qu'il
crût qu'elle mentait, un soupçon préalable était une
condition nécessaire. C'était d'ailleurs aussi une condition suffisante. Alors tout ce que disait Odette lui
paraissait suspect. L'entendait-il citer un nom; c'était
certainement celui d'un de ses amants; une fois cette
supposition forgée, il passait des semaines à se désoler; il s'aboucha même une fois avec une agence de
renseignements pour savoir l'adresse, l'emploi du
temps de l'inconnu qui ne le laisserait respirer que
quand il serait parti en voyage, et dont il finit par
apprendre que c'était un oncle d'Odette mort depuis
vingt ans.

Bien qu'elle ne lui permît pas en général de la
rejoindre dans des lieux publics disant que cela ferait

jaser, il arrivait que dans une soirée où il était invité
comme elle, — chez Forcheville, chez le peintre, ou à
un bal de charité dans un ministère, — il se trouvât
en même temps qu'elle. Il la voyait mais n'osait pas
rester de peur de l'irriter en ayant l'air d'épier les plaisirs qu'elle prenait avec d'autres et qui — tandis qu'il
rentrait solitaire, qu'il allait se coucher anxieux comme
je devais l'être moi-même quelques années plus tard
les soirs où il viendrait dîner à la maison, à Combray
— lui semblaient illimités parce qu'il n'en avait pas
vu la fin. Et une fois ou deux il connut par de tels
soirs de ces joies qu'on serait tenté, si elles ne subis-
saient avec tant de violence le choc en retour de
l'inquiétude brusquement arrêtée, d'appeler des joies
calmes, parce qu'elles consistent en un apaisement :
il était allé passer un instant à un raout chez le peintre et s'apprêtait à le quitter ; il y laissait Odette
muée en une brillante étrangère, au milieu d'hommes
à qui ses regards et sa gaieté qui n'étaient pas pour
lui, semblaient parler de quelque volupté, qui serait
goûtée là ou ailleurs (peut-être au « Bal des Incohé-
rents » où il tremblait qu'elle n'allât ensuite) et qui causait à Swann plus de jalousie que l'union charnelle même
parce qu'il l'imaginait plus difficilement ; il était déjà
prêt à passer la porte de l'atelier quand il s'entendait
rappeler par ces mots (qui en retranchant de la fête
cette fin qui l'épouvantait, la lui rendaient rétrospectivement innocente, faisaient du retour d'Odette une
chose non plus inconcevable et terrible, mais douce et
connue et qui tiendrait à côté de lui, pareille à un peu de
sa vie de tous les jours, dans sa voiture, et dépouillait
Odette elle-même de son apparence trop brillante et
gaie, montraient que ce n'était qu'un déguisement
qu'elle avait revêtu un moment, pour lui-même, non
en vue de mystérieux plaisirs, et duquel elle était
déjà lasse), par ces mots qu'Odette lui jetait, comme
il était déjà sur le seuil : « Vous ne voudriez pas

m'attendre cinq minutes, je vais partir, nous reviendrions ensemble, vous me ramèneriez chez moi. »

Il est vrai qu'un jour Forcheville avait demandé à être ramené en même temps, mais comme arrivé devant la porte d'Odette il avait sollicité la permission d'entrer aussi, Odette lui avait répondu en montrant Swann : « Ah ! cela dépend de ce Monsieur-là, demandez-lui. Enfin, entrez un moment si vous voulez, mais pas longtemps parce que je vous préviens qu'il aime causer tranquillement avec moi, et qu'il n'aime pas beaucoup qu'il y ait des visites quand il vient. Ah ! si vous connaissiez cet être-là autant que je le connais ; n'est-ce pas, *my love*, il n'y a que moi qui vous connaisse bien ? »

Et Swann était peut-être encore plus touché de la voir ainsi lui adresser en présence de Forcheville, non seulement ces paroles de tendresse, de prédilection, mais encore certaines critiques comme : « Je suis sûre que vous n'avez pas encore répondu à vos amis pour votre dîner de dimanche. N'y allez pas si vous ne voulez pas, mais soyez au moins poli », ou : « Avez-vous laissé seulement ici votre essai sur Ver Meer pour pouvoir l'avancer un peu demain. Quel paresseux ! Je vous ferai travailler, moi ! », qui prouvaient qu'Odette se tenait au courant de ses invitations dans le monde et de ses études d'art, qu'ils avaient bien une vie à eux deux. Et en disant cela elle lui adressait un sourire au fond duquel il la sentait toute à lui.

Alors à ces moments-là, pendant qu'elle leur faisait de l'orangeade, tout d'un coup, comme quand un réflecteur mal réglé d'abord promène autour d'un objet, sur la muraille, de grandes ombres fantastiques qui viennent ensuite se replier et s'anéantir en lui, toutes les idées terribles et mouvantes qu'il se faisait d'Odette s'évanouissaient, rejoignaient le corps charmant que Swann avait devant lui. Il avait le brusque soupçon que cette heure passée chez Odette

sous la lampe, n'était peut-être pas une heure factice,
à son usage à lui (destinée à masquer cette chose
effrayante et délicieuse à laquelle il pensait sans cesse
sans pouvoir bien se la représenter, une heure de la
vraie vie d'Odette, de la vie d'Odette quand lui
n'était pas là) avec des accessoires de théâtre et des
fruits de carton, mais était peut-être une heure pour
de bon de la vie d'Odette, que s'il n'avait pas été là
elle eût avancé à Forcheville le même fauteuil et lui
eût versé non un breuvage inconnu, mais précisément
cette orangeade ; que le monde habité par Odette
n'était pas cet autre monde effroyable et surnaturel
où il passait son temps à la situer et qui n'existait
peut-être que dans son imagination, mais l'univers
réel, ne dégageant aucune tristesse spéciale, comprenant cette table où il allait pouvoir écrire et cette boisson
à laquelle il lui serait permis de goûter ; tous ces objets
qu'il contemplait avec autant de curiosité et d'admiration que de gratitude, car si en absorbant ses rêves
ils l'en avaient délivré, eux, en revanche, s'en étaient
enrichis, ils lui en montraient la réalisation palpable,
et ils intéressaient son esprit, ils prenaient du relief
devant ses regards, en même temps qu'ils tranquilli-
saient son cœur. Ah ! si le destin avait permis qu'il
pût n'avoir qu'une seule demeure avec Odette et que
chez elle il fût chez lui, si en demandant au domestique ce qu'il y avait à déjeuner c'est le menu d'Odette
qu'il avait appris en réponse, si quand Odette voulait aller le matin se promener avenue du Bois de Boulogne, son devoir de bon mari l'avait obligé, n'eût-il
pas envie de sortir, à l'accompagner, portant son
manteau quand elle avait trop chaud, et le soir après
le dîner si elle avait envie de rester chez elle en désha-
billé, s'il avait été forcé de rester là près d'elle, à faire
ce qu'elle voudrait ; alors combien tous les riens de la
vie de Swann qui lui semblaient si tristes, au contraire
parce qu'ils auraient en même temps fait partie de la

vie d'Odette auraient pris, même les plus familiers,
— et comme cette lampe, cette orangeade, ce fauteuil
qui contenaient tant de rêve, qui matérialisaient tant
de désir — une sorte de douceur surabondante et de
densité mystérieuse.

Pourtant il se doutait bien que ce qu'il regrettait
ainsi c'était un calme, une paix qui n'auraient pas été
pour son amour une atmosphère favorable. Quand
Odette cesserait d'être pour lui une créature toujours
absente, regrettée, imaginaire, quand le sentiment
qu'il aurait pour elle ne serait plus ce même trouble
mystérieux que lui causait la phrase de la sonate,
mais de l'affection, de la reconnaissance, quand s'établi-
raient entre eux des rapports normaux qui mettraient
fin à sa folie et à sa tristesse, alors sans doute les
actes de la vie d'Odette lui paraîtraient peu intéressants en eux-mêmes — comme il avait déjà eu plusieurs fois le soupçon qu'ils étaient, par exemple le
jour où il avait lu à travers l'enveloppe la lettre adressée
à Forcheville. Considérant son mal avec autant de saga-
cité que s'il se l'était inoculé pour en faire l'étude, il
se disait que quand il serait guéri ce que pourrait
faire Odette lui serait indifférent. Mais du sein de son
état morbide, à vrai dire il redoutait à l'égal de la
mort une telle guérison, qui eût été en effet la mort
de tout ce qu'il était actuellement.

Après ces tranquilles soirées les soupçons de Swann
étaient calmés ; il bénissait Odette et le lendemain,
dès le matin, il faisait envoyer chez elle les plus beaux
bijoux, parce que ces bontés de la veille avaient excité
ou sa gratitude, ou le désir de les voir se renouveler, ou un paroxysme d'amour qui avait besoin de se
dépenser.

Mais à d'autres moments sa douleur le reprenait,
il s'imaginait qu'Odette était la maîtresse de Forcheville et que quand tous deux l'avaient vu, du fond du
landeau des Verdurin, au Bois, la veille de la fête de

Chatou où il n'avait pas été invité, la prier vainement, avec cet air de désespoir qu'avait remarqué
jusqu'à son cocher, de revenir avec lui, puis s'en retourner de son côté, seul et vaincu, elle avait dû avoir
pour le désigner à Forcheville et lui dire : « Hein, ce
qu'il rage ! » les mêmes regards, brillants, malicieux,
abaissés et sournois, que le jour où celui-ci avait
chassé Saniette de chez les Verdurin.

Alors Swann la détestait. « Mais aussi, je suis trop
bête, se disait-il, je paie avec mon argent le plaisir
des autres. Elle fera tout de même bien de faire attention et de ne pas trop tirer sur la corde car je pourrais bien ne plus rien donner du tout. En tous cas,
renonçons provisoirement aux gentillesses supplémentaires ! Penser que pas plus tard qu'hier, comme elle
disait avoir envie d'assister à la saison de Bayreuth,
j'ai eu la bêtise de lui proposer de louer un des jolis
châteaux du roi de Bavière pour nous deux dans les
environs. Et d'ailleurs elle n'a pas paru plus ravie que
cela, elle n'a encore dit ni oui ni non ; espérons qu'elle
refusera, grand Dieu ! Entendre du Wagner pendant
quinze jours avec elle qui s'en soucie comme un poisson d'une pomme, ce serait gai ! » Et sa haine, tout
comme son amour, ayant besoin de se manifester et
d'agir, il se plaisait à pousser de plus en plus loin ses
imaginations mauvaises, parce que grâce aux perfidies
qu'il prêtait à Odette, il la détestait davantage et pourrait si, — ce qu'il cherchait à se figurer, — elles se trouvaient être vraies, avoir une occasion de la punir et
d'assouvir sur elle sa rage grandissante. Il alla ainsi
jusqu'à supposer qu'il allait recevoir une lettre d'elle
où elle lui demanderait de l'argent pour louer ce château près de Bayreuth, mais en le prévenant qu'il n'y
pourrait pas venir, parce qu'elle avait promis à Forcheville et aux Verdurin de les inviter. Ah ! comme
il eût aimé qu'elle pût avoir cette audace. Quelle joie
il aurait à refuser, à rédiger la réponse vengeresse dont

24

il se complaisait à choisir, à énoncer tout haut les termes, comme s'il avait reçu la lettre en réalité.

Or, c'est ce qui arriva le lendemain même. Elle lui
écrivit que les Verdurin et leurs amis avaient manifesté le désir d'assister à ces représentations de Wagner, et que, s'il voulait bien lui envoyer cet argent,
elle aurait enfin, après avoir été si souvent reçue chez
eux, le plaisir de les inviter à son tour. De lui, elle ne
disait pas un mot, il était sous-entendu que leur présence excluait la sienne.

Alors cette terrible réponse dont il avait arrêté chaque mot la veille sans oser espérer qu'elle pourrait
servir jamais, il avait la joie de la lui faire porter.
Hélas il sentait bien qu avec l'argent qu'elle avait, ou
qu'elle trouverait facilement, elle pourrait tout de
même louer à Bayreuth puisqu'elle en avait envie, elle
qui n'était pas capable de faire de différence entre Bach
et Clapisson. Mais elle y vivrait malgré tout plus chi-
chement. Pas moyen comme s'il lui eût envoyé cette
fois quelques billets de mille francs. d'organiser chaque
soir, dans un château, de ces soupers fins après lesquels elle se serait peut-être passé la fantaisie, — qu'il
était possible qu'elle n'eût jamais eue encore —, de tomber dans les bras de Forcheville. Et puis du moins, ce
voyage détesté, ce n'était pas lui, Swann, qui le paierait ! Ah ! s'il avait pu l'empêcher, si elle avait pu se
fouler le pied avant de partir, si le cocher de la voiture qui l'emmènerait à la gare avait consenti, à n'importe quel prix, à la conduire dans un lieu où elle
fût restée quelque temps séquestrée, cette femme perfide, aux yeux émaillés par un sourire de complicité
adressé à Forcheville, qu'Odette était pour Swann
depuis quarante-huit heures.

Mais elle ne l'était jamais pour très longtemps ; au
bout de quelques jours le regard luisant et fourbe
perdait de son éclat et de sa duplicité, cette image
d'une Odette exécrée disant à Forcheville : « Ce qu'il

rage ! » commençait à pâlir, à s'effacer. Alors, progressivement reparaissait et s'élevait en brillant doucement, le visage de l'autre Odette, de celle qui adressait aussi un sourire à Forcheville mais un sourire où
il n'y avait pour Swann que de la tendresse, quand
elle disait : « Ne restez pas longtemps car ce monsieur-là n'aime pas beaucoup que j'aie des visites
quand il a envie d'être auprès de moi. Ah ! si vous
connaissiez cet être-là autant que je le connais ! », ce
même sourire qu'elle avait pour remercier Swann de
quelque trait de sa délicatesse qu'elle prisait si fort,
de quelque conseil qu'elle lui avait demandé dans une
de ces circonstances graves où elle n'avait confiance
qu'en lui.

Alors, à cette Odette-là, il se demandait comment
il avait pu écrire cette lettre outrageante dont sans
doute jusqu'ici elle ne l'eût pas cru capable, et qui
avait dû le faire descendre du rang élevé, unique, que
par sa bonté, sa loyauté, il avait conquis dans son
estime. Il allait lui devenir moins cher car c'était pour
ces qualités-là, qu'elle ne trouvait ni à Forcheville ni
à aucun autre, qu'elle l'aimait. C'était à cause d'elles
qu'Odette lui témoignait si souvent une gentillesse
qu'il comptait pour rien au moment où il était jaloux,
parce qu'elle n'était pas une marque de désir, et prouvait même plutôt de l'affection que de l'amour, mais
dont il recommençait à sentir l'importance au fur et
à mesure que la détente spontanée de ses soupçons,
souvent accentuée par la distraction que lui apportait
une lecture d'art ou la conversation d'un ami, rendait
sa passion moins exigeante de réciprocités.

Maintenant qu'après cette oscillation, Odette était
naturellement revenue à la place d'où la jalousie de
Swann l'avait un moment écartée, dans l'angle où il
la trouvait charmante, il se la figurait pleine de tendresse, avec un regard de consentement, si jolie ainsi,
qu'il ne pouvait s'empêcher d'avancer les lèvres vers

elle comme si elle avait été là et qu'il eût pu l'embrasser ; et il lui gardait de ce regard enchanteur et
bon autant de reconnaissance que si elle venait de
l'avoir réellement et si cela n'eût pas été seulement
son imagination qui venait de le peindre pour donner
satisfaction à son désir.

Comme il avait dû lui faire de la peine ! Certes il
trouvait des raisons valables à son ressentiment contre elle, mais elles n'auraient pas suffi à le lui faire
éprouver s'il ne l'avait pas autant aimée. N'avait-il
pas eu des griefs aussi graves contre d'autres femmes,
auxquelles il eût néanmoins volontiers rendu service
aujourd'hui, étant contre elles sans colère parce qu'il
ne les aimait plus. S'il devait jamais un jour se trouver dans le même état d'indifférence vis-à-vis d'Odette,
il comprendrait que c'était sa jalousie seule qui lui
avait fait trouver quelque chose d'atroce, d'impardon-
nable, à ce désir, au fond si naturel, provenant d'un
peu d'enfantillage et aussi d'une certaine délicatesse
d'âme, de pouvoir à son tour, puisqu'une occasion s'en
présentait, rendre des politesses aux Verdurin, jouer
à la maîtresse de maison.

Il revenait à ce point de vue — opposé à celui de
son amour et de sa jalousie et auquel il se plaçait
quelquefois par une sorte d'équité intellectuelle et
pour faire la part des diverses probabilités — d'où il
essayait de juger Odette comme s'il ne l'avait pas
aimée, comme si elle était pour lui une femme comme
les autres, comme si la vie d'Odette n'avait pas été,
dès qu'il n'était plus là, différente, tramée en cachette
de lui, ourdie contre lui.

Pourquoi croire qu'elle goûterait là-bas avec Forcheville ou avec d'autres des plaisirs enivrants qu'elle
n'avait pas connus auprès de lui et que seule sa jalousie
forgeait de toutes pièces. A Bayreuth comme à Paris,
s'il arrivait que Forcheville pensât à lui ce n'eût pu
être que comme à quelqu'un qui comptait beaucoup

dans la vie d'Odette, à qui il était obligé de céder
la place, quand ils se rencontraient chez elle. Si
Forcheville et elle triomphaient d'être là-bas malgré lui, c'est lui qui l'aurait voulu en cherchant
inutilement à l'empêcher d'y aller, tandis que s'il
avait approuvé son projet, d'ailleurs défendable, elle
aurait eu l'air d'être là-bas d'après son avis, elle s'y
serait sentie envoyée, logée par lui, et le plaisir qu'elle
aurait éprouvé à recevoir ces gens qui l'avaient tant
reçue, c'est à Swann qu'elle en aurait su gré.

Et, — au lieu qu'elle allait partir brouillée avec lui,
sans l'avoir revu —, s'il lui envoyait cet argent, s'il
l'encourageait à ce voyage et s'occupait de le lui rendre
agréable, elle allait accourir, heureuse, reconnaissante,
et il aurait cette joie de la voir qu'il n'avait pas goûté
depuis près d'une semaine et que rien ne pouvait lui
remplacer. Car sitôt que Swann pouvait se la représenter sans horreur, qu'il revoyait de la bonté dans
son sourire, et que le désir de l'enlever à tout autre,
n'était plus ajouté par la jalousie à son amour, cet
amour redevenait surtout un goût pour les sensations
que lui donnait la personne d'Odette, pour le plaisir
qu'il avait à admirer comme un spectacle ou à interroger comme un phénomène, le lever d'un de ses regards, la formation d'un de ses sourires, l'émission
d'une intonation de sa voix. Et ce plaisir différent de
tous les autres, avait fini par créer en lui un besoin
d'elle et qu'elle seule pouvait assouvir par sa présence
ou ses lettres, presque aussi désintéressé, presque
aussi artistique, aussi pervers, qu'un autre besoin
qui caractérisait cette période nouvelle de la vie de
Swann où à la sécheresse, à la dépression des années
antérieures avait succédé une sorte de trop-plein spirituel, sans qu'il sût davantage à quoi il devait cet
enrichissement inespéré de sa vie antérieure qu'une
personne de santé délicate qui à partir d'un certain
moment se fortifie, engraisse, et semble pendant quel-

que temps s'acheminer vers une complète guérison :
cet autre besoin qui se développait aussi en dehors
du monde réel, c'était celui d'entendre, de connaître
de la musique.

Ainsi, par le chimisme même de son mal, après qu'il
avait fait de la jalousie avec son amour, il recommençait à fabriquer de la tendresse, de la pitié pour Odette.
Elle était redevenue l'Odette charmante et bonne. Il
avait des remords d'avoir été dur pour elle. Il voulait qu'elle vînt près de lui et, auparavant, il voulait
lui avoir procuré quelque plaisir, pour voir la reconnaissance pétrir son visage et modeler son sourire.

Aussi Odette, sûre de le voir venir après quelques
jours, aussi tendre et soumis qu'avant, lui demander
une réconciliation, prenait-elle l'habitude de ne plus
craindre de lui déplaire et même de l'irriter et lui refu-
sait-elle, quand cela lui était commode, les faveurs
auxquelles il tenait le plus.

Peut-être ne savait-elle pas combien il avait été sincère vis-à-vis d'elle pendant la brouille, quand il lui
avait dit qu'il ne lui enverrait pas d'argent et cherche-
rait à lui faire du mal. Peut-être ne savait-elle pas
davantage combien il l'était, vis-à-vis sinon d'elle, du
moins de lui-même, en d'autres cas où dans l'intérêt
de l'avenir de leur liaison, pour montrer à Odette qu'il
était capable de se passer d'elle, qu'une rupture restait toujours possible, il décidait de rester quelque
temps sans aller chez elle.

Parfois c'était après quelques jours où elle ne lui
avait pas causé de souci nouveau ; et comme, des visites prochaines qu'il lui ferait, il savait qu'il ne pouvait
tirer nulle bien grande joie mais plus probablement
quelque chagrin qui mettrait fin au calme où il se trouvait, il lui écrivait qu'étant très occupé il ne pourrait
la voir aucun des jours qu'il lui avait dit. Or une lettre d'elle, se croisant avec la sienne, le priait précisément de déplacer un rendez-vous. Il se demandait

pourquoi ; ses soupçons, sa douleur le reprenaient. Il
ne pouvait plus tenir, dans l'état nouveau d'agitation
où il se trouvait, l'engagement qu'il avait pris dans
l'état antérieur de calme relatif, il courait chez elle et
exigeait de la voir tous les jours suivants. Et même
si elle ne lui avait pas écrit la première, si elle répondait seulement, en y acquiesçant, à sa demande d'une
courte séparation, cela suffisait pour qu'il ne pût plus
rester sans la voir. Car, contrairement au calcul de
Swann, le consentement d'Odette avait tout changé
en lui. Comme tous ceux qui possèdent une chose, pour
savoir ce qui arriverait s'il cessait un moment de la
posséder il avait ôté cette chose de son esprit, en y
laissant tout le reste dans le même état que quand elle
était là. Or l'absence d'une chose, ce n'est pas que cela,
ce n'est pas un simple manque partiel, c'est un bouleversement de tout le reste, c'est un état nouveau
qu'on ne peut prévoir dans l'ancien.

Mais d'autres fois au contraire, — Odette était sur
le point de partir en voyage, — c'était après quelque petite querelle dont il choisissait le prétexte, qu'il
se résolvait à ne pas lui écrire et à ne pas la revoir
avant son retour, donnant ainsi les apparences, et
demandant le bénéfice, d'une grande brouille qu'elle
croirait peut-être définitive à une séparation dont la
plus longue part était inévitable du fait du voyage et
qu'il faisait commencer seulement un peu plus tôt.
Déjà il se figurait Odette inquiète, affligée de n'avoir
reçu ni visite ni lettre et cette image en calmant sa
jalousie, lui rendait facile de se déshabituer de la voir.
Sans doute par moments, tout au bout de son esprit
où sa résolution la refoulait grâce à toute la longueur
interposée des trois semaines de séparation acceptée,
c'était avec plaisir qu'il considérait l'idée qu'il reverrait Odette à son retour ; mais, c'était aussi avec si peu
d'impatience, qu'il commençait à se demander s'il ne
doublerait pas volontairement la durée d'une absti-

nence si facile. Elle ne datait encore que de trois jours,
temps beaucoup moins long que celui qu'il avait souvent passé en ne voyant pas Odette, et sans l'avoir
comme maintenant prémédité. Et pourtant voici qu'une
légère contrariété ou un malaise physique, — en l'inci-
tant à considérer le moment présent comme un moment
exceptionnel, en dehors de la règle, où la sagesse même
admettrait d'accueillir l'apaisement qu'apporte un
plaisir et de donner congé, jusqu'à la reprise utile de
l'effort, à la volonté, — suspendait l'action de celle-ci
qui cessait d'exercer sa compression; ou, moins que
cela le souvenir d'un renseignement qu'il avait oublié
de demander à Odette, si elle avait décidé la couleur
dont elle voulait faire repeindre sa voiture, ou pour
une certaine valeur de bourse si c'était des actions
ordinaires ou privilégiées qu'elle désirait acquérir,
(c'était très joli de lui montrer qu'il pouvait rester
sans la voir, mais si après ça la peinture était à refaire ou si les actions ne donnaient pas de dividende,
il serait bien avancé), voici que comme un caoutchouc
tendu qu'on lâche ou comme l'air dans une machine
pneumatique qu'on entr'ouvre, l'idée de la revoir, des
lointains où elle était maintenue, revenait d'un bond
dans le champ du présent et des possibilités immé-
diates.

Elle y revenait sans plus trouver de résistance, et
d'ailleurs si irrésistible que Swann avait eu bien moins
de peine à sentir s'approcher un à un les quinze jours qu'il
devait rester séparé d'Odette, qu'il n'en avait à attendre les dix minutes que son cocher mettait pour atteler la voiture qui allait l'emmener chez elle et qu'il
passait dans des transports d'impatience et de joie où
il ressaisissait mille fois pour lui prodiguer sa tendresse cette idée de la retrouver qui par un retour si
brusque, au moment où il la croyait si loin, était de nouveau près de lui dans sa plus proche conscience. C'est
qu'elle ne trouvait plus pour lui faire obstacle le désir

de chercher sans plus tarder à lui résister qui n'existait plus chez Swann depuis que s'étant prouvé à lui-
même, — il le croyait du moins, — qu'il en était si aisément capable, il ne voyait plus aucun inconvénient à
ajourner un essai de séparation qu'il était certain maintenant de mettre à exécution dès qu'il le voudrait.
C'est aussi que cette idée de la revoir revenait parée
pour lui d'une nouveauté, d'une séduction, douée
d'une virulence que l'habitude avait émoussées, mais
qui s'étaient retrempées dans cette privation non de
trois jours mais de quinze (car la durée d'un renoncement doit se calculer, par anticipation, sur le terme
assigné), et de ce qui jusque-là eût été un plaisir
attendu qu'on sacrifie aisément, avait fait un bonheur
inespéré contre lequel on est sans force. C'est enfin
qu'elle y revenait embellie par l'ignorance où était
Swann de ce qu'Odette avait pu penser, faire peut-
être en voyant qu'il ne lui avait pas donné signe de
vie, si bien que ce qu'il allait trouver c'était la révélation passionnante d'une Odette presque inconnue.

Mais elle, de même qu'elle avait cru que son refus
d'argent n'était qu'une feinte, ne voyait qu'un prétexte
dans le renseignement que Swann venait lui demander, sur la voiture à repeindre, ou la valeur à acheter. Car elle ne reconstituait pas les diverses phases
de ces crises qu'il traversait et dans l'idée qu'elle s'en
faisait, elle omettait d'en comprendre le mécanisme,
ne croyant qu'à ce qu'elle connaissait d'avance, à la
nécessaire, à l'infaillible et toujours identique termi-
naison. Idée incomplète, — d'autant plus profonde
peut-être — si on la jugeait du point de vue de Swann
qui eût sans doute trouvé qu'il était incompris d'Odette,
comme un morphinomane ou un tuberculeux, persua-
dés, qu'ils ont été arrêtés, l'un par un événement extérieur au moment où il allait se délivrer de son habitude
invétérée, l'autre par une indisposition accidentelle
au moment où il allait être enfin rétabli, se sentent

incompris du médecin qui n'attache pas la même importance qu'eux à ces prétendues contingences, simples déguisements, selon lui, revêtus, pour redevenir sensibles à ses malades, par le vice et l'état morbide qui, en réalité, n'ont pas cessé de peser incurablement sur eux tandis qu'ils berçaient des rêves de sagesse ou de guérison. Et de fait, l'amour de Swann en était arrivé à ce degré où le médecin, et dans certaines affections, le chirurgien le plus audacieux, se demandent si priver un malade de son vice ou lui ôter son mal, est encore raisonnable ou même possible.

Certes l'étendue de cet amour, Swann n'en avait pas une conscience directe. Quand il cherchait à le mesurer, il lui arrivait parfois qu'il semblât diminué, presque réduit à rien ; par exemple, le peu de goût, presque le dégoût que lui avait inspiré, avant qu'il aimât Odette, ses traits expressifs, son teint sans fraîcheur, lui revenait à certains jours. « Vraiment il y a progrès sensible, se disait-il le lendemain ; à voir exactement les choses, je n'avais presque aucun plaisir hier à être dans son lit, c'est curieux je la trouvais même laide. » Et certes, il était sincère, mais son amour s'étendait bien au delà des régions du désir physique. La personne même d'Odette n'y tenait plus une grande place. Quand du regard il rencontrait sur sa table la photographie d'Odette, ou quand elle venait le voir, il avait peine à identifier la figure de chair ou de bristol avec le trouble douloureux et constant qui habitait en lui. Il se disait presque avec étonnement : « C'est elle » comme si tout d'un coup on nous montrait extériorisée devant nous une de nos maladies et que nous ne la trouvions pas ressemblante à ce que nous souffrons. « Elle », il essayait de se demander ce que c'était car c'est une ressemblance de l'amour et de la mort, plutôt que celles si vagues, que l'on redit toujours, de nous faire interroger plus avant, dans la peur que sa réalité se dérobe, le mystère de la person-

nalité. Et cette maladie qu'était l'amour de Swann
avait tellement multiplié, il était si étroitement mêlé
à toutes les habitudes de Swann, à tous ses actes, à sa
pensée, à sa santé, à son sommeil, à sa vie, même à ce
qu'il désirait pour après sa mort, il ne faisait tellement plus qu'un avec lui, qu'on n'aurait pas pu l'arracher de lui, sans le détruire lui-même à peu près
tout entier : comme on dit en chirurgie, son amour
n'était plus opérable.

Par cet amour Swann avait été tellement détaché
de tous les intérêts, que quand par hasard il retournait
dans le monde en se disant que ses relations comme
une monture élégante qu'elle n'aurait pas d'ailleurs
su estimer très exactement, pouvaient lui rendre à lui-
même un peu de prix aux yeux d'Odette (et ç'aurait
peut-être été vrai en effet si elles n'avaient été avilies
par cet amour même, qui pour Odette dépréciait
toutes les choses qu'il touchait par le fait qu'il semblait
les proclamer moins précieuses), il y éprouvait, à côté
de la détresse d'être dans des lieux, au milieu de gens
qu'elle ne connaissait pas, le plaisir désintéressé qu'il
aurait pris à un roman ou à un tableau où sont peints
les divertissements d'une classe oisive ; comme, chez
lui, il se complaisait à considérer le fonctionnement
de sa vie domestique, l'élégance de sa garde-robe
et de sa livrée, le bon placement de ses valeurs,
de la même façon qu'à lire dans Saint-Simon, qui était
un de ses auteurs favoris, la mécanique des journées,
le menu des repas de Mme de Maintenon, ou l'avarice
avisée et le grand train de Lulli. Et dans la faible
mesure où ce détachement n'était pas absolu, la raison
de ce plaisir nouveau que goûtait Swann, c'était de
pouvoir émigrer un moment dans les rares parties
de lui-même restées presque étrangères à son amour,
à son chagrin. A cet égard cette personnalité, que
lui attribuait ma grand'tante, de « fils Swann », distincte de sa personnalité plus individuelle de Charles

Swann, était celle où il se plaisait maintenant le mieux. Un jour que, pour l'anniversaire de la princesse de Parme (et parce qu'elle pouvait souvent être indirectement agréable à Odette en lui faisant avoir des places pour des galas, des jubilés, il avait voulu lui envoyer des fruits, ne sachant pas trop comment les commander, il en avait chargé une cousine de sa mère qui, ravie de faire une commission pour lui, lui avait écrit, en lui rendant compte qu'elle n'avait pas pris tous les fruits au même endroit, mais les raisins chez Crapote dont c'est la spécialité, les fraises chez Jauret, les poires chez Chevet où elles étaient plus belles, etc., « chaque fruit visité et examiné un par un par moi ». Et en effet, par les remerciements de la princesse, il avait pu juger du parfum des fraises et du moelleux des poires. Mais surtout le « chaque fruit visité et examiné un par un par moi » avait été un apaisement à sa souffrance, en emmenant sa conscience dans une région où il se rendait rarement, bien qu'elle lui appartînt comme héritier d'une famille de riche et bonne bourgeoisie où s'étaient conservés héréditairement, tout prêts à être mis à son service dès qu'il le souhaitait, la connaissance des « bonnes adresses » et l'art de savoir bien faire une commande.

Certes, il avait trop longtemps oublié qu'il était le « fils Swann » pour ne pas ressentir quand il le redevenait un moment, un plaisir plus vif que ceux qu'il eût pu éprouver le reste du temps et sur lesquels il était blasé; et si l'amabilité des bourgeois, pour lesquels il restait surtout cela, était moins vive que celle de l'aristocratie (mais plus flatteuse d'ailleurs, car chez eux du moins elle ne se sépare jamais de la considération), une lettre d'altesse, quelques divertissements princiers qu'elle lui proposât, ne pouvait lui être aussi agréable que celle qui lui demandait d'être témoin, ou seulement d'assister à un mariage dans la famille de vieux

amis de ses parents dont les uns avaient continué
à le voir — comme mon grand-père qui l'année précédente l'avait invité au mariage de ma mère — et
dont certains autres le connaissaient personnellement
à peine mais se croyaient des devoirs de politesse
envers le fils, envers le digne successeur de feu
M. Swann.

Mais, par les intimités déjà anciennes qu'il avait
parmi eux, les gens du monde dans une certaine mesure, faisaient aussi partie de sa maison, de son domestique et de sa famille. Il se sentait à considérer
ses brillantes amitiés, le même appui hors de lui-
même, le même confort, qu'à regarder les belles terres, la belle argenterie, le beau linge de table, qui
lui venaient des siens. Et la pensée que s'il tombait
chez lui frappé d'une attaque ce serait tout naturellement le duc de Chartres, le prince de Reuss, le duc
de Luxembourg et le baron de Charlus, que son valet
de chambre courrait chercher, lui apportait la même
consolation qu'à notre vieille Françoise de savoir
qu'elle serait ensevelie dans des draps fins à elle, marqués, non reprisés (ou si finement que cela ne donnait
qu'une plus haute idée du soin de l'ouvrière), linceul
de l'image fréquente duquel elle tirait une certaine
satisfaction sinon de bien-être, au moins d'amour-propre. Mais surtout, comme dans toutes celles de ses actions, et de ses pensées qui se rapportaient à Odette,
Swann était constamment dominé et dirigé par le sentiment inavoué qu'il lui était sinon moins cher, du moins
moins agréable à voir que quiconque, que le plus ennuyeux fidèle des Verdurin, quand il se reportait à un
monde pour qui il était l'homme exquis par excellence, qu'on faisait tout pour attirer, qu'on se désolait
de ne pas voir, il recommençait à croire à l'existence
d'une vie plus heureuse, presque à en éprouver l'appétit, comme il arrive à un malade alité depuis des mois,
à la diète, et qui aperçoit dans un journal le menu d'un

déjeuner officiel ou l'annonce d'une croisière en Sicile.

S'il était obligé de donner des excuses aux gens du monde pour ne pas leur faire de visites, c'était de lui en faire qu'il cherchait à s'excuser auprès d'Odette. Encore les payait-il, se demandant à la fin du mois, pour peu qu'il eût un peu abusé de sa patience et fût allé souvent la voir, si c'était assez de lui envoyer quatre mille francs, et pour chacune trouvait un prétexte, un présent à lui apporter, un renseignement dont elle avait besoin, M. de Charlus qu'il avait rencontré allant chez elle, et qui avait exigé qu'il l'accompagnât. Et à défaut d'aucun, il priait M. de Charlus de courir chez elle, de lui dire comme spontanément, au cours de la conversation qu'il se rappelait avoir à parler à Swann, qu'elle voulût bien lui faire demander de passer tout de suite chez elle ; mais le plus souvent Swann attendait en vain et M. de Charlus lui disait le soir que son moyen n'avait pas réussi. De sorte que si elle faisait maintenant de fréquentes absences, même à Paris, quand elle y restait, elle le voyait peu, et elle qui, quand elle l'aimait, lui disait : « Je suis toujours libre » et « Qu'est-ce que l'opinion des autres peut me faire ? », maintenant, chaque fois qu'il voulait la voir, elle invoquait les convenances ou prétextait des occupations. Quand il parlait d'aller à une fête de charité, à un vernissage, à une première, où elle serait, elle lui disait qu'il voulait afficher leur liaison, qu'il la traitait comme une fille. C'est au point que pour tâcher de n'être pas partout privé de la rencontrer, Swann qui savait qu'elle connaissait et affectionnait beaucoup mon grand-oncle Adolphe dont il avait été lui-même l'ami, alla le voir un jour dans son petit appartement de la rue de Bellechasse afin de lui demander d'user de son influence sur Odette. Comme elle prenait toujours, quand elle parlait de mon oncle à Swann, des airs poétiques, disant : « Ah ! lui ce n'est pas comme toi, c'est une si belle chose, si grande,

si jolie, que son amitié pour moi. Ce n'est pas lui qui
me considérerait assez peu pour vouloir se montrer
avec moi dans tous les lieux publics », Swann fut
embarrassé et ne savait pas à quel ton il devait se
hausser pour parler d'elle à mon oncle. Il posa d'abord
l'excellence *a priori* d'Odette, l'axiome de sa supra-
humanité séraphique, la révélation de ses vertus indé-
montrables et dont la notion ne pouvait dériver de l'expérience. « Je veux parler avec vous. Vous, vous savez
quelle femme au-dessus de toutes les femmes, quel
être adorable, quel ange est Odette. Mais vous savez
ce que c'est que la vie de Paris. Tout le monde ne
connaît pas Odette sous le jour où nous la connaissons
vous et moi. Alors il y a des gens qui trouvent que
je joue un rôle un peu ridicule, elle ne peut même
pas admettre que je la rencontre dehors, au théâtre.
Vous, en qui elle a tant de confiance, ne pourriez-vous
lui dire quelques mots pour moi, lui assurer qu'elle
s'exagère le tort qu'un salut de moi lui cause. »

Mon oncle conseilla à Swann de rester un peu sans
voir Odette qui ne l'en aimerait que plus, et à Odette
de laisser Swann la retrouver partout où cela lui plai-
rait. Quelques jours après Odette disait à Swann qu'elle
venait d'avoir une déception en voyant que mon oncle était pareil à tous les hommes : il venait d'essayer
de la prendre de force. Elle calma Swann qui au premier moment voulait aller provoquer mon oncle, mais
il refusa de lui serrer la main quand il le rencontra.
Il regretta d'autant plus cette brouille avec mon oncle Adolphe qu'il avait espéré, s'il l'avait revu quelquefois et avait pu causer en toute confiance avec lui,
tâcher de tirer au clair certains bruits relatifs à la vie
qu'Odette avait menée autrefois à Nice. Or mon oncle
Adolphe y passait l'hiver. Et Swann pensait que c'était
même peut-être là qu'il avait connu Odette. Le peu
qui avait échappé à quelqu'un devant lui, relativement
à un homme qui aurait été l'amant d'Odette avait

bouleversé Swann. Mais les choses qu'il aurait avant de
les connaître trouvé le plus affreux d'apprendre et le
plus impossible de croire, une fois qu'il les savait, elles
étaient incorporées à tout jamais à sa tristesse, il les
admettait, il n'aurait plus pu comprendre qu'elles
n'eussent pas été. Seulement chacune opérait sur l'idée
qu'il se faisait de sa maîtresse une retouche ineffaça-
ble. Il crut même comprendre une fois que cette légè-
reté des mœurs d'Odette qu'il n'eût pas soupçonnée,
était assez connue, et qu'à Bade et à Nice, quand elle
y passait jadis plusieurs mois, elle avait eu une sorte
de notoriété galante. Il chercha, pour les interroger, à se
rapprocher de certains viveurs ; mais ceux-ci savaient
qu'il connaissait Odette ; et puis il avait peur de les
faire penser de nouveau à elle, de les mettre sur ses
traces. Mais lui à qui jusque-là rien n'aurait pu paraître aussi fastidieux que tout ce qui se rapportait à
la vie cosmopolite de Bade ou de Nice, apprenant
qu'Odette avait peut-être fait autrefois la fête dans ces
villes de plaisir, sans qu'il dût jamais arriver à savoir
si c'était seulement pour satisfaire à des besoins d'argent que grâce à lui elle n'avait plus, ou à des capri-
ces qui pouvaient renaître, maintenant il se penchait
avec une angoisse impuissante, aveugle et vertigineuse
vers l'abîme sans fond où étaient allés s'engloutir ces
années du début du Septennat pendant lesquelles on
passait l'hiver sur la promenade des Anglais, l'été
sous les tilleuls de Bade, et il leur trouvait une profondeur douloureuse mais magnifique comme celle
que leur eût prêtée un poète ; et il eût mis à reconstituer les petits faits de la chronique de la Côte d'azur
d'alors, si elle avait pu l'aider à comprendre quelque chose du sourire ou des regards — pourtant si
honnêtes et si simples — d'Odette, plus de passion que
l'esthéticien qui interroge les documents subsistant de
la Florence du xv⁰ siècle pour tâcher d'entrer plus
avant dans l'âme de la Primavera, de la bella Vanna,

ou de la Vénus, de Botticelli. Souvent sans lui rien dire
il la regardait, il songeait ; elle lui disait : « Comme
tu as l'air triste! » Il n'y avait pas bien longtemps
encore, de l'idée qu'elle était une créature bonne, analogue aux meilleures qu'il eût connues, il avait passé
à l'idée qu'elle était une femme entretenue ; inverse-
ment il lui était arrivé depuis de revenir de l'Odette
de Crécy, peut-être trop connue des fêtards, des
hommes à femmes, à ce visage d'une expression parfois si douce, à cette nature si humaine. Il se disait :
« Qu'est-ce que cela veut dire qu'à Nice tout le monde
sache qui est Odette de Crécy ? Ces réputations-là, même
vraies, sont faites avec les idées des autres » ; il pensait que cette légende — fût-elle authentique, — était
extérieure à Odette, n'était pas en elle comme une
personnalité irréductible et malfaisante ; que la créature qui avait pu être amenée à mal faire c'était une
femme aux bons yeux, au cœur plein de pitié pour la
souffrance, au corps docile qu'il avait tenu, qu'il avait
serré dans ses bras et manié, une femme qu'il pourrait arriver un jour à posséder toute, s'il réussissait à se
rendre indispensable à elle. Elle était là, souvent fatiguée, le visage vidé pour un instant de la préoccupation fébrile et joyeuse des choses inconnues qui faisaient souffrir Swann ; elle écartait ses cheveux avec
ses mains ; son front, sa figure paraissaient plus larges ; alors tout d'un coup quelque pensée simplement
humaine, quelque bon sentiment comme il en existe
dans toutes les créatures, quand dans un moment de
repos ou de repliement elles sont livrées à elles-mêmes,
jaillissait de ses yeux comme un rayon jaune. Et
aussitôt tout son visage s'éclairait comme une campagne grise, couverte de nuages qui soudain s'écar-
tent, pour sa transfiguration, au moment du soleil
couchant. La vie qui était en Odette à ce moment-là,
l'avenir même qu'elle semblait rêveusement regarder,
Swann aurait pu les partager avec elle ; aucune agita-

tion mauvaise ne semblait y avoir laissé de résidu.
Si rares qu'ils devinssent, ces moments-là ne furent
pas inutiles. Par le souvenir Swann reliait ces parcelles, abolissait les intervalles, coulait comme en or une
Odette de bonté et de calme pour laquelle il fit plus
tard (comme on le verra dans la deuxième partie de
cet ouvrage), des sacrifices que l'autre Odette n'eût
pas obtenus. Mais que ces moments étaient rares, et
que maintenant il la voyait peu ! Même pour leur rendez-vous du soir, elle ne lui disait qu'à la dernière
minute si elle pourrait le lui accorder car, comp-
tant qu'elle le trouverait toujours libre, elle voulait d'abord être certaine que personne d'autre ne lui
proposerait de venir. Elle alléguait qu'elle était obligée d'attendre une réponse de la plus haute importance
pour elle, et même si après qu'elle avait fait venir
Swann des amis demandaient à Odette, quand la
soirée était déjà commencée, de les rejoindre au théâtre
ou à souper, elle faisait un bond joyeux et s'habillait à la hâte. Au fur et à mesure qu'elle avançait dans
sa toilette, chaque mouvement qu'elle faisait rapprochait Swann du moment où il faudrait la quitter, où
elle s'enfuirait d'un élan irrésistible ; et quand, enfin
prête, plongeant une dernière fois dans son miroir ses
regards tendus et éclairés par l'attention, elle remettait un peu de rouge à ses lèvres, fixait une mèche sur
son front et demandait son manteau de soirée bleu ciel
avec des glands d'or, Swann avait l'air si triste qu'elle
ne pouvait réprimer un geste d'impatience et disait :
« Voilà comme tu me remercies de t'avoir gardé
jusqu'à la dernière minute. Moi qui croyais avoir fait
quelque chose de gentil. C'est bon à savoir pour une
autre fois ! » Parfois, au risque de la fâcher, il se
promettait de chercher à savoir où elle était allée, il
rêvait d'une alliance avec Forcheville qui peut-être
aurait pu le renseigner. D'ailleurs quand il savait avec
qui elle passait la soirée il était bien rare qu'il ne pût

pas découvrir dans toutes ses relations à lui quelqu'un
qui connaissait fût-ce indirectement l'homme avec qui
elle était sortie et pouvait facilement en obtenir tel
ou tel renseignement. Et tandis qu'il écrivait à un de
ses amis pour lui demander de chercher à éclaircir
tel ou tel point, il éprouvait le repos de cesser de se
poser ses questions sans réponses et de transférer à
un autre la fatigue d'interroger. Il est vrai que Swann
n'était guère plus avancé quand il avait certains renseignements. Savoir ne permet pas toujours d'empêcher, mais du moins les choses que nous savons,
nous les tenons, sinon entre nos mains, du moins
dans notre pensée où nous les disposons à notre gré,
ce qui nous donne l'illusion d'une sorte de pouvoir sur
elles. Il était heureux toutes les fois où M. de Charlus était avec Odette. Entre M. de Charlus et elle,
Swann savait qu'il ne pouvait rien se passer, que
quand M. de Charlus sortait avec elle c'était par
amitié pour lui et qu'il ne ferait pas difficulté à lui
raconter ce qu'elle avait fait. Quelquefois elle avait
déclaré si catégoriquement à Swann qu'il lui était impossible de le voir un certain soir, elle avait l'air de
tenir tant à une sortie, que Swann attachait une véritable importance à ce que M. de Charlus fût libre de
l'accompagner. Le lendemain sans oser poser beaucoup de questions à M. de Charlus, il le contraignait,
en ayant l'air de ne pas bien comprendre ses premières réponses, à lui en donner des nouvelles, après
chacune desquelles il se sentait plus soulagé, car il
apprenait bien vite qu'Odette avait occupé sa soirée
aux plaisirs les plus innocents. « Mais comment, mon
petit Mémé, je ne comprends pas bien..., ce n'est pas
en sortant de chez elle que vous êtes allés au musée
Grévin. Vous étiez allé ailleurs d'abord. Non ? Oh !
que c'est drôle ! Vous ne savez pas comme vous
m'amusez mon petit Mémé. Mais quelle drôle d'idée
elle a eue d'aller ensuite au Chat noir, c'est bien une

idée d'elle... Non ? c'est vous. C'est curieux. Après
tout ce n'est pas une mauvaise idée, elle devait y connaître beaucoup de monde ? Non ? elle n'a parlé à personne ? C'est extraordinaire. Alors vous êtes resté là
comme cela tous les deux tous seuls ? Je vois d'ici
cette scène. Vous êtes gentil mon petit Mémé, je vous
aime bien. » Swann se sentait soulagé. Pour lui à qui
il était arrivé en causant avec des indifférents qu'il écoutait à peine, d'entendre quelquefois certaines phrases,
(celle-ci par exemple: « J'ai vu hier Mme de Crécy, elle
était avec un monsieur que je ne connais pas »), phrases
qui aussitôt dans le cœur de Swann passaient à l'état
solide, s'y durcissaient comme une incrustation, le dé-
claraient, n'en bougeaient plus, qu'ils étaient doux au
contraire ces mots : « Elle ne connaissait personne,
elle n'a parlé à personne », comme ils circulaient aisément en lui, qu'ils étaient fluides, faciles, respirables!
Et pourtant au bout d'un instant il se disait qu'Odette
devait le trouver bien ennuyeux pour que ce fussent
là les plaisirs qu'elle préférait à sa compagnie. Et leur
insignifiance, si elle le rassurait, lui faisait pourtant de
la peine comme une trahison.

Même quand il ne pouvait savoir où elle était allée,
il lui aurait suffi pour calmer l'angoisse qu'il éprouvait alors, et contre laquelle la présence d'Odette, la
douceur d'être auprès d'elle était le seul spécifique
(un spécifique qui à la longue aggravait le mal avec
bien des remèdes, mais du moins calmait momentanément la souffrance), il lui aurait suffi, si Odette l'avait
seulement permis, de rester chez elle tant qu'elle ne
serait pas là, de l'attendre jusqu'à cette heure du
retour dans l'apaisement de laquelle seraient venues
se confondre les heures qu'un prestige, un maléfice lui
avaient fait croire différentes des autres. Mais elle
ne le voulait pas; il revenait chez lui; il se forçait en
chemin à former divers projets, il cessait de songer
à Odette ; même il arrivait, tout en se déshabillant,

à rouler en lui des pensées assez joyeuses ; c'est le
cœur plein de l'espoir d'aller le lendemain voir quelque chef-d'œuvre qu'il se mettait au lit et éteignait
sa lumière; mais, dès que, pour se préparer à dormir,
il cessait d'exercer sur lui-même une contrainte dont
il n'avait même pas conscience tant elle était devenue habituelle, au même instant un frisson glacé refluait en lui et il se mettait à sangloter. Il ne voulait
même pas savoir pourquoi, s'essuyait les yeux, se disait
en riant : « C'est charmant, je deviens névropathe. »
Puis il ne pouvait penser sans une grande lassitude que
le lendemain il faudrait recommencer de chercher à
savoir ce qu'Odette avait fait, à mettre en jeu des in-
fluences pour tâcher de la voir. Cette nécessité d'une
activité sans trêve, sans variété, sans résultats, lui
était si cruelle qu'un jour apercevant une grosseur sur
son ventre il ressentit une véritable joie à la pensée
qu'il avait peut-être une tumeur mortelle, qu'il n'allait plus avoir à s'occuper de rien, que c'était la maladie qui allait le gouverner, faire de lui son jouet,
jusqu'à la fin prochaine. Et en effet si, à cette époque,
il lui arriva souvent sans se l'avouer de désirer la mort,
c'était pour échapper moins à l'acuité de ses souffrances qu'à la monotonie de son effort.

Et pourtant il aurait voulu vivre jusqu'à l'époque
où il ne l'aimerait plus, où elle n'aurait aucune raison de lui mentir et où il pourrait enfin apprendre
d'elle si le jour où il était allé la voir dans l'après-
midi, elle était ou non couchée avec Forcheville. Souvent pendant quelques jours, le soupçon qu'elle aimait
quelqu'un d'autre le détournait de se poser cette
question relative à Forcheville, la lui rendait presque
indifférente, comme ces formes nouvelles d'un même
état maladif qui semblent momentanément nous avoir
délivré des précédentes. Même il y avait des jours où
il n'était tourmenté par aucun soupçon. Il se croyait
guéri. Mais le lendemain matin au réveil, il sentait à

la même place la même douleur dont la veille pendant
la journée il avait comme dilué la sensation dans le
torrent des impressions différentes. Mais elle n'avait
pas bougé de place. Et même, c'était l'acuité de cette
douleur qui avait réveillé Swann.

Comme Odette ne lui donnait aucun renseignement
sur ces choses si importantes qui l'occupaient tant
chaque jour (bien qu'il eût assez vécu pour savoir qu'il
n'y en a jamais d'autres que les plaisirs), il ne pouvait pas chercher longtemps de suite à les imaginer,
son cerveau fonctionnait à vide ; alors il passait son
doigt sur ses paupières fatiguées comme il aurait
essuyé le verre de son lorgnon, et cessait entièrement de penser. Il surnageait pourtant à cet inconnu
certaines occupations qui réapparaissaient de temps en
temps, vaguement rattachées par elle à quelque obligation envers des parents éloignés ou des amis d'autrefois, qui parce qu'ils étaient les seuls qu'elle lui
citait souvent comme l'empêchant de le voir, paraissaient à Swann former le cadre fixe, nécessaire, de la vie
d'Odette. A cause du ton dont elle lui disait de temps
à autre « le jour où je vais avec mon amie à l'Hippodrome », si, s'étant senti malade et ayant pensé :
« peut être Odette voudrait bien passer chez moi »,
il se rappelait brusquement que c'était justement ce
jour-là, il se disait : « Ah ! non, ce n'est pas la peine
de lui demander de venir, j'aurais dû y penser plus
tôt, c'est le jour où elle va avec son amie à l'Hippodrome. Réservons-nous pour ce qui est possible ; c'est
inutile de s'user à proposer des choses inacceptables
et refusées d'avance. » Et ce devoir qui incombait
à Odette d'aller à l'Hippodrome et devant lequel
Swann s'inclinait ainsi ne lui paraissait pas seulement inéluctable ; mais ce caractère de nécessité dont
il était empreint semblait rendre plausible et légitime
tout ce qui de près ou de loin se rapportait à lui. Si
Odette dans la rue ayant reçu d'un passant un salut

qui avait éveillé la jalousie de Swann, elle répondait aux questions de celui-ci en rattachant l'existence de l'inconnu à un des deux ou trois grands devoirs dont elle lui parlait si, par exemple, elle disait : « C'est un monsieur qui était dans la loge de mon amie avec qui je vais à l'Hippodrome », cette explication calmait les soupçons de Swann, qui en effet trouvait inévitable que l'amie eût d'autres invités qu'Odette dans sa loge à l'Hippodrome, mais n'avait jamais cherché ou réussi à se les figurer. Ah! comme il eût aimé la connaître, l'amie qui allait à l'Hippodrome, et qu'elle l'y emmenât avec Odette. Comme il aurait donné toutes ses relations pour n'importe quelle personne qu'avait l'habitude de voir Odette, fût-ce une manucure ou une demoiselle de magasin. Il eût fait pour elles plus de frais que pour des reines. Ne lui auraient-elles pas fourni, dans ce qu'elles contenaient de la vie d'Odette, le seul calmant efficace pour ses souffrances ? Comme il aurait couru avec joie passer les journées chez telle de ces petites gens avec lesquelles Odette gardait des relations, soit par intérêt, soit par simplicité véritable. Comme il eût volontiers élu domicile à jamais au cinquième étage de telle maison sordide et enviée où Odette ne l'emmenait pas, et où, s'il y avait habité avec la petite couturière retirée dont il eût volontiers fait semblant d'être l'amant, il aurait presque chaque jour reçu sa visite. Dans ces quartiers presque populaires, quelle existence modeste, abjecte, mais douce, mais nourrie de calme et de bonheur, il eût accepté de vivre indéfiniment.

Il arrivait encore parfois, quand ayant rencontré Swann, elle voyait s'approcher d'elle quelqu'un qu'il ne connaissait pas, qu'il pût remarquer sur le visage d'Odette cette tristesse qu'elle avait eue le jour où il était venu pour la voir pendant que Forcheville était là. Mais c'était rare ; car les jours où malgré tout ce qu'elle avait à faire et la crainte de ce que penserait le

monde, elle arrivait à voir Swann, ce qui dominait
maintenant dans son attitude était l'assurance : grand
contraste, peut-être revanche inconsciente ou réaction naturelle de l'émotion craintive qu'aux premiers
temps où elle l'avait connu, elle éprouvait auprès de
lui, et même loin de lui, quand elle commençait une
lettre par ces mots : « Mon ami, ma main tremble si
fort que je peux à peine écrire » (elle le prétendait du
moins et un peu de cet émoi devait être sincère pour
qu'elle désirât d'en feindre davantage). Swann lui
plaisait alors. On ne tremble jamais que pour soi,
que pour ceux qu'on aime. Quand notre bonheur n'est
plus dans leurs mains, de quel calme, de quelle aisance, de quelle hardiesse on jouit auprès d'eux ! En
lui parlant, en lui écrivant, elle n'avait plus de ces
mots par lesquels elle cherchait à se donner l'illusion
qu'il lui appartenait, faisant naître les occasions de
dire « mon », « mien », quand il s'agissait de lui :
« Vous êtes mon bien, c'est le parfum de notre amitié, je le garde », de lui parler de l'avenir, de la mort
même, comme d'une seule chose pour eux deux.
Dans ce temps-là, à tout ce qu'il disait, elle répondait avec admiration : « Vous, vous ne serez jamais
comme tout le monde » ; elle regardait sa longue tête
un peu chauve, dont les gens qui connaissaient les
succès de Swann pensaient : « Il n'est pas régulièrement beau si vous voulez, mais il est chic : ce toupet, ce
monocle, ce sourire ! », et, plus curieuse peut-être de
connaître ce qu'il était que désireuse d'être sa maîtresse, elle disait :

— « Si je pouvais savoir ce qu'il y a dans cette tête-là ! »

Maintenant, à toutes les paroles de Swann elle répondait d'un ton parfois irrité, parfois indulgent :

— « Ah ! tu ne seras donc jamais comme tout le
monde ! »

Elle regardait cette tête qui n'était qu'un peu plus
vieillie par le souci, (mais dont maintenant tous pen-

saient, en vertu de cette même aptitude qui permet
de découvrir les intentions d'un morceau symphonique
dont on a lu le programme, et les ressemblances
d'un enfant quand on connaît sa parenté : « Il n'est
pas positivement laid si vous voulez, mais il est ridicule ; ce monocle, ce toupet, ce sourire ! », réalisant
dans leur imagination suggestionnée la démarcation
immatérielle qui sépare à quelques mois de distance
une tête d'amant de cœur et une tête de cocu), elle
disait :

— « Ah ! si je pouvais changer, rendre raisonnable ce qu'il y a dans cette tête-là. »

Toujours prêt à croire ce qu'il souhaitait si seulement les manières d'être d'Odette avec lui laissaient
place au doute, il se jetait avidement sur cette parole :

— « Tu le peux si tu le veux, lui disait-il. »

Et il tâchait de lui montrer que l'apaiser, le diri-
ger, le faire travailler, serait une noble tâche à laquelle
ne demandaient qu'à se vouer d'autres femmes qu'elle,
entre les mains desquelles il est vrai d'ajouter que la
noble tâche ne lui eût paru plus qu'une indiscrète
et insupportable usurpation de sa liberté. « Si elle ne
m'aimait pas un peu, se disait-il, elle ne souhaiterait
pas de me transformer. Pour me transformer, il faudra
qu'elle me voie davantage. » Ainsi trouvait-il dans ce
reproche qu'elle lui faisait, comme une preuve d'intérêt, d'amour peut-être ; et en effet, elle lui en donnait
maintenant si peu qu'il était obligé de considérer
comme telles les défenses qu'elle lui faisait d'une chose
ou d'une autre. Un jour, elle lui déclara qu'elle n'aimait pas son cocher, qu'il lui montait peut-être la tête
contre elle, qu'en tous cas il n'était pas avec lui de
l'exactitude et de la déférence qu'elle voulait. Elle
sentait qu'il désirait lui entendre dire : « Ne le prends
plus pour venir chez moi », comme il aurait désiré un
baiser. Comme elle était de bonne humeur, elle le lui
dit ; il fut attendri. Le soir, causant avec M. de Char-

lus avec qui il avait la douceur de pouvoir parler d'elle
ouvertement (car les moindres propos qu'il tenait,
même aux personnes qui ne la connaissaient pas, se
rapportaient en quelque manière à elle) il lui dit :

— Je crois pourtant qu'elle m'aime ; elle est si gentille pour moi, ce que je fais ne lui est certainement
pas indifférent.

Et si, au moment d'aller chez elle, montant dans
sa voiture avec un ami qu'il devait laisser en route,
l'autre lui disait :

— « Tiens, ce n'est pas Lorédan qui est sur le siège ? »
avec quelle joie mélancolique Swann lui répondait :

— Oh ! sapristi non ! je te dirai, je ne peux pas
prendre Lorédan quand je vais rue Lapérouse. Odette
n'aime pas que je prenne Lorédan, elle ne le trouve
pas bien pour moi ; enfin que veux-tu, les femmes,
tu sais ! je sais que ça lui déplairait beaucoup. Ah
bien oui ! je n'aurais eu qu'à prendre Rémi ! j'en
aurais eu une histoire ! »

Ces nouvelles façons indifférentes, distraites, irri-
tables, qui étaient maintenant celles d'Odette avec lui,
certes Swann en souffrait ; mais il ne connaissait pas
sa souffrance ; comme c'était progressivement, jour par
jour, qu'Odette s'était refroidie à son égard, ce n'est
qu'en mettant en regard de ce qu'elle était aujourd'hui
ce qu'elle avait été au début, qu'il aurait pu sonder la
profondeur du changement qui s'était accompli. Or ce
changement c'était sa profonde, sa secrète blessure,
qui lui faisait mal jour et nuit, et dès qu'il sentait que
ses pensées allaient un peu trop près d'elle, vivement
il les dirigeait d'un autre côté de peur de trop souffrir. Il se disait bien d'une façon abstraite : « Il fut
un temps où Odette m'aimait davantage », mais jamais
il ne revoyait ce temps. De même qu'il y avait dans
son cabinet une commode qu'il s'arrangeait à ne pas
regarder, qu'il faisait un crochet pour éviter en entrant
et en sortant, parce que dans un tiroir étaient serrés le

chrysanthème qu'elle lui avait donné le premier soir
où il l'avait reconduite, les lettres où elle disait : « Que
n'y avez-vous oublié aussi votre cœur je ne vous aurais
pas laissé le reprendre » et : « A quelque heure du jour
et de la nuit que vous ayez besoin de moi, faites moi
signe et disposez de ma vie », de même il y avait en lui
une place dont il ne laissait jamais approcher son
esprit, lui faisant faire s'il le fallait le détour d'un long
raisonnement pour qu'il n'eût pas à passer devant elle :
c'était celle où vivait le souvenir des jours heureux.

Mais sa si précautionneuse prudence fut déjouée un
soir qu'il était allé dans le monde.

C'était chez la marquise de Saint-Euverte, à la dernière, pour cette année-là, des soirées où elle faisait entendre des artistes qui lui servaient ensuite pour ses con-
certs de charité. Swann qui avait voulu successivement
aller à toutes les précédentes et n'avait pu s'y résoudre
avait reçu, tandis qu'il s'habillait pour se rendre à celle-
ci, la visite du baron de Charlus qui venait lui offrir
de retourner avec lui chez la marquise, si sa compagnie devait l'aider à s'y ennuyer un peu moins, à s'y
trouver moins triste. Mais Swann lui avait répondu :

— « Vous ne doutez pas du plaisir que j'aurais à être
avec vous. Mais le plus grand plaisir que vous puis-
siez me faire c'est d'aller plutôt voir Odette. Vous
savez l'excellente influence que vous avez sur elle. Je
crois qu'elle ne sort pas ce soir avant d'aller chez son
ancienne couturière où du reste elle sera sûrement
contente que vous l'accompagniez. En tous cas vous
la trouveriez chez elle avant. Tâchez de la distraire
et aussi de lui parler raison. Si vous pouviez arranger
quelque chose pour demain qui lui plaise et que nous
pourrions faire tous les trois ensemble... Tâchez aussi
de poser des jalons pour cet été, si elle avait envie
de quelque chose, d'une croisière que nous ferions tous
les trois, que sais-je ? Quant à ce soir, je ne compte
pas la voir ; maintenant si elle le désirait ou si vous

trouviez un joint, vous n'avez qu'à m'envoyer un mot
chez Mme de Saint-Euverte jusqu'à minuit, et après
chez moi. Merci de tout ce que vous faites pour moi,
vous savez comme je vous aime. »

Le baron lui promit d'aller faire la visite qu'il désirait après qu'il l'aurait conduit jusqu'à la porte de
l'hôtel Saint-Euverte, où Swann arriva tranquillisé
par la pensée que M. de Charlus passerait la soirée
rue Lapérouse, mais dans un état de mélancolique indifférence à toutes les choses qui ne touchaient pas
Odette, et en particulier aux choses mondaines, qui
leur donnait le charme de ce qui n'étant plus un but
pour notre volonté, nous apparaît en soi-même. Dès
sa descente de voiture, au premier plan de ce résumé
fictif de leur vie domestique que les maîtresses de
maison prétendent offrir à leurs invités les jours de
cérémonie et où elles cherchent à respecter la vérité
du costume et celle du décor, Swann prit plaisir à
voir les héritiers des « tigres » de Balzac, les grooms,
suivants ordinaires de la promenade, qui, chapeautés
et bottés, restaient dehors devant l'hôtel sur le sol
de l'avenue, ou devant les écuries, comme des jardiniers auraient été rangés à l'entrée de leurs parterres.
La disposition particulière qu'il avait toujours eue à
chercher des analogies entre les êtres vivants et les
portraits des musées s'exerçait encore mais d'une façon
plus constante et plus générale ; c'est la vie mondaine
tout entière, maintenant qu'il en était détaché, qui se
présentait à lui comme une suite de tableaux. Dans
le vestibule où autrefois, quand il était un mondain,
il entrait enveloppé dans son pardessus pour en sortir
en frac, mais sans savoir ce qui s'y était passé, étant
par la pensée, pendant les quelques instants qu'il y
séjournait, ou bien encore dans la fête qu'il venait de
quitter, ou bien déjà dans la fête où on allait l'introduire, pour la première fois il remarqua, réveillée par
l'arrivée inopinée d'un invité aussi tardif, la meute

éparse, magnifique et désœuvrée des grands valets de
pied qui dormaient çà et là sur des banquettes et des
coffres et qui, soulevant leurs nobles profils aigus de
lévriers, se dressèrent et, rassemblés, formèrent le cercle autour de lui.

L'un d'eux, d'aspect particulièrement féroce et assez semblable à l'exécuteur dans certains tableaux de
la Renaissance qui figurent des supplices, s'avança
vers lui d'un air implacable pour lui prendre ses affaires. Mais la dureté de son regard d'acier était compensée par la douceur de ses gants de fil, si bien
qu'en approchant de Swann il semblait témoigner du
mépris pour sa personne et des égards pour son chapeau. Il le prit avec un soin auquel l'exactitude de sa
pointure donnait quelque chose de méticuleux et une
délicatesse que rendait presque touchante l'appareil de
sa force. Puis il le passa à un de ses aides, nouveau,
et timide, qui exprimait l'effroi qu'il ressentait en roulant en tous sens des regards furieux et montrait
l'agitation d'une bête captive dans les premières heures de sa domesticité.

A quelques pas, un grand gaillard en livrée rêvait,
immobile, sculptural, inutile, comme ce guerrier purement décoratif qu'on voit dans les tableaux les plus
tumultueux de Mantegna, songer appuyé sur son bou-
clier, tandis qu'on se précipite et qu'on s'égorge à
côté de lui ; détaché du groupe de ses camarades
qui s'empressaient autour de Swann, il semblait aussi
résolu à se désintéresser de cette scène, qu'il suivait vaguement de ses yeux glauques et cruels, que
si ç'eût été le massacre des Innocents ou le Martyre
de saint Jacques. Il semblait précisément appartenir
à cette race disparue, ou qui peut-être n'exista jamais que dans le retable de San Zeno et les fresques
des Eremitani où Swann l'avait approchée et où elle
rêve encore, issue de la fécondation d'une statue antique par quelque modèle padouan du Maître ou quel-

que saxon d'Albert Durer. Et les mèches de ses cheveux roux crespelés par la nature, mais collés par la brillantine, étaient largement traitées comme elles sont dans la sculpture grecque qu'étudiait sans cesse le peintre de Mantoue, et qui, si dans la création elle ne figure que l'homme, sait du moins tirer de ses simples formes des richesses si variées et comme empruntées à toute la nature vivante, qu'une chevelure, par l'enroulement lisse et les becs aigus de ses boucles, ou dans la superposition du triple et fleurissant diadème de ses tresses, a l'air à la fois d'un paquet d'algues, d'une nichée de colombes, d'un bandeau de jacinthes et d'une torsade de serpent.

D'autres encore, colossaux aussi, se tenaient sur les degrés d'un escalier monumental que leur présence décorative et leur immobilité marmoréenne aurait pu faire nommer comme celui du Palais Ducal : « l'Escalier des Géants » et dans lequel Swann s'engagea avec la tristesse de penser qu'Odette ne l'avait jamais gravi. Ah! avec quelle joie au contraire il eût grimpé les étages noirs, mal odorants et casse-cou de la petite couturière retirée dans le « cinquième » de laquelle il aurait été si heureux de payer plus cher qu'une avant-scène hebdomadaire à l'Opéra le droit de passer la soirée quand Odette y venait et même les autres jours pour pouvoir parler d'elle, vivre avec les gens qu'elle avait l'habitude de voir quand il n'était pas là et qui à cause de cela lui paraissaient recéler, de la vie de sa maîtresse, quelque chose de plus réel, de plus inaccessible et de plus mystérieux. Tandis que dans cet escalier pestilentiel et désiré de l'ancienne couturière, comme il n'y en avait pas un second pour le service, on voyait le soir devant chaque porte une boîte au lait vide et sale préparée sur le paillasson, dans l'escalier magnifique et dédaigné que Swann montait à ce moment, d'un côté et de l'autre, à des hauteurs différentes, devant chaque anfractuosité que faisait dans le mur la fenêtre de la loge, ou la porte d'un appartement, représentant le service intérieur qu'ils dirigeaient et, en faisant hommage aux invités, un concierge, un major-dome, un argentier (braves gens qui vivaient le reste de la semaine un peu indépendants dans leur domaine, y dînaient chez eux comme de petits boutiquiers et seraient peut-être demain au service bourgeois d'un médecin ou d'un industriel), attentifs à ne pas manquer aux recommandations qu'on leur avait faites avant de leur laisser endosser la livrée éclatante qu'ils ne revêtaient qu'à de rares intervalles et dans laquelle ils ne se sentaient pas très à leur aise, se tenaient sous l'arcature de leur portail avec un éclat pompeux tempéré de bonhomie populaire, comme des saints dans leur niche; et un énorme suisse, habillé comme à l'église, frappait les dalles de sa canne au passage de chaque arrivant. Parvenu en haut de l'escalier le long duquel l'avait suivi un domestique à face blême, avec une petite queue de cheveux, noués d'un catogan, derrière la tête, comme un sacristain de Goya ou un tabellion du répertoire, Swann passa devant un bureau où des valets, assis comme des notaires devant de grands registres, se levèrent et inscrivirent son nom. Il traversa alors un petit vestibule qui, — tel que certaines pièces aménagées par leur propriétaire pour servir de cadre à une seule œuvre d'art, dont elles tirent leur nom, et d'une nudité voulue, ne contiennent rien d'autre —, exhibait à son entrée comme quelque précieuse effigie de Benvenuto Cellini représentant un homme de guet, un jeune valet de pied, le corps légèrement fléchi en avant, dressant sur son hausse col rouge une figure plus rouge encore d'où s'échappaient des torrents de feu, de timidité et de zèle, et qui perçant les tapisseries d'Aubusson tendues devant le salon où on écoutait la musique, de son regard impétueux, vigilant, éperdu, avait l'air, avec une impassibilité militaire ou une foi surnaturelle, —

allégorie de l'alarme, incarnation de l'attente, com-
mémoration du branle-bas, — d'épier, ange ou vigie,
d'une tour de donjon ou de cathédrale, l'apparition
de l'ennemi ou l'heure du Jugement. Il ne restait plus
à Swann qu'à pénétrer dans la salle du concert dont
un huissier chargé de chaînes lui ouvrit les portes, en
s'inclinant, comme il lui aurait remis les clefs d'une
ville. Mais il pensait à la maison où il aurait pu se trouver en ce moment même, si Odette l'avait permis, et le
souvenir entrevu d'une boîte au lait vide sur un paillasson lui serra le cœur.

Swann retrouva rapidement le sentiment de la laideur masculine, quand, au delà de la tenture de tapisserie, au spectacle des domestiques succéda celui des
invités. Mais cette laideur même de visages qu'il
connaissait pourtant si bien, lui semblait neuve depuis
que leurs traits, au lieu d'être pour lui des signes pra-
tiquement utilisables à l'identification de telle personne qui lui avait représenté jusque-là un faisceau
de plaisirs à poursuivre, d'ennuis à éviter, ou de politesse à rendre, reposaient, coordonnées seulement
par des rapports esthétiques, dans l'autonomie de
leurs lignes. Et en ces hommes, au milieu desquels
Swann se trouva enserré, il n'était pas jusqu'aux mo-
nocles que beaucoup portaient (et qui, autrefois,
auraient tout au plus permis à Swann de dire qu'ils
portaient un monocle), qui, déliés maintenant de
signifier une habitude, la même pour tous, ne lui ap-
parussent chacun avec une sorte d'individualité. Peut-
être parce qu'il ne regarda le général de Froberville
et le marquis de Bréauté qui causaient dans l'entrée que comme deux personnages dans un tableau,
alors qu'ils avaient été longtemps pour lui les amis
utiles qui l'avaient présenté au Jockey et assisté
dans des duels, le monocle du général, resté entre ses
paupières comme un éclat d'obus dans sa figure vulgaire, balafrée et triomphale, au milieu du front qu'il

éborgnait comme l'œil unique du cyclope, apparut à
Swann comme une blessure monstrueuse qu'il pouvait être glorieux d'avoir reçue, mais qu'il était indécent d'exhiber ; tandis que celui que M. de Bréauté
ajoutait, en signe de festivité, aux gants gris perle,
au « gibus », à la cravate blanche et substituait au
binocle familier (comme faisait Swann lui-même), pour
aller dans le monde, portait collé à son revers, comme
une préparation d'histoire naturelle sous un micros-
cope, un regard infinitésimal et grouillant d'amabilité, qui ne cessait de sourire à la hauteur des plafonds,
à la beauté des fêtes, à l'intérêt des programmes et à
la qualité des rafraîchissements.

— Tiens, vous voilà, mais il y a des éternités qu'on
ne vous a vu, dit à Swann le général qui, remarquant
ses traits tirés et en concluant que c'était peut-être
une maladie grave qui l'éloignait du monde, ajouta :
Vous avez bonne mine, vous savez ! » pendant que M. de
Bréauté demandait :

— « Comment, vous, mon cher, qu'est-ce que vous
pouvez bien faire ici ? » à un romancier mondain qui
venait d'installer au coin de son œil un monocle, son
seul organe d'investigation psychologique et d'impitoyable analyse, et répondit d'un air important et
mystérieux, en roulant l'r :

— J'observe.

Le monocle du marquis de Forestelle était minuscule,
n'avait aucune bordure et obligeant à une crispation
incessante et douloureuse l'œil où il s'incrustait comme
un cartilage superflu dont la présence est inexplicable
et la matière recherchée, il donnait au visage du marquis une délicatesse mélancolique, et le faisait juger
par les femmes comme capable de grands chagrins
d'amour. Mais celui de M. de Saint-Candé, entouré
d'un gigantesque anneau, comme Saturne, était le
centre de gravité d'une figure qui s'ordonnait à tout
moment par rapport à lui, dont le nez frémissant et

26

rouge et la bouche lippue et sarcastique tâchaient par
leurs grimaces d'être à la hauteur des feux roulants
d'esprit dont étincelait le disque de verre, et se voyait
préférer aux plus beaux regards du monde par des
jeunes femmes snobs et dépravées qu'il faisait rêver
de charmes artificiels et d'un raffinement de volupté;
et cependant, derrière le sien, M. de Palancy qui
avec sa grosse tête de carpe aux yeux ronds, se déplaçait lentement au milieu des fêtes, en desserrant
d'instant en instant ses mandibules comme pour chercher son orientation, avait l'air de transporter seulement avec lui un fragment accidentel, et peut-être
purement symbolique, du vitrage de son aquarium,
partie destinée à figurer le tout qui rappela à Swann,
grand admirateur des Vices et des Vertus de Giotto
à Padoue, cet Injuste à côté duquel un rameau feuillu
évoque les forêts où se cache son repaire.

Swann s'était avancé, sur l'insistance de Mme de
Saint-Euverte et pour entendre un air d'Orphée qu'exécutait un flûtiste, s'était mis dans un coin où il avait
malheureusement comme seule perspective deux vieilles dames assises l'une à côté de l'autre, la marquise de
Cambremer et la vicomtesse de Franquetot, lesquelles,
parce qu'elles étaient cousines, passaient leur temps
dans les soirées, portant leurs sacs et suivies de leurs
filles, à se chercher comme dans une gare et n'étaient
tranquilles que quand elles avaient marqué par leur
éventail ou leur mouchoir, deux places voisines :
Mme de Cambremer, comme elle avait très peu de relations, étant d'autant plus heureuse d'avoir une compagne, Mme Franquetot, qui était au contraire très
lancée, trouvant quelque chose d'élégant, d'original,
à montrer à toutes ses belles connaissances qu'elle
leur préférait une dame obscure avec qui elle avait en
commun des souvenirs de jeunesse. Plein d'une mélancolique ironie, Swann les regardait écouter l'inter-
mède de piano (« Saint-François parlant aux oi-

seaux », de Lizt) qui avait succédé à l'air de flûte,
et suivre le jeu vertigineux du virtuose, Mme de Franquetot anxieusement, les yeux éperdus comme si les
touches sur lesquelles il courait avec agilité avaient
été une suite de trapèzes d'où il pouvait tomber
d'une hauteur de quatre-vingts mètres, et non sans
lancer à sa voisine des regards d'étonnement, de
dénégation qui signifiaient : « Ce n'est pas croyable, je
n'aurais jamais pensé qu'un homme pût faire cela »,
Mme de Cambremer, en femme qui a reçu une forte éducation musicale, battant la mesure avec sa tête trans-
formée en balancier de métronome dont l'amplitude
et la rapidité d'oscillations d'une épaule à l'autre étaient
devenues telles (avec cette espèce d'égarement et
d'abandon du regard qu'ont les douleurs qui ne se
connaissent plus ni ne cherchent à se maîtriser et
disent : « Que voulez-vous ! »,) qu'à tout moment elle
accrochait avec ses solitaires les pattes de son corsage
et était obligée de redresser les raisins noirs qu'elle
avait dans les cheveux, sans cesser pour cela d'accélé-
rer le mouvement. De l'autre côté de Mme de Franquetot, mais un peu en avant, était la marquise de
Gallardon, occupée à sa pensée favorite, l'alliance
qu'elle avait avec les Guermantes et d'où elle tirait
pour le monde et pour elle-même beaucoup de gloire
avec quelque honte, les plus brillants d'entre eux la
tenant un peu à l'écart peut-être parce qu'elle était ennuyeuse, ou parce qu'elle était méchante, ou parce
qu'elle était d'une branche inférieure, ou peut-être sans
aucune raison. Quand elle se trouvait auprès de quelqu'un qu'elle ne connaissait pas, comme en ce moment auprès de Mme de Franquetot, elle souffrait que
la conscience qu'elle avait de sa parenté avec les Guermantes ne pût se manifester extérieurement en caractères visibles comme ceux qui, dans les mosaïques des
églises byzantines, placés les uns au-dessous des autres, inscrivent en une colonne verticale, à côté d'un

Saint Personnage les mots qu'il est censé prononcer.
Elle songeait en ce moment qu'elle n'avait jamais
reçu une invitation ni une visite de sa jeune cousine
la princesse des Laumes, depuis six ans que celle-ci
était mariée. Cette pensée la remplissait de colère,
mais aussi de fierté ; car à force de dire aux personnes qui s'étonnaient de ne pas la voir chez Mme des
Laumes, que c'est parce qu'elle aurait été exposée à y
rencontrer la princesse Mathilde, ce que sa famille,
ultralégitimiste, ne lui aurait jamais pardonné, elle
avait fini par croire que c'était en effet la raison pour
laquelle elle n'allait pas chez sa jeune cousine. Elle
se rappelait pourtant qu'elle avait demandé plusieurs
fois à Mme des Laumes comment elle pourrait faire
pour la rencontrer, mais ne se le rappelait que confusément et d'ailleurs neutralisait et au delà ce souvenir un peu humiliant en murmurant : « Ce n'est tout
de même pas à moi à faire les premiers pas, j'ai
vingt ans de plus qu'elle. » Grâce à la vertu de ces
paroles intérieures, elle rejetait fièrement en arrière
ses épaules détachées de son buste et sur lesquelles
sa tête posée presque horizontalement faisait penser
à la tête « rapportée » d'un orgueilleux faisan qu'on
sert sur une table avec toutes ses plumes. Ce n'est
pas qu'elle ne fut par nature courtaude, homasse et
boulotte ; mais les camouflets l'avaient redressée
comme ces arbres qui, nés dans une mauvaise position au bord d'un précipice, sont forcés de croître en
arrière pour garder leur équilibre. Obligée pour se
consoler de ne pas être tout à fait l'égale des autres
Guermantes, de se dire sans cesse que c'était par intransigeance de principes et fierté qu'elle les voyait
peu, cette pensée avait fini par modeler son corps et
par lui enfanter une sorte de prestance qui passait
aux yeux des bourgeoises pour un signe de race et
troublait quelquefois d'un désir fugitif le regard fatigué des hommes de cercle. Si on avait fait subir à la

conversation de Mme de Gallardon ces analyses qui en
relevant la fréquence plus ou moins grande de chaque
terme permettent de découvrir la clef d'un langage
chiffré, on se fût rendu compte qu'aucune expression
même la plus usuelle, n'y revenait aussi souvent que
« chez mes cousins de Guermantes », « chez ma tante
de Guermantes », « la santé d'Elzéar de Guermantes », « la baignoire de ma cousine de Guermantes ».
Quand on lui parlait d'un personnage illustre, elle répondait que sans le connaître personnellement, elle l'avait
rencontré mille fois chez sa tante de Guermantes,
mais elle répondait cela d'un ton si glacial et d'une
voix si sourde qu'il était clair que si elle ne le connaissait pas personnellement c'était en vertu de tous
les principes indéracinables et entêtés auxquels ses
épaules touchaient en arrière, comme à ces échelles sur
lesquelles les professeurs de gymnastique vous font
étendre pour vous développer le thorax.

Or la princesse des Laumes qu'on ne se serait pas
attendu à voir chez Mme de Saint-Euverte, venait précisément d'arriver. Pour montrer qu'elle ne cherchait
pas à faire sentir dans un salon où elle ne venait que
par condescendance, la supériorité de son rang, elle
était entrée en effaçant les épaules là même où il
n'y avait aucune foule à fendre et personne à laisser
passer, restant exprès dans le fond de l air d'y être à
sa place comme un roi qui fait la queue à la porte
d'un théâtre tant que les autorités n'ont pas été pré-
venues qu'il est là ; et, bornant simplement son regard,
— pour ne pas avoir l'air de signaler sa présence et
de réclamer des égards —, à la considération d'un
dessin du tapis ou de sa propre jupe, elle se tenait debout à l'endroit qui lui avait paru le plus modeste, (et
d'où elle savait bien qu'une exclamation ravie de Mme de
Saint-Euverte allait la tirer dès que celle-ci l'aurait
aperçue), à côté de Mme de Cambremer qui lui était
inconnue. Elle observait la mimique de sa voisine

mélomane, mais ne l'imitait pas. Ce n'est pas que,
pour une fois qu'elle venait passer cinq minutes chez
Mme de Saint-Euverte, la Princesse des Laumes n'eût
souhaité, pour que la politesse qu'elle lui faisait comp-
tât double, se montrer le plus aimable possible. Mais
par nature, elle avait horreur de ce qu'elle appelait
« les exagérations » et tenait à montrer qu'elle « n'avait
pas à » se livrer à des manifestations qui n'allaient
pas avec le « genre » de la coterie où elle vivait, mais
qui pourtant d'autre part ne laissaient pas de l'im-
pressionner, à la faveur de cet esprit d'imitation voisin
de la timidité que développe chez les gens les plus
sûrs d'eux mêmes l'ambiance d'un milieu nouveau,
fût-il inférieur. Elle commençait à se demander si
cette gesticulation n'était pas rendue nécessaire par
le morceau qu'on jouait et qui ne rentrait peut-être
pas dans le cadre de la musique qu'elle avait entendue
jusqu'à ce jour, si s'abstenir n'était pas faire preuve
d'incompréhension à l'égard de l'œuvre et d'inconvenance vis-à-vis de la maîtresse de la maison : de sorte
que pour exprimer par une « cote mal taillée » ses
sentiments contradictoires, tantôt elle se contentait
de remonter la bride de ses épaulettes ou d'assurer
dans ses cheveux blonds les petites boules de corail
ou d'émail rose, givrées de diamant, qui lui faisait
une coiffure simple et charmante, en examinant avec
une froide curiosité sa fougueuse voisine, tantôt de
son éventail elle battait pendant un instant la mesure,
mais, pour ne pas abdiquer son indépendance, à contretemps. Le pianiste ayant terminé le morceau de
Liszt et ayant commencé un prélude de Chopin,
Mme de Cambremer lança à Mme de Franquetot un sourire attendri de satisfaction compétente et d'allusion
au passé. Elle avait appris dans sa jeunesse à caresser les phrases, au long col sinueux et démesuré, de
Chopin, si libres, si flexibles, si tactiles, qui commencent par chercher et essayer leur place en dehors et

bien loin de la direction de leur départ, bien loin du
point où on avait pu espérer qu'atteindrait leur
attouchement, et qui ne se jouent dans cet écart de
fantaisie que pour revenir plus délibérément, d'un
retour plus prémédité, avec plus de précision, comme
sur un cristal qui résonnerait jusqu'à faire crier, vous
frapper au cœur.

Vivant dans une famille provinciale qui avait peu
de relations, n'allant guère au bal, elle s'était grisée
dans la solitude de son manoir, à ralentir, à précipiter la danse de tous ces couples imaginaires, à les
égrener comme des fleurs, à quitter un moment le bal
pour entendre le vent souffler dans les sapins, au bord
du lac, et à y voir tout d'un coup s'avancer, plus différent de tout ce qu'on a jamais rêvé que ne sont les
amants de la terre, un mince jeune homme à la voix
un peu chantante, étrangère et fausse, en gants blancs.
Mais aujourd'hui la beauté démodée de cette musique
semblait défraîchie. Privée depuis quelques années de
l'estime des connaisseurs, elle avait perdu son honneur
et son charme et ceux mêmes dont le goût est mauvais
n'y trouvaient plus qu'un plaisir inavoué et médiocre.
Mme de Cambremer jeta un regard furtif derrière elle.
Elle savait que sa jeune bru, pleine de respect pour sa
nouvelle famille, sauf en ce qui touchait les choses de
l'esprit sur lesquelles, sachant jusqu'à l'harmonie et
jusqu'au grec, elle avait des lumières spéciales, méprisait Chopin et souffrait quand elle en entendait jouer.
Mais loin de la surveillance de cette wagnérienne qui
était plus loin avec un groupe de personnes de son âge,
Mme de Cambremer se laissait aller à des impressions
délicieuses. La princesse des Laumes les éprouvait
aussi. Sans être par nature douée pour la musique, elle
avait reçu il y a quinze ans les leçons qu'un professeur de piano du faubourg Saint-Germain, femme de
génie qui avait été à la fin de sa vie réduite à la mi-
sère, avait recommencé à l'âge de soixante-dix ans à

donner aux filles et aux petites-filles de ses anciennes élèves. Elle était morte aujourd'hui. Mais sa méthode, son beau son, renaissaient parfois sous les doigts de ses élèves, même de celles qui étaient devenues pour le reste des personnes médiocres, avaient abandonné la musique et n'ouvraient presque plus jamais un piano. Aussi Mme des Laumes put-elle secouer la tête, en pleine connaissance de cause, avec une appréciation juste de la façon dont le pianiste jouait ce prélude qu'elle savait par cœur. La fin de la phrase commencée chanta d'elle-même sur ses lèvres. Et elle murmura « c'est toujours *ch*armant », avec un double *ch* au commencement du mot qui était une marque de délicatesse et dont elle sentait ses lèvres si romanesquement froissées comme une belle fleur, qu'elle harmonisa instinctivement son regard avec elles en lui donnant à ce moment-là une sorte de sentimentalité et de vague. Cependant Mme de Gallardon était entrain de se dire qu'il était fâcheux qu'elle n'eût que bien rarement l'occasion de rencontrer la princesse des Laumes car elle souhaitait lui donner une leçon en ne répondant pas à son salut. Elle ne savait pas que sa cousine fût là. Un mouvement de tête de Mme de Franquetot la lui découvrit. Aussitôt elle se précipita vers elle en dérangeant tout le monde ; mais désireuse de garder un air hautain et glacial qui rappelât à tous qu'elle ne désirait pas avoir de relation avec une personne chez qui on pouvait se trouver nez à nez avec la princesse Mathilde, et au-devant de qui elle n'avait pas à aller car elle n'était pas « sa contemporaine », elle voulut pourtant compenser cet air de hauteur et de réserve par quelque propos qui justifiât sa démarche et forçât la princesse à engager la conversation ; aussi une fois arrivée près de Mme de Gallardon, avec un visage dur, une main tendue comme une carte forcée, lui dit : « Comment va ton mari ? » de la même voix soucieuse que si le prince avait été gra-

vement malade. La princesse éclatant d'un rire qui
lui était particulier et qui était destiné à la fois à
montrer aux autres qu'elle se moquait de quelqu'un
et aussi à se faire paraître plus jolie en concentrant
les traits de son visage autour de sa bouche animée
et de son regard brillant, lui répondit :

— Mais le mieux du monde !

Et elle rit encore. Cependant tout en redressant sa
taille et refroidissant sa mine, inquiète encore pourtant de l'état du prince, Mme de Gallardon dit à sa cousine :

— Oriane (ici Mme de Laumes regarda d'un air étonné
et rieur un tiers invisible vis-à-vis duquel elle semblait tenir à attester qu'elle n'avait jamais autorisé
Mme de Gallardon à l'appeler par son prénom) je tien-
drais beaucoup à ce que tu viennes un moment demain
soir chez moi entendre un quintette avec clarinette
de Mozart. Je voudrais avoir ton appréciation.

Elle semblait non pas adresser une invitation, mais
demander un service, et avoir besoin de l'avis de
la princesse sur le quintette de Mozart comme si
ç'avait été un plat de la composition d'une nouvelle
cuisinière sur les talents de laquelle il lui eût été précieux de recueillir l'opinion d'un gourmet.

— Mais je connais ce quintette, je peux te dire
tout de suite... que je l'aime !

— Tu sais, mon mari n'est pas bien, son foie..., cela
lui ferait grand plaisir de te voir, reprit Mme de Gallardon, faisant maintenant à la princesse une obligation de charité de paraître à sa soirée.

La princesse n'aimait pas à dire aux gens qu'elle ne
voulait pas aller chez eux. Tous les jours elle écrivait
son regret d'avoir été privée —, par une visite inopinée
de sa belle-mère, par une invitation de son beau-frère,
par l'Opéra, par une partie de campagne —, d'une soirée à laquelle elle n'aurait jamais songé à se rendre.
Elle donnait ainsi à beaucoup de gens la joie de croire

qu'elle était de leurs relations, qu'elle eût été volontiers chez eux, qu'elle n'avait été empêchée de le faire que par les contretemps princiers qu'ils étaient flattés de voir entrer en concurrence avec leur soirée. Puis faisant partie de cette spirituelle coterie des Guermantes où survivait quelque chose de l'esprit alerte, dépouillé de lieux communs et de sentiments convenus, qui descend de Mérimée, et a trouvé sa dernière expression dans le théâtre de Meilhac et Halévy, elle l'adaptait même aux rapports sociaux, le transposait jusque dans sa politesse qui s'efforçait d'être positive, précise, de se rapprocher de l'humble vérité. Elle ne développait pas longuement à une maîtresse de maison l'expression du désir qu'elle avait d'aller à sa soirée ; elle trouvait plus aimable de lui exposer quelques petits faits d'où dépendrait qu'il lui fût ou non possible de s'y rendre.

— Ecoute, je vais te dire, dit-elle à M⁽ᵐᵉ⁾ de Gallardon, il faut demain soir que j'aille chez une amie qui m'a demandé mon jour depuis longtemps. Si elle nous emmène au théâtre, il n'y aura pas, avec la meilleure volonté, possibilité que j'aille chez toi ; mais si nous restons chez elle, comme je sais que nous serons seuls, je pourrai les quitter. »

— Tiens, tu as vu ton ami M. Swann ?

— Mais non, cet amour de Charles, je ne savais pas qu'il fût là, je vais tâcher qu'il me voie.

— C'est drôle qu'il aille même chez la mère Saint-Euverte, dit M⁽ᵐᵉ⁾ de Gallardon. Oh ! je sais qu'il est intelligent, ajouta-t-elle en voulant dire par là intrigant, mais cela ne fait rien, un juif chez la sœur et la belle-sœur de deux archevêques !

— J'avoue à ma honte que je n'en suis pas choquée, dit la princesse des Laumes.

— Je sais qu'il est converti, et même déjà ses parents et ses grands-parents. Mais on dit que les convertis restent plus attachés à leur religion que les autres, que c'est une frime, est-ce vrai?

— Je suis sans lumières à ce sujet.

Le pianiste qui avait à jouer deux morceaux de Chopin, après avoir terminé le prélude avait attaqué aussitôt une polonaise. Mais depuis que Mme de Gallardon avait signalé à sa cousine la présence de Swann, Chopin ressuscité aurait pu venir jouer lui-même toutes ses œuvres sans que Mme de Laumes pût y faire attention. Elle faisait partie d'une de ces deux moitiés de l'humanité chez qui la curiosité qu'a l'autre moitié pour les êtres qu'elle ne connaît pas est remplacée par l'intérêt pour les êtres qu'elle connaît. Comme beaucoup de femmes du faubourg Saint-Germain la présence dans un endroit où elle se trouvait de quelqu'un de sa coterie, et auquel d'ailleurs elle n'avait rien de particulier à dire, accaparait exclusivement son attention aux dépens de tout le reste. A partir de ce moment, dans l'espoir que Swann la remarquerait, la Princesse ne fit plus, comme une souris blanche apprivoisée à qui on tend puis on retire un morceau de sucre, que tourner sa figure, remplie de mille signes de connivence dénués de rapports avec le sentiment de la polonaise de Chopin, dans la direction où était Swann et si celui-ci changeait de place, elle déplaçait parallèlement son sourire aimanté.

« Oriane ne te fâche pas, reprit Mme de Gallardon qui ne pouvait jamais s'empêcher de sacrifier ses plus grandes espérances sociales et d'éblouir un jour le monde, au plaisir obscur, immédiat et privé de dire quelque chose de désagréable, il y a des gens qui prétendent que, ce M. Swann, c'est quelqu'un qu'on ne peut pas recevoir chez soi, est-ce vrai?

— Mais... tu dois bien savoir que c'est vrai, répondit la princesse des Laumes, puisque tu l'as invité cinquante fois et qu'il n'est jamais venu.

Et quittant sa cousine mortifiée, elle éclata de nou-

veau d'un rire qui scandalisa les personnes qui écoutaient la musique mais attira l'attention de Mme de
Saint-Euverte, restée par politesse près du piano et
qui aperçut seulement alors la princesse. Mme de Saint-
Euverte était d'autant plus ravie de voir Mme des Laumes qu'elle la croyait encore à Guermantes en train de
soigner son beau-père malade.

— Mais comment, princesse, vous étiez là?

— Oui, je m'étais mise dans un petit coin, j'ai entendu de belles choses.

— Comment, vous êtes là depuis déjà un long moment!

— Mais oui, un très long moment qui m'a semblé
très court, long seulement parce que je ne vous voyais
pas.

Mme de Saint-Euverte voulut donner son fauteuil à
la princesse qui répondit :

— Mais pas du tout ! Pourquoi? Je suis bien n'importe où !

Et, avisant avec intention pour mieux manifester sa
simplicité de grande dame, un petit siège sans dossier :

— Tenez, ce pouf, c'est tout ce qu'il me faut. Cela
me fera tenir droite. Oh! mon Dieu, je fais encore du
bruit, je vais me faire conspuer.

Cependant le pianiste redoublant de vitesse, l'émotion musicale était à son comble, un domestique passait des rafraîchissements sur un plateau et faisait tinter des cuillers, et comme chaque semaine Mme de
Saint-Euverte lui faisait, sans qu'il la vît, des signes de
s'en aller. Une nouvelle mariée, à qui on avait appris
qu'une jeune femme ne doit pas avoir l'air blasé, souriait de plaisir, et cherchait des yeux la maîtresse de
maison pour lui témoigner par son regard sa reconnaissance d'avoir « pensé à elle » pour un pareil régal.
Pourtant, quoique avec plus de calme que Mme de
Franquetot, ce n'est pas sans inquiétude qu'elle suivait le morceau ; mais la sienne avait pour objet, au

lieu du pianiste, le piano sur lequel une bougie tressautant à chaque fortissimo, risquait, sinon de mettre
le feu à l'abat-jour, du moins de faire des taches sur
le palissandre. A la fin elle n'y tint plus et, escaladant
les deux marches de l'estrade, sur laquelle était placé
le piano, se précipita pour enlever la bobèche. Mais à
peine ses mains allaient-elles la toucher que sur un
dernier accord, le morceau finit et le pianiste se leva.
Néanmoins l'initiative hardie de cette jeune femme,
la courte promiscuité qui en résulta entre elle et l'ins-
trumentiste, produisirent une impression généralement favorable.

— Vous avez remarqué ce qu'a fait cette personne,
princesse, dit le général de Froberville à la princesse
des Laumes qu'il était venu saluer et que Mᵐᵉ de Saint-
Euverte quitta un instant. C'est curieux. Est-ce donc
une artiste ?

— Non, c'est une petite Mᵐᵉ de Cambremer, répondit étourdiment la princesse et elle ajouta vivement :
Je vous répète ce que j'ai entendu dire, je n'ai aucune
espèce de notion de qui c'est, on a dit derrière moi
que c'étaient des voisins de campagne de Mᵐᵉ de Saint-
Euverte, mais je ne crois pas que personne les connaisse. Ça doit être des « gens de la campagne » ! Du
reste, je ne sais pas si vous êtes très répandu dans la
brillante société qui se trouve ici, mais je n'ai pas
idée du nom de toutes ces étonnantes personnes. A
quoi pensez-vous qu'ils passent leur vie en dehors des
soirées de Mᵐᵉ de Saint-Euverte. Elle a dû les faire
venir avec les musiciens, les chaises et les raffraîchis-
sements. Avouez que ces « invités de chez Belloir »
sont magnifiques. Est-ce que vraiment elle a le courage de louer ces figurants toutes les semaines. Ce
n'est pas possible !

— Ah ! Mais Cambremer c'est un nom authentique et ancien, dit le général.

— Je ne vois aucun mal à ce que ce soit ancien, répondit sèchement la princesse, mais en tous cas ce n'est pas *euphonique*, ajouta-t-elle en détachant le mot euphonique comme s'il était entre guillemets, petite affectation de débit qui était particulière à la coterie Guermantes.

— Vous trouvez ? Elle est jolie à croquer, dit le général qui ne perdait pas Mme de Cambremer de vue. Ce n'est pas votre avis, princesse ?

— Elle se met trop en avant, je trouve que chez une si jeune femme ce n'est pas agréable, car je ne crois pas qu'elle soit ma contemporaine, répondit Mme des Laumes (cette expression étant commune aux Gallardon et aux Guermantes).

Mais la princesse voyant que M. de Froberville continuait à regarder Mme de Cambremer, ajouta moitié par méchanceté pour celle-ci, moitié par amabilité pour le général : Pas agréable... pour son mari ! Je regrette de ne pas la connaître puisqu'elle vous tient à cœur, je vous aurais présenté, dit la princesse qui probablement n'en aurait rien fait si elle avait connu la jeune femme. Je vais être obligée de vous dire bonsoir, parce que c'est la fête d'une amie à qui je dois aller la souhaiter, dit-elle d'un ton modeste et vrai, réduisant la réunion mondaine à laquelle elle se rendait à la simplicité d'une cérémonie ennuyeuse mais où il était obligatoire et touchant d'aller. D'ailleurs je dois y retrouver Basin qui, pendant que j'étais ici, est allé voir ses amis que vous connaissiez je crois, qui ont un nom de pont, les Iéna.

— Ç'a été d'abord un nom de victoire, princesse, dit le général. Qu'est-ce que vous voulez pour un vieux briscard comme moi, ajouta-t-il en ôtant son monocle pour l'essuyer, comme il aurait changé un pansement, tandis que la princesse détournait instinctivement les yeux, cette noblesse d'Empire, c'est autre chose bien entendu, mais enfin, pour ce que c'est,

c'est très beau dans son genre, ce sont des gens qui
en somme se sont battus en héros.

— Mais je suis pleine de respect pour les héros,
dit la princesse, sur un ton légèrement ironique, si je
ne vais pas avec Basin chez cette princesse d'Iéna, ce
n'est pas du tout pour ça, c'est tout simplement parce
que je ne les connais pas. Basin les connaît, les ché-
rit. Oh ! non, ce n'est pas ce que vous pouvez penser,
ce n'est pas un flirt, je n'ai pas à m'y opposer ! Du
reste, pour ce que cela sert quand je veux m'y opposer ! ajouta-t-elle d'une voix mélancolique, car tout le
monde savait que dès le lendemain du jour où le
prince des Laumes avait épousé sa ravissante cousine,
il n'avait pas cessé de la tromper. Mais enfin ce n'est
pas le cas, ce sont des gens qu'il a connus autrefois, il
en fait ses choux gras, je trouve cela très bien. D'abord
je vous dirai que rien que ce qu'il m'a dit de leur maison... Pensez que tous leurs meubles sont « Empire ! »

— Mais princesse, naturellement, c'est parce que
c'est le mobilier de leurs grands-parents.

— Mais je ne vous dis pas, mais ça n'est pas moins
laid pour ça. Je comprends très bien qu'on ne puisse
pas avoir de jolies choses, mais au moins qu'on n'ait
pas de choses ridicules. Qu'est-ce que vous voulez je
ne connais rien de plus pompier, de plus bourgeois que
cet horrible style, avec ces commodes qui ont des têtes
de cygnes comme des baignoires.

— Mais je crois même qu'ils ont de belles choses,
ils doivent avoir la fameuse table de mosaïque sur
laquelle a été signé le traité de...

— Ah ! Mais qu'ils aient des choses intéressantes
au point de vue de l'histoire je ne vous dis pas. Mais
ça ne peut pas être beau... puisque c'est horrible ! Moi
j'ai aussi des choses comme ça que Basin a héritées
des Montesquiou. Seulement elles sont dans les gre-
niers de Guermantes où personne ne les voit. Enfin,
du reste, ce n'est pas la question, je me précipiterais

chez eux avec Basin, j'irais les voir même au milieu
de leurs sphinx et de leur cuivre si je les connaissais,
mais... je ne les connais pas! Moi, on m'a toujours
dit quand j'étais petite que ce n'était pas poli d'aller
chez les gens qu'on ne connaissait pas, dit-elle en
prenant un ton puéril. Alors, je fais ce qu'on m'a appris.
Voyez-vous ces braves gens s'ils voyaient entrer une
personne qu'ils ne connaissaient pas? Ils me rece-
vraient peut-être très mal! dit la princesse.

Et par coquetterie elle embellit le sourire que cette
supposition lui arrachait, en donnant à son regard bleu
fixé sur le général une expression rêveuse et douce.

— Ah! princesse, vous savez bien qu'ils ne se tien-
draient pas de joie...

— Mais non, pourquoi? lui demanda-t-elle avec une
extrême vivacité, soit pour ne pas avoir l'air de savoir
que c'est parce qu'elle était une des plus grandes dames de France, soit pour avoir le plaisir de l'entendre
dire au général. Pourquoi? Qu'en savez-vous? Cela
leur serait peut-être tout ce qu'il y a de plus désagréable. Moi je ne sais pas, mais si j'en juge par moi, cela
m'ennuie déjà tant de voir les personnes que je connais, je crois que s'il fallait voir des gens que je ne
connais pas, « même héroïques », je deviendrais folle.
D'ailleurs, voyons sauf lorsqu'il s'agit de vieux amis
comme vous qu'on connaît sans cela, je ne sais pas
si l'héroïsme serait d'un format très portatif dans le
monde. Ça m'ennuie déjà souvent de donner des
dîners mais s'il fallait offrir le bras à Spartacus pour
aller à table... Non vraiment, ce ne serait jamais à
Vercingétorix que je ferais signe comme quatorzième.
Je sens que je le réserverais pour les grandes soirées.
Et comme je n'en donne pas...

— Ah! princesse, vous n'êtes pas Guermantes pour
des prunes. Le possédez-vous assez, l'esprit des Guermantes!

— Mais on dit toujours l'esprit *des* Guermantes, je

n'ai jamais pu comprendre pourquoi. Vous en connaissez donc *d'autres* qui en aient, ajouta-t-elle dans
un éclat de rire écumant et joyeux, les traits de son
visage concentrés, accouplés dans le réseau de son animation, les yeux étincelants, enflammés d'un ensoleillement
radieux de gaieté que seuls avaient le pouvoir de faire
rayonner ainsi les propos, fussent-ils tenus par la princesse elle-même, qui étaient une louange de son esprit ou de sa beauté. Tenez voilà Swann qui a l'air de
saluer votre Cambremer ; là... il est à côté de la mère
Saint-Euverte, vous ne voyez pas ! Demandez-lui de
vous présenter. Mais dépêchez-vous, il cherche à s'en
aller !

— Avez-vous remarqué quelle affreuse mine il a,
dit le général.

— Mon petit Charles ! Ah ! enfin il vient, je com-
mençais à supposer qu'il ne voulait pas me voir !

Swann aimait beaucoup la princesse des Laumes,
puis sa vue lui rappelait Guermantes, terre voisine de
Combray, tout ce pays qu'il aimait tant et où il ne
retournait plus pour ne pas s'éloigner d'Odette. Usant
des formes mi-artistes, mi-galantes, par lesquelles il
savait plaire à la princesse et qu'il retrouvait tout
naturellement quand il se retrempait un instant dans
son ancien milieu, — et voulant d'autre part pour lui-
même exprimer la nostalgie qu'il avait de la campagne :

— « Ah ! dit-il à la cantonade, pour être entendu
à la fois de Mme de Saint-Euverte à qui il parlait et
de Mme des Laumes pour qui il parlait, voici la charmante princesse ! Voyez, elle est venue tout exprès de
Guermantes pour entendre le Saint-François d'Assise
de Lizt et elle n'a eu le temps comme une jolie mésange que d'aller piquer pour les mettre sur sa tête
quelques petits fruits de prunier des oiseaux et d'aubépine ; il y a même encore de petites gouttes de
rosée, un peu de la gelée blanche qui doit faire gémir
la duchesse. C'est très joli, ma chère princesse.

— Comment la princesse est venue exprès de Guermantes. Mais c'est trop. Je ne savais pas, je suis confuse, s'écrie naïvement Mᵐᵉ de Saint-Euverte qui était
peu habituée au tour d'esprit de Swann. Et examinant la coiffure de la princesse : Mais c'est vrai, cela
imite... comment dirais-je, pas les châtaignes, non,
oh ! c'est une idée ravissante, mais comment la princesse pouvait-elle connaître mon programme. Les musiciens ne me l'ont même pas communiqué à moi.

Swann habitué quand il était auprès d'une femme
avec qui il avait gardé des habitudes galantes de langage, de dire des choses délicates que beaucoup de
gens du monde ne comprenaient pas, ne daigna pas
expliquer à Mᵐᵉ de Saint-Euverte qu'il n'avait parlé
que par métaphore. Quant à la princesse, elle se mit
à rire aux éclats, parce que l'esprit de Swann était
extrêmement apprécié dans sa coterie et aussi parce
qu'elle ne pouvait entendre un compliment s'adressant à elle sans lui trouver les grâces les plus fines et
une irrésistible drôlerie.

— Hé bien, je suis ravie, Charles, si mes petits fruits
d'aubépine vous plaisent. Pourquoi est-ce que vous
saluez cette Cambremer, est-ce que vous êtes aussi
son voisin de campagne ?

Mᵐᵉ de Saint-Euverte voyant que la princesse avait
l'air content de causer avec Swann s'était éloignée.

— Mais vous l'êtes vous-même, princesse.

— Moi, mais ils ont donc des campagnes partout
ces gens ! Mais comme j'aimerais être à leur place !

— Ce ne sont pas les Cambremer, c'étaient ses parents à elle, elle est une demoiselle Legrandin qui
venait à Combray. Je ne sais pas si vous savez que
vous êtes comtesse de Combray et que le chapitre
vous doit une redevance.

— Je ne sais pas ce que me doit le chapitre mais
je sais que je suis tapée de cent francs tous les ans
par le curé, ce dont je me passerais. Enfin ces Cam-

bremer ont un nom bien étonnant. Il finit juste à
temps mais il finit mal ! dit-elle en riant.

— Il ne commence pas mieux, répondit Swann.

— En effet cette double abréviation !...

— C'est quelqu'un de très en colère et de très convenable qui n'a pas osé aller jusqu'au bout du premier mot.

— Mais puisque s'il ne devait pas pouvoir s'empêcher de commencer le second, il aurait mieux fait
d'achever le premier pour en finir une bonne fois.
Nous sommes en train de faire des plaisanteries d'un
goût charmant, mon petit Charles, mais comme c'est
ennuyeux de ne plus vous voir, ajouta-t-elle d'un ton
câlin, j'aime tant causer avec vous. Pensez que je n'aurais même pas pu faire comprendre à cet idiot de Froberville que le nom de Cambremer était étonnant.
Avouez que la vie est une chose affreuse. Il n'y a que
quand je vous vois que je cesse de m'ennuyer.

Et sans doute cela n'était pas vrai. Mais Swann et
la princesse avaient une même manière de juger les
petites choses qui avaient pour effet — à moins que ce
ne fût pour cause — une grande analogie dans la
façon de s'exprimer et jusque dans la prononciation.
Cette ressemblance ne frappait pas parce que rien
n'était plus différent que leurs deux voix. Mais si on
parvenait par la pensée à ôter aux propos de Swann la
sonorité qui les enveloppait, les moustaches d'entre
lesquelles ils sortaient, on se rendait compte que c'était
les mêmes phrases, les mêmes inflexions, le tour de
la coterie Guermantes. Pour les choses importantes,
Swann et la princesse n'avaient les mêmes idées sur
rien. Mais depuis que Swann était si triste, ressentant
toujours cette espèce de frisson qui précède le moment
où l'on va pleurer, il avait le même besoin de parler
du chagrin qu'un assassin a de parler de son crime.
En entendant la princesse lui dire que la vie était

une chose affreuse, il éprouva la même douceur que
si elle lui avait parlé d'Odette.

— Oh oui, la vie est une chose affreuse. Il faut que
nous nous voyions, ma chère amie. Ce qu'il y a de
gentil avec vous, c'est que vous n'êtes pas gaie. On
pourrait passer une soirée ensemble.

— Mais je crois bien, pourquoi ne viendriez-vous
pas à Guermantes, ma belle-mère serait folle de joie.
Cela passe pour très laid, mais je vous dirai que ce
pays ne me déplaît pas, j'ai horreur des pays « pitto-
resques ».

— Je crois bien, c'est admirable, répondit Swann,
c'est presque trop beau, trop vivant pour moi, en ce
moment ; c'est un pays pour être heureux. C'est peut-
être parce que j'y ai vécu mais les choses m'y parlent
tellement. Dès qu'il se lève un souffle d'air, que les
blés commencent à remuer, il me semble qu'il y a
quelqu'un qui va arriver, que je vais recevoir une nouvelle ; et ces petites maisons au bord de l'eau... je serais bien malheureux !

— Oh mon petit Charles, prenez garde, voilà l'affreuse Rampillon qui m'a vue, cachez-moi, rappelez-
moi donc ce qui lui est arrivé, je confonds, elle a
marié sa fille ou son amant, je ne sais plus ; peut-être
les deux... et ensemble !... Ah non, je me rappelle,
elle a été répudiée par son prince... ayez l'air de me
parler pour que cette Bérénice ne vienne pas m'inviter à dîner. Du reste, je me sauve. Ecoutez mon petit
Charles, pour une fois que je vous vois, vous ne voulez pas vous laisser enlever et que je vous emmène
chez la princesse de Parme qui serait tellement contente, et Basin aussi qui doit m'y rejoindre. Si on
n'avait pas de vos nouvelles par Mémé... Pensez que je
ne vous vois plus jamais !

Swann refusa ; ayant prévenu M. de Charlus qu'en
quittant de chez Mme de Saint-Euverte il rentrerait
directement chez lui, il ne se souciait pas en allant chez

la princesse de Parme de risquer de manquer un mot qu'il avait tout le temps espéré se voir remettre par un domestique pendant la soirée, et que peut-être il allait trouver chez son concierge. « Ce pauvre Swann, dit ce soir-là Mᵐᵉ des Laumes à son mari, il est toujours gentil, mais il a l'air bien malheureux. Vous le verrez, car il a promis de venir dîner un de ces jours. Je trouve ridicule au fond qu'un homme de son intelligence souffre pour une personne de ce genre et qui n'est même pas intéressante, car on la dit idiote », ajoute-t-elle avec la sagesse des gens non amoureux qui trouvent qu'un homme d'esprit ne devrait être malheureux que pour une personne qui en valût la peine ; c'est à peu près comme s'étonner qu'on daigne souffrir du choléra par le fait d'un être aussi petit que le bacille virgule.

Swann voulait partir, mais au moment où il allait enfin s'échapper, le général de Froberville lui demanda à connaître Mᵐᵉ de Cambremer et il fut obligé de rentrer avec lui dans le salon pour la chercher.

— Dites donc, Swann, j'aimerais mieux être le mari de cette femme-là que d'être massacré par les sauvages, qu'en dites-vous ?

Ces mots « massacré par les sauvages » percèrent douloureusement le cœur de Swann ; aussitôt il éprouva le besoin de continuer la conversation avec le général :

— « Ah ! lui dit-il, il y a eu de bien belles vies qui ont fini de cette façon... Ainsi vous savez... ce navigateur dont Dumont d'Urville ramena les cendres, Lapérouse... (et Swann était déjà heureux comme s'il avait parlé d'Odette). C'est un beau caractère et qui m'intéresse beaucoup que celui de Lapérouse, ajouta-t-il d'un air mélancolique. »

— Ah ! parfaitement, Lapérouse, dit le général. C'est un nom connu. Il a sa rue.

— Vous connaissez quelqu'un rue Lapérouse ? demanda Swann d'un air agité.

— Je ne connais que Mme de Chanlivault, la sœur
de ce brave Chaussepierre. Elle nous a donné une
jolie soirée de comédie l'autre jour. C'est un salon qui
sera un jour très élégant, vous verrez!

— Ah! elle demeure rue Lapérouse. C'est sympathique, c'est une si jolie rue, si triste.

— Mais non; c'est que vous n'y êtes pas allés depuis quelque temps; ce n'est plus triste, cela commence
à se construire, tout ce quartier-là.

Quand enfin Swann présenta à M. de Froberville la
jeune Mme de Cambremer, comme c'était la première
fois qu'elle entendait le nom du général, elle esquissa
le sourire de joie et de surprise qu'elle aurait eu si on
n'en avait jamais prononcé devant elle d'autre que
celui-là, car ne connaissant pas les amis de sa nouvelle
famille, à chaque personnne qu'on lui amenait, elle
croyait que c'était l'un d'eux, et pensant qu'elle faisait
preuve de tact en ayant l'air d'en avoir tant entendu
parler depuis qu'elle était mariée, elle tendait la main
d'un air hésitant destiné à prouver la réserve apprise qu'elle avait à vaincre et la sympathie spontanée qui réussissait à en triompher. Aussi ses beaux-
parents, qu'elle croyait encore les gens les plus brillants de France, déclaraient-ils qu'elle était un ange;
d'autant plus qu'ils préféraient paraître, en la faisant
épouser à leur fils, avoir cédé à l'attrait plutôt de ses
qualités que de sa grande fortune.

— On voit que vous êtes musicienne dans l'âme,
madame, lui dit le général en faisant inconsciemment
allusion à l'incident de la bobèche.

Mais le concert recommença et Swann comprit qu'il
ne pourrait pas s'en aller avant la fin de ce nouveau
numéro du programme. Il souffrait de rester enfermé
au milieu de ces gens dont la bêtise et les ridicules le
frappaient d'autant plus douloureusement qu'ignorant
son amour, incapables, s'ils l'avaient connu, de s'y intéresser et de faire autre chose que d'en sourire comme

d'un enfantillage ou de déplorer comme une folie, ils
le lui faisaient apparaître sous l'aspect d'un état subjectif qui n'existait que pour lui, dont rien d'extérieur
ne lui affirmait la réalité ; il souffrait surtout, et au
point que même le son des instruments lui donnait
envie de crier, de prolonger son exil dans ce lieu où
Odette ne viendrait jamais, où personne, où rien ne
la connaissait, d'où elle était entièrement absente.

Mais tout à coup ce fut comme si elle était entrée,
et cette apparition lui fut une si déchirante souffrance
qu'il dut porter la main à son cœur. C'est que le violon était monté à des notes hautes où il restait comme
pour une attente, une attente qui se prolongeait sans
qu'il cessât de les tenir, dans l'exaltation où il était
d'apercevoir déjà l'objet de son attente qui s'approchait,
et avec un effort désespéré pour tâcher de durer jusqu'à
son arrivée, de l'accueillir avant d'expirer, de lui
maintenir encore un moment de toutes ses dernières
forces le chemin ouvert pour qu'il pût passer, comme
on soutient une porte qui sans cela retomberait. Et
avant que Swann eût eu le temps de comprendre, et de
se dire : « C'est la petite phrase de la sonate de Vinteuil,
n'écoutons pas ! » tous ses souvenirs du temps où
Odette était éprise de lui, et qu'il avait réussi jusqu'à
ce jour à maintenir invisibles dans les profondeurs de
son être, trompés par ce brusque rayon du temps d'a-
mour qu'ils crurent revenus, s'étaient réveillés, et à
tire d'aile, étaient remontés lui chanter éperdument,
sans pitié pour son infortune présente, les refrains ou-
bliés du bonheur.

Au lieu des expressions abstraites « temps où j'é-
tais heureux », « temps où j'étais aimé », qu'il avait
souvent prononcées jusque-là et sans trop souffrir, car
son intelligence n'y avait enfermé du passé que de
prétendus extraits qui n'en conservaient rien, il retrouva tout ce qui de ce bonheur perdu avait fixé à
jamais la spécifique et volatile essence ; il revit tout,

les pétales neigeux et frisés du chrysanthème qu'elle
lui avait jeté dans sa voiture, qu'il avait gardé contre
ses lèvres — l'adresse en relief de la « Maison Dorée »
sur la lettre où il avait lu : « Ma main tremble si fort en
vous écrivant », — le rapprochement de ses sourcils
quand elle lui avait dit d'un air suppliant : « Ce n'est
pas dans trop longtemps que vous me ferez signe ? », il
sentit l'odeur du fer du coiffeur par lequel il se faisait relever sa « brosse » pendant que Lorédan allait
chercher la petite ouvrière, les pluies d'orage qui tom-
bèrent si souvent ce printemps-là, le retour glacial
dans sa victoria, au clair de lune, toutes les mailles
d'habitudes mentales, d'impressions saisonnières, de
réactions cutanées, qui avaient étendu sur une suite de
semaines un réseau uniforme dans lequel son corps se
trouvait repris. A ce moment-là, il satisfaisait une
curiosité voluptueuse en connaissant les plaisirs des
gens qui vivent par l'amour. Il avait cru qu'il pourrait
s'en tenir là, qu'il ne serait pas obligé d'en apprendre
les douleurs ; comme maintenant le charme d'Odette lui
était peu de chose auprès de cette formidable terreur
qui le prolongeait comme un trouble halo, cette immense angoisse de ne pas savoir à tous moments ce
qu'elle avait fait, de ne pas la posséder partout et toujours ! Hélas, il se rappela l'accent dont elle s'était
écriée : « Mais je pourrai toujours vous voir, je suis
toujours libre ! » elle qui ne l'était plus jamais ! l'intérêt, la curiosité qu'elle avait eue pour sa vie à lui, le
désir passionné qu'il lui fît la faveur, — redoutée au contraire par lui en ce temps-là comme une cause d'ennuyeux dérangements — de l'y laisser pénétrer ;
comme elle avait été obligée de le prier pour qu'il se
laissât mener chez les Verdurin ; et, quand il la faisait venir chez lui une fois par mois, comme il avait
fallu, avant qu'il se laissât fléchir, qu'elle lui répétât
le délice que serait cette habitude de se voir tous les
jours dont elle rêvait alors qu'elle ne semblait à lui

qu'un fastidieux tracas, puis qu'elle avait prise en
dégoût et définitivement rompue, pendant qu'elle
était devenue pour lui un si invincible et si douloureux besoin. Il ne savait pas dire si vrai quand, à la
troisième fois qu'il l'avait vue, comme elle lui répétait : « Mais pourquoi ne me laissez-vous pas venir
plus souvent », il lui avait dit en riant, avec galanterie : « par peur de souffrir ». Maintenant hélas il
arrivait encore parfois qu'elle lui écrivît d'un restaurant ou d'un hôtel sur du papier qui en portait le
nom imprimé ; mais c'était comme des lettres de feu
qui le brûlaient. « C'est écrit de l'hôtel Vouillemont ?
Qu'y peut-elle être allée faire, avec qui ? que s'y est-il
passé ? » Il se rappela les becs de gaz qu'on éteignait
boulevard des Italiens quand il l'avait rencontrée contre tout espoir parmi les ombres errantes dans cette
nuit qui lui avait semblé presque surnaturelle et qui
en effet — nuit d'un temps où il n'avait même pas
à se demander s'il ne la contrarierait pas en la cherchant, en la retrouvant, tant il était sûr qu'elle n'avait
pas de plus grande joie que de le voir et de rentrer
avec lui, — appartenait bien à un monde mystérieux
où on ne peut jamais revenir quand les portes s'en
sont refermées. Et Swann aperçut, immobile en face
de ce bonheur revécu, un malheureux qui lui fit pitié
parce qu'il ne le reconnut pas tout de suite, si bien
qu'il dut baisser les yeux pour qu'on ne vît pas qu'ils
étaient pleins de larmes. C'était lui-même.

Quand il l'eut compris, sa pitié cessa, mais il fut
jaloux de l'autre lui-même qu'elle avait aimé, il fut
jaloux de ceux dont il s'était dit souvent sans trop
souffrir, « elle les aime peut-être », maintenant qu'il
avait échangé l'idée vague d'aimer, dans laquelle il n'y
a pas d'amour, contre les pétales du chrysanthème et
l' « entête » de la Maison d'Or qui, eux, en étaient
pleins. Puis sa souffrance devenant trop vive, il passa
sa main sur son front, laissa tomber son monocle, en

essuya le verre. Et sans doute s'il s'était vu à ce moment-là, il eût ajouté à la collection de ceux qu'il avait
distingués le monocle qu'il déplaçait comme une pensée importune et sur la face embuée duquel, avec un
mouchoir, il cherchait à effacer des soucis.

Il y a dans le violon, — si ne voyant pas l'instrument,
on ne peut pas rapporter ce qu'on entend à son image
laquelle modifie la sonorité —, des accents qui lui sont
si communs avec certaines voix de contralto, qu'on a
l'illusion qu'une chanteuse s'est ajoutée au concert. On
lève les yeux, on ne voit que les étuis, précieux comme
des boîtes chinoises, mais, par moment, on est encore trompé par l'appel décevant de la sirène ; parfois
aussi on croit entendre un génie captif qui se débat
au fond de la docte boîte, ensorcelée et frémissante,
comme un diable dans un bénitier ; parfois enfin, c'est,
dans l'air, comme un être surnaturel et pur qui passe
en déroulant son message invisible.

Comme si les instrumentistes, beaucoup moins
jouaient la petite phrase, qu'ils n'exécutaient les rites
exigés d'elle pour qu'elle apparût, et procédaient aux
incantations nécessaires pour obtenir et prolonger
quelques instants le prodige de son évocation, Swann,
qui ne pouvait pas plus la voir que si elle avait appar-
tenu à un monde ultra-violet et qui goûtait comme le
rafraîchissement d'une métamorphose dans la cécité
momentanée dont il était frappé en approchant d'elle,
Swann la sentait présente, comme une déesse protec-
trice et confidente de son amour, et qui pour pouvoir
arriver jusqu'à lui devant la foule et l'emmener à
l'écart pour lui parler, avait revêtu le déguisement
de cette apparence sonore. Et tandis qu'elle passait,
légère, apaisante et murmurée comme un parfum, lui
disant ce qu'elle avait à lui dire et dont il scrutait
tous les mots, regrettant de les voir s'envoler si vite,
il faisait involontairement avec ses lèvres le mouvement de baiser au passage le corps harmonieux et

fuyant. Il ne se sentait plus exilé et seul puisque, elle,
qui s'adressait à lui, lui parlait à mi-voix d'Odette.
Car il n'avait plus comme autrefois l'impression
qu'Odette et lui n'étaient pas connus de la petite
phrase. C'est que si souvent elle avait été témoin de
leurs joies ! Il est vrai que souvent aussi elle l'avait
averti de leur fragilité. Et même, alors que dans ce
temps-là il devinait de la souffrance dans son sourire,
dans son intonation limpide et désenchantée, aujour-
d'hui il y trouvait plutôt la grâce d'une résignation
presque gaie. De ces chagrins dont elle lui parlait autrefois et qu'il la voyait, sans qu'il fût atteint par eux,
entraîner en souriant dans son cour sinueux et rapide,
de ces chagrins qui maintenant étaient devenus les
siens sans qu'il eût l'espérance d'en être jamais délivré, elle semblait lui dire comme jadis de son bonheur : « Qu'est-ce cela, tout cela n'est rien. » Et la pensée de Swann se porta pour la première fois dans un
élan de pitié et de tendresse vers ce Vinteuil, vers ce
frère inconnu et sublime qui lui aussi avait dû tant
souffrir ; qu'avait pu être sa vie ? au fond de quelles
douleurs avait-il puisé cette force de dieu, cette puissance illimitée de créer ? Quand c'était la petite
phrase qui lui parlait de la vanité de ses souffrances,
Swann trouvait de la douceur à cette même sagesse
qui tout à l'heure pourtant lui avait paru intolérable
quand il croyait la lire dans les visages des indifférents qui considéraient son amour comme une divagation sans importance. C'est que la petite phrase
au contraire, quelque opinion qu'elle pût avoir sur la
brève durée de ces états de l'âme, y voyait quelque chose, non pas comme faisaient tous ces gens,
de moins sérieux que la vie positive, mais au contraire
de si supérieur à elle que seul il valait la peine d'être
exprimé. Ces charmes d'une tristesse intime, c'était
eux qu'elle essayait d'imiter, de recréer, et jusqu'à
leur essence qui est pourtant d'être incommunicables

et de sembler frivoles à tout autre qu'à celui qui les
éprouve, la petite phrase l'avait captée, rendue visible.
Si bien qu'elle faisait confesser leur prix et goûter
leur douceur divine, par tous ces mêmes assistants
— si seulement ils étaient un peu musiciens — qui
ensuite les méconnaîtraient dans la vie, en chaque
amour particulier qu'ils verraient naître près d'eux.
Sans doute la forme sous laquelle elle les avait codi-
fiés ne pouvait pas se résoudre en raisonnements. Mais
depuis plus d'une année que lui révélant à lui-même
bien des richesses de son âme, l'amour de la musique
était pour quelque temps au moins né en lui, Swann
tenait les motifs musicaux pour de véritables idées,
d'un autre monde, d'un autre ordre, idées voilées de
ténèbres, inconnues, impénétrables à l'intelligence,
mais qui n'en sont pas moins parfaitement distinctes
les unes des autres, inégales entre elles de valeur et de
signification. Quand après la soirée Verdurin, se faisant rejouer la petite phrase, il avait cherché à démê-
ler comment à la façon d'un parfum, d'une caresse,
elle le circonvenait, elle l'enveloppait, il s'était rendu
compte que c'était au faible écart entre les cinq notes
qui la composaient et au rappel constant de deux d'entre elles qu'était due cette impression de douceur ré-
tractée et frileuse, mais en réalité il savait qu'il rai-
sonnait ainsi non sur la phrase elle-même mais sur
de simples valeurs, substituées pour la commodité
de son intelligence à la mystérieuse entité qu'il avait
perçue, avant de connaître les Verdurin, à cette soirée où il avait entendu pour la première fois la sonate.
Il savait que le souvenir même du piano faussait encore
le plan dans lequel il voyait les choses de la musique,
que le champ ouvert au musicien n'est pas un clavier mesquin de sept notes, mais un clavier incom-
mensurable, encore presque tout entier inconnu, où
seulement çà et là, séparées par d'épaisses ténèbres
inexplorées, quelques-unes des millions de touches de

tendresse, de passion, de courage, de sérénité, qui le composent, chacune aussi différente des autres qu'un univers d'un autre univers, ont été découvertes par quelques grands artistes qui nous rendent le service, en éveillant en nous le correspondant du thème qu'ils ont trouvé, de nous montrer quelle richesse, quelle variété, cache à notre insu cette grande nuit impénétrée et décourageante de notre âme que nous prenons pour du vide et pour du néant. Vinteuil avait été l'un de ces musiciens. En sa petite phrase quoiqu'elle présentât à la raison une surface obscure, on sentait un contenu si consistant, si explicite, auquel elle donnait une force si nouvelle, si originale, que ceux qui l'avaient entendue la conservaient en eux de plain-pied avec les idées de l'intelligence. Swann s'y reportait comme à une conception de l'amour et du bonheur dont immédiatement il savait aussi bien en quoi elle était particulière, qu'il le savait pour la « Princesse de Clèves », ou pour « René », quand leur nom se présentait à sa mémoire. Même quand il ne pensait pas à la petite phrase, elle existait latente dans son esprit au même titre que certaines autres notions sans équivalent, comme les notions de la lumière, du son, du relief, de la volupté physique, qui sont les riches possessions dont se diversifie et se pare notre domaine intérieur. Peut-être les perdrons-nous, peut-être s'effaceront-elles, si nous retournons au néant. Mais tant que nous vivons nous ne pouvons pas plus faire que nous ne les ayons connues que nous ne le pouvons pour quelque objet réel, que nous ne pouvons par exemple douter de la lumière de la lampe qu'on allume devant les objets métamorphosés de notre chambre d'où s'est échappé jusqu'au souvenir de l'obscurité. Par là la phrase de Vinteuil avait, comme tel thème de Tristan par exemple, qui nous représente aussi une certaine acquisition sentimentale, épousé notre condition mortelle, pris quelque chose d'hu-

main qui était assez touchant. Son sort était lié à
l'avenir, à la réalité de notre âme dont elle était un
des ornements les plus particuliers, les mieux dif-
férenciés. Peut-être est-ce le néant qui est le vrai et
tout notre rêve est-il inexistant, mais alors nous sentons qu'il faudra que ces phrases musicales, ces notions qui existent par rapport à lui, ne soient rien non
plus. Nous périrons mais nous avons pour otages ces
captives divines qui suivront notre chance. Et la mort
avec elles a quelque chose de moins amer, de moins
inglorieux, peut-être de moins probable.

Swann n'avait donc pas tort de croire que la phrase
de la sonate existât réellement. Certes, humaine à ce
point de vue, elle appartenait pourtant à un ordre de
créatures surnaturelles et que nous n'avons jamais
vues, mais que malgré cela pourtant nous reconnais-
sons avec ravissement quand quelque explorateur de
l'invisible arrive à en capter une, à l'amener du monde
divin où il a accès, briller quelques instants au-dessus
du nôtre. C'est ce que Vinteuil avait fait pour la petite
phrase. Swann sentait que le compositeur s'était contenté, avec ses instruments de musique, de la dévoiler,
de la rendre visible, d'en suivre et d'en respecter le
dessin d'une main si tendre, si prudente, si délicate et
si sûre que le son s'altérait à tout moment, s'estom-
pant pour indiquer une ombre, revivifié quand il lui
fallait suivre à la piste un plus hardi contour. Et une
preuve que Swann ne se trompait pas quand il croyait
à l'existence réelle de cette phrase, c'est que tout amateur un peu fin se fût tout de suite aperçu de l'im-
posture si Vinteuil ayant eu moins de puissance pour
en voir et en rendre les formes, avait cherché à dissimuler, en ajoutant çà et là des traits de son cru, les
lacunes de sa vision ou les défaillances de sa main.

Elle avait disparu. Swann savait qu'elle reparaîtrait
à la fin du dernier mouvement, après tout un long
morceau que le pianiste de Mme Verdurin sautait tou-

jours. Il y avait là d'admirables idées que Swann
n'avait pas distinguées à la première audition et qu'il
percevait maintenant, comme si elles se fussent, dans
le vestiaire de sa mémoire, débarrassées du déguisement uniforme de la nouveauté. Swann écoutait tous
les thèmes épars qui entreraient dans la composition
de la phrase, comme les prémisses dans la conclu-
sion nécessaire, il assistait à sa genèse. « O audace
aussi géniale peut-être, se disait-il, que celle d'un
Lavoisier, d'un Ampère, l'audace d'un Vinteuil expérimentant, découvrant les lois secrètes d'une force
inconnue, menant à travers l'inexploré, vers le seul
but possible, l'attelage invisible auquel il se fie et qu'il
n'apercevra jamais. » Le beau dialogue que Swann entendit entre le piano et le violon au commencement
du dernier morceau ! La suppression des mots humains,
loin d'y laisser régner la fantaisie, comme on aurait
pu croire, l'en avait éliminée ; jamais le langage parlé
ne fut si inflexiblement nécessité, ne connut à ce
point la pertinence des questions, l'évidence des réponses. D'abord le piano solitaire se plaignit, comme un
oiseau abandonné de sa compagne ; le violon l'entendit, lui répondit comme d'un arbre voisin. C'était comme
au commencement du monde, comme s'il n'y avait
encore eu qu'eux deux sur la terre, ou plutôt dans
ce monde fermé à tout le reste, construit par la logique d'un créateur et où ils ne seraient jamais que tous
les deux : cette sonate. Est-ce un oiseau, est-ce l'âme
incomplète encore de la petite phrase, est-ce une fée,
cet être invisible et gémissant dont le piano ensuite
redisait tendrement la plainte. Ses cris étaient si sou-
dains que le violoniste devait se précipiter sur son
archet pour les recueillir. Merveilleux oiseau ! le violoniste semblait vouloir le charmer, l'apprivoiser,
le capter. Déjà il avait passé dans son âme, déjà la
petite phrase évoquée agitait comme celui d'un mé-
dium le corps vraiment possédé du violoniste. Swann

savait qu'elle allait parler une fois encore. Et il s'était
si bien dédoublé que l'attente de l'instant imminent où
il allait se retrouver en face d'elle le secoua d'un de ces
sanglots qu'un beau vers ou une triste nouvelle pro-
voquent en nous, non pas quand nous sommes seuls,
mais si nous les apprenons à des amis en qui nous nous
apercevons comme un autre dont l'émotion probable
les attendrit. Elle reparut, mais cette fois pour se
suspendre dans l'air et se jouer un instant seulement,
comme immobile, et pour expirer après. Aussi Swann
ne perdait-il rien du temps si court où elle se pro-
rogeait. Elle était encore là comme une bulle irisée
qui se soutient. Tel un arc-en-ciel, dont l'éclat faiblit,
s'abaisse, puis se relève et avant de s'éteindre, s'exalte
un moment comme il n'avait pas encore fait : aux
deux couleurs qu'elle avait jusque-là laissé paraître,
elle ajouta d'autres cordes diaprées, toutes celles du
prisme, et les fit chanter. Swann n'osait pas bouger
et aurait voulu faire tenir tranquilles aussi les autres
personnes, comme si le moindre mouvement avait pu
compromettre le prestige surnaturel, délicieux et fragile qui était si près de s'évanouir. Personne à dire
vrai ne songeait à parler. La parole ineffable d'un
seul absent, peut-être d'un mort (Swann ne savait
pas si Vinteuil vivait encore) s'exhalant au-dessus
des rites de ces officiants, suffisait à tenir en échec
l'attention de trois cents personnes, et faisait de cette
estrade où une âme était ainsi évoquée un des plus
nobles autels où puisse s'accomplir une cérémonie
surnaturelle. De sorte que quand la phrase se fut
enfin défaite flottant en lambeaux dans les motifs suivants qui déjà avaient pris sa place, si Swann au
premier instant fut irrité de voir la comtesse de Mon-
teriender, célèbre par ses naïvetés, se pencher vers lui
pour lui confier ses impressions avant même que la
sonate fût finie, il ne put s'empêcher de sourire, et
peut-être de trouver aussi un sens profond qu'elle n'y

voyait pas, dans les mots dont elle se servit. Emerveil-
lée par la virtuosité des exécutants, la comtesse s'écria
en s'adressant à Swann : « C'est prodigieux, je n'ai
jamais rien vu d'aussi fort... » Mais un scrupule
d'exactitude lui faisant corriger cette première assertion, elle ajouta cette réserve : « rien d'aussi fort...
depuis les tables tournantes ! »

A partir de cette soirée, Swann comprit que le sentiment qu'Odette avait eu pour lui ne renaîtrait jamais, que ses espérances de bonheur ne se réaliseraient
plus. Et les jours où par hasard elle avait encore été
gentille et tendre avec lui, si elle avait eu quelque attention, il notait ces signes apparents et menteurs d'un
léger retour vers lui, avec cette sollicitude attendrie et
sceptique, cette joie désespérée de ceux qui, soignant un
ami arrivé aux derniers jours d'une maladie incurable,
relatent comme des faits précieux « hier, il a fait ses
comptes lui-même et c'est lui qui a relevé une erreur
d'addition que nous avions faite, il a mangé un œuf
avec plaisir, s'il le digère bien on essaiera demain
d'une côtelette » quoiqu'ils les sachent dénués de signification à la veille d'une mort inévitable. Sans doute
Swann était certain que s'il avait vécu maintenant loin
d'Odette, elle aurait fini par lui devenir indifférente,
de sorte qu'il aurait été content qu'elle quittât Paris
pour toujours ; il aurait eu le courage de rester ; mais
il n'avait pas celui de partir.

Il en avait eu souvent la pensée. Maintenant qu'il
s'était remis à son étude sur Ver Meer il aurait eu besoin de retourner au moins quelques jours à la Haye,
à Dresde, à Brunswick. Il était persuadé qu'une
« Toilette de Diane » qui avait été achetée par le
Mauritshuis à la vente Goldschmidt comme un Nico-
las Maes était en réalité de Ver Meer. Et il aurait
voulu pouvoir étudier le tableau sur place pour étayer
sa conviction. Mais quitter Paris pendant qu'Odette
y était et même quand elle était absente — car dans

28

des lieux nouveaux où les sensations ne sont pas
amorties par l'habitude, on retrempe, on ranime une
douleur — c'était pour lui un projet si cruel, qu'il ne
se sentait capable d'y penser sans cesse que parce
qu'il se savait résolu à ne l'exécuter jamais. Mais il
arrivait qu'en dormant, l'intention du voyage renaissait en lui, — sans qu'il se rappelât que ce voyage
était impossible — et elle s'y réalisait. Un jour il rêva
qu'il partait pour un an ; penché à la portière du wagon
vers un jeune homme qui sur le quai lui disait adieu
en pleurant, Swann cherchait à le convaincre de partir avec lui. Le train s'ébranlant, l'anxiété le réveilla,
il se rappela qu'il ne partait pas, qu'il verrait Odette
ce soir-là, le lendemain et presque chaque jour. Alors
encore tout ému de son rêve, il bénit les circonstances
particulières qui le rendaient indépendant, grâce auxquelles il pouvait rester près d'Odette, et aussi réussir
à ce qu'elle lui permît de la voir quelquefois ; et, réca-
pitulant tous ces avantages : sa situation, — sa fortune,
dont elle avait souvent trop besoin pour ne pas reculer
devant une rupture (ayant même, disait-on, une arrière-
pensée de se faire épouser par lui), — cette amitié de
M. de Charlus qui à vrai dire ne lui avait jamais fait
obtenir grand'chose d'Odette, mais lui donnait la douceur de sentir qu'elle entendait parler de lui d'une
manière flatteuse par cet ami commun pour qui elle
avait une si grande estime, — et jusqu'à son intelligence enfin, qu'il employait tout entière à combiner
chaque jour une intrigue nouvelle qui rendît sa présence sinon agréable, du moins nécessaire à Odette,
— il songea à ce qu'il serait devenu si tout cela lui
avait manqué, il songea que s'il avait été, comme tant
d'autres, pauvre, humble, dénué, obligé d'accepter
toute besogne, ou lié à des parents, à une épouse, il
aurait pu être obligé de quitter Odette, que ce rêve
dont l'effroi était encore si proche aurait pu être vrai,
et il se dit : « On ne connaît pas son bonheur. On

n'est jamais aussi malheureux qu'on croit. » Mais il compta que cette existence durait déjà depuis plusieurs années, que tout ce qu'il pouvait espérer c'est qu'elle durât toujours, qu'il sacrifierait ses travaux, ses plaisirs, ses amis, finalement toute sa vie à l'attente quotidienne d'un rendez-vous qui ne pouvait rien lui apporter d'heureux, et il se demanda s'il ne se trompait pas, si ce qui avait favorisé sa liaison et en avait empêché la rupture, n'avait pas desservi sa destinée, si l'événement désirable, ce n'aurait pas été celui dont il se réjouissait tant qu'il n'eût eu lieu qu'en rêve : son départ ; il se dit qu'on ne connaît pas son malheur, qu'on n'est jamais si heureux qu'on croit.

Quelquefois il espérait qu'elle mourrait sans souffrances dans un accident, elle qui était dehors, dans les rues, sur les routes, du matin au soir. Et comme elle revenait saine et sauve, il admirait que le corps humain fût si souple et si fort, qu'il pût continuellement tenir en échec, déjouer tous les périls qui l'environnent (et que Swann trouvait innombrables depuis que son secret désir les avait supputés), et permît ainsi aux êtres de se livrer chaque jour et à peu près impunément à leur œuvre de mensonge, à la poursuite du plaisir. Et Swann sentait bien près de son cœur ce Mahomet II dont il aimait le portrait par Bellini et qui, ayant senti qu'il était devenu amoureux fou d'une de ses femmes la poignarda afin, dit naïvement son biographe vénitien, de retrouver sa liberté d'esprit. Puis il s'indignait de ne penser aussi qu'à soi, et les souffrances qu'il avait éprouvées lui semblaient ne mériter aucune pitié puisque lui-même faisait si bon marché de la vie d'Odette.

Ne pouvant se séparer d'elle sans retour, du moins, s'il l'avait vue sans séparations, sa douleur aurait fini par s'apaiser et peut-être son amour par s'éteindre. Et du moment qu'elle ne voulait pas quitter Paris à jamais, il eût souhaité qu'elle ne le quittât jamais.

Du moins comme il savait que la seule grande absence qu'elle faisait était tous les ans celle d'août et septembre, il avait le loisir plusieurs mois d'avance d'en dissoudre l'idée amère dans tout le Temps à venir qu'il portait en lui par anticipation et qui, composé de jours homogènes aux jours actuels, circulait transparent et froid en son esprit où il entretenait la tristesse, mais sans lui causer de trop vives souffrances. Mais cet avenir intérieur, ce fleuve, incolore et libre, voici qu'une seule parole d'Odette venait l'atteindre jusqu'en Swann et, comme un morceau de glace, l'immobilisait, durcissait sa fluidité, le faisait geler tout entier; et Swann s'était senti soudain rempli d'une masse énorme et infrangible qui pesait sur les parois intérieures de son être jusqu'à le faire éclater : c'est qu'Odette lui avait dit, avec un regard souriant et sournois qui l'observait : « Forcheville va faire un beau voyage, à la Pentecôte. Il va en Égypte », et Swann avait aussitôt compris que cela signifiait : « Je vais aller en Égypte à la Pentecôte avec Forcheville. » Et en effet, si quelques jours après Swann lui disait : « Voyons, à propos de ce voyage que tu m'as dit que tu ferais avec Forcheville », elle répondait étourdiment : « Oui, mon petit, nous partons le 19, on t'enverra une vue des Pyramides. » Alors il voulait apprendre si elle était la maîtresse de Forcheville, le lui demander à elle-même. Il savait que, superstitieuse comme elle était, il y avait certains parjures qu'elle ne ferait pas et puis la crainte, qui l'avait retenu jusqu'ici, d'irriter Odette en l'interrogeant, de se faire détester d'elle, n'existait plus maintenant qu'il avait perdu tout espoir d'en être jamais aimé.

Un jour il reçut une lettre anonyme, qui lui disait qu'Odette avait été la maîtresse d'innombrables hommes (dont on lui citait quelques-uns parmi lesquels Forcheville, M. de Bréauté et le peintre), de femmes, et qu'elle fréquentait les maisons de passe. Il fut

tourmenté de penser qu'il y avait parmi ses amis un
être capable de lui avoir adressé cette lettre, (car par
certains détails elle révélait chez celui qui l'avait écrite
une connaissance familière de la vie de Swann). Il
chercha qui cela pouvait être. Mais il n'avait jamais
eu aucun soupçon des actions inconnues des êtres, de
celles qui sont sans liens visibles avec leurs propos.
Et quand il voulut savoir si c'était plutôt sous le
caractère apparent de M. de Charlus, de M. des Laumes, de M. d'Orsan, qu'il devait situer la région inconnue où cet acte ignoble avait dû naître, comme
aucun de ces gens n'avait jamais approuvé devant lui
les lettres anonymes et que tout ce qu'ils lui avaient
dit impliquait qu'ils les réprouvaient, il ne vit pas
plus de raisons pour relier cette infamie plutôt à la
nature de l'un que de l'autre. Celle de M. de Charlus était un peu d'un détraqué mais foncièrement
bonne et tendre, celle de M. des Laumes un peu
sèche mais saine et droite. Quant à M. d'Orsan,
Swann, n'avait jamais rencontré personne qui dans
les circonstances même les plus tristes vînt à lui avec
une parole plus sentie, un geste plus discret et plus
juste. C'était au point qu'il pouvait comprendre le
rôle peu délicat qu'on prêtait à M. d'Orsan dans la
liaison qu'il avait avec une femme riche, et que chaque fois que Swann pensait à lui il était obligé de
laisser de côté cette mauvaise réputation inconciliable avec tant de témoignages certains de délicatesse.
Un instant Swann sentit que son esprit s'obscurcis-
sait et il pensa à autre chose pour retrouver un peu
de lumière. Puis il eut le courage de revenir vers ces
réflexions. Mais alors après n'avoir pu soupçonner personne, il lui fallut soupçonner tout le monde. Après
tout M. de Charlus l'aimait, avait bon cœur. Mais
c'était un névropathe, peut-être demain pleurerait-il
de le savoir malade, et aujourd'hui par jalousie, par
colère, par quelque idée subite qui s'était emparée

de lui, avait-il désiré lui faire du mal. Au fond, cette
race d'hommes est la pire de toutes. Certes, le prince
des Laumes était bien loin d'aimer Swann autant que
M. de Charlus. Mais à cause de cela même il n'avait
pas avec lui les mêmes susceptibilités ; et puis c'était
une nature froide sans doute, mais aussi incapable de
vilenies que de grandes actions. Swann se repentait
de ne s'être pas attaché dans la vie qu'à de tels êtres.
Puis il songeait que ce qui empêche les hommes de
faire du mal à leur prochain, c'est la bonté, qu'il ne
pouvait au fond répondre que de natures analogues
à la sienne, comme était, à l'égard du cœur, celle de
M. de Charlus. La seule pensée de faire cette peine
à Swann eût révolté celui-ci. Mais avec un homme
insensible, d'une autre humanité, comme était le prince
des Laumes, comment prévoir à quels actes pouvaient
le conduire des mobiles d'une essence différente. Avoir
du cœur c'est tout, et M. de Charlus en avait. M. d'Orsan n'en manquait pas non plus et ses relations cor-
diales mais peu intimes avec Swann, nées de l'agrément que, pensant de même sur tout, ils avaient à
causer ensemble, étaient de plus de repos que l'affection exaltée de M. de Charlus, capable de se porter à des actes de passion, bons ou mauvais. S'il y
avait quelqu'un par qui Swann s'était toujours senti
compris et délicatement aimé c'était par M. d'Orsan.
Oui, mais cette vie peu honorable qu'il menait ? Swann
regrettait de n'en avoir pas tenu compte, d'avoir souvent avoué en plaisantant qu'il n'avait jamais éprouvé
si vivement des sentiments de sympathie et d'estime
que dans la société d'une canaille. Ce n'est pas pour
rien, se disait-il maintenant, que depuis que les hommes jugent leur prochain, c'est sur ses actes. Il n'y a
que cela qui signifie quelque chose, et nullement ce
que nous disons, ce que nous pensons. Charlus et Des
Laumes peuvent avoir tels ou tels défauts, ce sont
d'honnêtes gens. Orsan, n'en a peut-être pas, mais

ce n'est pas un honnête homme. Il a pu mal agir une
fois de plus. Puis Swann soupçonna Rémi, qui il est
vrai n'aurait pu qu'inspirer la lettre, mais cette piste
lui parut un instant la bonne. D'abord Lorédan avait
des raisons d'en vouloir à Odette. Et puis comment
ne pas supposer que nos domestiques, vivant dans
une situation inférieure à la nôtre, ajoutant à notre
fortune et à nos défauts des richesses et des vices imaginaires pour lesquels ils nous envient et nous méprisent, se trouveront fatalement amenés à agir autrement que des gens de notre monde. Il soupçonna aussi
mon grand-père. Chaque fois que Swann lui avait demandé un service, ne le lui avait-il pas toujours refusé?
puis avec ses idées bourgeoises il avait pu croire agir
pour le bien de Swann. Celui-ci soupçonna encore
Bergotte, le peintre, les Verdurin, admira une fois de
plus au passage la sagesse des gens du monde de ne
pas vouloir frayer avec ces milieux artistes où de
telles choses sont possibles, peut-être même avouées
sous le nom de bonnes farces; mais il se rappelait
des traits de droiture de ces bohèmes, et les rappro-
cha de la vie d'expédients, presque d'escroqueries, où
le manque d'argent, le besoin de luxe, la corruption
des plaisirs conduisent souvent l'aristocratie. Bref
cette lettre anonyme prouvait qu'il connaissait un être
capable de scélératesse, mais il ne voyait pas plus de
raison pour que cette scélératesse fût cachée dans le
tuf — inexploré d'autrui — du caractère de l'homme
tendre que de l'homme froid, de l'artiste que du
bourgeois, du grand seigneur que du valet. Quel cri-
térium adopter pour juger les hommes? au fond il n'y
avait pas une seule des personnes qu'il connaissait
qui ne pût être capable d'une infamie. Fallait-il cesser
de les voir toutes? Son esprit se voila; il passa deux
ou trois fois ses mains sur son front, essuya les verres de son lorgnon avec son mouchoir, et, songeant
qu'après tout, des gens qui le valaient fréquentaient

M. de Charlus, le prince des Laumes, et les autres,
il se dit que cela signifiait sinon qu'ils fussent incapables d'infamie, du moins, que c'est une nécessité
de la vie à laquelle chacun se soumet de fréquenter
des gens qui n'en sont peut-être pas incapables. Et
il continua à serrer la main à tous ces amis qu'il avait
soupçonnés, avec cette réserve de pur style qu'ils
avaient peut-être cherché à le désespérer. Quant au
fond même de la lettre, il ne s'en inquiéta pas, car
pas une des accusations formulées contre Odette
n'avait l'ombre de vraisemblance. Swann comme beaucoup de gens avait l'esprit paresseux et manquait d'invention. Il savait bien comme une vérité générale
que la vie des êtres est pleine de contrastes, mais pour
chaque être en particulier il imaginait toute la partie
de sa vie qu'il ne connaissait pas comme identique à
la partie qu'il connaissait. Il imaginait ce qu'on lui
taisait à l'aide de ce qu'on lui disait. Dans les moments
où Odette était auprès de lui, s'ils parlaient ensemble d'une action indélicate commise, ou d'un sentiment indélicat éprouvé par un autre, elle les flétrissait en vertu des mêmes principes que Swann avait
toujours entendu professer par ses parents et auxquels il était resté fidèle ; et puis elle arrangeait ses
fleurs, elle buvait une tasse de thé, elle s'inquiétait
des travaux de Swann. Donc Swann étendait ces
habitudes au reste de la vie d'Odette, il répétait ces
gestes quand il voulait se représenter les moments où
elle était loin de lui. Si on la lui avait dépeinte telle
qu'elle était, ou plutôt qu'elle avait été si longtemps
avec lui, mais auprès d'un autre homme, il eût souffert car cette image lui eût semblé vraisemblable.
Mais qu'elle allât chez des maquerelles, se livrât à des
orgies avec des femmes, qu'elle menât la vie crapu-
leuse de créatures abjectes, quelle divagation insensée
à la réalisation de laquelle, Dieu merci, les chrysanthèmes imaginés, les thés successifs, les indignations

vertueuses ne laissaient aucune place. Seulement de temps à autre, il laissait entendre à Odette que par méchanceté, on lui racontait tout ce qu'elle faisait ; et, se servant à propos d'un détail insignifiant mais vrai, qu'il avait appris par hasard, comme s'il était le seul petit bout qu'il laissât passer malgré lui, entre tant d'autres, d'une reconstitution complète de la vie d'Odette qu'il tenait cachée en lui, il l'amenait à supposer qu'il était renseigné sur des choses qu'en réalité il ne savait ni même ne soupçonnait, car si bien souvent il adjurait Odette de ne pas altérer la vérité, c'était seulement qu'il s'en rendît compte ou non, pour qu'Odette lui dît tout ce qu'elle faisait. Sans doute, comme il le disait à Odette, il aimait la sincérité, mais il l'aimait comme une proxénète pouvant le tenir au courant de la vie de sa maîtresse. Aussi son amour de la sincérité n'étant pas désintéressé, ne l'avait pas rendu meilleur. La vérité qu'il chérissait c'était celle que lui dirait Odette ; mais lui-même, pour obtenir cette vérité, ne craignait pas de recourir au mensonge, le mensonge qu'il ne cessait de peindre à Odette comme conduisant à la dégradation toute créature humaine. En somme il mentait autant qu'Odette parce que plus malheureux qu'elle, il n'était pas moins égoïste. Et elle, entendant Swann lui raconter ainsi à elle-même des choses qu'elle avait faites, le regardait d'un air méfiant, et, à toute aventure, fâché, pour ne pas avoir l'air de s'humilier et de rougir de ses actes.

Un jour, étant dans la période de calme la plus longue qu'il eût encore pu traverser sans être repris d'accès de jalousie, il avait accepté d'aller le soir au théâtre avec la princesse des Laumes. Ayant ouvert le journal, pour chercher ce qu'on jouait, la vue du titre : *Les Filles de Marbre* de Théodore Barrière le frappa si cruellement qu'il eut un mouvement de recul et détourna la tête. Éclairé comme par la lumière de la rampe,

à la place nouvelle où il figurait, ce mot de « marbre »
qu'il avait perdu la faculté de distinguer tant il avait
l'habitude de l'avoir souvent sous les yeux, lui était
soudain redevenu visible et l'avait aussitôt fait souvenir
de cette histoire qu'Odette lui avait racontée autrefois,
d'une visite qu'elle avait faite au Salon du Palais de
l'Industrie avec Mᵐᵉ Verdurin et où celle-ci lui avait dit :
« Prends garde, je saurai bien te dégeler, tu n'es pas
de marbre. » Odette lui avait affirmé que ce n'était
qu'une plaisanterie, et il n'y avait attaché aucune
importance. Mais il avait alors plus de confiance en
elle qu'aujourd'hui. Et justement la lettre anonyme
parlait d'amours de ce genre. Sans oser lever les yeux
vers le journal, il le déplia, tourna une feuille pour
ne plus voir ce mot : « Les Filles de Marbre » et commença à lire machinalement les nouvelles des départe-
ments. Il y avait eu une tempête dans la Manche, on
signalait des dégâts à Dieppe, à Cabourg, à Beuzeval.
Aussitôt il fit un nouveau mouvement en arrière.

Le nom de Beuzeval l'avait fait penser à celui d'une
autre localité de cette région, Beuzeville, qui porte uni
à celui-là par un trait d'union un autre nom, celui de
Bréauté, qu'il avait vu souvent sur les cartes mais
dont pour la première fois il remarquait que c'était le
même que celui de son ami M. de Bréauté dont la
lettre anonyme disait qu'il avait été l'amant d'Odette.
Après tout, pour M. de Bréauté, l'accusation n'était pas
invraisemblable ; mais en ce qui concernait Mᵐᵉ Verdurin, il y avait impossibilité. De ce qu'Odette mentait
quelquefois, on ne pouvait conclure qu'elle ne disait
jamais la vérité et dans ces propos qu'elle avait échangés avec Mᵐᵉ Verdurin et qu'elle avait racontés elle-
même à Swann, il avait reconnu ces plaisanteries inutiles et dangereuses que, par inexpérience de la vie et
ignorance du vice, tiennent des femmes dont ils révèlent l'innocence, et qui — comme par exemple Odette
— sont plus éloignées qu'aucune d'éprouver une ten-

dresse exaltée pour une autre femme. Tandis qu'au contraire, l'indignation avec laquelle elle avait repoussé les soupçons qu'elle avait involontairement fait naître un instant en lui par son récit, cadrait au contraire avec tout ce qu'il savait des goûts, du tempérament de sa maîtresse. Mais à ce moment, par une de ces inspirations de jaloux, analogues à celle qui apporte au poète ou au savant, qui n'a encore qu'une rime ou qu'une observation, l'idée ou la loi qui leur donnera toute leur puissance, Swann se rappela pour la première fois une phrase qu'Odette lui avait dit il y avait déjà deux ans : « Oh ! Mᵐᵉ Verdurin, en ce moment il n'y en a que pour moi, je suis un amour, elle m'embrasse, elle veut que je fasse des courses avec elle, elle veut que je la tutoie. » Loin de voir alors dans cette phrase un rapport quelconque avec les absurdes propos destinés à simuler le vice que lui avait racontés Odette, il l'avait accueillie comme la preuve d'une chaleureuse amitié. Maintenant voilà que le souvenir de cette tendresse de Mᵐᵉ Verdurin était venu brusquement rejoindre le souvenir de sa conversation de mauvais goût. Il ne pouvait plus les séparer dans son esprit, et les vit mêlées aussi dans la réalité, la tendresse donnant quelque chose de sérieux et d'important à ces plaisanteries qui en retour lui faisaient perdre de son innocence. Il alla chez Odette. Il s'assit loin d'elle. Il n'osait l'embrasser, ne sachant si en elle, si en lui, c'était l'affection ou la colère qu'un baiser réveillerait. Il se taisait, il regardait mourir leur amour. Tout à coup il prit une résolution.

— Odette, lui dit-il, mon chéri, je sais bien que je suis odieux, mais il faut que je te demande des choses. Tu te souviens de l'idée que j'avais eue à propos de toi et de Mᵐᵉ Verdurin. Dis-moi si c'était vrai, avec elle ou avec une autre.

Elle secoua la tête en fronçant la bouche, signe fréquemment employé par les gens pour répondre qu'ils

n'iront pas, que cela les ennuie, à quelqu'un qui leur
a demandé : « Viendrez-vous voir passer la cavalcade,
assisterez-vous à la Revue ? » Mais ce hochement de
tête affecté ainsi d'habitude à un événement à venir
mêle à cause de cela de quelque incertitude la dénégation d'un événement passé. De plus il n'évoque que
des raisons de convenance personnelle plutôt que la
réprobation, qu'une impossibilité morale. En voyant
Odette lui faire ainsi le signe que c'était faux, Swann
comprit que c'était peut-être vrai.

— Je te l'ai dit, tu le sais bien, ajoute-elle d'un air
irrité et malheureux.

— Oui, je sais, mais en es-tu sûre ? Ne me dis pas:
« Tu le sais bien », dis-moi, je n'ai jamais fait ce genre
de choses avec aucune femme.

Elle répéta comme une leçon, sur un ton ironique
et comme si elle voulait se débarrasser de lui :

— Je n'ai jamais fait ce genre de choses avec aucune femme.

— Peux-tu me le jurer sur ta médaille de Notre-
Dame de Laghet ?

Swann savait qu'Odette ne se parjurerait pas sur
cette médaille-là.

— Oh ! que tu me rends malheureuse, s'écria-t-elle
en se dérobant par un sursaut à l'étreinte de sa question. Mais as-tu bientôt fini ? Qu'est-ce que tu as aujourd'hui ? Tu as donc décidé qu'il fallait que je te
déteste, que je t'exècre. Voilà, je voulais reprendre
avec toi le bon temps comme autrefois et voilà ton
remerciement !

Mais, ne la lâchant pas, comme un chirurgien attend
la fin du spasme qui interrompt son intervention mais
ne l'y fait pas renoncer :

— Tu as bien tort de te figurer que je t'en voudrais
le moins du monde, Odette, lui dit-il avec une douceur persuasive et menteuse. Je ne te parle jamais
que de ce que je sais, et j'en sais toujours bien plus

long que je ne dis. Mais toi seule peux adoucir par ton
aveu ce qui me fais te haïr tant que cela ne m'a été
dénoncé que par d'autres. Ma colère contre toi ne vient
pas de tes actions, je te pardonne tout puisque je
t'aime, mais de ta fausseté, de ta fausseté absurde
qui te fait persévérer à nier des choses que je sais.
Mais comment veux-tu que je puisse continuer à t'aimer, quand je te vois me soutenir, me jurer une chose
que je sais fausse. Odette, ne prolonge pas cet instant
qui est une torture pour nous deux. Si tu le veux ce
sera fini dans une seconde, tu seras pour toujours
délivrée. Dis-moi sur ta médaille, si oui ou non, tu as
jamais fais ces choses.

— Mais je n'en sais rien, moi, s'écria-t-elle avec
colère, peut-être il y a très longtemps, sans me rendre
compte de ce que je faisais, peut-être deux ou trois
fois.

Swann avait envisagé toutes les possibilités. La réalité est donc quelque chose qui n'a aucun rapport avec
les possibilités, pas plus qu'un coup de couteau que
nous recevons avec les légers mouvements des nuages au-dessus de notre tête, puisque ces mots : « deux
ou trois fois » marquèrent à vif une sorte de croix
dans son cœur. Chose étrange que ces mots « deux
ou trois fois », rien que des mots, des mots prononcés dans l'air, à distance, puissent ainsi déchirer le
cœur comme s'ils le touchaient véritablement, puissent
rendre malade, comme un poison qu'on absorberait.
Involontairement Swann pensa à ce mot qu'il avait
entendu chez Mᵐᵉ de Saint-Euverte : « C'est ce que
j'ai vu de plus fort depuis les tables tournantes. »
Cette souffrance qu'il ressentait ne ressemblait à rien
de ce qu'il avait cru. Non pas seulement parce que
dans ses heures de plus entière méfiance il avait rarement imaginé si loin dans le mal, mais parce que
même quand il imaginait cette chose, elle restait vague, incertaine, dénuée de cette horreur particulière

qui s'était échappée des mots « peut-être deux ou trois
fois », dépourvue de cette cruauté spécifique aussi différente de tout ce qu'il avait connu qu'une maladie dont
on est atteint pour la première fois. Et pourtant cette
Odette d'où lui venait tout ce mal, ne lui était pas moins
chère, bien au contraire plus précieuse, comme si au
fur et à mesure que grandissait la souffrance, grandissait en même temps le prix du calmant, du contre-
poison que seule cette femme possédait. Il voulait lui
donner plus de soins comme à une maladie qu'on découvre soudain plus grave. Il voulait que la chose
affreuse qu'elle lui avait dite avoir fait « deux ou trois
fois » ne pût pas se renouveler. Pour cela il lui fallait
veiller sur Odette. On dit souvent qu'en dénonçant à
un ami les fautes de sa maîtresse, on ne réussit qu'à le
rapprocher d'elle parce qu'il ne leur ajoute pas foi, mais
combien davantage s'il leur ajoute foi. Mais, se disait
Swann, comment réussir à la protéger ? Il pouvait
peut-être la préserver d'une certaine femme mais il y
en avait des centaines d'autres et il comprit quelle
folie avait passé sur lui quand il avait le soir où il
n'avait pas trouvé Odette chez les Verdurin, commencé
de désirer la possession, toujours impossible, d'un
autre être. Heureusement pour Swann, sous les souffrances nouvelles qui venaient d'entrer dans son âme
comme des hordes d'envahisseurs, il existait un fond
de nature plus ancien, plus doux et silencieusement
laborieux, comme les cellules d'un organe blessé qui
se mettent aussitôt en mesure de refaire les tissus lé-
sés, comme les muscles d'un membre paralysé qui
tendent à reprendre leurs mouvements. Ces plus
anciens, plus autochtones habitants de son âme, em-
ployèrent un instant toutes les forces de Swann à ce
travail obscurément réparateur qui donne l'illusion
du repos à un convalescent, à un opéré. Cette fois-
ci ce fut moins comme d'habitude dans le cerveau de
Swann que se produisit cette détente par épuisement,

ce fut plutôt dans son cœur. Mais toutes les choses
de la vie qui ont existé une fois tendent à se récréer,
et comme un animal expirant qu'agite de nouveau
le sursaut d'une convulsion qui semblait finie, sur le
cœur, un instant épargné, de Swann, d'elle-même la
même souffrance vint retracer la même croix. Il se
rappela ces soirs de clair de lune, où allongé dans sa
victoria qui le menait rue Lapérouse, il cultivait vo-
luptueusement en lui les émotions de l'homme amoureux, sans savoir le fruit empoisonné qu'elles produi-
raient nécessairement. Mais toutes ces pensées ne
durèrent que l'espace d'une seconde, le temps qu'il
portât la main à son cœur, reprît sa respiration et par-
vint à sourire pour dissimuler sa torture. Déjà il recommençait à poser ses questions. Car sa jalousie qui
avait pris une peine qu'un ennemi ne se serait pas
donnée pour arriver à lui faire asséner ce coup, à lui
faire faire la connaissance de la douleur la plus cruelle
qu'il n'eût encore jamais connue, sa jalousie ne trouvait pas qu'il eut assez souffert et cherchait à lui faire
recevoir une blessure plus profonde encore. Telle
comme une divinité méchante, sa jalousie inspirait
Swann et le poussait à sa perte. Ce ne fut pas sa faute,
mais celle d'Odette seulement si d'abord son supplice
ne s'aggrava pas.

— Ma chérie, lui dit-il, c'est fini, était-ce avec une
personne que je connais ?

— Mais non je te jure, d'ailleurs je crois que j'ai
exagéré, que je n'ai pas été jusque-là.

Il sourit et reprit :

— Que veux-tu ? cela ne fait rien, mais c'est malheureux que tu ne puisses pas me dire le nom. De
pouvoir me représenter la personne, cela n'empêcherait de plus jamais y penser. Je le dis pour toi parce
que je ne t'ennuierais plus. C'est si calmant de se représenter les choses. Ce qui est affreux c'est ce qu'on ne
peut pas imaginer. Mais tu as déjà été si gentille, je

ne veux pas te fatiguer. Je te remercie de tout mon
cœur de tout le bien que tu m'as fait. C'est fini. Seulement ce mot : « Il y a combien de temps ? »

— Oh ! Charles, mais tu ne vois pas que tu me tues,
c'est tout ce qu'il y a de plus ancien. Je n'y avais
jamais repensé, on dirait que tu veux absolument me
redonner ces idées-là. Tu seras bien avancé, dit-elle,
avec une sottise inconsciente et une méchanceté voulue.

— Oh ! je voulais seulement savoir si c'est depuis
que je te connais. Mais ce serait si naturel, est-ce que
ça se passait ici ; tu ne peux pas me dire un certain
soir que je me représente ce que je faisais ce soir-là ;
tu comprends bien qu'il n'est pas possible que tu ne
te rappelles pas avec qui, Odette, mon amour.

— Mais je ne sais pas, moi, je crois que c'était au
Bois un soir où tu es venu nous retrouver dans l'île
du Bois. Tu avais dîné chez la princesse des Laumes,
dit-elle, heureuse de fournir un détail précis qui attes-
tait sa véracité. A une table voisine il y avait une femme
que je n'avais pas vue depuis très longtemps. Elle
m'a dit : « Venez donc derrière le petit rocher voir
l'effet du clair de lune sur l'eau. » D'abord j'ai bâillé
et j'ai répondu : « Non je suis fatiguée et je suis bien
ici. » Elle a assuré qu'il n'y avait jamais eu un clair
de lune pareil. Je lui ai dit « cette blague ! » je savais
bien où elle voulait en venir.

Odette racontait cela presque en riant soit que cela
lui parût tout naturel, ou parce qu'elle croyait en
atténuer ainsi l'importance, ou pour ne pas avoir l'air
humilié. En voyant le visage de Swann elle changea
de ton :

— Tu es un misérable, tu te plais à me torturer, à
me faire faire des mensonges que je dis afin que tu
me laisses tranquille.

Ce second coup porté à Swann était plus atroce
encore que le premier. Jamais il n'avait supposé que ce
fût une chose aussi récente, cachée, à ses yeux qui

n'avaient pas su la découvrir, non dans un passé qu'il
n'avait pas connu, mais dans des soirs qu'il se rappelait si bien, qu'il avait vécus avec Odette, qu'il avait
cru connus si bien par lui et qui maintenant prenaient rétrospectivement quelque chose de fourbe et
d'atroce ; au milieu d'eux tout d'un coup se creusait
cette ouverture béante, ce moment dans l'Ile du Bois.
Odette sans être intelligente avait le charme du naturel. Elle avait raconté, elle avait mimé cette scène
avec tant de simplicité que Swann haletant voyait
tout ; le bâillement d'Odette, le petit rocher. Il l'entendait répondre — gaiement, hélas — : « Cette blague » ! Il sentait qu'elle ne dirait rien de plus ce soir,
qu'il n'y avait aucune révélation nouvelle à attendre
en ce moment ; il se taisait ; il lui dit :

— Mon pauvre chéri, pardonne-moi, je sens que je
te fais de la peine, c'est fini, je n'y pense plus.

Mais elle vit que ses yeux restaient fixés sur les
choses qu'il ne savait pas et sur ce passé de leur amour,
monotone et doux dans sa mémoire parce qu'il était
vague, et que déchirait maintenant comme une blessure cette minute dans l'île du Bois, au clair de lune,
après le dîner chez la princesse des Laumes. Mais il
avait tellement pris l'habitude de trouver la vie intéressante — d'admirer les curieuses découvertes qu'on
peut y faire — que tout en souffrant au point de croire
qu'il ne pourrait pas supporter longtemps une pareille
douleur, il se disait : « La vie est vraiment étonnante
et réserve de belles surprises, en somme le vice est
quelque chose de plus répandu qu'on ne croit. Voilà
une femme en qui j'avais confiance, qui a l'air si simple, si honnête, en tous cas, si même elle était légère
qui semblait bien normale et saine dans ses goûts.
Sur une dénonciation invraisemblable, je l'interroge
et le peu qu'elle m'avoue révèle bien plus que ce
qu'on eût pu soupçonner. » Mais il ne pouvait pas se
borner à ces remarques désintéressées. Il cherchait à

29

apprécier exactement la valeur de ce qu'elle lui avait
raconté, afin de savoir s'il devait conclure que ces choses, elle les avait faites souvent, qu'elles se renouvel-
leraient. Il se répétait ces mots qu'elle avait dits : « Je
voyais bien où elle voulait en venir », « Deux ou
trois fois », « Cette blague ! » mais ils ne reparais-
saient pas désarmés dans la mémoire de Swann, chacun d'eux tenait son couteau et lui en portait un nouveau coup. Pendant bien longtemps, comme un malade
ne peut s'empêcher d'essayer à toute minute de faire
le mouvement qui lui est douloureux, il se redisait
ces mots : « Je suis bien ici », « Cette blague ! », mais
la souffrance était si forte qu'il était obligé de s'arrêter. Il s'émerveillait que des actes que toujours il
avait jugés si légèrement, si gaiement, maintenant
fussent devenus pour lui graves comme une maladie
dont on peut mourir. Il connaissait bien des femmes
à qui il eût pu demander de surveiller Odette. Mais
comment espérer qu'elles se placeraient au même point
de vue que lui et ne resteraient pas à celui qui avait
été si longtemps le sien, qui avait toujours guidé sa
vie voluptueuse, ne lui diraient pas en riant : « Vilain
jaloux qui veut priver les autres d'un plaisir ». Par
quelle trappe soudainement abaissée (lui qui n'avait eu
autrefois de son amour pour Odette que des plaisirs délicats) avait-il été brusquement précipité dans ce nouveau cercle de l'enfer d'où il n'apercevait pas comment il pourrait jamais sortir. Pauvre Odette ! il ne
lui en voulait pas. Elle n'était qu'à demi coupable.
Ne disait-on pas que c'était par sa propre mère qu'elle
avait été livrée, presque enfant, à Nice, à un riche
anglais. Mais quelle vérité douloureuse prenait pour
lui ces lignes du Journal d'un Poète d'Alfred de Vi-
gny qu'il avait lues avec indifférence autrefois :
« Quand on se sent pris d'amour pour une femme,
on devrait se dire : Comment est-elle entourée ? Quelle
a été sa vie ? Tout le bonheur de la vie est appuyé

là-dessus. » Swann s'étonnait que de simples phrases épelées par sa pensée, comme « Cette blague! »,
« je voyais bien où elle voulait en venir » pussent
lui faire si mal. Mais il comprenait que ce qu'il
croyait de simples phrases n'était que les pièces de
l'armature entre lesquelles tenait, pouvait lui être rendue, la souffrance qu'il avait éprouvée pendant le
récit d'Odette. Car c'était bien cette souffrance-là
qu'il éprouvait de nouveau. Il avait beau savoir maintenant, — même, il eut beau, le temps passant, avoir
un peu oublié, avoir pardonné —, au moment où il
se redisait ses mots, la souffrance ancienne le refaisait
tel qu'il était avant qu'Odette ne parlât : ignorant,
confiant ; sa cruelle jalousie le replaçait pour le faire
frapper par l'aveu d'Odette dans la position de
quelqu'un qui ne sait pas encore, et au bout de plusieurs mois cette vieille histoire le bouleversait toujours comme une révélation. Il admirait la terrible
puissance récréatrice de sa mémoire. Ce n'est que de
l'affaiblissement de cette génératrice dont la fécondité
diminue avec l'âge qu'il pouvait espérer un apaisement
à sa torture. Mais quand paraissait un peu épuisé
le pouvoir qu'avait de le faire souffrir un des mots
prononcés par Odette, alors un de ceux sur lesquels
l'esprit de Swann s'était moins arrêté jusque-là, un
mot presque nouveau venait relayer les autres et le
frappait avec une vigueur intacte. La mémoire du soir
où il avait dîné chez la princesse des Laumes lui était
douloureuse, mais ce n'était que le centre de son mal.
Celui-ci irradiait confusément à l'entour dans tous les
jours avoisinants. Et à quelque point d'elle qu'il voulait toucher dans ses souvenirs, c'est la saison tout entière où les Verdurin avaient si souvent dîné dans
l'île du Bois qui lui faisait mal. Si mal que peu à peu
les curiosités qu'excitaient en lui sa jalousie furent
neutralisées par la peur des tortures nouvelles qu'il
s'infligerait en les satisfaisant. Il se rendait compte

que toute la période de la vie d'Odette écoulée avant
qu'elle ne le rencontrât, période qu'il n'avait jamais
cherché à se représenter, n'était pas l'étendue abstraite qu'il voyait vaguement, mais avait été faite
d'années particulières, remplie d'incidents concrets.
Mais en les apprenant, il craignait que ce passé
incolore, fluide et supportable, ne prît un corps tan-
gible et immonde, un visage individuel et diabolique. Et il continuait à ne pas chercher à le conce-
voir non plus par paresse de penser, mais par peur de
souffrir. Il espérait qu'un jour il finirait par pouvoir
entendre le nom de l'île du Bois, de la princesse des
Laumes, sans ressentir le déchirement ancien, et trouvait imprudent de provoquer Odette à lui fournir de
nouvelles paroles, le nom d'endroits, de circonstances
différentes qui, son mal à peine calmé, le feraient
renaître sous une autre forme.

Mais souvent les choses qu'il ne connaissait pas,
qu'il redoutait maintenant de connaître, c'est Odette
elle-même qui les lui révélait spontanément, et sans
s'en rendre compte ; en effet l'écart que le vice mettait
entre la vie réelle d'Odette et la vie relativement
innocente que Swann avait cru, et bien souvent croyait
encore, que menait sa maîtresse, cet écart Odette en
ignorait l'étendue ; un être vicieux, affectant toujours
la même vertu devant les êtres de qui il ne veut pas
que soient soupçonnés ses vices, n'a pas de contrôle
pour se rendre compte combien ceux-ci, dont la crois-
sance continue est insensible pour lui-même l'entraî-
nent peu à peu loin des façons de vivre normales.
Dans leur cohabitation, au sein de l'esprit d'Odette,
avec le souvenir des actions qu'elle cachait à Swann,
d'autres peu à peu en recevaient le reflet, étaient con-
tagionnées par elles, sans qu'elle pût leur trouver rien
d'étrange, sans qu'elles détonassent dans le milieu
particulier où elle les faisait vivre en elle ; mais si elle
les racontait à Swann, il était épouvanté par la révé-

lation de l'ambiance qu'elles trahissaient. Un jour il
cherchait, sans blesser Odette, à lui demander si elle
n'avait jamais été chez des entremetteuses. A vrai dire
il était convaincu que non ; la lecture de la lettre
anonyme en avait introduit la supposition dans son
intelligence, mais d'une façon mécanique ; elle n'y
avait rencontré aucune créance, mais en fait y était
restée, et Swann, pour être débarrassé de la présence
purement matérielle mais pourtant gênante du soupçon, souhaitait qu'Odette l'extirpât d'un mot. « Oh !
non ! Ce n'est pas que je ne sois pas persécutée pour
cela, ajouta-t-elle, en dévoilant dans un sourire une
satisfaction de vanité qu'elle ne s'apercevait plus ne
pas pouvoir paraître légitime à Swann. Il y en a une
qui est encore restée plus de deux heures hier à m'attendre, elle me proposait n'importe quel prix. Il
paraît qu'il y a un ambassadeur qui lui a dit : « Je me
tue si vous ne me l'amenez pas. » On lui a dit que
j'étais sortie, j'ai fini par aller moi-même lui parler
pour qu'elle s'en aille. J'aurais voulu que tu vois
comme je l'ai reçue, ma femme de chambre qui m'entendait de la pièce voisine m'a dit que je criais à tue-
tête : « Mais puisque je vous dis que je ne veux pas !
C'est une idée comme ça, ça ne me plaît pas. Je pense
que je suis libre de faire ce que je veux tout de
même ! Si j'avais besoin d'argent, je comprends... »
Le concierge a ordre de ne plus la laisser entrer, il dira
que je suis à la campagne. Ah ! J'aurais voulu que
tu sois caché quelque part. Je crois que tu aurais été
content, mon chéri. Elle a du bon, tout de même, tu
vois, ta petite Odette, quoiqu'on la trouve si détestable. »

D'ailleurs ses aveux même, quand elle lui en faisait, de fautes qu'elle le supposait avoir découvertes, servaient plutôt pour Swann de point de départ
à de nouveaux doutes qu'ils ne mettaient un terme
aux anciens. Car ils n'étaient jamais exactement pro-

portionnés à ceux-ci. Odette avait eu beau retrancher de sa confession tout l'essentiel, il restait dans l'accessoire quelque chose que Swann n'avait jamais imaginé, qui l'accablait de sa nouveauté et allait lui permettre de changer les termes du problème de sa jalousie. Et ces aveux il ne pouvait plus les oublier. Son âme les charriait, les rejetait, les berçait, comme des cadavres. Et elle en était empoisonnée.

Une fois elle lui parla d'une visite que Forcheville lui avait faite le jour de la Fête de Paris-Murcie. « Comment, tu le connaissais déjà ? Ah ! oui, c'est vrai, dit-il en se reprenant pour n'avoir pas l'air de l'avoir ignoré. » Et tout d'un coup il se mit à trembler à la pensée que le jour de cette fête de Paris-Murcie où il avait reçu d'elle la lettre qu'il avait si précieusement gardée, elle déjeunait peut-être avec Forcheville à la maison d'Or. Elle lui jura que non. « Pourtant la maison d'Or me rappelle je ne sais quoi que j'ai su ne pas être vrai, lui dit-il pour l'effrayer. » — « Oui, que je n'y étais pas allée le soir où je t'ai dit que j'en sortais quand tu m'avais cherchée chez Prévost », lui répondit-elle, (croyant à son air qu'il le savait), avec une décision où il y avait, beaucoup plutôt que du cynisme, de la timidité, une peur de contrarier Swann et que par amour-propre elle voulait cacher, puis le désir de lui montrer qu'elle pouvait être franche. Aussi frappa-t-elle avec une netteté et une vigueur de bourreau et qui étaient exemptes de cruauté car Odette n'avait pas conscience du mal qu'elle faisait à Swann ; et même elle se mit à rire, peut-être il est vrai surtout pour ne pas avoir l'air humilié, confus. « C'est vrai que je n'avais pas été à la maison Dorée, que je sortais de chez Forcheville. J'avais vraiment été chez Prévost, ça c'était pas de la blague il m'y avait rencontrée et m'avait demandé d'entrer regarder ses gravures. Mais il était venu quelqu'un pour le voir. Je t'ai dit que je venais de la maison d'Or parce que j'avais peur que cela ne t'ennuie. Tu vois, c'était plutôt gentil de ma part. Méttons que j'aie eu tort, au moins je te le dis carrément. Quel intérêt aurais-je à ne pas te dire aussi bien que j'avais déjeuné avec lui le jour de la Fête Paris-Murcie, si c'était vrai. D'autant plus qu'à ce moment-là on ne se connaissait pas encore beaucoup tous les deux, dis, chéri. » Il lui sourit avec la lâcheté soudaine de l'être sans forces qu'avaient fait de lui ces accablantes paroles. Ainsi, même dans les mois auxquels il n'avait jamais plus osé repenser par ce qu'ils avaient été trop heureux, dans ces mois où elle l'avait aimé, elle lui mentait déjà ! Aussi bien que ce moment (le premier soir qu'ils avaient « fait cattleya ») où elle lui avait dit sortir de la maison Dorée, combien devait-il y en avoir eu d'autres, receleurs eux aussi d'un mensonge que Swann n'avait pas soupçonné. Il se rappela qu'elle lui avait dit un jour : « Je n'aurais qu'à dire à Mᵐᵉ Verdurin que ma robe n'a pas été prête, que mon cab est venu en retard. Il y a toujours moyen de s'arranger. » A lui aussi probablement bien des fois où elle lui avait glissé de ces mots qui expliquent un retard, justifient un changement d'heure dans un rendez-vous, ils avaient dû cacher sans qu'il s'en fût douté alors, quelque chose qu'elle avait à faire avec un autre, avec un autre à qui elle avait dit : « Je n'aurai qu'à dire à Swann que ma robe n'a pas été prête, que mon cab est arrivé en retard, il y a toujours moyen de s'arranger. » Et sous tous les souvenirs les plus doux de Swann, sous les paroles les plus simples que lui avait dites autrefois Odette, qu'il avait crues comme paroles d'évangile, sous les actions quotidiennes qu'elle lui avait racontées, sous les lieux les plus accoutumés, la maison de sa couturière, l'avenue du Bois, l'Hippodrome, il sentait, dissimulée à la faveur de cet excédent de temps qui dans les journées les plus détaillées laisse encore du jeu, de la place, et peut servir de cachette à certaines actions, ilsen-

tait s'insinuer la présence possible et souterraine de
mensonges qui lui rendaient ignoble tout ce qui lui
était resté le plus cher, ses meilleurs soirs, la rue Lapérouse elle-même qu'Odette avait toujours dû quitter à d'autres heures que celles qu'elle lui avait dites,
faisant circuler partout un peu de la ténébreuse
horreur qu'il avait ressenti en entendant l'aveu relatif
à la maison Dorée, et, comme les bêtes immondes
dans la Désolation de Ninive, ébranlant pierre à
pierre tout son passé. Si maintenant il se détournait
chaque fois que sa mémoire lui disait le nom cruel
de la maison Dorée, ce n'était plus comme tout récemment encore à la soirée de Mᵉ de Saint-Euverte, parce
qu'il lui rappelait un bonheur qu'il avait perdu depuis
longtemps, mais un malheur qu'il venait seulement
d'apprendre. Puis il en fut du nom de la maison Dorée comme de celui de l'Ile du Bois, il cessa peu à peu
de faire souffrir Swann. Car ce que nous croyons notre
amour, notre jalousie, n'est pas une même passion
continue, indivisible. Ils se composent d'une infinité
d'amours successifs, de jalousies différentes et qui sont
éphémères, mais par leur multitude ininterrompue
donnent l'impression de la continuité, l'illusion de
l'unité. La vie de l'amour de Swann, la fidélité de sa
jalousie, étaient faites de la mort, de l'infidélité, d'innombrables désirs, d'innombrables doutes, qui avaient
tous Odette pour objet. S'il était resté longtemps sur
la voie, ceux qui mourraient n'auraient pas été remplacés par d'autres. Mais la présence d'Odette continuait
d'ensemencer le cœur de Swann de tendresses et de
soupçons alternés.

Certains soirs elle redevenait tout d'un coup avec
lui d'une gentillesse dont elle l'avertissait durement
qu'il devait profiter tout de suite, sous peine de ne
pas la voir se renouveler avant des années ; il fallait
rentrer immédiatement chez elle « faire catleia » et
ce désir qu'elle prétendait avoir de lui était si sou-

dain, si inexplicable, si impérieux, les caresses qu'elle
lui prodiguait ensuite si démonstratives et si insolites,
que cette tendresse brutale et sans vraisemblance
faisait autant de chagrin à Swann qu'un mensonge
et qu'une méchanceté. Un soir qu'il était ainsi, sur
l'ordre qu'elle lui en avait donné, rentré avec elle, et
qu'elle entremêlait ses baisers de paroles passionnées
qui contrastaient avec sa sécheresse ordinaire, il crut
tout d'un coup entendre du bruit ; il se leva, chercha
partout, ne trouva personne, mais n'eut pas le courage de reprendre sa place auprès d'elle qui alors, au
comble de la rage, brisa un vase et dit à Swann : « On
ne peut jamais rien faire avec toi ! » Et il resta incertain si elle n'avait pas caché quelqu'un dont elle
avait voulu faire souffrir la jalousie ou allumer les
sens.

Quelquefois il allait dans des maisons de rendez-
vous, espérant apprendre quelque chose d'elle, sans
oser la nommer cependant. « J'ai une petite qui va
vous plaire disait l'entremetteuse. » Et il restait une
heure à causer tristement avec quelque pauvre fille
étonnée qu'il ne fît rien de plus. Une toute jeune et
ravissante lui dit un jour : « Ce que je voudrais, c'est
trouver un ami, alors il pourrait être sûr, je n'irais
plus jamais avec personne. » — « Vraiment, crois-tu que
ce soit possible qu'une femme soit touchée qu'on l'aime,
ne vous trompe jamais ? » lui demanda Swann anxieusement. « Pour sûr ! ça dépend des caractères ! »
Swann ne pouvait s'empêcher de dire à ces filles
les mêmes choses qui auraient plu à la princesse des
Laumes. A celle qui cherchait un ami, il dit en
souriant : « C'est gentil, tu as mis des yeux bleus de
la couleur de ta ceinture. » — « Vous aussi, vous avez
des manchettes bleues. » — « Comme nous avons une
belle conversation, pour un endroit de ce genre ! Je ne
t'ennuie pas, tu as peut-être à faire ? » — « Non, j'ai
tout mon temps. Si vous m'aviez ennuyée, je vous l'au-

rais dit. Au contraire j'aime bien vous entendre causer. »
— « Je suis très flatté. N'est-ce pas que nous causons
gentiment ? » dit-il à l'entremetteuse qui venait d'entrer. — « Mais oui, c'est justement ce que je me disais.
Comme ils sont sages ! Voilà ! on vient maintenant
pour causer chez moi. Le Prince le disait, l'autre jour,
c'est bien mieux ici que chez sa femme. Il paraît que
maintenant dans le monde elles ont toutes un genre,
c'est un vrai scandale ! Je vous quitte, je suis discrète. » Et elle laissa Swann avec la fille qui avait les
yeux bleus. Mais bientôt il se leva et lui dit adieu, elle
lui était indifférente, elle ne connaissait pas Odette.

Le peintre ayant été malade, le Dr Cottard lui conseilla un voyage sur mer ; plusieurs fidèles parlèrent
de partir avec lui ; les Verdurin ne purent se résoudre à rester seuls, louèrent un yacht, puis s'en ren-
dirent acquéreurs et ainsi Odette fit de fréquentes
croisières. Chaque fois qu'elle était partie depuis un
peu de temps Swann sentait qu'il commençait à se
détacher d'elle, mais comme si cette distance morale
était proportionnée à la distance matérielle, dès qu'il
savait Odette de retour, il ne pouvait pas rester sans la
voir. Une fois, partis pour un mois seulement, croyaient-
ils, soit qu'ils eussent été tentés en route, soit que
M. Verdurin eût sournoisement arrangé les choses
d'avance pour faire plaisir à sa femme et n'eût averti
les fidèles qu'au fur et à mesure, d'Alger ils allèrent
à Tunis, puis en Italie, puis en Grèce, à Constantinople, en Asie Mineure. Le voyage durait depuis près
d'un an. Swann se sentait absolument tranquille,
presque heureux. Bien que M. Verdurin eût cherché
à persuader au pianiste et au Dr Cottard que la tante
de l'un et les malades de l'autre n'avaient aucun
besoin d'eux, et, qu'en tous cas, il était imprudent de
laisser Mme Cottard rentrer à Paris que Mme Verdurin
assurait être en révolution, elle fut obligée de leur
rendre leur liberté à Constantinople. Et le peintre par-

tit avec eux. Un jour, peu après le retour de ces trois
voyageurs, Swann voyant passer un omnibus pour le
Luxembourg où il avait à faire, avait sauté dedans,
et s'y était trouvé assis en face de Mᵐᵉ Cottard qui
faisait sa tournée de visites « de jours » en grande
tenue, plumet au chapeau, robe de soie, manchon, en
tout-cas, porte-cartes et gants blancs nettoyés. Revêtue de ces insignes, quand il faisait sec, elle allait à
pied d'une maison à l'autre, dans un même quartier,
mais pour passer ensuite dans un quartier différent
usait de l'omnibus avec correspondances. Pendant
les premiers instants, avant que la gentillesse native
de la femme eût pu percer l'empesé de la petite bourgeoise, et ne sachant trop d'ailleurs si elle devait parler des Verdurin à Swann, elle tint tout naturellement, de sa voix lente, gauche et douce que par
moments l'omnibus couvrait complètement de son
tonnerre, des propos choisis parmi ceux qu'elle entendait et répétait dans les vingt-cinq maisons dont elle
montait les étages dans une journée :

« Je ne vous demande pas, monsieur, si, un homme
dans le mouvement comme vous, a vu, aux Mirlitons,
le portrait de Machard qui fait courir tout Paris. Eh
bien qu'en dites-vous? Etes-vous dans le camp de ceux
qui approuvent ou dans le camp de ceux qui blâment?
Dans tous les salons on ne parle que du portrait de
Machard, on n'est pas chic, on n'est pas pur, on n'est
pas dans le train, si on ne donne pas son opinion sur
le portrait de Machard. »

Swann ayant répondu qu'il n'avait pas vu ce portrait, Mᵐᵉ Cottard eut peur de l'avoir blessé en l'obligeant à le confesser.

— « Hé bien, c'est très bien, au moins vous l'avouez
franchement, vous ne vous croyez pas déshonoré parce
que vous n'avez pas vu le portrait de Machard. Je
trouve cela très beau de votre part. Hé bien, moi je
l'ai vu, les avis sont partagés, il y en a qui trouvent

que c'est un peu léché, un peu crème fouettée, moi, je le trouve idéal. Evidemment elle ne ressemble pas aux femmes bleues et jaunes de notre ami Biche. Mais je dois vous l'avouer franchement, vous ne me trouverez pas très fin de siècle, mais je le dis comme je le pense, je ne comprends pas. Mon Dieu je reconnais les qualités qu'il y a dans le portrait de mon mari, c'est moins étrange que ce qu'il fait d'habitude mais il a fallu qu'il lui fasse des moustaches bleues. Tandis que Machard ! Tenez justement le mari de l'amie chez qui je vais en ce moment (ce qui me donne le très grand plaisir de faire route avec vous) lui a promis s'il est nommé à l'Académie (c'est un des collègues du docteur) de lui faire faire son portrait par Machard. Evidemment c'est un beau rêve ! j'ai une autre amie qui prétend qu'elle aime mieux Leloir. Je ne suis qu'une pauvre profane et Leloir est peut-être encore supérieur comme science. Mais je trouve que la première qualité d'un portrait, surtout quand il coûte 10.000 francs, est d'être ressemblant et d'une ressemblance agréable. »

Ayant tenu ces propos que lui inspirait la hauteur de son aigrette, le chiffre de son porte-cartes, le petit numéro tracé à l'encre dans ses gants par le teinturier, et l'embarras de parler à Swann des Verdurin, Mᵐᵉ Cottard, voyant qu'on était encore loin du coin de la rue Bonaparte où le conducteur devait l'arrêter, écouta son cœur qui lui conseillait d'autres paroles.

— Les oreilles ont dû vous tinter, monsieur, lui dit-elle, pendant le voyage que nous avons fait avec Mᵐᵉ Verdurin. On ne parlait que de vous.

Swann fut bien étonné, il supposait que son nom n'était jamais proféré devant les Verdurin.

— D'ailleurs, ajouta Mᵐᵉ Cottard, Mᵐᵉ de Crécy était là et c'est tout dire. Quand Odette est quelque part elle ne peut jamais rester bien longtemps sans parler de vous. Et vous pensez que ce n'est pas en mal.

Comment ! vous en doutez, dit-elle, en voyant un geste sceptique de Swann ?

Et emportée par la sincérité de sa conviction, ne mettant d'ailleurs aucune mauvaise pensée sous ce mot qu'elle prenait seulement dans le sens ou on l'emploie pour parler de l'affection qui unit des amis :

— Mais elle vous adore ! Ah ! je crois qu'il ne faudrait pas dire ça de vous devant elle ! On serait bien arrangé ! A propos de tout, si on voyait un tableau par exemple elle disait : « Ah ! s'il était là, c'est lui qui saurait vous dire si c'est authentique ou non. Il n'y a personne comme lui pour ça. » Et à tout moment elle demandait : « Qu'est-ce qu'il peut faire en ce moment ? Si seulement il travaillait un peu ! C'est malheureux, un garçon si doué, qu'il soit si paresseux. (Vous me pardonnez n'est-ce pas.) En ce moment je le vois, il pense à nous, il se demande où nous sommes. » Elle a même eu un mot que j'ai trouvé bien joli ; M. Verdurin lui disait : « Mais comment pouvez-vous voir ce qu'il fait en ce moment puisque vous êtes à huit cent lieues de lui. » Alors Odette lui a répondu : « Rien n'est impossible à l'œil d'une amie. » Non je vous jure, je ne vous dis pas cela pour vous flatter, vous avez là une vraie amie comme on n'en a pas beaucoup. Je vous dirai du reste que si vous ne le savez pas, vous êtes le seul. Mme Verdurin me le disait encore le dernier jour (vous savez les veilles de départ on cause mieux) : « Je ne dis pas qu'Odette ne nous aime pas, mais tout ce que nous lui disons ne pèserait pas lourd auprès de ce que lui dirait M. Swann. » Oh ! mon Dieu, voilà que le conducteur m'arrête, en bavardant avec vous j'allais laisser passer la rue Bonaparte..., me rendriez-vous le service de me dire si mon aigrette est droite ? »

Et Mme Cottard sortit de son manchon pour la tendre à Swann sa main gantée de blanc d'où s'échappa, avec une correspondance, une vision de haute vie qui

remplit l'omnibus, mêlée à l'odeur du teinturier. Et
Swann se sentit déborder de tendresse pour elle,
autant que pour Mme Verdurin(et presque autant que
pour Odette, car le sentiment qu'il éprouvait pour cette
dernière n'étant plus mêlé de douleur, n'était plus
guère de l'amour), tandis que de la plate-forme il la
suivait de ses yeux attendris, qui enfilait courageuse-
ment la rue Bonaparte, l'aigrette haute, d'une main
relevant sa jupe, de l'autre tenant son en-tout-cas
et son porte-cartes dont elle laissait voir le chiffre,
laissant baller devant elle son manchon.

Pour faire concurrence aux sentiments maladifs que
Swann avait pour Odette, Mme Cottard, meilleur thé-
rapeute que n'eût été son mari, avait greffé à côté
d'eux d'autres sentiments, normaux ceux-là, de gratitude, d'amitié, des sentiments qui dans l'esprit de
Swann rendraient Odette plus humaine, plus semblable
aux autres femmes parce que d'autres femmes aussi
pouvaient les lui inspirer, hâteraient sa transforma-
tion définitive en cette Odette aimée d'affection pai-
sible, qui l'avait ramené un soir après une fête chez
le peintre boire un verre d'orangeade avec Forcheville
et près de qui Swann avait entrevu qu'il pourrait
vivre heureux.

Jadis ayant souvent pensé avec terreur qu'un jour
il cesserait d'être épris d'Odette, il s'était promis
d'être vigilant, et dès qu'il sentirait que son amour
commençait à le quitter, de s'accrocher à lui, de le
retenir. Mais voici qu'à l'affaiblissement de son amour
correspondait simultanément un affaiblissement du
désir de rester amoureux. Car on ne peut pas changer,
c'est-à-dire devenir une autre personne, tout en continuant à obéir aux sentiments de celle qu'on n'est
plus. Parfois le nom aperçu dans un journal, d'un des
hommes qu'il supposait avoir pu être les amants
d'Odette, lui redonnait de la jalousie. Mais elle était
bien légère et comme elle lui prouvait qu'il n'était pas

encore complètement sorti de ce temps où il avait tant
souffert, mais aussi où il avait connu une manière de sentir si voluptueuse, et que les hasards de la route lui
permettraient peut-être d'en apercevoir encore furtivement et de loin les beautés, cette jalousie lui procurait plutôt une excitation agréable comme au morne
Parisien qui quitte Venise pour retrouver la France,
un dernier moustique prouve que l'Italie et l'été ne sont
pas encore bien loin. Mais le plus souvent le temps si
particulier de sa vie d'où il sortait, quand il faisait effort
sinon pour y rester, du moins pour en avoir une vision
claire pendant qu'il le pouvait encore, il s'apercevait
qu'il ne le pouvait déjà plus ; il aurait voulu apercevoir
comme un paysage qui allait disparaître cet amour
qu'il venait de quitter ; mais il est si difficile d'être
double et se donner le spectacle véridique d'un sentiment qu'on a cessé de posséder, que bientôt l'obscurité se faisant dans son cerveau, il ne voyait plus rien,
renonçait à regarder, retirait son lorgnon, en essuyait
les verres et il se disait qu'il valait mieux se reposer
un peu, qu'il serait encore temps tout à l'heure, et se
rencognait, avec l'incuriosité, dans l'engourdissement,
du voyageur ensommeillé qui rabat son chapeau sur
ses yeux pour dormir dans le wagon qu'il sent l'entraîner de plus en plus vite, loin du pays, où il a si longtemps vécu et qu'il s'était promis de ne pas laisser
fuir sans lui donner un dernier adieu. Même comme
ce voyageur s'il se réveille seulement en France,
quand Swann ramassa par hasard près de lui la preuve
que Forcheville avait été l'amant d'Odette, il s'aperçut qu'il n'en ressentait aucune douleur, que l'amour
était loin maintenant et regretta de n'avoir pas été
averti du moment où il le quittait pour toujours. Et de
même qu'avant d'embrasser Odette pour la première
fois il avait recherché à imprimer dans sa mémoire le
visage qu'elle avait eu si longtemps pour lui et qu'allait transformer le souvenir de ce baiser, de même il

eût voulu, en pensée au moins, avoir pu faire ses adieux, pendant qu'elle existait encore, à cette Odette lui inspirant de l'amour, de la jalousie, à cette Odette lui causant des souffrances et que maintenant il ne reverrait jamais. Il se trompait. Il devait la revoir une fois encore, quelques semaines plus tard. Ce fut en dormant, dans le crépuscule d'un rêve. Il se promenait avec Mme Verdurin, le docteur Cottard, un jeune homme en fez qu'il ne pouvait identifier, le peintre, Odette, Napoléon III et mon grand-père, sur un chemin qui suivait la mer et la surplombait à pic tantôt de très haut, tantôt de quelques mètres seulement, de sorte qu'on montait et redescendait constamment ; ceux des promeneurs qui redescendaient déjà n'étaient plus visibles à ceux qui montaient encore, le peu de jour qui restât faiblissait et il semblait alors qu'une nuit noire allait s'étendre immédiatement. Par moment les vagues sautaient jusqu'au bord et Swann sentait sur sa joue des éclaboussures glacées. Odette lui disait de les essuyer, il ne pouvait pas et en était confus vis-à-vis d'elle, ainsi que d'être en chemise de nuit. Il espérait qu'à cause de l'obscurité on ne s'en rendait pas compte, mais cependant Mme Verdurin le fixa d'un regard étonné durant un long moment pendant lequel il vit sa figure se déformer, son nez s'allonger et qu'elle avait de grandes moustaches. Il se détourna pour regarder Odette, ses joues étaient pâles, avec des petits points rouges, ses traits tirés, cernés, mais elle le regardait avec des yeux pleins de tendresse prêts à se détacher comme des larmes pour tomber sur lui et il se sentait l'aimer tellement qu'il aurait voulu l'emmener tout de suite. Tout d'un coup Odette tourna son poignet, regarda une petite montre et dit : il faut que je m'en aille, elle prenait congé de tout le monde, de la même façon sans prendre à part Swann, sans lui dire où elle le reverrait le soir ou un autre jour. Il n'osa pas le lui demander, il aurait voulu la suivre et était obligé,

sans se retourner vers elle, de répondre en souriant
à une question de Mme Verdurin, mais son cœur battait horriblement, il éprouvait de la haine pour Odette,
il aurait voulu crever ses yeux qu'il aimait tant tout
à l'heure, écraser ses joues sans fraîcheur. Il continuait à monter avec Mme Verdurin, c'est-à-dire à s'éloigner à chaque pas d'Odette, qui descendait en sens
inverse. Au bout d'une seconde il y eut beaucoup
d'heures qu'elle était partie. Le peintre fit remarquer
à Swann que Napoléon III s'était éclipsé un instant
après elle. « C'était certainement entendu entre eux,
ajouta-t-il, ils ont dû se rejoindre en bas de la côte
mais n'ont pas voulu dire adieu ensemble à cause des
convenances. Elle est sa maîtresse. » Le jeune homme
inconnu se mit à pleurer. Swann essaya de le consoler. « Après tout elle a raison, lui dit-il en lui essuyant
les yeux et en lui ôtant son fez pour qu'il fût plus
à son aise. Je le lui ai conseillé dix fois. Pourquoi en
être triste. C'était bien l'homme qui pouvait la comprendre. » Ainsi Swann se parlait-il à lui-même, car
le jeune homme qu'il n'avait pu identifier d'abord était
aussi lui; comme certains romanciers, il avait distri-
bué sa personnalité à deux personnages, celui qui
faisait le rêve, et un qu'il voyait devant lui coiffé
d'un fez.

Quant à Napoléon III, c'est à Forcheville que
quelque vague association d'idées puis, une certaine
modification dans la physionomie habituelle du baron,
enfin le grand cordon de la Légion d'honneur en sau-
toir, lui avaient fait donner ce nom ; mais en réalité,
et pour tout ce que le personnage présent dans le
rêve lui représentait et lui rappelait, c'était bien Forcheville. Car, d'images incomplètes et changeantes
Swann endormi tirait des déductions fausses, ayant
d'ailleurs momentanément un tel pouvoir créateur
qu'il se reproduisait par simple division comme certains organismes inférieurs ; avec la chaleur sentie

30

de sa propre paume il modelait le creux d'une main
étrangère qu'il croyait serrer et de sentiments et d'impressions dont il n'avait pas conscience encore faisait
naître comme des péripéties qui, par leur enchaînement logique amèneraient à point nommé dans le sommeil de Swann le personnage nécessaire pour recevoir son amour ou provoquer son réveil. Une nuit
noire se fit tout d'un coup, un tocsin sonna, des habitants passèrent en courant, se sauvant des maisons en
flammes ; Swann entendait le bruit des vagues qui sautaient et son cœur qui, avec la même violence, battait
d'anxiété dans sa poitrine. Tout d'un coup ses palpi-
tations de cœur redoublèrent de vitesse il éprouva
une souffrance, une nausée inexplicable ; un paysan
couvert de brûlures lui jetait en passant : « Venez
demander à Charlus où Odette est allée finir la soirée
avec son camarade, il a été avec elle autrefois et elle
lui dit tout. C'est eux qui ont mis le feu. » C'était
son valet de chambre qui venait l'éveiller et lui
disait :

— Monsieur il est huit heures et le coiffeur est là,
je lui ai dit de repasser dans une heure.

Mais ces paroles en pénétrant dans les ondes du
sommeil où Swann était plongé, n'étaient arrivées jusqu'à sa conscience qu'en subissant cette déviation qui
fait qu'au fond de l'eau un rayon paraît un soleil,
de même qu'un moment auparavant le bruit de la
sonnette prenant au fond de ces abîmes une sonorité
de tocsin avait enfanté l'épisode de l'incendie. Cependant le décor qu'il avait sous les yeux vola en poussière, il ouvrit les yeux, entendit une dernière fois
le bruit d'une des vagues de la mer qui s'éloignait. Il
toucha sa joue. Elle était sèche. Et pourtant il se rappelait la sensation de l'eau froide et le goût du sel. Il
se leva, s'habilla. Il avait fait venir le coiffeur de bonne
heure parce qu'il avait écrit la veille à mon grand-père
qu'il irait dans l'après-midi à Combray, ayant appris

que Mme de Cambremer, — Mlle Legrandin —, devait
y passer quelques jours. Associant dans son souvenir
au charme de ce jeune visage celui d'une campagne où
il n'était pas allé depuis si longtemps, ils lui offraient
ensemble, un attrait qu'il l'avait décidé à quitter enfin
Paris pour quelques jours. Comme les différents hasards qui nous mettent en présence de certaines personnes ne coïncident pas avec le temps où nous les
aimons, mais, le dépassant, peuvent se produire avant
qu'il commence et se répéter après qu'il a fini, les
premières apparitions que fait dans notre vie un être
destiné plus tard à nous plaire, prennent rétrospectivement à nos yeux une valeur d'avertissement, de
présage. C'est de cette façon que Swann s'était souvent reporté à l'image d'Odette rencontrée au théâtre, ce premier soir où il ne songeait pas à la revoir
jamais, — et qu'il se rappelait maintenant la soirée
de Mme de Saint-Euverte où il avait présenté le général de Froberville à Mme de Cambremer. Les intérêts
de notre vie sont si multiples qu'il n'est pas rare que
dans une même circonstance les jalons d'un bonheur
qui n'existe pas encore soient posés à côté de l'ag-
gravation d'un chagrin dont nous souffrons. Et sans
doute cela aurait pu arriver à Swann ailleurs que
chez Mme de Saint-Euverte. Qui sait même, dans le
cas où, ce soir-là, il se fût trouvé ailleurs, si d'autres
bonheurs, d'autres chagrins ne lui seraient pas arrivés, et qui ensuite lui eussent paru avoir été inévi-
tables. Mais ce qui lui semblait l'avoir été, c'était ce
qui avait eu lieu, et il n'était pas loin de voir quelque
chose de providentiel dans ce fait qu'il se fût décidé
à aller à la soirée de Mme de Saint-Euverte, parce que
son esprit désireux d'admirer la richesse d'invention
de la vie et incapable de se poser longtemps une
question difficile, comme de savoir ce qui eût été le
plus à souhaiter, considérait dans les souffrances qu'il
avait éprouvées ce soir-là et les plaisirs encore insoup-

çonnés qui germaient déjà, — et entre lesquels la balance était trop difficile à établir —, une sorte d'enchaînement nécessaire.

Mais tandis que, une heure après son réveil, il donnait des indications au coiffeur pour que sa brosse ne se dérangeât pas en wagon, il repensa à son rêve, il revit comme il les avait sentis tout près de lui, le teint pâle d'Odette, les joues trop maigres, les traits tirés, les yeux battus, tout ce que — au cours des tendresses successives qui avaient fait de son durable amour pour Odette un long oubli de l'image première qu'il avait reçue d'elle —, il avait cessé de remarquer depuis les premiers temps de leur liaison dans lesquels sans doute, pendant qu'il dormait, sa mémoire en avait été chercher la sensation exacte. Et avec cette muflerie intermittente qui reparaissait chez lui dès qu'il n'était plus malheureux et que baissait du même coup le niveau de sa moralité, il s'écria en lui-même : « Dire que j'ai gâché des années de ma vie, que j'ai voulu mourir, que j'ai eu mon plus grand amour, pour une femme qui ne me plaisait pas, qui n'était pas mon genre ! »

TROISIÈME PARTIE

NOMS DE PAYS :

Le Nom

Parmi les chambres dont j'évoquais le plus souvent l'image dans mes nuits d'insomnie, aucune ne ressemblait moins aux chambres de Combray, saupoudrées d'une atmosphère grenue, pollinisée, comestible et dévote, que celle du Grand-Hôtel de la Plage, à Balbec, dont les murs passés au ripolin contenaient comme les parois polies d'une piscine où l'eau bleuit, un air pur, azuré et salin. Le tapissier bavarois qui avait été chargé de l'aménagement de cet hôtel avait varié la décoration des pièces et sur trois côtés, fait courir le long des murs, dans celle que je me trouvai habiter, des bibliothèques basses, à vitrines en glace, dans lesquelles selon la place qu'elles occupaient, et par un effet qu'il n'avait pas prévu, telle ou telle partie de tableau changeant de la mer se reflétait, déroulant une frise de claires marines, qu'interrompaient seuls les pleins de l'acajou. Si bien que toute la pièce avait l'air d'un de ces dortoirs modèles qu'on présente dans les expositions « modern style » du mobilier où ils sont ornés d'œuvres d'art qu'on a supposé capables de réjouir les yeux de celui qui couchera là et auxquelles on a donné des sujets en rap-

port avec le genre de site où l'habitation doit se
trouver.

Mais rien ne ressemblait moins non plus à ce Balbec réel que celui dont j'avais souvent rêvé, les jours
de tempête, quand le vent était si fort que Françoise en me menant aux Champs-Elysées me recommandait de ne pas marcher trop près des murs pour
ne pas recevoir de tuiles sur la tête et parlait en gémissant des grands sinistres et naufrages annoncés par
les journaux. Je n'avais pas de plus grand désir que
de voir une tempête sur la mer, moins comme un beau
spectacle que comme un moment dévoilé de la vie réelle
de la nature; ou plutôt il n'y avait pour moi de beaux
spectacles que ceux que je savais qui n'étaient pas
artificiellement combinés pour mon plaisir, mais étaient
nécessaires, inchangeables, — les beautés des paysages ou du grand art. Je n'étais curieux, je n'étais
avide de connaître que ce que je croyais plus vrai
que moi-même, ce qui avait pour moi le prix de me
montrer un peu de la pensée d'un grand génie, ou de
la force ou de la grâce de la nature telle qu'elle se
manifeste livrée à elle-même, sans l'intervention des
hommes. De même que le beau son de sa voix, isolé-
ment reproduit par le phonographe, ne nous consolerait
pas d'avoir perdu notre mère, de même une tempête
mécaniquement imitée m'aurait laissé aussi indifférent que les fontaines lumineuses de l'Exposition. Je
voulais aussi pour que la tempête fût absolument vraie,
que le rivage lui-même fût un rivage naturel, non une
digue récemment créée par une municipalité. D'ailleurs la nature par tous les sentiments qu'elle éveillait
en moi, me semblait ce qu'il y avait de plus opposé
aux productions mécaniques des hommes. Moins elle
portait leur empreinte et plus elle offrait d'espace à
l'expansion de mon cœur. Or j'avais retenu le nom de
Balbec que nous avait cité Legrandin, comme d'une
plage toute proche de « ces côtes funèbres, fameuses

par tant de naufrages qu'enveloppe six mois de l'année le linceul des brumes et l'écume des vagues ».

« On y sent encore sous ses pas, disait-il, bien plus
qu'au Finistère lui-même, et quand bien même des
hôtels s'y superposeraient maintenant sans pouvoir y
modifier la plus antique ossature de la terre, on y sent
la véritable fin de la terre française, européenne, de
la Terre antique. Et c'est le dernier campement de pêcheurs, pareils à tous les pêcheurs qui ont vécu depuis
le commencement du monde, en face du royaume
éternel des brouillards de la mer et des ombres. »
Un jour qu'à Combray j'avais parlé de cette plage de
Balbec devant M. Swann afin d'apprendre de lui si
c'était le point le mieux choisi pour voir les plus fortes tempêtes, il m'avait répondu : « Je crois bien que
je connais Balbec. L'église de Balbec, du XIIᵉ et XIIIᵉ siècle, encore à moitié romane, est peut-être le plus curieux échantillon du gothique normand, et si singulière, on dirait de l'art persan. » Et ces lieux qui
jusque-là ne m'avaient semblé être que de la nature
immémoriale, restée contemporaine des grands phénomènes géologiques, — et tout aussi en dehors de
l'histoire humaine que l'Océan ou la grande Ourse,
avec ces sauvages pêcheurs pour qui, pas plus que
pour les baleines, il n'y avait eu de moyen âge —,
ç'avait été un grand charme pour moi de les voir tout
d'un coup entrés dans la série des siècles, ayant connu
l'époque romane, et de savoir que le trèfle gothique
était venu nervurer aussi ces rochers sauvages à l'heure
voulue, comme ces plantes frêles mais vivaces qui,
quand c'est le printemps, étoilent çà et là la neige des
pôles. Et si le gothique apportait à ces lieux et à ces
hommes une détermination qui leur manquait, eux
aussi lui en conféraient une en retour. J'essayais de
me représenter comment ces pêcheurs avaient vécu,
le timide et insoupçonné essai de rapports sociaux
qu'ils avaient tenté là, pendant le moyen âge, ramas-

sés sur un point des côtes d'Enfer, aux pieds des falaises de la mort ; et le gothique, me semblait plus vivant maintenant que séparé des villes où je l'avais toujours imaginé jusque-là, je pouvais voir comment, dans un cas particulier, sur des rochers sauvages il avait germé et fleuri en un fin clocher. On me mena voir des reproductions des plus célèbres Statues de Balbec — les apôtres moutonnants et camus, la Vierge du porche, et de joie ma respiration s'arrêtait dans ma poitrine quand je pensais que je pourrais les voir se modeler en relief sur le brouillard éternel et salé. Alors, par les soirs orageux et doux de février, le vent, soufflant dans mon cœur, qu'il ne faisait pas trembler moins fort que la cheminée de ma chambre, le projet d'un voyage à Balbec, mêlait en moi le désir de l'architecture gothique avec celui d'une tempête sur la mer.

J'aurais voulu prendre dès le lendemain le beau train généreux d'une heure vingt-deux dont je ne pouvais jamais sans que mon cœur palpitât lire dans les réclames des Compagnies de chemin de fer, dans les annonces de voyages circulaires, l'heure de départ : elle me semblait inciser à un point précis de l'après-midi une savoureuse entaille, une marque mystérieuse à partir de laquelle les heures déviées conduisaient bien encore au soir, au matin du lendemain, mais qu'on verrait, au lieu de Paris, dans l'une de ces villes par où le train passe et entre lesquelles il nous permettait de choisir ; car il s'arrêtait à Bayeux, à Coutances, à Vitré, à Questambert, à Pontorson, à Balbec, à Lannion, à Lamballe, à Benodet, à Pont-Aven, à Quimperlé, et s'avançait magnifiquement surchargé de noms qu'il m'offrait et entre lesquels je ne savais lequel j'aurais préféré, par impossibilité d'en sacrifier aucun. Mais sans même l'attendre, j'aurais pu en m'habillant à la hâte partir le soir même, si mes parents me l'avaient permis, et arriver à Balbec quand le petit

jour se lèverait sur la mer furieuse, contre les écumes
envolées de laquelle j'irais me réfugier dans l'église
de style persan. Mais à l'approche des vacances de
Pâques, quand mes parents m'eurent promis de me
les faire passer une fois dans le Nord de l'Italie, voilà
qu'à ces rêves de tempête dont j'avais été rempli tout
entier, ne souhaitant voir que des vagues, accourant
de partout, toujours plus haut, sur la côte la plus sauvage, près d'églises escarpées et rugueuses comme des
falaises et dans les tours desquelles crieraient les
oiseaux de mer, voilà que tout à coup les effaçant, leur
ôtant tout charme, les excluant parce qu'ils lui étaient
opposés et n'auraient pu que l'affaiblir, se substi-
tuaient en moi le rêve contraire du printemps le plus
diapré, non pas le printemps de Combray qui piquait
encore aigrement avec toutes les aiguilles du givre,
mais celui qui couvrait déjà de lys et d'anémones les
champs de Fiésole et éblouissait Florence de fonds
d'or pareils à ceux de l'Angélico. Dès lors, seuls les
rayons, les parfums, les couleurs me semblaient avoir
du prix ; car l'alternance des images avait amené en
moi un changement de front du désir, et, — aussi brusque que ceux qu'il y a parfois en musique, un complet
changement de ton dans ma sensibilité. Puis il arriva
qu'une simple variation atmosphérique suffit à provoquer en moi cette modulation sans qu'il y eût besoin
d'attendre le retour d'une saison. Car souvent dans
l'une on trouve égaré un jour d'une autre qui nous y
fait vivre, en évoque aussitôt, en fait désirer les plaisirs particuliers et interrompt les rêves que nous étions
en train de faire en plaçant, plus tôt ou plus tard
qu'à son tour, ce feuillet détaché d'un autre chapitre,
dans le calendrier interpolé du Bonheur. Mais bientôt
comme ces phénomènes naturels dont notre confort
ou notre santé ne peuvent tirer qu'un bénéfice accidentel et assez mince jusqu'au jour où la science s'em-
pare d'eux, et les produisant à volonté, remet en nos

mains la possibilité de leur apparition, soustraite à la
tutelle et dispensée de l'agrément du hasard, de même
la production de ces rêves d'Atlantique et d'Italie
cessa d'être soumise uniquement aux changements des
saisons et du temps. Je n'eus besoin pour les faire
renaître que de prononcer ces noms : Balbec, Venise,
Florence, dans l'intérieur desquels avait fini par s'ac-
cumuler le désir que m'avait inspiré les lieux qu'ils dé-
signaient. Même au printemps, trouver dans un livre
le nom de Balbec suffisait à réveiller en moi le désir
des tempêtes et du gothique normand ; même par un
jour de tempête le nom de Florence ou de Venise me
donnait le désir du soleil, des lys, du palais des Doges
et de Sainte-Marie-des-Fleurs.

Mais si ces noms absorbèrent à tout jamais l'image
que j'avais de ces villes, ce ne fut qu'en la transformant,
qu'en soumettant sa réapparition en moi à leurs lois
propres ; ils eurent ainsi pour conséquence de la rendre
plus belle, mais aussi plus différente de ce que les
villes de Normandie ou de Toscane pouvaient être en
réalité, et, en accroissant les joies arbitraires de mon
imagination, d'aggraver la déception future de mes
voyages. Ils exaltèrent l'idée que je me faisais de certains lieux de la terre, en les faisant plus particuliers,
par conséquent plus réels. Je ne me représentais pas
alors les villes, les paysages, les monuments, comme
des tableaux plus ou moins agréables, découpés çà et
là dans une même matière, mais chacun d'eux comme
un inconnu, essentiellement différent des autres, dont
mon âme avait soif et qu'elle aurait profit à connaître.
Combien ils prirent quelque chose de plus individuel
encore, d'être désignés par des noms, des noms qui
n'étaient que pour eux, des noms comme en ont les
personnes. Les mots nous présentent des choses une
petite image claire et usuelle comme celles que l'on
suspend aux murs des écoles pour donner aux enfants
l'exemple de ce qu'est un établi, un oiseau, une four-

milière, choses conçues comme pareilles à toutes celles
de même sorte. Mais les noms présentent des personnes — et des villes qu'ils nous habituent à croire individuelles, uniques comme des personnes — une image
confuse qui tire d'eux, de leur sonorité éclatante ou
sombre, la couleur dont elle est peinte uniformément
comme une de ces affiches, entièrement bleues ou entièrement rouges, dans lesquelles, à cause des limites du
procédé employé ou par un caprice du décorateur,
sont bleus ou rouges, non seulement le ciel et la mer
mais les barques, l'église, les passants. Le nom de
Parme, une des villes où je désirais le plus aller, depuis
que j'avais lu la Chartreuse, m'apparaissant compact,
lisse, mauve et doux. Si on me parlait d'une maison
quelconque de Parme dans laquelle je serais reçu, ou
me causait le plaisir de penser que j'habiterais une
demeure lisse, compacte, mauve et douce, qui n'avait
de rapport avec les demeures d'aucune ville d'Italie
puisque je l'imaginais seulement à l'aide de cette syllabe lourde du nom de Parme, où ne circule aucun
air, et de tout ce que je lui avais fait absorber de douceur stendhalienne et du reflet des violettes. Et quand
je pensais à Florence, c'était comme à une ville miraculeusement embaumée et semblable à une corolle,
parce qu'elle s'appelait la cité des lys et sa cathédrale,
Sainte-Marie-des-Fleurs. Quant à Balbec, c'était un
de ces noms où comme sur une vieille poterie normande qui garde la couleur de la terre d'où elle fut
tirée, on voit se peindre encore la représentation de
quelque usage aboli, de quelque droit féodal, d'un état
ancien de lieux, d'une manière désuète de prononcer
qui en avait formé les syllabes hétéroclites et que je
ne doutais pas de retrouver jusque chez l'aubergiste
qui me servirait du café au lait à mon arrivée, me
menant voir la mer déchaînée devant l'église et auquel je prêtais l'aspect disputeur, solennel et médiéval d'un personnage de fabliau.

Si ma santé s'affermissait et que mes parents me permissent, sinon d'aller séjourner à Balbec, du moins de prendre une fois, pour faire connaissance avec l'architecture et les paysages de la Normandie ou de la Bretagne, ce train d'une heure vingt-deux dans lequel j'étais monté tant de fois en imagination, j'aurais voulu m'arrêter de préférence dans les villes les plus belles, mais j'avais beau les comparer, comment choisir plus qu'entre des êtres individuels, qui ne sont pas interchangeables, entre Bayeux si haute dans sa noble dentelle rougeâtre et dont le faîte était illuminé par le vieil or de sa dernière syllabe ; Vitré dont l'accent aigu losangeait de bois noir le vitrage ancien ; le doux Lamballe qui, dans son blanc va du jaune coquille d'œuf au gris perle ; Coutances, cathédrale normande, que sa diphtongue finale, grasse et jaunissante couronne par une tour de beurre ; Lannion avec le bruit dans son silence villageois du coche suivi de la mouche ; Questambert, Pontorson, risibles et naïfs, plumes blanches et becs jaunes éparpillés sur la route des lieux fluviatiles et poétiques : Benodet, nom à peine amarré que semble vouloir entraîner la rivière au milieu de ses algues ; Pont-Aven, envolée blanche et rose de l'aile d'une coiffe légère qui se reflète en tremblant dans une eau verdie de canal, Quimperlé, lui, mieux attaché et, depuis le moyen âge, entre les ruisseaux dont il gazouille et s'emperle en une grisaille pareille à celle que dessinent à travers les toiles d'araignées d'une verrière les rayons de soleil changés en pointes émoussées d'argent bruni ?

Ces images étaient fausses pour une autre raison encore ; c'est qu'elles étaient forcément très simplifiées ; sans doute ce à quoi aspirait mon imagination et que mes sens ne percevaient qu'incomplètement et sans plaisir dans le présent, je l'avais enfermé dans le refuge des noms ; sans doute, parce que j'y avais accumulé du rêve ils aimantaient maintenant mes

désirs ; mais les noms ne sont pas très vastes ; c'est tout
au plus si je pouvais y faire entrer deux ou trois des
« curiosités » principales de la ville et elles s'y juxta-
posaient sans intermédiaires ; dans le nom de Balbec,
comme dans le verre grossissant de ces porte-plumes
qu'on achète aux bains de mer j'apercevais des vagues
soulevées autour d'une église de style persan. Peut-
être même la simplification de ces images fut-elle une
des causes de l'empire qu'elles prirent sur moi. Quand
mon père eut décidé, une année, que nous irions passer les vacances de Pâques à Florence et à Venise,
n'ayant pas la place de faire entrer dans le nom de
Florence les éléments qui composent d'habitude les
villes, je fus contraint à faire sortir une cité surnaturelle de la fécondation, par certains parfums printa-
niers, de ce que je croyais être, en son essence, le
génie de Giotto. Tout au plus — et parce qu'on ne
peut pas faire tenir dans un nom beaucoup plus de
durée que d'espace — comme certains tableaux de
Giotto eux-mêmes qui montrent à deux moments
différents de l'action un même personnage, ici couché dans son lit, là s'apprêtant à monter à cheval, le
nom de Florence était-il divisé en deux comparti-
ments. Dans l'un, sous un dais architectural je contemplais une fresque à laquelle était partiellement
superposé un rideau de soleil matinal, poudreux, oblique et progressif ; dans l'autre (car ne pensant pas
aux noms comme à un idéal inaccessible mais comme
à une ambiance réelle dans laquelle j'irais me plonger,
la vie non vécue encore, la vie intacte et pure que
j'y enfermais donnait aux plaisirs les plus matériels,
aux scènes les plus simples, cet attrait qu'ils ont
dans les œuvres des primitifs), je traversais rapidement, — pour trouver plus vite le déjeuner qui m'attendait avec des fruits et du vin de Chianti — le
Ponte-Vecchio encombré de jonquilles, de narcisses et
d'anémones. Voilà (bien que je fusse à Paris) ce que je

voyais et non ce qui était autour de moi. Même à un
simple point de vue réaliste, les pays que nous dési-
rons tiennent à chaque moment beaucoup plus de place
dans notre vie véritable, que le pays où nous nous
trouvons effectivement. Sans doute si alors j'avais fait
moi-même plus attention à ce qu'il y avait dans ma
pensée quand je prononçais les mots « aller à Florence,
à Parme, à Pise, à Venise », je me serais rendu compte
que ce que je voyais n'était nullement une ville, mais
quelque chose d'aussi différent de tout ce que je connaissais, d'aussi délicieux que pourrait être pour une
humanité dont la vie se serait toujours écoulée dans des
fins d'après-midis d'hiver, cette merveille inconnue :
une matinée de printemps. Ces images irréelles, fixes,
toujours pareilles, remplissant mes nuits et mes jours,
différencièrent cette époque de ma vie de celles qui
l'avaient précédée (et qui auraient pu se confondre
avec elle aux yeux d'un observateur qui ne voit les
choses que du dehors c'est-à-dire qui ne voit rien),
comme dans un opéra un motif mélodique introduit
une nouveauté qu'on ne pourrait pas soupçonner si
on ne faisait que lire le livret, moins encore si on restait en dehors du théâtre à compter seulement les
quarts d'heure qui s'écoulent. Et encore, même à ce
point de vue de simple quantité, dans notre vie les
jours ne sont pas égaux. Pour parcourir les jours, les
natures un peu nerveuses, comme était la mienne,
disposent, comme les voitures automobiles, de « vites-
ses » différentes. Il y a des jours montueux et malai-
sés qu'on met un temps infini à gravir et des jours en
pente qui se laissent descendre à fond de train en
chantant. Pendant ce mois où je ressassai comme une
mélodie, sans pouvoir m'en rassasier, ces images de
Florence, de Venise et de Pise desquelles le désir
qu'elles excitaient en moi gardait quelque chose
d'aussi profondément individuel que si ç'avait été un
amour, un amour pour une personne, je ne cessai pas

de croire qu'elles correspondaient à une réalité indépendante de moi, et elles me firent connaître une
aussi belle espérance que pouvait en nourrir un chré-
tien des premiers âges à la veille d'entrer dans le
paradis. Aussi sans que je me souciasse de la contradiction qu'il y avait à vouloir regarder et toucher
avec les organes des sens, ce qui avait été élaboré par
la rêverie et non perçu par eux — et d'autant plus
tentant pour eux, plus différent de ce qu'ils connaissaient — c'est ce qui me rappelait la réalité de ces
images, qui enflammait le plus mon désir, parce que
c'était comme une promesse qu'il serait contenté. Et,
bien que mon exaltation eût pour motif un désir de
jouissances artistiques, les guides l'entretenaient encore plus que les livres d'esthétique et, plus que les
guides, l'indicateur des chemins de fer. Ce qui m'émou-
vait c'était de penser que cette Florence que je voyais
proche mais inaccessible dans mon imagination, si le
trajet qui la séparait de moi, en moi-même, n'était
pas viable, je pourrais l'atteindre par un biais, par un
détour, en prenant la « voie de terre ». Certes quand
je me répétais, donnant ainsi tant de valeur à ce que
j'allais voir, que Venise était « l'école de Giorgione, la
demeure du Titien, le plus complet musée de l'architecture domestique au moyen âge », je me sentais
heureux. Je l'étais pourtant davantage quand, sorti
pour une course, marchant vite à cause du temps qui
après quelques jours de printemps précoce était redevenu un temps d'hiver (comme celui que nous trouvions d'habitude à Combray, la Semaine Sainte),
voyant sur les boulevards les marronniers qui, plongés
dans un air glacial et liquide comme de l'eau n'en
commençaient pas moins, invités exacts, déjà en tenue,
et qui ne se sont pas laissé décourager, à arrondir et
à ciseler en leurs blocs congelés, l'irrésistible verdure
dont la puissance abortive du froid contrariait mais
ne parvenait pas à réfréner la progressive poussée, je

pensais que déjà le Ponte-Vecchio était jonché à foi-
son de jacinthes et d'anémones et que le soleil du
printemps teignait déjà les flots du Grand Canal d'un
si sombre azur et de si nobles émeraudes qu'en venant
se briser aux pieds des peintures du Titien, ils pouvaient rivaliser de riche coloris avec elles. Je ne pus
plus contenir ma joie quand mon père, tout en con-
sultant le baromètre et en déplorant le froid, commença à chercher quels seraient les meilleurs trains,
et quand je compris qu'en pénétrant après le déjeuner
dans le laboratoire charbonneux, dans la chambre magique qui se chargeait d'opérer la transmutation tout
autour d'elle, on pouvait s'éveiller le lendemain dans
la cité de marbre et d'or « rehaussée de jaspe et pa-
vée d'émeraudes ». Ainsi elle et la Cité des lys n'étaient
pas seulement des tableaux fictifs qu'on mettait à
volonté devant son imagination mais existaient à une
certaine distance de Paris qu'il fallait absolument
franchir si l'on voulait les voir, à une certaine place
déterminée de la terre, et à aucune autre, en un mot
étaient bien réelles. Elles le devinrent encore plus
pour moi, quand mon père en disant : « En somme,
vous pourriez rester à Venise du 20 avril au 29 et arriver à Florence dès le matin de Pâques », les fit sortir
toutes deux non plus seulement de l'Espace abstrait
mais de ce Temps imaginaire où nous situons non pas
un seul voyage à la fois, mais d'autres, simultanés
et sans trop d'émotion puisqu'ils ne sont que possibles, — ce Temps qui se refabrique si bien qu'on peut
encore le passer dans une ville après qu'on l'a passé
dans une autre — et leur consacra de ces jours particuliers qui sont le certificat d'authenticité des objets
auxquels on les emploie, car ces jours uniques, ils se
consument par l'usage, ils ne reviennent pas, on ne
peut plus les vivre ici quand on les a vécus là ; je
sentis que c'était vers la semaine qui commençait le
lundi où la blanchisseuse devait rapporter le gilet

blanc que j'avais couvert d'encre, que se dirigeaient
pour s'y absorber au sortir du temps idéal où elles
n'existaient pas encore, les deux Cités-Reines dont
j'allais avoir, par la plus émouvante des géométries,
à inscrire les dômes et les tours dans le plan de ma
propre vie. Mais je n'étais encore qu'en chemin vers
le dernier degré de l'allégresse; je l'atteignis enfin
(ayant seulement alors la révélation que sur les rues
clapotantes, rougies du reflet des fresques de Giorgione, ce n'était pas, comme j'avais, malgré tant d'avertissements, continué à l'imaginer, les hommes « majestueux et terribles comme la mer, portant leur
armure aux reflets de bronze sous les plis de leur
manteau sanglant » qui se promèneraient dans Venise
la semaine prochaine, la veille de Pâques, mais que ce
pourrait être moi le personnage minuscule que, dans
une grande photographie de Saint-Marc qu'on n'avait
prêtée, l'illustrateur avait représenté, en chapeau me-
lon, devant les porches), quand j'entendis mon père me
dire : « Il doit faire encore froid sur le Grand-Canal,
tu ferais bien de mettre à tout hasard dans ta malle ton
pardessus d'hiver et ton gros veston. » A ces mots je
m'élevai à une sorte d'extase; ce que j'avais cru jusque-là impossible, je me sentis vraiment pénétrer entre
ces « rochers d'améthyste pareils à un récif de la mer
des Indes »; par une gymnastique suprême et au-dessus de mes forces, me dévêtant comme d'une carapace
sans objet de l'air de ma chambre qui m'entourait, je
le remplaçai par des parties égales d'air Vénitien, cette
atmosphère marine, indicible et particulière comme
celle des rêves que mon imagination avait enfermée
dans le nom de Venise, je sentis s'opérer en moi une
miraculeuse désincarnation ; elle se doubla aussitôt
de la vague envie de vomir qu'on éprouve quand on
vient de prendre un gros mal de gorge et on dut me
mettre au lit avec une fièvre si tenace, que le docteur
déclara qu'il fallait renoncer non seulement à me lais-

ser partir maintenant à Florence et à Venise mais,
même quand je serais entièrement rétabli, m'éviter
d'ici au moins un an, tout projet de voyage et toute
cause d'agitation.

Et hélas, il défendit aussi d'une façon absolue qu'on
me laissât aller au théâtre entendre la Berma; l'artiste
sublime, à laquelle Bergotte trouvait du génie, m'aurait
en me faisant connaître quelque chose qui était peut-
être aussi important et aussi beau, consolé de n'avoir
pas été à Florence et à Venise, de n'aller pas à Balbec.
On devait se contenter de m'envoyer chaque jour aux
Champs-Elysées, sous la surveillance d'une personne
qui m'empêcherait de me fatiguer et qui fut Françoise,
entrée à notre service après la mort de ma tante Léonie. Aller aux Champs-Elysées me fut insupportable.
Si seulement Bergotte les eût décrits dans un de ses
livres, sans doute j'aurais désiré de les connaître,
comme toutes les choses dont on avait commencé par
mettre le « double » dans mon imagination. Elle les
réchauffait, les faisait vivre, leur donnait une personnalité, et je voulais les retrouver dans la réalité; mais
dans ce jardin public rien ne se rattachait à mes rêves.

Un jour, comme je m'ennuyais à notre place familière, à côté des chevaux de bois, Françoise m'avait
emmené en excursion — au delà de la frontière que
gardent à intervalles égaux les petits bastions des
marchandes de sucre d'orge —, dans ces régions voisines mais étrangères où les visages sont inconnus,
où passe la voiture aux chèvres; puis elle était revenue prendre ses affaires sur sa chaise adossée à un
massif de lauriers; en l'attendant je foulais la grande
pelouse chétive et rase, jaunie par le soleil, au bout
de laquelle le bassin est dominé par une statue quand,
de l'allée s'adressant à une fillette à cheveux roux
qui jouait au volant devant le vasque, une autre en
train de mettre son manteau et de serrer sa raquette,

lui cria, d'une voix brève : « Adieu Gilberte, je rentre, n'oublie pas que nous venons ce soir chez toi
après dîner. » Ce nom de Gilberte passa près de moi,
évoquant d'autant plus l'existence de celle qu'il désignait qu'il ne la nommait pas seulement comme un
absent dont on parle, mais l'interpellait ; il passa ainsi
près de moi, en action pour ainsi dire, avec une puissance qu'accroissait la courbe de son jet et l'approche de son but ; — transportant à son bord, je le sentais, la connaissance, les notions qu'avait de celle
à qui il était adressé, non pas moi, mais l'amie qui
l'appelait, tout ce que, tandis qu'elle le prononçait,
elle revoyait ou du moins, possédait en sa mémoire,
de leur intimité quotidienne, des visites qu'elles se
faisaient l'une chez l'autre, de tout cet inconnu encore plus inaccessible et plus douloureux pour moi
d'être au contraire si familier et si maniable pour cette
fille heureuse qui m'en frôlait sans que j'y puisse
pénétrer et le jetait en plein air dans un cri ; —
laissant déjà flotter dans l'air l'émanation délicieuse
qu'il avait fait se dégager, en les touchant avec précision, de quelques points invisibles de la vie de
Mlle Swann, du soir qui allait venir, tel qu'il serait,
après dîner, chez elle ; — formant, passager céleste
au milieu des enfants et des bonnes, un petit nuage
d'une couleur précieuse, pareil à celui qui, bombé au-
dessus d'un beau jardin du Poussin reflète minutieusement comme un nuage d'opéra, plein de chevaux
et de chars, quelque apparition de la vie des dieux ;
— jetant enfin, sur cette herbe pelée, à l'endroit où
elle était un morceau à la fois de pelouse flétrie et un
moment de l'après-midi de la blonde joueuse de volant
(qui ne s'arrêta de le lancer et de le rattraper que
quand une institutrice à plumet bleu l'eût appelée),
une petite bande merveilleuse et couleur d'héliotrope,
impalpable comme un reflet et superposée comme un
tapis sur lequel je ne pus me lasser de promener mes

pas attardés, nostalgiques et profanateurs, tandis que
Françoise me criait : « Allons, aboutonnez voir votre
paletot et filons » et que je remarquais pour la première fois avec irritation qu'elle avait un langage vulgaire, et hélas, pas de plumet bleu à son chapeau.

Retournerait-elle seulement aux Champs-Elysées ?
Le lendemain elle n'y était pas ; mais je l'y vis les
jours suivants ; je tournais tout le temps autour de l'endroit où elle jouait avec ses amies, si bien qu'une fois
où elles ne se trouvèrent pas en nombre pour leur
partie de barres, elle me fit demander si je voulais
compléter leur camp, et je jouai désormais avec elle
chaque fois qu'elle était là. Mais ce n'était pas tous
les jours ; il y en avait où elle était empêchée de venir
par ses cours, le catéchisme, un goûter, toute cette
vie séparée de la mienne que par deux fois, condensée
dans le nom de Gilberte, j'avais senti passer si douloureusement près de moi, dans le raidillon de Combray et sur la pelouse des Champs-Elysées. Ces jours-
là, elle annonçait d'avance qu'on ne la verrait pas ;
si c'était à cause de ses études, elle disait : « C'est
rasant, je ne pourrai pas venir demain ; vous allez tous
vous amuser sans moi », d'un air chagrin qui me consolait un peu ; mais en revanche quand elle était invitée à une matinée, et que, ne le sachant pas je lui
demandais si elle viendrait jouer, elle me répondait :
« J'espère bien que non ! J'espère bien que maman
me laissera aller chez mon amie. » Du moins ces jours-
là, je savais que je ne la verrais pas, tandis que d'autres fois, c'était à l'improviste que sa mère l'emmenait faire des courses avec elle, et le lendemain elle
disait : « Ah oui, je suis sortie avec maman », comme
une chose naturelle, et qui n'eût pas été pour quelqu'un le plus grand malheur possible. Il y avait aussi
les jours de mauvais temps où son institutrice, qui
pour elle-même craignait la pluie, ne voulait pas l'emmener aux Champs-Elysées.

Aussi si le ciel était douteux, dès le matin je ne cessais de l'interroger et je tenais compte de tous les présages. Si je voyais la dame d'en face qui, près de la fenêtre, mettait son chapeau, je me disais : « Cette dame va sortir ; donc il fait un temps où l'on peut sortir : pourquoi Gilberte ne ferait-elle pas comme cette dame ? » Mais le temps s'assombrissait, ma mère disait qu'il pouvait se lever encore, qu'il suffirait pour cela d'un rayon de soleil mais que plus probablement il pleuvrait ; et s'il pleuvait à quoi bon aller aux Champs-Élysées ? Aussi depuis le déjeuner mes regards anxieux ne quittaient plus le ciel incertain et nuageux. Il restait sombre. Devant la fenêtre, le balcon était gris. Tout d'un coup, sur sa pierre maussade je ne voyais pas une couleur moins terne, mais je sentais comme un effort vers une couleur moins terne, la pulsation d'un rayon hésitant qui voudrait libérer sa lumière. Un instant après le balcon était pâle et réfléchissant comme une eau matinale, et mille reflets de la ferronnerie de son treillage étaient venus s'y poser. Un souffle de vent les dispersait, la pierre s'était de nouveau assombrie, mais, comme apprivoisés, ils revenaient ; elle recommençait imperceptiblement à blanchir et par un de ces crescendos continus comme ceux qui, en musique, à la fin d'une Ouverture, mènent une seule note jusqu'au fortissimo suprême en la faisant passer rapidement par tous les degrés intermédiaires, je la voyais atteindre à cet or inaltérable et fixe des beaux jours, sur lequel l'ombre découpée de l'appui ouvragé de la balustrade se détachait en noir comme une végétation capricieuse, avec une ténuité dans la délinéation des moindres détails qui semblait trahir une conscience appliquée, une satisfaction d'artiste, et avec un tel relief, un tel velours dans le repos de ses masses sombres et heureuses, qu'en vérité ces reflets larges et feuillus qui reposaient sur ce lac de soleil semblaient savoir qu'ils étaient des gages de calme et de bonheur.

Lierre instantané, flore pariétaire et fugitive ! la plus incolore, la plus triste, au gré de beaucoup, de celles qui peuvent ramper sur le mur ou décorer la croisée ; pour moi, de toutes la plus chère depuis le jour où elle était apparue sur notre balcon, comme l'ombre même de la présence de Gilberte qui était peut-être déjà aux Champs-Elysées, et dès que j'y arriverais, me dirait : « Commençons tout de suite à jouer aux barres, vous êtes dans mon camp » ; fragile, emportée par un souffle, mais aussi en rapport non pas avec la saison, mais avec l'heure ; promesse du bonheur immédiat que la journée refuse ou accomplira, et par là du bonheur immédiat par excellence, le bonheur de l'amour ; plus douce, plus chaude sur la pierre que n'est la mousse même ; vivace, à qui il suffit d'un rayon pour naître et faire éclore de la joie, même au cœur de l'hiver.

Et jusque dans ces jours où toute autre végétation a disparu, où le beau cuir vert qui enveloppe le tronc des vieux arbres est caché sous la neige, quand celle-ci cessait de tomber, mais que le temps restait trop couvert pour espérer que Gilberte sortît, alors tout d'un coup, faisant dire à ma mère : « Tiens voilà justement qu'il fait beau, vous pourriez peut-être essayer tout de même d'aller aux Champs-Elysées », sur le manteau de neige qui couvrait le balcon, le soleil apparu entrelaçait des fils d'or et brodait des reflets noirs. Ce jour-là nous ne trouvions personne ou une seule fillette prête à partir qui m'assurait que Gilberte ne viendrait pas. Les chaises désertées par l'assemblée imposante mais frileuse des institutrices étaient vides. Seule, près de la pelouse, était assise une dame d'un certain âge qui venait par tous les temps, toujours harnachée d'une toilette identique, magnifique et sombre, et pour faire la connaissance de laquelle j'aurais à cette époque sacrifié, si l'échange m'avait été permis, tous les plus grands avantages futurs de ma vie. Car Gilberte allait tous les jours la saluer ; elle demandait à Gilberte des nouvelles de « son amour de mère » ; et il me semblait que si je l'avais connue, j'aurais été pour Gilberte quelqu'un de tout autre, quelqu'un qui connaissait les relations de ses parents. Pendant que ses petits enfants jouaient plus loin, elle lisait toujours les *Débats* qu'elle appelait « mes vieux Débats » et, par genre aristocratique, disait en parlant du sergent de ville ou de la loueuse de chaise : « Mon vieil ami le sergent de ville », « la loueuse de chaises et moi qui sommes de vieux amis ».

Françoise avait trop froid pour rester immobile, nous allâmes jusqu'au pont de la Concorde voir la Seine prise, dont chacun et même les enfants s'approchaient sans peur comme d'une immense baleine échouée, sans défense, et qu'on allait dépecer. Nous revenions aux Champs-Elysées ; je languissais de douleur entre les chevaux de bois immobiles et la pelouse blanche prise dans le réseau noir des allées dont on avait enlevé la neige et sur laquelle la statue avait à la main un jet de glace ajouté qui semblait l'explication de son geste. La vieille dame elle-même ayant plié ses *Débats*, demanda l'heure à une bonne d'enfants qui passait et qu'elle remercia en lui disant : « Comme vous êtes aimable ! » puis, priant le cantonnier de dire à ses petits enfants de revenir, qu'elle avait froid, ajouta : « Vous serez mille fois bon. Vous savez que je suis confuse ! » Tout à coup l'air se déchirait : entre le guignol et le cirque, à l'horizon embelli, sur le ciel entr'ouvert, je venais d'apercevoir, comme un signe fabuleux, le plumet bleu de Mademoiselle. Et déjà Gilberte courait à toute vitesse dans ma direction, étincelante et rouge sous un bonnet carré de fourrure, animée par le froid, le retard et le désir du jeu ; un peu avant d'arriver à moi, elle se laissa glisser sur

la glace et, soit pour mieux garder son équilibre, soit
parce qu'elle trouvait cela plus gracieux, ou par affectation du maintien d'une patineuse, c'est les bras
grands ouverts qu'elle avançait en souriant, comme
si elle avait voulu m'y recevoir. « Brava ! Brava ! ça
c'est très bien, je dirais comme vous que c'est chic,
que c'est crâne, si je n'étais pas d'un autre temps, du
temps de l'ancien régime s'écria la veille dame prenant la parole au nom des Champs-Elysées silencieux
pour remercier Gilberte d'être venue sans se laisser
intimider par le temps. Vous êtes comme moi, fidèle
quand même à nos vieux Champs-Elysées ; nous sommes deux intrépides. Si je vous disais que je les aime
même ainsi. Cette neige, vous allez rire de moi, ça
me fait penser à de l'hermine ! » Et la vieille dame se
mit à rire.

Le premier de ces jours auxquels la neige, image
des puissances qui pouvaient me priver de voir Gilberte, donnait la tristesse d'un jour de séparation et
jusqu'à l'aspect d'un jour de départ parce qu'il changeait la figure et empêchait presque l'usage du lieu
habituel de nos seules entrevues maintenant changé,
tout enveloppé de housses, ce jour fit pourtant faire
un progrès à mon amour, car il fut comme un premier chagrin qu'elle eût partagé avec moi. Il n'y avait
que nous deux de notre bande, et être ainsi le seul
qui fût avec elle, c'était non seulement comme un commencement d'intimité, mais aussi de sa part, comme
si elle ne fût venue rien que pour moi, par un temps
pareil, cela me semblait aussi touchant que si un de
ces jours où elle était invitée à une matinée elle y
avait renoncé pour venir me retrouver aux Champs-
Elysées ; je prenais plus de confiance en la vitalité et
en l'avenir de notre amitié qui restait vivace au milieu de l'engourdissement, de la solitude et de la
ruine des choses environnantes ; et tandis qu'elle me
mettait des boules de neige dans le cou, je souriais

avec attendrissement à ce qui me semblait à la fois
une prédilection qu'elle me marquait en me tolérant
comme compagnon de voyage dans ce pays hivernal
et nouveau, et une sorte de fidélité qu'elle me gardait
au milieu du malheur. Bientôt l'une après l'autre,
comme des moineaux hésitants, ses amies arrivèrent
toutes noires sur la neige. Nous commençâmes à
jouer et comme ce jour si tristement commencé devait
finir dans la joie, comme je m'approchais, avant de
jouer aux barres, de l'amie à la voix brève que j'avais
entendu le premier jour crier le nom de Gilberte, elle
me dit : « Non, non, on sait bien que vous aimez
mieux être dans le camp de Gilberte, d'ailleurs vous
voyez elle vous fait signe. » Elle m'appelait en effet
pour que je vienne sur la pelouse de neige, dans son
camp, dont le soleil en lui donnant les reflets roses,
l'usure métallique des brocarts anciens, faisait un
autre camp du drap d'or.

Ce jour que j'avais tant redouté fut au contraire un
des seuls où je ne fus pas trop malheureux.

Car, moi qui ne pensais plus qu'à ne jamais rester
un jour sans voir Gilberte (au point qu'une fois ma
grand'mère n'étant pas rentrée pour l'heure du dîner,
je ne pus m'empêcher de me dire tout de suite que
si elle avait été écrasée par une voiture, je ne pourrais pas aller de quelque temps aux Champs-Elysées ;
on n'aime plus personne dès qu'on aime) pourtant
ces moments où j'étais auprès d'elle et que depuis la
veille j'avais si impatiemment attendus, pour lesquels
j'avais tremblé, auxquels j'aurais sacrifié tout le reste,
n'étaient nullement des moments heureux ; et je le
savais bien car c'était les seuls moments de ma vie
sur lesquels je concentrasse une attention méticu-
leuse, acharnée, et elle ne découvrait pas en eux un
atome de plaisir.

Tout le temps que j'étais loin de Gilberte, j'avais
besoin de la voir, parce que cherchant sans cesse à me

représenter son image, je finissais par ne plus y réussir, et par ne plus savoir exactement à quoi correspondait mon amour. Puis, elle ne m'avait encore jamais dit qu'elle m'aimait. Bien au contraire, elle avait souvent prétendu qu'elle avait des amis qu'elle me préférait, que j'étais un bon camarade avec qui elle jouait volontiers quoique trop distrait, pas assez au jeu ; enfin elle m'avait donné souvent des marques apparentes de froideur qui auraient pu ébranler ma croyance que j'étais pour elle un être différent des autres, si cette croyance avait pris sa source dans un amour que Gilberte aurait eu pour moi, et non pas, comme cela était dans l'amour que j'avais pour elle, ce qui la rendait autrement résistante, puisque cela la faisait dépendre de la manière même dont j'étais obligé, par une nécessité intérieure, de penser à Gilberte. Mais les sentiments que je ressentais pour elle, moi-même je ne les lui avais pas encore déclarés. Certes, à toutes les pages de mes cahiers j'écrivais indéfiniment son nom et son adresse, mais à la vue de ces vagues lignes que je traçais sans qu'elle pensât pour cela à moi, qui lui faisaient prendre autour de moi tant de place apparente sans qu'elle fût mêlée davantage à ma vie, je me sentais découragé parce qu'elles ne me parlaient pas de Gilberte qui ne les verrait même pas, mais de mon propre désir qu'elles semblaient me montrer comme quelque chose de purement personnel, d'irréel, de fastidieux et d'impuissant. Le plus pressé était que nous nous vissions Gilberte et moi, et que nous pussions nous faire l'aveu réciproque de notre amour, qui jusque-là n'aurait pour ainsi dire pas commencé. Sans doute les diverses raisons qui me rendaient si impatient de la voir auraient été moins impérieuses pour un homme mûr. Plus tard, il arrive que devenus habiles dans la culture de nos plaisirs, nous nous contentions de celui que nous avons à penser à une femme comme je pensais à

Gilberte, sans être inquiets de savoir si cette image
correspond à la réalité, et aussi de celui de l'aimer
sans avoir besoin d'être certain qu'elle nous aime ;
ou encore que nous renoncions au plaisir de lui avouer
notre inclination pour elle, afin d'entretenir plus vivace l'inclination qu'elle a pour nous, imitant ces
jardiniers japonais qui pour obtenir une plus belle
fleur, en sacrifient plusieurs autres. Mais à l'époque où
j'aimais Gilberte, je croyais encore que l'Amour existait réellement en dehors de nous ; que, en permettant
tout au plus que nous écartions les obstacles, il offrait
ses bonheurs dans un ordre auquel on n'était pas libre
de rien changer ; il me semblait que si j'avais, de mon
chef, substitué à la douceur de l'aveu la simulation
de l'indifférence, je ne me serais pas seulement privé
d'une des joies dont j'avais le plus rêvé mais que je
me serais fabriqué à ma guise un amour factice et
sans valeur, sans communication avec le vrai dont
j'aurais renoncé à suivre les chemins mystérieux et
préexistants.

Mais quand j'arrivais aux Champs-Elysées, — et
que d'abord j'allais pouvoir confronter mon amour,
pour lui faire subir les rectifications nécessaires à sa
cause vivante, indépendante de moi —, dès que j'étais
en présence de cette Gilberte Swann sur la vue de
laquelle j'avais compté pour rafraîchir les images que
ma mémoire fatiguée ne retrouvait plus, de cette Gilberte
Swann avec qui j'avais joué hier, et que venait de me
faire saluer et reconnaître un instinct aveugle comme
celui qui dans la marche nous met un pied devant
l'autre avant que nous ayons eu le temps de penser,
aussitôt tout se passait comme si elle et la fillette
qui était l'objet de mes rêves avaient été deux êtres
différents. Par exemple si depuis la veille je portais
dans ma mémoire deux yeux de feu dans des joues
pleines et brillantes, la figure de Gilberte m'offrait
maintenant avec insistance quelque chose que préci-

sément je ne m'étais pas rappelé, un certain effilement
aigu du nez qui, s'associant instantanément à d'autres
traits, prenait l'importance de ces caractères qui en
histoire naturelle définissent une espèce, et la trans-
muait en une fillette du genre de celles à museau
pointu. Tandis que je m'apprêtais à profiter de cet
instant désiré pour me livrer, sur l'image de Gilberte
que j'avais préparée avant de venir et que je ne retrouvais plus dans ma tête, à la mise au point qui
me permettrait dans les longues heures où j'étais seul
d'être sûr que c'était bien elle que je me rappelais,
que c'était bien mon amour pour elle que j'accroissais
peu à peu comme un ouvrage qu'on compose, elle me
passait une balle, et comme le philosophe idéaliste
dont le corps tient compte du monde extérieur à la
réalité duquel son intelligence ne croit pas, le même
moi qui m'avait fait la saluer avant que je l'eusse
identifiée, s'empressait de me faire saisir la balle qu'elle
me tendait, comme si elle était une camarade avec qui
j'étais venu jouer, et non une âme sœur que j'étais
venu rejoindre, me faisait lui tenir par bienséance
jusqu'à l'heure où elle s'en allait, mille propos aimables et insignifiants, et m'empêchait ainsi, ou de garder le silence pendant lequel j'aurais pu enfin remettre la main sur l'image urgente et égarée, ou de lui
dire les paroles qui pouvaient faire faire à notre amour
les progrès décisifs sur lesquels j'étais chaque fois
obligé de ne plus compter que pour l'après-midi suivante. Il en faisait pourtant quelques-uns. Un jour nous
étions allés avec Gilberte jusqu'à la baraque de notre
marchande qui était particulièrement aimable pour
nous, — car c'était chez elle que M. Swann faisait
acheter son pain d'épices, et par hygiène, il en con-
sommait beaucoup, souffrant d'un eczéma ethnique et
de la constipation des Prophètes, — Gilberte me montrait en riant deux petits garçons qui étaient comme
le petit coloriste et le petit naturaliste des livres

d'enfants. Car l'un ne voulait pas d'un sucre d'orge
rouge parce qu'il préférait le violet et l'autre, les larmes aux yeux, refusait une prune que voulait lui
acheter sa bonne, parce que, finit-il par dire d'une
voix passionnée : « J'aime mieux l'autre prune, parce
qu'elle a un ver ! » J'achetai deux billes d'un sou. Je
regardais avec admiration, lumineuses et captives
dans une sébile isolée, les billes d'agate qui me semblaient précieuses parce qu'elles étaient souriantes et
blondes comme des jeunes filles et parce qu'elles coû-
taient cinquante centimes pièce. Gilberte à qui on
donnait beaucoup plus d'argent qu'à moi me demanda
laquelle je trouvais la plus belle. Elles avaient la
transparence et le fondu de la vie. Je n'aurais voulu
lui en faire sacrifier aucune. J'aurais aimé qu'elle pût
les acheter, les délivrer toutes. Pourtant je lui en
désignai une qui avait la couleur de ses yeux. Gilberte la prit, chercha son rayon doré, la caressa, paya
sa rançon, mais aussitôt me remit sa captive en me
disant : « Tenez, elle est à vous, je vous la donne, gar-
dez-la comme souvenir. »

Une autre fois, toujours préoccupé du désir d'entendre la Berma dans une pièce classique, je lui avais
demandé si elle ne possédait pas une brochure où
Bergotte parlait de Racine, et qui ne se trouvait plus
dans le commerce. Elle m'avait prié de lui en rappe-
er le titre exact, et le soir je lui avais adressé un petit télégramme en écrivant sur l'enveloppe ce nom de
Gilberte Swann que j'avais tant de fois tracé sur mes
cahiers. Le lendemain elle m'apporta dans un paquet
noué de faveurs mauves et scellé de cire blanche, la
brochure qu'elle avait fait chercher. « Vous voyez que
c'est bien ce que vous m'avez demandé, me dit-elle,
tirant de son manchon le télégramme que je lui avais
envoyé. » Mais dans l'adresse de ce pneumatique, —
qui, hier encore n'était rien, n'était qu'un petit bleu
que j'avais écrit, et qui depuis qu'un télégraphiste

l'avait remis au concierge de Gilberte et qu'un domestique l'avait porté jusqu'à sa chambre, était devenu
cette chose sans prix, un des petits bleus qu'elle avait
reçus ce jour-là, — j'eus peine à reconnaître les lignes
vaines et solitaires de mon écriture sous les cercles
imprimés qu'y avait apposés la poste, sous les inscriptions qu'y avait ajoutés au crayon un des facteurs,
signes de réalisation effective, cachets du monde extérieur, violettes ceintures symboliques, de la vie, qui
pour la première fois venaient épouser, maintenir,
relever, réjouir mon rêve.

Et, il y eut un jour aussi où elle me dit : « Vous
savez, vous pouvez m'appeler Gilberte, en tout cas
moi, je vous appellerai par votre nom de baptême.
C'est trop gênant. » Pourtant elle continua encore un
moment à se contenter de me dire « vous » et comme
je le lui faisais remarquer, elle sourit, et composant,
construisant une phrase comme celles qui dans les
grammaires étrangères n'ont d'autre but que de nous
faire employer un mot nouveau, elle la termina par
mon petit nom. En me souvenant plus tard de ce que
j'avais senti alors, j'y ai démêlé l'impression d'avoir
été tenu un instant dans sa bouche, moi-même, nu, sans
plus aucune des modalités sociales qui appartenaient
aussi, soit à ses autres camarades, soit, quand elle
disait mon nom de famille, à mes parents, et dont ses
lèvres — en l'effort qu'elle faisait, un peu comme
son père, pour articuler les mots qu'elle voulait mettre
en valeur — eurent l'air de me dépouiller, de me dé-
vêtir, comme de sa peau un fruit dont on ne peut ava-
ler que la pulpe, tandis queson regard, se mettant au
même degré nouveau d'intimité que prenait sa parole,
m'atteignait aussi plus directement, non sans témoigner la conscience, le plaisir et jusque la gratitude
qu'il en avait, en se faisant accompagner d'un sourire.

Mais au moment même, je ne pouvais apprécier la
valeur de ces plaisirs nouveaux. Ils n'étaient pas don-

nés par la fillette que j'aimais, au moi qui l'aimait,
mais par l'autre, par celle avec qui je jouais, à cet
autre moi qui ne possédait ni le souvenir de la vraie
Gilberte, ni le cœur indisponible qui seul aurait pu
savoir le prix d'un bonheur, parce que seul il l'avait
désiré. Même après être rentré à la maison je ne les
goûtais pas, car, chaque jour, la nécessité qui me faisait espérer que le lendemain j'aurais la contemplation
exacte, calme, heureuse de Gilberte, qu'elle m'avoue-
rait enfin son amour, en m'expliquant pour quelles
raisons elle avait dû me le cacher jusqu'ici, cette même
nécessité me forçait à tenir le passé pour rien, à ne
jamais regarder que devant moi, à considérer les petits
avantages qu'elle m'avait donnés non pas en eux-mêmes et comme s'ils se suffisaient, mais comme des
échelons nouveaux où poser le pied, qui allaient me
permettre de faire un pas de plus en avant et d'atteindre
enfin le bonheur que je n'avais pas encore rencontré.

Si elle me donnait parfois de ces marques d'amitié,
elle me faisait aussi de la peine en ayant l'air de ne
pas avoir de plaisir à me voir, et cela arrivait souvent
les jours mêmes sur lesquels j'avais le plus compté
pour réaliser mes espérances. J'étais sûr que Gilberte
viendrait aux Champs-Elysées et j'éprouvais une allégresse qui me paraissait seulement la vague anticipation d'un grand bonheur quand, entrant dès le matin
au salon pour embrasser maman déjà toute prête, la
tour de ses cheveux noirs entièrement construite, et
ses belles mains blanches et potelées sentant encore
le savon, j'avais appris, en voyant une colonne de poussière se tenir debout toute seule au-dessus du piano,
et en entendant un orgue de barbarie jouer sous la
fenêtre : « En revenant de la revue », que l'hiver recevait jusqu'au soir la visite inopinée et radieuse d'une
journée de printemps. Pendant que nous déjeunions,
en ouvrant sa croisée, la dame d'en face avait fait dé-
camper en un clin d'œil, d'à côté de ma chaise, —

rayant d'un seul bond toute la largeur de notre salle
à manger — un rayon qui y avait commencé sa sieste
et était déjà revenu la continuer l'instant d'après.
Au collège, à la classe d'une heure, le soleil me faisait languir d'impatience et d'ennui en laissant traîner une lueur dorée jusque sur mon pupitre, comme
une invitation à la fête où je ne pourrais arriver avant
trois heures, jusqu'au moment où Françoise venait
me chercher à la sortie, et où nous nous acheminions
vers les Champs-Elysées par les rues décorées de
lumière, encombrées par la foule, et où les balcons,
descellés par le soleil et vaporeux, flottaient devant les
maisons comme des nuages d'or. Hélas aux Champs-
Elysées je ne trouvais pas Gilberte, elle n'était pas encore arrivée. Immobile sur la pelouse nourrie par le
soleil invisible qui çà et là faisait flamboyer la pointe
d'un brin d'herbe, et sur laquelle les pigeons qui s'y
étaient posés avaient l'air de sculptures antiques que
la pioche du jardinier a ramenées à la surface d'un
sol auguste, je restais les yeux fixés sur l'horizon, je
m'attendais à tout moment à voir apparaître l'image
de Gilberte suivant son institutrice, derrière la statue
qui semblait tendre l'enfant qu'elle portait et qui ruis-
selait de rayons, à la bénédiction du soleil. La vieille
lectrice des Débats était assise sur son fauteuil, toujours à la même place, elle interpellait un gardien à
qui elle faisait un geste amical de la main en lui
criant : « Quel joli temps ! » Et la préposée s'étant
approchée d'elle pour percevoir le prix du fauteuil,
elle faisait mille minauderies en mettant dans l'ouverture de son gant le ticket de dix centimes comme si
ç'avait été un bouquet, pour qui elle cherchait, par
amabilité pour le donateur, la place la plus flatteuse
possible. Quand elle l'avait trouvée, elle faisait exécuter une évolution circulaire à son cou, redressait
son boa, et plantait sur la chaisière, en lui montrant
le bout de papier jaune qui dépassait sur son poignet,

le beau sourire dont une femme, en indiquant son corsage à un jeune homme, lui dit : « Vous reconnaissez
vos roses ! »

J'emmenais Françoise au-devant de Gilberte jusqu'à
l'Arc-de-Triomphe, nous ne la rencontrions pas, et je
revenais vers la pelouse persuadé qu'elle ne viendrait
plus, quand, devant les chevaux de bois, la fillette à
la voix brève se jetait sur moi : « Vite, vite, il y a déjà
un quart d'heure que Gilberte est arrivée. Elle va repartir bientôt. On vous attend pour faire une partie de
barres. » Pendant que je montais l'avenue des Champs-
Elysées, Gilberte était venue par la rue Boissy d'An-
glas, Mademoiselle ayant profité du beau temps pour
faire des courses pour elle ; et M. Swann allait venir
chercher sa fille. Aussi c'était ma faute ; je n'aurais
pas dû m'éloigner de la pelouse ; car on ne savait
jamais sûrement par quel côté Gilberte viendrait, si
ce serait plus ou moins tard ; et cette attente finissait
par me rendre plus émouvants, non seulement les
Champs-Elysées entiers et toute la durée de l'après-
midi, comme une immense étendue d'espace et de
temps sur chacun des points et à chacun des moments
de laquelle il était possible qu'apparût l'image de
Gilberte, mais encore cette image elle-même, parce
que derrière cette image je sentais se cacher la raison pour laquelle elle m'était décochée en plein cœur
à quatre heures au lieu de deux heures et demie, sur-
montée d'un chapeau de visite à la place d'un béret de
jeu, devant les « Ambassadeurs » et non entre les
deux guignols, je devinais quelqu'une de ces occupations où je ne pouvais suivre Gilberte et qui la for-
çaient à sortir ou à rester à la maison, j'étais en contact avec le mystère de sa vie inconnue. C'était ce mystère aussi qui me troublait quand, courant sur l'ordre
de la fillette à la voix brève pour commencer tout de
suite notre partie de barres, j'apercevais Gilberte, si
vive et brusque avec nous, faisant une révérence à la

32

dame aux *Débats* (qui lui disait : « Quel beau soleil,
on dirait du feu »), lui parlant avec un sourire timide,
d'un air compassé qui m'évoquait la jeune fille différente que Gilberte était chez ses parents, avec les
amis de ses parents, en visite, dans toute son autre
existence qui m'échappait. Mais de cette existence personne ne me donnait l'impression comme M. Swann
qui venait un peu après pour retrouver sa fille. C'est
que lui et Mme Swann, — parce que leur fille habitait chez eux, parce que ses études, ses jeux, ses amitiés dépendaient d'eux —contenaient pour moi, comme
Gilberte, peut-être même plus que Gilberte, comme il
convenait à des dieux tout puissants sur elle en qui il
aurait eu sa source, un inconnu inaccessible, un charme
douloureux. Tout ce qui les concernait était de ma
part l'objet d'une préoccupation si constante que les
jours où, comme ceux-là, M. Swann (que j'avais vu
si souvent autrefois sans qu'il excitât ma curiosité,
quand il était lié avec mes parents) venait chercher
Gilberte aux Champs-Elysées, une fois calmés les battements de cœur qu'avait excités en moi l'apparition
de son chapeau gris et de son manteau à pèlerine, son
aspect m'impressionnait encore comme celui d'un
personnage historique sur lequel nous venons de lire
une série d'ouvrages et dont les moindres particularités nous passionnent. Ses relations avec le comte de
Paris qui, quand j'en entendais parler à Combray, me
semblaient indifférentes, prenaient maintenant pour
moi quelque chose de merveilleux, comme si personne d'autre n'eût jamais connu les Orléans ; elles le
faisaient se détacher vivement sur le fond vulgaire
des promeneurs de différentes classes qui encom-
braient cette allée des Champs-Elysées, et au milieu
desquels j'admirais qu'il consentît à figurer sans réclamer d'eux d'égards spéciaux, qu'aucun d'ailleurs ne
songeait à lui rendre, tant était profond l'incognito
dont il était enveloppé.

Il répondait poliment aux saluts des camarades de
Gilberte, même au mien quoiqu'il fût brouillé avec
ma famille, mais sans avoir l'air de me connaître. (Cela
me rappela qu'il m'avait pourtant vu bien souvent à
à la campagne ; souvenir que j'avais gardé mais dans
l'ombre, parce que depuis que j'avais revu Gilberte,
pour moi Swann était surtout son père, et non plus
le Swann de Combray ; comme les idées sur lesquelles j'embranchais maintenant son nom étaient différentes des idées dans le réseau desquelles il était autrefois compris et que je n'utilisais plus jamais quand
j'avais à penser à lui, il était devenu un personnage
nouveau ; je le rattachai pourtant par une ligne artificielle à notre invité d'autrefois ; et comme rien n'avait
plus pour moi de prix que dans la mesure où mon
amour pouvait en profiter, ce fut avec un mouvement
de honte et le regret de ne pouvoir les effacer que je
retrouvai les années où aux yeux de ce même Swann
qui était en ce moment devant moi aux Champs-Elysées et à qui heureusement Gilberte n'avait peut-être
pas dit mon nom, je m'étais si souvent le soir rendu
ridicule en envoyant demander à maman de monter
dans ma chambre me dire bonsoir, pendant qu'elle
prenait le café avec lui, mon père et mes grands-parents à la table du jardin.) Il disait à Gilberte qu'il
lui permettait de faire une partie, qu'il pouvait attendre un quart d'heure, et s'asseyant comme tout le
monde sur une chaise de fer payait son ticket de cette
main que Philippe VII avait si souvent retenue dans
la sienne, tandis que nous commencions à jouer sur la
pelouse, faisant envoler les pigeons dont les beaux
corps irisés qui ont la forme d'un cœur et sont comme
les lilas du règne des oiseaux, venaient se réfugier
comme en des lieux d'asile, tel sur le grand vase de
pierre à qui son bec en y disparaissant faisait faire le
geste et assignait la destination d'offrir en abondance
les fruits ou les graines qu'il avait l'air d'y picorer,

tel autre sur le front de la statue, qu'il semblait surmonter d'un de ces objets en émail desquels la poly-
chromie varie dans certaines œuvres antiques la monotonie de la pierre, et d'un attribut, qui quand la
déesse le porte lui vaut une épithète particulière, et
en fait, comme pour une mortelle un prénom différent, une divinité nouvelle.

Un de ces jours de soleil qui n'avaient pas réalisé
mes espérances, je n'eus pas le courage de cacher ma
déception à Gilberte.

— J'avais justement beaucoup de choses à vous
demander, lui dis-je. Je croyais que ce jour compterait
beaucoup dans notre amitié. Et aussitôt arrivée, vous
allez partir ! Tâchez de venir demain de bonne heure,
que je puisse enfin vous parler.

Sa figure resplendit et ce fut en sautant de joie
qu'elle me répondit :

— Demain, comptez-y mon bel ami, mais je ne viendrai pas ! j'ai un grand goûter ; après-demain non
plus, je vais chez une amie pour voir de ses fenêtres
l'arrivée du roi Théodose, ce sera superbe, et le lendemain encore à *Michel Strogoff* et puis après cela
va être bientôt Noël et les vacances du jour de l'An.
Peut-être on va m'emmener dans le midi. Ce que
ce serait chic ! quoique cela me fera manquer un arbre
de Noël ; en tout cas si je reste à Paris, je ne viendrai
pas ici car j'irai faire des visites avec maman. Adieu,
voilà papa qui m'appelle.

Je revins avec Françoise par les rues qui étaient encore pavoisées de soleil, comme au soir d'une fête qui
est finie. Je ne pouvais pas traîner mes jambes.

— Ça n'est pas étonnant, dit Françoise, ce n'est pas
un temps de saison, il fait trop chaud. Hélas mon Dieu,
de partout il doit y avoir bien des pauvres malades,
c'est à croire que là-haut aussi tout se détraque.

Je me redisais en étouffant mes sanglots les mots
où Gilberte avait laissé éclater sa joie de ne pas venir

de longtemps aux Champs-Elysées. Mais déjà le charme dont, par son simple fonctionnement, se remplissait mon esprit dès qu'il songeait à elle, la position particulière, unique, — fût-elle affligeante, — où me plaçait inévitablement par rapport à Gilberte, la contrainte interne d'un pli mental, avaient commencé à ajouter, même à cette marque d'indifférence, quelque chose de romanesque, et au milieu de mes larmes se formait un sourire qui n'était que l'ébauche timide d'un baiser. Et quand vint l'heure du courrier, je me dis ce soir-là comme tous les autres : Je vais recevoir une lettre de Gilberte, elle va me dire enfin qu'elle n'a jamais cessé de m'aimer, et va m'expliquer la raison mystérieuse pour laquelle elle a été forcée de me le cacher jusqu'ici, de faire semblant de pouvoir être heureuse sans me voir, la raison pour laquelle elle a pris l'apparence de la Gilberte simple camarade.

Tous les soirs je me plaisais à imaginer cette lettre, je croyais la lire, je m'en récitais chaque phrase. Tout d'un coup je m'arrêtais effrayé. Je comprenais que si je devais recevoir une lettre de Gilberte, cela ne pourrait pas en tout cas être celle-là puisque c'était moi qui venais de la composer. Et dès lors, je m'efforçais de détourner ma pensée des mots que j'aurais aimé qu'elle m'écrivît, par peur en les énonçant, d'exclure justement ceux-là, — les plus chers, les plus désirés —, du champ des réalisations possibles. Même si par une invraisemblable coïncidence, c'eût été justement la lettre que j'avais inventée que de son côté m'eût adressée Gilberte, y reconnaissant mon œuvre, je n'eusse pas eu l'impression de recevoir quelque chose qui ne vînt pas de moi, quelque chose de réel, de nouveau, un bonheur extérieur à mon esprit, indépendant de ma volonté, vraiment donné par l'amour.

En attendant je relisais une page que ne m'avait pas écrite Gilberte, mais qui du moins, me venait d'elle, cette page de Bergotte sur la beauté des vieux

mythes dont s'est inspiré Racine, et que, à côté de
la bille d'agate, je gardais toujours auprès de moi.
J'étais attendri par la bonté de mon amie qui me
l'avait fait rechercher ; et comme chacun a besoin
de trouver des raisons à sa passion, jusqu'à être
heureux de reconnaître dans l'être qu'il aime des
qualités que la littérature ou la conversation lui
ont appris être de celles qui sont dignes d'exciter
l'amour, jusqu'à les assimiler par imitation et en faire
des raisons nouvelles de son amour, ces qualités fus-
sent-elles les plus opposées à celles que cet amour eût
recherchées tant qu'il était spontané — comme Swann
autrefois le caractère esthétique de la beauté d'Odette,
— moi, qui avais d'abord aimé Gilberte, dès Combray, à cause de tout l'inconnu de sa vie, dans lequel
j'aurais voulu me précipiter, m'incarner, en délais-
sant la mienne qui ne m'étais plus rien, je pensais
maintenant comme à un inestimable avantage, que
de cette mienne vie trop connue, dédaignée, Gilberte
pourrait devenir un jour l'humble servante, la commode et confortable collaboratrice, qui le soir m'aidant dans nos travaux, collectionnerait pour moi des
brochures. Quant à Bergotte, ce vieillard infiniment
sage et presque divin à cause de qui j'avais d'abord
aimé Gilberte, avant même de l'avoir vue, maintenant
c'était surtout à cause de Gilberte que je l'aimais.
Avec autant de plaisir que les pages qu'il avait écrites
sur Racine, je regardais le papier fermé de grands cachets de cire blancs et noué d'un flot de rubans mauves dans lequel elle me les avait apportées. Je baisais
la bille d'agate qui était la meilleure part du cœur de
mon amie, la part qui n'était pas frivole, mais fidèle,
et qui bien que parée du charme mystérieux de la vie
de Gilberte demeurait près de moi, habitait ma chambre, couchait dans mon lit. Mais la beauté de cette
pierre, et la beauté aussi de ces pages de Bergotte,
que j'étais heureux d'associer à l'idée de mon amour

pour Gilberte comme si dans les moments où celui-
ci ne m'apparaissait plus que comme un néant, elles
lui donnaient une sorte de consistance, je m'apercevais qu'elles étaient antérieures à cet amour, qu'elles
ne lui ressemblaient pas, que leurs éléments avaient
été fixés par le talent ou par les lois minéralogi-
ques avant que Gilberte ne me connût, que rien dans
le livre ni dans la pierre n'eût été autre si Gilberte
ne m'avait pas aimé et que rien par conséquent ne
m'autorisait à lire en eux un message de bonheur.
Et tandis que mon amour attendant sans cesse du
lendemain l'aveu de celui de Gilberte, annulait,
défaisait chaque soir le travail mal fait de la journée, dans l'ombre de moi-même une ouvrière inconnue ne laissait pas au rebut les fils arrachés et les disposait, sans souci de me plaire et de travailler à mon
bonheur, dans un ordre différent qu'elle donnait à tous
ses ouvrages. Ne portant aucun intérêt particulier à
mon amour, ne commençant pas par décider que
j'étais aimé, elle recueillait les actions de Gilberte qui
m'avaient semblé inexplicables et ses fautes que j'avais
excusées. Alors les unes et les autres prenaient un
sens. Il semblait dire, cet ordre nouveau, qu'en voyant
Gilberte, au lieu qu'elle vînt aux Champs-Élysées, aller
à une matinée, faire des courses avec son institutrice et se préparer à une absence pour les vacances
du jour de l'an, j'avais tort de penser, me dire :
« c'est qu'elle est frivole ou docile. » Car elle eût
cessé d'être l'un ou l'autre si elle m'avait aimé, et si
elle avait été forcée d'obéir c'eût été avec le même
désespoir que j'avais les jours où je ne la voyais pas.
Il disait encore, cet ordre nouveau, que je devais pourtant savoir ce que c'était qu'aimer puisque j'aimais
Gilberte ; il me faisait remarquer le souci perpétuel que
j'avais de me faire valoir à ses yeux, à cause duquel
j'essayais de persuader à ma mère d'acheter à Françoise un caoutchouc et un chapeau avec un plumet

bleu, ou plutôt de ne plus m'envoyer aux Champs-
Elysées avec cette bonne dont je rougissais (à quoi ma
mère répondait que j'étais injuste pour Françoise,
que c'était une brave femme qui nous était dévouée),
et aussi ce besoin unique de voir Gilberte qui faisait
que des mois d'avance je ne pensais qu'à tâcher d'apprendre à quelle époque elle quitterait Paris et où
elle irait, trouvant le pays le plus agréable un lieu
d'exil si elle ne devait pas y être, et ne désirant que
rester toujours à Paris tant que je pourrais la voir
aux Champs-Elysées ; et il n'avait pas de peine à me
montrer que ce souci-là, ni ce besoin je ne les trouverais sous les actions de Gilberte. Elle au contraire
appréciait son institutrice, sans s'inquiéter de ce que
j'en pensais. Elle trouvait naturel de ne pas venir aux
Champs-Elysées, si c'était pour aller faire des emplet-
tes avec Mademoiselle, agréable si c'était pour sortir
avec sa mère. Et à supposer même qu'elle m'eût permis d'aller passer les vacances au même endroit
qu'elle, du moins pour choisir cet endroit elle s'occupait du désir de ses parents, de mille amusements
dont on lui avait parlé et nullement que ce fût celui
où ma famille avait l'intention de m'envoyer. Quand
elle m'assurait parfois qu'elle m'aimait moins qu'un
de ses amis, moins qu'elle ne m'aimait la veille parce
que je lui avais fait perdre sa partie par une négli-
gence, je lui demandais pardon, je lui demandais ce
qu'il fallait faire pour qu'elle recommençât à m'aimer
autant, pour qu'elle m'aimât plus que les autres ; je
voulais qu'elle me dît que c'était déjà fait, je l'en
suppliais comme si elle avait pu modifier son affection pour moi à son gré, au mien, pour me faire
plaisir, rien que par les mots qu'elle dirait, selon ma
bonne ou ma mauvaise conduite. Ne savais-je donc
pas que ce que j'éprouvais, moi, pour elle, ne dépen-
dait ni de ses actions, ni de ma volonté ?

Il disait enfin, l'ordre nouveau dessiné par l'ouvrière

invisible, que si nous pouvons désirer que les actions
d'une personne qui nous a peinés jusqu'ici n'aient pas
été sincères, il y a dans leur suite une clarté contre
quoi notre désir ne peut rien et à laquelle, plutôt qu'à
lui, nous devons demander quelles seront ses actions
de demain.

Ces paroles nouvelles, mon amour les entendait,
elles le persuadaient que le lendemain ne serait pas
différent que ce qu'avaient été tous les autres jours,
que le sentiment de Gilberte pour moi, trop ancien déjà
pour pouvoir changer, c'était l'indifférence, que dans
mon amitié avec Gilberte c'est moi seul qui aimais.
« C'est vrai, répondait mon amour, il n'y a plus rien
à faire de cette amitié-là, elle ne changera pas.» Alors
dès le lendemain (ou attendant une fête s'il y en avait
une prochaine, un anniversaire, le nouvel an peut-
être, un de ces jours qui ne sont pas pareils aux autres, où le temps recommence sur de nouveaux frais en
rejetant l'héritage du passé, en n'acceptant pas le legs
de ses tristesses), je demandais à Gilberte de renoncer
à notre amitié ancienne et de jeter les bases d'une
nouvelle amitié.

J'avais toujours à portée de ma main un plan de
Paris qui, parce qu'on pouvait y distinguer la rue où
habitaient M. et Mᵐᵉ Swann, me semblait contenir un
trésor. Et par plaisir, par une sorte de fidélité che-
valeresque aussi, à propos de n'importe quoi, je disais
le nom de cette rue, si bien que mon père me demandait, n'étant pas comme ma mère et ma grand'mère au
courant de mon amour :

— Mais pourquoi parles-tu tout le temps de cette
rue, elle n'a rien d'extraordinaire, elle est très agréable à habiter parce qu'elle est à deux pas du Bois,
mais il y en a dix autres dans le même cas.

Je m'arrangeais à tout propos à faire prononcer à mes
parents le nom de Swann : certes je me le répétais

mentalement sans cesse : mais j'avais besoin aussi
d'entendre sa sonorité délicieuse et de me faire jouer
cette musique dont la lecture muette ne me suffisait
pas. Ce nom de Swann d'ailleurs que je connaissais
depuis si longtemps, était maintenant pour moi, ainsi
qu'il arrive à certains aphasiques à l'égard des mots
les plus usuels, un nom nouveau. Il était toujours
présent à ma pensée et pourtant elle ne pouvait pas
s'habituer à lui. Je le décomposais, je l'épelais, son
orthographe était pour moi une surprise. Et en même
temps que d'être familier il avait cessé de me paraître innocent. Les joies que je prenais à l'entendre, je
les croyais si coupables, qu'il me semblait qu'on devinait ma pensée et qu'on changeait la conversation si
je cherchais à l'y amener. Je me rabattais sur les sujets qui touchaient encore à Gilberte, je rabâchais sans
fin les mêmes paroles, et j'avais beau savoir que ce
n'était que des paroles, des paroles prononcées loin
d'elle, qu'elle n'entendait pas, des paroles sans vertu
qui répétaient ce qui était, mais ne le pouvaient modifier, pourtant il me semblait qu'à force de manier, de
brasser ainsi tout ce qui avoisinait Gilberte j'en ferais
peut-être sortir quelque chose d'heureux. Je redisais
à mes parents que Gilberte aimait bien son institutrice,
comme si cette proposition énoncée pour la centième
fois allait avoir enfin pour effet de faire brusquement
entrer Gilberte venant à tout jamais vivre avec nous.
Je reprenais l'éloge de la vieille dame qui lisait les
Débats (j'avais insinué à mes parents que c'était une
ambassadrice ou peut-être une altesse) et je continuai
à célébrer sa beauté, sa magnificence, sa noblesse,
jusqu'au jour où je dis que d'après le nom qu'avait
prononcé Gilberte elle devait s'appeler Mme Blatin.

— Oh ! mais je vois ce que c'est, s'écria ma mère tan-
dis que je me sentais rougir de honte. A la garde !
A la garde ! comme aurait dit ton pauvre grand-père.
Et c'est elle que tu trouves belle ! Mais elle est hor-

rible et elle l'a toujours été. C'est la veuve d'un huissier. Tu ne te rappelles pas quand tu étais enfant
les manèges que je faisais pour l'éviter à la leçon
de gymnastique où, sans me connaître, elle voulait
venir me parler sous prétexte de me dire que tu étais
« trop beau pour un garçon ». Elle a toujours eu la
rage de connaître du monde et il faut bien qu'elle
soit une espèce de folle comme j'ai toujours pensé, si
elle connaît vraiment Mme Swann. Car si elle était d'un
milieu fort commun, au moins il n'y a jamais rien
eu que je sache à dire sur elle. Mais il fallait toujours
qu'elle se fasse des relations. Elle est horrible, affreu-
sement vulgaire, et avec cela faiseuse d'embarras ».

Quant à Swann, pour tâcher de lui ressembler, je
passais tout mon temps à table, à me tirer sur le nez
et à me frotter les yeux. Mon père disait : « cet enfant
est idiot, il deviendra affreux ». J'aurais surtout voulu
être aussi chauve que Swann. Il me semblait un être
si extraordinaire que je trouvais merveilleux que des
personnes que je fréquentais le connussent aussi et que
dans les hasards d'une journée quelconque on pût
être amené à le rencontrer. Et une fois, ma mère, en
train de nous raconter comme chaque soir à dîner, les
courses qu'elle avait faites dans l'après-midi, rien qu'en
disant : « A ce propos, devinez qui j'ai rencontré aux
Trois Quartiers, au rayon des parapluies : Swann »,
fit éclore au milieu de son récit, fort aride pour moi,
une fleur mystérieuse. Quelle mélancolique volupté,
d'apprendre que cet après-midi-là, profilant dans la
foule sa forme surnaturelle, Swann avait été acheter
un parapluie. Au milieu des événements grands et
minimes, également indifférents, celui-là éveillait en
moi ces vibrations particulières dont était perpétuellement ému mon amour pour Gilberte. Mon père disait
que je ne m'intéressais à rien parce que je n'écoutais
pas quand on parlait des conséquences politiques que
pouvait avoir la visite du roi Thédose, en ce moment

l'hôte de la France et, prétendait-on, son allié. Mais
combien en revanche, j'avais envie de savoir si Swann
avait son manteau à pèlerine !

— Est-ce que vous vous êtes dit bonjour ? demandai-je.

— Mais naturellement, répondit ma mère qui avait
toujours l'air de craindre que si elle eût avoué que
nous étions en froid avec Swann, on eût cherché à les
réconcilier plus qu'elle ne souhaitait, à cause de
Mme Swann qu'elle ne voulait pas connaître. C'est lui
qui est venu me saluer, je ne le voyais pas.

— Mais alors, vous n'êtes pas brouillés ?

— Brouillés ? mais pourquoi veux-tu que nous
soyons brouillés, répondit-elle vivement comme si
j'avais attenté à la fiction de ses bons rapports avec
Swann et essayé de travailler à un « rapprochement ».

— Il pourrait t'en vouloir de ne plus l'inviter.

— On n'est pas obligé d'inviter tout le monde ; est-
ce qu'il m'invite ? Je ne connais pas sa femme.

— Mais il venait bien à Combray.

— Eh bien oui ! il venait à Combray, et puis à Paris
il a autre chose à faire et moi aussi. Mais je t'assure
que nous n'avions pas du tout l'air de deux personnes
brouillées. Nous sommes restés un moment ensemble
parce qu'on ne lui apportait pas son paquet. Il m'a demandé de tes nouvelles, il m'a dit que tu jouais avec sa
fille, ajouta ma mère, m'émerveillant du prodige que
j'existasse dans l'esprit de Swann, bien plus, que ce
fût d'une façon assez complète, pour que quand je
tremblais d'amour devant lui aux Champs-Elysées, il
sût mon nom, qui était ma mère, et pût amalgamer
autour de ma qualité de camarade de sa fille quelques
renseignements sur mes grands-parents, leur famille,
l'endroit que nous habitions, certaines particularités
de notre vie d'autrefois, peut-être même inconnues de
moi. Mais ma mère ne paraissait pas avoir trouvé
un charme particulier à ce rayon des Trois Quartiers

où elle avait représenté pour Swann, au moment où
il l'avait vue, une personne définie avec qui il avait
des souvenirs communs qui avaient motivé chez lui
le mouvement de s'approcher d'elle, le geste de la
saluer.

Ni elle d'ailleurs ni mon père ne semblaient non
plus trouver à parler des grands-parents de Swann, du
titre d'agent de change honoraire, un plaisir qui passât tous les autres. Mon imagination avait isolé et
consacré dans le Paris social une certaine famille
comme elle avait fait dans le Paris de pierre pour une
certaine maison dont elle avait sculpté la porte cochère et rendu précieuses les fenêtres. Mais ces ornements, j'étais seul à les voir. De même que mon père
et ma mère trouvaient la maison qu'habitait Swann
pareille aux autres maisons construites en même
temps dans le quartier du Bois, de même la famille
de Swann leur semblait du même genre que beaucoup d'autres familles d'agents de change. Ils la
jugeaient plus ou moins favorablement selon le degré
où elle avait participé à des mérites communs au reste
de l'univers et ne lui trouvaient rien d'unique. Ce
qu'au contraire ils y appréciaient, ils le rencontraient
à un degré égal, ou plus élevé, ailleurs. Aussi après
avoir trouvé la maison bien située, ils parlaient d'une
autre qui l'était mieux, mais qui n'avait rien à voir
avec Gilberte, ou de financiers d'un cran supérieur
à son grand-père ; et s'ils avaient eu l'air un moment d'être du même avis que moi, c'était par un
malentendu qui ne tardait pas à se dissiper. C'est que,
pour percevoir dans tout ce qui entourait Gilberte,
une qualité inconnue, analogue dans le monde des
émotions à ce que peut être dans celui des couleurs
l'infra-rouge, mes parents étaient dépourvus de ce
sens supplémentaire et momentané dont m'avait doté
l'amour.

Les jours où Gilberte m'avait annoncé qu'elle ne de-

vait pas venir aux Champs-Elysées, je tâchais de faire
des promenades qui me rapprochassent un peu d'elle.
Parfois j'enmenais Françoise en pèlerinage devant la
maison qu'habitaient les Swann. Je lui faisais répéter
sans fin ce que, par l'institutrice, elle avait appris
relativement à Mme Swann. « Il paraît qu'elle a bien
confiance à des médailles. Jamais elle ne partira en
voyage si elle a entendu la chouette, ou bien comme
un tic-tac d'horloge dans le mur, où si elle a vu un
chat à menuit, ou si le bois d'un meuble, il a craqué.
Ah ! c'est une personne très croyante ! » J'étais si
amoureux de Gilberte que si sur le chemin j'apercevais leur vieux maître d'hôtel promenant un chien,
l'émotion m'obligeait à m'arrêter, j'attachais sur ses
favoris blanc des regards pleins de passion. Françoise
me disait :

— Qu'est-ce que vous avez ?

Puis, nous poursuivions notre route jusque devant
leur porte cochère où un concierge différent de tout
concierge, et pénétré jusque dans les galons de sa livrée
du même charme douloureux que j'avais ressenti
dans le nom de Gilberte, avait l'air de savoir que
j'étais de ceux à qui une indignité originelle interdi-
rait toujours de pénétrer dans la vie mystérieuse qu'il
était chargé de garder et sur laquelle les fenêtres de
l'entre-sol paraissaient conscientes d'être refermées,
ressemblant beaucoup moins entre la noble retombée
de leurs rideaux de mousseline à n'importe quelles
autres fenêtres qu'aux regards de Gilberte. D'autres
fois nous allions sur les boulevards et je me postais
à l'entrée de la rue Duphot; on m'avait dit qu'on
pouvait souvent y voir passer Swann se rendant chez
son dentiste ; et mon imagination différenciait tellement le père de Gilberte du reste de l'humanité, sa
présence au milieu du monde réel y introduisait tant
de merveilleux, que, avant même d'arriver à la Madeleine, j'étais ému à la pensée d'approcher d'une rue

où pouvait se produire inopinément l'apparition surnaturelle.

Mais le plus souvent, — quand je ne devais pas voir Gilberte — comme j'avais appris que Mᵐᵉ Swann se promenait presque chaque jour dans l' « Allée des Acacias », autour du grand Lac, et dans l'allée de la « Reine Marguerite », je dirigeais Françoise du côté du Bois de Boulogne. Il était pour moi comme ces jardins zoologiques où on voit rassemblés des flores diverses et des paysages opposés ; où, après une colline on trouve une grotte, un pré, des rochers, une rivière, une fosse, une colline, un marais, mais où l'on sait qu'ils ne sont là que pour fournir aux ébats de l'hippopotame, des zèbres, des crocodiles, des lapins russes, des ours et du héron, un milieu approprié ou un cadre pittoresque ; lui, le Bois, complexe aussi, réunissant des petits mondes divers et clos, — faisant succéder quelque ferme plantée d'arbres rouges, de chênes d'Amérique, comme une exploitation agricole dans la Virginie, à une sapinière au bord du lac, ou à une futaie d'où surgit tout à coup dans sa souple fourrure, avec les beaux yeux d'une bête, quelque promeneuse rapide, — il était le Jardin des femmes ; et, — comme l'allée de Myrtes de l'Enéide —, plantée pour elles d'arbres d'une seule essence, l'allée des Acacias était fréquentée par les Beautés célèbres. Comme de loin, la culmination du rocher d'où elle se jette dans l'eau, transporte de joie les enfants qui savent qu'ils vont voir l'otarie, bien avant d'arriver à l'allée des Acacias leur parfum qui, irradiant alentour, faisait sentir de loin l'approche et la singularité d'une puissante et molle individualité végétale, puis, quand je me rapprochais, le faîte aperçu de leur frondaison légère et mièvre, d'une élégance facile, d'une coupe coquette et d'un mince tissu, sur laquelle des centaines de fleurs s'étaient abattues comme des colonies ailées et vibratiles de parasites précieux, enfin jusqu'à leur nom fémi-

nin, désœuvré et doux, me faisaient battre le cœur
mais d'un désir mondain, comme ces valses qui ne
nous évoquent plus que le nom des belles invitées
que l'huissier annonce à l'entrée d'un bal. On m'avait
dit que je verrais dans l'allée certaines élégantes que,
bien qu'elles n'eussent pas toutes été épousées, l'on
citait habituellement à côté de Mme Swann, mais le
plus souvent sous leur nom de guerre; leur nouveau
nom, quand il y en avait un, n'était qu'une sorte d'incognito que ceux qui voulaient parler d'elles avaient soin
de lever pour se faire comprendre. Pensant que le Beau
— dans l'ordre des élégances féminines — était régi
par des lois occultes à la connaissance desquelles elles
avaient été initiées, et qu'elles avaient le pouvoir de
le réaliser, j'acceptais d'avance comme une révélation
l'apparition de leur toilette, de leur attelage, de mille
détails au sein desquels je mettais ma croyance comme
une âme intérieure qui donnait la cohésion d'un chef-
d'œuvre à cet ensemble éphémère et mouvant. Mais
c'est Mme Swann que je voulais voir, et j'attendais
qu'elle passât, ému comme si ç'avait été Gilberte,
dont les parents, imprégnés comme tout ce qui l'entourait de son charme, excitaient en moi autant
d'amour qu'elle, même un trouble plus douloureux
(parce que leur point de contact avec elle était cette
partie intestine de sa vie qui m'était interdite), et
enfin (car je sus bientôt, comme on le verra, qu'ils
n'aimaient pas que je jouasse avec elle), ce sentiment
de vénération que nous vouons toujours à ceux qui
exercent sans frein la puissance de nous faire du mal.

J'assignais la première place à la simplicité, dans
l'ordre des mérites esthétiques et des grandeurs mondaines, quand j'apercevais Mme Swann à pied, dans une
polonaise de drap, sur la tête un petit toquet agré-
menté d'une aile de lophophore, un bouquet de violettes au corsage, pressée, traversant l'allée des Acacias comme si ç'avait été seulement le chemin le plus

court pour rentrer chez elle et répondant d'un clin
d'œil aux Messieurs en voiture qui, reconnaissant de
loin sa silhouette, la saluaient et se disaient que personne n'avait autant de chic. Mais au lieu de la simplicité c'est le faste que je mettais au plus haut rang,
si, après que j'avais forcé Françoise qui n'en pouvait
plus et disait que les jambes « lui rentraient » à faire
les cent pas pendant une heure, je voyais enfin, débou-
chant de l'allée qui vient de la Porte Dauphine, —
image pour moi d'un prestige royal, d'une arrivée
souveraine, telle qu'aucune reine véritable n'a pu m'en
donner l'impression dans la suite, parce que j'avais de
leur pouvoir une notion moins vague et plus expéri-
mentale, — emportée par le vol de deux chevaux ardents, minces, et contournés comme on en voit dans
les dessins de Constantin Guys, portant établi sur son
siège un énorme cocher fourré comme un cosaque,
à côté d'un petit groom rappelant le « tigre » de « feu
Baudenord », je voyais, — ou plutôt je sentais imprimer sa forme dans mon cœur par une nette et
épuisante blessure —, une incomparable victoria, à
dessein un peu haute et laissant passer à travers son
luxe « dernier cri » des allusions aux formes anciennes, au fond de laquelle reposait avec abandon
Mᵐᵉ Swann, ses cheveux maintenant blonds avec une
seule mèche grise ceints d'un mince bandeau de fleurs,
le plus souvent des violettes, d'où descendaient de
longs voiles, à la main une ombrelle mauve, aux lèvres un sourire ambigu où je ne voyais que la bienveillance d'une Majesté et où il y avait surtout la
provocation de la cocotte, et qu'elle inclinait avec douceur sur les personnes qui la saluaient. Ce sourire en
réalité disait aux uns : « Je me rappelle très bien,
c'était exquis ! » ; à d'autres : « Comme j'aurais aimé !
ça a été la mauvaise chance ! » ; à d'autres : « Mais
si vous voulez ! Je vais suivre encore un moment la
file et dès que je pourrai, je couperai. » Quand pas-

saient des inconnus, elle laissait cependant autour de
ses lèvres un sourire oisif, comme tourné vers l'attente
ou le souvenir d'un ami et qui faisait dire : « Comme
elle est belle ! » Et pour certains hommes seulement
elle avait un sourire aigre, contraint, timide et froid
et qui signifiait : « Oui, rossé, je sais que vous avez
une langue de vipère, que vous ne pouvez pas vous
tenir de parler ! Est-ce que je m'occupe de vous,
moi ! » Coquelin passait en discourant au milieu d'amis
qui l'écoutaient et faisait avec la main, à des personnes en voiture, un large bonjour de théâtre. Mais je
ne pensais qu'à Mᵐᵉ Swann et je faisais semblant de
ne pas l'avoir vue, car je savais qu'arrivée à la hauteur du Tir aux pigeons elle dirait à son cocher de
couper la file et de l'arrêter pour qu'elle pût descendre l'allée à pied. Et les jours où je me sentais le
courage de passer à côté d'elle, j'entraînais Françoise
dans cette direction. A un moment en effet c'est dans
l'allée des piétons, marchant vers nous, que j'apercevais
Mᵐᵉ Swann laissant s'étaler derrière elle la longue traîne
de sa robe mauve, vêtue comme le peuple imagine les
reines, d'étoffes et de riches atours que les autres femmes ne portaient pas, abaissant parfois son regard sur
le manche de son ombrelle, faisant peu attention aux
personnes qui passaient, comme si sa grande affaire et
son but avaient été de prendre de l'exercice, sans penser qu'elle était vue et que toutes les têtes étaient
tournées vers elle. Parfois pourtant quand elle s'était
retournée pour appeler son levrier, elle jetait imperceptiblement un regard circulaire autour d'elle.

Ceux même qui ne la connaissaient pas étaient aver-
tis par quelque chose de singulier et d'excessif, — ou
peut-être par une radiation télépathique comme celles qui déchaînaient des applaudissements dans la
foule ignorante aux moments où la Berma était sublime,
— que ce devait être quelque personne connue. Ils
se demandaient : « Qui est-ce ? », interrogeaient quel-

quefois un passant, ou se promettaient de se rappeler
la toilette comme un point de repère pour des amis
plus instruits qui les renseigneraient aussitôt. D'autres promeneurs, s'arrêtant à demi, disaient :

— « Vous savez qui c'est ? Mme Swann ! Cela ne vous
dit rien ? Odette de Crécy ? »

— « Odette de Crécy ? Mais je me disais aussi, ces
yeux tristes... Mais savez-vous qu'elle ne doit plus
être de la première jeunesse ! Je me rappelle que j'ai
couché avec elle le jour de la démission de Mac-Mahon.»

— « Je crois que vous ferez bien de ne pas le lui rappeler. Elle est maintenant Mme Swann, la femme d'un
monsieur du Jockey, ami du prince de Galles. Elle est
du reste encore superbe. »

— « Oui, mais si vous l'aviez connue à ce moment-
là, ce qu'elle était jolie ! Elle habitait un petit hôtel
très étrange avec des chinoiseries. Je me rappelle que
nous étions embêtés par le bruit des crieurs de journaux, elle a fini par me faire lever. »

Sans entendre les réflexions je percevais autour
d'elle le murmure indistinct de la célébrité. Mon
cœur battait d'impatience quand je pensais qu'il allait
se passer un instant encore avant que tous ces gens,
au milieu desquels je remarquais avec désolation que
n'était pas un banquier mulâtre par lequel je me sentais méprisé, vissent le jeune homme inconnu auquel
ils ne prêtaient aucune attention, saluer (sans la connaître, à vrai dire, mais je m'y croyais autorisé parce
que mes parents connaissaient son mari et que j'étais
le camarade de sa fille), cette femme dont la réputation
de beauté, d'inconduite et d'élégance était universelle.
Mais déjà j'étais tout près de Mme Swann, alors je lui
tirais un si grand coup de chapeau, si étendu, si prolongé, qu'elle ne pouvait s'empêcher de sourire. Des
gens riaient. Quant à elle, elle ne m'avait jamais vu
avec Gilberte, elle ne savait pas mon nom, mais j'étais
pour elle — comme un des gardes du Bois, ou le

batelier, ou les canards du lac à qui elle jetait du pain
— un des personnages secondaires, familiers, anonymes, aussi dénués de caractères individuels qu'un
« emploi de théâtre », de ses promenades au bois.
Certains jours où je ne l'avais pas vue allée des Acacias, il m'arrivait de la rencontrer dans l'allée de la
Reine Marguerite où vont les femmes qui cherchent
à être seules, où à avoir l'air de chercher à l'être ; elle
ne le restait pas longtemps, bientôt rejointe par quelque ami, souvent coiffé d'un « tube » gris, que je ne
connaissais pas et qui causait longuement avec elle,
tandis que leurs deux voitures suivaient.

Cette complexité du bois de Boulogne qui en fait
un lieu factice et, dans le sens zoologique ou mythologique du mot, un Jardin, je l'ai retrouvée cette année comme je le traversais pour aller à Trianon, un
des premiers matins de ce mois de novembre où, à Paris, dans les maisons, la proximité et la privation du
spectacle de l'automne qui s'achève si vite sans qu'on
y assiste, donne une nostalgie, une véritable fièvre des
feuilles mortes qui peut aller jusqu'à empêcher de
dormir. Dans ma chambre fermée, elles s'interposaient
depuis un mois, évoquées par mon désir de les voir,
entre ma pensée et n'importe quel objet auquel je m'ap-
pliquais, et tourbillonnaient comme ces taches jaunes
qui parfois quoique nous regardions, dansent devant nos
yeux. Et ce matin-là, n'entendant plus la pluie tomber comme les jours précédents, voyant le beau temps
sourire aux coins des rideaux fermés comme aux coins
d'une bouche close qui laisse échapper le secret de son
bonheur, j'avais senti que ces feuilles jaunes je pourrais les voir traversées par la lumière, dans leur suprême
beauté ; et ne pouvant pas davantage me tenir d'aller
voir des arbres qu'autrefois quand le vent soufflait
trop fort dans ma cheminée de partir pour le bord de

la mer, j'étais sorti pour aller à Trianon, en passant par le bois de Boulogne. C'était l'heure et c'était la saison où le Bois semble peut-être le plus multiple, non seulement parce qu'il est plus subdivisé, mais encore parce qu'il l'est autrement. Même dans les parties découvertes où l'on embrasse un grand espace, çà et là, en face des sombres masses lointaines des arbres qui n'avaient pas de feuilles ou qui avaient encore leurs feuilles de l'été, un double rang de marronniers orangés semblait, comme dans un tableau à peine commencé, avoir seul encore été peint par le décorateur qui n'aurait pas mis de couleur sur le reste, et tendait son allée en pleine lumière pour la promenade épisodique de personnages qui ne seraient ajoutés que plus tard.

Plus loin, là où toutes leurs feuilles vertes couvraient les arbres, un seul, petit, trapu, étêté et têtu, secouait au vent une vilaine chevelure rouge. Ailleurs encore c'était le premier éveil de ce mois de mai des feuilles, et celles d'un empelopsis merveilleux et souriant comme une épine rose de l'hiver, depuis le matin même étaient tout en fleur. Et le Bois avait l'aspect provisoire et factice d'une pépinière ou d'un parc où soit dans un intérêt botanique, soit pour la préparation d'une fête, on vient d'installer, au milieu des arbres de sorte commune qui n'ont pas encore été déplantés, deux ou trois espèces précieuses aux feuillages fantastiques et qui semblent autour d'eux réserver du vide, donner de l'air, faire de la clarté. Ainsi c'était la saison où le Bois de Boulogne trahit le plus d'essences diverses et juxtapose le plus de parties distinctes en un assemblage composite. Et c'était aussi l'heure. Dans les endroits où les arbres gardaient encore leurs feuilles, ils semblaient subir une altération de leur matière à partir du point où ils étaient touchés par la lumière du soleil, presque horizontale le matin comme elle le redeviendrait quelques heures plus tard

au moment où dans le crépuscule commençant, elle
s'allume comme une lampe, projette à distance sur le
feuillage un reflet artificiel et chaud, et fait flamber
les suprêmes feuilles d'un arbre qui reste le candé-
labre incombustible et terne de son faîte incendié. Ici,
elle épaississait comme des briques, et, comme une
jaune maçonnerie persane à dessins bleus, cimentait
grossièrement contre le ciel les feuilles des marronniers,
là au contraire les détachait de lui vers qui elles cris-
paient leurs doigts d'or. A mi-hauteur d'un arbre habillé de vigne vierge, elle greffait et faisait épanouir,
impossible à discerner nettement dans l'éblouisse-
ment, un immense bouquet comme de fleurs rouges,
peut-être une variété d'œillet. Les différentes parties du Bois mieux confondues l'été dans l'épaisseur
et la monotonie des verdures se trouvaient déga-
gées. Des espaces plus éclaircis laissaient voir l'entrée de presque toutes, ou bien un feuillage somptueux
la désignait comme une oriflamme. On distinguait,
comme sur une carte en couleur, Armenonville, le Pré
Catelan, Madrid, le Champ de courses, les bords du
Lac. Par moments apparaissait quelque construction
inutile, une fausse grotte, un moulin à qui les arbres
en s'écartant faisaient place ou qu'une pelouse portait
en avant sur sa moelleuse plate-forme. On sentait que le
Bois n'était pas qu'un bois, qu'il répondait à une destination étrangère à la vie de ses arbres ; l'exaltation
que j'éprouvais n'était pas causée que par l'admiration
de l'automne, mais par un désir. Grande source d'une
joie que l'âme ressent d'abord sans en reconnaître la
cause, sans comprendre que rien au dehors ne la mo-
tive. Ainsi regardais-je les arbres avec une tendresse
insatisfaite qui les dépassait et se portait à mon insu
vers ce chef-d'œuvre des belles promeneuses qu'ils
enferment chaque jour pendant quelques heures. J'allais vers l'allée des Acacias. Je traversais des futaies
où la lumière du matin qui leur imposait des divisions

nouvelles, émondait les arbres, mariait ensemble les tiges diverses et composait des bouquets. Elle attirait adroitement à elle deux arbres; s'aidant du ciseau puissant du rayon et de l'ombre elle retranchait à chacun une moitié de son tronc et de ses branches, et, tressant ensemble, les deux moitiés qui restaient, en faisait soit un seul pilier d'ombre, que délimitait l'ensoleillement d'alentour, soit un seul fantôme de clarté dont un réseau d'ombre noire cernait le factice et tremblant contour. Quand un rayon de soleil dorait les plus hautes branches, elles semblaient, trempées d'une humidité étincelante, émerger seules de l'atmosphère liquide et couleur d'émeraude où la futaie tout entière était plongée comme sous la mer. Car les arbres continuaient à vivre de leur vie propre et quand ils n'avaient plus de feuilles, elle brillait mieux sur le fourreau de velours vert qui enveloppait leurs troncs où dans l'émail blanc des sphères de gui qui étaient semées au faîte des peupliers, rondes comme le soleil et la lune dans la Création de Michel Ange. Mais forcés depuis tant d'années par une sorte de greffe à vivre en commun avec la femme, ils m'évoquaient la dryade, la belle mondaine rapide et colorée qu'au passage ils couvrent de leurs branches et obligent à ressentir comme eux la puissance de la saison, ils me rappelaient le temps heureux de ma croyante jeunesse, quand je venais avidement aux lieux où des chefs-d'œuvre d'élégance féminine se réaliseraient pour quelques instants entre les feuillages inconscients et complices. Mais la beauté que faisaient désirer les sapins et les acacias du bois de Boulogne, plus troublants en cela que les marronniers et les lilas de Trianon que j'allais voir, n'était pas fixée en dehors de moi dans les souvenirs d'une époque historique, dans des œuvres d'art, dans un petit temple à l'amour au pied duquel s'amoncellent les feuilles palmées d'or. Je rejoignis les bords du lac, j'allai jusqu'au Tir aux pigeons.

L'idée de perfection que je portais en moi, je l'avais
prêtée alors à la hauteur d'une victoire, à la mai-
greur de ces chevaux furieux et légers comme des
guêpes, les yeux injectés de sang comme les cruels
chevaux de Dionède, et que maintenant, pris d'un
désir de revoir ce que j'avais aimé, aussi ardent que
celui qui me poussait bien des années auparavant
dans ces mêmes chemins je voulais avoir de nouveau
sous les yeux au moment où l'énorme cocher de
Mᵐᵉ Swann, surveillé par un petit groom gros comme
le poing et aussi enfantin que saint Georges, essayait
de maîtriser leurs ailes d'acier qui se débattaient effa-
rouchées et palpitantes. Hélas ! il n'y avait plus que
des automobiles conduites par des mécaniciens mous-
tachus qu'accompagnaient de grands valets de pied.
Je voulais tenir sous les yeux de mon corps pour
savoir s'ils étaient aussi charmants que les voyaient
les yeux de ma mémoire, de petits chapeaux de femmes si bas qu'ils semblaient une simple couronne.
Tous maintenant étaient immenses, couverts de fruits
et de fleurs et d'oiseaux variés. Au lieu des belles
robes dans lesquelles Mᵐᵉ Swann avait l'air d'une
reine, des tuniques gréco-saxonnes, relevaient avec les
plis des Tanagras, et quelquefois dans le style du Di-
rectoire, des chiffons liberty semés de fleurs comme un
papier peint. Sur la tête des messieurs qui auraient
pu se promener avec Mᵐᵉ Swann dans l'allée de la Reine
Marguerite je ne trouvais pas le chapeau gris d'autrefois, ni même un autre. Ils sortaient nu-tête. Et toutes
ces parties nouvelles du spectacle, je n'avais plus de
croyance à y introduire pour leur donner la consistance, l'unité, l'existence ; elles passaient éparses devant moi, au hasard, sans vérité, ne contenant en elles
aucune beauté que mes yeux eussent pu essayer
comme autrefois de composer. C'était des femmes
quelconques, en l'élégance desquelles je n'avais aucune foi et dont les toilettes me semblaient sans

importance. Mais quand disparaît une croyance, il lui
survit et de plus en plus vivace pour masquer le manque de la puissance que nous avons perdue de donner de la réalité à des choses nouvelles, un attache-
ment fétichiste aux anciennes qu'elle avait animée,
comme si c'était en elles et non en nous que le divin
résidait et si notre incrédulité actuelle avait une cause
contingente, la mort des Dieux.

Quelle horreur ! me disais-je : peut-on trouver
ces automobiles élégantes comme étaient les anciens
attelages ? je suis sans doute déjà trop vieux mais je
ne suis pas fait pour un monde où les femmes s'entra-
vent dans des robes qui ne sont pas même en étoffe.
A quoi bon venir sous ces arbres, si rien n'est plus de
ce qui s'assemblait sous ces délicats feuillages rougissants, si la vulgarité et la folie ont remplacé ce qu'ils
encadraient d'exquis. Quelle horreur ! Ma consolation
c'est de penser aux femmes que j'ai connues, aujour-
d'hui qu'il n'y a plus d'élégance. Mais comment des
gens qui contemplent ces horribles créatures sous
leurs chapeaux couverts d'une volière ou d'un potager, pourraient-ils même sentir ce qu'il y avait de
charmant à voir Mme Swann coiffée d'une simple capote
mauve ou d'un petit chapeau que dépassait une seule
fleur d'iris toute droite. Aurais-je même pu leur faire
comprendre l'émotion que j'éprouvais par les matins
d'hiver à rencontrer Mme Swann à pied, en paletot de
loutre, coiffée d'un simple béret que dépassaient deux
couteaux de plumes de perdrix, mais autour de laquelle
la tiédeur factice de son appartement était évoquée,
rien que par le bouquet de violettes qui s'écrasait à
son corsage et dont le fleurissement vivant et bleu en
face du ciel gris, de l'air glacé, des arbres aux branches nues, avait le même charme de ne prendre la saison et le temps que comme un cadre, et de vivre dans
une atmosphère humaine, dans l'atmosphère de cette
femme, qu'avaient dans les vases et les jardinières de

son salon, près du feu allumé, devant le canapé de
soie, les fleurs qui regardaient par la fenêtre close la
neige tomber ? D'ailleurs il ne m'eût pas suffi que les
toilettes fussent les mêmes qu'en ces années-là. A
cause de la solidarité qu'ont entre elles les différentes parties d'un souvenir et que notre mémoire maintient équilibrées dans un assemblage où il ne nous est
pas permis de rien distraire, ni refuser, j'aurais voulu
pouvoir aller finir la journée chez une de ces femmes,
devant une tasse de thé, dans un appartement aux murs
peints de couleurs sombres, comme était encore celui
de Mme Swann, (l'année d'après celle où se termine la
première partie de ce récit) et où luiraient les feux
orangés, la rouge combustion, la flamme rose et
blanche des chrysanthèmes dans le crépuscule de novembre pendant des instants pareils à ceux où (comme
on le verra plus tard) je n'avais pas su découvrir les
plaisirs que je désirais. Mais maintenant, même ne me
conduisant à rien, ces instants me semblaient avoir
eu eux-mêmes assez de charme. Je voulais les retrouver tels que je me les rappelais. Hélas ! il n'y avait
plus que des appartements Louis XVI tout blancs,
émaillés d'hortensias bleus. D'ailleurs, on ne revenait
plus à Paris que très tard. Mme Swann m'eût répondu
d'un château qu'elle ne rentrerait qu'en février, bien
après le temps des chrysanthèmes, si je lui avais
demandé de reconstituer pour moi les éléments de ce
souvenir que je sentais attaché à une année lointaine,
à un millésime vers lequel il ne m'était pas permis de
remonter, les éléments de ce désir devenu lui-même
inaccessible comme le plaisir qu'il avait jadis vainement poursuivi. Et il m'eût fallu aussi que ce fussent
les mêmes femmes, celles dont la toilette m'intéres-
sait parce que, au temps où je croyais encore, mon
imagination les avait individualisées et les avait pour-
vues d'une légende. Hélas, dans l'avenue des Acacias — l'allée de Myrtes —, j'en revis quelques-unes,

vieilles, et qui n'étaient plus que les ombres terribles
de ce qu'elles avaient été, errant, cherchant désespérément on ne sait quoi dans les bosquets virgiliens.
Elles avaient fui depuis longtemps que j'étais encore
à interroger vainement les chemins désertés. Le soleil
s'était caché. La nature recommençait à régner sur le
Bois d'où s'était envolée l'idée qu'il était le Jardin
élyséen de la Femme ; au-dessus du moulin factice
le vrai ciel était gris ; le vent ridait le Grand Lac de
petites vaguelettes, comme un lac ; de gros oiseaux
parcouraient rapidement le Bois, comme un bois, et
poussant des cris aigus se posaient l'un après l'autre
sur les grands chênes qui sous leur couronne druidi-
que et avec une majesté dodonéenne semblaient proclamer le vide inhumain de la forêt désaffectée, et
m'aidaient à mieux comprendre la contradiction que
c'est de chercher dans la réalité les tableaux de la
mémoire, auxquels manquerait toujours le charme qui
leur vient de la mémoire même et de n'être pas perçus
par les sens. La réalité que j'avais connue n'existait plus. Il suffisait que Mme Swann n'arrivât pas
toute pareille au même moment, pour que l'Avenue
fût autre. Les lieux que nous avons connus n'appartiennent pas qu'au monde de l'espace où nous les
situons pour plus de facilité. Ils n'étaient qu'une mince
tranche au milieu d'impressions contiguës qui formaient notre vie d'alors ; le souvenir d'une certaine
image n'est que le regret d'un certain instant ; et les
maisons, les routes, les avenues, sont fugitives, hélas,
comme les années.

ACHEVÉ D'IMPRIMER

le huit novembre mil neuf cent treize

PAR

Ch. COLIN

A Mayenne

pour

BERNARD GRASSET